也有风雨
也有晴

陈德宏 著

作家出版社

目　录

也有风雨也有晴（代序）

我大学毕业，只从事过两种职业——教师和编辑。前者常被称作“人梯”，后者常被说成“为他人做嫁衣”；这二者都常常受到李商隐漫妙诗句“春蚕到死丝方尽，蜡炬成灰泪始干”的颂扬。

作为教师，我不曾有为人师表的神圣感——因为那是在大批“师道尊严”的年代——却常有千万不能误人子弟的自我告诫；作为编辑常被业内同行视为末流，讥为“搞不了创作搞评论，搞不了评论当编辑”。对此我不以为然，看稿、改稿、发稿，眼看着稿件变成铅字，变成作品，眼看着“小荷才露尖尖角”的文学青年转眼成长为作家、诗人，评论家，更主要的是它引领我一步步走进打小就钟爱的文学——将爱好、兴趣、理想与职业、工作、实践有机地结合在一起，辛苦着并快乐着，乐此不疲，很有成就感。至于李商隐的诗句，那是千古绝唱，自然我也很欣赏，但却不愿与自己的职业比附，因为它太崇高、太悲怆，崇高悲怆得令人心发虚、发慌，脸发红、发烧……

1982年，我因几篇不成样子的论文，在文艺界举目无亲的情况下，受到甘肃文联领导谢昌余等人的错爱，调入了刚刚创刊的全国第一家省级文艺理论刊物《当代文艺思潮》，从此开始了我的编辑生涯，也使我目睹了、亲历了、见证了、也参与了“新时期文学三十年”。

现在文艺界几乎形成共识，认为改革开放初期的上世纪八十年代，是新时期文学的黄金时代。诚然，信然！《当代文艺思潮》斯时创刊，躬逢其盛，是它的荣幸，也是参与创办者的荣幸。但是“文革”被彻底否定了，而“以阶级斗争为纲”的思维定势仍在，动不动拿文艺说事，然后扩及到政治、经济的不叫“运动”的运动模式仍在……因此，“摸着石头过河”并非总是丽日蓝天，有时也会阴云密布，甚至风雨交加……《当代文艺思潮》1983年1期刊载的刚刚大学毕业的青年诗人徐敬亚的文章《崛起的诗群》就撞到了枪口上，成为“清污”、反“自由化”的重点，与北大教授谢冕发表在《光明日报》副刊上的文章《在新的崛起面前》及福建师大教授孙绍振发表在《诗刊》上的文章《新的美学原则的崛起》并称“三个崛起”。“三个崛起”与李陀、刘心武、冯骥才、王蒙放起的“四只风筝”合在一起，便构成了那场轰动一时的“现代派风波”的主要内容。

“风筝”是冯骥才的命名。时在中国作家协会外联部任法语译员的高行健写了一本《现代小说技巧》的书，介绍西方小说在时间空间的处理、人称的运用转换、心理描写与意识流等。高的书出版后并未引起太大的关注与反响，倒是李陀、刘心武、冯骥才、王蒙的支持、赞许的文章，才招来了重视与批判。这也就是“四只风筝”的由来。

由于长期的闭关锁国，直到改革开放的初期，我国文艺界对现代派的了解与理解，仍不甚了了，甚至仍有人将其视若洪水猛兽。此种状况，恰如王蒙所言——

> 我愿老实承认，如今回想起来，当时被认为搞了、或提倡现代派的，以及对方一方的当时严厉批评现代派的各位文友各位老师大师们（不包括胡乔木），并没有谁真知道并说得明白现代派是怎么回事。不知其详甚至不知ABC，但要闹、要搞、要谈、要批、要殊死搏斗、要正言厉色、大战风车四百回合，或闪转腾挪、太极形易，一会儿装死躺下，一会儿借尸还魂，以求生存……就是说争了个死去活来，却不知道在争什么，这正是我们文坛的一道风景。（《大块文章·现代派风波》）

这是王蒙经历了那场“现代派风波”之后的感受与认识，也是当时文坛的真实写照。

形势比人强。这就是我们常说的，改革开放的形势不容逆转。大门既已打开，有人再想关也难。

“现代派风波”虽然已成为过眼烟云，但各种“后遗症”却接踵而至，虽经刊物的总负责人谢昌余及编辑部同仁勉力支撑，最终不得不于1987年年底停刊——美其名曰合并到《飞天》。《当代文艺思潮》与《飞天》同根同源，分蘖而出，经六年风雨，半轮生肖，如今停刊，难免令人扼腕，但回归原点，似乎也是一种宿命。

《当代文艺思潮》停刊至今已二十四年了，二十多年来，在全国的许多学术会议上，不断有人问我同一个问题：《当代文艺思朝》的特色究竟是什么？为什么能轰动一时并受到广大读者、特别是青年读者及高校师生的欢迎？对此，我的回答十分简单，就是印在刊物扉页上的那四句话："研究当代文艺思潮，追踪文艺发展趋势，开拓文艺研究领域，革新文艺研究方法"。

综合起来便是主张把文艺家、文艺作品、文艺现象置于文艺思潮社会思潮中进行宏观研究、综合研究、动态研究、比较研究，予以历史的美学的评判，不断扩大研究领域，不断革新研究方法。这些主张，今日看来似乎平平常常，并无特别，但在当时的语境下却具有非同寻常的意义，它是对我国长期一贯的独尊社会学批评的反拨与挑战，更是对"庸俗社会学批评"的颠覆与批判。质言之，是吹进我国文坛的一股清风，是一次超前了的与国际上文艺理论研究、批评的对接。因此，《当代文艺思潮》的被停刊似乎便成为情理之中的必然——你醒得太早，起得太早，走得太早又太快……于是再次验证了中国古老的魔咒般的智慧哲言——枪打出头鸟，出头的椽子先烂，木秀于林风必摧之……

进入二十一世纪，不断有信息传来，某某某的研究生以《当代文艺思潮》为研究对象，获得了硕士学位，某某某的研究生以《当代文艺思潮》为研究对象，获得了博士学位……初闻愕然，继而欣然。同样的心情、同样的感受，上世纪的八十年代也曾有过——境外有人研究沈从文获得了硕士、博士学位。而斯时的沈从文，在国内则远离了文学，几乎被人忘却，变成了时常"运动"的"老运动员"。真是何其相似乃而。不同之处在于，研究沈从文的硕导、博导，是一批喝"洋墨水"的学者，而指导学生研究《当代文艺思潮》的硕导、博导，则是当年在《当代文艺思潮》"大学生、研究生论文学"专栏登台亮相的莘莘学子。

这让我想起了形势——形势比人强；

这让我想起了时间——时间对人对事是公平的，公正的；

这让我想起了历史——历史无情亦有情！

有人说历史是任人打扮的"小媳妇"，更有激愤极端者，称历史是胜利者的"娼妓"。说一千道一万，历史终究还是要回归历史，包括古今中外那些曾"君临天下"，把历史当作"小媳妇"任意"打扮"的人，最终还是得回归历史给他（她）的定位，接受历史的审视与评判。

在偏处西北一隅的甘肃兰州，由七位只有大学学历的编辑外加一位复转军人创办的刊物，历经六年，出刊三十二期（双月刊，1982 年创刊只出两期)，风风雨雨，坎坎坷坷，指指点点，是是非非……二十多年后仍有一些硕士、博士、硕导、博导等精英人物在认真地阅读它，研究它……这本身就构成了一种文学现象、文化现象，是社会的评价，历史的确认。除此之外，尚不知还有何种文艺理论刊物享此殊荣！对当年参与创办的编辑而言，还有比这更高的奖赏吗？心血的浇灌，汗水的挥洒，青春的付出，满腹的冤屈……一切的一切都有了报偿！

此外，还有人试图从内部进行一些总结，提出了《当代文艺思潮》的“领导人物”与“灵魂人物”的双层架构说。初闻此说颇感错愕！因为在当时的刊物内部，谢昌余的领导地位、核心作用是无人能够撼动、无人可以替代的。这不仅仅取决于组织的授权，还取决于他的学识造诣、理论水平、组织协调能力，更取决于他对文艺形势的洞察及人格魅力。大家都知道，没有高水平高素质的编辑是不可能办出高水平高质量的刊物的，因此编辑部进人——无论是文联内部人员的转岗，还是外部人员的调入、大学生的分配，谢昌余都亲自把关，亲自过问，亲自考察，不讲关系，不徇私情，唯才是举，因此才迅速组成了精干的有战斗力、执行力的编辑队伍。真可谓伯乐一顾，超拔之足，俊逸之才，立现眼前。对此大家有目共睹，且业内人士也有高度的认同与评价。1986 年夏，时任中国作协党组书记、副主席的唐达成来兰州，为刊物题写了“海阔天空开拓浪，高瞻远瞩改革魂”的条幅，并以陈毅元帅的诗“大雪压青松，青松挺且直；要知松高洁，待到雪化时”题赠谢昌余。前者是对刊物的褒扬，属集体荣誉，不能让谢昌余专美；那么后者呢？岂是非“灵魂人物”所能领受的？

“不想成为元帅的士兵不是好士兵”。自从拿破仑这位小个子的法兰西皇帝的名言传入我国，想当元帅的士兵日多，自然想当“灵魂人物”的编辑也不在少数。因此“灵魂人物”云云很可能只是一个“愿景”——这原本无可厚非——但因缺乏过程，自然难以成为现实。不过此说倒是透露了令人思索玩味的玄机：在刊物风雨飘摇的艰困岁月，的确有人谋划过取谢昌余而代之的方案。只是此方案包得太严，包括害人之心没有、防人之心也无的谢昌余在内的大多数人均不知情；否则，谢昌余不至于“宁为玉碎不为瓦全”地决绝！毕竟换人换思想也是一种选择啊！再说了，成人之美也是谢昌余一贯的作风啊！可是——且慢！如此一来又有新的问题相伴而生：换人换思想之后的《当代文艺思潮》，生存自然不成问题；但是，它还会有“绝唱”之后延续至今的余音绕梁吗？……

这就是历史啊，既熬人，又烦人！

之后我进入《飞天》文学月刊，延续着我的文学编辑生涯，开始任副主编，之后于2000年成为刊物自创刊以来的第五任主编。

因为历史的因缘际会，《飞天》在甘肃当代文坛始终扮演着举足轻重的重要角色，称为文学重镇也许并不为过。

首先，它创刊早，创刊于1950年8月，在全国也属于创刊最早的省级文学期刊之一。创刊时名为《甘肃文学》，之后更名《陇花》、《红旗手》、《甘肃文艺》，1981年改名《飞天》。从一个刊物名称的变更，你可以清晰地感觉到时代的变迁，风云的变幻。而甘肃文联、作协分别成立于1955年、1958年。在甘肃文联、作协成立之前的五至八年间，《飞天》不仅仅是全省文艺工作者发表作品的阵地，无形中成为了大家联络、沟通、交流的平台，甚至是成为凝聚文艺骨干力量的中心。

其次，受到“文革”冲击后它复刊最早。早在1973年，老主编杨文林抓住毛主席批示《人民文学》、《诗刊》复刊的契机，抢先一步恢复了《飞天》的出版发行，又成为全国最早复刊的省级文学刊物之一。同样地，五年之后的1978年年底文联、作协才恢复。“文革”风暴骤起，文艺界成为重灾区，机构撤销，队伍冲散，人员下放……在此凄风苦雨的背景下，这五年的人气聚拢，这五年的骨干培养，这五年的人才储备，这五年的经验积累……一旦等来了“文革”之后的新时期，这人气、骨干、人才、经验，顷刻之间变成了一股巨大的能量，厚积薄发，使原本基础薄弱、被边缘化的甘肃的文学艺术，迅速崛起，迅速改观，融入全国的文艺大潮，又彰显着个性，掀起一朵朵属于自己的文艺浪花，不断地引起全国的瞩目。有一个例子似乎可以佐证：在甘肃文联及其所属的文艺家协会的领导中，由《飞天》调升的就有二十余人。文艺界老同志戏称《飞天》是甘肃文联的“黄埔军校”；我的前任、诗人李云鹏则以诗的语言咏叹：从《飞天》走出的同仁，个个都能远走高飞……每谈及此，编辑同仁无不充满了成就感与自豪感。

再次，也是最重要的——实践是检验真理的唯一标准：一本省级文学刊物是否有成绩，是否有贡献，就看你是否促进了本省、本地区文学创作的发展、繁荣，是否促进了本省本地区文艺人才、特别是优秀人才的成长。甘肃地处西北一隅，长期经济比较落后，文学基础薄弱，人才稀少，文学的发展相对落后，这是毋庸讳言的事实。但尺有所短，寸有所长。在承认总体落后的同时，甘肃的文学艺术也有自己的闪光点——戏剧和戏剧文学。早在上世纪的五六十年代，甘肃的戏剧就在全国独树一帜，屡创佳绩，屡获殊荣，获“陕西的小说，甘肃的戏剧，新疆的歌舞”并列之美誉。那一时期，我称之为甘肃戏剧的第一个高潮期——话剧《康布尔草原上》、《滚滚的白龙江》、《天山脚下》、《远方青年》、《教育新篇》，歌剧《向阳川》，陇剧《枫洛池》等，在全国连连获奖，引起轰动，有的戏还演进了中南海，毛、刘、周、朱等老一辈无产阶级革命家联袂观看甘肃的戏剧；周总理更是情有独钟，八次观看甘肃的戏剧。李先念同志曾感叹：“你们甘肃很奇怪，工业上不去，农业老歉收，吃返销粮，就是老出好戏。”这当然归功于甘肃有一批从延安时期就从事戏剧创作的老戏剧家队伍，还要归功解放后培养、成长起来的一批新的戏剧创作队伍；但是我要说的是——《飞天》并未缺席，而是以自己的方式作出了自己的贡献——刊发剧本，撰写评论，组织研讨……直至新时期在全国乃至国际上引起轰动的舞剧经典《丝路花雨》及话剧《西安事变》、京剧《南天柱》等亦复如此。

还有诗歌。现在我们可以挺起腰杆说甘肃是诗歌大省、诗歌强省了。以前不敢。诗歌大省、诗歌强省的背后是几代人的辛勤耕耘，是数十年心血与汗水的浇灌。

甘肃诗歌真正意义上的发展，应该追溯到1958年。这一年李季、闻捷二位大诗人来到甘肃，成立了甘肃省作家协会，分别担任主席、副主席，同时兼任《飞天》的前身《红旗手》的主编、副主编。大诗人办刊，自然注重诗歌的刊发与发展，而且之后的继任者杨文林、李云鹏，也是诗人；与此同时，任副主编的诗人以及虽未担任职务却在诗歌创作上已颇具实力颇有影响的诗人还有很多，可以开出长长的名单，组成一个方阵。因此，注重诗歌的传统，得到了持续不断地继承与发展。李季、闻捷惠风流韵所致，是刊物为诗歌提供了更多的篇幅，开设了更多的园地，吸引来了更多的老诗人、大诗人的扛鼎之作，刊出了更多的诗评，举办了更多的全国性的诗歌大奖赛，办了更多的诗歌散文年终专号，举办了更多的各种类型、各种规模的诗会、诗歌创作研讨会，以及国刊、大刊、名刊诗歌编辑座谈会……每有这种机会，编辑部总是招集尽可能多的全省的诗歌作者、特别是青年作者与会，白天听大会发言，小组讨论；晚上三五成群，请上全国的名家，到黄河边泡上“三泡台”，提上两捆啤酒，边欣赏“澄江静如练”的黄河夜景，边谈诗论艺；听方家高论，释胸中疑惑……那惬意，那满足，那收获，那诗意、诗美的陶冶，非一般课堂所能比拟。对此，我颇为自豪地称之为《飞天》气派，《飞天》胸怀，《飞天》境界……与此对照，我也见识过另外的情景：有人也搞“文学活动”，主席台坐的大多是与文学无关的人物；也请一两个全国的名人与会，只是会前会后深居宾馆，一防他人接触，二防同行沾光——资源的垄断，花拳绣腿的表演，只是为了增加居功的砝码。呜呼！小鼻子小眼至此——可笑，可悲，可叹！

谈到《飞天》的诗歌及对诗歌发展的贡献，不能不谈“大学生诗苑”。

“大学生诗苑”创设于1981年2月，至今整整三十年了。三十年对历史的长河而言，只是瞬间，而对人生则是不短的旅程——《飞天》已换了四任主编。四任主编个性不同，年龄阅历各异，但对“大学生诗苑”的重视及对它的挚爱与执著，则始终如一。坚守得到了回报，文学史家谈新时期的校园文学，必谈《飞天》的“大学生诗苑”，称之为新时期校园文学的滥觞与渊薮……

行文至此，手头刚好有一份资料，不妨引述如下：

> **1982年“大学生诗苑”诗歌评奖揭晓：程光炜、吴稼祥、韩霞、陆健、白德、崔泽善、孙晓刚、尚春生、周伦佑、张真、叶延滨、沈天鸿12人的22首诗歌获奖。**

在这获奖的12人中，我谋过面的只有二人，一是国内某著名高校的博导，一是某著名国刊的主编……其余10人呢？还有之后陆续不断地获奖者呢？还有其他29年在“大学生诗苑”一展身手的莘莘学子呢？他们人在何方？有何造诣？他们可是一个数目不小的群体啊！……我真希望有人以此为课题深入研究一番；说不定像研究《当代文艺思潮》那样，一不小心研究出几个硕士、博士……

此议并非心血来潮，亦非空穴来风，而是为研究我国新时期诗歌的发生、发展、流变，提供另一种角度，另一种线索，另一种眼光，另一种思路……

现在该说说我的散文创作了。

《当代文艺思潮》及《飞天》的编辑生涯不是我人生的全部，但几乎构成了我文学生涯的全部。凭几篇不像样子的理论、评论文章走上文坛，大部分、甚至是绝大部分的时间及精力从事编辑工作及文学的组织活动，因此写作于我只能是“业余”。而我的写作呢，也许与大学中文系重逻辑思维的传统教育有关，也许是工作的需要，不期然间形成了文艺评论、报告文学、散文……的写作顺序。因此我常自我调侃：业余的业余是散文。

这既指散文在我写作中的状态与顺序，也指它的水平。但这并不影响我对散文的注重与欣赏——无论是作为文学期刊的编辑还是作为评论者，对于散文我都是高看一眼的。谓予不信，有我的一段议论散文的文字为证——

> 散文是一种充满悖论的文体。它有点像小说，需要叙事、状物写人；然而它又不是小说，它需要比小说有更多的熔铸、挥洒与灵动。它有点像诗，需要意境、意象与哲思；然而它又不是诗，它需要比诗有更多的言说、洞见与感悟。它需要谋篇布局，高度技巧；然而在散文大家那儿，这一切又必须退避三舍，化为无痕。它是最容易进入的文体，然而进入容易修炼难，修成“正果”更难。当然这是针对纯散文或者说是严肃散文而言的。

眼高手低，知易行难。但有一点可以肯定：这些作品是我文学生涯的记录与见证，说它反映也好，说它表现也罢……总之它是我眼所见，耳所闻，心所想，脑所思……是我生命的历练与记忆，是我真情实感的负载与流淌……至于究竟是从血管里流出的血，还是从泉里流出的水，只好由读者鉴定了。

……

人生有四季，哪能无风雨。

也有风雨也有晴，是自然，也是人生。

拉拉杂杂，东鳞西爪，姑以为序。

2011 年大暑于燕郊

第一辑　难忘台湾　难忘金门

2000年1月5日

好事多磨——穿越历史的飞行

千禧年的第五天——2000年1月5日17时40分。随着发动机的巨大轰鸣，我们乘坐的香港国泰航空公司的CX466航班——“空中客车”腾空而起，直插云霄……

此时此刻，似有一块石头从胸中落下。我与同行的诗人李云鹏相视而笑——那潜台词，是企盼已久、策划已久、一波三折的台湾之行，在千禧年之初终于成行了。

早在去年5月中旬，《诗刊》主编高洪波（现为中国作协党组成员、书记处书记、副主席）从北京打来电话，说台湾著名画家李锡奇任董事的贤志文教基金会，策划了一项“金门国际诗酒节”，将于11月中旬在金门举行，问我与李云鹏可否参加。我的答复是八个字：非常高兴，非常荣幸。高洪波说，此刻李锡奇正在西班牙办个人画展，等他返台即会发来邀请函。之后便是海峡两岸的电话联络，电传往返。正当彼岸紧锣密鼓地筹备、此岸紧锣密鼓地申办各种手续时，震惊世界的“9·21”大地震发生了。不久金门又发生了百年罕见的“丹恩”特大台风。鉴于台湾同胞忙于救灾重建，社会气氛不宜举办大型联谊活动，贤志文教基金会二度发函，变更活动主旨，将“诗酒节”改为赈灾形式，并延期至1999年12月30日至2000年1月2日以跨千禧年祈福方式举行。智者千虑，必有一失。人算不如天算。由于全球电脑系统面临“千年虫”灾的考验，台湾民航当局宣布，在跨千禧年期间停飞或减少部分航线的航班。其中就包括台北飞金门的航班。无奈之下，再度延期至1月6日至9日，且规模缩小，人员减少，将活动重新定名为“诗酒迎千禧——两岸文艺会金门”。

如此的艰难曲折。

通往台湾的路真的比蜀道还难吗?

好事多磨。多磨终成好事。

1月4日下午1时，我们从兰州飞抵深圳黄田国际空港。在深圳稍事休息，我们的朋友、报告文学作家郑世隆亲自驾车送我们至罗湖出关。

毕竟在自己的国土上，出境手续办得很顺利。随着出境的人潮，跨过罗湖桥便踏上了香港的土地了。尽管香港回归两年多了，心情仍难免有些异样的激动。听朋友讲，回归之前的港英当局的入境事务处，对大陆居民特别不友好，即使你手续齐全，也时常受到冷遇与刁难。90年代初，福建电视台的“海峡同乐”摄制组前往台湾做节目，就被搁置了五个多小时，险些耽误了预定的航班。大名鼎鼎的导演谢晋出访台湾，也被足足“冷冻”了八个小时。想到此，仍不免有些紧张。

香港毕竟回归了，入境手续办得比预料的要顺利，香港居民、大陆居民、外国公民、外交人员，各有各的通道。整个入关签证大约只用了半个小时。

入了关，翻看签证内容：“访客——批准逗留至二〇〇〇年一月十一日”，也就是说，获准在香港逗留七天。这已足够了。实际上我们第二天就飞台北，连24小时也用不了。问题是在签证上还订着一张铅印的纸条。纸条的第一行文字是：“欢迎你到香港特别行政区旅游。”这当然很好，没有问题。问题在于下面的文字：“由于你现在持有的证件是内地往来港澳通行证，你是以访客身份留港，因此你不得从事任何工作（无论有薪或无薪）、经营或合伙经营任何业务；亦不得在任何学校或其他教育机构就读。如你不在所获准的时限内离开香港特别行政区，或违反逗留条件，就会被检控及遣送内地。”这犹如先给你一个笑脸，然后举起警告的威煞大棒，让你的心为之一紧。恰在此时，一个老外手持翻开的护照，盯着我通行证里的便条，那蓝蓝的眼睛里分明透着疑惑：我为什么没有呢？他定然是把那张便条当成入境事务处给大陆同胞的特别优惠卡了。

我的自尊心受到了重重的一击。与此同时，我倏然想到，对峙了半个多世纪的海峡两岸，为什么不能直航呢？据说福州飞台北只需40分钟，省时省事省钱又省麻烦，那该多好哇！

都说历史是人类创造的，可人类创造的历史为什么总跟自己过不去呢？

台湾的中华旅行社所在的力宝大厦，是一座风格独特、后现代韵味十足的豪华大厦，出了金钟地铁站，一眼便能辨认出她的身姿与容颜，而且过目不忘。耐人寻味的是，隔着一条马路就是魅力无穷、光芒四射、生机盎然的中银大厦。中银大厦是当代建筑设计大师贝聿铭的杰作，而今已成为香港的标志性建筑。

从不同的角度欣赏这两座豪华大厦，便会产生不同的审美效果：有时是隔路对峙，互比高低；有时是比肩而立，相映生辉；在鳞次栉比的高楼大厦的森林中各领风骚，各异其趣……我们这些搞文学艺术的，成天坐而论道，大谈什么现实主义和超现实主义，现代派和后现代派……其实，建筑才是文学艺术各流派的滥觞与渊薮。人称香港是世界建筑艺术的博物馆，此言不虚。站在会展中心前的维多利亚湾岸边，倚栏举目，不同时代、不同流派的经典之作，触目皆是。建筑是凝固的音乐，音乐是流动的建筑。在这儿，你会有更多的认知，更深的体验，更美的感悟……

中华旅行社的接待大厅设有许多办事窗口，其中有两个窗口是专办大陆人员赴台事务的。我们到得早，来此办手续的人尚不多。一位漂亮的小姐接待了我们。她说一口流利而标准的普通话，待人热情、礼貌、周到。看来，台湾很注意自己的窗口，非常注意自己的形象。

所谓办手续，就是把台湾有关部门批准的电传给我们的“赴台旅行证”换成正式的赴台旅行证。就是这原本十分简单的手续，却用去了我们七个月的苦苦等待。这是怎样的七个月啊！不仅跨了世纪，而且跨了千年。这是否也应该算做一项吉尼斯世界纪录呢？……

仔细一想，也不尽然。半个世纪以来，海峡两岸，有多少人骨肉分离、天各一方？他们长相思、长相忆、长相盼，黑发人变成了白发人，有的甚至含恨离去，始终未能跨越海峡，始终未能与亲人谋面。相比之下，我们简直就是幸运者了。人类啊，你就是如此地创造文明又毁灭文明、创造自己又惩罚自己吗？

空中客车的设计先进，设备一流，容纳数百人的客舱仿佛是一座现代化的影剧院，宽敞舒适；每人一台电视就在前一排坐椅的背后，播放的数套电视和音乐节目，供你自由选择。此时此刻，我对电视、音乐不感兴趣，空姐赠送给每人一本的画报我也无心翻阅。对了，我应该看看蓝天，看看白云，看看大海……

多美啊！晚霞染红了半边天，也染红了机翼下一堆堆棉絮似的云层，透过云层的缝隙，大海跃动着玫瑰色的粼粼波光。啊！这就是我思念已久、渴望已久、企盼已久的阻隔两岸又连接两岸的台湾海峡吗?!

此情此景，蓦然触发了我大脑皮层深处的记忆。许多许多年前，我在一位老书法家的书斋见到过大诗人大文豪郭沫若亲笔题写的一首诗——

仰视苍苍无尽，

俯视无尽苍苍；
红花万朵太平洋，
至今犹忆扶桑……

这是郭老当年访问日本归来时写于飞机上的一首诗。横溢的才华，澎湃的激情，加上郭老潇洒飘逸的书法，令这位身处逆境的老书法家的斗室蓬荜生辉。郭老的诗写得太好了。郭老的诗不也正是此时此刻台湾海峡的鲜明写照吗？

然而美丽壮观的“红花万朵”的台湾海峡，在我眼前淡出了。代之而来的是阴云密布的战火纷飞的多灾多难的台湾海峡——倭寇的侵扰，使台湾岛无宁日；荷兰人的殖民主义贪婪，在这儿点燃了战火；郑成功为了收复失地，在这儿发动了战争；清王朝为了版图的统一，在这儿万船齐发；日本帝国主义为了“东亚共荣”的狂想，趁甲午战争之余威，在这儿烧杀抢掠……这些发生在近、现代历史上的铁血记忆，如果说还比较模糊的话，那么半个世纪以来所发生的大炮与大炮的互射、军舰与军舰的碰撞、战机与战机的较量，则历历在目，恍然如昨……

台湾海峡，你不觉得在你平静的海水下面隐藏着太多的惊涛骇浪吗？

让过去成为过去，让历史成为历史。睿智的中华民族，不仅可能而且应该续写历史新篇章……

19 时 10 分。我们的航班在桃园机场准时降落。飞机着陆的一刹那，我长长地出了一口气——我们不仅穿越了海峡，而且穿越了历史。

哦，宝岛！我们终于踏上了你的土地！

台湾，你好！我们终于来了……

两岸情结与到家的感觉

通过长长的甬道，再次来到海关。再次的查证，验证，询问，诘问，盘问……从大陆经香港到台湾，都是在自己的国土上旅行，却要出关——入关——再出关——再入关这样的反复折腾，实在令人匪夷所思。

无奈还得忍耐。这就是历史造成的现实。不过下面发生的一幕，让我的心情愉悦了许多。

从海关出来前往接机厅，中间还要经过一道边检，有许多穿黑色警服的警官在检查旅客的行李。说是检查，实际上是抽查。大概因为我的行李箱又大又重吧，被一个年轻的女警官挡住：

“箱子里装的是什么?”她满脸严肃地问道。

“是书。送给台湾作家同行的书。”接着我不失时机地幽了一默，“以前是孔夫子搬家——净是书，现在是作家送礼——净是书。”

女警官的脸上闪现了一丝不易察觉的笑容。但仍未放弃警觉：

“还有呢?”

“衣服。我从祖国的大西北，来到祖国的大东南，温差将近30℃，一路换下的衣服全在里面。”

“你们是大陆来的?”她指了指我和紧跟我身后的李云鹏。

“是的。”我边回答边掏钥匙，准备开箱让其检查。出乎意料的是，女警官把手一抬——请——免检了。

是我故意强调的“祖国”二字打动了这位不苟言笑的女警官呢?还是我的幽默缩短了我们之间的距离缓和了我们之间的关系?说不清楚。反正这是一个好的兆头——是我们台湾、金门之行一路受到诸多优待的第一次。这是一个良好的开端。

应邀赴台的其他六人来自福建。他们是港台文学研究专家、博士生导师、福建社科院的刘登翰，福建省歌舞剧院编剧、女诗人黄锦萍，福建工商报总编辑刘友容，《管理与财富》杂志主编薛承枫，福建电视台国际部记者吴国标，福建芳华越剧团当红小生郭莉英。他们乘坐的中华航空公司的航班，本应早我们15分钟抵达，但却因故晚了我们半个小时。我们同福建的六位同行素不相识，在桃园机场的接机厅经李锡奇介绍才相互握手，自报家门。这实在有点荒诞加滑稽——大陆同胞经台湾同胞介绍于台湾相识，这不仅是一段佳话，而且更是一种缘分。

同李锡奇一起前来接机的，还有企业家黄滈权、吴安安及被称做“唯美主义者”的青年画家蔡志荣。他们各自驾着自己的车。福建的六位同行被平均分在了三辆车上，我和云鹏由李锡奇陪同上了一辆“大众”面包。

古月说：李锡奇可以没有老婆，不能没有朋友。诚如斯言！六年多不见，李锡奇依然热情不减，精力过人；对朋友依然是古道热肠，侠肝义胆。当然，也有变化，那就是两鬓增加了许多白发。岁月不饶人啊！

我们的四辆车鱼贯而行，驰上了桃园至台北的高速路。夜晚的高速路，车流如潮，灯火如炽，闪闪烁烁，似流动的银河，蔚为壮观。十多个座位的面包车，只坐我们三人，本应很宽松，我们三人却挤在一排，谁也不愿分开。我们怀着愉快的心情，互相倾诉着别后的情形……往事如烟，时间倒流，仿佛又回到六年前的敦煌……

……

1993年在金川公司经理杨金义和党委书记杨学思的大力支持下，我和李云鹏所供职的《飞天》与《中国作家》决定联手举办“敦煌笔会”。应邀参加这次笔会的有著名评论家、原中国作协党组书记唐达成，著名作家蒋子龙、陈丹晨、高洪波、程树榛、袁和平等十余人。就在参加笔会的作家名单已经确定、笔会即将举行的前几天，突然接到高洪波（时任《中国作家》常务副主编）从北京打来的电话，说台湾《联合报》副总编唐经澜先生和他的夫人陈长华女士热切希望参加这次笔会。高洪波问我，可否把他俩加上？我立即表态：可以。就在笔会开始的前两天，又接到了高洪波的电话，说唐经澜夫妇因故不能来，问换成台湾著名现代派画家李锡奇及夫人、台湾著名诗人古月行不行。我同样作了肯定的答复。

笔会从8月10日至24日，历时半个月，在金川公司的大力支持与精心安排下，取得了圆满的成功。这次笔会直接的成果，是产生了一批写丝路、写敦煌、写金川的精美散文力作。长期而巨大的结果，则是通过与李锡奇、古月的朝夕相处，深入交流，使大陆作家产生了“台湾情结”，而李锡奇、古月则产生了“大陆情结”。

8月23日是笔会的最后一个夜晚，依依惜别的情绪笼罩着每一个人的心头。夜深了，大家仍聚集在唐达成的房间里，久久不愿离去。李锡奇、古月取出事先准备好的留言签名册，请大家留言签名，以资纪念，并请达成为之作序。达成同志当众欣然命笔，一挥而就：

> 癸酉初秋，有敦煌笔会之举。台湾艺术家李锡奇、女诗人古月相偕同行。是时天高云淡，和风舒畅，同行十四人自兰州出发，沿古丝绸之路，驱车千里，遍览历史古迹、地方风情，尤以瞻仰敦煌莫高窟为此行高潮。窟中彩绘泥塑，庄严雄伟，典雅博大，鬼斧神工，精美绝伦，令人心神震撼，叹为观止。李先生、古女士尤为感奋，为纪念此次半月之欢聚，李先生出此册页，以求同行签名为念。岁月易逝，友谊长存。聊志数语，以记其胜。
>
> ——长沙唐达成志

达成同志的序及与会者的签名留言，情真意远，充分体现了血浓于水的民族亲情。

……

带着美好的回忆，带着浓浓的“台湾情结”访问台湾，那思绪，那感觉，那心情，是不能用文字来形容的。当现实的、立体的、栩栩如生的台湾取代了概念的、书本的、地图的台湾呈现在你面前时，那惊奇，那欣喜，那感受非笔墨所能描述……

我们抵达下榻的六福客栈已是晚上10点多了。行装甫卸，李锡奇就邀我们去吃宵夜。在去餐馆的车上，李锡奇告诉我，腊月是台湾最冷的季节，此时台北最流行的小吃是姜母鸭。这一季节吃姜母鸭，既可进补，又可御寒。驰车十分钟，便来到了据说是台北最负盛名的“霸味姜母鸭”餐馆。老板见我们人多，又不愿分桌就餐，干脆将三张餐桌并在一起。姜母鸭颇似四川的火锅。不同之处在于锅的底料是事先烧好的母鸭及母鸭汤，然后配以蔬菜、豆腐等涮着吃。果然名不虚传，鸭香汤美，霸味十足，别具特色，口感极佳。我们十多人围着一字摆开的三张餐桌并成的大餐桌动起手来，杯筷并举，各选所爱，一个个大快朵颐，吃得头上冒汗，口中打嗝，旅途的疲劳早已不见了踪影。

我由衷地发出感叹：真是到家了。

2000年1月6日

松山机场“群英会”与“两岸文艺会金门”

按计划我们应于早晨8时30分抵达松山机场，与台湾文艺界同行会合，然后乘远东航空公司的EF051航班飞往金门。

想到即将结识台湾文艺界的许多“熟悉的陌生人”，心里难免有些激动。我的大脑开始紧急搜索：除了古月、李锡奇，台湾的作家艺术家，我还认识谁呢？似乎没有了。倏然间，我想起了两个人：李欧梵、陈若曦。虽然他们二位还不能算严格意义上的台湾作家，但毕竟与台湾有着千丝万缕的联系。

1986年5月，李欧梵到上海为他的“三十年代的中国现代派文学研究”专题搜集资料。因为他在爱荷华国际写作中心工作过，所以结识了许多中国作家。而这些作家的盛情，又促成了他的环中国行——茹志鹃、王安忆母女请他到上海作协做客，陆文夫请他到苏州，高晓声请他到南京，冯骥才请他到天津，王蒙请他到北京，张贤亮请他到宁夏……他还想到甘肃敦煌，可是断线了，甘肃无人识李君。张贤亮打电话给我们，请我们安排李欧梵的敦煌之行。我在兰州接待了李欧梵，并陪他去了敦煌。

李欧梵、白先勇、陈若曦均毕业于台湾大学外语系。之后李欧梵赴美留学深造，获博士学位。他对台湾当代文学的历史及现状，对台湾的作家、作品自然是了如指掌的。其间我们常作彻夜长谈。可惜，我对台湾作家、作品既缺乏深刻的理性分析，又缺乏大量的感性接触，李欧梵谈得很投入、很深刻，而我则理解得很少、很肤浅。倒是关于方兴未艾的新时期文学，以及诸多国际上的文艺思潮，谈得较为投机也较为深入。事后我撰写了长文《新时期文学：中国与世界的对话——与美国芝加哥大学教授李欧梵对谈录》。

1988年夏天，陈若曦率几位海外作家前往西藏进行采访，路过兰州，我在兰州大学专家楼接待了他们。当时陈若曦侨居加拿大，但对台湾还是非常熟悉的，更何况她又是从台湾过来。只是因为初次见面，加上人多口杂，话题广泛，寒暄多于交流，偶尔提及台湾文坛，也是只言片语，一带而过，没有留下深刻的印象。不过她赠我的两本台湾出的书——张曼娟的《笑拈梅花》和吴淡如的《淡如轻风》，倒是让我对台湾校园中的“小说族”刮目相看。

陈若曦此行，来也匆匆，去也匆匆，在兰州只停了两天，我就送他们登上了西去的列车，经青海去西藏了。十余年后回忆这段往事，还有一位莫先生（美国某大学数学教授），似乎也是台湾旅美的。此公戴一副金丝边眼镜，气宇轩昂，谈吐诙谐风趣，每每陪他步入宴会厅或步人会客室，他总是笑容可掬地谦让道：“我姓莫，叨陪末座！叨陪末座！”我则回敬他一句：“莫先生，莫客气！”然后我们相视而笑，携手同行……

松山机场也许是全世界最独特的机场了。它几乎是在台北市的中心。也许开始它并不在市中心，随着台北市的迅速膨胀，它变成了中心。后来又修了桃园机场，准备把它取而代之，等新机场建成才发现，提前量不够，依然满足不了日益增长的航空运输需求。于是桃园成了国际机场，松山变成了岛内航班起降的专用机场。我们抵达机场候机厅时，古月已经到了。台湾的许多朋友正陆续到达。李锡奇既是这次活动的总策划，又是这次活动的总领队，正忙着分发机票，办理登机事宜。古月扮演起主人角色，把台湾文艺界的朋友一个一个地介绍给我们。于是我们握手、点头、寒暄、交换名片……之后，大家或站或坐，或三五成群，或二人捉对，进行交谈。

作家艺术家见面总有说不完的话题。趁此机会，我将收到的名片与鲜活的人对照，力求使其合二为一，形成立体的三维图像输入我的大脑……

——头戴黑色便礼帽、身穿休闲外套、个头不高、步履有些蹒跚、眼睛里流露着忧郁的目光的是诗人商禽。商禽是现代诗社的社务委员、《创世纪》诗刊编委。他出生在四川珙县一个偏僻的乡镇，抗战胜利前夕随回家探亲的兄长加入了国民党军队，一度在逃脱与拉夫中辗转于西南各省；1950 年自云南经海南到台湾。1968 年退役，穷其 20 余年军旅生涯，仅获陆军上士军衔。退役后生活无着落，似漂泊不定的浮萍，先后当过码头工人、私家园丁，跑过单帮，开过牛肉面馆等。艰难困苦玉汝于成。生活中太多的不平，太多的挫折，太多的痛苦，太多的磨难，令诗人无法平静地面对现实，只有逃遁到超现实主义的诗的意境中去寻找慰藉，以诗的超脱，达到对现实的超脱。1953 年开始在《现代诗》上发表作品，并成为“现代派”同仁；之后加人《创世纪》，成为台湾超现实主义的典型代表。

据介绍，商禽曾获某一年度诺贝尔文学奖提名，并且入围，最后关头功亏一篑。获奖当然值得庆幸，获得提名并且入围也殊为不易。

——围一条红围巾，早已年过花甲依然长着一张娃娃脸的是楚戈。古月称楚戈为“赌徒”，而且是“不按牌理出牌的赌徒”；又称他是“诱惑者”、“老顽童”。楚戈与商禽的人生道路颇为相似，初中尚未毕业就当了兵，在政局的大变动中辗转来到台湾，直至退役仍是一名上士。不同之处在于，他出生在爱国主义诗人屈原投江的湖南汨罗县，从小体内就注入了浪漫主义的基因及爱国主义情怀。这些成为了他一生从事诗歌创作的基调及绘画创作的底色。再者，楚戈的成就是多元的：诗人、艺评家、现代水墨画家……其实这些都不是他的本职，他的本职是台北故宫博物院青铜器研究专家。他的多才多艺，他的博识多能，透视着他的勤奋与拼搏，浸透着他的汗水与心血。

——那位穿西装打领带、蓄着小胡子、头戴玫瑰红贝雷帽的是画家顾重光。顾重光极具艺术家气质，爱笑，声音似音乐般富有感染力；面部表情丰富，似盛开的花朵，层次感很强。30 年前，21 岁的顾重光还是台湾师大艺术系的三年级学生，因他的作品获国际大奖而一举成名。30 多年来，顾重光在油画创作上走了一条不断探索、不断创新、不断拓展的道路。他由写实到抽象，再由抽象到新的写实。其画风的每一次转变，都是创作上的一次突破，都是一次艺术上的升华。他的石破天惊之举，是 1988 年同 60 多位大陆画家一起，沿丝绸之路采风，深入甘肃及新疆 40 多个城镇写生，历时三个多月。自此，他的画风大变，其作品在台湾展出引起轰动，好评如潮，被誉为“东方精神的护旗者”。

——诗人管管一张口我就断定他是我的山东老乡。正应了唐代诗人贺知章的千古名句：“少小离家老大回，乡音未改鬓毛衰。”管管已年届古稀，而他自称只有“十八岁”。不过看起来他的确年轻：脚蹬平底皮鞋，下身一条牛仔裤，上身一件棉布衬衫，外罩一件毛背心，一副时髦小伙的装束；说起话来眉飞色舞，面部表情极为丰富；一米八左右的个头，脑后梳一个条动不居的马尾巴刷子，个性鲜明而突出。遥想当年，他不仅是一位荒诞派青年诗人，而且频频在银幕上亮相，演了许多电影。那风流倜傥，那潇洒随意，一定很帅很酷，倾倒少女一大片。谁能料到，他就是台湾久负盛名的诗刊《创世纪》的社长呢？

——81 岁高龄的资深政论家陆铿，西服笔挺，领带鲜艳，一副绅士派头。与他挽臂而立、文雅端庄的女士，是他的夫人崔蓉芝。崔蓉芝原是台湾作家江南的遗孀。江南因写《蒋经国传》而被国民党情报部门勾结黑道人物暗杀于美国。当年江南命案在美国、台湾，乃至在全世界都曾引起过轩然大波……关于江南，王蒙曾有深情的回忆，他说：回想加里弗里亚的红杉林，是刘宜良先生即江南陪我去看的，可惜他后来被台湾特工所刺杀。在依阿华期间，他还给我寄过一点乡村音乐与通俗音乐的盒带，约翰丹佛与巴勃拉·史翠珊的歌曲，我都喜欢。

对陆铿我知之甚少，他告诉我共产党的监狱与国民党的监狱他都坐过。返回内地，一次同老诗人张光年（光未然，《黄河大合唱》词作者）聊天，老诗人说，解放前夕，陆铿曾任《中央日报》社长兼总编，1948年蒋经国到上海“打老虎”，陆曾写过一些颇有影响的文章。80年代初，陆在大陆采访过胡耀邦，在台湾采访过蒋经国。

——那位面色红润、一头银发的是企业家黄滈权。他是一位事业有成的珠宝商，在许多国家和地区都有他的产业及生意。昨晚他同吴安安分别驾着“宝马”和“沃尔沃”到机场接我们，然后又陪我们吃宵夜。他脸上总是堆着笑，待人热情。在吃宵夜时，郭莉英悄悄告诉我：你看黄老板像不像克林顿？像，太像了——满头银发像，面部特征像，连说话的神情也像。我把小郭的发现告诉了大家，获得大家一致认同。于是我们称他为克林顿先生。他笑着说：可惜啊，缺少一位莫尼卡·莱温斯基……

——诗人还有向明、大荒、辛郁、白灵、杜十三等；画家还有朱为白、李重重、卢天炎、江明贤、陆先铭、蔡志荣、凌惠惠等；学者有龚鹏程、宋光宇、胡台丽、林保谆、王黑林、蔡玮等；企业家有吴安安、张耀煌、陈韦利等；媒体人士有唐经澜、张瑞珍、林维师、王宏文等；金门文化工作者有黄世团、张国治、董振良、杨树清等共计40余人……

松山机场上演了一场“群英会”。

EF051次班机载着海峡两岸的50余位文艺家及另外100余名乘客准时起飞，开始了我两天内的第二次穿越台湾海峡的飞行。

李锡奇说来台湾不易，去金门更难。以前金门是前线，是战争岛，不要说大陆人，即使是台湾人也极难获准前线采访。以前极难办到的事而今办到了，这意味着什么呢？历史在前进。极端的意识形态对立的时代正在结束。海峡两岸的中国人有智慧有能力解决历史遗留下来的难题。这正如毛泽东的诗词所说：“世上无难事，只要肯登攀。”

天气晴朗，能见度极好。台北市的高楼大厦、道路桥梁迅速地在机翼下消失了。代之而来的是那郁郁葱葱连绵起伏的群山，以及星罗棋布的湖泊，阳光下闪着蓝宝石般的光辉。坐在我身旁的黄滈权告诉我，我们看到的第一座高山叫大霸尖山；第二座高山常年积雪，是台湾的第二高山——海拔 3884 米的雪山。黄滈权还说，飞行大约十分钟，飞机将从新竹出境，然后在大海上飞行。新竹是台湾的高新技术工业区，有亚洲硅谷的美称。最近电脑行情看涨，就是因为“9・21”大地震影响了新竹的生产所致。

果如其言，不一会儿，一半是岸一半是海的景象呈现在我们眼前。又过了大约十分钟，飞机的左前方出现了一群岛屿。黄滈权边指给我看，边告诉我，那就是澎湖列岛。从空中鸟瞰，澎湖列岛十分美丽壮观，仿佛是镶嵌在大海上的一个不规则的沙盘，它那土黄的色彩与蔚蓝的大海形成鲜明的反差，四周近处的海水泛着白光，颇似沙盘四周用油彩勾勒出的淡淡的白边，然后海水是渐远、渐深、渐蓝……几艘轮船，像孩子的玩具一样飘荡在大海上……

我们抵达金门尚义机场时，县长陈水在率众亲临机场迎接。大陆作家被作为贵宾受到特别的礼遇，佩戴了礼仪小姐敬献的花环。欢迎的人群高举着“欢迎诗酒迎千禧——两岸文艺会金门”的巨大横幅。这一切，让你一踏上金门便有一股暖流涌遍全身。回想三个多月前，“9・21”大地震当天，我在福建长乐参加完冰心国际学术研讨会来到厦门，长时间伫立海边，瞩望金门，远眺台湾，送去默默祝福……如今我却踏上了金门的土地，置身欢迎的人群与鲜花之中，亦真亦幻，如在梦中……

金门，你是如此的近，又是那样的远！

金门，难道你与祖国母体永远这样咫尺天涯吗?!

《×岛屿之两门相望》与陈水在县长的苦衷

“诗酒迎千禧——两岸文艺会金门”的开幕式别开生面，富有创意。在金酒公司三楼会议室，礼仪小姐的托盘中斟满了一杯杯被称做台湾“茅台”的高粱酒，还有一小盘一小盘的花生，客人可以自由选用。这情景这气氛令人想起了鸡尾酒会。大家一边品着美酒、嚼着花生，一边观赏金门出生的青年导演董振良执导的艺术纪录片《×岛屿之两门相望》。

音乐伴着旁白，旁白阐释着画面；音乐、旁白、画面构成了完整的电影语言，向人们叙述着催人泪下又发人深省的故事——

金门，一个台湾与大陆之间的小岛。

它与厦门只有2000公尺之隔，但在政治上它却属于台湾，成为台湾的“反共最前线”。

1992年，金门解除了长达40年的世界上最漫长的戒严令，2000公尺的金、厦海域上，两岸渔民率先恢复了暗地里的接触；紧接着，一桩桩金、厦联姻的喜事，也纷纷在海上谈成。

洪美瑜，一个经过渔民介绍相亲，嫁来金门的厦门新娘。

片子从洪美瑜离开厦门娘家的那一刻开始记录——在她家乡的河边，即可清晰看见金门；但为了抵达对岸，洪美瑜必须提前一天从村子出发，到厦门搭飞机到香港，到香港后她得先至市区取得入台证明，然后回到机场，再转机到台北；抵达台北后，再换班机，最后才到了金门。仅有2000公尺的距离，却让她足足坐了两天的飞机。这么长的路程让她觉得，金门是那么的遥远……

到了金门的婆家，洪美瑜赫然发现，厦门娘家的村庄，竟然近在咫尺！对金门环境的不适应，加上止不住的思乡愁绪，一时间全涌了上来。回家的路那么遥远，旅费那么昂贵，如何回家？家乡可望不可及，乡愁的熬煎加倍侵噬着她。阻隔她与亲人相见的竟是面前这二公里的海域。从此，她养成每天到海边眺望家乡的习惯，日复一日……

透过厦门新娘洪美瑜的思乡愁绪，金门与厦门之间既近且远的荒谬关系，更加深刻地凸现了出来。然而，为了控制大陆的来台人数，并不轻易给大陆新娘居留权；洪美瑜必须排队等到十年后，才能长期在金门定居。在这之前，她一年只能在金门停留三个月，若加签也只能停留半年。换言之，每半年，她就必须回大陆去，这对她的丈夫来说，则又是一个残酷难熬的现实。她无奈地说：半年来半年去的，夫妻感情都没法培养……

新郎的大哥则直接批判政治因素对这个新家庭的伤害：如果两岸可以直接来往，新娘不会那么想家；如果不是政治的限制，这个家庭不会每半年就要拆散一次！为什么政治意识的对立，小老百姓的生活就必须忍受这样的波及？

然而时至今日，金、厦两门还是互不开启，只能遥遥相望；厦门新娘还是只能在金门海边，眺望着不易返回的故乡……

《x岛屿之两门相望》获1997年台北电影奖——地方文化纪录片奖；参加1998年新加坡国际影展、TST台湾国际纪录片双年展及1998韩国釜山影展，均获好评。这反映了人心的向背，时代的潮流。

电影之后，陈水在县长首先致词。他在介绍了金门的历史文化沿革及经济发展的现状之后表示，今后金门将经常举办各种大型活动，加强两岸文化的来往与交流，以提升金门的知名度。他诚挚地希望两岸的诗人、作家、画家、文化艺术工作者，趁此踏着金门芬芳的泥土、品饮金门高粱之际，能体会金门这块岛屿的丰富历史文化背景，由此触发灵感，为金门留下诗、歌、画等文艺作品，将来刻在花岗石及千禧瓷版上，成为两岸友好交往的永久纪念，成为金门文化的一部分。

刘登翰代表大陆作家、诗人将福建社科院编写的22万字的《金门史稿》及书有“酒神”、“诗书结缘，海峡同乐”的两幅墨宝，赠送给陈县长。接着发表了热情友好的言词。他说：作为厦门人，金门离我很近；但在现实中，金门又离我很远。或许只有“咫尺天涯”这四个字最能表达我心中的这种复杂感受。感谢贤志文教基金会和金酒公司的热心组织与李锡奇先生的热心策划，使“天涯”在我心中又缩成了“咫尺”。

刘登翰说，走在金门的土地上，常有一种在梦中的感觉。金门的高粱酒醉人，金门的文化陶艺迷人，金门浓郁的民俗风情感人，就连金门温煦灿烂的阳光，也格外暖人。金门自唐代开发以来，就是海上丝绸之路的要冲，历来是座多风多雨多兵事的岛屿，或许正是这种困逆的生存环境，才锤锻造就了金门人自强不息的精神与性格，才使金门这片自然资源虽不丰足而人文资源特别深厚的土地，变得格外诱人。对此，不仅金门酒香四溢的高粱可以作证，矗立在金门公园中亚洲最大的石狮子——金门风狮爷可以作证，拟议中即将刻画的进士墙、博士壁，以及散布在海内外所有金门籍的作家、学者、艺术家、企业家等等成功人士的皇皇专著，都可以作证……

俗话说，美不美江中水，亲不亲故乡邻。刘登翰这位北京大学中文系毕业的学者，发言时一改平常惯用的福建味普通话，而用的是原汁原味的闽南话。那浓浓的乡音，淡淡的乡愁，比高粱酒还要芬芳醇厚的乡情，叩动着两岸与会者的心扉。大家报以热烈的掌声。

资深政论家陆铿、佛光大学校长龚鹏程、台湾“中央研究院”院士宋光宇、画家楚戈、版画家黄世团也都先后发言，表达了对金门的祝福，及对两岸加强交流与交往的企盼。

当主持人李锡奇点名让我最后一个发言时，已到预定的欢迎宴会的时间了。我迅速地做出抉择：盛情难却，不得不发言；发言必须言简意赅，简明扼要；还必须表达出我的心意与感受。根据以上三原则，我开始发言——

我说，我从祖国的大西北——敦煌的故乡甘肃，来到祖国的大东南——台湾、金门，愈走愈热，温差将近30℃，换下的衣服装了一大旅行箱，以致台湾海关怀疑我挟带了走私物品（笑声）。到了台湾、金门我才切身感受到台湾、金门同胞的情谊比天气还要热十倍（笑声，掌声）。真是血浓于水啊！

为了参加这次盛会，我撰写了论文《从敦煌看诗酒与音乐的历史文化机缘》。品饮金门的高粱酒，我想起了我们甘肃的美酒。丝绸之路的河西走廊——武威（古凉州）有皇台酒及凉都老窖酒；张掖（古甘州）有丝路春酒及滨河粮液酒；酒泉（古肃州）有酒泉酒和汉武御酒。那儿的酒都是祁连山的千年雪水酿制而成，品质好，产量高，历史悠久。正因为如此，我们戏称河西走廊为“河西酒廊”（笑声）。欢迎大家到甘肃来品美酒，游丝路，访敦煌（掌声）。

董振良先生执导的《x岛屿之两门相望》，令我十分感动。这个故事该结束了（掌声）。洪美瑜式的违背天理人性的悲剧再也不应该重演了（热烈的掌声）。

去年“9·21”大地震的当天，我在福建长乐——冰心的家乡——参加完冰心国际学术研讨会赶到厦门。我伫立海边，瞩望金门，心潮澎湃，思绪万千……我对陪同我的冰心文学馆常务副馆长王炳根说，我一个小时就可以游到金门（笑声）。年轻气盛的王炳根说，他一个小时可以游过去再游回来（笑声，掌声）。

金门给我留下了深刻的印象，我希望以后再来金门（掌声）。我希望以后再来金门时不是经过香港、台北，而是经过厦门（掌声）。经厦门来时不是乘飞机，不是坐轮船，而是游泳过来（笑声，热烈的掌声）……

欢迎晚宴在金门最有名的葡京大餐厅举行。不知出于什么原因，陈县长硬拉我坐在他的右手。我知道，在官方的礼仪中这是主宾席，是一种最高的礼遇。

陈县长致祝酒词后，欢迎宴会在热烈的气氛中开始了。我同陈县长交换了名片，边吃边喝边交谈：

“陈县长，我们五百年前是一家呀!”

“五百年后也是一家。华夏儿女是一家，两岸同胞是一家，我们姓陈的就更是一家了。来！为一家子干杯!”说罢，他将满满一杯高粱酒一饮而尽，然后开怀笑了起来。

“冒昧地问一句：陈县长与陈水扁有什么关系?”

台湾的“总统”选举正如火如荼。陈水扁是民进党的“总统”候选人。而民进党则是“台独”势力的代表。陈水扁、陈水在都姓陈，而且都有一个表示辈分的“水”字。我怀疑他们可能是一个家族的。可是一提陈水扁，他立刻严肃了起来：“我同陈水扁没有任何关系。他是台湾人，我是福建人；他是民进党，我是国民党；他是‘独派’，我是‘通派”。李大师（锡奇）可以作证，十多年前我就积极主张‘三通’。”

陈水在是土生土长的金门人，已是第四任金门县长了。前两任是官方任命的，后两任是民选的。据他自己说，再有一年零八个月他就届满为民了。十年前李锡奇邀集他的金门同乡实业家吕振南先生，与陈水在县长联手积极推动“两马先行，两门对开”——即马祖岛与马尾岛先行动起来，金门与厦门先直航对开，在两岸未实现“三通”之前，求得金门、马祖与大陆先开展“小三通”。他们把金门政要邀到香港，又把厦门市领导邀过来，彼此沟通，交换意见。此事虽取得了相当进展，但碍于大局阴晴不定，终究未取得突破性进展。对此，陈水在颇为感慨。他说：

“难啊！金门离大陆很近，可是没有‘三通’，所以大陆改革开放经济发展的实惠我们得不到；台湾虽然经济发展很快，很繁荣，但我们离台湾太远，所以也得不到实惠。我们是在大陆与台湾对峙的夹缝中求生存。许多台湾的企业家宁愿到大陆投资，也不到金门来。为什么？怕打仗。实际上我们金门更怕打仗。所以我们搞的所有活动，都围绕着一个主题：避免战争，祈求和平……”说着，陈水在又将满满一杯高粱酒一饮而尽。

我看到他有些伤感，于是说道：

“金门的出路还是有的。”

“什么出路?”

“一国两制，和平统一。”

……

陈县长沉思良久，没有说话，然后举起酒杯对我说：

“来，干杯!”

2000年1月7日

官窑名家精品联展与两岸共创千禧瓷版画

上午的活动，全部安排在金门陶瓷厂。

金门陶瓷厂在台湾、甚至在海外知名度都很高。之所以如此，原因有三：它是台湾惟一的“官窑”，此其一；它的产品花样品种多，质量好，打开了销路，占领了市场，畅销海外，此其二；最后，也是最重要的一点，它几乎拥有台湾所有艺术大师的艺术精品。拿陶瓷厂厂长王汉文的话说：“这些艺术大师的作品，是厂子的金字招牌，无价之宝。”

随着台湾经济的发展繁荣，艺术收藏蔚成风气。据四次访问台湾的刘登翰介绍，《中国时报》副社长简志信，就是一位陶艺收藏家。他几乎囊括了台湾当今名家的作品，从案头到窗口，从走廊到书橱，大件的陶艺品只能堆放在屋角。《联合报》副总编唐经澜也是现代陶艺品的收藏家。十年前，一件大型名家陶艺品售价已接近10万台币，而今已升值为20余万。闻此“天价”，令人瞠目结舌。需求刺激了市场，市场带动了创作与生产，现代陶艺便成为了许多画家和工艺美术师悉心追求与发展的领域。

走进展览馆，仿佛置身艺术的海洋，令人耳目一新，眼界大开。在简短的前言之后，第一个专柜展出的是楚戈的作品。楚戈精通青铜器铸造工艺，对青铜器物上的纹饰有自己独到的见解。他认为殷商铜器上的饕餮纹饰的灵魂，在于能够还原人的五官。楚戈又是现代派诗人，因此他熟悉西方现代派的诸种理论。明白了这些，再来赏析他的陶艺作品，顿感负载了许多厚重的内涵。传统与现代的对接，原始与变形的比照，令他的作品千姿百态，变动不居：有借助陶瓷造型塑造俑形人物者，有将篆刻刀功技法搬上陶器者……其趣高古，十分雅致。

李锡奇的展品是一组“落寞的秦淮河”系列陶艺品。在一组大小不一的陶瓶罐上，借耀州窑白底黑花的表现形式，以现代味十足、极富装饰趣味的变形图案，凸现出画家心中的秦淮河。李锡奇在台湾向以引领绘画艺术新潮流著称。艺术家艺术风格的成熟与凝固，意味着艺术生命的死亡。对此，李锡奇笃信不疑。他不重复别人，亦不重复自己，因而获得了“变调鸟”的美称。欣赏李锡奇的绘画作品，他那浓郁的现代气息，他那出人意料的原创性，他那强烈的金属般的色彩对比，常能给人意想不到的审美冲击。但老实讲，你很难说“懂”。这组陶艺作品则不然，它引起了我的共鸣……去年9月，我去南京，《钟山》的主编徐兆淮陪我游秦淮河，结果令我大失所望。且不说两岸豪华的宾馆酒楼破坏了原有的文化景观，亦不说四个人的一顿小吃竟吃掉了800余元令人产生被宰的心痛，仅仅是秦淮河散发出的腥臭，就足以令人望而却步；哪里还敢月下荡舟？谁人还敢秉灯夜游？我与徐兆淮慨叹：朱自清俞平伯笔下的“桨声灯影里的秦淮河”哪里去了呢?! 之后，我一直打算写篇文章，表达我对秦淮河的感受。可感受究竟是什么呢？却又说不清道不明。面对李锡奇的作品，我茅塞顿开，豁然开朗——原来竟是“落寞”二字。是秦淮河的“落寞”，是现代的“落寞”，是历史的进步与道德审美之间的二律悖反给人类造成的情感“落寞”……

顾重光的作品，与他油画创作中的新写实风格相反，多采用变形与夸张；在色彩的运用上也与油画着色鲜艳成强烈反差，采用黑白对比或灰白对比；在技法上，也一改油画中的焦点透视及色块堆积，采用版画的木刻手法；其作品，无论是陶罐、陶瓶，还是陶盘，都古色古香，似象牙雕刻，朴拙中透着高雅。

朱为白的作品，无论是构图还是着色，无论是造型还是技法，都卓尔不群，与众不同，无不体现了他的原创性。以上四位大师级画家的作品分设专柜陈列。李重重、潘丽红、张耀煌、梁又铭、肖峰男、牛哥、席河进、陈怡静、蔡志荣、林文强、李茂宗、单永进等十数位实力派画家的作品紧随其后，琳琅满目，相映生辉。

有的画家还在作品旁边写上自己的创作心得。比如李重重，她写道：“在瓷版上作画，色彩的变化，主题的感受，线条的张力，质量的触光，是很吸引人的。‘她’又能在生活中点缀着优雅的气氛，我是喜欢的。”

顾重光告诉我，陶艺品的制作，一般由厂子提供坯料（瓶、罐、盘等半成品），由画家创作，然后由厂家烧制成型。一般情况下，艺术品只烧制两件，一件为厂家所有，一件为作者所有。厂家的一件一般不会出售，而是作为永久的收藏品，让其随着岁月的流逝而不断升值；而更重要的，是让其产生名人效应，提高厂子的知名度，提升自己的艺术品位。如此一来，画家的一件便成了“惟一”的在社会上流通的艺术品了，送人弥足珍贵，出售可卖高价。我问顾重光："你的陶艺品卖过吗?"回答是："从来不卖。只是自己收藏或赠朋友。"

大师级的作品不卖，但却在现代艺术展上频频亮相，引领创作新潮流，自然也吊起了收藏者的胃口。既然大师级的作品可望不可得，不得已而求其次。于是一般画家的作品，一般陶艺工作者的作品，便在市场上大行其道。对于台湾陶艺市场的繁荣，像楚戈、李锡奇、顾重光、朱为白这些艺术大师，实在是功不可没。

厂家与艺术家牵手，也获得了利益，尝到了甜头。厂长王汉文说，法国一位经销商来厂考察，参观了名家精品展，赞叹不已，当即拍板，为法国许多五星级宾馆订购了装饰陶艺品及餐具用品。订单足够他们生产半年。

在大家看得心热手痒之际，李锡奇及时把大家引进陶瓷制作室，每人三块正方形陶版，能画的画，能写的写，不能画不能写如本人者，可以自由涂鸦。总之是八仙过海各显其能，自由创作，尽显灵性。本人在绘画方面实在没有艺术细胞，在众多艺术家面前，踌躇再三，迟迟不敢动笔。李锡奇见我为难，过来指导。他让我用排笔蘸上红蓝黄三种颜色，在三块正方形瓷版拼成的长方形瓷版上涂了起来。涂过之后，李锡奇问我像什么。我说像戈壁滩。他说，对呀！戈壁滩上不也产生了人类的艺术瑰宝敦煌莫高窟吗？于是我来了灵感，用鲜红的颜色写上了"大敦煌"三个字，签上名，总算交了卷。最后，把大家的作品拼成一幅巨型瓷版画——"海峡两岸艺术家，共创千禧瓷版画"，由厂家烧制出来，留作永久的纪念。

先分后合，分久必合——这又是一件寓意深长的活动。

真该得诺贝尔奖——大家对李锡奇的这一创意赞许有加。

荒芜的文化岛

金门人很自豪，为金门悠久的历史，为金门灿烂的文化。

金门的历史，最早可以追溯至晋元帝建武（公元317年）年间。由于中原战乱，不甘臣服于胡人政权的人民避乱南渡。当时，居金门有六姓，是金门有居民的开始。至今，已有1600多年。

金门古称浯洲、浯岛。明太祖洪武二十年，江夏侯周德兴于金门筑城设寨抵御倭寇，取“固若金汤，雄镇海门”之意，将城池命名为“金门城”。金门由此而得名。

古时金门，岛小而荒远贫瘠。真正“化荒墟为乐土”，使浯洲居民“耕稼渔盐，生聚日蕃”者，应归功于唐代牧马浯岛、垦拓荒地的陈渊。在金门，陈渊被尊为“开浯恩主”。

唐德宗贞元十三年（一说十九年），陈渊奉命为浯洲牧马监，带十二姓同来，奠下了开发浯洲的基石。渊善养马，长于驱策，又精识草药，能为群众、马匹治病，深得岛民尊崇与信任。他抱着“久居浯洲”之心，不畏荒岛孤瘠，不惧寒风烈日，与属下惨淡经营，和岛民胼手胝足，终于使田野绿草如茵，处处林木茂盛，马儿肥壮，岛民安居乐业，荒岛化为乐土。

陈渊一生，遗泽恩德，长留浯岛。可惜生卒年月、籍贯，均无可考；现存之相关文献资料，因年代久远，也极为有限。也许正因如此，为民间创作留下了许多想象的空间，在金门流传着许多近似神话的传说。

传说之一，陈渊任浯洲牧马监，马群滋息，并能听旗鼓号令。岛民乃传其为“天驷降精”，视之若神，称曰“马祖”。生前牧马浯洲，嘉惠岛民；殁后，更化为神灵，巡弋各地，庇护岛上苍生。

传说之二，倭寇入侵，庵前村村民饱受倭寇焚掠，哀嚎之声，上达天际。陈渊又一次显灵，时而狂风巨浪，排空而起，时而浓雾弥漫，东西莫辨。于是倭船被风浪所覆，倭寇四处逃窜。之后，朝廷乃敕浯洲所在官衔，封陈渊为福佑圣侯，又于丰连山麓建庙，赐庙额曰“孚济”，而今称牧马侯祠。庙内石柱上，镌有楹联一副：“偕一十二家聿来胥宇，拓三十六社奠厥攸居”，记述着昔日开浯历史，以垂示后人。

传说之三，陈渊一生，公而忘私，未娶妻妾；一群农家少女前往浮济寺前采桑，戏曰，谁的竹篮抛到桑树上挂住，谁即为“牧马侯夫人”。结果众少女的竹篮均未挂住，惟有林姓少女的竹篮挂在桑树上不下来。姓林的少女回村后就“坐化”了。于是乡亲们为林家少女塑像，送至庙中，尊为“助灵夫人”……

如果说陈渊是金门的拓荒者，那么南宋大儒——朱熹，则是教育及文化的布道者。南宋高宗绍兴二十五年（1115 年）秋，年仅 24 岁的朱熹出任福建同安县主簿。饱读诗书、年轻有为而又满腔热忱的朱熹，十分重视教育及文化，到任后积极开办县学。朱熹任同安主簿五年，当时属同安县的金门也蒙受其惠，得以立书院于燕南山，朱熹曾多次来燕南山书院视学督导。

燕南山书院与牧马侯——陈渊祠相距不远。每逢风和日丽天朗气清之际，燕南山与丰莲山一带，山光水色，灵秀清雅，茂林修竹，幽静怡人。视学之余，朱熹常和当时殷勤款待他的地方父老，一起畅游牧马侯祠，欣赏浯岛美丽的湖光山色。在他的诗文中，留有《次牧马王祠》一首，记述了他愉悦的心境。

朱熹系集儒学、理学之大成者。主张“穷理以致其知，反躬以践其实”。金门的文教民风，在朱熹任同安主簿的五年中，所受的影响是相当深远的。《论语琐录》记载：“朱子主邑簿，采风岛上，以礼导民，之后家弦户诵，优游正义，涵咏圣经，则风俗丕变也。”足见朱熹五年的同安主簿，浯岛居民长年在“沐教化，知义理”的熏陶下，更能以“气节相竞尚”。金门历代乡贤人物中，之所以“不特以科名显”，而“尤以人品著”，正是深受朱子教化的影响所致。

明清两代，金门科甲尽出，有“滨海邹鲁”之称。清乾隆四十五年，金门乡绅于浯江书院建立朱子祠，供奉朱熹画像及神位。如今，坐落在金城市区的“朱子祠”，年久失修，宛如危楼般深锁。两旁石桌、石椅，老旧破损，惟鸟鸣啁啾，翠竹绿阴，依旧清静、幽雅地与中间古意盎然的“讲堂”相对，散发出浓郁的文化气息。

“老屋支柱，殆不可居”（朱子语）的“朱子祠”，难道你是金门文化荒芜、文化断层的今日写照吗？

但是，金门的文化的的确确曾经繁荣过。这有历史文献的记载为证，有历史文物古迹为证。自朱熹播下教育及文化的种子，收获便接踵而至。宋元明清四朝，金门出了44位进士（其中包括四名武进士）。这不很能说明问题吗？自民国元年起，金门出了168位博士。这不更能说明问题吗？

今日在金门参访，你可以看到许多传统村落，述说着昔日的辉煌。由于金门地处祖国东南厦门湾外，因此建筑的样式，属于闽南风格。置身这些建筑群中，你能切身体会到金门与大陆血脉相连的骨肉亲情。自从鸦片战争洋人用大炮轰开了清王朝的国门之后，许多金门人远渡重洋到东南亚一带谋生。他们赚了钱之后便把积蓄寄回金门，盖起有南洋风味的洋楼，修建私塾，修葺祠堂，翻修祖坟，藉此来展现他们衣锦还乡的风采。所以今天在金门，我们很幸运地还能看到别具风韵的老房子。

比如水头。水头村是一处富有多样性文化色彩的村落，巷道田边各式各样的中外古厝是富商名人衣锦还乡的见证，诉说着水头村昔日辉煌的一页。

在水头村老远就可以看到村中的“得月楼”。这名字很美很雅，大概取自“近水楼台先得月”吧。水头村濒海，常遭海盗袭扰，所以筑此高耸的枪楼。得月楼名文实武，楼内有地道直通村中大富人家的宅院，一有警报，枪手即可迅速就位防御。得月楼高六米，是昔日金门的地标。时至今日，得月楼虽然面貌斑驳，但往日的风华英姿仍依稀可见。村中最具代表性的建筑，应属“黄氏酉堂别业”。所谓“酉堂”，为水头村富商黄俊于清乾隆年间兴建之学堂，迄今已有380多年的历史。前有曲桥，将水塘分隔为日月形，是金门惟一具有园林池沼之胜的建筑。当时为宗族塾教场所，380多年来，展露的沧桑美丽，令人击节称叹，流连忘返。

比如“琼林”。琼林原名“平林”，明熹宗御旨改为琼林。这儿自古以来人口众多，是个大家族的蔡氏单姓血缘聚落，拥有许多闽式古厝、宗祠及庙宇。直至今日，琼林仍保留传统的祭祀活动，是金门岛上生命力相当活跃的传统聚落。

琼林村中最著名的莫过于“一门三节坊”。它是金门现存的三座清代节坊中最凄绝苦楚者。清道光年间，蔡仲环妻陈氏，29岁守寡，独立抚养幼子尚闻、尚神长大成人。后尚闻娶妻陈氏，21岁夫死守寡；尚神娶妻黄氏，29岁亦守寡。一门三个寡妇，坚贞守节，后人立坊以表其节气。21世纪的人们，自然不会再苟同、甚至是赞扬她们的“节烈”了。相反的，它勾起了人们对残害妇女、扼杀人性的封建制度的仇恨与批判。

小经蔡宅为琼林建筑的代表，亦是金门建筑群组合的佳作之一。蔡宅由四合院、两层洋楼、正房和阁楼组成，传统中带着活泼与反叛的气息，显示出与其他建筑迥异的特色。

再比如珠山。珠山聚落全为薛姓家族组成，立庄至今约有630年历史。珠山村的房屋甚为整齐，其组成相当一致，以传统闽式为主，约占百分之八十左右，而其古色古香的红砖铺地，更为别村鲜见，是珠山的一大特色。珠山目前为金门推行社区总体营造的示范村落，每年元宵节举办的“珠山灯节”闻名遐迩，颇具特色。

徜徉于这些古建筑群体之中，除了让我们感受到建筑形式的美之外，其实也很具体地反映出金门人过去生活的智慧。这些房子有良好的视野景观，冬暖夏凉，方便与邻居聊天往来的空间设计，甚至考虑到与大自然的和谐相处，如何避免潮湿，为北来的候鸟留一个鸟踏；还有村里的大榕树，都生动地融入他们的生活中。其他如水池与防灾的关系，水井与用水的方便，都在聚落的巧妙设计中。

然而这些传统聚落大多已风光不再，表面看依然精美，实际上已是人去楼空。究其原因，答案十分简单，在世界上戒严时间最长的地方，人们整天生活在战争的阴影之下，还奢望搞什么经济文化建设呢？在金门150多平方公里的土地上，驻军最多时达十万余人，是名副其实的战争岛。金门三镇两乡的居民一共只有四万余人，而且多为老人和孩子。而在澎湖、台湾及东南亚谋生的金门人竟有40余万。他们用自己辛勤的汗水与劳作，创造着异地的文明，繁荣着异地的文化，却让自己的故土荒芜着、贫瘠着，那心中的酸甜苦辣是可想而知的。

这是金门人的尴尬。

这是金门人的悲哀。

金门文化的荒芜，另外还有重要的原因——割断了与母体文化的脐带。

金门的“母县”是福建的同安县，人称“无金不成同”。

金门与同安县的关系，始于唐贞元十九年（公元803年），同安设大同场时，金门亦辟为牧马盐地。自北宋熙宁年间立都图至1915年金门建县为止，金门一直属同安县，行政区划属泉州府同安县绥德乡翔凤里十七——二十都。

金门与同安的史缘、血缘、地缘、文缘，无一不密切。古代方域载：“金门属同安一撮土，四面环海，与鹭江（厦门）唇齿相依。自唐陈渊牧马金门，南宋绍兴二十五年朱熹任同安主簿至今设燕南书院讲学，及至清移同安县丞驻金门”，这些因缘构成了“无金不成同”的丰富内涵。早年金门县城的码头也称“同安码头”，南洋地带的乡社亦常有以“金同厦会馆”见称者。

如今在同安，仍保有诸多与金门相关的地名，像同安后烧原名后萧，其先祖彭子安居金门金沙。同安新店的彭大厝始祖彭用乾世居金门。同安县城南的西浦聚居，自金门下坑徙来的陈氏族群，今两地也都以“秘缣”为灯号。同安县城之北三秀山前属五显镇的后塘，其颜姓居民来自金门的贤厝。同安新店乡沙美村与金门沙美同名。同安县蔡厝与金门琼林蔡氏的灯号同属济阳。同安小西门与金门小西门发源亦同。金门金沙阳翟人陈健（陈沧江）于明嘉靖五年（公元1526年）登进士，今同安的“岳伯坊”、“沧江墓”、“沧江霸”、“沧江粮店”、“沧园”、“西园院”等都是陈健遗迹。同安县城南门外九跃山麓的“怡园”为明金湖琼林进士蔡献臣的别墅。同安洪塘镇和祥山的陈厝墓，乃明嘉靖四十三年（公元1564年）金门金沙阳翟举人陈荣祖的安葬之地。同安县城北五显村的五显第一溪桥，为明万历十七年（公元1589年）金门阳翟进士陈基虞所倡修。同安县城东岳口村凤山钟秀石坊为嘉靖三年（公元1524年）金门凤山籍国子监洪受所立……

说不完的历史渊源，道不尽的文化传承。

大陆与台湾是一国两岸，而同安与金门则是一县两岸。“无金不成同”。半个世纪的对峙与阻隔，导致“同”缺了“金”，“金”少了“同”。每念及此，唐代诗人陈子昂《登幽州台歌》的诗句，便倏然涌上心头——

> 念天地之悠悠，
> 独怆然而涕下。

2000 年 1 月 8 日

金门的守护神——风狮爷

金门岛上有一种十分独特的民俗文化景观——风狮爷——一种狮面人身的图腾。

走出尚义机场，第一个迎接你的便是风狮爷——在机场对面公园中央的高处，矗立着一尊高大的石狮子，威风凛凛地俯视着机场，俯视着整个金门。县长陈水在不无自豪地告诉大家：它是世界上最大的石狮子，自然也是世界上最大的风狮爷，已无可争议地载人了吉尼斯世界纪录大全。在我们乘车去下榻的海福饭店的途中，每经过一个村镇，都有风狮爷的身影从车前掠过。据介绍，时至今日，尚有 70 余尊饱经风霜的风狮爷，散布在金门岛上一些传统聚落的外围。

风狮爷的由来，一般推测是由于金门缺乏高山屏障，自古以来，风害严重，尤其明末清初，郑成功伐树造舟，水土流失更趋恶化，百姓为求安居乐业，就竖起风狮爷，祈求神明护卫，获得心灵宽慰。

在民俗信仰中，狮子具有驱邪攘灾、安定四方的神奇法力，故风狮爷具有狮子的特征，藉以防风镇煞。还有一种说法，在闽南话中，“风神”与“风狮”相近或相同，故把“风狮”尊为“风神”。风狮爷在各个聚落中的位置不一，但绝大多数风狮爷都在北风吹袭的村庄出入口处，面向东北而立。

风狮爷是金门的独特的文化景观，台湾没有，咫尺之隔的厦门没有，就连历史上同属一县的福建同安也没有。但是菲律宾有。究竟是菲律宾的风狮爷传到了金门，还是金门的风狮爷渡海去了菲律宾？无人知晓，也无从查考。也许这将成为千古之谜。

在主人的精心安排下，我们参观了几尊风狮爷精品。

风狮爷根据所用材料的不同，分为泥塑、石雕两种。夏墅风狮爷和官理风狮爷，即是泥塑风狮爷，内里以砖头为骨架，表面泥塑。泥塑风狮爷十分讲究左右对称、谐调。形成鲜明对照的是，夏墅风狮爷面部表情憨厚，而官理风狮爷表情诙谐。

风狮爷有直立、蹲坐及趴伏三种，以直立的风狮爷最具代表性。安歧风狮爷高380公分，是金门所有风狮爷中最高大的（金门公园中的现代风狮爷除外）。它有一对铜铃般凸出的大眼睛，塌陷的鼻梁，宽阔的鼻头，及血盆大口，既凶猛又滑稽可爱。它是直立风狮爷的代表。昔果山风狮爷，也是直立风狮爷，它虽然高只有155公分，但面部表情迥异，龇牙咧嘴，似在呵斥风的侵袭。

风狮爷还有雌雄之分。雄风狮爷通常会写实地雕出性器官，或以葫芦含蓄表达。琼林风狮爷则是此类风狮爷的典型代表，它那葫芦状的器物在两腿之间高高翘起，十分醒目，引起大家的议论与哄笑。而西园风狮爷则是雌风狮爷的精品（雌风狮而称爷，本身十分滑稽），它手持彩带，头部刻有云纹，姿态柔美，威而不猛。

此外，金门风狮爷形式多变，有的手持笔，为文风狮爷；有的手持令箭、帅印，为武风狮爷。我们参观的下兰风狮爷，即为武风狮爷，它左手拿帅印，右手持令旗，面部表情诙谐可爱，看了令人忍俊不禁。

风狮爷是金门人心中的守护神，因此，岛民对它笃信不疑，十分虔诚。过年过节都要以各种方式敬风狮爷。我们参观时，元旦刚过不久，敬风狮爷的热闹场面无缘目睹，但敬风狮爷的痕迹依然存在：风狮爷身上披着用各种料子精心制作的或红、或绿、或黄、或花的披风，随风飘荡，成为一道亮丽的风景；面前有未燃尽的红蜡烛及未燃尽的贡香；张开的大嘴里则有的放上了糖果，有的放上了点心，有的放上了水果……敬谢的方式不同，表达的是同样的诚心。

我问导游小姐："风狮爷真的能防风吗？"

导游小姐是道地的金门人，个子不高，大大的眼睛，嘴唇略厚，样子甜甜的，声音也甜甜的。从我们到金门起，她就陪同我们参观，为了活跃气氛，经常讲一些当地的笑话，先用闽南话讲，然后再用带有闽南味的普通话讲，尽职尽责，很讨大家喜欢。

"当然能防啦！不然我们金门人会这样地相信它、这样地敬重它吗？"说罢，她自己先笑了起来。笑也是甜甜的。

我突然想起去年10月的那场"丹恩"台风。

据史书记载，金门原本林木苍翠，后因元、明、清历代煮盐，以及伐木造船等滥砍滥伐，终致秃山濯濯，风沙肆虐。近半个世纪以来，金门人民积极植树造林，种植了大量的适宜本岛生长的木麻黄树、相思树、松树及桉树等。眼见得荒山披上绿装，大地郁郁葱葱。可是一场百年不遇的“丹恩”台风，令70万棵树木“竞折腰”。两个多月了，直到我们抵达的前几天，金门的警政军民齐动手，才刚刚打扫完台风肆虐的“战场”。放眼望去，公路两边，白花花的树茬，触目惊心，比比皆是。

“去年的‘丹恩’台风，风狮爷为什么不显灵呢?”

也许是我的问题问得太突然，太出乎她的意料，令她瞠目结舌，无言以对。她显得有些窘，脸颊顿时红了起来。不过很快恢复了平静，开始反攻：“你们大陆上的长江边铸了许多镇压洪水的铁牛，把洪水镇压住了吗?还不是靠百万军民严防死守吗?”

我很赞赏她的机敏。她见我不再吭声，脸上现出了胜利者的笑容。那笑依然是甜甜的……

是的，无论是大陆的镇江铁牛，还是金门的风狮爷，实际上都负载着人们的殷殷厚望：希望能有一种超自然的力量来战胜自然灾害。随着历史的演进、科技的发展，这些超自然象征物的实用价值在人们的心目中逐渐贬值，而它们的文化内涵却在逐渐升值。

事实也正是如此。陈水在县长讲，他们在机场对面建设的那座公园，占地22公顷，投资2500万台币；矗立在公园最高处的那尊“世界之最”风狮爷，是在大陆定做的，投资450万台币，仅运输就用了20艘货船。这本身就是一项文化建设。他们还出资请厦门大学的教授专门研究金门的历史文化，出书30本，获图书“金鼎奖”。此外，金门还计划建“进士墙”、“博士壁”，弘扬金门文化传统，供万人瞻仰，昭示青年，认真读书；还计划建“李锡奇现代美术馆”，以抬升金门在台湾、在大陆，以及在国际上的文化品位……

金门，正以它独特的民俗文化——风狮爷，以及其他一系列配套的文化建设，改善着战争岛的形象，续写文化岛的辉煌。

民俗文化村与王应睐故居

“民俗文化村”位于金沙镇山后村。金沙镇由于面迎东北季风，受风害侵扰最深，因此镇内风狮爷遍布，成为金沙镇最特殊的人文景观。金沙又是人文荟萃之地，不少乡民科场得意，致仕晋爵。据说有个村，“人丁不足百，京官三十六”。足见当年这里文化的繁荣与昌盛。

山后村濒海环山，岗峦叠翠，晨晖夕照，曲径萦回，绕山村之古朴，显匠心之独运，已成为金门观光旅游的胜地。

山后乃金门155个自然村之一，原分顶堡及下堡，居民以王、梁、林姓为多。王氏系自元代族居，为唐闽王王审之后裔。中堡之辟建，始于清同治年间，旅日侨商王国珍在日本经商致富，为爱国爱乡、热心公益之侨领，晚年为安族人，光耀门第，乃谋创建。其子王敬祥继志承业，遂扩大规模，礼聘闽南名设计建筑师精心设计建筑，其建筑材料亦选购自福建的漳州、泉州，甚至远及江西，历时20余载，建成闽式二进住宅16栋。主轴建筑为家庙、乡塾及花园；配置三列，外缘围有高墙。此种规划严谨整齐的同宗聚落，有一种威严肃穆之感，为金门最壮观之建筑群。清光绪二十六年（1900年）冬天落成之后，乃移下堡近支族人安居，为有所别，取名“中堡”，迄今已整整100年历史。此种建筑配制，亦可反映中国传统宗族制度的结构与秩序。王氏父子开创基业之艰巨，子承父志之精神，令人景仰，足堪垂范后人。

山后王氏住宅群，配置崔嵬，精致坚实，木石雕琢，栩栩如生。纵行之间设有防火巷道，宽窄各有变化，横列之间则留庭院，每院之间再设墙分隔；并列两家相对开门，造成一种明暗层次丰富、空间错落极富韵律感的动人效果。山后王氏聚落，耗资之巨，历时之长，规模之大，工艺之精，在金门至今无有望其项背者。难怪金门流传着两句话：“有山后富，无山后厝。”诚如斯言。生于闽南长于闽南的刘登翰——这位博士生导师，对王氏民俗文化村赞叹不已。他说，如今在闽南，如此精美的单独建筑尚可觅到；如此精美，如此规模，且保护如此完好的聚落，已极为罕见。

山后民俗文化村以其精美的建筑艺术，以其醇厚的民俗文化令人意趣盎然，流连忘返。更令人感兴趣的还是它的创建人王国珍、王敬祥。王国珍是我国著名生化专家王应睐的祖父，王敬祥是王应睐的五叔。

王国珍原在日本神户做生意，事业有成，又为人宽厚，深得华侨的信赖，成为华侨领袖。王敬祥子承父业，任职王金银行，为旅日华侨总商会会长。王敬祥追求进步，向往革命，成为孙中山的同志及朋友，并任革命团体神户大阪支部的部长。孙中山在神户大阪宣传革命就住在王敬祥的家中。正是在王敬祥的帮助下，孙中山才逃脱了清政府的追捕，他成为促成孙中山革命成功的主要人物之一。辛亥革命胜利，民国初建，王敬祥又捐巨资，修晋江及安海公路。其族人王敬诗、王敬标，也都为辛亥革命做出过贡献。王敬祥不幸于1923年在日本去世，孙中山曾亲往吊唁，备极哀荣。

在民俗村的陈列室中，有许多图片资料，述说着王敬祥与孙中山及辛亥革命的种种渊源关系。其中有一封孙中山致王敬祥的书信原件，弥足珍贵：

> 神户大阪支部长：
>
> 敬祥先生鉴：密启者兹有要事，特着日本同志池亨木君来神户，面请足下，并陪木君同来东京一叙。幸为切切，余由池君面详。
>
> 此致即候。大安。
>
> 孙文
>
> 九月六日

通过此信及有关资料，可以看出王敬祥与孙中山及辛亥革命的关系非同一般。此外，陈列室中还有王应睐的详细资料。王应睐是一位成绩卓著知名度很高的科学家，因人工合成胰岛素而享誉世界。据说，瑞典皇家科学院诺贝尔奖评选委员会已确定其为1967年诺贝尔化学奖得主，仅仅因为中国“文革”动乱无法取得联系而作罢。王应睐与诺贝尔化学奖擦肩而过、失之交臂，至今仍令许多人扼腕，怀有深深的遗珠之憾。

王应睐竟是金门人，这多少令我感到有些意外。然而一张王应睐的生平成就表，分明表露着其故乡的骄傲与关爱：

王应睐，1907年生；1929年南京金陵大学毕业，赴英国留学；1941年在英国剑桥大学获博士；任中科院上海分院院长；任上海生物化学研究所名誉所长；1955年任学部委员；1965年人工合成胰岛素成功，令世界瞩目；1981年组织酵母丙氨酸转移核糖核酸成功；获比利时皇家科学院院士、文学及美学院士；亚洲分子生物学学术委员会委员；美国生物化学学术委员会委员；著有《琥珀酸脱氢酶的研究》……

在众多的图片资料中，居然有两张来自大陆的剪报——《孙中山与新加坡》和《王应睐成就非凡》。

“慈母手中线，游子身上衣。”家乡对王应睐这位世界著名科学家的关注与关爱，由此可见一斑……

这16栋民居中哪一栋是王应睐的故居？他的亲人还健在吗？他们与王应睐可有联系？王应睐可曾故地重游？……我把我的问题向导游小姐提出，表示希望就此进行采访。

对我的问题，导游小姐毫无所知，不过她答应可以帮助打听。

我们参观完毕，准备乘车离去时，导游小姐急急忙忙跑到我跟前，对我说，她已打听过了，紧靠家庙的右首第二排是王应睐的故居，现有他的族人居住、代管。其他问题无可奉告——主人不愿多谈。至于我的采访要求，也被谢绝了。

汽车开动了，我怀着怅然若失的心情与山后村依依惜别——

再见了，山后民俗文化村！

再见了，王应睐故居！

2000年1月9日

太武风景与“广东粥铺”的山东老乡

昨日下午，在完成了“诗酒迎千禧——两岸文艺会金门”的主要活动之后，台湾文艺界的大多数同行于16时40分乘远东056次航班返台。我们大陆的八人由李锡奇、顾重光、朱为白三位画家及唐经澜、吴安安陪同，移师金门陶瓷厂，由厂长王汉文安排住进了金湖镇渔村78号红屋顶旅馆。

红屋顶旅馆与陶瓷厂一墙之隔，是一家三层楼的家庭旅馆，虽小但设施齐全。它建在山坡上，面对料罗湾，眼观大海，耳听涛声，院中椰树高耸，芳草萋萋；红花烂漫，点缀其间，犹如置身海滨别墅，十分惬意。

晚上王汉文厂长请饭时才宣布，我们多留一天，是为了游览太武山和参访小金门。

小金门是俗称。它的正式名称是烈屿乡，是金门最大的卫星岛，也是战略要地，可称之为前线的前线。因为它是兵家必争之地，因而使这个化外之岛有为数不少的战役史迹。李锡奇说，绝大多数的台湾人没有来过金门，而绝大多数的金门人没有去过小金门。要了解战争岛、感受战争岛，小金门自然就是最佳去处。

早晨6时起床，我们乘车前往太武山风景区。太武山是金门森林公园的主要组成部分。金门森林公园除了太武山外，还包括古宁头区、古岗区、马山区、烈屿区等五个区域，总面积为3780公顷，约占大小金门总面积的四分之一。途中，我们在太武山南麓的小径村旁，参观了鲁王新墓。鲁王名朱以海，是明太祖第九子的第十世孙，曾任明朝监国；明末曾致力于反清复明，前后在金门住过七年。鲁王眼看着江山易主，回天无力，于凄风苦雨中含恨离去。死时因时局不定，无法立碑建墓。实际上是怕后人掘墓鞭尸，因此，鲁王葬于何处，在金门一直是一个谜。直到1959年秋，鲁王的真冢在旧金城东梁山下的古岗湖西侧才被发现。移至此处建墓立碑，供后人凭吊，是遵蒋介石命令而为之。于是我想，蒋介石此举意欲何为？歌功颂德吗？一个失败王朝的皇亲国戚，一个败军之将，有何功可歌？有何德可颂？只有一种解释：物伤其类。鲁王逃到金门，“反清复明”七年不成，贫病交加，黯然离去。而此时的蒋介石，“反共复国”喊了十年，亦成泡影，连他自己也失去了信心。相同的经历，相同的处境，相同的遭遇，相同的命运，令蒋介石产生了“兔死狐悲”的感伤。与其说他在纪念鲁王，毋宁说他在提前纪念自己。除此之外，还能作何解释呢？这使人想起了林黛玉的葬花词：侬今葬花人笑痴，他年葬侬知是谁……

太武山最高处只有262米。因为山不高，所以道路并不崎岖，而且是柏油路面，行走起来并不感到吃力。道路两旁古树参天，漫山遍野苍翠欲滴；山涧小溪，流水潺潺，令人顿感神清气爽。

前行不远，便来到郑成功观兵弈棋处。此处实际上是一处可俯瞰金门沿海形势的僻静山洞。郑成功被尊为明朝的延平郡王，他常与僚属在此运筹帷幄，商讨反清大计，也常同僚属在洞内下棋。此山洞遂因郑成功驻留而名声大噪，又称延平帅府。在此处参观，不知何故，总使我联想到厦门鼓浪屿上的日光岩。同为郑成功的帅府，日光岩堪称古城堡、古要塞的精典——利用山势自然，加以巧夺天工的设计，巍峨壮观，易守难攻，一夫把关，万夫莫开。而此处充其量只能算做临时的避雨遮风之处。当然，厦门与金门，对郑成功而言，都是重要的——收复台湾，这儿是操练水师的基地；对抗清朝，这儿又变成了台湾的屏障与前线。

海印寺离太武山的主峰很近，是金门海拔最高的寺庙，亦是金门第一大寺，于宋度宗咸淳年间建造，距今已有800年历史。海印寺与大陆上的许多古刹名寺相比——比如浙江的普陀、山西的五台山、厦门的南普陀——要小得多。但它四周巨石奇岩林立，绿树环抱掩映，由晨至昏，香火不断，青烟袅袅，仿佛置身仙境，别有一番佛家的神韵。海印寺原本祀奉乐山通远仙翁，现已供奉如来、观音、十八罗汉。此寺系依山而建，而且山势很陡，前寺与后寺之间有一城门状关口，十分险要，只能容二三人通过。海印寺信徒很多，平时进香还愿的香客络绎不绝，每年正月初九“天公生”时，更是人山人海，热闹非凡。院中有一座数米高的小塔，塔的表面镶嵌有许多长方形的塑料牌，仔细一看，原来牌上写的都是施主的姓名。施主向寺内交一定数量的钱，即可将自己或亲友的名字填人。此塔名为“金门海印寺信徒祈求和平塔”。金门人民希望远离战争、希望和平的祈求，由此可见一斑。

从海印寺返回大道，前行不远即来到了山顶。放眼望，红日东升，朝霞满天，层林尽染，煞是壮观。蓦然回首，西北方的高处，矗立着一块巨石，巨石上有蒋介石于1952年题写的“毋忘在莒”四个红色大字，非常醒目。

这儿蒋介石用了一个田单救齐的典故：燕将乐毅破齐后，齐将田单随襄王避难莒国（今山东莒县），卧薪尝胆，训练精兵，于齐襄王五年（公元前729年），使反间计，令燕惠王改任骑劫为相国，并用火牛阵击败燕国，一举收复70多城，被齐襄王任为相国。

“毋忘在莒”被蒋介石的部下吹捧为“圣哲名题”。遥想当年，蒋介石题写“毋忘在莒”四个字时，一定是心在流血，手在发抖，信誓旦旦，惕励他的部下及后人，毋因势弱丧志。然而可悲的是，环顾四周，人海茫茫，何人堪称田单?！在这之后的岁月里，蒋介石及其部下，虽然策划了不少对大陆的侵扰，然而无不以彻底失败而告终。时至今日，蒋介石的隔代传人李登辉，数典忘祖，大搞什么“两国论”，哪里还记得“毋忘在莒”的“教诲”？世事难料，徒增一处旅游景观而已！

此时我倒想起台湾朋友给我讲的一个笑话。李登辉提出“两国论”，惹得天怒人怨，“9·21”大地震及“丹恩”台风相继袭击台湾及金门，令孙中山在天之灵极为震怒，斥责蒋介石：你的眼瞎了吗？选了这么个孽种当接班人？蒋介石指着蒋经国说：不是我瞎了眼，是他瞎了眼。蒋经国申辩道：当初他在我面前，赐坐不敢坐，说话不敢放声，一副诚惶诚恐、毕恭毕敬的样子，谁能料到竟是“竖子不足与谋”呢！……

这当然是笑话，然而却道出了台湾人民的心声。

晨8时许，我们游完太武山风景区，陪同人员安排我们在金湖镇用早餐。

金湖镇风情与其他乡镇迥然不同，傍着太武山、簇拥着太湖，林阴道宽阔笔直，湖光山色掩映其中，充分展现了独属于金湖镇的静谧之美。街道两旁，楼房不高，但店铺林立，红红绿绿的装饰，五颜六色的广告，别具匠心的招牌，展露着繁华，洋溢着活力，足可与金门的首善之区——金城镇媲美。

我们来到一家名为“广东粥铺”的餐馆。铺面不大，摆着四五张餐桌，许多人在用餐，几乎是座无虚席。一位60多岁的妇人，慈眉善目，在收款，看样子是老板。一位年纪更大一些的老头，个不大，腰不弯，但背有些驼；腰系围裙，在灶前忙碌，看来是厨师。另有一个中年妇女和一个十六七岁的充满青春活力的漂亮女孩，在忙着招待客人。我们见人多，想走。陪同人员说，这儿的小吃在金湖镇最有名，品种多，味道好。

客随主便。我们耐下性子等座位。这时我才看到，墙上有供应食品的明码标价，不禁大吃一惊：蛋饼每个 15 元；豆浆小杯 10 元，大杯 15 元；油条每根 7 元；水煎包每个 10 元；广东粥每碗 60 元。据说在台北还要贵。来台前听说，台湾物价昂贵，将信将疑，今日方知，此言不虚。

餐馆周转很快，不一会我们就“占领”了两张餐桌。老人过来一边擦桌子一边招呼我们。我惊喜地发现，他竟是我的山东老乡——讲一口略带河南味的鲁西南方言。诗人李云鹏误以为他是河南人，于是问道：

“老人家是河南老乡吗？”

老人很风趣，回答道：“俺是河南老乡的邻居——山东老乡。”

当他听李云鹏说我是他的山东老乡时，很兴奋，话也多了起来。他告诉我，他姓王，鲁西南曹县人，1947 年 18 岁参加国民党军队，之后一路败退，1949 年来到金门。他告诉我，那位老年妇女是他老伴，中年妇女是他大女儿；那位亭亭玉立的女孩是他外孙女，正在读高一，今天是星期天，生意好，也来帮忙。他全然不顾其他客人，把我拉到他老伴面前，连连介绍说：“这是咱们山东老乡！这是咱们山东老乡！”

“你这个山东人为什么开广东粥铺呢？”我笑着问他。

“开始叫山东餐馆，生意清淡赚不上钱。这儿除了本地人，就数广东人多，所以就改成广东粥铺。你说有什么区别？我看没有区别。叫山东餐馆，真正的山东饭就一个水煎包，叫广东粥铺，真正的广东饭就一个广东粥；其他的蛋饼、豆浆、油条，全国各地哪儿没有？可这一改，生意就红火了，你说邪门不邪门。”说着，老人开心地笑了起来。

老人还告诉我，他来金门后与家乡一直没有联系，直到金门解除戒严后的 1995 年，他回山东探亲——此时他已离开家乡 48 年——才知父母已经去世，亲人中只剩下一个 80 多岁的老姐姐。说着，他从柜台里面的墙上取下一张照片给我看。照片是彩色放大的，外面压着一层塑料薄膜。照片的中间坐着一位白发苍苍的老太太，是他的姐姐；他身穿西装，打着领带，一副衣锦还乡的派头，站在后边；站在他旁边的是一位老农民，看起来年纪比他还大，他说那是他外甥。我告诉老人，去年和前年我两次回过山东，家乡的变化特别大，应该常回家看看。我的话似乎触到了老人思乡的隐痛，兴奋的表情从脸上消失了，眼睛有些潮湿，半晌无语。过了一会儿，长长地叹了一口气，说道：

“做梦都想回家看看。回不起啊！从金门到台北，机票是 3800 元，从台北到香港机票7000多元，仅这三地往返就是两万多元，还得从香港到上海，从上海到山东呢。回去一趟少说也得五六万元啊!”

我见老人有些伤感，宽慰他道：

“等着吧，‘三通’以后就好了。”

一提“三通”，老人马上高兴了起来：

“那当然好啦！‘三通’之后我第一个回家探亲。从厦门坐火车直接到兖州，兖州离我们家就很近了，来回一万元足够了。”

从老人脱口而出的熟悉情况看，可以肯定他不止一次研究过经厦门回家的乘车路线了。

吃过饭，我们要走了，老人用他那沾满油渍的双手紧紧握住我的手不放，说：“在金门见到从大陆来的山东老乡，50年来第一次，真不容易啊！欢迎你下次再来。”

握别老乡，转身离去，猛然发现，我们的交谈已被福建电视台的记者吴国标摄入了镜头。吴国标所负责的栏目叫“海峡同乐”。

战争岛的战争记忆

原计划上午9时动身前往小金门，已经过了半个小时，仍不见动静。我问李锡奇何时动身。李锡奇答复说，现在海上风浪太大，轮船不能启航，等等再说吧。我瞅了瞅窗外，风和日丽，不像有风的样子。与我们同行的《管理与财富》杂志主编薛承枫对我挤了挤眼睛，说："不是自然风浪，是政治风浪。"

这一切缘自一个电话——一个自称是某某报记者而又不愿透露姓名的人给李锡奇打的一个电话。他问李锡奇：你们去小金门是谁批准的？乘什么交通工具？那边谁来接待？参访哪些地方？在哪儿用午餐？何时返回？……

时隔数日，李锡奇对此仍愤愤不平。他说："当局成天讲要搞好两岸关系。我们切切实实做一点两岸的文化交流工作，他们又在背后搞小动作。叶公好龙。不同大陆搞好关系，搞对抗，台湾有资本吗?!"接着，他又对我解释说，"你们也别见怪。台湾的'总统'大选正如火如荼，小金门是前线的前线，吴国标又带着摄像机一路拍摄。我们是在敏感的时间，敏感的地点，进行的一次敏感的参访。'有关方面'神经紧张，也很正常。"

这是我们台湾、金门之行的一个不和谐的音符，一段令人不愉快的小插曲。

小金门之行告吹，返回台北的班机又在下午4时以后，于是我们便有了数小时难得的空闲时间。李锡奇、朱为白、顾重光三位画家，到陶艺制作室创作他们的陶艺作品；黄锦萍、郭莉英二位女士也来了"创作灵感"，拜三位画家为师，一同走了；刘登翰是书法家，正好写字"还债"；余下的几位，则在休息室喝茶、休息、聊天……

我趁机打开日记本，回顾几天来的行程，梳理纷乱的思绪……慢慢地，一个战争岛的形象凸现在我的脑际——40余年的戒严，十万驻军，金门理所当然地成为“世界之最”，成为名副其实的战争岛。1992 年解除戒严令，至今已九个年头，然而战争的痕迹依然触目皆是，处处留给人们战争的记忆……

——我们乘车在公路上行驰，在交叉路口的中央，总能看到有一个圆形建筑，通体都有迷彩的伪装，远处看与周围的树木、景物浑然一体，到了跟前，黑洞洞的枪眼告诉你，这是一座碉堡。仔细观察，在山冈上，在海岸边，这样的明堡及暗堡，瞪着幽黑的眼睛，虎视眈眈，随处可见。

——在公路两旁的农田里，有许多水泥柱子，高数米，横看成排竖成行，顶部有尖尖的铁钉；一块一块的农田连成一片，构成了水泥柱的“森林”奇观。古月问我：“你知道它们是干什么的吗?”我展开想象的翅膀，打开记忆的仓库：是葡萄架?我在新疆吐鲁番的葡萄沟参观过，一片一片的葡萄架形成了一片一片的浓荫，渠水潺潺地从脚边流过，一串串葡萄垂下来，似珍珠，似玛瑙，似翡翠，碰头打脸，不用动手，只要张开嘴巴就可以吃到它。不对。葡萄架的水泥柱没有这么高。是生产啤酒花的水泥架?在河西走廊的酒泉，啤酒花的生产已成为独具特色的高效农业，一片一片的绿色，一片一片的白花，十分美丽壮观。也不对。啤酒花的水泥柱是一垄一垄的，况且也没有这么高。到底是什么呢?我只好交了白卷。古月笑着自揭谜底：“是防备你们‘共军’空降的‘天罗地网’，战时，拉上铁丝，纵横交错，以此来阻止直升飞机和空降兵的降落。”我不禁笑了起来。我问古月，可曾看过“沙漠风暴”——海湾战争的录像?她说没有。我告诉她，现代化的战争，用的都是高科技手段，首先从地面、空中、海上发动地毯式轰炸，然后才是空降、登陆、占领，……这些玩具似的水泥柱子，能经得起猛烈的炮火轰炸吗?幼稚，十分幼稚。然而，这种幼稚而又原始的防御工具，又是与那个时代的思维水平及战术水平相一致的。

——琼林是文化村，又是“战斗村”。金门居民“奉先思孝”的观念极为浓厚，同一支脉所传而聚居于一村者，均建有宗祠以奉祀先人。琼林蔡氏一村即分别兴建大小宗祠七座，为金门宗祠最多的村庄。说它是“战斗村”，因为它的地下坑道建设在金门也是首屈一指。琼林地下坑道蜿蜒数公里，两边每隔十数米便有接口通向地面的人家，形成了村自为战、户自为战、人自为战的格局。这情景我们一点也不陌生。朝早里说，抗日战争时我们的人民就创造了令日本侵略者胆战心惊的地道战；朝近里说，为贯彻老人家“深挖洞，广积粮，不称霸”及“备战、备荒、为人民”的指示，我们这代人就亲历过“地道战”。如今遍布各大城市的“地下商城”、“地下旅馆”、“地下餐厅”……无不凝聚着我们这代人的汗水与心血。

——金门的地形像一只哑铃，中间细两头粗。在“哑铃”的西南角的海边有座山，高不足百米，叫翟山。工程浩大的翟山坑道就建在此山的下面。由坑道的入口处沿台阶下行数十米，便看到了坑道的庐山真面目：它是一条两头出口与料罗湾相连的“U”字形暗河，长达千米，宽十数米，深四五米；暗河的里侧开有通道，供人行走。翟山坑道原为国民党驻守金门的海军部队停泊小型舰船之处，极具隐蔽性和机动性。坑道内还设有七间兵舍，是一处地下基地。如今翟山坑道已交森林公园管理，作为一处旅游景点，供人参观。坑道两端已与大海隔绝，坑道中的海水纹丝不动，像一面硕大无比的镜子，幽幽地发着光，述说着炮火硝烟的往事……

参访金门，了解战争岛，感受战争岛，对我们一行来说最不愿面对而又不得不面对的也许就是“古宁头”战役了。

古宁头是1949年10月25日凌晨解放军试图解放金门的登陆地点。登陆后在此激战三天三夜，终因后续部队无法增援，弹尽粮绝，在此失败。这是解放军“过五关斩六将”之后的一次“夜走麦城”。正因如此，国民党大肆炫耀这次战役的胜利：在昔日的战场建立了“古宁头战史馆”；解放军登陆时的指挥所“北山小洋楼”，虽是弹痕累累，破败不堪，也立碑纪念，供人参观；古宁头登陆地点，也特意标出，昭示游人……

关于古宁头战役的失利，在福州、在厦门，都听朋友讲过。说到失利的原因，大致归结为三条：

第一，骄傲轻敌。参加古宁头战役的部队，是一支功勋卓著的部队，从土地革命时期就同蒋介石的部队打交道了。1949年的形势，是国民党军队兵败如山倒；而解放军则是所向披靡，长驱直入，包括与金门一海之隔的厦门，没有经过太激烈的战斗就解放了。开始解放军指战员对攻占海岛尚存疑虑，随着一江山岛的一举攻克，认为攻打海岛如此尔尔。因此，对解放金门的艰难困苦估计不足。据说，古宁头战役结束后打扫战场，居然发现了登陆部队带来的“金门邮局”的办公桌及事先刻好的邮戳。认为登陆后将迅速解放全岛，迅速恢复民政，实现通邮。乐观轻敌可见一斑。

第二，缺乏气象知识。当时没有现代化的运输手段，惟一的运输工具便是从沿海征集来的渔船。渔船毕竟有限，所以只好悉数出动，运送先头部队登陆，然后迅速返回，再运送后续部队。先头部队登陆后，正赶上海水退潮，渔船搁置海滩，无法返回；之后又受到国民党空军的狂轰滥炸，损失惨重，致使后续部队无法抵达。

第三，天公不作美。当时解放军制定的方案，是在金门“哑铃”形的最细部最狭窄的后江湾登陆，将金门切割成东北西南两部分，令国民党守军首尾不能相顾；然后迅即攻占太武山，顺利则四面出击，迅速占领全岛，困难则居高临下，固守待援。可是天公不作美。是夜狂风骤起，令解放军的船队改变了航线，吹到了古宁头。而古宁头及马山恰恰是金门朝向厦门的两个“犄角”，是国民党重点布防的防区。这就使解放军的抢滩登陆变得极为悲壮惨烈……

如果说我们为古宁头战役的失利总结了三条教训，那么画家顾重光则从另外一个角度，对国民党守军的胜利归纳了二条“经验”——一个阴差阳错，两个歪打正着。

其一，解放军解放金门的计划及准备，保密工作做得非常好，金门守军毫无觉察。其时驻守金门的部队按计划正好换防——这也正是解放金门计划的一部分，趁部队换防混乱，立足未稳，攻其不备。可是正在接防部队已到、原驻防部队整装待发之际，突然狂风大作，巨浪排空，令所有舰船无法启航，滞留金门。无意间令金门守军增加了一倍。此谓阴差阳错。其二，在解放军登陆的前一天——10 月 24 日的白天，金门守军的一个坦克营在古宁头海滩训练，一辆坦克因发动机故障，未能随队撤离现场而留在了海滩上。这天凌晨，那位坦克营的营长从古宁头嫖娼出来，恰巧发现了海面上的大片渔船，他知道事情不妙，一面嘱人回去报告，一面跳上那辆坦克，抄起机关枪向登陆的先头部队横扫……据说直打得机关枪管发红、发软。一辆坦克是无法阻止解放军的攻势的，但它减缓了解放军登陆的速度与时间，惊醒了沉睡中的守军，自然也是奇功一件。这辆坦克如今被供奉在“古宁头战史馆”的大门口，被尊为“金门之熊”。这是第一个歪打正着。其三，国民党辽沈战役失败后. 部分部队乘舰船由海上逃出，几经周折退至舟山群岛，与其他败退下来的部队一起，整编为十二兵团十四师。刚刚整编完毕，服装枪械尚未配齐，解放军又攻打舟山，他们又急急忙忙乘舰船往台湾撤。途中突遇狂风巨浪，台湾命他们停靠金门暂避。恰在此时，解放军登陆的战斗已打响。十二兵团十四师的士兵一边下船，一边配发枪械，开往前线。此时，金门前线最高指挥官汤恩伯在十二兵团参谋长杨维翰陪同下，到码头视察，见从船上下来的士兵一个个破衣烂衫，服装不整，斥责杨维翰：“前线需兵，何故令民夫先行下船？”杨答：

"此乃十四师士兵。"汤恩伯皱着眉头离开了。正是令汤恩伯皱眉头的"哀兵"，成了他的救命稻草，增援之后局势迅速逆转。当然，十四师也付出了惨重的代价，四十二团团长李光前，在增援中被击毙。一方是陡然之间增兵数倍，一方是后续无援，弹尽粮绝。这是第二个歪打正着。

主观加客观，阴差阳错加歪打正着，决定了古宁头战役的命运。

这就是战争。如此的残酷壮烈，如此的难以预料。

对金门来说，最直接最惨痛的记忆，还是自 1958 年"8·23"开始一直持续了 21 年的炮击。

通过同台湾、金门朋友的接触、交谈，我发现，他们对炮击的过程、惨烈及后果，记忆犹新，耳熟能详，但对炮击的起因则浑然无知，或知之甚少。

关于炮击金门的起因，曾任解放军总参作战部部长的王尚荣将军，在其回忆录《持续二十一年的炮战——炮击金门的决策经过》中，有着精确的记述：

> 从 1957 年 11 月至 1958 年 3 月的四个月间，蒋军飞机 204 批 387 架次，深入大陆进行袭扰，最深入点达石家庄。我们及时将这一情况，向总参领导作了汇报。这一汇报随即被送到毛泽东主席那里，遂有了"全力以赴，务歼入侵之敌"的批示。
>
> ……
>
> 尽管如此，蒋军对大陆的窜扰并没有减弱，除了空中外，军舰和小股匪特在沿海的骚扰也趋于频繁。而且入夏以来，美国继向台湾提供"自由女神"飞弹、"狮子星座 II"导向飞弹后，又决定在台湾部署可携带核弹头的"斗牛士"导弹。与此同时，国民党在金门集结了 6 个步兵师，8 个独立炮兵旅，5 个炮兵管，3 个轻战车营，计 9.6 万人；在马祖集结了 2 个步兵师，4 个独立炮兵营，2 个高炮营，计 4 万人。

反击蒋介石国民党的袭扰，警告美国不要插手金门、马祖、台湾、澎湖的事。这就是炮击金门的起因。这完全符合老人家的性格——不怕压，不信邪。在朝鲜战场，面对打着联合国旗号的以美国为首的多国部队，尚且敢碰，敢顶，敢打，敢拼！何况在自己家门口，在自己国土上呢？卧榻之侧岂容他人之酣睡！金、马、澎、台是我们中国人自家的事，外人不得插手。不管你是谁。

1958年8月23日17点30分，面对金门30公里海岸线，突然间万炮齐发。这就是震惊世界的“8·23”炮战。这就是持续了21年的炮击金门的开始。据王尚荣的回忆文章讲：“第一次炮击，海岸炮0.4个基数，其他炮0.5个基数，预计二万五千发。”至于持续21年的炮击共用了多少炮弹，王尚荣没有提及。但金门有统计，据说是97万发，每平方公里平均6466.6发。

这又是金门的一项“世界之最”。

首次炮击确定的目标是国民党军队的指挥机构、炮兵阵地、雷达阵地、料罗湾的敌舰。

关于第一次炮击的结果，最详细最权威的述说，当然还是王尚荣将军：

> 18点16分，石一辰（时任福州军区参谋长——引者注）向我报告第一次炮击的情况：已进行了两次火力急袭，大、小金门笼罩在一片烟雾之中，据我方观察射击较准，“中字号”舰中弹5发。从敌方获悉我炮打得很准，都打在金门防卫司令部和师部附近，“灯”（雷达代号）已被打坏。
>
> 午夜零点55分，福建前指张冀翔（时任福州军区副司令——引者注）向作战值班室报告一天战况：从敌方获悉，大担、二担伤亡70人；小金门敌军伤亡惨重，但具体数字不详；大金门敌军一片混乱，伤亡数字尚不清楚。美顾问团20余人下落不明……
>
> 后又从敌方获悉：俞大维（时任国民党“国防部长”——引者注）带领作战助理次长金华祥、军医局局长杨文达、总政治部监察署长汪贯一等，23日刚刚到金门视察。当晚6时30分，金门防卫司令胡涟在翠谷水上餐厅设晚宴，招待美国顾问。因胡琏、俞大维和美国顾问到场晚，故侥幸躲过了炮击。而早些到场的金门空军副司令章杰、海军副司令赵家骧（据金门有关资料，赵为金门防卫司令部副司令兼参谋长——引者注）当即毙命；金门防卫副司令吉星文伤重殒命；参谋长刘明奎也受重伤。

之后的炮战逐渐演变成“单打双不打”，过年过节发布告——放假不打。这是典型的毛泽东方式。他向世界昭示：我打的是政治，而非军事。这在世界战争史上是否也应算作首创？

关于“8·23”炮战，在台湾、金门有许多传说。

传说之一：此次炮战是由福州军区司令员叶飞决定并发动的，目的在报古宁头战役失败的一箭之仇。

叶飞作为解放军的高级将领，对古宁头战役的失利，在深刻反思总结的同时，肯定是痛心疾首、追悔莫及。问题是，重大的军事行动、特别是炮击金门这样震惊世界的军事行动，他决不会也决不敢感情用事，擅自行动。事实上关于炮击金门的决策一直是在上层讨论完成的。直到1958年8月17日，中共中央在北戴河召开政治局扩大会议，毛泽东认为炮击可以在近期进行，才在北戴河召见了叶飞。王尚荣将军写道：

> 叶飞到北戴河毛泽东住处，即向毛泽东汇报了前线准备的情况和炮击的部署。当时在场的有彭德怀、林彪和我。我们把地图摊在地毯上，一边指点，一边谈论着。这时毛泽东突然问叶飞：大规模的炮击金门会打死蒋军中的美国人？叶飞说：会的。毛泽东问：能否设法避免？叶飞回答得很干脆：不能。因为当时蒋军营级即配有美国顾问。毛泽东感到此事需再作斟酌。

传说之二：“中共”原计划炮击金门之后，即发动解放金门、马祖的战役，但由于“国军”军事强大，反击有力，故使“中共”计划严重“受挫”，攻占金门、马祖的“图谋”未能得逞。这是台湾官方极力宣扬的观点。实际上军方确有解放金门、马祖的打算。而且在毛泽东下战略决心前一个月，解放军在舟山群岛进行了一次前所未有的三军联合两栖作战演习，训练岛屿争夺战战术。特别容易引起人们猜度的是，参加演习的部队，在演习完毕后，一直未得到返回原驻地归还原建制的命令，而是驻扎在演习地区待命。据说，蒋介石在获悉这一情报后，紧张得坐卧不安，猜想“中共”可能在海峡地区会有军事行动。我解放军高级将领，在得知毛泽东决心在金、马一带对蒋作战后，自然要考虑登陆作战的问题，并积极进行登陆作战的准备。可是，在此问题上，毛泽东再次展示了他的雄才大略，高瞻远瞩——只进行炮击，不实施登陆。国际上不是有人把台湾当作永不沉没的“航空母舰”吗？我就把金门、马祖当作两只固定的“锚”，把台湾这只“航空母舰”与祖国大陆紧紧地连在一起，让你既不能“开走”，也不能“漂走”。几乎是与此同时，蒋介石也断然拒绝了“友邦”劝他撤出金门、马祖的建议。丧权辱国的《马关条约》，使台湾沦为日本的殖民地，正是他蒋介石通过《波茨坦公告》及《开罗宣言》收复了台湾及澎湖列岛。如今让他撤出金门、马祖，岂不是让台湾、澎湖又回到殖民时代的状态了吗？名不正则言不顺，岂不是国将不国了吗？

毛泽东与他的老对头、老冤家、老“朋友”蒋介石，几乎在所有的问题上都意见相左，惟有在海峡两岸是“一个中国”的问题上取得了难得的一致与共识。

……

提起“8·23”炮战，我们 行的台湾朋友中，还真有两个亲历者。’一个是画家李锡奇，一个是诗人管管。

李锡奇的老家就在金门的古宁头。我们参观他那已经废弃的故居时，仍可看到墙上密如筛孔的弹洞。古月说，以前她来，还可以从墙上抠出弹头。仅此，便可看出当年战斗之激烈。1958 年夏天，刚刚 20 岁的李锡奇从台北师范毕业，买好了 8 月 23 日的船票，准备返回家乡当小学教员。对一般人来说，回家自然是归心似箭。此时的李锡奇则与众不同，开始检票了，他尚犹豫不决。此时，他正同一位越南姑娘谈恋爱，此去金门，归期无期，何日再相逢？20 岁对一个热爱艺术的青年来说，正是“恋爱也疯狂”的年龄。最后一刻，李锡奇退掉了船票，同他的越南姑娘幽会去了。当晚就传来了金门炮战的消息……

爱情帮李锡奇逃过一“劫”。从此，金门少了一位小学教员，台湾多了一位开现代绘画风气之先的艺术家。

我问李锡奇：“那位越南姑娘呢？”

“到菲律宾去了。”

“怪不得你每年都到菲律宾办画展，原来与旧情人有约呀！”我故作惊讶地说。

李锡奇连连摆手：“没有！没有！菲律宾倒是常去，可从来没见过她。”

古月睨了李锡奇一眼，撇了撇嘴说道：“谁会相信你的鬼话噢。”

古月的话引起一阵笑声……

1958 年，27 岁的管管在金门前线任少尉文化教员。8 月 23 日下午 5 时 30 分，他给士兵上完课正走在返回驻地的路上，突然之间炮弹像雨点般在周围落下……好在这位山东大汉身手矫健，动作敏捷，一个箭步便窜进了路边的防空壕。当时刚下过雨，防空壕中满是泥水，炮弹爆炸掀起的泥土几乎把他埋掉。一轮炮击之后，他回到了驻地。只见他浑身是泥，满脸是血……大家一下子被他惊呆了——经紧急救治才发现，他没有负伤，只是被战壕中的树根划破了脸。

炮火的洗礼、生死的体验，使管管对命运的思考、对人生的理解，顿时深刻了许多。世界的荒谬，人生的痛苦，艺术的感染与追求，不经意间使管管“蜕变”成为一名荒诞派诗人……

战争岛的记忆太沉重了，以至于沉重得有些让人透不过气来。正因如此，导游小姐总是想方设法制造一些欢乐的气氛，将铁与血的战争，化作一则则的笑话……

笑话之一：“8·31 军中乐园”。

所谓“8·31 军中乐园”，就是台湾当局把军妓送到金门慰问前线官兵的场所。“乐园”的门口贴有一副对联，上联是：金门厦门门对门；下联是：大炮小炮炮打炮；横批是：速战速决。

每逢放假，来“军中乐园”“消费”的官兵太多，往往排成长龙，当地居民不知底细，以为是在抢购紧缺商品，也纷纷前来凑热闹，跟着排队。当局认为有失大雅，下令改用钢盔排队，按钢盔的号码依次入内。因为“小姐”有俊丑之分，所以门口的“钢盔队伍”便也排得参差不齐……

一天，一个年轻妈妈带着儿子乘计程车路过“军中乐园”，看到许多军妓穿着旗袍，打扮得花枝招展地在外面晒太阳。儿子问妈妈，这些阿姨是做什么的？妈妈不想让儿子知道妓女的事，于是随口说道：她们是模特儿。司机转过头来说：为什么要跟孩子撒谎呢？她们是妓女。于是儿子又问妈妈：妓女是干什么的？妈妈说：妓女是坏女人。儿子又问：妓女有儿子吗？妈妈说：有。妓女的儿子都不好好学习，所以长大只能开计程车……

笑话之二：怕脏、怕累、怕苦、怕打仗的少爷兵。

随着金门戒严令的解除，金门的驻军由过去的十万人，降到了现在的一万四千人。而且这些兵都是怕脏、怕累、怕苦、怕打仗的少爷兵。对此，金门流传着一首顺口溜：

头发梳得光光，

脸上搽得香香；
皮鞋擦得亮亮，
出门换身新衣裳。
怕累又怕脏，
怕苦怕打仗；
金门服役三年，
回家领个姑娘……

笑话之三：计程车的窗玻璃为什么是黑的？

我们的旅游车在公路上行驰，迎面开来一辆计程车。导游小姐提醒大家：你们看计程车的窗玻璃是什么颜色？大家回答是黑色。她又问为什么是黑色？有人说金门的阳光强烈，是防止日晒，遮阳的；也有人说，是避免别人窥视，替乘客保护隐私……导游小姐都摇头说不对。答案竟出乎所有人的意料：由于战争，使金门的经济发展严重滞后，有钱乘计程车的人很少，司机整天开着空车转悠，很没面子，干脆把玻璃都换成黑色，让人虚实莫辨。

笑话之四：金舍利钢刀的衰落。

金舍利制刀厂已有60多年历史，在金门，在台湾，乃至在东南亚都名气很大。特别是“8·23”炮战之后，该厂打出了用“中共”优质炮弹钢制刀的招牌，宣传效应变成了经济效益，产品供不应求。金门的十万驻军，探亲、换防都带上几把金舍利钢刀，作为金门的特产、礼物馈赠亲友。而如今，金舍利钢刀却衰落了，那原因很简单，人们再也不愿睹物思情，引起与战争有关的沉重记忆了。年轻的士兵将钢刀作为礼物送给女朋友，女朋友则严词拒绝：难道你要跟我一刀两断吗？……

昔日的战场，昔日的工事，已经变成了旅游的景点。与此同时，金门人正在用“黑色幽默”，剥落着战争岛的色彩，化解着人们对战争岛的痛苦记忆……

知识分子的忧虑

晚6时半，陈晓林先生在咆哮山庄吉祥厅请饭。

咆哮山庄位于台北市林森路，距我们下榻的六福客栈不远，只有两三个街区。我们抵达咆哮山庄时，主人陈晓林和一个说不清年龄、举止文雅的女士站在吉祥厅门口欢迎客人。开始我以为这位女士是陈晓林的夫人，交换名片后才知道，她叫禚淑云，是咆哮山庄的董事。进一步交谈，知道她是山东人，是我到台湾、金门五天内结识的第三位山东老乡。听说我来自兰州，她告诉我，她有一个亲戚，在兰州的南关什字开餐馆，并说最近因盖大楼搬迁了。我说，兰州的南关什字一带，建了许多国际水准的高楼大厦。近年来中央加大了开发西部的力度，西部充满商机，欢迎她到兰州投资饭店、酒楼、餐饮业。她对我的建议很感兴趣，表示要到兰州进行考察。

此时，画家顾重光走了进来。他满脸堆笑地对禚淑云说："一日不见如隔三秋。好想你噢!"

禚淑云立刻笑着还以颜色："老不正经的。这么多日不见，死到哪里去了?"

可以看出，他们很熟。台湾文艺界同仁，可能经常在这儿聚会、宴客。也许禚淑云本身就是文艺界的道中人。

陈晓林先生戴一副深度近视镜，谈吐儒雅。他的职务很多：《民生报》、《欧洲日报》总主笔，《联合报》主笔，联经出版公司顾问，台湾大学哲学系兼职教授，风云出版公司负责人；除了教授是兼职外，其他你很难判断哪是兼职，哪是本职。总的感觉，他是一位执台湾舆论牛耳的人物。不过当晚的身份是《联合报》主笔。台湾的请客吃饭，与大陆有许多不同。首先，台湾宴请客人，在餐厅大堂要出"告示"，标明时间、地点、主人及客人的身份："（民国）89年元月9日晚，吉祥厅，联合报陈主笔宴请大陆作家。"相比之下，我们的许多高级餐厅，常常爆满，但却不知食客为何人，甚至你打听也打听不出来，怕曝光。其次，台湾的宴会上没有凉菜（也许因为是冬天）；第三，也是最主要的区别，菜很精致、很考究，档次高，但绝不浪费。今晚的宴会只有八道菜：

沙律大龙虾　碧绿炒双脆
椒盐小羊排　红烧砂锅翅
树子海鲜卷　牛柳粉丝煲
冬菇扒豆苗　螺头骨排汤
精致糕点、甜品、四季鲜果

这与我们有些人为了表示好客讲排场，桌子上的名菜名吃堆积如山、造成浪费，形成鲜明对照。

宴会进行了约一个小时，该吃的都吃了，该喝的都喝了，基本上结束了以吃喝为主的阶段，开始聊天。恰在此时，禚淑云女士打开了电视。大家立刻被电视内容所吸引——电视正在转播“总统”竞选的“造势”晚会。台湾把支持某某“总统”候选人的集会（通常都在晚上），称做“造势”晚会。只见独立候选人宋楚瑜沙哑着嗓子说：“以前我在国民党内任职期间，有对不起公众的地方，我向大家道歉、谢罪啦！”然后是深深地三鞠躬。之后，这一画面反复出现，我才恍然大悟，原来这是宋楚瑜的竞选广告，是他出场前的片头。与此同时，民进党“总统”候选人陈水扁，正在高雄市出席“造势”晚会。电视台倒是不偏不倚，镜头在两个“造势”晚会之间不停地切换……

我同陈晓林聊了起来。我说，我们一行八人，有一个不成文的约定，此行只是以文会友，加强沟通，畅叙友情，不谈政治。我们这些人的智慧不足以谈论政治问题，更遑论解决政治问题了。美国前国务卿基辛格提出的“海峡两岸的中国人都主张只有一个中国”的表述，是大手笔，令人拍案叫绝。邓小平提出的“和平统一，一国两制”，更是雄才大略，高瞻远瞩。我们这些凡夫俗子还有什么好说的呢？不过，今晚蒙你盛情款待，有缘相识，而你又是台湾知识分子精英人物的代表，自然想听听你的高见。

听过我的开场白，陈晓林扶了扶眼镜，谦虚地笑了笑，说：21 世纪对中华民族来说，是振兴、崛起、发展的千载难逢的好机遇。近代以来的中国，积贫积弱，鸦片战争以后更沦为半封建半殖民地的悲惨境地。在跨入新千年的时候，香港、澳门相继回归，的确令华夏儿女扬眉吐气，神清气爽。而今大陆的外汇储备世界第二，台湾、香港紧随其后，是第三、第四。犹如参加运动会，能拿二、三、四名的运动队，其总成绩并不在金牌之下。有人说21世纪是中国的世纪，应该不是妄言。陈先生说到这儿，不知何故，突然停了下来，陷入了深思之中。稍顷，他说："对一个国家、一个民族来说，这种机会并不多，往往是稍纵即逝。所以对海峡两岸的主政者来说，其言其行，要慎之又慎。要'棋高一招，满盘皆活'，切忌'一招不慎，满盘皆输'。"

我们的话题转到了台湾的局势及正在进行的"总统"大选。陈晓林批判的言词严厉了起来。他说，12年前蒋经国解严与开放探亲两大政策，使台湾转入了新的航道。沿着这条航道走下去，下一步自然是消除敌对状态，实现"三通"，两岸的发展应是愈走逾近，愈来愈密切。可这一切被李登辉破坏了。李登辉执政的主导不是宪法，不是民主，不是信诚；而只是权谋，只是民粹。要利用你就说你是"新台湾人"，翻脸就说你是"出卖台湾"。他执政12年，使政治恶质化，黑金尾大不掉，留下了一盘难解的残棋与僵局。他的"两国论"更是搅得台湾天怒人怨。李登辉原以为美国会支持他的"两国论"，其实是打错了算盘。无数事实证明，美国是最靠不住的。美国最有实力，但也最为势利。

陈晓林这位哈佛大学培养的博士，批判开美国，锋芒犀利，毫不留情，显示了知识分子新左派的共同特点。

"宋楚瑜会当选吗?"我们到台湾这几天，不论你关心不关心，留意不留意，总有许多关于选举的信息撞击你的眼睛，输入你的记忆。根据最近的民意调查，获支持率最高的三位候选人是：宋楚瑜31%；陈水扁28%；连战19%。通过交谈，凭感觉我认为陈晓琳是支持宋楚瑜的，但他始终没有说一句支持宋楚瑜的话。所以我单刀直入地提出了我的问题。

"这很难说。首先是选举还有两个多月，这期间什么事都可能发生，会有许多变化，很难预料；其次，国民党是执政党，掌握许多影响选举的手段，关键时刻可能封杀宋楚瑜；第三，李登辉在'明修栈道，暗渡陈仓'，如果连战获胜无望，他极有可能'弃连保扁'。但是无论如何，国民党应该下台。他们执政时间太长，太腐败，太黑暗了。"

"如果'台独'势力上台呢?"

陈晓林半晌无语。我知道我提了一个两难的问题。台湾的知识分子及民众中相当多的人数，既强烈希望国民党下台，又害怕"台独"上台。他们都清楚，"台独"意味着战争。台湾作家李敖说过：台湾的"总统"选举，是从一筐烂苹果中挑选一颗烂得最轻的苹果。如果挑选的不是烂得最轻的而是次轻的呢？或者是挑了一颗表面未烂而是“黑了心”的苹果呢？又当如何？

陈晓林毕竟是哲学教授，他给了我一个富有哲理而又意味深长的回答。他说：“台湾的社会演进到今天，谁当选都是可能的，也是正常的。但‘台独’不得人心。无论对一个政客，还是对一个政党，不仅要听他说什么，还要看他做什么。听其言而观其行。当年反共反华的急先锋是尼克松，打开中美关系大门的不也是尼克松吗？”

法国前总统密特朗的顾问德布雷（Regis Debray）写过一本书，叫《教师·作家·名流：法国现代知识分子》，将教师、作家、名流分别作为法国不同历史时期的知识分子形象的代表。而陈晓林在今日之台湾，则是集教师、作家、名流于一身的人物。通过交谈判断，他应属于“知识分子新左派”；从哲学理念上讲，他信奉科学理性；从主张对传统文化批判与整合看，又应属于新儒家学派……

陈晓林对台湾时局的分析冷静而客观，观点新颖而独到，对美国及台湾当局的批判也是入木三分，切中腠理。当然，话题超出台湾，涉及到两岸关系，他便流露出某种忧虑、不安与困惑……不管怎么说，陈君一席谈，胜读许多书，为我们观察台湾、了解台湾、理解台湾，提供了许多很好的参照。

2000年1月10日

听李敖痛骂李登辉

台湾作家、新党“总统”候选人李敖说：

北极只有两个季节——
冬季和下一个冬季；
台湾也只有两个季节——
热季和选举季。

只有在台湾身临其境，切身感受，你才知道李敖的话是多么的形象生动而又准确。“总统”及省、市、县长的选举是相互隔开的，每四年一次，其间还有相应的“国大代表”的选举，“立法委员”的选举，及市、县“议员”的选举；此外，还有村里长、乡镇长以及“民意代表”的选举……李敖说台湾每年有半年在搞选举，并非惊人之语，实属名副其实。

我们到台湾几天，就亲身感受了万花筒般的台湾“总统”大选。

1月7日晚，在金门的海福宾馆，我打开电视，看到李敖正同台湾大学的学生对话——栏目叫“挑战李敖”。之后每天晚上都能看到这个栏目。

“挑战李敖”是环球电视台为“总统”竞选推出的金牌栏目。“挑战李敖”采用现场直播，每晚9时开始，直至深夜，收视率很高。台湾朋友说，大家之所以爱看这个栏目，是因为李敖知识渊博，极富辩才，常常是妙语联珠，语出惊人。这还不是最精彩的。最精彩的，是每晚都批李登辉、骂李登辉——批则体无完肤，骂则狗血喷头；令观众痛快淋漓，拍案叫绝。

一个学生问李敖：如何评价李登辉的“两国论”？

李敖说，“混蛋总统”李登辉的“两国论”把台湾害苦了，几乎把台湾带到了战争的边缘。一个政治家不在于他是否提出主张，而在于他是否有能力、有办法实现这些主张。我一夜就可以提出一千项主张。能实现吗？“混蛋总统”李登辉提出“两国论”，他能实现吗？首先，说“中华民国”是主权独立的国家，不是事实的描述。1949年以前的“中华民国”包含全大陆，1949年以后的“中华民国”丢掉99.7%的领土，所以“中华民国”的政府来到台湾，领土没有来到台湾；“中华民国”在历史上是偏安政权，不是主权完整的国家。

其次，联合国不承认“中华民国”为主权独立的国家。

第三，也是最重要的一条，13亿强大的大陆人民反对你，你能独立吗？

第四，主权独立的国家，必须得到国际上绝大多数国家的承认。1949年以前承认“中华民国”的国家有120多个，现在有多少呢？是22—29个国家。数字是浮动的。为什么？因为是拿钱买的。有许多小国家，你给它钱，它就跟你建交，支持你，把你的钱花完了，就不支持你了，又跟你断交。混蛋“总统”李登辉的金钱外交，真丢人，把脸丢尽了。李敖问同学们：世界上有个小国叫“那乌鲁”你们知道吗？你们肯定不知道。它太小了，小到你用放大镜在世界地图上都难找到。“那乌鲁”只有五平方公里，比台湾的日月潭稍大一点；只有9000多人，比你们台湾大学人还少。就这么一个小国，混蛋“总统”李登辉花了28亿元买了个“建交”。靠这样的小国家支持，你能成为主权独立的国家吗？所以说混蛋“总统”李登辉的“两国论”是行不通的，他有主张无办法，只能给台湾带来灾难。接着，李敖讲了一个略带“颜色”的故事。他说，从前有个大地主，有四个女儿，都出嫁了。大女婿、二女婿是读书人，有文化，老岳丈很喜欢；三女婿、四女婿不读书，无文化，老岳丈不喜欢。老岳丈过生日，想刁难一下三女婿和四女婿，提出让四位女婿各写一首诗，而且诗中必须有“大、小、多、少”。写出诗方能入席。于是大女婿说道：

> 我有一把扇，打开时候大，合起时候小；
> 夏天用得多，冬天用得少。

老岳丈连说，好诗！好诗！请大女婿入席，喝酒、吃菜。轮到二女婿，他说道：

我有一把伞，撑开时候大，收起时候小；
雨天用得多，晴天用得少。

老岳丈也说好诗，请二女婿入席，喝酒吃菜。轮到三女婿了，他指了指自己下身的某一部位，说道：

我有一个它，用的时候大，不用的时候小；
夜晚用得多，白天用得少。

老岳丈皱了皱眉头，未置可否，三女婿也算过关了。最后是四女婿，他指了指自己的老婆，说道：

我有一个她，用的时候大，不用的时候小；
别人用得多，自己用得少。

李敖的故事，引起哄堂大笑。突然，李敖话锋一转，问同学们：你们看混蛋“总统”李登辉推行的“金钱外交”像不像四女婿的诗呢？与台湾“建交”的20几个小国，用的时候，欺骗民众，说它们是“国家”，很大，实际上很小；“建交”花钱很多，实际作用很少。

演播厅里响起热烈的掌声与笑声，为李敖丰富的联想，也为李敖精辟的比喻，更为他骂李登辉骂得痛快淋漓。

然而，李敖对李登辉的痛斥到此并未结束。他问同学们：你们知道李登辉的月薪是多少吗？我告诉你们吧：是80万（台币）。是世界上最高的少数几个“总统”之一。这里还不包括“黑金”。混蛋“总统”李登辉是权力最大，责任最小，收入最多，贡献最少。你们看，他本人不也像傻女婿的诗吗？

演播室里再次爆发出哄笑与掌声……

对世界上头号霸权主义国家——美国，李敖同样展露了批判的犀利锋芒。在回答一个“获得美国的支持就可以搞‘台湾独立”’的问题时，李敖反问：你认为美国就那么可靠吗？我告诉你吧，这个世界上最不可靠的就是美国。你们知道越战吧？美国扶植了一个傀儡政权，只要你反共，要钱给钱，要武器给武器，最后亲自出兵参战。后来才发现，自己陷入了泥淖，根本打不赢这场战争，而且死了很多美国大兵。这下不得了啦！美国人的命很值钱，国内成天搞反战，最后只好撤出。撤出就撤出吧，还死要面子，美其名曰“越南战争越南化”！这不是扯淡吗？“越南战争美国化”都没打赢，你让它“越南化”能赢吗？结果可想而知。美国撤出不久，傀儡政权就垮台了。你看，这样的美国靠得住吗？我奉劝寄希望于美国支持搞“台湾独立”的人，死了这条心。美国是最靠不住的。如果靠得住，蒋介石会败退到台湾来吗？国民党蒋介石的失败，令美国朝野展开了一场大辩论——“谁丢了中国？”结论是腐败的国民党蒋介石丢了中国。这样的历史教训还不深刻吗？“台独”意味着战争。其结果是不言而喻的。那时，美国人会为保卫台湾而牺牲生命吗？绝对不会。他们至多再来一次朝野大辩论——“谁丢了台湾？”结论现在我就可以告诉大家：谁搞“台独”谁丢的台湾。

关于台湾的出路，李敖请大家参读他写的《邓小平论一国两制》。他说，惟有以“一国两制”为基础，海峡两岸才有可能坐下来谈。“两国论”不行，“台独”不行，宋楚瑜主张在美国见证下签协定，也不行。

有人问李敖：明知你获胜无望，为什么还要参选呢？

李敖是作为新党候选人参加“总统”竞选的。据李敖讲，台湾有88个政党，但多数是“泡沫”党，有名无实，真正有实力的是国民党、民进党和新党。宋楚瑜是独立候选人。李敖介入新党的工作只有四个月。李敖本人对新党的评价是“一流加一流等于二流”。言下之意是新党多由“书生”、社会清流及国民党中不满李登辉的有识之士组成，其成员素质都很高，但作为政党组织尚欠“火候”。台湾知识界普遍认为，新党推出李敖，意在“搅局”，同时，利用他的“名笔”、“名嘴”喊出新党的声音，提高新党的知名度，壮大声势，以利将来。正因如此，出现了非常奇特的现象——“挑战李敖”收视率节节攀升，民意调查李敖的支持率则很低，形成反比。明知不可为而为之的发问即由此而来。

对此，李敖的回答很妙。他说：现在离大选投票还有60多天，其间什么事都可能发生——比如连战得暴病身亡，宋楚瑜发生了车祸，陈水扁被他老婆害死了……那时我不就成为你们的总统了吗？所以你们现在对我讲话就要客气一点噢！

在回答另一个关于李登辉的问题时，李敖说他要告李登辉，罪名是“伪造文书”。他说蒋经国的“遗嘱”是李登辉伪造的。他举证说，蒋经国是某年某月某日某时某分去世的，而后李登辉是某年某月某日某时某分召集某某起草遗嘱的……言之凿凿，令人笃信不疑。

……

“挑战李敖”，每天都有新内容，每天都有新话题，每天参与对话的群众亦不同。但主角只有一个——李敖；焦点只有一个——李登辉——批李登辉的“两国论”，揭李登辉的丑恶历史，骂李登辉的数典忘祖……

公众挑战李敖，李敖挑战李登辉，成为台湾“选举季”的一道独特风景。

参观“国父纪念馆”

坐落在台北市仁爱路四段的“国父纪念馆”，给我的第一印象是颇具秦汉遗风——廊檐高挑，廊柱林立，朱红的墙壁，橙黄的屋顶，是一座典型的“肥梁胖柱大屋顶”式的仿古建筑。远看它并不起眼，近前才感到古拙中透着巍峨，令人屏气凝神，肃然起敬。走进大厅，蓦然发现，原来这是一座集演出、展览、会议、视听、休息、快餐于一体的三层楼，是多功能的现代化建筑。

名为“国父纪念馆”，实际上关于孙中山的展览，在演出、展览、视听欣赏、影片欣赏、讲座五大类64项活动中只有两项四个展室：“国父革命史迹特展”（东西两展厅）及“国父革命毫芒微雕特展”（二楼东西廊）。当然，作为孙中山个人的常设展览，这四个展室也足够了。走进“国父革命史迹特展”展室，我们心怀崇敬，但并不新奇。因为我们对孙中山的革命历史、伟大贡献，甚至包括他的家庭背景几乎个个都是耳熟能详。孙中山在大陆受到的尊重决不逊于台湾。甚至在某些方面还有过之而无不及。展出的孙中山的文物图像、往来函电、公牍、规章及著作文稿等有关资料，笔者就曾在北京的中山公园、广州的中山纪念堂及南京的中山陵不止一次地参观过。不同之处在于，台湾的展览突出了孙中山与蒋介石的关系，而我们大陆的展览则突出了他的“联俄、联共、扶助农工”的三大政策。至于孙中山与宋庆龄一起工作和生活的照片、资料、实物，在这儿则被压到了最低限度。在“国父史迹展览简介”中附了一张“孙中山先生的生平、著作年表”，从“民国前46年、1866年诞生于广东香山县（今中山县）翠亨村”起，历数孙中山一生的20件大事，最后一项是“民国29年、1940年国民政府明令尊称为中华民国国父”止，其间居然没有一字提到与宋庆龄的婚事及“联俄、联共、扶助农工”的三大政策。

应该说，孙中山是两岸评价趋于一致、受到共同尊崇的伟人。两岸关于孙中山的研究、展览、纪念方面的合作，由来已久，而且随着时间的推移，会愈深、愈广、愈全面。在展室的出口处，我看到了一则即将开幕的由“国父纪念馆”主办的“第三届孙中山与现代中国学术研讨会”的告示。现抄录如下：

一、宗旨：

国父孙中山先生毕生秉持“博爱”与“天下为公”之精神，为开创自由、民主、均富的新中国，终身奋斗不懈，其倡导革命建立民国的丰功伟业，及手创“三民主义”救国建国的学说事迹震古烁今，乃两岸人民共同尊敬的伟人，而本馆职掌国父文物史料的收藏、展览与相关文教活动之推广，为弘扬国父的事迹与学说，并促进两岸文化交流，特举办本次研讨会。

二、实施时间：

民国八十九年元月十一、十二、十三（星期二、三、四）三天。

三、实施地点：本馆演讲厅。

四、论文发表人：

（一）各大学及相关学术研究机关对孙学有专精研究之学者专家十五人；

（二）欧、美、日有关中山纪念团体及学者专家五人；

（三）大陆著名大学及学术研究单位学者专家十八人。

五、参加人员：（略）

六、研讨议题：

面对二十一世纪国际局势及两岸关系新气象，本届研讨会拟以“民族与国家，新世纪新希望”为研讨主题，并分三组进行讨论：

1. 历史组——孙中山与中国革命；

2. 思想组——孙中山的救国主张与思想内涵；

3. 时代组——孙中山的时代意义及其影响。

无疑这是进入新千年以来的一次重要的学术会议。研讨会将于明天开幕。我是多么希望能旁听这次会议啊——目睹这30多位专家学者的风采，聆听他们关于孙中山研究的最新成果，分享他们的心得体会……可我们明天的日程已排满，无法更改。

十分遗憾，我们与这次学术研讨会擦肩而过，失之交臂。

我们来到一楼的“翠溪艺廊”，这儿正在举办“台中胶彩源流展”。这一展览是为期一年的“认识乡土文化系列特展”中的一次。胶彩画是流行于台湾的一种绘画，其表现形式及技法，类似于中国工笔画与水彩画之间；可能是所用颜料的关系（胶彩），色彩又近似油画，鲜艳夺目，颇具民间装饰性。台湾胶彩画发展的重镇是台中，主要画家及美术系所亦只有中部发展最早最为成熟。因此，此次展览亦由台中市文化中心主办。希望能借此展览，让观众了解胶彩画的由来及发展，对中部的这一特殊文化有所认知。

二楼的“明德艺廊”正在举办张福英水墨画展。张福英女士，台湾苗栗大湖人，小时家境贫寒，但她却以非凡的毅力求取学问，阅读各类书籍，为绘画奠定了学养基础。后经人推荐投入白云堂黄君璧大师的门下，随君璧先生学习国画创作40余年。

观赏张福英女士的画作，笔法灵活，变化万千，墨韵用彩颇具功力，构思创意也别具特色。特别是澳门写生等几幅作品，气魄恢弘，在澳门回归后的今天展出，别有一种震撼人心的力量。除了师承前人的意境外，又有了自己的意会与创造——写生写实，真山真水，满纸苍茫浑厚，再造自然景致。

匆匆参观完画展，已临近闭馆时间。临出门，一位女士让我们签名留念。她就是画家张福英。听说我们来自大陆，非常高兴，非常热情，话也多了起来。她告诉我们，她已在台湾及世界各地举办或参加各类画展26次；1992年曾应邀在西安和重庆举办过展览；1995年在北京美术馆参加了“第一届华人艺术家作品展”。张福英女士说，原计划去年4月在北京中国历史博物馆举办个人画展，后因天安门广场翻修推迟到了今年。她说，此次展览结束后，3月即启程前往北京布展，展览预定4月举行。届时欢迎我们到北京再参观她的画展。她还说，她那幅镇室之作——巨幅山水，展出后将捐赠中国历史博物馆，让其永久保存北京。

从“国父纪念馆”出来，翻阅他们印发的2000年1月的《演艺资讯》，令人感叹不已。

其一，这儿的工作效率高，场馆利用率高。仅1月份的活动就安排了五大类64项之多。其中大会堂的演出活动有9项；展览的展出活动有24项；视听中心影碟欣赏有10项；翠溪艺廊影片欣赏有15项，讲座活动6

项。真可谓琳琅满目，丰富多彩。

其二，顶住商品社会的喧嚣与浮躁，为高雅艺术提供一片净土。在64项展演活动中，售票的只有4项——果陀剧场主办的舞台剧《淡水小镇》、巴黎国际传播公司主办的《群星会——怀念老歌演唱会》、渴望艺术文化事业有限公司主办的“以色列奇布兹超现代舞团”的演出，及音乐剧场合唱团主办的《夜尽天明——爱·希望·百老汇》。其余均免费观赏。在视听欣赏及影片欣赏中，安排的几乎都是高雅的艺术片——歌剧片有董尼才悌的《爱情灵药》、圣桑的《参孙与大利拉》、莫扎特的《牧羊国王》、威尔第的《阿伊达》；音乐片有柴可夫斯基的《小提琴协奏曲》、贝多芬的《九大交响曲》、海顿的《创世纪》；音乐电影有《故乡之歌》、《菩提树》；舞剧片有柴可夫斯基的《胡桃夹子》、《天鹅湖》等。

其三，名人讲座贴近民众。1月份的讲座在五个栏目下安排了六次——有春田耳鼻喉科医师李平主讲的《冬春常见的耳鼻喉疾病》、“三军总医院”精神科主任江汉光主讲的《纾解压力活出健康》、“教育部次长”杨国赐主讲的《新世纪家庭的展望》、“立法委员”朱惠良女士主讲的《新世纪艺术与生活》、台湾大学教授陈明通博士主讲的《黑金政治与民主发展》、“经建会主委”江丙坤主讲的《经建规划与创新突破》。不难看出，这些讲座的内容大都与民众的日常生活息息相关，所以受到欢迎。

其四，服务周到。纪念馆的《演艺资讯》每月一期，印刷精美，免费赠送。为了便于观众索取，他们在市内的松山机场、两厅院、社教馆、美术馆、动物园、成品书局等十余处设立了分发点，并标明到这些分发点的公车路线。台北以外的观众，只需付42元台币的邮资，可获得全年的《演艺资讯》。一月“资讯”在手，一月的演展活动尽收眼底；一年“资讯”在手，全年的演展活动便了如指掌。此外，他们的展演活动本身的服务，也做得细致入微。比如他们的视厅中心及翠溪艺廊，安排的影碟欣赏，一般都在下午，只要你按时入场，随到随看随听。另外，只要你有十人以上的预约，其他时间也可任意点播……

“国父纪念馆”给我们留下了深长的思考。我们国家在许多城市斥巨资兴建了不同类型的博物馆、纪念馆、展览馆、美术馆……可这些“馆”利用得究竟如何呢？一方面是艺术家没有展览的场所，没有演出的舞台，一方面是各种“馆”因经费不足，管理不善，长期闲置，门可罗雀。更有甚者，有些是鸠占鹊巢，变成了商品展销馆、贸易洽谈厅，甚至变成了歌厅、舞厅、餐厅……类似情况，见诸报端的还少吗？就说能正常运营的一些“馆”吧，也往往因进一次门收一次费而吓跑了大多数的观众。我们常说金钱的浪费，物资的浪费，人才的浪费，知识的浪费……其实，场馆设施的浪费不也是一种浪费吗？

叙香园的笑声

当晚6时半，贤志文教基金会副董事长缪纶先生及执行长耿荣水先生，在叙香园鱼翅海鲜楼设宴欢迎我们一行。同时被邀请出席宴会的还有中国社会科学院世界宗教研究所副所长张新鹰先生及研究员戴康生先生。他们二位亦是应贤志文教基金会的邀请先于我们到台湾进行交流考察的。出席作陪的则有李锡奇、古月、楚戈、顾重光、唐经澜、杨树清、林淑华等。

叙香园的大堂依然有宴客告示：一、“外交部”某“次长”宴请某某一行；二、“陆委会”某“副主任”宴请大陆某某一行；三、贤志文教基金会副董事长缪纶宴请大陆作家一行……当然，还有四、五、六……由此推测，叙香园在台北档次一定很高，知名度一定很高，否则，不会有这么多官方及非官方的要人在此宴客。

贤志文教基金会为台湾合法登记的财团法人组织，旨在以民间的力量促进亚太地区及海峡两岸学术文化经贸交流活动，共同弘扬中华文化。董事长赵贤明先生，早年出身报界，为台湾资深报人，近年经营事业有成，乃结合若干企业界、学术界、新闻界等知名人士，于1994年初成立贤志文教基金会。几年来，贤志文教基金会多次成功邀请大陆人士赴台交流，对增强两岸互信、扩大民间交流起到了重要的推动作用。

缪纶先生曾是台湾军界的一位将军，官至台湾“警备总司令部”的新闻发言人；他本身又是一位作家，以“王翎燕”为笔名写过许多畅销的武侠小说，所以在军界及社会上知名度均很高。据缪纶先生自己讲，当年拿着他的“片子”便可在台湾、金门畅通无阻……缪纶先生身材魁梧，气宇轩昂，虽已81岁高龄，但耳不聋，眼不花，腰不弯，背不驼，声似洪钟，风趣幽默。

欢迎宴会在欢声笑语中开始。

缪纶先生说，他很荣幸并很高兴主持这个欢迎宴会，欢迎大陆作家访问台湾、金门。因为赵贤明董事长率团访问大陆未归，所以才有了他这位“副董事长”的“出头之日”。他用夸张的口吻说，这是“机会难得，机遇难求”。缪纶先生的连珠妙语，赢得了掌声与笑声。缪纶先生说：“在今晚的客人中，有两位漂亮的大陆小姐黄锦萍、郭莉英，所以请诸位不要问我的年龄。如果非要问，我只好将年龄倒过来回答：今年只有一十八岁……”

缪纶先生幽默风趣的话语，再次赢得掌声与笑声。缪纶先生不仅豪爽，而且豪饮。七八钱一杯的白酒，不论是别人敬他，还是他敬别人，说干就干，一饮而尽。几杯酒下肚，他的话则更多更精彩……

缪纶先生见我只喝饮料不喝白酒，问为什么。我答以“酒精过敏，不胜酒力”。他立刻严肃起来，说：“不能喝酒怎么行呢？不能喝酒在台湾是找不到职业的。”接着他说了一段顺口溜：

能喝白酒喝啤酒，
这样的部下要调走；
能喝啤酒喝饮料，
这样的职员不能要；
能喝八两喝一斤，
长官老板最放心……

有人指出他的顺口溜有“盗版”之嫌。缪纶先生则朗声笑道：“大陆上的版权属谁姑且不论，反正台湾的版权属于我……”

宴会在热烈友好、无拘无束的气氛中进行。谈天谈地谈文学谈艺术谈历史谈文化谈人生……蓦然间，不知谁谈到了我们的金门之行，谈到了“两门相望”——从金门看厦门，可以看到厦门公路上行驰的汽车，以及矗立在公路边的巨幅标语：一国两制，统一中国；从厦门看金门，也可以看到公路上行驰的汽车及矗立于公路边的巨幅标语：三民主义，统一中国。

谈到此，缪纶先生给大家讲了一个笑话。

他说，“两门相望”已成为两岸组织旅游观光的“保留节目”。特别是“一国两制，统一中国”和“三民主义，统一中国”，夜晚在探照灯的映照下，显得十分醒目壮观，已成为“两门相望”的独特风景。可是不知何故，近来金门方面停止了探照灯的供电，致使“三民主义，统一中国”

变得黯然失色。于是厦门的观光客锐减，相应的经济收入也大受影响。为此大陆有关部门紧急致函台湾有关部门，希望尽快恢复供电，以使“三民主义，统一中国”重放光芒……

缪纶先生讲得绘声绘色，很生动，可是我却笑不出来。因为这则“笑话”我有着另外的“版本”。

去年“9·21”台湾大地震的当日下午，我到了厦门。隔海遥望金门，在夕阳映照下，有一片长方形的白花花的建筑。我问导游小姐：

“那白色的建筑是什么?”

“是标语。”

“什么标语?”

“三民主义，统一中国。”

导游小姐说，对岸的标语，白天通过望远镜可以看见，但不清晰，晚上有探照灯的照明，可以看得十分清楚。可是近来金门方面已经停止了探照灯的照明。

“金门探照灯的照明是什么时候停止的?”

“自从李登辉提出‘两国论’，探照灯的照明就停止了。”

“探照灯与‘两国论’有什么关系呢?”

“当然有关系啦!”导游小姐笑了笑说，“李登辉‘两国论’是对‘一个中国’原则的背叛。‘一个中国’他都不要了，还会要‘三民主义’吗?”

缪纶先生讲的笑话，与我讲的“笑话”，是一个故事的两个“版本”。

缪纶先生讲得最精彩的笑话，是国民党的将军学台湾话的故事。他利用大陆官话与台湾方言的语言差异及词序的颠倒，加上他绘声绘色的叙述及惟妙惟肖的表演，不断地制造“包袱”，又不断地“抖包袱”，令男士忍俊不禁，捧腹喷饭；令女士低头弯腰，面颊绯红……可惜，我这支秃笔，无法将缪纶先生的笑话原汁原味地传达给读者。只能说，缪纶先生所讲的笑话，与语言艺术大师侯宝林的单口相声相比，也绝不逊色。

……

当晚究竟吃了哪些美味佳肴，已毫无印象。而缪纶先生及其他台湾朋友的音容笑貌却深深地印在了脑海里。现在不会忘，将来也不会忘……

2000年1月11日

台北的“公车”与“公车诗”

台湾把公共汽车称作“公车”。这与我们的习惯叫法颇为不同——我们把单位（公家）的车叫“公车”，以区别个人所有的“私车”。这种名称上的差异，到台湾一两天也就习惯了。

不论是在国内出差，还是在国外访问，每到一座城市，我都喜欢乘公共汽车浏览市容。当然，要想对一个城市有一个立体的深刻印象，最好是步行。可步行速度太慢，只能在住处附近转悠。打的速度固然快，可车太矮，座太低，从车窗看街景，总有一种“拉洋片”式的支离破碎感。乘公共汽车则不同，特别是“双层巴士”，居高临下，视野开阔，左顾右盼，俯仰自如，所到之处，总能给你全新的深刻感受。

去年国庆节前夕，出差路过北京，适逢共和国50年大庆。晚饭后我从西客站乘双层巴士，沿长安街东行——十里长街，华灯齐放，霓虹闪烁；沿途建筑，装饰一新，流光溢彩；音乐喷泉，吐珠吞玉，翩翩起舞；花圃、花坛、花柱、花墙……形成了花的海洋，五彩缤纷，香气袭人……令我眼界大开，见许多北京人所未见，闻许多北京人所未闻。

去年12月我随中国作家代表团访问泰国，曼谷的时差与北京刚好是一个小时。8时起床实际上是北京的9时；9时早餐实际上是北京的10时。每天早晨我都利用这一时差乘“公车”外出。当大家聚在湄南河畔的自助餐厅享用丰盛的早餐时，我即开始发布“巴士新闻”。神侃曼谷的风土人情及沿街的所见所闻，令同行诸君羡慕不已。团长吉狄马加戏称我是“半吊子英语加三个泰铢（曼谷最简陋的敞篷公共汽车车票为三泰铢）遨游曼谷”。

此次来台湾，路过香港作短暂停留。无论是前往赤柱，还是前往机场，一不打的，二不乘地铁，专坐双层巴士。巴士在弥敦道、金钟道、皇后大道等最繁华的街区行驰……仰视鳞次栉比的摩天大楼，遥望船帆飘荡的维多利亚海湾；穿越幽长幽长的海底隧道，跨越斜拉索世界第一的青马大桥，既感受了都市的喧嚣繁华，又观赏了山道弯弯的旖旎风光……

对于乘“公车”，我是乐此不疲，受益匪浅。

昨天早晨，我们从金门返回台北的第一个早展，我同云鹏一起乘上了5路“公车”。由于上班时间高峰已过，车上人不多，每人都有座位。车往前开，一路都是下的多，上的少。到了台北火车站，偌大的一辆“公车”就剩下我同云鹏两个人了。我同云鹏开玩笑说：“台湾对我们不菲，为我俩浏览市容派了一辆专车。”

由于陌生，加之又没有一张交通图可以参照，所以5路“公车”究竟经过了哪些街道，停靠了哪些站点，已无法记清，只知道我们从六福客栈所在的长春路口上车，便不断地向南——向西——再向南——再向西……似乎从台北火车站便进入了郊区。“公车”抵达终点后并不停留，调头后原路返回，我们也省去了换车的麻烦。

台湾诗刊《创世纪》的总编、老诗人张默向我们介绍的“公车诗”在此第一次谋面。“公车诗”是印刷体，整整齐齐地镶在一面长方形的镜框中。作者是陈耀宗，题目是《琴歌》：

是我——
午夜里的大提琴手
在黑暗中替风声协奏
然而——
你来了
我把琴弓
架在你腰际继续协奏
为我——
单调的一生……

同属“公车诗”，在49路“公车”上，无论其内容，还是形式，则又有不同。我以为可称之为精短散文，或称之为散文诗。作者是李慈敏，题目是《阅读》：

我没有书房，图书馆就是我的书房。

午后，馆内的桌椅坐满了人，我走向纵深如阡陌的开放式书架，打算挑本书站着阅读，却惊喜地发现，在书架的最深处，在墙与我之间，藏着一方舒适洁净的空地，还有一排明亮的窗户。于是我拿着书靠着书架的木质隔板坐下，面对着窗户阅读。

窗外，天空澄蓝如温柔的海。忽然，一只白色的鸟徐徐飞过海面，飞入我的眼。那一刻，我阅读了美，阅读了全世界……

姑且不说这两首诗创造了怎样的意境，给人们带来了怎样的遐想，也不说产生了什么样的审美愉悦……仅仅是这种形式，就为“公车”营造了一种优雅的氛围，注入了人文精神，提升了它的档次。

据张默介绍，他们的新诗协会，除了编辑诗刊、编选“年度诗选”外，还有一项重要的任务，就是“公车诗”的征集与评选。此项活动“公车”公司出资赞助在社会上广为征集，由新诗协会组织评选。入选作品给予一定报酬，在“公车”及地铁车厢中悬挂，每半年更换一次，深受公众欢迎。真是难为这些诗人了。他们出于视诗歌如生命般的热爱，纷纷创办同仁诗刊，自掏腰包，构筑自己诗的“象牙塔”。如今他们又从诗的“象牙塔”中走出，以“公车诗”为桥梁，将诗输向社会，送往民间，形式大众而不失内容的高雅，用心良苦，精神可嘉，实在是值得称道的善举。

因为是上班的高峰时段，今天的49路“公车”的乘客比昨天的5路“公车”要多，但并不拥挤，至多前行两三站，便有了座位。我有意选择了与昨天的5路“公车”相反的方向，所以公车一直向北——向东——再向北——再向东……直至绕过松山机场，才向西行驰。此时已进人了郊区，车上只剩下我一个人了。司机主动问我到哪儿下车。我说没有目的地，只是想沿途看看。于是司机停下车说，就在这儿下吧，车到前面就进厂了，并友善地告诉我，到马路对面候车，49路及505路都可返回六福客栈。下了车我才发现，头顶上就是高架高速路。

我乘上了505路返回市内的“公车”。可能是刚从始发站开出的缘故，车上又是只有我一名乘客。我在司机旁边坐了下来。驾驶台上的名牌告诉我，司机叫杨启宗。杨启宗个子不高，背微驼，戴着小小的口罩，刚刚能把嘴及鼻头罩住，样子十分滑稽。杨启宗的驾驶技术很娴熟，巨大的方向盘在他手中，就像孩子的玩具一样，任其摆布……

听说我来自大陆，他很高兴地同我攀谈起来。杨启宗今年52岁，开“公车”已26年了。月薪是五万台币，房租就要花掉一万。太太没工作，要供两个孩子念书，生活十分拮据。他说台湾经济虽然发展了，但老百姓的日子并不好过，钱都叫当官的拿走了。随便一个官员、民意代表，月薪就是几十万……

我说："房租这么贵，为什么不买一套公寓房呢？"

杨启宗叹了口气，说："台北的房价太昂贵了，一套住房动辄数百万，全家人把脖子扎起来，不吃不喝也买不起啊！"说到这儿，又是一声长长的叹息……

沉默良久，杨启宗突然问我对台北"公车"的印象。我告诉他印象不错。票价一律15元，不算太贵。车内宽敞明亮，不拥挤，乘坐舒适。上车不买票，下车投币购票，或自动刷卡，井然有序，方便快捷。给我印象最深的，是市内的"公车"专用线及车站一律设在马路的中间——我们称之为"超车道"的线路一律辟为"公车"专用线，只有到了郊区"公车"才在路边停靠。此种设计，新颖独到，富有创意。在台北，可以看到摩托车塞车，小汽车塞车，惟独看不到"公车"塞车……

我突然发现，我对台北"公车"的好感与褒扬，并没有给杨启宗带来愉悦与高兴；相反的，倒使他脸上罩上了一层愁云。这令我有些费解。沉默有顷，杨启宗又长长地叹了一口气，才告诉我，"公车"公司因经营不善，连年亏损，快要倒闭了。这位开了26年"公车"的老司机，也要"退休了"。退休时公司一次性地补发若干个月的薪俸，其他就什么都不管了。

"'公车'停运后，市内的上班族怎么办呢？"我有些杞人忧天地问。

"市内的客运就由捷运公司来承担了。"

对"捷运公司"的概念我有些模糊。隐隐约约地觉得，所谓"捷运"就是由市内的地铁及市郊的高架轻轨加若干专线巴士构成的交通网。它应该比"公车"更快捷，更舒适，更有效，当然票价更贵……尽管觉得应该更美，可我就是高兴不起来。想到将要成为历史的"公车"，想到即将"退休"的杨启宗及他那张忧戚的脸，一丝惆怅与伤感便油然而生……

此刻，汽车已进入市区，车上的人逐渐多了起来。杨启宗集中精力开车，我们都沉默着，再未说话。车到长春路口，我要下车了，他向我招了招手，点了点头，算是告别。

我伫立在马路中间的"公车"站台上，目送杨启宗驾驰的505路"公车"离去，直至从我的眼中消失……

《创世纪》的宴请

中午，张默、管管、辛郁、向明、大荒五位诗人，联袂请刘登翰、李云鹏及我三人吃饭。请饭地点在六福客栈附近的“桃源餐馆”。这大概是向明的主意。向明是湖南长沙人，宴客一如他的诗，充满了思乡情结：

> 新春结伴好/重复/失去的地平线/铜墙般的壁垒呵/终不敌亲情的柔情/轻轻一推/就踉跄地闪了过去……/从哪里说起呢？/集了四十年要说的话/一说都憋成了/一个痛字（向明：《还乡的短章》）。

入席之后，我才蓦然发现，原来这是一次《创世纪》的宴请。张默是《创世纪》的总编辑，管管是社长，辛郁是顾问，向明、大荒也都是台湾现代诗发展中的骨干与中坚……

不多的几位诗人，悠悠半个世纪的岁月。几杯酒下肚，心驰神飞，不仅跨越了海峡，而且跨越了昨天和今天，置换出了乡音、乡情、乡愁、乡恋；也置换出了台湾现代诗的滥觞与渊薮……历史与现实，人生与诗歌，统统端上餐桌，与美酒佳肴一并供我们品尝……

海峡两岸的诗论家普遍认为，台湾的现代诗歌运动滥觞于50年代中后期，以“现代派”、“蓝星”及“创世纪”诗社的创立、发展为其重要标志。从50年代到60年代，现代诗出现过两次高潮，也以诗社的更迭为标帜。第一次是1953年2月创办的《现代诗》为发端，到1956年纪弦发起成立“现代派”为顶峰的初潮阶段。把50年代台湾的现代诗运动推向60年代并形成第二次高潮的，是“创世纪”诗社。

“创世纪”成立于1954年10月，由当时在左营海军基地服役的张默和洛夫发起，次年痖弦加人，被称做“创世纪”诗社的“三驾马车”。诗社成立后即出版诗刊《创世纪》。以1959年4月《创世纪》诗刊扩版为标志，台湾的现代诗进人更多地体现出现代主义实质的艺术收获期。《创世纪》一直坚持到1969年停刊。之后又复刊。“创世纪”诗友对诗的挚爱，创造了不绝如缕的诗的精魂，令《创世纪》诗刊坚持并昂首挺进到新的千年……

被张默称之为《创世纪》“试验期”的头五年里，他们提倡所谓“新民族诗型”。洛夫对这一“诗型”的基本要素做了规定：“一、艺术的——非纯理性的阐发，亦非纯情绪的直陈，而是美学上直觉的意象之表现，主张形象第一，意境至上。且必须是精粹的、诗的，而不是散文的。干干净净，毫无芜杂。二、中国风、东方味的——运用中国文学之独特性，表现东方民族生活之特有情趣。”1959年4月《创世纪》扩版之后，他们放弃了“新民族诗型”的主张，认为这是一个“过于褊狭的本乡本土主义的口号”，转而提倡诗的“世界性”、“超现实性”和“纯粹性”，掀起一个以“超现实主义”为标榜的现代诗歌风潮。

《创世纪》“三驾马车”之一的张默，被称做“诗痴”。安徽无为县人，中学在南京就读。1949年3月，到台湾投奔自己的大哥。1950年开始发表诗作，至今已出版诗集及诗论集十余部。张默对于台湾诗坛，更引人注目的是他几十年始终不懈地推进诗歌运动的热情。从1954年他与洛夫发起成立“创世纪”诗社，便把自己最主要的精力，倾注于办诗刊、编诗选、搞诗展、写诗评、扶植年轻诗人，以至于搜集整理台湾现代诗运动的资料、文献等等。这位被“创世纪”同仁称做“诗坛火车头”的诗人，他的创作成就几乎要被他所竭诚投入的卓有成效的诗歌活动所淹没。

生于浙江杭州的江南才子辛郁（宓世森），在台湾诗坛被称为“冷面郎君”，简称“冷公”。他的“冷”既来自他饱经坎坷和忧患的岁月风霜镂刻在脸上的一副僵冷的面孔，也来自时常浸透在他诗中的一股冷冽的历史肃杀之气。不过，只要深入他的作品，便会感到在生命中无可排拒的这股历史的冷萧之气，掩盖不住蕴藏在诗行里的一颗火热滚烫的心。据曾四次访台的刘登翰介绍，每与诗友聚会，微醉之际，辛郁便忍不住以极富表情的抒情男中音唱起四川民歌及江南小调，完全是一个性情中人。可惜，我同云鹏系第一次访台，彼此都有许多话题，加之“桃源餐馆”系大众餐馆，厅内摆满了几十张餐桌，就餐高峰，人声鼎沸，人头攒动，亦不具备演唱的气氛。十分遗憾，欣赏辛郁的演唱，只好留待将来了。

管管的演唱，我们倒是领教过了。不是在这儿，而是在陈水在县长举行的欢迎酒会上。当金门高粱在每个人的胸中燃烧起来之后，文艺演出的火苗便也窜了起来。在一系列的业余水平的表演铺垫之后，我们同行的“宝哥哥”——郭莉英的一曲越剧清唱《天上掉下一个林妹妹》，获得满堂喝彩，将酒会推向高潮。此时，客串主持的李锡奇，急忙推出台湾方面的“重量级”歌手管管。管管将一首《妹妹你大胆地往前走》唱得声情并茂。他的表演亦堪称一绝——左手持话筒，右手表演着各种姿势，高潮时，他的身体向前弯下去，再弯下去……沙哑的嗓音，产生一种苍凉的、甚至是撕心裂肺的艺术效果。自然，管管的演唱也获得了满堂彩。大概受热烈掌声的激励，管管又主动演唱了一首山东民歌《送情郎》，乡音乡情，乡调乡味，更是惟妙惟肖，余音绕梁。不过，刘登翰评论说两首歌都有点跑调。我说，这不是跑调，是创造。这正是管管的风格。在基本曲调不变的情况下，他给每首歌都加了许多装饰音。

管管从不按别人的老路走。这正像他的诗歌创作。刘登翰称管管为“没有脐带的诗坛大镖客和老顽童”。说他“没有脐带”，自然是指他反传统，切断了与传统文化的联系。说他是“诗坛的大镖客”，自然是指他的豪放粗犷、落拓不羁与了无挂碍。说他是“老顽童”，不仅仅指他童心未泯，更是指他对诗歌的调侃与揶揄，同时也是他通过诗歌对人生的调侃与揶揄。狂放落拓，使他常在人们意料不到之处获得题材和诗意；又总有那么一点揶揄自己以嘲弄别人的名士味道，使他的诗总含有一种人生的调侃，他喜欢叙述过程，以形成一种戏剧化的情境和高潮；但所有的过程的逻辑秩序都被感觉化了，而所有感觉都用象征来表达，不讲思想，不讲情绪，有时连文字的排列也都用来表现感觉，这就形成了他极为怪诞的超现实主义风格。

向明（董平）、大荒（伍鸣皋）二人的经历，与《创世纪》诸同仁也是大同小异。同样根在大陆，同样有一段时间不短的军中生涯。他们都是在40年代末的那场社会大变革的风浪中，被席卷到台湾来的。那时，他们大多是十七八岁的青年。半个世纪岁月的流逝，黑发变成白发。他们的命运与诗歌都是伴着这段个人与民族的不幸历史发展、延续的。他们是军人又是诗人。作为军人他们必须服从命令，这是现实；作为诗人，他们则千方百计地逃避要他们用诗歌去配合“战斗”的“现实”。他们开始用诗歌“思乡怀家”，但思乡不能还乡，怀家不能回家。于是发现，普鲁东、阿拉贡等超现实主义诗歌，可以成为他们躲避现实的“防空洞”，寄存灵魂的“躯壳”。不过，“创世纪”并非法国的“超现实主义”在台湾的翻版。在《创世纪》诸同仁的词典里，“超现实主义”并非局限于某一具体的诗歌运动，而是当作一种更具普遍意义的艺术精神，即心灵绝对自由的艺术创造。实际上它容纳了西方现代派诸多流派的艺术精神和表现方法，而呈现为一种艺术创造的“超现实主义”。以“超现实”写现实，甚至可以说是躲避现实。这里边既包含着《创世纪》诗人们的艺术追求，也包含着他们的难言苦衷。

存在的就是合理的。从哲学层面讲，这句话无疑是对的。看似纯粹的文学流派、艺术形式，无不具有其产生及流变的社会根源。作为影响台湾诗歌潮流近半个世纪的诗歌社团《创世纪》，经历着台湾的时代风云，折射着台湾的世道人情……

问到《创世纪》“三驾马车”的另外二位——“诗魔”洛夫及“诗儒”痖弦的近况，餐桌上立刻陷入沉默。稍顷，张默介绍了洛夫及痖弦的一些情况，言谈间流露出老战友离别的感伤……

诗评家称洛夫“是隔断与孤绝的产物，也是西方文化与东方文化碰撞的结果”。洛夫退休后于数年前移居加拿大的温哥华。洛夫称这是他的“二度流放”。洛夫，湖南衡阳人，1949 年去台，自认为是“第一次流放”，故此，才有“二度流放”的感慨。问其原因，回答是台湾的“政治恶质化、正义不彰”使然。

令人欣慰的是，洛夫并没有忘记台湾，台湾也没有忘记洛夫。洛夫“二度流放”出走后书写的“雪落无声”、“南瓜无言”等诗句，在台广为流传，令人触目惊心。佛光大学校长龚鹏程造访温城，看到“雪楼居”的洛夫神清气爽、脸色红润，在“雪楼”被一群文士团团围住，煮茶论艺，直叹“诗魔”已化身为“耶诞老公公”了。

前年，一代“诗魔”洛夫的“墨韵诗情”书法展在台中文化中心文英馆举行，加之“洛夫三书”——《一代诗魔洛夫》、《洛夫小诗选》、《洛夫小品选》首发式同时举行。洛夫回到阔别三年的台湾，立刻引起媒体的关注。台北《新生报》文化版头条以《诗心诗思诗生活，洛夫露面显魔力》为题，描述“吸引许多书迷前往参加，到处有民众央求洛夫在书上签名，显见去台三年，洛夫的魔力丝毫未减”。《联合报》也以斗大的标题、照片刊出“诗魔洛夫顶着白发返台”，报导语言点出：“五十岁以前曾说过，‘白发等于向无情的岁月竖白旗’的洛夫，于今却坦然让将染了多年的头发‘真相大白’。洛夫说，还原‘本来面目’后，他的生命仿佛进入另一新的境界，并且深深体悟，白发是思想凝练的象征。”

对此，台湾作家“第二十届联合报文学奖报导文学奖首奖”得主杨树清大发感慨，他说：“因为外在的政治、社会气氛，让诗魔灰心出走。也因为‘二度流放’的效应，诗魔再一次被记得，再造文学新境。人生很难说。”

两年之后，痖弦踩着洛夫的脚印也去了温哥华。40 年前《创世纪》“三人行”，创造了“诗魔”洛夫、“诗儒”痖弦、“诗痴”张默。40 年后的世纪末，有两人不约而同选择到温哥华开创新世纪。杨树清以犹疑不定的口气写道：“诗人症弦退休后，落脚温哥华，是土地的断弦之音，或者文学的弦歌新唱……”

谈到个人的打算及《创世纪》未来的前途，张默显得忧心忡忡。岁月无情。人生易老。《创世纪》的“元老们”，不是年逾“古稀”，就是年届“古稀”。显然，接力棒的交接已成当务之急。张默说，编完今年的刊物，编完今年的“年度诗选”，明年他无论如何该休息了。可是由谁来接班呢？张默没有说。显然这是一个难题。在台湾，不乏有成就有追求有个性的年轻诗人，写诗爱诗玩诗的年轻人则更多。可谁能像他们那样将诗化入灵魂溶入血液呢？谁又能像他们那样将诗视做生命而最终修炼成“魔”、成“儒”、成“痴”呢？谁又愿意像他们那样写诗、爱诗、自筹资金出诗呢？……

这是《创世纪》在世纪之交的困惑。

2000年1月12日

环北海游

今天一大早，李锡奇、顾重光、朱为白、蔡志荣四位画家来六福客栈接我们去郊外观光——名副其实的远足——环北海游。

台湾北海岸风景区，位于台湾北端，起自淡水，止于基隆。风景点包括淡水、沙仑、麟山鼻、白沙湾、富贵角、老海、石门洞、十八王公庙、跳石海岸、云台乐园、达乐花园、金山、野柳、翡翠湾、情人湖、仙人洞、和平岛、千迭敷、基隆屿、八斗子等处。主要以古迹、海蚀洞、温泉、风棱石、波石棚、巨砾滩、海景、海洋生态、鱼类资源、岩石奇观、丘陵及梯田著称。

李锡奇说，风景点太多，限于时间，我们只好“跑车看花”，重点参观。

车出台北，顿时摆脱了都市的喧嚣与繁杂，令人心情为之一爽。我们投入了青山环抱之中。按季节说已是隆冬，而这儿却树木葱茏，茂草葳蕤。这不禁使我想起去年9月刚刚游历过的福州市郊的北峰和鼓山。北峰和鼓山，比这儿更高、更险、更巍峨。而自然景色则毫无二致。福建与台湾，果真有一种斩不断的天然联系。

北部海岸线属第三纪的粘板岩、砂页岩硬软互层所构成。这里曾一度沉没水中，重新浮出水面后，一则因山脉走向与海岸线相交，海岸经年累月遭海水浸蚀；二则，冬季强烈的东北风袭击导致雨量充沛，故地形变化多端。据《台湾通志·土地志》记载：“北部沉降海岸指三貂角至淡水间之海岸，全长约85公里，以半岛与海湾之反复并列而成，系早幼年期之所谓龃龉海岸。”该志同时指出：“因山脉方向（地层之构造线走向）与海岸线相交，故山地逼近海岸，海岸下只有狭小之海滩断续分布，有时山地临海直接受波浪侵袭。海岸有广狭之海蚀台，一部分露出空中，因岩石的硬软地层互层而成，故海蚀台呈低平锯齿状外貌，蔚为奇观。海岸线附近，海孔、石门、波蚀、凹壁甚发达，沿海亦有大小之显礁。”

北部沿海的海蚀台，以千迭敷为代表作。由于这块海石台上的砂岩遭受海潮经年累月浸蚀，以致形成一块四方形岩石，又称做豆腐岩，面积达一万平方米。日本人形容它好似千张榻榻米迭起的平台，故以千迭敷名之。

上午10时，我们驰抵基隆。我们的车并未在市内停留，而是直接上了位于基隆东南近郊的大佛公园。大佛公园建在一座小山的顶部。公园并不大，三五分钟即可溜达一圈。公园的中央塑有一尊高大的弥勒佛像，少说也有20米高，肥头、大耳、凸肚，笑容可掬地俯视游人。这不禁使人想起那幅著名的对联：

大肚能容容天下难容之事
笑口常笑笑世间可笑之人

从台湾四位画家的交谈及表情可看出，他们对这尊大佛的艺术造诣评价不高。显然它缺乏历史文化内涵，充其量只是旅游时代的一处“人造”景点。不过，这儿地势较高，可以俯瞰基隆。也许这才是主人带我们来这儿的初衷。

基隆是一座海港城市，它东西南三面环山，东北一面临海。“U”字形的海湾停泊舰船的码头一座挨着一座。海港及码头的辐射、延伸与扩散，便构成了基隆市。遥遥看去，军用港与商用港似乎并没有明显的界线。不同之处在于，军港在前面，在“U”字形的上半部，更靠近出海口，而商业港在后面，在“U”字形的下半部。而它们最明显的区别，是军港停泊的舰艇一律是深灰色的；其他商业船只则像它们悬挂的万国旗一样，是五颜六色缤纷多彩的……在苍翠的群山环抱中，基隆显得十分美丽壮观。

谈起基隆的历史及其自然风貌人文掌故，画家顾重光如数家珍。他说基隆开埠于1626年，距今已374年。面积133平方公里，人口35万余人。

顾重光说，基隆原为“鸡笼”——缘自两个“鸡笼”岛，一座“鸡笼”山。

第一个是“鸡笼屿”。它位于港口外偏东北约四公里处，是孤悬于基隆外海的处女岛，原系军事禁区。“鸡笼屿”面积27万平方米，海拔182米；其90%为60度以上的坡地，四周断崖，惟西坡较易攀登，因形似“鸡笼”浮水，故有“鸡笼屿”之名。这儿自然景观很美，怪石嶙峋，有许多珊瑚礁自海中突起，远望如奇石盆景。主岛悬崖峭壁，有很多神秘洞穴，海浪自洞口涌入，激起浪花翻卷，回声澎湃如万马嘶鸣。四周海水清澈，鱼虾贝类比比皆是。

第二个岛是基隆港口东侧的杜寮岛（今和平岛），形似大鸡笼，旧时人称“大鸡笼岛”。岛上有明天启六年（1626）年西班牙人占据时所建圣萨尔瓦多堡和教堂遗址。

基隆山在港口以东约10公里处，即瑞芳镇东北4.4公里处，为一死火山体，高589米。自海上望之，形似“鸡笼”，故以“鸡笼山”名之。

在三个“鸡笼”环抱中的港口，建港之初自然以“鸡笼”名之。清光绪元年取“基地昌隆”之意，更名基隆。以此反推，以“鸡笼”名之的二岛一山，由俗而雅，随之易名。

基隆从开埠之日起，无论其建筑形制，还是人文景观，直至其名称的演变，无不涂上了一层厚厚的中华民族的历史文化色彩。不仅如此，近代以来国家民族的不幸，失败的痛苦悲伤，反抗侵略的英勇悲怆，这儿同大陆一样，随处可见，向人们进行着无言的述说……

二沙炮台，位于基隆市大沙湾民族英雄墓对面。1840年鸦片战争爆发，英军企图人侵台湾。台湾道姚莹，根据地形，在二沙湾建炮台，设大小炮八座，城门高悬“海门天险”石刻方匾，并派兵驻守。

翌年8月，英国军舰“纽布达”号，入侵基隆，炮轰二沙湾，以探虚实。清将邱镇功，总兵达阿洪，凭借海门天险，击沉英舰，俘虏舰上200多名印度兵。英国军舰屡次再犯，终未得逞。

光绪十年（1884年），中法战争爆发，法国军队攻占基隆。二沙湾炮台被法国军队摧毁，但城门城墙仍完整。现已整修恢复原貌。

驱车离开基隆，走了很短一段来时的路线，冲出山谷，驰上了一条滨海公路，倏然闪现出了大海，景致与前迥异——左边是山峦起伏，苍翠如黛；右边是蔚蓝的大海，波光粼粼。山之青，海之蓝，丽日白云，公路蜿蜒……一幅多美妙的风景画呀！

李锡奇说，这儿是翡翠湾，是一处颇有名气的观光景点和休闲胜地。大海边，山坡上，绿阴中出现了幢幢洋楼和别墅，造型奇特，充满想象力，色彩缤纷，颇似童话世界。李锡奇说，夏天炎热难耐之时，城里人大多喜欢来此消夏。每当此时，这儿游人如织，人满为患。如今时届隆冬，依然有不少人来此度假。特别是一些中老年人，喜欢在这儿散步、看海、晒太阳……冬天来，这儿有难得的安静与新鲜的没有污染的空气，别有一番景致与情趣。

汽车沿着海岸线，继续向西北行驰，不一会儿，就到颇有名气的小镇野柳了。

野柳镇不大，百多户人家，二三层的小楼依山面海、错落有致地镶嵌在山坳里，海水直逼镇下。镇前有条街，是路，亦是码头，那儿停泊着一些色彩斑驳的渔船。镇上最大的平地，可能要算野柳公园前的停车场了，大约能停上百辆汽车。多彩的小楼，斑驳的渔船，蔚蓝的海水，组成了一幅和谐的渔村风俗画。野柳之所以闻名遐迩，缘自它的特殊地貌。大屯火山的余脉在万里乡直插入海，形成了1700多米长、宽只有62米的海岬，这就是野柳风景点。由于海蚀作用，野柳附近，烛状石、拱状石、擎柱石、草岩等处处可见。有“女王头”、“珠石”、“海龟石”、“乳房石”、“莺歌石”及海蚀壶空等奇岩景观。

野柳涨潮退潮均蔚为壮观。涨潮时，本可行人的海岬周围的滩涂，顷刻间被大海吞没——海浪从两面涌来，雷霆万钧，惊涛裂岸，撼人心魄。本来并不宽的海岬，此刻变成了一条黑线，像一条游龙漂浮海面。退潮了，海岬周围遗落大量贝壳，加之岬上固有的奇花异卉，更加引人入胜。

据画家顾重光说，野柳千百年来，既不为外界所知，更不为外界所识。当地渔民是“居芝兰之室久而不闻其香”，把它等同于荒山野岛，根本没有想到它是旅游资源，可以带来经济效益。直到50年代末，有位摄影家（郎静山？柯锡杰？还是……）来此采风，拍了许多作品，在台北搞展览，大获成功，引起轰动。野柳一夜出名。1960年野柳被辟为海岸公园，每年均要接纳百多万人观光，小镇随之富裕起来，野柳便名副其实地成为镶嵌在台湾北海岸观光带上的一颗熠熠生辉的珍珠。

这正应了那句名言：美在于发现。

做客在老画家的山间别墅

从野柳出来，沿着公路驱车半小时，来到阳明山的一家野外餐馆。我们在这儿用午餐。

这家餐馆很有特点，有柱无墙，实际上是一座上下两层的遮阳遮雨不挡风的大凉棚。它很适合这儿长夏无冬的气候特点。楼梯、扶手、楼板、桌椅、护栏，一律的原木本色，处处流溢着古拙自然的韵味。这儿居高临下，视野开阔，远处的山峦，近处的森林，以及那银河落天似的瀑布，一览无余，尽收眼底。

在这儿品尝的不仅仅是山珍野味，还有阳明山的道道风景。阳明山在台北市北郊，原名为草山，1949 年以后改为阳明山，有纪念明朝哲学家、教育家王阳明之意。

阳明山北有高耸的七星山，西有迤逦的大屯山，东南拥有纱帽山，且处磺溪上游，成为理想的避暑胜地。阳明山有长年不涸的硫磺温泉，溪沼蒸郁，如烟如雾。阳明山有北磺溪、关渡溪、双溪三条溪，均发源于海拔 1120 米的七星山，呈树枝状谷系放射而下，并和流经阳明山的淡水河、基隆河交汇在一起，蔚为壮观。阳明山西坡建有中山楼，这里森林蓊郁，是台湾政要、财界领袖、实业巨子召开重要会议的地方。此外，还有阳明山庄、前山公园、阳明公园等风景点。

阳明山也是台湾北部地区著名的赏花胜地。阳春三月，这里漫山遍野的杜鹃花、樱花、桃花……新绿映衬，姹紫嫣红，交织成一片醉人的花海……

李锡奇说，下次你们春天来，这儿会更美。

用罢午餐已是下午两点多了，老画家朱为白说，他的乡间别墅就在附近，邀大家去小憩，然后再返回台北。朱为白先生是位寡言少语令人尊敬的长者，在金门他始终与我们同行。今天又亲自驾着他那簇新的乳白色的“都市越野”车，载着我们作环北海游，着实令人感动。这辆漂亮的新车，是他的宝贝女儿作为父亲节的礼物送给他的。知父莫若女。父亲爱游名山大川，回归自然，到野外写生，送一辆“都市越野”车，自然是再好不过的礼物了。

走进老画家的别墅及不大但却绿草如茵的小院，顿时感受到了老画家的浪漫情怀。老先生在市内有一个饮食起居的家，这座位于阳明山风景区的三层小楼，实际上是他的画室。除了每年夏天家人来此避暑暂住而外，其余大部分时间都是老画家的个人世界。

楼中处处可以看到老画家的作品。令人大为惊异的是，老画家的作品竟充满了后现代的风格与理念。他的以“竹镇”命名的系列版画中，充分体现了对物欲横流的商业社会的扬弃，希望时光倒流，返璞归真，崇尚自然，崇尚原始，崇尚道家的清净无为，希望人们在朴实、道德、和谐的社会中，更多地享受快乐的精神生活。在他创造的“竹镇”世界中，没有机器的噪音，没有环境及空气的污染，没有都市的繁杂，充满了创世纪的本原色彩。读老画家的“竹镇”，不禁使我想起陶渊明的乌托邦——桃花源。真是何其相似乃尔。

显然，老画家希冀用他的“竹镇”系列来对抗、或者说来缓解现代生活给人们造成的精神压力。更为令人惊异的是，老画家近两年对“绘画”创作的探索与追求，已远远超出了我们（起码是我本人）的理解与想象，彻底颠覆了传统绘画的理论与实践。比如说，绘画所需要的笔、墨、纸、砚——所谓的文房四宝，已被老画家彻底弃用；再比如说，线条、色彩、光线、构图这些传统的绘画语言，也被老画家彻底弃用。他的“探索作品”十分简单，在绷紧的白画布上，镶嵌上用白布条折叠得像蚯蚓似的白造型；在绷紧的黑画布上镶嵌上用黑布条折叠得像蚯蚓似的黑造型。当然，每幅“画”的造型绝不雷同。

老画家解释说，他的“画”已不再“写实”，不再“反映”，甚至也不再“表现”，而是传达一种“理念”。这种“理念”之一便是“原创性”——艺术既不能重复别人，也不能重复自己。所以，无论是绘画材料，还是绘画手段、技法、语言，均须别出心裁，另辟蹊径。“理念”之二是恢复“本原”——世界的“本原”就是“黑”、“白”二色，所以他的“作品”拒绝其他色彩……

对老画家探索的“理念”及“实践”，我表达了“疑惑”与“不解”，甚至委婉地表达了我的“不敢苟同”。但朱老先生却笃信不疑，信心十足。并说，去年6月份同李锡奇在西班牙搞画展，大获成功，深受毕加索故乡观众的欢迎……

不过也有负面的例子。

去年某时，趁老画家不在，有一“梁上君子”前来“造访”，翻遍三层小洋楼，既没有美钞，也没有台币，更没有珠宝首饰，碰头打脸的净是老画家的“作品”。无奈这位“仁兄”有眼不识金镶玉，居然“秋毫无犯”，吸了三支自备香烟，怅然而去……

不过，年届古稀的老画家生活得如此随意、充实、浪漫而有追求，着实令人羡慕。小院的一角，绿阴下有一张天然石桌，围一圈天然石凳，朋友来了，在此边乘凉，边聊天，或小酌，或品茗……小院的另一角，有鹅卵石砌成的温泉浴池，深而且大，可容二人同时沐浴，四季均可享受温泉的爱抚。青年画家蔡志荣就经常带他的日本妻子来此洗鸳鸯浴。主人在与不在都一样。代价是给看家的狗带一包“美食”……

我们没有辜负主人的厚意，大家一边品饮地道的“西湖龙井”，一边轮流洗温泉。

女士优先，首先沐浴的自然是黄锦萍、郭莉英二位女士。如此一来，增加了许多调侃的内容：有人说，某某某准备拍一幅“贵妃出浴图”，镜头已经对准了，请你们注意……浴室内传出一阵叽叽嘎嘎的银铃般的笑声。一会，又有人说，你们的洗浴已超过规定的时间了，某某某已准备好了，再不结束他就要冲进去了……浴室内又传出一阵叽叽嘎嘎的银铃般的笑声……

在老画家的山间别墅，我们度过了一个轻松、随意、愉快而又浪漫的下午。

2000 年 1 月 13 日

参观台北故宫博物院

清晨，青年女诗人琹川驾车同《秋水》诗刊主编涂静怡到六福客栈接我同李云鹏去参观台北故宫博物院。不知是路径不熟，还是有意让我们这两位来自大西北的“内陆客”浏览观光，琹川开车在圆山与剑潭之间足足兜了三圈。

台北故宫博物院，又称中山博物院，俗称台北小故宫。它位于风景如画的外双溪山谷里，坐落在文化城的东北边，即台北市的正北部。这座现代化的宫殿式建筑于 1966 年完成。这一年正好是孙中山先生百年诞辰，故以“中山博物院”名之，以示纪念。

博物院采取传统式宫殿设计，同宁波天童寺相像。正院平面呈梅花形，屋顶上绿色的琉璃瓦配合着黄色的屋脊和黄色的墙壁，内墙壁完全由大理石砌成。这座精心设计的四层楼房，占地 7000 平方米，包括 8 个画廊、16 间展览室、1 个讲演厅、1 个办公室及 1 座图书馆。主楼外围种满树木，有孔子铜像，还有孙中山手题的“天下为公”牌坊和“博爱”铜钟鼎等。

台北故宫博物院，若与一般建筑相比，应该说很庄严，很有气势，在青山绿水环抱中也显得很美。若与北京的故宫博物院相比，则顿时显出了历史的间隔与空白。它没有那种天圆地方、中轴对称、皇权神授的历史厚重，也缺乏因岁月积淀而成的文化氛围。北京的故宫虽旧，但它本身就是负载着历史沧桑的硕大无比的文物；它的大器、威严与神圣是无与伦比的。但是，要以收藏、展示与保护论，这里却比北京故宫博物院要多要好要强。全院收藏文物总计约 25 万件，多系原收藏于北京的清故宫与沈阳故宫的文物精品。若以每年 3000 件文物轮流展出，几可展览百年。为了妥善保护这些文物，在后院开一山洞库房，长 180 米，宽 3.6 米。整个建筑，设有空气调节与防护系统，能有效地防止地震、台风、湿潮等灾害。现已将文物纳人电脑系统，行政管理、防火、防盗等系统也都用电脑控制。

《商周青铜礼器展》最能体现我们民族的悠久历史和灿烂文化。世界上其他文明古国，如古希腊、埃及等，皆有雄伟的建筑或雕刻石迹供人瞻仰，而我国有青铜彝器专美于前。此项长期性的铜器展览，特选商周1500年间具代表性的宗邦重器、稀世遗文，按时代、品类循序陈列，以期观众对我国青铜艺术的递嬗之轨迹有概括性认识。

商朝人尊神尚鬼，认为鬼神世界的祖先神明时时刻刻在操纵他们的祸福安危，因此需要不断地祈求、馈飨。由甲骨文的资料可知，殷商人不但祭祀对象广泛，而且祀仪繁缛。王公大臣在祭典时盛放美酒佳肴的器皿用青铜铸造，种类繁多，多脱胎于陶制的日常用器。

“周因于殷礼”，在殷商的礼法基础上，周公制礼作乐，建立了严密的宗法制度。定尊卑，分上下，构成了维系社会秩序的礼制。致祭行礼时，无论食器、酒器、水器或乐器，使用器皿的种类和数量往往象征使用者的身份及地位，这些反映礼法制度下的青铜器皿总其名曰“礼器”。

青铜礼器上每每刻铸瑰丽的纹饰，或展现殷人祀祖的情操，或反映周人的现世生活，皆能表露其时代精神。商周青铜礼器亦有铸铭的习惯，内容不外族徽署记及记载功勋、宠赐、策命、契约、典谟、诰誓等。在这些国宝级的展品中，最著名的要数那件重数百斤的毛公鼎了，在周宣王时铸成，它那数百字的铭文，尽管铜锈斑斑，却依然清晰。还有那件浅散式盘，于公元前827年前后埋于地下，直到公元1770年出土。此外，像颂壶、宗周钟、子犯和钟等皆长铭巨制，弥足珍贵。先秦的简策书帛经不起岁月的侵蚀而化为灰烬，惟独铜器铭文，历久弥新，成为研究上古史的第一手资料。

对于这些国宝珍品，以前只在历史文献中识其芳名，或者至多在画册邮票上目睹它们的倩影，而今近在咫尺，反复观赏，感受到的历史文化的冲击与震撼，可想而知。

《二千年文化的见证：院藏汉代文物大展》，是专门为迎接2000年千禧龙年而精心准备的。

两千年前，在东方的大帝国，当汉平帝继位的元始元年，正巧也是西方开纪元的元年，之前200年，之后200年，都是汉朝的盛世。自汉高祖刘邦以一介平民，揭竿而起，弭乱称帝，中国复归一统，定都长安，据关中肥腴之地，经营治国，先分封诸侯而后集权掌控。在西汉，有文帝与景帝40年的“文景之治”，崇尚黄老之学，无为而治。至武帝在位54年，内修政治，外拓疆土，曾远通西域，越葱岭之西，到达里海一带，向南疆域也迅速扩大。

有此民富国强，文采武德，乃有汉代文物新貌。

这儿珍藏的汉代文物极为丰富，以铜镜与铜印为最著名。玉器有璧及玉佩饰、含蝉、金包猪等；陶器有歌舞乐俑、茧形壶、陶楼及马、牛、狗等动物；瓦当及画像砖，虽为建筑及墓室构件，却见篆刻之美。为呈现盛大汉代文化，此次展览特选250件精品展出；同时，又自大陆借来江南长沙王国与南越王国的252件文物，合展2000年前跨世纪的汉代文物全貌，作为今日科技文明工艺的借鉴。

两千年前的世纪之交，统一的汉王朝创造了无与伦比的物质精神文明，两千年后的世纪之交，尚未统一的中国举办了统一的汉代文物大展。它给人们什么样的启迪与昭示呢？这正是每一个华夏儿女应该深长思之的啊！

《中国玉器展》，也是经常性展出，丰富多彩又精美绝伦的展品占了两个展室。

中国的玉雕艺术源远流长，各时代呈现了不同的意义与风格，历久弥新。参观这些不同时代的玉雕精品，更能体察中国文明之博大精深。

东周时，提倡“君子比德于玉”。汉室崇玉，生者佩玉、食玉，亡者裹玉、填玉。六朝至唐，中土玉雕艺术转向衰落。宋明以降，玉雕艺术再度兴盛，帝王祭典之外，更因学者对商周礼制的考订，民间遂兴起了研究与仿制古玉的热潮；以知识相结合的士大夫阶层，重视生活品位，玉制文房陈设，除供欣赏把玩外，兼具实用功能；自然界的花鸟、人物、山水等，也成为装饰主题，呈现柔美雅致的文人品位。清朝盛世时的宫廷玉雕常体大厚重，工程对称；代表王室的龙文及各种吉祥主题最为常见；更加琢以御制诗、款，配以檀座，护以囊匣，极富庙堂华藻之美。

整个展览就是一部我国玉文化的发展史。

在305室展出的《藏传佛教法器特展》格外引人注目。

清初诸帝在入关前后，为了加强蒙藏民族的向心力，乃于北京、盛京、热河行宫及蒙族藏族聚居地，广建藏传佛教寺庙，即使禁宫之内，亦处处佛堂，仪轨井然。内庭及工部皆精心造办供应寺庙的佛像、佛画及用器。此外，蒙藏宗教领袖，每逢入京，或年贡贺礼，往往进献各种珍异佛具。这儿的展品，兼此二者，故式样华美，质材罕致，工艺精细，甚为难得。

清廷对蒙藏进贡的资格，有严格的限制。前藏的达赖喇嘛与后藏的班禅额尔德尼隔年轮流遣人入贡；察木多地方（昌都）帕克巴拉胡土克图，四年一贡；其他特定阶级的人员亦可附随入贡。年贡之外，每逢庆典，西藏宗教领袖们还有“丹舒克”（原是长寿永生、永驻世间的吉祥语，引申为庆贺礼）的贡献。而顺治九年和乾隆四十五年，达赖五世（1617年——1682年）与班禅六世（1738年——1780年）亲自抵达京师，带来更丰硕的贺礼，其中甚至有古老的圣物。展品中有多件出自章嘉胡土克图——他是青海、内蒙古的宗教领袖，历辈均与清皇亲近。其三世章嘉胡土克图（1716年——1786年）还是清高宗西藏事务方面的老师，参与各种寺庙修建、佛经翻译、佛像制作、仪轨诠释等事宜，在处理藏蒙地区与中央政府的政治关系方面，多有贡献。

展室入口处的两个转经筒，刻有观音菩萨之六字真言：“唵嘛呢叭咪吽”。藏传佛教视此真言为一切经典的根源，信徒循环往复持诵思维，念念不忘，可积功德；至功德圆满，则可成佛。藏人常将此刻在转经筒上，每转一圈，口诵一遍，以积功德，以臻圆满。柱上的图案，藏音“朗久旺丹”，其意为“十相自在”，系由七个藏文字母和三个图形联合组成，是藏密本尊及其坛场合为一体的象征。

此展览告诉世人，西藏及其他藏传佛教地区，与中央政府的关系密切、融洽而且源远流长。

其他展览还有《风骨犹昔——玉丁宁馆捐赠牙骨竹木雕器特展》、《谭伯羽、谭季甫先生捐赠展》、《华夏文化与世界文化之关系特展》等，展品丰富多彩，美不胜收。由于时间关系，对许多展馆，我们只能是走马观花，浮光掠影，穿堂而过……

参观台北故宫博物院，有两件事给我留下了极深刻的印象。

其一，是有许多中小学生，在老师的带领下集体参观。展室要求肃静，老师和同学只看不说。但在参观前或参观后的走廊里，老师把同学们集中起来，大讲中华民族的五千年文明史……无疑这是对甚嚣尘上的“两国论”及数典忘祖的“台独”分子的当头棒喝！

其二，博物院正门墙上，塑着一幅巨型中国地图，用红线标出八年抗战期间，国民党政府为保存这批文物辗转颠沛的坎坷历程。为使这批国宝不致沦入日寇之手，他们也是历尽艰辛。抗日战争时期，负责护送这批国宝辗转于西南之后又护送来台的，便是当时任国民党“教育部次长”的杭立武。数十年后，杭立武获得了台湾“行政院”颁发的“文化奖”。这一迟到的奖项，对耄耋之年的杭立武来说，既是一种嘉奖，更是一种慰藉。

谈到杭立武，杨树清告诉我一件轶闻：1949年杭立武随当时的国民党“行政院长”阎锡山在成都搭乘最后撤退来台的飞机时，名画家张大千匆匆赶到，表示携有68卷早年在敦煌临摹之壁画，希望搭机运往台湾保存。当时飞机载重已达饱和。此时，杭立武毅然抛下自己所带的三件行李以及裹藏在行李里的二十几两黄金，以换载张大千的国画。张大千的敦煌壁画临摹作品，现保存于台北故宫博物院。张大千的这些作品此次没有展出。敦煌故乡的来客没有看到张大千的敦煌壁画临摹作品，不能不说这是一件憾事。

摩耶精舍的遗憾与文协大楼的诗人兴会

张大千的故居摩耶精舍离台北故宫博物院不远，建在外双溪的两道溪水分流处。1975 年张大千回台定居，选中这处青山环抱绿水绕流的半岛，披荆斩棘，建成精舍。

1983 年张大千去世，家属依其遗愿将故居交由故宫博物院管理，供游人凭吊。

我们从博物院出来，已近 12 点了。涂静怡说，文艺协会理事长、诗人绿蒂（王吉隆）先生，中午举行欢迎酒会，对摩耶精舍的参观，只好割爱，留待下一次吧。

与张大千的摩耶精舍失之交臂，虽则遗憾，但却留下了盼头。

去年 6 月，绿蒂曾率台湾诗人访问团访问敦煌，在兰州我们省作协与他们举行了座谈，之后举行了欢迎酒会。我同李云鹏供职的《飞天》，自 1950 年创刊以来，执掌主编“帅印”及担任副主编的多为诗人——李季、闻捷、杨文林、于辛田、李云鹏、段玫、张书绅、何来……我经常戏称《飞天》是诗人“专政”。因此，《飞天》一贯地比较重视诗歌，时不时地有台湾诗人在《飞天》登台亮相。比如我们在赴台前出刊的 1999 年 12 期《飞天》，就在“台湾诗人小辑”栏目下，集中刊出了绿蒂、涂静怡、游唤、董剑秋、廖俊穆五位诗人的诗作。一来二去，我们同台湾诗界朋友的关系似乎近了一层。

我们驱车急急忙忙赶到市内的“鸿图湘菜馆”，绿蒂以及向明、管管、张默、董剑秋、一信、罗明河等文艺协会的朋友，在此等候多时了。令人惊喜的是，酒会上我们又结识了大陆来的新朋友：他们是广州市文联副主席、广州画院名誉院长陈永锵先生，广东的摄影家蔡俊荣先生及《羊城晚报》记者黄珊女士。

酒会上吃了些什么美味佳肴已记不清了，只记得大家频频举杯，相互祝福，气氛热烈，弥漫着血浓于水的手足亲情，及浓郁醇厚的人情味。

此外，还有两件事给我留下了深刻的印象：其一是鸿图湘菜馆的就餐方式，介乎自助与宴会之间，每客收费290元台币，可在菜单上任意点四个菜，外加主食，但酒水除外。于是餐桌上叠床架屋，极其丰盛。其次，台湾文艺界朋友请客都自掏腰包，出席者每人800元。前天《创世纪》请我们吃饭亦如此，买单时是1400元，他们一边大呼便宜，一边各自掏出300元付账。这与美国的筹款酒会颇为相似。

饭后我们步行至罗斯福路三段的文协大楼，老远就看见“欢迎《飞天》杂志李云鹏、陈德宏”的大红海报牌，赫然在目地矗立在大门一侧。另一侧同样的大红海报牌，是欢迎陈永锵等三位广东朋友的。步人设在九楼的文协会议室，刚刚落座，浓香扑鼻的咖啡便递到了手中。接下来的座谈，热烈的话语所表达的手足情谊，比咖啡更浓更香更醇……当然，也像我们所喝的咖啡，在“浓香醇”的背后，还有一丝丝“苦味”……

绿蒂首先致词。他代表文艺协会及在座的诗友，对来自敦煌故乡的云鹏及我，对来自羊城广州的陈永锵、蔡俊荣、黄珊表示热烈欢迎。他回忆了近几年与大陆诗界朋友的交往与交流，赴大陆参观访问的感受，特别讲到去年6月他率团对敦煌及丝绸之路的访问。他说：“敦煌的灿烂文化，丝绸之路的古老文明，马蹄寺的裕固风情，令我终生难忘。”当然作为文艺协会的理事长，绿蒂还向客人介绍了文艺协会、新诗协会的历史、发展、组成及其活动。绿蒂最后表示，文艺协会愿在海峡两岸架起一座桥梁，组织更多的台湾作家、诗人到大陆去，欢迎更多的大陆作家、诗人到台湾来，以文会友，增进了解，增进理解，增进友谊……

接下来的发言，热烈而又热闹。你发言我插话，我发言你插话，不拘一格，亲切友好而融洽。台湾诗人的发言，或畅谈这几年赴大陆参观访问的感想，或称赞祖国大陆经济建设的飞速发展，或以具体事例大谈城乡面貌日新月异的变化，或回忆探亲访友时那相见时难别亦难的依依情怀，及难以割舍的动人场面……而大陆诗人、艺术家，则把来台后耳闻目睹的亲身感受，和盘托出……

管管的发言，开始很平静。他叙述了多次回大陆探亲访友的感受；叙述了他在西安的古城墙上居然发现了一条蛇，数年之后他仍惦念着那条蛇，写信给西安的朋友，让这位朋友替他去看看，那条蛇还在吗？它还活着吗？他又讲到，他在敦煌参观时，发现一个洞窟中有一个燕子窝。他让我和云鹏转告敦煌研究院的管理人员，千万别把那个燕子窝捅掉。人需要有个家，燕子也需要有个窝呀！无家可归怎么行呢？言谈之间，管管一点也不“超现实”，流溢而出的是诗人的慈悲心肠与强烈的人文关怀。可是当谈到两岸关系时，这位老诗人却失去了平静，他那浓厚的山东乡音加重了：“我们中华民族五千年的悠久历史与灿烂文化，像一张大网，把海峡两岸的人民连结在了一起，把全世界的华夏儿女连结在了一起。而今心怀叵测的‘两国论者’把这张大网捅了个洞，使两岸关系再度紧张起来。我们这些人的任务，就是补网补洞，尽快把这张网连结起来。我们祈求和平，我们不愿打仗。有人问我是哪儿的人，我的回答是：我是青岛人，山东人；我是台北人，台湾人；但归根结底我是中国人！而且我的子子孙孙永远都是中国人！”

张默的发言，更多的是介绍台湾现代诗的产生、流变及其现状。由被称做“诗痴”的张默来介绍台湾的现代诗，是再合适不过了。张默是《创世纪》“三驾马车”之一，可以说，他本身就是台湾现代诗的“活化石”。

向明的发言令人感动。也许因为我和云鹏来自大西北的缘故，向明首先回顾了他与大西北的一段历史情缘。1948 年，刚刚 19 岁的向明参加空军不久，便来到了古城西安，因左腿骨折，在西安的城楼上，他与乌鸦为伴度过了一段悠闲的养伤生活。当时，他看秦腔《蝴蝶杯》、《三回头》的情景，至今仍历历在目，恍然如昨；躺在病床上，盖着厚厚的新疆毛毯，捧读沈从文的《春灯集》的一幕，也依然记忆犹新。《春灯集》当时被国民党视为“禁书”，看此书很危险。但对文学的挚爱，战胜了军中纪律。向明把这本 1946 年出版的《春灯集》，当成自己的文学启蒙教材，珍藏在身边，连同那床厚厚的新疆毛毯，一起带到了台湾……

向明还深情地回忆了他同大陆诗友的交往。前两年，诗人刘湛秋赴香港参加“国际诗歌学术研讨会”，交了一笔可观的“会务费”，结果只开了一天的会，便草草收场了。以前人们只知道大陆有骗子，借举办各种会议之名骗钱，岂不知香港的骗子更高明。滞留香港的刘湛秋欲往台湾，申办无门，拨通了向明的电话，他说的第一句话竟是：“终于听到能听懂的声音了。”以后两位诗人见了面，竟是一见如故，胜似多年的老友。由此向明得出结论：海峡隔不开两岸诗人的心！

绿蒂点名让我发言。我把香港与台湾作了比较，认为香港无论是人文环境，还是人的心态，都还有许多殖民地的残余，而台湾没有。通过几天的耳闻目睹，接触交谈，感到很亲切，与到福建出差没有什么两样；无论是在文化上，还是在现实生活中，处处弥漫着认同与亲合。我说：“我们的国家尚未统一，两岸作家诗人的心已经统一了，两岸人民的心已经统一了。”我的话受到了热烈的鼓掌欢迎。

此时，陈永锵趁着几分酒兴反驳我。他说：“两岸作家诗人的心，两岸人民的心，不是已经统一了，而是从来就没有分开过。”陈永锵的话，也赢得了热烈掌声。

被诗评家称做贴近生活颇具现实主义诗风的女诗人张香华的发言十分简短。她代表她本人及她的爱人柏杨对我们一行表示热烈的欢迎。她说柏杨本来打算出席今天的座谈会的，早上起床偶感身体不适，十分遗憾，不能来了。接着她向我们每人赠送了两张碟片——一张 CD，一张 VCD——内容完全相同：《我爱的人在火烧岛上》。蒋介石在台执政期间，柏杨曾被监禁多年，而囚禁柏杨的监狱就在火烧岛上。《我爱的人在火烧岛上》实际是一首交响诗——在交响乐伴奏下的诗朗诵；而这诗的作者及朗诵者就是张香华……

……

随着张香华或舒缓或激昂的朗诵，传递给我们的是对爱的向往，是对自由的渴求，是对亲人的思恋，是对残暴专制的控诉与抗争……而与朗诵和音乐相伴出现的画面，则是愤怒的咆哮的惊涛裂岸的大海，是在大海包围与冲击下的火烧岛，是火烧岛上那用钢筋水泥构筑的高墙，是那高墙上直指蓝天的铁丝网……

我打开台湾出版的地图，试图找到火烧岛的“芳踪”，可是劳而无功。我又打开大陆出版的地图，在台东县东南的海面上，找到了一个叫“绿岛”的小岛，在它下面的括号里注有三个小字“火烧岛”。绿岛与火烧岛这两个截然相反的名字怎么会同时出现在一个岛上呢？台湾出版的地图上为什么只标绿岛而不标火烧岛呢？难道是台湾当局为了抹掉人们的痛苦记忆而将火烧岛改名为绿岛的吗？……百思不得其解。

我倒是真的希望火烧岛能变成名副其实的绿岛——犹如当年囚禁曼德拉的监狱而今变成了旅游胜地那样。

那钢筋水泥构筑的高墙，那高墙上直指蓝天的铁丝网，如果能变成参天大树，能变成茂密的森林，那该多好哇！

很庆幸，那个专制的时代已成为过去，已成为历史。

我长长地舒了一口气。

2000年1月14日

相见时难别亦难

早饭后，李锡奇等台湾朋友来六福客栈，为刘登翰等六人送行。今天，他们就要经香港返回福州了。我与云鹏的返程机票是明天的，仍需多留一天，自然也加入了送行的行列。大家嘴上说着，脸上笑着，同以往似乎没有什么不同，可稍微留心，就会发现，依依惜别的情绪笼罩在每一个人的心头。这正应了那句俗话：千里路上搭凉棚——没有不散的筵席。

一次成功的访问，犹如一部成功的戏剧，需由情节的起始、发展、高潮及尾声等部分一环扣一环地组成。我们此行的高潮就是昨天晚上在李锡奇家的聚会与聚餐。

早在我们在金门访问时，古月就先我们一天（8日）返回台北。我问她，为什么不多待一天与我们同行呢？古月说需要回去采购，为13号晚上的聚会聚餐做准备。未雨绸缪，还在访问的初始阶段，李锡奇、古月夫妇就为这次访问的高潮进行精心准备与铺垫了。

古月、李锡奇的家，被散文家林清玄称做台湾的“艺术重镇”，并说：“将来如果有人要写台湾现代艺术史，古月的家是个重要的地方。”他们的家之所以获得如此高的评价，一半固然是缘自李锡奇对朋友的古道热肠、侠肝义胆，另一半更缘自古月对朋友的诚恳挚爱及其精湛的烹饪技艺。正是他们伉俪的珠联璧合，营造了这座难得的“艺术重镇”。对此，林清玄亦有铺叙：

> 经过这许多年，我还会时常记起古月做的稀饭。她的手艺在朋友之中是第一流的，有好几次酒酣耳热之际，感觉惟有“天衣无缝”或“臻于化境”这样的字眼才可以形容她的手艺，特别是稀饭，她做的稀饭总是用陶瓮来装，温暖而细致。
>
> 从前在报馆一下班，如果有聚会，就会直接去古月的家，吃

她煮的宵夜。大家齐声赞美，我往往保持沉默，因为吃得瞠目结舌。

——林清玄：《诱惑者·序·古月照今尘》

我同李云鹏参加完文协的座谈会，匆忙赶到李锡奇在光复南路的寓所，已将近下午6点了。冬日的台北，6点钟已是黄昏时分。只见李锡奇宽敞的画室里人头攒动，我们前几天结识的台湾朋友几乎全来了，加上我们八人，足有30人之多。大家或坐或站，分成几堆交谈着……

晚餐会开始了。果然名不虚传，古月做的每道菜都是一件“艺术品”，色香味形俱佳，每上一道菜都赢得一阵赞叹与欢呼。只是，且勿动手——《光华画报》的摄影记者对每道菜都要拍照。

李锡奇说，每年春节，台湾文艺界的朋友都要在他家聚会，而每次聚会《光华画报》都要派记者来拍一些照片，然后在画报刊出。这次听说两岸文艺家聚会，他们更是认为机不可失，业务总监薛少奇亲率记者，准备拍一组镜头，作为春节那一期的封面及内文刊出，题目定为《两岸同乐》。

多好的创意啊！吴国标供职的福建电视台有一个《海峡同乐》，而今《光华画报》又要拍一组《两岸同乐》，求同存异便是“海峡两岸同乐”。不谋而合。这究竟是天意还是民意？也许是天意加民意。

于是吴国标及《光华画报》的记者临时客串导演，让大家围站在巨大的画案周围，画案上摆满了色彩鲜艳而又香气四溢的堪称艺术品的美味佳肴，每人手举酒杯，杯里满盛着的或是XO，或是金门高粱，或是干红、干白……大家不断地排列组合，变换着各种姿势，脸上堆着笑，让吴国标及《光华画报》的记者摄像拍照。排列组合及各种姿势是“导演”导出来的，而绽放于各自脸上的灿烂笑容却是发自内心的……

“仪式”终于结束了。大家边喝边吃，犹如风卷残云，满画案的菜肴很快便被“消灭”殆尽。古月不断地上菜，仍难免“供不应求”……古月再能干，怎抵得上30张饕餮大嘴呢！

可以看得出，尽管很忙、很累、很辛苦，古月还是很高兴的；布满细汗的脸上，始终挂着笑。这正应了那句名言：把饭菜吃光就是对女主人的最高奖赏。

古月本名胡玉衡，祖上湖南衡山，曾任职中原大学教务处；著有《追随太阳步伐的人》、《月之祭》等诗集。其实她的散文写得同样出色——如果说不是更出色的话。她的那本《诱惑者——当代艺术家侧写》便极有品位。“诱惑者”本是古月送给诗人、画家、青铜品鉴赏家楚戈的雅号。其实古月又何尝不是一位“诱惑者”？她是一位诗歌、散文、友谊及美食的“诱惑者”。

当晚，所有的人都是尽欢而散；大部分有酒量且豪饮的人则大醉而归……

这样的聚会，这样的晚餐，这样的送行，令人终生难忘。

高潮之后是尾声。

送别的时刻到了。大家互道珍重，互说再见。黄锦萍、郭莉英二位女士，脸上含着笑，眼里含着泪向大家招手。刘友容、薛承枫平时谈笑风生的劲头不见了，眼睛也都潮潮的。吴国标出于职业的敏锐也是职业的责任，抓拍这离别的最后场面。李锡奇执意要到机场送行，刘登翰执意不肯，他说：“送君千里，终有一别。后会有期，我在福州等着你。”最后达成妥协，由蔡志荣全权代表，赴机场送行……

10时整，刘登翰他们六人乘坐的三辆小车离开六福客栈，向桃园机场驰去……蓦然间，我发现李锡奇正在用纸巾擦脸，眼睛红红的……此刻，这位豪爽而乐观、既重友情更重感情的艺术家，胸中正涌动着离别的情感波涛……

这正应了李商隐的著名诗句：

相见时难别亦难，
东风无力百花残。

蜀鱼小聚与海鲜大餐

送走刘登翰等六人，李锡奇问我和云鹏，愿不愿意搬到他家小住一宿。并说，朋友来了住在旅馆总有一种见外的感觉，可来人太多，不住旅馆又没有办法。上次高洪波和袁和平来台北，就住他家。

当然，我们表示欣然同意。

来到李锡奇的家，古月给我们开门。古月的宠物狗“乖乖”——这小东西颇有灵性，我们仅是第三次见面，它就表现出少有的热情，围着我和云鹏转来转去，伸着鼻子左闻闻，右嗅嗅，有时还伸出舌头舔我们的裤腿……对它的“热情友好”，我同云鹏在惊喜的同时，也保持着某种警惕——生怕它在热情过后突然来上一口。

“乖乖”个头不大，样子非常古怪，甚至可以说它很丑，但又丑得非常可爱——它留着两撇八字胡，像一只又瘦又小的穿着“灯笼裤”的小山羊。就是这个“乖乖”，曾给我们留下非常不友好的深刻印象。

那是四天前的晚上，我们在叙香园吃过饭，李锡奇、古月说他们家离此不远，约我同云鹏到家中饮茶小叙。同行的还有李锡奇的金门老乡、青年作家杨树清（实际上杨树清的祖上是湖南人，但他生在金门，长在金门）。当我们进人主人的家中时“乖乖”表现出了极大的攻击性：它怒目圆睁，一跳老高，向我和云鹏狂吠不止……古月连忙将它与我们隔开，解释说，一天没有管它，生气了。说着她把“乖乖”抱到怀中，口中念念有词：“妈妈对不起你，妈妈对不起你……”经过一番道歉、安抚，“乖乖”才安静下来，一边用舌头舔古月的脸，一边余怒未息地呻吟着……过了一会，待“乖乖”完全安静下来，古月才又把它抱到我们面前，指着云鹏和我介绍说：“这是大陆来的伯伯和叔叔。刚才太没有礼貌，以后不许这样。”

我与云鹏相视苦笑。蓦然间变成“狗叔叔”“狗伯伯”，一丝不快掠过心头。转念一想，既然古月自称“狗妈妈”，我们姑且当一回“狗叔叔”、“狗伯伯”又有何妨！

古月宠狗至此，令人叹为观止。

中午，李锡奇请我们吃蜀鱼餐，并请杨树清作陪。古月托故不去。我猜想，她可能尚未从昨晚盛宴狂欢后的劳累中恢复，需要休息。

说实话，我是满心的不情愿。到家了，一个馒头，一碗稀饭，一碟咸菜，借以冲刷洗涤连日宴会积存在肠胃中的油腻，该有多好！可李锡奇执意要请。他说，这儿有家餐馆，蜀鱼做得极为地道，高洪波、袁和平、刘登翰都品尝过，他们都赞不绝口。并说，他本来就打算请大家吃一顿蜀鱼，只是请我们吃饭的朋友太多，不好意思利用“特权”插队，只好作罢。

这家餐馆的地址及名称已记不清了，大约在李锡奇家的西北方向，打的十多分钟，穿过一道高架路便到了。但它有一个明显的标志——紧挨着连战的“竞选总部”。站在门口便可看见高悬于总部大楼上的连战与肖万长这两位国民党“总统”、“副总统”候选人的巨幅画像。他俩西装革履，比肩而立，面带微笑，注视行人；那意思是：请多关照，投我们一票。画像的下方有一行大字：“三百年情系台湾，十代人根植斯土。”这大概指的是连战本人及其家族与台湾本土的历史渊源。

李锡奇笑着解释说，台湾的“选战”已进人白热化的阶段，民进党的陈水扁与国民党的连战互相攻讦——陈水扁一方面大打台湾本土牌，一方面抓住国民党的“黑金政治”不放；而连战一方面突出自己的“台湾情结”，一方面大打大陆牌，猛攻民进党的“台独”纲领，说选择陈水扁就是选择战争……国民党太腐败，民进党太危险，鹬蚌相争，渔翁得利。这就是为什么杀出一匹黑马——宋楚瑜在民意测验中暂时领先的原因。

主菜端上来，令我大吃一惊！直径两尺的大盘里红烧鱼块堆积得像高高的富士山，热气四溢，香色袭人，令那些佐餐下酒的小碟小碗顿失颜色，变成了小儿科。堪称大手笔，大制作。在“富士山”的顶部放有拳头大小的一坨坨鱼籽，仿佛是“富士山”的小红帽。如此，又增加了些许美感。更令人惊奇的是，这堆积如山的大盘鱼，竟是一条鲤鱼为原料烹饪而成，足见这条鱼有多大——少说也有七八斤！

这道红烧鲤鱼，正宗川味，也麻也辣，但麻得有度，辣得有味，并不掩盖鲤鱼本身的浓烈鲜嫩；特别是鱼籽，经油炸成坨，回锅红烧，香脆酥松，口感极佳。

我曾多次到四川出差，几乎每次都有四川的朋友请我吃川菜。老实讲，同样是鱼，味道比这儿要差得多。每当大家吃得大汗淋漓、得意忘形之时，朋友总是不忘征求我的意见。于是我一边倒吸凉气，一边给予两个字的评价：麻！辣！过一会，朋友又征求意见，我再次给予两个字的评价：辣！麻！然后我补充说，我已经会做川菜了。朋友惊讶。我说没有什么诀窍，惟有多放花、辣“二椒”而已。这虽是笑话，但我敢说，代表了大多数外省人对川菜的评价。这正应了民间流传的顺口溜：湖南人不怕辣，湖北人辣不怕；四川人怕不辣，又将大把花椒下……

台湾的餐饮业非常发达，菜肴烧得十分好，甚至可以说十分精美。其实他们所用原料与佐料与大陆没有什么不同，无非是一些鸡鸭鱼肉、山珍海味，但在选配、调味、烹饪制作上极下工夫，力求做到香色味型俱佳。可以说，我们国家的饮食文化在台湾得到了很好的传承与发展。究其原因，一是当年国民党败退台湾时，从大陆带走了大量人才，其中不乏各地风味各个菜系的名厨大师；有了人才便有了继承与发展的基础。其次，台湾六七十年代的经济起飞，市场的竞争，利益的刺激，食不厌精的社会需求，为餐饮业的发展提供了契机。最后也是最重要的一点，是“思乡情结”的转移——两岸隔绝数十年，只有梦里回故乡，既然有家归不得，亲人见不上，那就吃一顿正宗的家乡饭菜，来他个一醉方休，乡思乡愁乡情乡恋尽在这一餐一饮之中了……

李锡奇讲了一个“假酒”的故事，颇具典型意义。

还是在两岸隔绝的年代，李锡奇到金门探亲，用普通的酒瓶装回两瓶上等的金门高粱。请朋友吃饭，李锡奇卖了一个小小的关子，开了一个小小的玩笑：让大家猜一猜这是两瓶什么酒。大家用疑惑的目光看看酒，又看看李锡奇，表示不解，希望他早揭谜底。此时，李锡奇才故作神秘地压低声音宣布：这是来自大陆的“五粮液”。当时，台湾对大陆物品控制极严，食之用之，即以通“匪”罪论处。在那军事管制的非常时期，只有金门的渔民才可以走私少量的大陆物品；而金门的走私物品也只有李锡奇才能搞到。顺理成章，大家对这两瓶“五粮液”便笃信不疑。

听说是“五粮液”，诗人商禽——这位少小离家老大未归的“五粮液”的故乡人，显得十分激动，始而两眼放光，继而两眼潮湿……回忆起当时的情景，李锡奇说，大家都傻了，房间里鸦雀无声。商禽颤抖着双手斟满一杯酒，左看看，右瞧瞧，放在鼻下闻了又闻，嗅了又嗅，慢慢地呷上一口，发出啧啧的响声，然后抬起头来，深情地对大家说：“三十多年了，再没喝过家乡的美酒了。”然后大家争相痛饮，将两瓶“五粮液”一扫而光……本是开个玩笑，想不到大家却动了真情，李锡奇反倒不好意思揭穿谜底了。

思乡是一种集体无意识。它是痛苦的，然而又是诚挚的、美好的。李锡奇的一个玩笑，给文坛留下一段佳话。这段佳话，我听袁和平讲过，亦听刘登翰讲过，而今又听李锡奇的“正版”，依然为之动容。

晚上黄滈权、吴安安二位企业家联袂做东，请我与云鹏吃海鲜。

他们二位是李锡奇的朋友，按照朋友的朋友亦是朋友的逻辑，我们成了朋友。这段时间，二位企业家与我们几乎是朝夕相处，驾着他们的“宝马”、“沃尔沃”，既当司机又当导游，真可谓鞍马劳顿。如今，又要他们破费，真是于心不安。

李锡奇说：“你们访台十日，没安排他们请客，对我已是‘耿耿于怀’。吃饭是个形式，表达的是一种心意。还是恭敬不如从命的好。”

我之所以把这次宴请称之为“海鲜大餐”，首先是与中午的“蜀鱼小聚”相对而言。中午我们是四个人的小酌，而晚上则是 14 个人的盛宴豪饮。除了两位主人和我们两位客人而外，出席作陪的有李锡奇、古月、顾重光、楚戈、朱为白、唐经澜、杨树清、蔡志荣及青年女画家潘丽红等十人。其中有位新面孔，叫郭金龙，是溪头青年活动中心的总干事。可能由于初次相识，他话不多，但言词诚恳，邀请我和云鹏到他们南投去。并说，他所管辖的青年活动中心有超豪华的“总统”套房，我们去，他将像接待“总统”一样接待我们。几句话说得人心里暖融融的。再就是，宴会极为豪华。盘中之物尽是海中珍品——鱼翅、海参、鲍鱼、龙虾、巨蟹……而且必须达到一定规格，比如龙虾，每人一只，每只都重十二两（台湾仍沿用 16 两称），长可及尺。选料精美，烹饪考究；每上一道菜，服务小姐都先报菜名，放在巨大的餐桌上，旋转一圈，让大家欣赏，然后分送到每人面前，供你食用……

吴安安、黄滈权原是这家酒楼的老板，后来事业发达了，分别转向了冶金与珠宝行业，于是将酒楼转让了。老东家在此宴客，自然增加了许多额外的精细与关照。从大堂经理到领班，从服务小姐到主厨，排着队过来给客人敬酒。

如此豪华的宴会，自然价格不菲。顾重光悄悄告诉我，这一桌的标准是每客 2500 元台币，而且不包括酒水。十瓶法国干红是顾重光带的。

一顿饭吃掉三万五千台币，令人咋舌。这不是名副其实的“海鲜大餐”又是什么呢？

台湾的高消费由此可见一斑。

北京流行着一首顺口溜，叫《四大傻》：吃饭点龙虾，购物到燕莎；吸烟吸中华，歌厅留电话……吴安安、黄滈权二位企业家点的何止是龙虾？是满桌的海鲜。他们岂不是更傻吗？

还是李锡奇说得好：吃饭是一种形式，表达的是一种心意。黄滈权、吴安安两位企业家表达的是友情，是亲情，是如同手足的兄弟之情……

难忘金门　难忘台湾

夜已经深了，一向以夜生活丰富活跃著称的台北市已是一片静谧。李锡奇、古月、我和云鹏围坐在客厅里，丝毫没有睡意。仿佛是六年前那一幕的重演。不同之处在于主客易位时空置换——1993 年 8 月 23 日深夜，李锡奇、古月做客兰州；2000 年 1 月 14 日深夜我和云鹏做客台北……

李锡奇将“敦煌笔会”题词签名册拿出来，重温那段友谊，重续那段旧情……翻看唐达成那篇一气呵成才情横溢书法如行云流水般的精短序文，感慨万端。他指着序文中“岁月易逝，友谊长存”八个字，情绪有些激动地说道：“至理名言，这绝对是至理名言！……”

人生易老。

睹物生情，物是人非。大家都有些伤感。1993 年后，唐达成曾来台访问，李锡奇为他举行了盛大的欢迎酒会，尽邀台湾名流，相聚甚为高兴。去年国庆期间，李锡奇正在北京，他给唐达成家中打电话，没人接。他以为国庆长假，全家外出旅游了。他做梦也想不到，那时，他所敬爱的唐达成在医院即将走完他最后的人生旅程……

“我本来是可以见他最后一面的……我本来是可以见他最后一面的……”李锡奇喃喃自语，一副追悔莫及的痛苦神情。

还有袁和平。袁和平是李锡奇最早结识的大陆作家。同样的开朗乐观，同样的侠肝义胆，同样的重友情轻功利，同样的性格爱好，使他们一见如故，相见恨晚。李锡奇百思不得其解，这位当年内蒙古的插队知青，时值中年，身体健壮犹如成吉思汗的袁和平，怎么说走就走了呢？

李锡奇拿出袁和平未完稿的遗作《战争岛见闻录》，让我和云鹏看。他说：“袁和平是参观金门并写了金门的大陆作家第一人。文章写得非常好，非常有才气。可惜尚未完稿他就走了……”

他用“走了”而不用“去世”，可见直到现在他仍无法面对他的挚友袁和平已经“去世”这冷酷的现实。

我要把袁和平尚未完稿的《战争岛见闻录》带回来，设法在大陆刊出。李锡奇不同意。他说："我一定要把它在台湾刊印出来，让台湾读者看看大陆作家的胸襟，看看大陆作家是用什么样的眼光来观察我的家乡金门岛的。"

李锡奇还忆及蒋子龙。他说蒋子龙访台时，他正在意大利举办个人画展。未能尽地主之谊，未能在台湾好好招待蒋子龙，至今他仍抱有深深的遗憾……

夜深沉。话更深沉……

古月见我们话题越说越沉重，心情也越来越沉重，而且大家越来越伤感，于是主动插话，问起高洪波、陈丹晨、程树榛、杨匡满等朋友的近况；并回忆了与他们相处的那段时日的一些轶闻趣事。话题的转换，果然奏效，大家的心情轻松了许多。

原以为带着轻松的心情可以睡一个好觉。可是失算了。躺在温软如自己家中的床上，辗转反侧，久久不能入睡……从卫生间那明了复灭、灭了复明的灯光判断，今夜失眠的不只我一人。

根据我的经验，一旦失眠，睁着眼与闭着眼是一样的。访台十天来结识的许多人，经历的许多事排着队出现在眼前：有的清晰，有的模糊；清晰的变模糊了，模糊的变清晰了……

——金门的陈水在县长，举着满满一杯"高粱"与我碰杯。他对我说，在任期间他最大的愿望是实现"小三通"——金门厦门"两门对开"；卸任以后最大的愿望是到祖国大陆好好转转，看一看。并特别强调要好好地游一游丝绸之路，好好地看看敦煌莫高窟……

——金酒公司的总经理辛宽得，是一位既豪爽又豪饮的汉子。我们在金门期间，走到哪里，他都开车陪到哪里，车上装满成箱成箱的专供宴客及作为礼品的"迎宾高粱"，"保障供给"，一路芳香……尤其令人感动的是，他把年轻貌美的夫人请出来，专门陪同黄锦萍、郭莉英二位女士。短短几天，她们三位女士便建立起了姐妹般的情谊……

……摄像机的镜头，蓦然间从海峡彼岸的金门，跃过波涛汹涌的海峡，重又回到了此岸的台北……

——加源贸易有限公司、京华钻石公司的老板柯朝祥，是一位事业有成的企业家。他投资兰州的林歌瓜子，牛刀小试，大获成功。十多年前许多人眼睛正盯着沿海特区的时候他却率先到地处西北腹地的兰州投资，足见他的勇气与远见卓识。他的朋友黄滈权告诉他，我和云鹏来自兰州，便执意在台北市中心的兄弟大饭店请客。当晚出席宴会的宾客30余人，其中有其钻石珠宝业的同行，有退役将军，亦有文艺、教育、学术界的教授、学者、名流……柯先生诙谐风趣，幽默机智，宴会始终充盈着欢声笑语，歌声掌声……

——探索文化有限事业公司，是经营图书出版业务的。通过朋友安排，公司在五星级豪华饭店——恺悦大饭店“美丽厅”宴请我们。如约而至，才发现，宴会的主人——公司总经理、总编辑刘秋凤是一位比“美丽厅”还要美丽的年轻女士。开始我以为曾四次访台的刘登翰与他们业务上有来往，宴会开始后才知道，刘登翰与他们也是素不相识。刘秋凤女士致词说，宴请大家的目的，是结识大陆的作家朋友，看以后可否在大陆拓展业务……

——贤志文教基金会的秘书林淑华，为我们赴台奔波联络，不遗余力。赴台前我与她通话十余次，她的声音是那样的甜美，言谈是那样的文雅礼貌。见面才发现，她是一位比她的声音更甜美的端庄文雅的小姐。在接待我们的主人中，林淑华是最辛苦的了。数十人的吃住行，参观访问，全赖她的联络安排，而她竟能举重若轻，在不动声色中安排得那么周全熨帖，甚至可以说是“天衣无缝”。林淑华对我说，她去过世界的许多地方，惟独没有到过大陆。言谈间流露出深深的遗憾。我说，我将创造机会，请她及台湾的其他朋友，到大陆来，看看祖国的发展变化，走丝绸之路，看敦煌壁画……

林淑华高兴地跳了起来，边拍手边笑，笑得是那样的灿烂，笑得是那样的纯真……

失眠是痛苦的，甚至是苦不堪言。我今晚的失眠却失得幸福，失得甜美……

天亮就要离开台北、离开台湾了。

台湾金门十日行给我留下了什么呢？

是长久的忆念——

难忘金门！难忘台湾！

2000年3月—6月初稿

2000年8月—9月二稿

2000年初冬三稿于兰州

作者附言：应台湾贤志文教基金会的盛情邀请及老友李锡奇的辛苦奔波，我得以访问台湾，参观金门；刘登翰赠我的《彼岸的缪斯》、古月赠我的《诱惑者》、杨树清赠我的《天堂之路》，为撰写此文提供了许多背景资料。在此，一并致以衷心的感谢！

第二辑　师长背影

和谐、诚信与说真话

——在某个会议上的发言并以此文悼念巴金老

当今最时尚、最现实、最急需的是社会和谐。

什么是社会和谐？似乎很难说清楚。似乎很难给它一个确切的定义。不过，言说什么不是社会和谐要容易得多。

——贪得无厌，人欲横流，不是社会和谐；

——贪污受贿，无法无天，不是社会和谐；

——弱肉强食，民不聊生，不是社会和谐；

——分配不公，两极分化，不是社会和谐。

……

那么，如何才能构建和谐社会呢？当然要消除以上这些不和谐的现象及因素。消除这些现象及因素，要从构建社会诚信及人人都说真话做起。一个和谐的社会，是没有尔虞我作的生存空间的，是不允许假话、大话、空话、套话满天飞的。

关于社会和谐、社会诚信的构建，关于说真话风气的形成，中国共产党在历史上是有成功的光辉范例的。那就是1942年毛泽东亲自发动并亲自领导的延安整风。

那次整风的主题是反对经验主义、教条主义及宗派主义。其结果达到了党内的高度团结、统一，促进了社会和谐、社会诚信，形成了“知无不言，言无不尽，言者无罪，闻者足戒”的良好风气，良好作风。

在前苏联的一个话剧里，有个战地记者，因爱说假话、大话、空话而闻名，于是大家给他起了个外号叫“克里空”。在整风之后的延安，中国版的、延安版的“克里空”，不仅在文艺界成为讽刺的对象，在党内及社会上，更是成为了人人喊打的“过街老鼠”。

经过这次整风，毛泽东提出了金光闪闪的四个大字“实事求是”。在“七大”，“实事求是”更被进一步确定为党的思想路线。正是在“七大”及“实事求是”思想路线指引下，中国共产党一路顺风顺水，打败了日本帝国主义，取得了抗日战争的伟大胜利，为世界反法西斯的最终胜利，做出了伟大的独特的贡献。之后，又打败了蒋介石，取得了解放战争的伟大胜利，解放了除台湾之外的全中国，建立了人民当家作主的共和国。

可惜，“实事求是”的思想路线，解放后、特别是1957年以后并未得到进一步的贯彻执行，甚至连毛泽东本人这个“实事求是”的倡导者，也将“实事求是”淡忘了，以至铸成大错，酿成了“文化大革命”这样的大悲剧。

谈到说真话，我们很自然地会想到文学巨匠巴金。巴金这位世纪老人，留下了一千多万字的文学著作及译著，走完了他101岁的人生旅途，于10月17日离开了我们。

巴金一生有三大贡献——

第一，留下了丰富的文学遗产。在几十年的创作生涯里，巴老给我们留下了26卷本的不朽著作和10卷本的精彩译著。这些作品影响了无数读者的人格心灵。巴老的文品及人品，已融入了中国新文学的精髓。特别是他的代表作激流三部曲——《家》、《春》、《秋》及爱情三部曲——《雾》、《雨》、《电》，如电光石火，照亮了旧中国苦闷的知识分子的心灵。巴老在现代文学史上，其地位是被排在“革命作家”之后的“进步作家”行列的。可就是这位“进步作家”的作品，在“启蒙与救亡二重变奏”为主流的现代文学中，发挥了极其重要的影响与作用，许多热血青年，怀揣着巴老的著作，奔向延安，投入滚滚的革命洪流……

第二，在巴老的倡议、呼吁、奔波，甚至是奉献出自己的稿费的支持下，建成了中国现代文学馆，使我国的现、当代作家，有了一个收藏、展示他们创作成果的神圣的文学殿堂。

第三，是他晚年的收笔之作——三卷本的《随想录》。数十万言的皇皇巨著《随想录》，概括起来，只有三个字：讲真话。

《随想录》的影响及意义，远远超出了文学。它直面人生，敢讲真话，充满了批判，充满了反思，充满了忏悔，充满了对自我灵魂的拷问。

浅层次的反思是政治反思，较深层次的反思是文化反思，真正深刻的反思则是对自我人格的审视与批判。这种反思最终将抵达民族文化品格的深处及痛处。

在一定的环境下，反思及讲真话是需要良知与勇气的。巴老提出要讲真话，立即遭到某些人的反对。他们振振有词地批判道：真话并不等于真理。

没错，真话并不等于真理。可是，没有真话哪来的真理？真话总比假话离真理更近一些吧？

上世纪的80年代初，经过“文革”浩劫的党和人民形成了共识，社会需要安定，再不能搞劳民伤财、后患无穷的“运动”了。可是正应了毛老人家的那句名言：树欲静而风不止。仍有人故态复萌，在惯性的作用下，时不时的仍想搞“运动”。于是就有“周、夏、巴”——周即周扬、夏即夏衍、巴即巴金，在“内部”被点了名。

射人先射马，擒贼先擒王。这三个大人物被打倒了，文艺界的思想解放、乃至全国的思想解放，就可以戛然而止，复归平静了。

巴老以沉默表达了他的抗争。不仅如此，他还对率先表了态的老作家姚雪垠、曹禺等人进行了婉转的忠告。他通过冰心大姐向他的好朋友、被称作“小弟弟”的曹禺带话，让曹禺在这些时候，少发表谈话，少在公共场合露面。

巴老讲真话的精神与勇气，令文艺界、知识界及整个社会感佩——

著名作家、著名社会活动家老舍的儿子舒乙，接受央视专访的题目是——真话巴金。

著名教授、著名社会活动家、冰心的女儿吴青，接受央视专访时，眼含热泪，叙说“巴金舅舅”的讲真话；

文艺界人士——从身居高位的领导到一般的群众，发表谈话及缅怀文章，无一例外地强调——巴金讲真话；

广大读者被问及巴老的人格魅力是什么时，无一例外地回答——讲真话……

当社会聚焦巴老的讲真话时，当我们颂扬巴老的讲真话时，总有一丝丝悲哀掠过心头……

歌颂真、善、美，鞭挞假、丑、恶，本是文学的本质所在。而文学第一要义——真，竟成了文学巨匠的最高成就，最高境界，最大的人格魅力，实在有些匪夷所思……

中国的作家有多少？据说，中国作家协会的会员就有七千多人；各省的省级会员有多少？少说也有数万人。还有那些虽未入会却从事写作：自称作家又被人称作作家的人呢？

面对巴老的“讲真话”，真令我们这些也被称作作家的数万人感到汗颜！

中国的知识分子有多少？人口的十分之一是一亿三千万；百分之一是

一千三百万；千分之一是一百三十万。

面对巴老的“讲真话”真令我们这些也被称作“知识分子”的千百万人感到汗颜！

中国的知识分子，经过了被外界否定的阶段，经过了被外界肯定的阶段，巴老则率先进入了主体意识觉醒的新阶段。

社会聚焦巴老的讲真话，有识之士颂扬巴老的讲真话，恰恰说明社会需要讲真话——社会和谐需要讲真话，社会诚信需要讲真话。

那么，人之初，父母就教育孩子“不要撒谎，要讲真话”这样一个浅显的道理，这样一个基本的事实，为什么会变成社会上如此“紧缺”的“稀有金属”，以至于只有巴金才敢讲“真话”呢？这难道不值得我们深思及反思吗？

首先要进行历史的反思。

俗话说，冰冻三尺非一日之寒。真话不畅，假话盛行，是有其历史根源的。

——1957 年，知识界的有识之士讲了真话，结果被打成了“右派”。

——1959 年党内的有识之士讲了真话，结果被打成了“右倾”。

——“文革”中讲了真话的人，被打成了“反革命”。

……

此种状况发展到极至，便是林彪的那句“名言”：“不说假话，办不成大事。”

一方面说假话飞黄腾达，一方面说真话吃亏、倒霉，这鲜明的利、害对比，价值观念的天平，自然倾向了说假话的一方。

应该特别指出，绝大多数违心说假话的人，并非为了飞黄腾达，升官发财，其目的，主要是为了自保。而对于既不敢讲真话，又不愿违心讲假话的人来说，“失语”便是他们惟一最好的“选择”。

其次，要充分认识真话不畅，假话盛行对党、对国家、对民族造成的危害。

这方面，教训很多，交的学费亦很多。

——如果 1957 年不是把马寅初打成“右派”，批判他的“马尔撒斯人口论”，而是从善如流，听他的“真话”，从上世纪 50 年代中期开始实行计划生育，据专家推算，我国现在的人口，至多只有八亿。“人多好办事”“众人拾柴火焰高”，毛泽东的这些充满诗人气质的话，固然很浪漫，但其后果却是严酷而现实的。误批一人，猛增五亿。这是结果，也是苦果。

少五亿人口是什么概念？早就实现小康了。

——三门峡水库的建设，如果当初不是盲从苏联专家的意见，把我国持反对意见的水利专家打成右派，何至于今天再投资数百亿元修一个小浪底水库，以解决三门峡水库留下的后患？

——1958年，如果采纳了彭德怀等党内有识之士的“真话”，不是越左越反“右”，能发生人为的“三年自然灾害”吗？

第三、要建立长效的随机的反思机制，要敢于、勇于反思自己，否定自己。反思是一副清醒剂，可以使我们保持头脑的冷静与客观。纵观人类的文明进步史，是在不断地反思、不断地否定、不断地超越自己中完成的。

今之观昔，犹如后之观今。

不识庐山真面目，只缘身在此山中。

反思要有长效机制，要随机进行，不要等到铸成大错，产生了恶果，“交了学费”才进行反思。不能只反思远不反思近；不能只反思别人，不反思自己。二千多年前的孔夫子尚且懂得每日“三省吾身”，何况身处知识爆炸、高新科技迅猛发展下的我们呢？

到目前为止，我们的反思似乎止于文革。这是远远不够的。

早在上世纪80年代，知识界就流传着一句颇富哲理的话：今天批判的，正是明天要干的。

20多年的社会实践证明，这句话基本符合实际。

当时把股份制、私营企业、引进外资，统统当作经济领域的“资产阶级自由化”批判，认为是挖社会主义的墙脚，是动摇社会主义的经济基础。有的好心人为了发展民营经济，只能从马克思、恩格斯的著作中找根据，找来找去据说找到了：雇佣八个人不算剥削，超过八个人就是剥削……

如今20多年过去了，合资企业、外资企业、独资企业、民营企业，已成为半壁江山，与国有企业一起，为发展、繁荣我国的国民经济做出了同样不可或缺的贡献。

以胡锦涛为总书记的党中央提出“以人为本”，这是了不起的理论突破，非常英明，深得民心。

马克思早就说过：只有解放全人类，无产阶级才能最终解放自己。

这不是以人为本是什么？这不是人道主义又是什么？

可是解放后我们一直批人道主义。先在文艺界、理论界批，后在全社会批。远的不说了，20 年前，不仍有人以“社会主义人道主义”批“马克思主义人道主义”吗?

至今也没有人出来反思，说批“人道主义”批错了。

“异化论”本是马克思主义题中应有之义，马克思、恩格斯都曾论述过。如果当初不是武断粗暴地批判，而是认真仔细地研究“异化论”，并用以指导党的建设，党内的不正之风、腐败现象是可以从源头制止并克服的。

如今党中央大力倡导“反腐倡廉”，可仍无人出来反思，说批“异化论”批错了。

实际工作上可以改进、改正，理论上并没有真正深刻的反省此种实践与理论的拧麻花现象，是很可怕的，也是很危险的。凡此种种说明，我们并没有建立起有效的反思机制。

反思是与否定紧密相连的。对于哲学上的否定，大家容易接受否定之否定就是肯定；事物是在批判、扬弃、否定中获得新生的等等。可是一到生活中，与工作与自己联系起来，否定就变得困难了。

实际上，在现实生活中，否定也是无处不在的——纠正错误是否定，改变思维是否定，弃旧图新是否定，转变行为是否定等等。大到一个党，一个国家，一个民族；小到一个单位，一个组织，一个个人；不敢反思，不敢否定，就会失去前进的动力与目标。敢于否定自己，恰恰说明自己的强大，说明自己的自信。不敢否定自己，又怕别人否定自己，恰恰表明缺乏自信，是脆弱的表现。到这种地步，就很危险了。

回到主题。反思也好，否定也好，都离不开巴金老人的“说真话”。

那么，怎样才能让全社会形成说真话、信真话的良好风气呢? 首先要从各级领导做起。

一个普通的人，普通的群众，说假话，信假话，仅仅是个人的品质问题，影响也坏，但危害不大。领导就不同了，他影响及危害的是一个部门，一个系统，一个党，甚至是一个国家。

古人云：上有所好，下有所为，吴王好刀剑，国人脸上皆伤疤。一个好大喜功的领导，其部下必然吹牛，拍马，浮夸，说大话，说假话。1958 年，唯物主义的信徒，喊出的竟是唯心主义的口号：人有多大胆，地有多大产。于是全国的粮食产量到处放“卫星”，河南的小麦亩产更是坐上了“火箭”，直线上升，由几千斤到几万斤，甚至十几万斤……

你相信吗？我相信吗？

领导相信，大家都得相信。

其次，要从各级政府做起。

对各级政府来说，说真话，讲科学，依法行政，严格按“两个务必”办，廉洁行政，取信于民，树立诚信政府、亲民政府的形象，非常必要，也非常重要。国务院连年出台惠民政策，减免农业税，使长期困扰我们党和国家“三农”问题，得到了初步解决。这些深得民心、深得人心的重大举措，令我们希望大增，信心大增。但仍有值得反思之处——

劳民伤财的形象工程、政绩工程，不是屡禁不止依然存在吗？

用假话、假象把共和国的总理骗得晕头转向的事不是屡见不鲜吗？

共和国的总理为农民工讨工钱，这亘古未有的善举、善事，为亿万人称颂。可是讨来讨去，相当大的部分却讨到了政府的头上。真是天大的幽默。

最近，重庆的一个县制造假户口的事刚刚曝光。这个县村村都有许多有名有姓有户却无人的假户口。而这些假户口竟是县上统一布置制造出来的。

为什么要这样做？

为的是骗钱。

骗谁的钱？骗国家的钱。

国家斥资1800亿元修三峡大坝及电站，其中600亿元用于移民的搬迁、安置。这些假户口就是冲着这600亿来的。

这正应了前几年民间流行的两个顺口溜：

——村骗乡，乡骗县，一直骗到国务院：

——10亿人民8亿商，联合起来骗中央。

这愈加说明，真话、诚信，对政府来说是多么重要。

再次，要从宣传部门及新闻媒体做起。

宣传部门及新闻媒体的舆论倡导非常重要，要带头说真话，信真话，而且要通过典型人物、典型事例，广泛宣传；使我们党的“实事求是”的优良传统、良好作风，发扬光大，深入民心，深入人心。

毋庸讳言，我们的宣传工作，有许多地方是值得反思的。宣传的许多“先进典型”、“先进人物”，有的甚至是全国劳模，五一劳动奖章获得者，有的是不同级别的人大代表，政协委员……可是，一个“反腐倡廉”，一个“扫黄打黑”，有的成了贪污犯，有的成了恶黑势力的头面人物。

凡此种种，难道不也值得我们深思吗？

最后一点，也是非常重要的一点，说真话，信真话，要从我们自己做起，从每个人做起，尤其要从知识分子做起。

什么是知识分子？顾名思义，知识分子是有知识的人，是读书人。从更高的意义上讲，知识分子是社会的良知，社会的中坚，社会的脊梁。国际上判断一个社会是否和谐，是否成熟，是否文明，有许多标准，其中最重要的一条：知识分子是否成为了这个社会的主体。

知识分子敢讲真话了，人人从我做起，敢讲真话了，我们离社会诚信，社会和谐还会遥远吗？

……

巴老离开我们已20多天了，此前悼念的文字已经很多。

谨以此文，作为对巴老的另一种悼念。

2005年11月1－3日

我同张光年的忘年交

——从张光年的一封来信说起

近日整理办公室，翻拣出张光年同志的多封来信，今将其中的一封，全文抄录如下：

德宏同志：

新年好！来信早收到，迟复为歉！

你在《飞天》、《老人》杂志先后发表文章，一片热忱，十分感谢！这两篇当时未剪下，在装修房屋时，混入杂志堆中，一时不易找出。你以后方便时，如寄来一份剪报，或各复印两份，我将作为友好资料存储起来。我今年本应有两本书出来。有的已经出了，迄今未收到，等收到后当寄奉存正。祝健好！

张光年

1993. 12. 28

张光年（光未然）蜚声海内外的大诗人，论资历十三、四岁参加革命，1929 年入党，论地位曾任中国作家协会党组书记、中顾委委员，论成就，一曲《黄河大合唱》（歌词）成为中华民族不屈的精神象征及全世界华人凝聚的软实力。高山景行。无论从哪方面说，我这个普通的“文学从业人员”（王蒙语），都只有仰视、仰慕的份，连做梦都不敢想与之通信往来并亲密接触。

契机发生在张光年的敦煌行。

1991 年 8 月 8 日至 19 日，中国作家访问团从兰州出发，沿古丝绸之路经河西走廊的历史文化名城武威（凉州）张掖（甘州）酒泉（肃州）及新兴的工业城市金昌、嘉峪关前往敦煌参观访问。张光年亦在团中。作为东道主我有幸全程陪同。

回忆往事很有意思。中国作家协会组团时并未考虑张光年同志，怕他年事已高（时年77岁），体力不支。但时任中国作协创联部副主任的吴桂凤同志兼任光年同志秘书，行前需向他请假，于是光年同志提出亦想去敦煌。吴桂凤颇为踌躇，劝其慎重考虑。于是光年打电话给冯牧征求意见。冯牧说：“河西的公路很宽，很平，很直，完全可以去。”光年随即幽了一默：“那你去年（1990年9月）为何在敦煌发生了车祸”？

冯牧则笑着作答：“纯属偶然”。于是光年同志决定随团。中国作协考虑很周到，为了照顾光年同志，决定请他的夫人黄叶绿（音乐家）一同随团。

从兰州至敦煌，往返2500多公里，历时十余天，且不说要顶烈日冒酷暑参观访问，仅乘车一项——所谓鞍马劳顿，已够辛苦的了，何况77岁的老人！直到张光年此行的文学结晶——《丝路短歌》（十首）发表（载《飞天》1991年12期）我才理解了老诗人的心情。

他在《丝路短歌》（十首）之一的《访敦煌莫高窟》中有这样两句：“郭老临终说憾事，我今何由代补偿”。老诗人亲口对我解释说：大诗人、大文豪、大学者郭沫若即将走完人生的旅途——生命之光在将息未息之际，有人问他还有何心事？郭老回答了一句让所有在场的人颇感意外的话：未到敦煌终生遗憾。

张光年与郭沫若的情谊可追溯到1937年。这年的下半年，张光年从上海辗转来到武汉，先在中共湖北省委工作，不久又调他到郭沫若任厅长的政治部三厅工作。1938年岁末，政治部三厅决定把集中在武汉的大批文艺工作者，组成若干演剧队，分赴各战区，把宣传鼓动工作做到战场上，做到前线去。张光年率抗敌演剧二队去了二战区……张光年的敦煌行，原来还肩负着了却他的老领导，老战友郭沫若心愿（代补偿）的使命。当然，此行也了却了老诗人自己的心愿，避免了老诗人自己的“终身遗憾”。

敦煌魅力，由此可见一斑。

从此，开始了我与张光年的忘年交，书信往来十余年，直至光年同志2002年1月28日逝世。

张光年在来信中提到的“你在《飞天》、《老人》杂志先后发表文章”，一是指我写的《历史文化的沉思社会现实的歌吟——读光未然<丝路短歌>兼记作家访问团的敦煌行》（载《飞天》1993年8期），一是指我写的报告文学《偶然与必然的二重奏友谊与命运的交响乐——张光年与〈黄河大合唱〉》的文章。该文载于《老人杂志》1993年7期；刊出时将副题改成了正题。《新华文摘》1993 年 10 期全文转载。

我在《历史文化的沉思社会现实的歌吟——读光未然 <丝路短歌> 兼记作家访问团的敦煌行》写有如下几句话——

> ……丝路丰富多彩的文物古迹，莫高窟丰厚而瑰丽的历史文化，丰收的河西农业，腾飞中的金川公司与酒钢公司，给诗人留下了深刻的印象，触动了他的灵感，诗情大发，创作了《丝路短歌》（十首）（载《飞天》1991 年 12 期）。这些诗，或纪事，或怀古，或论今，是历史文化的沉思，是社会现实的歌吟。
>
> 作为东道主，笔者有幸全程陪同，得以同这位老诗人朝夕相处。这是一次难忘的旅行，可遇不可求的难得的机遇。逝者如斯夫。时间过去两年了，但老诗人不顾 77 岁高龄，顶着骄阳，冒着高温，参观访问的情景，挥毫题词、赋诗的情景，仍历历在目，恍然如昨……

接着我写下了阅读学习老诗人诗作的心得体会，并记录了一些我亲历亲见的感受。我不敢自诩我的评论有多么深刻，但我的确见证了老诗人的文思敏捷，才华过人——十首诗中的一半以上，都是泼墨挥毫，当场题赠的。

报告文学《张光年与 <黄河大合唱>》，实际上是一篇命题作文。我在文艺理论刊物《当代文艺思潮》当编辑时的领导谢昌余同志，在《当代文艺思潮》于 1987 年年底停刊后赋闲了 4 年多，此时调甘肃人民出版社任副总编兼该社主办的刊物《老人》杂志主编。他听说了我陪同张光年去敦煌的消息后，给我来电话约稿，并给出了题目。

1992 年初冬的一个下午，阳光灿烂。在北京张光年寓所宽敞的会客厅里，我拜访了老诗人。老诗人的夫人黄叶绿也在场。老诗人很热情，也很高兴，一方面叙说别后一年的情形，一方面叫保姆给我泡茶。我赶忙拿出甘肃文县产的新茶“龙井”送他。他很吃惊，忙问：“甘肃也产茶吗?”我说：“甘肃陇南的几个县——文县、康县、徽县与陕南、四川交界，气候温润，无污染，不仅产茶，而且质量还不错。老诗人突然笑了起来，说：“记起来了，毛主席当年提到甘肃，说过陇南的四县——徽（县）、康（县）成（县）文（县）。但没有说过产茶呀!”老诗人的幽默，引起满堂笑声。此时，保姆把我带的新茶泡好，端了上来，老诗人品了几口，连连称赞说："文县的茶不错，味道很正，有一股淡淡的清香"。

我们一边喝茶一边聊了起来。老诗人说，他喝的茶多是江南的文友们送来的，每年新茶上市，陆文夫都要给他送茶；或者借来京开会，直接送来，或者托人带来；喝王元化的茶也不少，喝西北朋友送的茶，还是第一次。我说，以后我可以常送陇南的茶给你。老诗人边笑，边摆手，说："不可刻意而为，方便时带点就行了"……

寒暄之后，进入正题。我说明来意。我说这是一篇"命题作文"，难为又不得不为。老诗人陷入沉思，陷入到对往事的回忆之中……我乘机打开我的袖珍录音机，生怕漏掉每一句话，每一个细节……

事后整理采访录音我才发现，抄录下来，本身就是一篇完整的文章。我所做的只是概括、提炼了简短的前言及为了读者阅读方便加了几个小标题。

我在文章的开头写道：

> 享誉中外的《黄河大合唱》从创作首演至今，已半个多世纪了，半个多世纪以来，她从延安唱到整个解放区，从解放区唱到国统区，鼓舞了整个中华民族的抗日救亡——直至取得抗日战争的最后胜利。半个多世纪以来，她跨越了国界，超越了时空，在世界反法西斯的战场上、甚至在一度是法西斯的国土上，演唱、传播；时至今日，在世界的许多地方，仍能听到她气势磅礴的旋律。

黄河大合唱历久不衰的事实，证明了一个我们经常探讨又经常争论的命题：真正的优秀的文艺作品是超越时空，超越民族的。但是，它首先是民族的，然后才能是整个世界的。

《黄河大合唱》的创作充满了神秘而又神奇的色彩。

张光年（光未然）与冼星海合作创作《黄河大合唱》的过程本身，就是一部偶然与必然的二重奏，友谊与命运的交响乐……

在文章中我加了四个小标题——

《初次相识与 <五月的鲜花>》。1936 年 6 月上旬的一天，张光年率"中国文艺者战地工作团"前往上海郊区大厂与冼星海所在的上海工学团会合，见面时，冼星海正指挥工学团合唱张光年与青年音乐家阎学诗合作的革命歌曲《五月的鲜花》。

《两度合作》，张光年与冼星海从相识相交到合作的过程——共同创作了《高尔基纪念歌》及《赞美新中国》。

《塞翁失马与张光年“落马”》。张光年率抗敌演剧二队赴二战区慰问演出，试乘俘获的日本战马意外落马受伤，从晋西赴延安疗伤，目睹了黄河那惊涛骇浪，奔流到海不复回的气势，产生灵感，欲创作长诗《黄河吟》，到延安与老友冼星海重逢。青年诗人与青年音乐家两颗心碰撞出的火花，便是《黄河大合唱》……

《留给历史的思索》。写《黄河大合唱》创作及演出成功之后的一些余絮。

我非常敬佩《新华文摘》选家的眼光，《张光年与黄河大合唱》在《老人》杂志 1993 年 7 期刊出后，《新华文摘》即在 10 期予以转载。偏处西北一隅的发行量并不大的《老人》杂志，居然也在选家的视野之内。我当然知道，选家看重的是老诗人的传奇人生，而非我的文章。

同光年交往的十多年里，无论为文为人我都受益匪浅，灵魂得到净化，人格得到提升。他平等待人，与人友善，在中国作协机关乃至全国文艺界，他从不让人称他的官职，上上下下，一律称他“光年”，在正式场合顶多在“光年”之后再加上“同志”二字，算是尊重了。我初次同他见面，不懂“规矩”，叫了声“张老”，立即被他严肃地制止。我的脸涨得通红。光年见状，立即补充了一句：“我还年轻，同巴（金）老相比，我还是小伙子呢。”光年的幽默引起哄堂大笑，也化解了我的尴尬……

上世纪的九十年代初的兰州，旅游的基础设施还很落后，特别是夏季，宾馆非常紧张，我们提前一个月联系，想把作家访问团安排在省委所属的宁卧庄宾馆未成，后经省委办公厅协调，考虑到光年同志的资历、地位及影响，宾馆考虑安排一套间给光年，其他团员我们只好另行安排在条件一般的农垦宾馆。接站时说明情况，立马遭到光年的拒绝。他说：“我是作家访问团的一员，怎么能脱离大伙单独住呢?”我急忙解释：“农垦宾馆没有套间。”“没有套间就住标准间”。光年态度坚决，没有商量的余地。还好，农垦宾馆了解了光年的情况后，从别人预定的套间中调剂出一套，解决了燃眉之急。

在赴敦煌的行程中，每有题词赠诗，光年总在落款的“中国作家访问团”之后“张光年”之前加上“随团”二字。许多朋友大惑不解，问我何故？我将我的理解告诉他们：光年同志是在中国作家访问团名单确定之后才提出要参加的，故自视为非正式成员。“随团”二字既记录着一段鲜为人知的掌故，又彰显着他为人的谦虚低调。尽管如此，由于他的资历、地位、成就与影响，更主要的是他的人格魅力，在团内受到大家的尊崇与拥戴，在沿途受到知情者的厚爱与追捧，所到地、市及国有大型企业，几乎是领导班子集体出席欢迎宴会，为的是一睹老诗人的风采。

更令人感动的是老诗人对文学的执著与挚爱。退休前他把绝大部分时间及精力奉献给了革命及文学事业的组织领导工作，写作只能利用业余；退休后他深感时不我待，生命短促，于是全身心地弥补“缺憾”，生命不息，写作不止。记得我第一次拜访老诗人，是在1992年春节期间的一个上午，当时没有经验，事先未打电话，就兴冲冲地去了，到了寓所门前，才发现门上贴有一张“告白”——上午读书写作，恕不会客；下午欢迎来访聊天；晚上需早早休息。多有规律的退休生活啊。我只能悄悄地离开。

在我与光年老人交往的十年多的时间里，记忆所及，老人寄赠我的著作就有《光未然歌诗选》《光未然旧体诗百首》《江海日记》《惜春文谈》《文坛回春纪事》《骈体语译文心雕龙》等七、八本之多。捧读《骈体语译文心雕龙》序言，方知此作竟耗去老诗人近40年（从1961年开始）的时光与心血。我的老乡刘勰的这本《文心雕龙》，语言艰涩，理论深奥，对吾等愚钝之人而言，通读尚且困难重重，更何况诗译呢？真是字字句句都浸透着老诗人的心血啊！

文学已内化成为老诗人的血液、灵魂及生命。老诗人是以燃烧生命为动力从事写作的呀！

2001年12月，中国作家第六次代表大会在北京召开，党和国家领导在人民大会堂接见代表并合影留念。当代表们各就各位排列就绪之后，我看见光年同志缓缓走来，一边寻找自己在前排的座位，一边向人群张望。我想老诗人定然是在利用这短暂的机会，寻找他的朋友……我赶忙伸出我的双手，向光年不停摇动，不成想，他真的看到了，驻足向我招手，含笑点头……想不到，这招手，这点头微笑竟成了我们的诀别……

王蒙的纪念文章说，在老诗人去世前不久，北京的朋友们自发地济济一堂，为老诗人祝寿：庆贺以“米”（八十八岁），相期以“茶”（一百零八岁）。老诗人颇高兴，满怀信心地期许，活过百岁。谁能料到，不久老诗人说走就走了……

……

我在《张光年与〈黄河大合唱〉》的结尾有这样一段话——

《黄河大合唱》是张光年与冼星海最成功的合作，也是最后的合作。他们在延安的分手，竟成诀别，还有他的另一位挚友——聂耳，也远走异国他乡，一去不归，对这两位伟大的天才音乐家英年早逝，他不胜悲痛，在半个多世纪的漫长岁月中，他写诗，写文章，寄托他的哀思，缅怀他们的业绩，但仍百思不得其解：聂耳与冼星海都是在留下辉煌的作品之后，客死异国他乡，匆匆离开人间，是偶然？是必然？

……

光年同志，在彼岸你见到你挚爱的战友聂耳、冼星海了吗？
你们是否已经开始了新的合作？……

2008 年中秋

忆冯牧三题

弹指一挥间。转眼文艺界公认的好人冯牧离开我们十六年了。十六年来，有时与文友相聚，有时深夜静思，常常忆及冯牧。忆及的内容就是这组文字。没有轰轰烈烈，没有豪言壮语，甚至也没有微言大义，只有他鲜活的形象，深深地永远地珍藏在我的心里……

——题记

冯牧的陇原情结

冯牧这位道地的北京人，说延安是他的第二故乡，应在情理之中，正是1938—1946这8年的延河水和陕北小米的滋养，以及与之相伴的烽火硝烟、枪林弹雨，砺炼了他，玉成了他，使他成长为出色的革命作家。

冯牧说云南是他的第三故乡，我也不惊奇，诚如他的自述："建国以后，我在西南边疆的云南工作过七八年，加上后来又陆续到边疆地区进行过几次比较长时间的访问，我在云南这块我过去几乎是毫无所知的土地上前后生活过十年左右时间。……我大约可以自豪地说：在我知道的作家当中，大概很少有人像我这样跑遍了从滇东南、滇西南到滇西北的长达几千公里的边防地带的。"（冯牧《文学十年风雨路·窄的门和宽广的路》）。

可是当冯牧说甘肃是他的第三故乡时，你会有什么感觉和感想？反正我这个"甘肃人"是瞠目良久，毫无思想准备。

冯牧说这话的时间是1990年中秋节前夕；地点是敦煌莫高窟，在敦煌研究院段文杰院长为他举行的送别宴会上。冯牧说这话时一脸的真诚，毫无调侃、玩笑的成分。斯时冯牧发生车祸经过短期治疗，伤势已无大碍，但头上仍有绷带，行动仍需拐杖……

"你说甘肃是你的第三故乡，那么云南呢？"我知道冯牧在写文章及平时的言谈中，时常称云南为他的第三故乡，因此倏然产生了“将”他一军的念头。

“甘肃、云南可并列为我的第三故乡，要排序的话，当然得把云南排在前头。”冯牧笑着给出了答案。

冯牧称甘肃是他的“第三故乡”，乍听之下有些愕然，仔细一想又在情理之中。

首先，冯牧与甘肃文艺界的友谊可追溯到延安时期。冯牧在延安学习及工作期间，甘肃文艺界的许多领导同志都在延安，比如曾任甘肃文联主席、甘肃省委常委、宣传部部长的吴坚同志，那时任“三边”（靖边、定边、安边）分区文工团团长；曾任甘肃文联党组书记、主席的程士荣在延安文协工作，曾任甘肃文联副主席、作协主席、剧作家武玉笑，在延安民众剧团工作；还有陈伯希（书画家、曾任甘肃文联副主席、美协主席）、易炎（音乐家、曾任甘肃文联党组书记、副主席）、陈光（戏剧家、曾任甘肃文联副主席、剧协主席）、岳松（音乐家、曾任甘肃文联副主席）……延安就那么大，又都在文艺圈内，能不相知相识相交吗？共同的革命经历，共有的延安精神，令他们的友谊深厚笃定、地久天长。

其次，共同的事业将冯牧与甘肃文艺界的关系变得更为紧密，友谊日益发展深厚。早在上世纪的五六十年代，甘肃的戏剧就在全国独树一帜，屡创佳绩，屡获殊荣，获“陕西的小说，甘肃的戏剧，新疆的歌舞”并称之美誉。那一时期，我称之为甘肃戏剧的第一个高潮期——话剧《康布尔草原上》、《滚滚的白龙江》、《天山脚下》、《远方青年》、《教育新篇》，歌剧《向阳川》，陇剧《枫洛池》，在全国连连获奖，引起轰动，有的戏还演进了中南海；毛、刘、周、朱等老一辈无产阶级革命家联袂观看甘肃的戏剧，周恩来总理更是情有独钟，八次观看甘肃的戏剧。李先念同志曾感叹：“你们甘肃很奇怪，工业上不去，农业老歉收，吃返销粮，就是老出好戏。”可谓盛况空前。何省何市曾享受如此殊荣？正是那一时期，冯牧离开西南军区文化部部长的职位，奉调进京，出任《文艺报》负责人，写了许多关于甘肃戏剧的评论。事实上，对于甘肃戏剧创作的辉煌，冯牧的贡献不仅仅是事后的评论，更有早期创作的介入。武玉笑说，他的话剧《天山脚下》、《远方青年》（改编成电影名为《草原雄鹰》）就是首先听取了冯牧的意见，修改之后才发表排演的。

第三，友情加亲情。冯牧的姐姐很早就远嫁甘肃，他的外甥女程晓丽及其夫婿赵志刚是甘肃话剧团的台柱子，经常担纲主要角色。冯牧单身，他姐姐带着她的小女儿程晓玲长期在京为其操持家务，老太太对甘肃有着特殊的感情，……于是冯牧的家无形中变成了甘肃文艺界的联络站，拿武玉笑的话说：到冯牧的家里，见了他姐姐，喊一声程妈，吃住就都有了……

1990年秋，冯牧的敦煌行是一次“双向彰显”——既彰显了甘肃文艺界老朋友对冯牧的关怀、厚爱，又彰显了冯牧浓郁的陇原情结。

冯牧陪同他台湾的朋友（名字忘记了，也许是亲戚，据说是国民党元老胡汉民的孙子，蒋经国的私人医生）和她的外甥女程晓玲等一行四人，前往敦煌。文联领导知道我因刊物的关系，与冯牧交往较多，故安排我参与接待并陪同前往敦煌，因此有幸参加了吴坚同志为冯牧一行举行的接风宴会。

吴坚与冯牧老朋友相聚，气氛格外热烈，谈天忆旧，欢声笑语不断。他们的话题非常广泛，从延安时期的趣闻轶事，到五六十年代的戏剧会演及评奖；从批“文艺黑线专政论”谈到新时期甘肃戏剧创作的复兴——舞剧《丝路花雨》、话剧《西安事变》及京剧《南天柱》的创作及演出……饭后，吴坚送冯牧同志出来，他向程头（甘肃文联主席程士荣，甘肃文艺界亲切地称他为程头）问道：“你们怎么安排的？”

“我们派的是文联最好的车日本面包；小陈（指笔者）陪同，他沿途及敦煌都熟悉。”程头答。

“你们那车不行，我给派辆巡洋舰，沿途及敦煌我来安排。”

吴坚同志发话，当然就这么定了。出来以后，程头笑着说：“吴部长（吴坚同志职务屡有变动，但文艺界的老人仍称他部长）怕我们的车子不好，经费紧张，接待不好，委屈了他的老朋友冯牧。”程头的话道出了吴坚同志的良苦用心及对老朋友的一片真诚。

数天后的一个晚上，我与我爱人正在搬家。住了七八年办公室，盼星星盼月亮盼来了一套新房子，朋友们也来帮忙。程头突然来到我家（实际上就是机关楼的那间办公室），神色凝重地说：“冯牧在敦煌发生了车祸，你马上到敦煌处理善后，并把冯牧接到兰州养伤。”看到我爱人一脸的不高兴，程头又补充了一句，“是吴部长点的将。”

我连夜赶往敦煌。所幸，冯牧伤势不太重，并无大碍，头部仍扎着绷带，行动不方便，拄着拐杖尚能行走。此时我才知道，在冯牧发生车祸的同一天，全国政协一位姓邓的副主席率庞大代表团考察访问敦煌，也发生了车祸，二十多人受伤，陪同的市委书记杨利民断了七根肋骨……中央很重视，派专机来接伤员。冯牧是全国政协常委，虽不在一团，自然也在被接回的名单之中。冯牧考虑到程晓玲伤势严重，如果得不到及时治疗，可能终生瘫痪，所以提出让程晓玲乘专机抵京，自己留下。有关方面不同意，冯牧发了脾气，拒绝登机。几经周折，最终程晓玲得以乘专机回到北京，得到了及时治疗。他的台湾朋友，伤势较轻，也已离开敦煌。

我在敦煌住了三四天，见冯牧身体日渐好转，于是订了机票准备返兰。行前，敦煌研究院院长，也是冯牧老朋友的段文杰，前来宾馆话别。见冯牧精神很好，于是开玩笑说："你是有福之人。大难不死，必有后福。你到敦煌是来拜佛的，之所以有小灾无大难，全靠佛的保佑。佛保佑了你，你不拜佛就走，说明你心不诚，这样不好。"冯牧及在场的人都被段院长的幽默逗得笑了起来。

诚之所至，金石为开。于是段院长亲自讲解，服务员搬着一把椅子，冯牧坐着参观了四个洞子。

参观完了，段院长笑着说："冯牧同志你知道吗？你是坐着参观莫高窟的第三人——第一人是小平同志，第二人是捐巨款保护莫高窟的日本某某（名字记不清了）实业家，第三人就是你冯牧。"

冯牧一边笑，一边连说："谢谢！谢谢！"看得出，他为在甘肃在莫高窟受到老朋友的关爱及特殊礼遇而深深感动。

前文所提甘肃是他"第三故乡"的话，就是在参观之后的送别宴会上说的。

在敦煌机场登机时发生了一件令冯牧大发脾气的事。发生车祸的司机，在被抢救的过程中因忙乱而把身份证弄丢了。购买机票时，我按规定到敦煌公安局为其办了证明，可安检时就是不让过关。此时送行的同志探听到消息，说边检站站长——一位武警大尉之所以故意刁难，意在抠下一张机票让他的一位朋友搭机回兰州。当时机票很紧张。我们反复交涉无效，冯牧出面也不灵，于是他勃然大怒，一边用拐杖咚咚咚地敲着地板，一边大声说："你这样利用职权，假公济私，到北京我就告你的状！你们武警的政委××就住在我楼上。"这是我与冯牧交往10余年来第一次、也是唯一的一次见他金刚怒目式的发脾气。不过很灵，这位边检站站长为这位受伤的司机开了绿灯，使我们一行四人顺利登机。登机后我对冯牧说这位边检站站长被你给唬住了。冯牧笑着说："我不是唬他，全国武警的政委××是贺捷生的爱人，真的住我楼上。"

回到兰州正是中秋节，吴坚设宴为冯牧压惊并欢度中秋。席间，吴坚除询问了冯牧的伤情及出事的经过外，更多是懊悔与自责。他说：都怪我！都怪我！好心办了坏事——如果按士荣的意见办，由文联派车，小陈陪同，就不会出这事了。

冯牧说天有不测风云，人有旦夕祸福；是福不是祸，是祸躲不过。此类事是人们都想尽力避免的，但又不可能完全避免。不能怪你。

吴坚说：我要严厉处分司机。临行前我再三交代要安全第一，他就是当作耳旁风，粗心大意捅了这么大的漏子，出了这么大的问题。

冯牧说：这是我的问题，不能怪司机。在嘉峪关，原计划一个小时参观完城楼，九点出发；结果嘉峪关的同志太热情，参观讲解特别详细；完了又题词写字，耽误到十一点才出发。在玉门镇吃的午饭，到桥湾故城又停了停，所以出了安西天就快黑了。我怕段院长等得着急，就催司机快一点，快一点，结果出了这事。不是司机的责任，千万不能处分司机……

一对老朋友，一个懊悔、自责、歉疚，一个豁达、理解、宽容，这种心与心的交流，情与情的沟通，情景十分感人，在场者无不为之动容。

1981："养病"的快乐时光

1981 年由春到夏，冯牧在兰州度过了他难得的愉快的数月"养病"时光。究竟是春天何时来的已无人记得清了，反正兰州每年从四五月开始就渐入佳境，桃红柳绿，菜鲜味美，瓜果飘香，气候宜人，成为许多人"养病"休闲的首选之地。冯牧 8 月 2 日返京是确定无疑的，因为张光年该日的日记有明确记载："晚饭后与冯牧通话，他今天由兰州飞京，说在兰州服中药，病情有改进，一到北京就不行了，房屋西晒，闷热气喘，听来情绪很不好。"（张光年：《文坛回春日记》）

冯牧有哮喘病，这次到兰州"养病"自然与"哮喘"有关，因此是真的"养病"，但又不仅仅是"养病"，还与批《苦恋》有关。事后，我与程头聊天，谈到冯牧 1981 年的兰州行，程头操着浓浓的陕西话说：冯牧到兰州，一方面是养病，一方面也是"躲风"来了。

"躲风"？躲什么"风"？我有些不解地问。

躲批《苦恋》的风。

《苦恋》该批就批，为什么要躲呢？我仍然不解。

程头欲答未答，苦笑了笑就转换了话题。我从程头欲言又止外加苦笑的神情判断，这是一个只可意会不可言传的"敏感"话题。这是当时而言。任何“敏感”都是有时间性的。26年后的2007年王蒙自传第二部《大块文章》出版，我才解开了程头当年欲言又止外加苦笑的内涵。王蒙说：

> 我对于批《苦恋》也有抵触心理。阴差阳错，到了一九八一年，反倒没有什么有身份的人愿意批评一篇作品了，哪怕是纯学理性艺术性千真万确的争鸣性商榷性的批评，也已经无法与奉命批评，有背景的批评，仗势批评，求官批评，阳谋阴谋惩戒式与威胁式的批评拉开距离了，用台湾习惯说法是切割清楚了。而那种动机可疑的批评会使一个批评者而不是被批评者名誉扫地。以至于发展到是由高层领导同志自己出面来批评文学上的一个问题，就是说需要由司令员来打冲锋，拼刺刀。他老人家不亲自动手，旁人硬是都在那里沉默着观望着拖延着。他老人家顶着风说了话，也是众说纷纭，推一推，动一动，或者是推半天，不动。
>
> ——王蒙：《大块文章·苦恋风波前后》

王蒙关于“司令员”“打冲锋”“拼刺刀”的说法生动、形象而传神。如此看来，在批《苦恋》的问题上，冯牧是属于“推一推，动一动”者——高层领导明确提出要批《苦恋》，而作为作协领导又是评论家且身兼《文艺报》主编的冯牧似乎责无旁贷不得不批；而被批者作家白桦又是他的爱将、老部下，又不忍心批，更主要的问题是对于作品《苦恋》他或许认为并不该批……正是这进退两难的处境与复杂的心境，促使冯牧将批《苦恋》的任务分配给自己的两位副手——二唐——文艺报副主编唐达成（唐挚）、唐因，而自己则远赴兰州“养病”。……这或许就是当年程头所谓冯牧“躲风”的隐情与实情。

冯牧在甘肃度过的数月“养病”生活，还是愉快、温馨而惬意的，文坛的朋友时有聚会，姐姐家的孩子经常探视，整个生活在友情加亲情的氤氲氛围中。开始，吴坚同志安排他住在省委所属的宁卧庄宾馆——该宾馆初建时的定位是接待毛主席，因此设计者提出，为了让老人家安全地“宁卧”其中，必须把停车场设在外边；与宾馆一路之隔的兰州军区领导，闻讯主动将驻地一角——东北角数十亩土地腾出，为宾馆建停车场。可宾馆建成后，老人家（长征时曾路过）再未来过甘肃，于是省委省政府在原计划建停车场的土地上建了三栋高层家属楼。这当然是后话。此时的部队官兵并不理解彼时领导的良苦用心，颇多怨言，认为解放后老人家连延安都没回过，会到你甘肃来吗？言谈之间颇有上当受骗的感觉。显然，这是由于时间的错位而产生的关于真诚的误读。在这环境幽雅，花木扶疏，设备一流，服务周到的宁卧庄宾馆，冯牧自然有宾至如归的感觉。后来，冯牧在部队时的老首长、时任兰州军区政委的将军诗人肖华，又把他接到部队所属的宾馆——西北宾馆，住进了“将军楼”。回到部队，冯牧更有了家的感觉。这两座宾馆相距不远，风格各异，但又都离黄河很近，只有数百米，因此早上的晨练及晚间的散步，冯牧都可在涛声的伴奏下沿母亲河而行……

近半个月的沿河西走廊——古丝绸之路至敦煌的参观考察，无疑给冯牧留下了愉快而美好的深刻印象，拿冯牧自己的话说是“此生最逍遥最自在的旅行”。时任文化厅副厅长的程士荣（话剧《西安事变》作者）、时任文联副主席、作协主席的剧作家武玉笑以及任职《飞天》的诗人李云鹏陪同，一行五人（还有冯的秘书）由兰州而武威、张掖、酒泉、敦煌……不需要踩着点赶日程，每到一地看够了，玩够了，歇够了，再往下一程……一路欢声笑语飞扬，趣闻轶事不断，其乐融融。

当时在甘肃以《飞天》为中心的文学圈内流行着一种文字游戏叫“缺字诗”——诗的每一行必须缺一个字，还必须押韵。“缺字诗”用于文友之间的调侃、揶揄、自嘲，妙趣横生，往往取得意想不到的效果。有一首《西行凉州武》的缺字诗，在甘肃流行甚广，堪称“经典”：

西行凉州武（威），
陪同二副主（席）；
两回战两汉（族），
输得一蹋糊（涂）。

如果不介绍此诗的背景，读此诗你肯定会一头雾水。八十年代初，武威（古称凉州）开文代会，省文联派出四人出席祝贺，其中文联副主席二人，一个回族一个汉族，作家二人，也是一个回族一个汉族。其时交通落后，不足300公里，乘火车要跑六七个小时，为了消磨时光，他们打扑克，两个回族一方输了，两个汉族一方赢了。……此诗既纪实又传神。

而这“缺字诗”的始作俑者，就是《飞天》诗人李云鹏。程士荣，武玉笑向冯牧介绍了他的这一“绝活”，并回顾了“缺字诗”的一些“经典”之作，立马引起了冯牧的兴趣。在饭桌上他以在酒泉的两天活动为题，命云鹏吟一首“缺字诗”，颇有以“七步诗”考云鹏的味道。云鹏也不含糊，迅速地回顾了一下在酒泉两天的主要活动：登嘉峪关城楼冯牧兴致昂扬，健步如飞，出席戏剧秦腔专场招待会，对折子戏《苍州》及《杀狗劝妻》，他这个京剧“名票”兴趣不大，打了瞌睡……于是云鹏借着几杯酒下肚的亢奋，高声吟道：

冯牧登城腿脚好（快），
西望敦煌有莫高（窟）；
管你爱看不爱看（戏），
《苍州》完了《杀狗劝（妻）》。
……

云鹏的这一“佳作”，令饭桌上的诸公忍俊不禁，捧腹喷饭……

到了敦煌，段文杰院长为冯牧一行举行了较大规模的欢迎座谈会，出席的文友达二十多人。冯牧非常高兴，在餐叙即将结束时，宣布他要“献丑”朗诵一首刚刚创作的“缺字”诗；受到鼓掌欢迎。于是冯牧念道：

新老朋友吃饭来，
饭后一人一块白……

后两句尚未来得及念，便被七嘴八舌的批评声打断了：

——你这诗不符合规范，第一句就不缺字；

——有的说：你把大家的思想境界写得太低了，大家是欢迎你冯牧来的，难道仅仅为了“吃饭来”吗？

——还有的说，你的第二句也不对，如果说饭后每人“一块白（菜）”这很荒谬，如果是“一块白（兰瓜）”缺的不是一个字，而是两个字了……

冯牧这位大评论家，平日阅读作品无数，批评作品无数，一还一报，而今却陷入了被“猛烈”批评的境地……不过冯牧还是很高兴，一边挨批评，一边快乐着，并非常谦虚、大度地说：学习“缺字诗”，尚需再努力！……

难忘的记忆

我与冯牧的交往——由少而多而繁，由浅而深而亲密，以至于发展为亦师亦友亦领导的忘年交，首先得益于吴坚、程士荣、武玉笑、杨文林、谢昌余这些领导，由于他们与冯牧关系亲密，交往频繁，才把我这位“小字辈”人物带到了冯牧面前。其次，更重要的因素或者说是纽带，是我供职的文艺理论刊物《当代文艺思潮》。

《当代文艺思潮》是全国第一家省级文艺理论刊物，创刊于1982年，伴随着新时期思想解放的大潮应运而生。《当代文艺思潮》实际上是从《飞天》文学月刊分蘖而出，紧锣密鼓的筹备期是1981年，冯牧正在甘肃，谢昌余、杨文林等人，多次向冯牧谈及创办新的理论刊物的设想，获得了冯的支持。冯由自己从事文艺评论及主编《文艺报》数十年的切身经验出发，认为新的文艺理论刊物应有更宏阔的视角，更宽广更深厚的理论空间，应力避“庸俗社会学”批评的老路。对筹办者提出的事实上的办刊宗旨：“研究当代文艺思潮，追踪文艺发展趋势，开拓文艺研究领域，革新文艺研究方法”深表赞同。也就是说《当代文艺思潮》在创办的过程中就已经融入了冯牧的认识、经验、思想及智慧。而冯牧对《当代文艺思潮》的支持与关爱，更多地表现在他的实际行动上。创刊号1982年第一期就刊出了冯牧的重头文章《关于理论批评和文艺研究的一些随想》。这篇文章是1981年9月16日在兰州一个座谈会上的发言摘要；而这个座谈会实际上又是《当代文艺思潮》筹备创刊的通报会及全省文艺理论队伍的动员会约稿会。因此，我们一直把冯牧的这篇文章当作他对刊物的期望与要求。再者，从时间上也可以看出冯牧与甘肃的感情之深厚——8月2号才从兰州“养病”返京，时隔一个多月于9月16日又行色匆匆地为一个“座谈会”而往返奔波。以文章支持刊物，不辞辛劳地参加活动，可以说冯牧对《当代文艺思潮》关爱有加，有求必应。

现在文学界几乎形成共识，认为改革开放初期的八十年代，是新时期文学的黄金时代。《当代文艺思潮》斯时创刊，躬逢其盛，是它莫大的荣幸。但是“文革”被彻底否定了，而“以阶级斗争为纲”的思维定势仍在，动不动拿文艺说事，然后扩及到政治、经济的不叫“运动”的运动模式仍在……因此，“摸着石头过河”并不总是丽日蓝天，有时也会阴云密布，甚至风雨交加……《当代文艺思潮》1983年1期刊载的刚刚大学毕业的青年诗人徐敬亚的文章《崛起的诗群》，就撞到了枪口上，成为“清污”、反“自由化”的重点，被主管意识形态的胡乔木严厉地点名批评。

为此，编辑部、实际上不仅仅是编辑部、也不仅仅是文联作协，而是全省上上下下都有压力，都很紧张。编辑部接连于1月7日和10日分别在兰州及北京召开座谈会，名为座谈会，实为批判。在北京的座谈会是我们与中国文联理论研究室联合召开的。冯牧出席座谈会并讲了话，强调要在十二大精神的指引下，切实贯彻党的“双百”方针，开展平等的、同志式的、科学的自由讨论，坚持原则，明辨是非，弄清楚社会主义文艺发展道路的一些根本性的问题，为开创社会主义文艺发展的新问题共同努力。冯牧的意图很明确，把《崛起的诗群》的讨论，引入学术的范围，展开“平等的、同志式的、科学的自由讨论”。可能吗？显然不可能。上边已经定了性，上纲上线上到了“西安”还是“延安”的高度，这些他明明是知道的呀！明知不可为而为之，足以彰显冯牧对《当代文艺思潮》的支持与呵护，更足以彰显冯牧不跟风不盲从的知识分子文化人格的独特魅力。

1986年9月初，《当代文艺思潮》、《飞天》在兰州联合召开了“西北五省（区）文学期刊编辑工作座谈会”。会议请冯牧讲话，这就是后来我们根据记录及录音整理的文章《文谭三题》（载《当代文艺思潮》1987年1期）。作为会议的参加者、责任编辑，我有幸近距离地观摩、聆听、感受冯牧这位大评论家的风采。冯牧上台时没有讲稿，只有一页纸的提纲。所谓“文谭三题”即“新时期文学的一点回顾”、“西部文学我见”、“关于文学期刊工作”。侃侃而谈，滔滔不绝，有理论概括，有问题分析，有理有据令人佩服。

对于新时期文学的头十年，他说：“我始终认为，我们新时期文学的十年，既是风风雨雨的十年，曲折前进而绝非一帆风顺的十年，是探索甚至是摸索的十年；同时，它又是我国社会主义文学发展历史当中，最富有朝气、最富有活力、最富有开拓精神、最富有建设精神和创造精神的十年。”冯牧对新时期第一个十年的高度概括与评价，老实讲，历经20多年岁月返回头来看，也十分形象而准确，堪称经典。

“不识庐山真面目，只缘身在此山中”。对文学史的描述与概括，本来就困难，对当下文学史的描述尤其困难。因为人、事、作品、文学现象，都是当下的，都在发展，处于动态中，要想去粗取精、去伪存真，谈何容易，然而冯牧做到了。这需要学识、睿智及对文学现象及文学潮流的高瞻远瞩的审视、洞察与把握。这些，冯牧也做到了。

关于“现代派问题”，冯牧说：“前几年进行的关于现代派问题的讨论，现在看来，在许多方面都是很值得我们认真总结和思考的。在一个时期里，我们对现代派这个概念本身理解得过于简单和单一化。文学上的‘现代派’实际上是一个非常复杂的现象。”冯牧以意大利大作家皮兰德罗是“现代派”同时又是“法西斯主义的鼓吹者”，而马雅可夫斯基及法国的阿拉贡是“现代派”同时又是共产主义者的事实，说明“现代派”的复杂性，同时也告诉人们“现代派”并非意识形态的分水岭，更不是洪水猛兽。冯牧关于“现代派”的论述，言简意赅，深入浅出，是那个年代所能读到的最有说服力的文字，无疑是对“现代派风波”的最好总结。

此外，冯牧关于西部文学的论述，关于文学期刊、文学编辑在文学发展中的重要作用的论述，都很精彩，都站在了时代的制高点上，令人耳目一新。

此文根据冯牧的讲话整理出来后，题目及文中三个小标是我与谢昌余研究后加上的。然后将排出的清样寄冯牧过目修改，冯牧于 11 月 5 日将清样航挂寄回，附了给我及谢昌余的一句话的信：“讲话稿子于今日航挂寄出，不知是否赶得上。”用的是“中国文学艺术界联合会”的大信封，信纸用的是中国作家协会的 500 字的方格大稿纸。奇怪的是，与此同时他又用中国作家协会的小信封及《当代文艺思潮》的 240 字的方格小稿纸给我及谢昌余写了封信，内容稍微多了两句：

昌余、德宏同志：

讲话费了几夜改了一遍，很了草，寄上，请加订正。还可能有不通畅处，不知是否误了交稿期。

敬礼

冯牧

（1986）5/11

日理万机为文学，青灯伏案著文章。24 年后我仿佛重又见到了那个为文学操劳忙碌的年近“古稀”的冯牧的身影。

1988 年 4 月的一天下午，我与谢昌余一起去看望冯牧。一见面令我们大吃一惊——他着一身睡衣，赤脚穿拖鞋，这不奇怪，似乎是午睡刚刚起床。令我们吃惊的是他一脸的疲惫，情绪低落，说话声音嘶哑，少气无力，手持一小瓶治疗哮喘的喷雾剂，不时向嘴内喷洒；一反往常的热情与亲切，话很少，气氛有些压抑。问他身体状况，说还好……一时间我与老谢不知如何是好，有些尴尬。刚好我看到茶几上有一大束洁白的马蹄莲，于是我没话找话地说："这马蹄莲真好！高贵，素雅，淡淡的清香，听说周恩来总理最喜爱这花。"

我的关于马蹄莲的议论，似乎起到了一点提神的作用。冯牧说，上午参加他的老战友、好朋友朱丹的追悼会，会后朱丹的子女将父亲灵前的鲜花分送亲友，送他的就是这束马蹄莲。

哦，原来冯牧仍处在悼念老战友、老朋友的悲伤中……

"怎么会这样？社会风气怎么会变成这样？"冯牧似乎在与我们说话，似乎是在自言自语。见我及老谢一脸的茫然，才又给我们做了解释。

上午朱丹的追悼会，中央政治局常委、副总理姚依林同志要参加，而他同时又有一个重要会议，追悼会临时推迟了二个多小时。追悼会是生者跟亡者最后的告别，因此，亡者要经过整容化妆，力求给亲朋好友留下最后的美好印象。时间推迟了，耽搁了，整容化妆的效果自然会有变化，家属要求整容师给补补妆。

整容师把手一伸：东西拿来。

这是一种不成文的"潜规则"。所谓"东西"是殡葬费之外的一瓶酒两条烟，是给整容化妆师个人的礼物，表达家属的谢意。一般情况下，大家并不认为这是一种不正之风，更不会与索贿受赌联系在一起，只是家属要求"补妆"，这一潜规则才凸显了它的怪异荒诞。

——东西我们已经送过啦。

——我们也整容化妆过啦。

——因为姚依林同志要来……

——甭说是姚依林，就是杨尚昆来，他也得意思意思……

……

叙述至此，冯牧又重复了一遍"怎么会这样，社会风气怎么会变成这样？"

老革命遇到新问题。

老朋友的逝去令他悲伤，人性的沦丧、社会道德底线受到冲击令他愤怒哀叹！原本被文学——不管是现实的还是浪漫的——总归是温情的文学包裹着的冯牧，包括他的革命理想，受到冰冷的铁一样坚硬的现实的猛烈撞击。这也就是此时此刻冯牧情绪低落的真正缘由。

由于我们的交谈，更由于他的倾诉，冯牧胸中的块垒似乎正在消融，话多了起来，脸上也有了笑容。他问我们这次来京逛了哪些地方。我们说去了琉璃厂。又问我们可发现了什么好东西。老谢笑着说，我们不懂，是外行，别说发现不了好东西，发现了我们也买不起，启功的字一副对联标价三千，比我们一年的工资还多。冯牧笑了起来，说："启功的臭字还值三千！白送我都不要。"如此说话，无非两种情形：一是文人相轻，同行是冤家，卖白灰的见不得卖白面的，一个拆一个的台；一是关系好，密切，特"铁"。从冯牧说话的神态判断，应是后者，说明他同启功的关系非同一般。当然，这是我的猜想。

真正让冯牧高兴起来愉快起来的是京剧表演艺术家关肃霜的到来。与关肃霜同来的还有一位天津京剧团的青年女演员，大约十七八岁；关肃霜说是她新收的关门弟子，今天特意带来让冯牧看看，并请指教。

冯牧笑着说，京剧大家关肃霜的弟子，我哪里敢指教噢！

关肃霜用近似京剧道白的腔调说，此言差矣！你是我的老师，你不敢指教谁敢指教呢。然后对她的弟子说，快叫师爷。那姑娘颇有灵气，真的叫了两声"师爷"，冯牧及我们都笑了起来。冯牧笑得直咳嗽，急忙向嘴中喷止咳剂……

以前关于京剧"名票"冯牧的故事听了很多，说延安时期他唱青衣，解放后改唱须声，杨派……；说冯牧与大画家李可染是极好的票友，两位高手相互操琴，一拉一唱，珠联璧合……说冯牧与李世济、关肃霜是艺术上的知音，终身保持着美好的友谊……

百闻不如一见。冯牧先将磁带放了一遍。听磁带时冯牧似乎完全进入了忘我的状态，双眼微闭，微微摇着脑袋，手在沙发扶手上轻轻地打着节拍……磁带内容似乎是这位女学员的几个唱段。然后又一个唱段一个唱段地放，放到某唱段认为有问题时，立刻停下，进行讲解，并教唱……冯牧的讲解，有时与文学评论颇为相似，从分析作品背景、戏剧冲突、人物个性及心理入手，讲解为什么要"这样唱"，表现的是一种什么样的情绪。记忆所及，冯牧一共指导了四五个唱段，有《拷红》、《起解》、《穆桂英挂帅》及现代戏《智取威虎山》中常宝的唱段。现在想起来，这可能就是梨园界常说的"抠戏"，——一个唱段说完了，教完了，让学员反复练，直到冯牧满意了才算过关……此时的关肃霜，似乎也变成了冯牧的学生，神情专注地听冯牧讲解，时不时地冒两嗓子，帮她的学生找找感觉。等戏"抠"完了，她大声地对她的弟子说，怎么样，我对你说的没错吧！

专家就是专家，不仅有实践而且有理论，不仅知其然，而且知其所以然。不一样就是不一样噢。回去按冯大师的方法去练，保险你有大收获，有大提高。

冯牧笑着说，又在瞎吹，又在瞎吹。

蓦然，关肃霜像发现了什么问题，笑声戛然而止，然后专注地盯住冯牧说，《黛诺》唱段你为什么没教？

冯牧用略带夸张的口吻说，《黛诺》是关大师的“经典”之作。“经典”是不能随便改动的噢！在原创大师面前教《黛诺》，班门弄斧，岂敢，岂敢！

这次轮到关肃霜连说“瞎吹”了。

这是我第一次也是唯一的一次在舞台之外、影视之外面对面地观察关肃霜这位京剧表演艺术家的音容笑貌、举止言谈，感受她巾帼豪杰的风采与豪爽。同时我还注意到她非常敬业。她一进门连寒暄都没有，就直接向冯牧介绍她的弟子，接着就请冯牧“说戏”。这期间，渴了自己倒茶，而且时不时地给冯牧续茶，大有反客为主的派头。直到“说戏”结束，她才起身在客厅里转悠，嘴里还说“侦察一下，看冯牧有些什么宝贝”。

发现什么宝贝了吗？冯牧见关肃霜定格在酒柜前笑着问道。

发现了。发现了酒。发现了好酒，是五粮液与茅台，而且是各有两瓶……关肃霜兴奋地回答。

我不喝酒，所以有好酒，像你这样的“酒鬼”是存不住酒的。冯牧说，然后又补充道，这酒送你了。

都给我吗？

都给你，反正我也不喝。

太好啦！太好啦！……关肃霜兴奋地边拍手边说，可突然之间又改口说：我不能都要，五粮液，茅台各要一瓶就行了。

为什么？冯牧不解地问。

最近文艺界有传闻你没听到吗？

什么传闻？

传闻之一是关肃霜在与冯牧谈恋爱；传闻之二是关肃霜主动追的冯牧；传闻之三是冯牧正在慎重思考中，尚未表态……如果我把你的五粮液、茅台都拿走，传出去不等于不打自招了吗？那我可就跳进黄河也洗不清喽……

冯牧、老谢、我和关肃霜的小弟子都大笑了起来。冯牧笑得眼泪都出来了，边笑边喘边用手指着关肃霜说：疯子！疯子！……

……

在短短的二三个小时内我目睹了、亲历了、见证了、感受了冯牧的悲伤、哀痛、高兴与欢乐——喜怒哀乐像电影的镜头一样，在他身上切来换去。于是我突发感慨——人啊人！你为什么不能多一些高兴、愉快、欢乐，少一些悲伤、哀痛、怨愤呢？

于是另一个声音回答我：人在江湖，身不由己！

冯牧现在应该能做到了。我想。

2011年春节

永久的思念

——忆宽厚如兄长的唐达成

与敬重又熟悉的师友作永久的告别，其痛苦是无以名状的，特别是这“永久的告别”突然与你邂逅，令你措手不及，毫无思想准备，此时的哀痛令你记忆终生……

我与唐达成就经历了这样的“永久告别”。

1999年9月下旬，我在福建长乐参加完“冰心国际学术研讨会”，绕道北京，想在北京沾一点喜气，分享一点五十周年的大庆的隆重与热烈。当然，还有更重要的心愿，看望文艺界的文友与师长。

每次进京，唐达成处是必去的，长期的交往，以文会友，我们之间已超越了年龄的“代沟”与职务“门槛”的俗限，建立起了亦师亦友亦领导的关系。他的学识，他的儒雅，他的深刻与深沉，他兄长般地宽厚、亲切与友善，每次见面，都如沐春风，受益匪浅。“与君一席谈，胜读十年书”并非虚言。

我拨通了唐达成家中的电话，令我颇感意外，无人接听；重拨亦复如此。心中顿生莫名的忐忑。我打电话给其他文友，求证这忐忑的缘由，答案竟是不祥的凶兆——唐达成重病住院，正在走完他人生的最后一段路程……

我急忙赶往协和医院，值班护士不让我进，说病人进入了重症抢救护理期，禁止了探视。我急忙掏出了工作证让她看，并急中生智连真带假地告诉她，我从大西北的甘肃不远数千里来北京，是受组织委派代表全省文艺界同仁专程来看望德高望重的老领导的，不让我探视，完不成任务，回去无法交代。……经过软磨硬缠，这位护士发了慈悲，允许我探视十五分钟，并再三交代，尽量不要同病人说话。

进入病房，达成刚刚接受完治疗，护士正在收拾输液的瓶瓶罐罐……令我吃惊的是，他已变成了另外一个人，原本魁梧伟岸的身躯，竟形销骨立，羸弱不堪，平日白皙红润的脸庞，如今变成了蜡黄的皮包骨的“刀条”……所幸精神尚好，见我进来，很高兴，现出笑容，欲坐起与我握手，我急忙趋前握住了他瘦削的手，一股说不出的苦楚、心酸与哀伤涌上心头，却又不能在他面前流露出来，只有轻轻摇动他的手，送上问候与祝福。他边听边说“谢谢”。病榻之上，病重之时仍不失他往日的和蔼与儒雅。他说话很慢，声音很轻，不时停下来喘一口似叹息的粗气，但很清楚。他问到程士荣、武玉笑、杨文林、谢昌余……几位甘肃文友的近况，我一一报了安好，并代他们表示了慰问与祝福。他告诉我，今年五月，高洪波在徐州搞活动，请他参加，很愉快，并未感到身体不适，期间耽误了作协机关组织的领导干部体检，回京后补查，发现了“问题”。他用“问题”指代该死的“癌”，足见此时他仍对自身患病的敏感，同时也传递出他对生活的渴望及对生命的留恋……有什么办法呢？大家明明知道，人来到地球，无论谁都只是这个世界的漫长而又短暂的过客，不管你愿意与否，生离死别是每个人都要经历的十分正常的事，但还是给人留下了太多太多的哀伤与思念……

十五分钟很快过去了，我要离去，达成握住我的手不放，让我再坐一会。于是我们共同回忆了6年前在兰州、金川、度过的半个月朝夕相处的“敦煌笔会”。我趁机告诉达成，再过两个月——2000年元月初，我访问台湾，将会见到我们的老朋友台湾画家李锡奇和女诗人古月伉俪。他很高兴，让我代问他们二位好，并说他前年访台，李锡奇、古月为他举行了盛大的招待酒会，尽邀台湾名流，相聚甚欢……

这次探视竟是我与唐达成的诀别。

这一天是1999年9月26日——唐达成生命之光将熄未熄倒计时第十天……

出了病房，情感的闸门再也抑制不住我的哀痛与悲伤，不顾周围穿梭的人流，由低声抽泣竟至痛哭失声……我与唐达成长达十五年的交往，似电影的蒙太奇，一幕幕浮现在我婆娑的泪眼前……

1984年6月我从偏处西北一隅的兰州到北京约稿，第一次见到唐达成。当时我任职的全国第一家省级文艺理论刊物《当代文艺思潮》，因刊载徐敬亚的《崛起的诗群》（《当代文艺思潮》1983年1期）而陷入“现代派风波”的漩涡，成为全国“清污”“反自由化”的重点。对于这场“现代派风波”，王蒙有精彩的述评，他说：

> 我愿老实承认，如今回想起来，当时被认为搞了、或提倡现代派的，以及对立一方的当时的严厉批评现代派的各位文友老师大师们（不包括胡乔木），并没有谁真知道并说得明白现代派是怎么回事。不知其详甚至不知其ABC，但是要闹、要搞、要谈、要批、要殊死搏斗、要正言厉色、要大战风车四百回合，或闪战腾挪、太极形易，一会儿装死躺下，一会儿借尸还魂，以求生存……就是说争个死去活来，却不知道在争什么，这正是我们文坛的一道风景。（王蒙自传《大块文章·现代派风波》。）

现在看来，这似乎是一场“虚拟的战争”，但当初却一点也不“虚拟”，而是真枪实弹，硝烟弥漫；只是时间不长，发生了逆转。正所谓形势比人强。正是在此背景下，编辑部策划出一期“国庆三十五周年特大专号”，配合形势，也证明自己。为此，编辑部为我开了长长的约稿名单：荒煤、冯牧、洁泯、唐达成、阎纲等评论家，王蒙、李国文、刘心武、梁晓声等作家。这些都是叱咤文坛的风云人物，能见到他们吗？他们会应约写稿吗？再加上我与他们中的大多数既不认识更无来往，老实讲，能否完成任务，心中无底，甚感惶恐。可这些担心与疑虑，皆因见到唐达成而烟消云散了——他不仅一口应承写稿，而且当他得知我与要约稿的评论家、作家并不熟悉后，帮我一一进行了电话联系，为我顺利完成任务帮了大忙。我不敢妄言通过这次短暂的接触了解了唐达成，但他的诚挚、热情、友善，他的乐于助人及宽厚如兄长般的风范，深深地印在了我的脑海里。

那么唐达成对我的印象如何呢？在时隔十一年之后的1995年他为拙著《文艺观潮》写的序言中有如下两段话：

> 认识德宏已有十余年了，记得第一次和他接触，是他风尘仆仆地从大西北跑到北京来为《当代文艺思潮》约稿。那时他还是个风华正茂、朝气蓬勃的英俊青年，谈吐间保留着大西北人那种质朴与谦和，但思路开阔活跃，对新事物有敏锐的感受力，并无拘谨刻板的学究气，而且不时流露出一点他特有的幽默与机智。在他盛情邀约之下，我自然只有一口答应下来。
>
> ……
>
> 编辑岗位，为他人做嫁衣，很难说有什么报偿的，而他十几

年来甘之如饴，衣带渐宽终不悔。在大西北文学不断地发展与繁荣中，在大西北的文学大厦的构建中，就有他实实在在堆砌的一砖一瓦，我想这也是可以欣然的罢。

初读唐达成对我的印象及评价，老实讲有些耳根发烧、心跳加快，欣喜之余，我更多地看作是长辈先贤对晚学后进的鼓励与鞭策。

之后不久，唐达成担任了中国作协的主要领导职务，担子重了，地位变了，工作自然更加繁忙，但诚挚友善平等待人一点也没变，不论在何种场合见了面，总是主动打招呼，询问刊物的情况，问候文友的安好。但我们毕竟生活在官本位的社会里，“等级”是无处不在的，有几次唐达成来兰州，我是知道的，但却退避三舍，佯装不知，说得堂皇一点，是遵守纪律，谨守本分——作为地方刊物“组长”级人物，是不可能进入欢迎、座谈、汇报、宴请名单的；说得坦率、直白一些，是保持知识分子的一点清高与尊严，以避攀附之嫌。而我的这种“小肚鸡肠”似乎也为唐达成洞察，所以他每来兰州总托人带话，告诉我所住宾馆及房间，希望见见面，聊聊天。1986 年夏天的某日，又接到了唐达成的“带话”，约我晚饭后前往他下榻的宾馆见面。我如约而至。束沛德亦在。他们似乎是在西宁参加一个什么会，返程路过兰州，稍作停留。达成说，今晚文联、作协领导请吃饭，饭前写字，他趁机给我、谢昌余及《当代文艺思潮》各写了一幅。说着，他将墨迹已干墨香尚浓的三幅宣纸展开，让我及束沛德欣赏。给我的横披是杜甫的《绝句》“两个黄鹂鸣翠柳，……”，给谢昌余的条幅是陈毅元帅的诗“大雪压青松，青松挺且直；要知松高洁，待到雪化时。”而给《当代文艺思潮》的条幅则是“海阔天空开拓浪，高瞻远瞩改革魂”。这题词赠诗，如在平时，至多只能算作文人之间的酬酢，而放在“现代派风波”的大背景下，便陡然增加了它的意涵，显然是有针对性的，对刊物及办刊人而言，更是一种鼓励与支持!

唐达成的题词、赠诗，老实讲既出乎我的意料，也超出了我的想象，对此，我亦喜亦忧——喜的是能有唐达成这样重量级人物仗义执言、肯定支持，无疑是一种理解——理解比爱更重要——它会大大减轻、或者说缓解我们承受的压力，自然令人欣喜、欣慰；忧的是当时社会乍暖还寒，阴晴不定，“文革”被彻底否定了，但“以阶级斗争为纲”的思维定势犹存，还有人沿袭旧例，不断拿文艺说事，旁及政治，经济，发动一些不叫“运动”的“运动”，掀起一些风浪，试图影响甚至妄图逆转“摸着石头过河”……在此情况下，唐达成的诚挚率真，很可能授人以柄，伤及自己。

不违心，讲真话，彰显了唐达成知识分子文化人格的独特魅力，弥足珍贵。

1993年8月，我所供职的《飞天》、高洪波供职的《中国作家》与金川公司三家联合举办“敦煌笔会”，洪波与我商定，请唐达成参加，因此我得以拥有与他半月之久的朝夕相处。

我们刚到金川时对唐达成的称呼颇费踌躇。他在任时严格规定作协机关的同志一律不准叫他的官职“书记”，所以上上下下一律直呼他“达成”，在会议等正式场合，顶多在“达成”二字之后再加上“同志”，表示正规与尊重。称他“达成”，对作协机关的同志而言，不仅习以为常，而且感到很亲切；可我们这些“外人”就不同了，他既是领导，还是德高望重的长者，直呼其名，确实不习惯，叫不出口，再者也总感不恭。怎么办？还是蒋子龙有想象力及创造性，“发明”了一个字的称呼：党。这称呼亦庄亦谐亦形象亦亲切，获得大家一致通过。达成呢，在“谦虚”了一番之后，也就接受了。话又说回来，他不接受也不行了——这称呼未“约定”已“俗成”，不仅与会作家这么称呼，连接机起就陪同我们的金川公司屈丰泰部长及顾今女士也这么称呼了。特别有意思的是，李锡奇、古月这二位台湾“同胞”，也亲切地称达成“党”。

古月原是国民党党员，后来因反对李登辉的“两国论”愤而退党。这是后话，此时尚是国民党党员的古月及无党派的大画家李锡奇和我们一起叫达成“党”，不能不说是一段文坛佳话。我开玩笑说，“国共第三次合作”尚待时日，我们笔会的“国共合作”的新局面已经形成了！

唐达成属于命运多舛、人生坎坷、大器晚成的人物，他人生中本该闪光的二十几年岁月变成了“错划”的蹉跎，不能写文章了，就读书练书法，加上幼年的功底及深厚的文化学养，他早就超越了“作家中的书法家”的层次，在京城乃至全国享有名副其实的书法家的盛名，甚至被称做书法大家。对唐达成的书法，我的评价是：“行云流水中蕴涵着典雅大器，风流倜傥里饱含有人生沧桑。”达成对我的评价，含笑点头，深以为然，引为知己。

从到达金川的第一天起，公司及市上慕名求字的人就络绎不绝。日程安排得很满，写字只能放在中午及晚上。我怕影响达成的休息，提出公司及市上各写一张条子，列出名单，不能超过10人。结果是“你有政策，他有对策”，一是条子上的名单严重超标，二是前一张条子尚未写完，后一张条子又递上来了。我上前“挡驾”，达成这位好好先生则“来者不拒”，于是我也不再扮演得罪人的“白脸”。其结果，便是从公司写到市上，又从市上写到金川公园的蒙古包中——那时，其他作家正与市上及公司的同行们又唱又跳地联欢。事毕，我对达成开玩笑说：“物以稀为贵。你的字写得太多，仅在金川不下百幅，将来‘拍’卖，‘拍’不出高价。”达成则揉着酸胀的手腕，笑着说：“我本来就没有打算靠卖字发财，怕什么！下来一趟不容易，大家喜欢我的字，也是一种厚爱与确认嘛！……”

唐达成离开我们已十多年了，当你在客厅中或书房里驻足欣赏唐达成那龙飞凤舞而又高雅大器的墨宝时，亲爱的朋友，你还记得这位宽容敦厚、睿智仁爱的领导与长者吗？……

笔会从8月10日至24日，历时半个月，在金川公司的大力支持与精心安排下，取得了圆满成功。

8月23日是笔会的最后一个夜晚，下榻金川公司驻兰州办事处，依依惜别的情绪笼罩在每一个人的心头。夜深了，大家仍聚集在唐达成的房间里，久久不愿离去。李锡奇、古月取出事先准备好的留言签名册，请大家留言签名，以资纪念，并请达成为之作序。达成当众欣然命笔，一挥而就：

> 癸酉初秋，有敦煌笔会之举。台湾艺术家李锡奇、女诗人古月相偕同行。是时天高云淡，和风舒畅，同行十四人自兰州出发，沿古丝绸之路，驰车千里，遍览历史古迹、地方风情，尤以瞻仰敦煌莫高窟为此行高潮。窟中彩绘泥塑，庄严雄伟，典雅博大，鬼斧神工，精美绝伦，令人心神震撼，叹为观止。李先生、古女士尤为感奋，为纪念此次半月之欢聚，李先生出此册页，以求同行签名为念。岁月易逝，友谊长存。聊志数语，以记其胜。
>
> ——长沙唐达成志

达成同志的精美短文及与会者的留言签名，情真意远，充分体现了血浓于水的民族亲情；同时，也为这次笔会画上了圆满的句号。

1995年夏，我的文艺评论自选集《文艺欢潮》编成，准备出版，何人作序，颇费周章。1990年秋，冯牧在敦煌发生车祸，我前往敦煌处理善后并接冯牧回兰州休养，谈到出书事，冯牧主动表示，编成打个招呼，他愿意为之作序。此时冯牧正病重住院，旧事重提，不仅不合时宜，简直就是罪过。写信求助于光年同志，迟迟得不到回音——事后得知，他根本就未收到此信。不得已，只好给达成写信求助。我的信是7月15日发出的，8月3日达成就寄出了那篇洋洋洒洒文采斐然的序文。除了前面提到的序文对我的印象及评价令我“耳根发烧，心跳加快”而外，第一句话就称我为“兄”——“德宏兄的评论自选集要出版了……”令我如坐针毡，愧不敢当。论年龄我与达成相差十四岁，按中国人的传统说法，十年为一代，已分属两代，论成就、影响、地位，更是别如天壤；尽管平常书信往来达成一直称“兄”，我却从不敢道“弟”。况且那毕竟是私人通信，不予公开的，而今白纸黑字印在书上就不一样了。因此我回信要求把“兄”改掉，并强调如若不改，将“折煞我的阳寿”。很快收到了达成的复信——

德宏兄：

来信收到，拙序清样也已收到。昌余兄谬赞此文，阅之有愧，但我对《当代文艺思潮》的劳绩是真心肯定的，也是对历史负责应取的态度。序中称兄是文友应有的称谓，通常也都如此，你不必过意不去，如改变称呼，一来不亲切，二来也易有居高临下之嫌，所以我以为不改为妥。

当编辑忙忙碌碌，能出一本论文集真是很不容易，个中甘苦，我这个当编辑出身的人，是很有体会的。所以祝贺你，支持你都理所当然，何必挂齿乎！

文无改动就不必寄回你们了。《老人》杂志一文，我已写了忆夏公之文，但被袁鹰要去在纪念文集中，我正在要他们复印，印就即寄上，请转告。

即颂

编祺

达成

1995.11.25

这里需作两点说明：第一，“昌余兄谬赞此文”，指谢昌余对这篇序文的高度评价及赞赏；达成对《当代文艺思潮》一贯的肯定与支持，令我们十分感动，谢昌余也表示了衷心地感谢，信中我均有转达，故有此语。

第二，“《老人》杂志一文……”此时，《当代文艺思潮》创办者及负责人谢昌余已调任甘肃人民出版社副总编兼该社主办的《老人》杂志主编，他托我给达成通信时顺便为《老人》约稿，故有此语及“忆夏公之文”等。

……

达成的这封信我保存已超过十五年了，而达成离开我们也已十一年多了。今日捧读这封来信，依然亲切、温馨，令人感动……达成的音容笑貌，与达成交往的许多片断，恍然如作，仿佛就在眼前……然而阴阳两界，物是人非，不禁令人生出岁月易逝，人生无常的感慨！

达成兄，你生前我从不敢与你称兄道弟，今天我要郑重地喊你一声“达——成——兄”——并且大声地告诉你：

放下又拾起的是你的信件，
拾起放不下的是我的思念……

2010年11月26日

斯人已逝　风范长存

——片片断断忆吴坚

谨以此文纪念甘肃文艺界老领导吴坚同志逝世一周年。

高山景行。

我原本没有资格写纪念吴坚同志的文章。

我尚未出生，吴坚同志已参加了革命，成为无产阶级革命家；我读高中（1959－1962）正为文学“发烧”，他已站在了全省文艺工作领导岗位的制高点上——他所领导的文艺（特别是戏剧）事业，正蒸蒸日上，屡立战功，屡获殊荣，取得了令全国瞩目并交口称赞的骄人成绩；我读大学中文系（1962－1966）并做着“文学梦”时，“文革”骤起，他成了全省最早被揪出来的“阮（迪民）、吴（坚）黑帮”，进了“牛棚”——在批判汪锋的十万人大会上，我第一次目睹了他的身影；之所以说是“身影”，因为以汪锋为首的一大排在台上的“走资派”都是低着头、弯着腰，根本看不清他的面目；之所以又能在众多“走资派”中区别身份，是因为他们胸前挂着姓名打着“红×”的大牌子，比他们本人更清晰……

如果历史至此戛然而止，我同吴坚阅历的不同、年龄的差距、职务的悬殊、岗位的各异，我们的人生轨迹犹如两条平行线，此生很难有交会的一天。接触尚且不能，更遑论写纪念文章！

感谢粉碎了“四人帮”。

“四人帮”恶贯满盈，他们的覆灭，也是历史的必然。

感谢党的“十一届三中全会”拨乱反正，使我们国家这载着十几亿人口的列车，重新行驶在了正常的轨道上，从此开始了不可逆转的建设有中国特色的社会主义伟大事业的航程……

从此，吴坚同志又回到了他驾轻就熟并且具有高超领导艺术的岗位，而我也因几篇不成样子的论文在举目无亲的情况下被文艺界的“伯乐”错爱，将我调至了正在筹办中的文艺理论刊物《当代文艺思潮》。此时，吴坚同志兼任省文联主席，因此我们有了断断续续的接触与交往。

1983年春节前的一个下午，文联领导派我给吴坚同志送十几本杂志——《当代文艺思潮》1983年1期。这一期刊发的吉林大学中文系的毕业生徐敬亚的文章《崛起的诗群》，惹了大祸，出刊不久，即被中央负责意识形态的胡乔木点了名。一时间上上下下都很紧张，编辑部先后在北京和兰州召开了两次研讨会，名为“研讨”实为批判。我猜想，吴坚同志要十多本杂志，可能是分送省上有关领导参阅。《当代文艺思潮》被胡乔木点名，在省上毕竟不是一件小事。

我来到吴坚同志在青年农场的寓所，开门的是吴坚的夫人王树美女士，我说明来意，放下杂志准备离去。王树美说，吴坚正在看文件，等会他还有话问你。说罢，她让我在沙发上坐下，给我泡了杯茶，转身离开了。

偌大的会客厅里，只有我一个人，显得十分空旷、安静。我有些忐忑。这是我第一次近距离面对面的接触，不知道他要问我什么问题……可能与徐敬亚的文章有关？……我反复琢磨仍不得要领。

时间过得很漫长，实际上顶多二十分钟。吴坚从书房踱了出来。我赶忙起身。他示意我坐下，他自己并不坐，而是在客厅里踱来踱去。

你是陈德宏？他突然问道。

没有料到，我同吴坚的第一次见面以这样的问话开始。可能文联领导电话里已告诉了他，是一个叫陈德宏的去送杂志的。接下来的谈话更是大大出乎我的意料。他说——

> 你的《论“丝路花雨”》的文章我看过了，写得不错。毛主席在延安时就告诉我们，要树立理论联系实际的学风，要回答社会实践中的问题。你的文章好就好在理论联系实际，回答了社会上普遍关心的问题：《丝路花雨》为什么会成功？为什么只能产生在甘肃？你用马克思、恩格斯关于物质生产与精神生产不平衡的理论，解释《丝路花雨》的创作，就很有说服力。不然的话老是有人怀疑。《丝路花雨》在北京、上海演出，大获成功，引起轰动，不断有记者问我：你们甘肃经济上比较落后，为什么会产生《丝路花雨》这样的舞剧精品呢？有的中央领导也不理解，对我们伴舞的女演员说，你们甘肃很奇怪，工业上不去，农业老歉收，吃返销粮，就是老出好戏。甚至我们的女演员长得漂亮，

有的记者也表示怀疑：你们甘肃省有那么多漂亮的女孩子吗？我说，三国时的貂蝉漂亮不漂亮？引得吕布神魂颠倒。貂蝉就是我们甘肃临洮人。

吴坚同志说到这里，大概觉得很得意，自己便朗朗地笑了起来……

我很诧异，吴坚同志所说的我的《论“丝路花雨”》，是发在《社会科学》1981年某期上的。时间过去快两年了。他居然还记得如此清晰。我当然很高兴，但因初次见面，拘谨自然难免，因此只有听的份。他所说的“有的中央领导”，我几次想问是谁；也没敢问。事隔多年，与程头（程士荣）谈起此事，程头操着浓浓的陕西话说：“对着哩！对着哩！是李先念同志在一次舞会上对我们一位伴舞的女演员说的。这话还是我传给他（吴坚）的。”

吴坚同志接着说——

你总结的第二条经验也很重要：题材优势。敦煌在我们甘肃，这是我们取之不尽、用之不竭的题材宝库。我们的主要创作人员七下敦煌，在那儿深入生活累计四个多月，别的省能办得到吗？有那么多壁画可以观摩，有那么多敦煌学家讲解历史，分析人物，别的省能办得到吗？所以我反复讲，不能唯“京津沪穗”马头是瞻。人家那些洋玩意儿我们不能学，我们也学不来。我们还是要发挥我们的优势，搞我们的“土特产”。同样的道理，（舞剧）《小刀会》只能产生在上海，让我们搞，我们也搞不好。

我在吴坚同志的寓所待了一个多小时。在我即将离开时，吴坚同志才简单地谈了谈《崛起的诗群》。他说，《崛起的诗群》的发表，文联党组是给我汇报了的。不仅我知道，刊发还是贺敬之拍的板。去年年底，跟随贺敬之参加会议的一批文艺理论家陈涌、郑伯农、杨子敏审的稿，结论是“同意发稿，搞好讨论”。现在出事了，都不吭声了。如果真有问题，挨板子，也有我的份……

听君一席谈，胜读十年书。

仅仅一年多小时的接触，我不敢说我了解了吴坚，更不敢妄言我理解了吴坚，但一个懂艺术理论、且敢于担当的领导干部形象，在我的心目中高大了起来……

我对吴坚同志的敬佩之情油然而生!

在以后的岁月中，我与吴坚同志的接触，更多地是在接待全国文艺界的领导——他的老朋友、好朋友的过程中。

1990 年秋，中国作家协会副主席、著名评论家冯牧陪同他台湾的朋友（名字忘记了，也许是亲戚，据说是国民党元老胡汉民的孙子，蒋经国的私人医生）和他的外甥女程晓玲（省话剧团著名女演员程晓丽的妹妹，冯牧无子女，晓玲从小在他身边生活，视如己出）等一行 4 人，前往敦煌。文联领导知道因刊物的关系，我与冯牧交往较多，故安排我参与接待并陪同前往敦煌，因此有幸参加了吴坚同志为冯牧一行举行的接风宴会。

吴坚与冯牧老朋友相聚，气氛格外热烈，谈天忆旧，欢声笑语不断。从他们的谈话内容判断，他们应该相识、相交、相熟于上世纪的五六十年代。

那一时期，我称之为甘肃戏剧的第一个高潮期——话剧《康布尔草原》、《滚滚的白龙江》、《远方青年》、《天山脚下》、《教育新篇》、歌剧《向阳川》，陇剧《枫洛池》，在全国连连获奖，引起轰动，有的还演进了中南海；毛、刘、周、朱等老一辈无产阶级革命家联袂观看甘肃的戏剧，周总理更是先后八次观看甘肃的戏剧。可谓盛况空前。何省何市曾享受如此殊荣？正是那一时期，冯牧离开西南军区文化部部长的职位，奉调进京，出任《文艺报》负责人，写了许多关于甘肃戏剧的评论。

饭后，吴坚送冯牧同志出来，他向程头问道：“你们怎么安排的?”“我们派的是文联最好的车（日本面包）；小陈（指笔名）陪同，他沿途及敦煌都熟悉。”程头儿答。

“你们那车不行，我给派辆巡洋舰，沿途及敦煌我来安排。”

吴坚同志发话，当然就这么定了。

出来以后，程头笑着说：“吴部长（吴坚同志职务屡有变动，但文艺界的老人仍称他部长）怕我们的车不好，经费紧张，接待不好，委屈了他的老朋友冯牧。”

程头的话道出了吴坚同志的良苦用心及对老朋友的一片真诚。

数天后的一个晚上，我与我爱人正在搬家。住了七八年办公室，盼星星盼月亮盼来了一套新房子，朋友们也来帮忙。程头突然来到我家（实际上就是机关办公楼的那间办公室），神色凝重地说：“冯牧在敦煌发生了车祸，你马上到敦煌处理善后，并把冯牧接到兰州养伤。”看到我爱人一脸的不高兴，程头又补充了一句：“是吴部长点的将。”

我连夜赶往敦煌。所幸，冯牧同志伤势不太重，并无大碍，头部扎着绷带，行动不方便，拄着拐杖尚能行走。此时我才知道，在冯牧发生车祸的同一天，全国政协一位姓邓的副主席率庞大代表团考察访问敦煌，也发生了车祸，二十多人受伤，陪同的敦煌市委书记杨利民断了七根肋骨……中央很重视，派专机来接伤员。冯牧是全国政协常委，虽不在一团，自然也在被接回的名单之中。冯牧考虑到程晓玲伤势严重，如果得不到及时治疗，可能终身瘫痪，所以提出让程晓玲乘专机返京，自己留下。有关方面不同意，冯牧发了脾气，拒绝登机。几经周折，最终晓玲得到以乘专机回到北京，得到了及时治疗。他的台湾朋友，伤势较轻，也已离开了敦煌。

我在敦煌住了三四天，见冯牧身体日渐好转，于是订了机票准备返兰。行前，敦煌研究院院长、也是冯牧的老朋友段文杰，前来宾馆话别，见冯牧精神很好，于是开玩笑说："你是有福之人。大难不死，必有后福。你到敦煌是来拜佛的，之所以有小灾无大难，全靠佛的保佑。佛保佑了你，你不拜佛就走，说明你心不诚，这样不好。"冯牧及在场的人都被段院长的诚挚幽默逗得笑了起来。

诚之所至，金石为开。于是段院长亲自陪同、讲解，服务员搬着一把椅子，冯牧坐着参观了四个洞窟。

参观完了，段院长笑着说："冯牧同志你知道吗？你是坐着参观莫高窟的第三人——第一人是小平同志，第二人是捐巨款保护莫高窟的日本某某（名字记不清了）实业家，第三人就是你冯牧。"

冯牧一边笑，一边连说："谢谢！谢谢！"看得出，他为在甘肃在莫高窟受到朋友的关爱及特殊礼遇而深深感动。

回到兰州正是中秋节前夕，吴坚设宴为冯牧压惊并欢度中秋。席间，吴坚除了询问冯牧的伤情及出事经过外，更多的是懊悔与自责。他说：都怪我！都怪我！好心办了坏事——如果按士荣的意见办，由文联派车，小陈陪同，就不会出这事了。

冯牧说：天有不测风云，人有旦夕祸福；是福不是祸，是祸躲不过。此类事是人们都想极力避免的，但又不可能完全避免。不能怪你。

吴坚说：我要严厉处分司机。临行前我再三交代要安全第一，他就是当作耳旁风，粗心大意，捅了这么大的漏子，出了这么大的问题。

冯牧说：这是我的问题，不能怪司机。在嘉峪关，原计划一个小时参观完城楼，九点出发；结果嘉峪关的同志太热情，参观讲解得特别详细；完了又题词写字，耽误到十一点才出发，在玉门镇吃的午饭，到桥湾故城又停了停，所以出了安西天就快黑了，我怕段院长等得着急，就催司机快一点，快一点，结果出了这事。不是司机的责任，千万不能处分司机……

一对老朋友，一个懊悔、自责、谦疚；一个豁达、理解、宽容，这种心与心的交流，情与情的沟通，情景十分感人，在场者无不为之动容。

老朋友之间诚挚感人的另一幕，发生在1991年8月，中国作家访问团一行20余人，前往敦煌访问，德高望重的老诗人张光年（光未然）是吴坚的老朋友，亦在团中。吴坚同志特别重视，多次听取文联的汇报。当听说宾馆紧张住宿有困难时，他亲自给省委办公厅打电话，让他们出面协调。访问团抵兰，他会见了全体成员并设宴接风，出发时他又亲自前往宾馆送行，将访问团一一送上车。在汽车将开未开之际，他又来到窗口对我说："小陈啊！我只给你交代三句话：安全第一！安全第一！安全第一！"其实，自他知道我陪同访问团前往敦煌起，"安全问题"他已交代过无数次了，用"千叮咛万嘱咐"来形容，一点也不为过。我也理解，一年前冯牧发生车祸的阴影，在他心中仍挥之不去。之后吴坚同志几乎每天都要打电话，问访问团的情况，特别是对光年同志，更是无微不至：吃饭怎样？休息得如何？……交代只安排光年感兴趣的地方让他参观，一般的景点就让他在宾馆休息……

8月19日按计划访问团从张掖返兰州，晚上李子奇同志（时任甘肃省顾委主任）与吴坚同志在宁卧庄宾馆设宴为光年同及访问团洗尘送别。为此我们早上提前一个小时从张掖出发。由于当时的道路状况欠佳，加上为了安全不敢开快车，到兰州已是晚上七点多了，宴会一直到八点半才开始……

第二天（8月20日）访问团晚上才离开，所以全天未作统一安排，让大家自由活动——浏览市容，购物，会友……

这天上午，吴坚派车将光年同志及夫人黄叶绿（音乐家）接到家中话别。吴坚及夫人王树美摘下院中自产的芭梨（香蕉梨）、葡萄招待光年夫妇，并亲自将梨皮剥掉递到手上。黄叶绿老师忙说：我吃！我吃！他（指光年）肠胃不好，不能吃。我知道内情，数年前光年同志做过直肠癌手术，术后情况很好，所以特别注意饮食，平常从不吃水果。在武威的沙漠公园，主人用自产的西瓜招待作家们，作家们都连声称赞，说从未吃过这么好的西瓜。挡不住诱惑及热情，光年同志吃了两片，当晚就拉肚子，把我吓坏了。好在吃了点药，第二天就好了，并未影响行程。所以我也出来挡驾，说不能吃。吴坚同志说：这梨品质非常好，松软可口，好消化，非常适合老年人。缺点是保鲜期太短，不好储藏运输，所以外地人一般是吃不到的。你吃不了一个尝两口也行。盛情难却。在吴坚夫妇的劝说下，黄老师不再坚持，光年同志先是尝了一口，连说味道好，接着竟将整个梨吃完了。

从吴坚家出来，临上车，吴坚把王树美事先准备好的两纸盒芭梨交给我说：这两盒梨你一定要给光年同志送到车上。葡萄我就不送了，哪儿都能吃到。

一年后为采写报告文学《张光年与黄河大合唱》（载《老人》1993 年 7 期，《新华文摘》1993 年 10 期全文转载），我来到光年在北京的寓所。光年与黄老师共同回忆往事，满怀深情地说：吴坚、王树美送我们的兰州芭梨，味道真好，是我们吃过的最好的梨……

其话殷殷，其情依依……在赞美兰州芭梨的背后，回味的不正是老朋友吴坚夫妇的诚挚、温馨与友谊吗？

我心中仍有“谜团”——吴坚与光年的友谊是何时建立起来的呢？

一天（应在 1997 年以后）程头拉我一起到吴坚处说什么事。正事说完，吴坚突然对我说：你的报告文学写的那个大气田（指长篇报告文学《跨世纪的辉煌——长庆大气田勘探开发大纪实》，载《十月》1997 年 6 期）所在地“三边”（靖边、定边、安边）正是当年我工作的地方。从 1943 年起，我担任陕甘宁边区“三边”分区文艺工作团编导、副团长、团长，直到解放。1949 年 7 月我到北京——当时叫北平，参加全国第一次文代会，就是从“三边”出发的。当时没有汽车，我骑马，从佳县过黄河，经山西、河北到的北京。在这次文代会上，我认识了光年……

噢，近半个世纪了。友谊犹如陈年老窖，时间愈久便愈是醇厚芬芳……

我有些奇怪！出来后我问程头，在《十月》上发表的作品吴坚同志也能看到？程头说：我给他推荐的。然后又补充道：他人离休了，心并没有离休，经常问我有没有好作品，有就让我拿给他看。

程头说得多好啊！吴坚同志“人离休了，心并没有离休”。他的心永远与甘肃的文学艺术事业紧紧地联系在一起！甘肃的文学艺术事业已溶入了他的血液，化做了他的灵魂与生命！

程头长期在吴坚同志领导下工作，他既是甘肃戏剧第一个高潮期（上世纪五十年代中至“文革”前）的具体领导者（任甘肃话剧团团长）、参与者、见证者，也是甘肃戏剧第二个高潮期（上世纪七十年代末至八十年代初，以舞剧《丝路花雨》、话剧《西安事变》、京剧《南天柱》为标志）的领导者（任文化厅副厅长），还为甘肃戏剧第三个高潮期（上世纪九十年代末至新世纪中，以《大梦敦煌》为标志）贡献自己的经验与才智（时任文联主席、《大梦敦煌》顾问）。就是这样一个为甘肃的文艺事业贡献了自己毕生心血与才智的老同志，谈起吴坚，敬佩之情溢于言表。

一次聊天，程头说，吴坚同志既精通文艺理论，尊重艺术规律，更有实践经验。特别是戏剧创作，善于抓主要矛盾。吴坚同志常说，剧本，剧本，一剧之本。没有自己创作的本子，老演别人的东西，亦步亦趋跟在别人后头，永远搞不出名堂，永远没有出头之日。如何抓好剧本呢？关键是编剧。所以吴坚同志非常重视剧作家队伍的培养与建设。

1965年歌剧《向阳川》在北京一炮打响，受到中央领导的表扬与嘉奖，周恩来总理亲自出席座谈会，并率领大家高唱《向阳川》主题歌《陇原儿女心向党》。省委很高兴，为《向阳川》庆功，吴坚同志趁机向省委建议，从兰大，师大中文系挑选具有创作潜力的应届毕业生，充实编剧队伍，获省委批准。1966年初，这一计划得到了落实，兰大中文系的孙一峰、平岳、李保元、肖智业，师大中文系的白耀明、穆长青六位青年学子集中起来，师傅带徒弟，由一批老剧作家带领，深入农村，见证由生活而剧本的创作过程。

可惜，“文革”风暴将这支组建仅几个月的“未来剧作家”队伍给吹散了。

事隔二十二年后的1988年，我在嘉峪关见到孙一峰，他已是一市之长。谈起这段往事，我开玩笑说：“文革”改变了许多人的命运，包括你孙一峰；中国从此多了一个市长，少了一位诗人、编剧……

这话颇有一些沧桑感，也有一些世事难料、人生无常的感慨！

此事本该程头回忆的，可惜他先于吴坚同志走了。我坚信，如果程头健在，他一定会写出更深刻更全面更感人的怀念吴坚同志的文章。毕竟他们是志趣相投、目标一致，是相知、相交、相尊、相爱、相敬半个多世纪的老战友啊！

……

记不清哪位大诗人留下了如下不朽诗句——

有的人死了，
他还活着；

有的人活着，
他已死了……

吴坚同志为甘肃文学艺术事业建树的辉煌，作为甘肃文化的软实力，将载入史册，彪炳千秋！

斯人已逝，风范长存！

2008 年中秋 · 兰州

苍龙日暮还行雨　老树春深更著花

——杨文林其诗其文其事其人

1、面前摆着两本厚厚的诗文排印稿——《杨文林诗文集》诗歌卷《北草南花》和散文卷《陇头水泊》。未及细读，便产生了几多愉悦与欣喜——这是文学编辑特有的感觉与“专利”——先睹为快，加之萌生已久的对杨文林诗文的阅读期待。同时也产生了几多感慨：这哪里是普通的诗文集啊！它分明是杨文林一个甲子的文学情缘，是他汗水、心血与智慧的结晶，是他文学圆梦的记载与见证，质言之，是他生命的光焰。

没错，杨文林是视文学为生命的，这两本集子的成书过程，就足以成为鲜明例证。就诗文集的素材而言，是他数十年的生活积累，而写作成书却是近十年的事。也就是说真正把素材及“半成品”加工提炼成作品，是在他脱离开纷繁的文学领导岗位之后才动手完成的。此时正是他年届“古稀”至年逾“古稀”的人生阶段。对一般人而言，这正是含饴弄孙、安度晚年、享受天伦之乐的“收官”阶段，而他却依然为圆文学梦，青灯伏案，孜孜以求。此情此景，不禁令人肃然起敬。对此，我尊之为“杨文林现象”。

那么，如何看待“杨文林现象”呢?

很难用“厚积薄发”来概括，杨文林信奉的是“慢工出细活”。

“十年磨一剑”呢?亦似不妥，成书用了十年，而生活的积累与储备都要向前延伸十年、二十年、三十年……

“只要功夫深，铁杵磨成绣花针”呢?有点贴切，但不传神。

倏然，明代大学者、大诗人顾炎武的诗句涌上心头——

苍龙日暮还行雨，
老树春深更著花……

2、在杨文林的内心，有很深的文学“自卑”情结。对此，一般人难以理解，难以相信。

1997年“五一”期间，长庆石油勘探局在延安办笔会，4月底他们派人派车接我去讲课。我对来人说，在毛泽东发表过《在延安文艺座谈会上的讲话》的地方，讲文学，我很惶恐。我推荐两位老作家——武玉笑、杨文林主讲，我来当“助教”、敲边鼓。他们欣然同意。并说他们本就想请，只是不熟悉，更碍于他们的名声太大，怕请不动。这倒也是实话。当时的武、杨二人，不仅仍肩任着省文联的领导职务，而且还是中国作家协会在甘肃仅有的两位理事（现称为全委会委员）。

在前往延安的途中，我们顺便参访了黄帝陵。

在祭扫了黄帝陵后，杨文林神情凝重地对我说：“我这大半生最大的遗憾，是因一些行政琐事荒废了创作。在50年代初，我与昌耀在诗歌创作上，几乎是同时起步的，被认为是文坛新星，并受到李季、闻捷的重视与厚爱。几十年过去了，人家昌耀写出来了，成为大诗人，而我则两手空空，一事无成……”言谈之间，颇感悲哀。

这话应该是真诚的。我相信这是他面对我们华夏民族的人文始祖，进行了一番灵魂的忏悔与净化之后的省悟。

我说，人的时间、精力与才能是有限的，用在这方面多了，用在别的方面就少了，这是必然的。文学是一个大事业，大系统，大工程，创作固然重要，但如没有人甘为人梯，办刊物为他人做“嫁衣”，没有人做组织、联络、协调、服务工作，要想发展、繁荣也绝非易事。文坛何人不识君。人生不能事事都赢，有得就有失，你在创作上不如昌耀，而在其他方面，昌耀也无法与你比肩呀！

这些话难以免俗，而且隐含着“官本位”的色彩与标准，但的确又是我的肺腑之言。如果就甘肃60年文学的发展与繁荣的贡献而言，愚以为杨文林应是甘肃第一人——他不仅是功不可没，而且是居功至伟。

首先，他是贯穿甘肃文学60年的人物，是甘肃省当代文学自始至今的参与者、创造者、亲历者及见证者。概而言之，他是甘肃文学60年的活字典、活档案、活化石。说起甘肃60年不同时期文学发展状况及其代表作家、代表作品，他滔滔不绝，如数家珍。

其次，甘肃有一个独异于其他省的情况，是先有文学刊物，后有文联作协。甘肃的《飞天》（其前身为《甘肃文学》、《陇花》、《红旗手》、《甘肃文艺》）创刊于1950年8月，而甘肃文联成立于1955年，作协成立于1958年。“文革”期间，文学艺术事业成为重灾区——作家被批判，机构被撤销，队伍被冲散……又是杨文林审时度势，不失时机地抓住《人民文学》、《诗刊》经毛主席批示复刊的机遇，抢先一步，于1973年《飞天》恢复出刊，成为“文革”期间省级文学期刊复刊的报春鸟，为数年后甘肃文联、作协的恢复打好了基础，储备了人才，积累了经验。而杨文林与《飞天》的情缘也已风雨同舟逾半个多世纪了。回顾历史不难发现，甘肃的文学艺术界，无论“文革”前还是“文革”后，都是以《飞天》为基础成立、恢复、发展起来的。正因如此，我们称杨文林为甘肃当代文学筚路蓝缕、以启山林的人物，并不为过。在历届甘肃文联及其12个所属文艺家协会中，出自《飞天》的主席、副主席不下20人，所以大家戏称《飞天》为甘肃文学艺术界的“黄埔军校”。每谈及此，杨文林与《飞天》同仁均充满了自豪感与成就感。

再次，在新时期的前10年——整个80年代，杨文林是甘肃省文联最忙碌的人。他是省文联党组成员、副主席，省作协副主席、中国作协理事，《飞天》主编。我曾对文友戏言，斯时的杨文林，“炙手可热”，“权倾一时”，文联60%的大权、作协80%大权、《飞天》100%的大权均在他的掌控之中。这话虽系玩笑，但也确实较为形象地反映了当时的状况及杨文林在甘肃文艺界举足轻重的地位与影响。好在那是一个文学的“黄金时代”，大家的心思都用在了文学艺术的事业发展上，没有人说他“擅权”，也没有人指责他“僭越”，大家遵循的原则只有四个字：能者多劳。

正是斯时文联领导班子的团结、和谐及整个文艺界的上下齐心，奋发努力，使原本处于边缘状态的甘肃文学艺术，得以蓬勃发展，独树一帜，以其鲜明而强烈的个性汇入全国文艺思潮的主流。全国第一家省级文艺理论刊物《当代文艺思潮》的创刊；《飞天》由形式到内容的全面的改造升级，由一个默默无闻的地方刊物升华到具有全国影响力的大型文学月刊；直击热点，追踪流变，各种全国性的笔会、诗会、研讨会，接连不断，令人目不暇接，受到全国文艺界的瞩目与好评。

陕西的著名评论家王愚在1984年夏天举行的一次座谈会上，大发感慨。他说：“甘肃文艺界的形势之所以如此之好，就在于被我称为‘小老弟’的杨文林、谢昌余这一批年富力强的同志挑起了大梁，扛起了大旗……而身为‘兄长’的我，在我们那儿仍属小字辈，仍在跑龙套……”

斯时，王愚已担任了刚刚创刊的《小说评论》的主编，“龙套”云云，无疑是他的调侃与自谦，不过“小字辈”倒是较为真实，陕西文艺界的老延安、老革命太多了，论资排辈，他王愚还真得在后边稍安毋躁。

与文学的“黄金时代”形成鲜明反差的，是杨文林的创作进入“歉收”的谷底，甚至可以说是“绝收”。杨文林自叹：“同仁们期望我老树著新花，而我却没有顾上写诗，不能说不是因为忙，编刊物，办笔会，建宿舍，跑经费，要编制，干了很多和写诗无关但和文联、作协、刊物有关的事情，加之，有些年里思想纷争，常做检讨，心情不好，新时期的前十多年间竟无一首新作发表。”（《杨文林诗文集》诗歌卷《北草南花·后记》）。

谈到散文的写作，杨文林同样有“眼高手低”的感叹。无疑这是杨文林文学“自卑感”的由来。杨文林奉献于这个时代，杨文林又愧对这个时代。他所钟爱的文学创作，几乎要被他所竭诚投入的卓有成效的文学组织活动及编辑工作所淹没。

其实，愚以为还有更深层的原因——杨文林对文学的执著、挚爱与虔诚，由神圣而敬畏，任何对文学创作的不严肃、不认真的轻慢行为，都被他视做对文学的亵渎。所以他积累的素材甚多，而动手写作的甚少；而写出初稿经过再三修改、推敲拿出发表的作品则更少。

苍天不负有心人。用心良苦，必有回报。这反倒成全了杨文林，形成了他创作的独具特色——少而精。在许多红极一时、各领风骚三五年的作家、诗人纷纷退潮，“江郎才尽”之时，杨文林却达到了“庾信文章老更成”的大化之境。进入90年代，《人民文学》、《延河》《飞天》推出的他的散文，篇篇堪称精品——《大鼓天音》，蕴含着浓郁的陇原民俗文化，充盈着动人的乡情、乡音、乡韵；《陇头水泊》，牵动陇人与生俱来的盼水、敬水、思水的神经，满怀对家乡自然生态恶化的忧思、忧虑与忧患，氤氲着浓浓的人文关怀；《宝石蓝的华沙车》叙写文坛轶事，感时抒怀，楚楚动人；《豆饭养食忆》回忆的是过去，而针砭的却是当下时弊……

在我们赴延安之前，杨文林已办好了出国手续，准备赴德国探亲。所以我一本正经地对他说：“此行的安排，都是为你准备的——先祭扫黄帝陵，进行民族传统教育；再访问革命圣地延安，对你进行革命传统教育；这二者合一，便是爱国主义教育；免得到了德国，你经受不住资产阶级‘香风’、‘毒雾’的侵袭，挡不住‘糖衣炮弹’的攻击，一去不归，以至干出数典忘祖的事来。”

同车的人都笑了起来……

杨文林边笑边猛拍了一巴掌大腿，说：“你也太小看咱杨某人了！不管怎么说，咱也是建国前参加革命的三类老干部，经受过炮火硝烟的洗礼！我自认马列主义水平是高的。‘清污’时，批我‘自由化’，我至今不服气。这次到德国去，一项重要的任务，就是给德国人讲马克思主义，让马克思的故乡人见识见识咱中国人的马克思主义水平！”

接着是一串爽朗的笑声……

这件趣事已过去十多年了，杨文林的探亲之旅也是去了复来，来了复去，从未听说他在德国讲马克思主义的“盛况”，倒是读到了他一篇接一篇的刊于《人民文学》等大刊上的厚重而充满文化意识的散文——《一面坡上的酒风景》，《克林根酒村的小康》、《诗哉，酒哉》、《文明的纽带》……

这些散文，一改沿袭了数十年的介绍异国风情的旅游散文窠臼，犹如一架超强的内窥镜，直接深入德国这个古老而又弥新的国度，从内里进行一翻扫描与透视，以文化为切入口，让读者感同身受，同作者一起观察、体验、思索不同国家不同文化的多元共存及他们之间的相互影响，相互交融。因此，我们完全有理由称这些散文为文化散文，而且是大文化散文。这儿的“大”不是指篇幅的浩繁冗长，而是指题旨、视角、眼光及胸怀。

杨文林这些国际题材的散文，字里行间跃动着他那“老来的成熟”与自信：“我用汉语凝思异国意象，获得的文学意识不是崇拜，不是猎奇，也不是排拒，而是从不同国家的历史发展、不同民族的文明建树、文化优长的宏观世界中获得文学主题。”(《陇头水泊·后记》)。

10多年的时间，杨文林实现了由文学的“自卑”到“老来的成熟”与“自信”的蜕变。毫无疑问，这是杨文林的优美转身，是他人生迟到了的华彩乐章。这一过程，无异于由蛹化蝶，也无异于凤凰涅槃的烈火重生！期间的汉水与心血，痛苦与喜悦，平庸之辈，难以理解。

有比较才有鉴别。与某些以文学为敲门砖，一旦仕途的大门被敲开便视文学为雕虫小技、或更有甚者弃文学如敝屣的宵小之徒相比，差距岂止天壤！

3、文如其人，指的是文品与人品的统一。但在现实生活中文品与人品不统一、甚至反差很大的情况并非鲜见。所以有文人无行、文人无状之说；所以有文可读，诗可学，人不可交的感叹！

杨文林属于典型的文如其人，其文品与人品可以互相印证，互为诠释。他为人热情，对人真诚，重友谊，讲义气，乐于助人，又常常心怀感恩。

李季、闻捷1958年来甘肃，成立了甘肃省作家协会，并任主席、副主席，兼任了文学刊物《飞天》（当时为《红旗手》）的主编、副主编。正是李季、闻捷对杨文林的赏识与提携，让他实现了由“杨中尉”到（编辑部）“杨主任”的人生转折，走上了他梦寐以求的文学之路。当时，杨文林只有二十六岁。

李季、闻捷来甘肃只有短短二、三年，60年代初李季回了北京，闻捷调任上海。而杨文林对他们关键时的帮助、提携与重用，却铭记终生。

“文革”中闻捷被打成“反革命”，关“牛棚”进干校，在那人人自危的年代，许多人避之唯恐不及，而杨文林却利用出差路过上海的机会，前去看望闻捷——这正是闻捷含冤死去的前一天。患难见真情。没有见到闻捷，成为杨文林终生的遗憾，但“却深深地记住了他生于兰州母亲已含冤去世的孤零零的小女儿赵咏梅一双透着茫然的、怯生生目光的眼睛。这是一种难忘的悲情，使我牵思三十年……”（《陇头水泊·后记》）

上世纪90年代以前，杨文林是不写散文的，而当1979年闻捷冤案“平反昭雪”的消息传来，他竟用两个不眠之夜，写出了情似井喷、泪如雨下的《悼念闻捷同志》的长文，读之，令人扼腕叹息，唏嘘不已，感人至深。

2002年《闻捷全集》出版，杨文林率领、指挥《飞天》的一群新老人马，在兰州举行了盛况空前的“《闻捷全集》出版座谈会”，闻捷的生前好友，甘肃的文艺界、文化界、新闻出版界及闻捷的女儿赵咏梅、上海文学界的代表及《闻捷全集》的责编等200多人出席。会后他又亲自带领赵咏梅经陇东赴陕北闻捷工作过的地方及她母亲的故乡访问，为赵咏梅补上了温馨的一课，体会到了父辈的关怀及大地的温暖……

在座谈会的筹备期间，我经常半夜十一、二点接到他的电话，有时是增加几个与会的名单——杨文林搞活动，只搞加法，不搞减法——有时谈一些会议应注意的细节。我知道，他经历了许多不眠之夜。他的家中，除了汗牛充栋的书籍及刊物之外，很少见到名人字画。谈起原因无非两条：其一，居芝兰之室久而不闻其香。长期在文艺界而且身为领导，与书画家太熟，想不起要他们的作品；其二，想起需要几幅作品补壁时，人家的作品已走向“市场”，以平方尺、斗方、条幅、中堂论价，而且动辄上万，他已不好意思开口了。但是为赵咏梅求字求画，他亲自给一些书画家打电话，要求人家作画、写字，限期必须裱好，作为一项仪式在座谈会上赠送……那口气，俨然他仍是在任的文联领导，在给书画家布置任务。

这儿我还要特别指出，整个座谈会的费用——包括赵咏梅他们数人的往返机票、购书、七八人的陕北之行等，都是杨文林“化缘”所得。杨文林在甘肃文坛苦心经营数十年，乐善好施，广结善缘，人脉极佳，此时得到了回报与验证——多数情况下，只是他一个电话，成千上万的“善款”便能落实……

人间自有真情在。诚然，信然。

滴水之恩当涌泉相报。信然，诚然。

杨文林对待先辈前贤的虔诚态度，令人感佩不已！他继承创新，开拓进取，踏着先辈的足迹前进，踩着前贤的肩膀攀登，成就斐然！不像有的人，武大郎开店，一方面在前辈栽的树下乘凉，又嫌树阴遮住了自己的“光环”，苦心孤诣，制造事端，打倒别人，以显自己的高大，其结果，自然是必然是也只能是心劳日拙，事与愿违！

乡土情，民族情，同志情，文学情，以情动人，以情感人，这是杨文林做人的成功之处，也是他为文的成功之处。

有一篇《陇上文坛四君子》，写的是金吉泰、刘志清、任国一、张国宏四位农民作家、诗人的文学道路及人生际遇；见人，见事，见思想，见作品，很生动，很感人。

其实，这篇文章写作的过程比文章本身更感人。

十多年前，杨文林就常跟我念叨他要写这四位农民作家、诗人。为此，他做了许多动笔前的准备工作，收集他们的作品及相关资料。1958年，他曾前往礼县参加“农民赛诗会”——刘志清就是当时涌现出的农民诗人中的佼佼者——并写了一则通讯刊于当年的《诗刊》某期，可他查了半天没查到，很懊恼。我劝他说，作家写文章与史学家写论文不一样，不必字字有根据，句句有出处。为了有说服力，我以我的亲身经历为佐证——我向邵燕祥约稿，他寄了一篇回忆50年代初在甘肃皋兰县搞土改的文章。文章很有感情，也很有文采，只是岁月的久远，记忆产生了偏差，他把产自当地的两种外型及品质差异很大的梨搞混了，移花接木，将“软儿”写成了“冬菓”。我回信给他，详细描绘了两种梨的差别，希望刊出时予以改正；并表示如有机会进京，我会将“冬菓”与“软儿”各带一些让他品尝，找一找当年的感觉。邵燕祥很快回信，称赞我的信本身就是一篇优美的散文……但是，文章不能改。改了可能更符合生活的真实，但他几十年的美好记忆及感觉没有了……

我说，以前我们总是强调生活真实，历史真实，本质真实，其实对文学而言，更重要的是感觉真实。

杨文林半晌无语。

我的话是否对他产生了影响，不得而知，不过他再未查阅——也再未托人查阅那则写于1958年的诗讯。

杨文林与这四位农民作家、诗人（其中任国一已去世）逾半个世纪的友谊、交往与情感，非常感人，堪称文坛佳话。

2002年9月举办的“《闻捷全集》座谈会”，金吉泰、刘志清、张国宏一个也不能少，全部应邀出席，并安排刘志清发言。刘志清讲他初登文坛时经常受到李季、闻捷鼓励与扶持的生动往事……可惜他口齿不清，加上浓重的礼县方言，大家难以听懂。于是杨文林急忙“救场”，将刘的发言“译”成他那略带临洮味的普通话，场面十分感人。

“陇上文坛四君子”健在的三人，金吉泰、张国宏分居兰州的东西两个郊区县——榆中与永登，所以与杨文林时有来往，过从较密；唯有刘志清身居距兰州500多公里外的礼县山区，平时难以见面；“《闻捷全集》座谈会”虽然邀他参加，毕竟来去匆匆，加之杨文林第二天一早即带赵咏梅去了陕北，未及促膝长谈，甚觉遗憾。事过之后，杨文林经常念及此事。对于他的心事，我自然是心知肚明。2005年7月初《飞天》在陇南的康县办笔会，我安排提前两天出发，绕道礼县，以了却老主编的心愿。

我们到达礼县县城已经很晚了。第二天一早，年轻人还在熟睡中，我陪同杨文林驱车30多公里，前往刘志清家中。此时的刘志清，仍不失农民本色，老而弥坚，已下田干活，我们等了半个多小时，他带着满脚的泥土，闻讯从田野归来。对于我们的突然造访，刘志清唏嘘再三，感慨不已。他告诉我们，为了出诗集，县委书记特批给他三亩河滩地，免征农业税，收入用于出书。他说，今年“文学田”丰收在望，如此下去，三年后，出书似无问题。

刘志清对文学一生的追求与执著，贫困地区领导对文学别样的关爱与支持，令人感动复感叹！

我们在礼县停留一天，第二天离开时，杨文林执意还要到刘志清燕子河滩的“文学田”看看。我们两天内的第二次造访，自然又给刘志清的“庵房”——田头看瓜、看菜的土房——带去一阵意外的惊喜！刘志清的“文学田”务弄得很好，菜园、果园、瓜田、庄稼地，脚下的河，远处的山，依次展开，犹如一首优美的田园抒情诗，硕果累累，一派丰收景象……

临别，刘志清送我们两大兜现摘的带刺的露珠尚存的黄瓜，我们吃了一路，到康县尚未吃完……

半个多世纪的情谊，十多年的构思酝酿，玉成了《陇上文坛四君子》。

情之所至，无际无涯……

4、作为《杨文林诗文集》的阅读感受，至此似乎应该接束了。但又总觉得言犹未尽，意犹未尽，还有一些似乎与诗、文无关但却与杨文林有关的话想说。其实与杨文林有关就是与他的诗文有关。

我于1982年调入甘肃省文联，成为正在创办中的《当代文艺思潮》的一名普通编辑。斯时杨文林已是叱咤文坛的风云人物，但他不是我的直接领导。我的顶头上司是谢昌余。因此，我们打交道不多，对于他我是敬而远之，他视我则“目中无人”。仅此而已。我们真正的交往是从“清污”与批“自由化”开始的。我们成了同一战壕里的“难友”，犯了“自由化”错误。不过不在同一层次——杨文林、谢昌余属“大自由化”，所以在大会做检查，我属于小“自由化”，所以在小会检查，无形中我沾了“官本位”的便宜，但都属“态度不好”一族。

疾风知劲草，路遥知马力。

经过这次“运动”，我的心态发生了变化，欣赏杨文林的人格魅力，但不再“仰视”，愿意主动与他接近、接触了。杨文林的心态似乎也发生了变化，认为陈德宏这小子不跟“风”，不卖友求荣，值得交往——这是我的分析，不敢肯定。因为我们之间关系的微妙变化是逐步发展的，我们从未交谈过，只是一种感觉，只是一种心领神会。

我们之间亦师亦友亦领导的关系的建立，是在《当代文艺思潮》停刊，我进入《飞天》工作之后。我戏称《飞天》是杨文林的“领地”。杨文林对《飞天》倾注了太多的汗水、心血与智慧，太有感情。我在《飞天》工作达15年之久，先是担任副主编，后来成为杨文林的隔代传人——主编。杨文林是《飞天》顾问，他真“顾”真“问”，我真听真干。

近30年的交往及耳闻目睹的大量事实，我以为杨文林有许多优点值得学习。

其一，勤奋敬业，实干苦干。

杨文林对文学事业的奉献及献身精神，前文已谈，此处不赘。这儿要说的是爱屋及乌——与文学有关的事他都愿干，而且是甘之如饴，安之若素。

80年代初，甘肃文联的住房非常困难，许多人都没有住房。谁来建房？杨文林。据报载，斯时从立项到动工，要盖一百多个章子，其困难程度，仅此可见一斑。但房子不仅建成了，而且成为全国的“新闻”——甘肃的文学艺术家住上带浴室的楼房啦！其实今天看来，杨文林的“超前”，仅仅是把“厕所”改成了“卫生间”，增加了一个“浴盆”而已！就是这个“而已”，让杨文林获得了满堂彩。

但是问题接踵而至：甘肃文联的办公地点原为中苏友好馆，属国务院管理，中苏交恶，苏联专家撤走，李季运用他的影响，经国务院批准转为甘肃文联、作协使用。“文革”中文联、作协被撤销，鸠占鹊巢，此地被某权力机关占用。文联建宿舍时，他们就百般阻挠，无奈杨文林手眼通天，领导批了，他们也没有办法。如今一帮“臭老九”不仅住上了新房，而且“超标准”带“浴室”，心理不平衡便油然而生。于是事端频发，摩擦丛生。文联显然处于弱势，因为卡脖子工程——水、电、暖气在人家手里，于是来了个三断——断水断电断暖气。文联的文人们，被人们称为“外战外行，内战内行”。怎么办？又需杨文林出马。

杨文林也真有绝招与奇招——请肖华来文联做客。肖华时任兰州军区政委，兼任甘肃省委书记。肖华了解情况后，立马给时任省长的陈××打电话，严厉地批评了此事。

打过电话之后，“故障”很快排除了，实现了“三通”，而且之后再未出现过“故障”……

“秀才遇上兵，有理说不清”。这话流传了千百年，被杨文林改写成了“秀才遇强权，将军来声援”。

70年代初《飞天》复刊，遇到的最严重的问题便是稿荒。巧媳妇难为无米之炊。解决之道就是办创作学习班——现在称做笔会。每次办笔会，少则一个月，多则四五十天，杨文林每次都坐镇指挥，坚持始终，极少回家。一次笔会在省委组织部招待所举办，一天晚上杨文林突然接到他爱人的电话，说小女儿病了，发烧……对方话未说完，杨文林就发开了脾气，大声说道：“孩子病了，你给我打什么电话！你是大夫，该打针打针，该吃药吃药！给我打电话，我能去给孩子看病吗?!……”

这是谢昌余告诉我的。说这话时，谢昌余没有褒或贬的意思，只是说明杨文林是个“工作狂”，干起工作什么家庭、爱人、孩子，全抛诸脑后了。我这个听众心里则五味杂陈，直至今天我仍然弄不明白，杨文林的这档事，是对还是错？是该表扬还是该批评？

其二，工作高效，注重细节。

工作高效的事我们就不多说了——文联的事，作协的事，《飞天》的事，他事事关心；分内的事，分外的事，特别困难的事，别人办不了的事他都要管，都要办，没效率观念行吗？

80年代初，我们的国家刚从十年浩劫的噩梦中醒来，计划经济的显著特点——低大铁——低效率、大锅饭、铁饭碗仍根深蒂固。在此背景的映衬下，杨文林的工作高效便弥足珍贵。

杨文林在工作中还特别重注细节。在现实生活中，许多事的成、败，好、坏，往往取决于细节。

比如杨文林在任时，几乎每年都办大型的全国性的文学活动——笔会、诗会、研讨会、编辑会等，少则数十人、近百人，多则达200多人。甘肃偏处西北一隅，经济欠发达，办这些活动困难重重。第一，谁组织活动谁筹集经费，谁安排一切；第二，既然你搞活动，外地朋友要求沿丝绸之路到敦煌参观访问便在情理之中。大家只知敦煌在甘肃，殊不知敦煌距兰州还有1200公里，因此，每次活动至少要安排12天。也就是说，甘肃要搞一次活动所需的时间、经费、精力，等于外省搞三次活动。但每次活动都很圆满成功，原因就在于杨文林对活动的每一个环节、每一个细节都考虑到了，使活动自始至终在自己的掌控之中。

其三，才华闪现，偶露峥嵘。

杨文林自称“眼高手低”。

“眼高手低”对作家、诗人而言，属于“硬伤”，是致命的；对编辑而言，影响并不大，只要你有鉴赏力，把好作品选出，别留遗珠之憾就行了。当然，编辑最好也能“眼高”“手也高”，创作上甘苦自知，便于与作家、诗人交流、对话，有利于对作家、作品的理解、把握。当编辑的最怕“眼低”，“手也低”，尚且不自知；如果再自我膨胀，误把“双低”当“双高”，就不仅是遗害刊物，造成的更是文学的悲哀！

对杨文林的“眼高手低”说，我有些存疑。

1985年7月，甘肃文联、作协组成了12人的代表团前往新疆伊犁参加盛况空前的“西部文学研讨会”。这次会议开的时间很长，内容很丰富，很成功。这次会议的高潮是闭幕式，而掀起闭幕式高潮的关键人物是杨文林和谢昌余。

闭幕式上，杨文林朗诵了他的即兴之作《鲜红的象征色》。其中有这样一些诗句：我没有走进伊犁河渔场/那里离国界太近/沿着开阔的伊犁河谷/拉着苏维埃社会主义共和国的铁丝网//……鱼族没有国籍/在那边下游恋爱/在这边上游生育/度过一年一度的蜜月/再回巴尔喀什湖生息/如果，不幸触上这边或那边的河栅，也会酿成别离的悲剧//……

意识形态的严重对立，使生活在河中的鱼也失去了自由。渴望中苏关系的解冻，渴望国家与国家、民族与民族之间的沟通、理解与和谐……杨文林唱出了新疆各族人民的心声，因而受到了与会者的热烈欢迎，特别是维族和哈族朋友，不仅鼓掌，而且起立欢呼。一位维族诗人，走上台去，与杨文林又是握手，又是拥抱，“啃”了半天之后，又把他们民族宝典——枕头般厚的大书——《福乐智慧》赠与杨文林，以示谢意。

谢昌余最后做会议总结，也很成功，获得了满堂喝彩；同样也获得了维族朋友赠送的《福乐智慧》。

归途，武玉笑对这次会议给予了八个字的评价：新疆搭台，甘肃唱戏。

其四，大度宽容，敢爱敢恨。

1983年9月15日至10月底，《飞天》与金川公司联合举办笔会，来自北京、上海、江苏、湖南、湖北、安徽、山西、陕西等省市的青年作家贾平凹、谭谈、李锐、梁晓声、方方、陆星儿、程乃珊、王振武、竹林、黄蓓佳、史晶晶、周矢、王大鹏、谭元亨、陈奂新及省内作家30多人与会。笔会期间，时任甘肃省委书记的杨植霖亲自前往笔会驻地金昌市看望大家并合影留念。

这次笔会在那个年代是否创了记录？不好说。但时间之长（45天），范围之广（作家来自9省、市）人员之多（30多人），规格之高（省委书记看望、接见、合影），足以彰显杨文林办事的大手笔，大气魄，大气象。

有几分耕耘便有几分收获。这次笔会自然是硕果累累，与会作家大多留下了本人及编辑部都满意的作品。贾平凹的中篇《鸡窝洼的人家》就是这次笔会的收获，《飞天》准备将其作为这次笔会的成果展示，重点推出，可贾平凹说他还要再修改修改。这一修改，再无下文，数月后在某大刊发表。编辑们意见很大，而作为主编的杨文林则表现了少有的冷静、大度与宽容。他说，办刊物当然需要留住好稿子，可作者有作者的心思，总希望自己的作品能在国刊、大刊发展，产生更大的效益与影响。我们要学会设身处地，换位思考。人往高处走，水往低处流嘛！

类似的情况，在本省作家身上也时有发生，这大概就是人同此心，心同此理吧。

但是，如果你据此认为杨文林是一位无原则的老好好先生，那就大错特错了。我就曾目睹过杨文林金刚怒目的一面。

1988年夏，我同杨文林一起陪湖北作协老领导骆文及其夫人王淑文赴敦煌参观访问。事毕，送走客人，出于时任嘉峪关市市长孙一峰的友情与盛情，邀我们在嘉峪关小憩数日。一日早晨，我们按点前往宾馆餐厅就餐，不料因故推迟，于是我们返回房间。回到杨文林的套间，正遇一男一女两个服务员拿着杨文林的东西往外走，表情怪异，行为鬼祟……

“你们干什么？”杨文林问。

“首长，来了个日本人，给你换个房间，这个套间安排给日本人住。”女服务员怯生生地回答。

杨文林勃然大怒：“不行，岂有此理！日本人比中国人多长两个脑袋吗？我是你们市长请来的客人，能这样对待吗？去，把你们经理给我叫来！”

经理没敢来。当然，房间也没有换。

有一位Y君，大学毕业即在杨文林手下工作，杨文林对其优厚有加，工作上委以重任，生活上多方照顾，“文革”骤起，机构撤销，大多数作家、艺术家都下放农场、干校，杨文林则千方百计利用各种关系将其安排到企业，使其免遭新婚离别之苦；《飞天》复刊，杨文林又颇费周折调其归队；分房子予以照顾；80年代初的一次调资，5%的比例，四舍五入，编辑部好不容易分到一个指标，大家望眼欲穿，杨文林还是照顾了Y君，招来非议不断……可就是这位Y君，在“清污”及“反自由化”中，为了向新来“纠偏”的领导靠拢，落井下石，大倒“苦水”，诉说杨文林、谢昌余如何“迫害”自己，如何“打击”、“排挤”自己……新来的领导急于招兵买马，壮大队伍，指示党支部发展其入党。

智者千虑，必有一失。这位Y君忘了，他的入党申请表是一年多前填写的，介绍人填的正是杨文林、谢昌余。在支部开会的前一天，杨文林把谢昌余叫到办公室，郑重而严肃地说：“谢昌余，我告诉你，此人品质恶劣，不能介绍他入党。明天我不参加会，你也别去。如果你去，我杨文林跟你断交——从此一刀两断，再不来往！”

有情自是真豪杰，敢恨未必不丈夫。

80年代初，社会上流传着一则顺口溜：“犯不完的错误，站不完的队；做不完的检查，流不完的泪。”也就是说，“文革”给人们造成的心灵戕害尚未完全平复，“施恩图报非君子，知恩不报是小人”的知识分子道德标准亟待恢复、重建。在此情况下，人在矮檐下，低低头，为了自保，“重新站队”，也在情理之中，是可以理解，可以容忍的。

杨文林不能容忍的不是知恩不报，而是落井下石，恩将仇报！

……

最后，套改《三国演义》的两句卷首诗，为此文作结——

清茶一杯喜相逢，

人生多少事，都付笑谈中……

2009 年　国庆·中秋

北京—兰州

段文杰的敦煌梦

段文杰五十年来只做了一个梦——敦煌梦，而且希望梦能成真。然而半个世纪的坎坷告诉他，梦而成真是多么的艰难……段文杰的敦煌梦始于1943年。当时他是重庆国立艺专的学生，师从傅抱石、陈子佛、李可染等国画大师。凭着他的天分、才气及勤奋，按照正常的轨迹运行，完全可以成为一位国画家，甚至可以造就成为一位国画大师。然而一个偶然的事件，改变了段文杰一生的命运。

这一年张大千在重庆办了一个敦煌临本画展，轰动山城。段文杰一半是出于对张大千的崇敬，一半是出于对敦煌的神往，咬咬牙，花了50元法币，看了半天展览。这一看不得了，他被迷住了。每一幅壁画都堪称世界珍品。《维摩诘图》和《帝王听法图》尤其令人赞叹不已。前者维摩诘停摆手中羽扇，目光炯炯，身体微向前倾，希图在对方语言出现漏洞时伺机反击；后者大腹便便，雍容大度，帝王威严一目了然，随行臣僚，情态各异，十分有趣。大型壁画《五台山》、《张义朝统军出行图》，构图之奇巧，艺术之独到，气势之宏阔，在世界壁画史上无不独领风骚。还有绘于西夏的水月观音，身材构图匀称，肌肤柔美质感，胸前瓔珞、腰间丝带的飘逸、流动，投手的姿势，安详、娴静、自若的神态，无不令人叹为观止。这幅被誉为东方“蒙娜丽莎”的水月观音，比达·芬奇的《蒙娜丽莎》早好几百年。

面对张大千的壁画临摹精品，一股民族自豪感，伴随着为敦煌艺术而献身的激情，在段文杰的血肉之躯激荡升腾。他决心已定，到敦煌去！段文杰从重庆国立艺专毕业后的1945年上半年，经过简单的准备，凭着热情与勇气，踏上了去敦煌的迢迢路程。

段文杰以为敦煌在甘肃，甘肃的省会在兰州，到了兰州就离敦煌不远了。可是，当他风餐露宿，历尽艰辛到达兰州，才知道到敦煌还有一千一百多公里，比重庆到兰州的距离还远。这期间由于国民党教育部以经费紧张为由撤销了敦煌研究所，常书鸿先后赴重庆为恢复研究所，同时也为经费、为物资供应而呼吁而奔波……总之，像唐僧取经一样，经过九九八十一次磨难，段文杰于1946年中秋节前夕才到达敦煌。

初到敦煌的段文杰，为莫高窟那博大精深的文化氛围所感动，被融古建筑、雕塑、壁画于一体的莫高窟艺术所吸引、所陶醉。在实际的洞窟面前，在瑰丽多彩的壁画面前，较之参观张大千的画展，则是另一番感受，另一番滋味，另一番境界。于是他全身心地投入了工作，白天靠着透进洞窟的微弱阳光，晚间伴着青灯，夜以继日，废寝忘食地临摹壁画。经过一段热情迸发的工作之后，段文杰陷入了深深的苦恼之中。他的苦恼不是来自交通不便，环境荒凉，夏天的酷暑，冬天的严寒，白天的风沙，夜晚的狼嗥，物质的匮乏……这能忍受，因为他有思想准备。他的苦恼主要来自精神方面。号称研究所，实际上包括上、中、下三寺的和尚在内只有14人。所谓研究，实际上只是临摹壁画。保护根本谈不上，各洞窟连个门都没有，造访者可以直入直出，壁画、塑像被盗事件屡有发生。遗书文献的研究，更是无从谈起。他知道，这是时代及制度使然，他盼望着制度及时代的彻底变革。

敦煌解放了，新中国成立了，步入“而立”之年的段文杰，深深感受到了新生的振奋与愉悦——政治上翻了身，精神上不再感到压抑。一野司令员彭德怀下达了“保护好千佛洞”的手令；部队派车接他们到城里开庆功会，酒泉地委接他们到酒泉过年；温饱问题解决了，物资供应改善了……解放伊始，段文杰就感受到了党的关怀，解放军的温暖。他长长地出了一口气——敦煌梦可以重新开始了。

思想的解放，精神的自由，必然促进艺术生产力的发展与腾飞。这一时期的段文杰，充满了青春活力，浑身有使不完的劲，创造的欲望燃烧得他整日不得安宁，一进入洞窟便能产生灵感，一来灵感，便能进入创作状态。前人临摹壁画，往往把画稿钉在壁上，把壁画弄得疤痕累累。段文杰认为这是罪过。他靠着深厚的基本功，白手起稿，从不动壁画一指头。临摹壁画是一件神圣的事业，来不得半点马虎与随意。严肃、科学、认真，是段文杰一贯奉行的宗旨。比如壁画中有一幅《都督夫人礼佛图》，因年代的久远，加上人为的破坏，部分壁画已经剥落，在以前的临摹作品中，有的干脆把剥落部分作为空白留在画中，有的则随意添加，使得作品不统一，不协调。段文杰则不然，他查阅了大量的历史文献资料，对当时的风俗、时尚，包括华盖、服饰、发型都进行了深入地研究，又参照壁画中同一历史时期的作品，将剥落的部分复原。历经四个月完成的这幅等身巨像临摹画，受到同行及专家的一致好评，被誉为“敦煌壁画最佳临本”。

段文杰共临摹各个时期的壁画三百四十多幅，一百四十多平方米。其主要作品，多出自这一时期。至今，在许多国家展出引起轰动的壁画临摹精品，许多都是出自段文杰的手笔。其中有一幅精品中的精品《胡旋舞》，悬挂在敦煌研究院会客室的正中，画中人物的丰富表情，旋转的韵律，婀娜的舞姿，绚丽的色彩，观者无不拍案叫绝。一位日本友人，会见后看着这幅画久久不愿离去，愿出被中国人看作是“天文数字”的高价购买这幅画。段文杰笑着说：“敦煌是中国的，莫高窟是中国的，这幅临摹画也是属于中国的，你出多少钱我也不卖”。这当然是后话了。

正当段文杰鼓足风帆，开足马力，满怀信心地向着敦煌学的未知领域航行时，一场政治风暴——1957 年的“反右”斗争打破了他的敦煌梦。解放前来的他的几位志同道合的同事被打成了“右派”。段文杰起初也被打成了“右派”，只是上级主管部门没有批，定了个“控制使用”。但这并没有本质的区别，因为在当时的领导人的眼中，批准的是“戴帽右派”，没批准的是“不戴帽右派”——反正都是“右派”。段文杰同那几位被打成“右派”的同事，都来自“四川”，于是便有了一个雅号——“四川反党小集团”，而且把段文杰看成是这个“小集团”的事实上的头头。

段文杰再次陷入了深深的痛苦之中。同以往一样，他的痛苦不是来自物质方面——当然，挨饿受冻是一种痛苦，但那是一种浅层次的痛苦；更深刻更深沉的痛苦，来自精神的熬煎及对灵魂的拷问。在“反右”刚刚过去的那段时日里，每当夜深人静，妻子儿子熟睡之后，段文杰便开始了“原罪论”式的自我检查，自我反省，自我批判，怀着既惶恐又虔诚的心情，试图找出自己“反党”的社会根源、历史根源、阶级根源、思想根源……经过几个不眠之夜，经过“灵魂”与肉体、“自我”与“本我”的讨论、辩论、诘难、商榷，思路逐渐明晰起来，求同存异，达成共识：段文杰，你理想太多，抱负太大，事业心太强，业务太突出，建议太多，意见也太多。最终得出结论：病从口入，祸从口出，言多必失。于是制定了今后的处事方略：沉默。不知哪位哲人说过，沉默是最大的蔑视。其实，那个时代的段文杰，是没有权力没有资格没有勇气蔑视任何人的。恰恰相反，他本人倒是常常成为被蔑视的对象。他的沉默，充其量只是为了生存而采取的自我封闭、自我保护的手段。

1962 年，当国家刚刚从天灾人祸兼而有之的三年困难时期的阴影下摆脱出来，于是又记起了文化。文化部副部长徐平羽率王朝闻、刘开渠等一批专家学者来敦煌检查工作，点名让段文杰参加会议。开了一天的会，段文杰奉行既定方针，只带耳朵，不带嘴巴，一言不发。王朝闻十分奇怪，轻轻问："老段，你怎么不发言?"回答极简单极冷静："我属控制使用，无权发言"。徐平羽回到兰州，请省委立即派人甄别。省上派来一位老干部，看了关于段文杰的"内部材料"，非常气愤。他深入调查了一个月，宣布平反。在这位老干部的力荐下，段文杰担任了主管学术研究的委员之职。

如果说57年的"反右"斗争使段文杰元气大伤，那么"史无前例"的"文革"则几乎使段文杰陷入了灭顶之灾。这位敦煌研究的学术带头人，一夜之间变成了"死老虎"、"坏分子"、"牛鬼蛇神"。工资降到每月四十元，住"牛棚"，种田、看洞子、挨批斗成了他的家常便饭。后来随着"文化大革命"的深入，"清理阶级队伍"开始了。段文杰自然在"清理"之列，造反派要把他遣送回原籍。四川老家是万万不能回的，中国人讲究衣锦还乡，而"遣送"是比古时候的"发配"、"充军"还要惨的下场，回去无颜见江东父老。他提出留在敦煌县，无论多么艰苦的地方都可以。后来，他被分配到郭堡公社深湾大队当农民。至此，段文杰的敦煌梦算是彻底破灭了。临行前，他把珍藏了半生的与敦煌研究有关的200册图书送给了研究所。心想，此生再也无望从事敦煌学研究了，这些书给后人铺个路吧。余下的书打成捆，以每斤几分钱的价钱卖掉，居然卖了几十元。此时的段文杰，没有了悲伤，没有了痛苦，因为他已经麻木了。哀莫大于心死，没有悲伤，没有痛苦，也许就是最大的悲伤，最大的痛苦。

农民是很实在的，也是很质朴的。他们对人的评价，不看你的历史，不看你的出身，甚至也不看你戴着什么"帽子"，只看你的现实表现。而段文杰唯独"现实"表现不怕人看。让他养鸡，鸡成群；让他养牛，牛滚瓜流油，四蹄硕健。最后把全队最困难的养猪工作交给了他——老母猪即将下崽，根据以往的记录，老母猪下崽死的多活的少。这次要看老段的了。段文杰搬进饲养场的第二天，老母猪临产了，他正好赶上当"接生婆"。由于他的精心饲养与照料，老母猪母子平安，13只小猪崽长得活泼健壮。之后，搞副业，生产土化肥，画村史，写春联，写家信，义务理发，他什么都干。不久，老段能文能武，能写能画的美名就传开了，并把他作为知识分子思想改造的典型，与工农相结合的典型，接受贫下中农再教育的典型，汇报到县里。县委书记来看他，握着他的手说："老段，你干得不错呀!”

黎明即起，洒扫庭院；日出而作，日落而息。段文杰过了两年舒心的日子。每年分的粮、油、菜自给有余，自己养猪养鸡肉蛋不缺，年终还有二百多元的现金收入。这在当时的历史条件下，无论对段文杰个人来说，还是同全国的农村进行横向比较，都算是上等生活了。如果再同段文杰动荡不定的半生“运动员”生涯联系起来，深湾大队简直可以称得上是他抛锚栖息的避风港，其生活也算得是“田园牧歌”了。难怪段文杰至今对这段生活仍怀着深深的依恋，每每忆及，无限情深。

段文杰“乐不思蜀”，不愿回研究所，但最终还是被接回了研究所。理由很简单，“落实政策”——段文杰至今也不明白，“政策”何以老要“落实”。1980年省委正式任命段文杰为敦煌研究院院长。年过花甲而受命于危难之际的段文杰，深知这副担子的重量。在我们大搞斗争哲学，内乱不已，内耗不止，相互倾轧之时，国外的敦煌研究已取得了突飞猛进的发展。当时国际学术界流行着一句话：“敦煌在中国，敦煌学在国外”。这是炎黄子孙的奇耻大辱！段文杰立志要改变此种状况，他上任伊始便向国家文物局保证：“我们一定要摘掉‘敦煌在中国，敦煌学在国外’这顶落后帽子。”1981年小平同志来敦煌视察，段文杰汇报了自己的决心及设想，得到了小平同志的肯定与鼓励。小平同志指示给研究院拨款300万元，以改善生活条件及科研设施。之后，万里同志受小平委托来敦煌视察，解决困难，又从中央财政拨款1100万元，用于研究院的基本建设及洞窟保护。中央的关怀，省委的领导与支持，使段文杰精神抖擞，干劲倍增。在他的领导及组织下，全院上下一心，协同攻关，83、84两年便初战告捷，取得了一批在国内外都引人注目的研究成果。于是国内新闻媒介进行了宣传，报导了段文杰、樊锦诗等学术带头人的事迹及成果。此次宣传，目的非常明确——对内给敦煌研究院的科研人员鼓劲，对外宣传敦煌，宣传改革开放。

段文杰担任敦煌研究院院长已12年了。这12年正是我国敦煌学研究突飞猛进的12年，是硕果累累的12年——在洞窟保护研究，洞窟的断代研究，壁画内容的研究，石窟文物的考古研究，遗书资料的搜集、整理及研究，中西佛教艺术的比较研究诸方面，都取得了令人咋舌的成果。

这12年，改革开放不断深化，中外学术交流日益扩大，仅国际性的学术讨论会就召开了5次，特别是1987年在敦煌举行的国际学术讨论会，更是盛况空前，影响深远。

这12年，为了弘扬敦煌文化，段文杰来去匆匆，在日本、在法国、在印度，在美国的华盛顿、纽约、旧金山、洛杉矶、费城、波士顿……讲石窟艺术，讲佛教文化……所到之处，大受欢迎。

当笔者为撰写本文而采访段文杰时，他风尘仆仆刚从台湾访问归来。他是为参加“敦煌古代科技展”而到台湾的。这次展览非常成功，轰动台湾。国民党元老陈立夫同他一起回忆了敦煌研究所的创建过程及发展历史……这说明，敦煌这一民族文化的瑰宝，对外有号召力，对内有凝聚力。

这12年，打了一个漂亮的翻身仗，敦煌研究，重返故里——敦煌在中国，敦煌研究的中心及主要成果也在中国，已为世界学术界认同……

至此，应该说段文杰已圆了他的敦煌梦。然而他却又做开了更大更美的敦煌梦——为了给世界范围的敦煌热加温，为了使敦煌走向世界，世界走向敦煌，他计划出160本书——《敦煌石窟全集》100本，《敦煌石窟艺术大观》30本，《敦煌石窟文物考古研究分类专集》30本。他正在筹划世界性的敦煌石窟保护研究基金会。他同日本、美国、意大利、法国、英国等许多国家的学术团体建立了联系，计划引进世界最先进的科学技术保护、研究莫高窟——此项计划已开始实施，日本派来了专家，美国盖蒂基金会也派来了专家，他们带来了资金，带来了仪器设备，也带来了先进的科学技术。他本人还计划写一本高质量、高层次的学术专著，名为《从阿艰塔到莫高窟》，系统地研究佛教文化、佛教艺术，从印度经西亚、中亚、新疆传入敦煌的流变及发展……

……很奇怪，面对段文杰的侃侃而谈，不知为什么我总想到著名作家谌容的短篇小说《减去十岁》。《减去十岁》说的是某机关传出小道消息，因为“文革”延误了10年岁月。中央准备发一个“文件”，给每个人减去10岁，于是机关搞得沸沸扬扬，有人去找“文件”，有人等“文件”。自然“文件”没有找到，也没有等到，但却把人们普遍存在的失落感、荒谬感以及由此而产生的种种心态栩栩如生地展现在了我们面前。

为了补回段文杰被“斗争”掉了的青春，被“运动”掉了的岁月，更为了他的敦煌梦，我希望真的能有那么一份“文件”，给段文杰减去10岁。

不，不能搞平均主义！应该给他再多减去10岁！

1993年于兰州

第三辑　旧雨新知

内容与形式：追求完美

——柳萌散文的美学解读

作为读者我喜爱柳萌的散文已有些年头了，作为文学期刊的编辑我编发柳萌的散文也有不少篇章了。但是很难说我了解更难说我理解了柳萌的散文创作。他的散文犹如一片大海，有时恬静闲适，波澜不惊；有时又巨浪滔滔，波诡云谲；题材的广泛新颖，内容的驳杂厚重；思想的深刻独到，哲理的电光石火；语言的酣畅淋漓，艺术手法的变动不拘，令你很难有一个整体的把握——犹如瞎子摸象，你“摸”到的充其量只是柳萌这头“散文大象”的局部。还好，春节前夕获赠皇皇三大本的《柳萌自选集》——纪实文学卷《空谷回声》、随笔杂文卷《老柳村言》、散文卷《年光岁影》（作家出版社2010年12月出版），令我春节长假，在尽情享受亲友团聚、美食大餐的同时，又有了精神充盈。更为重要的是，它为我阅读柳萌——这位集编辑家、出版家、作家于一身的“老板”，提供了丰富而系统的作品及考察、探求的明晰路径，解决了长期以来我“老虎吃天无处下爪”的困扰与苦恼。

一　命运交响乐　历史沉思录

纪实文学卷《空谷回声》的主要篇章——《早老的青春》，实际上是作者散文体的半生自传。读这些文字令我心灵震撼，我分明听到的是命运的奔突与呐喊，历史的叹息与沉重。

柳萌解放初怀揣年轻人的革命理想及对人生的美好憧憬，参加革命。但不久便尝到了“革命运动”的苦涩——先是以“不安心工作”为由遭整治，次是在“反胡风运动”中以“莫须有”罪名受审查，最后在“反右派”运动中成为贱民，报考北大成为泡影，初恋情人被迫分手……他犹如一条航船，刚刚起锚，便被暴风拆断了风帆；犹如一雏鹰，刚刚起飞便被骤雨打断了翅膀；之后是北大荒、内蒙古22年颠沛流离的“流放”生活。22 年后，柳萌回到北京，转了一个圆圈，重新回到人生的原点，然而韶华已逝，青春不再，徒留无限感慨："当我回首走过的道路，喜悦与伤痛，甜美与酸楚，同时混杂在我的脑海里。我真想说点话，却又不知从何说起，最后只是不住的感叹：唉，二十二年啊，这是我最好的年华，这是生命的春天，然而没有绿色。如果把青年时期所受的磨难，到了中年时期开始的平顺，用雨来比喻我的前半生，真可谓春天的雨秋天晴，这阴雨天实在太长太长了……"

这"春天的雨秋天晴"难道仅仅是柳萌个人命运的写照吗？被这场"雨"凉透心伤透心的人何止万千!？我们的国家，我们的民族又何尝不是如此呢？

柳萌把自己的半生不幸归结为"命运"不无道理。那么"命运"由谁决定的呢？亚里士多德说："我们的性格，是我们行为的结果。"芥川龙之介说："命运非偶然，而是必然，它就藏在你的性格中。"布封的话更简单明了："性格即命运。"

那么，又是怎样的性格决定了柳萌的命运呢？拿柳萌自己的话说是"比较散淡、固执、直率、抗上、不愿受人摆布……"其实读他的作品不难发现，还应该加上他对人对事的坦诚，对文学的执著与挚爱，以及对自由灵性、独立人格的渴望与追求……在正常、健全、文明的社会里，这些属于真善美的性格，本应成为促进社会发展、进步、和谐的重要的积极因素，是应该大力倡导弘扬的。然而在那"以阶级斗争为纲"的"与人斗其乐无穷"的年代，却成了大事挞伐的目标，"罪恶"昭彰的渊薮。由于政治运动一个接着一个，而且往往是后一场运动保卫前一场运动的"成果"，于是柳萌就不得不断地吞食自己性格结出的苦果，饮下自己性格酿造的"苦酒"，像陷入泥淖之人，不断地挣扎，以求自救自保……

柳萌在《二十二年后又归来》中有一段关于苦难的感叹。他先说，起初也相信和接受"苦难是人生的财富"，可仔细一想，苦难"在人们的意识里并非是真正好东西。"最后才说："不过，作为一个有过苦难经历的人，我始终是这样认为：假如你真的经历过苦难了，苦难的感受已经容入你的血脉里，你就必须把它们当作财富，不然，你的种种苦难岂不是白受？"

这段关于"苦难"的一咏三叹的领悟与感慨，可谓入木三分，深刻隽永，充分体现了柳萌关于苦难，关于命运的清醒认识与精微体察。

壮哉，柳萌！败也性格，成也性格。艰难困苦，玉汝于成。性格、困难、命运的博弈，让我们鉴识了一个百折不挠、九死未悔、不向命运低头、敢向邪恶抗争的“卑贱者”并不卑贱的甚至堪称高贵的灵魂及其生命的顽韧与绚烂。

不管自觉与否，柳萌的自传体散文，以及他状写新时期文坛轶闻趣事的《沙滩拾残贝》、凭吊文坛耆宿的《消失的背影》，都是在书写历史——以自己的所见所闻所历所感为线索书写一代知识分子的命运史、心灵史。北京是政治文化中心、人文知识分子的荟萃之地——开个玩笑，即使是“右派”也堪称“精英右派”，北大荒及内蒙是北京“右派”的“流放”地，也是全国“右派”改造的缩影。因此，柳萌笔下的那些真人、真事、真思想、真情感的流淌，那些“右派”的行状、心态及他们的泪水、辛酸、痛苦及灵魂的呐喊、呻吟……无不具有了全国的典型意义。

有人说历史是任人打扮的“小媳妇”，更有激愤极端者，称历史是胜利者的“娼妓”。历史无情也有情。说一千道一万，历史终究还是要回归历史，包括古今中外那些曾“君临天下”、把历史当作“小媳妇”任意“打扮”的人，最终还是得回归历史给他（她）的定位，接受历史的审视与评判。柳萌的那段失去青春的22年，以及其他的文坛旧事，离我们越来越远了。当历史学家将那段历史总结的概念、抽象为干巴巴的几条“筋骨”的时候，柳萌等一批有良知有责任感的作家的作品，会为其注入精、气、神，令这些“筋”“骨”变得血肉丰满而灵动可感。

恩格斯称巴尔扎克是法兰西历史上最伟大的书记员。

列宁称列·托尔斯泰是俄罗斯社会的一面镜子。

这不都是对作家用文学负载历史，书写历史的肯定与褒扬吗?

二、持平民立场　抒草根情怀

在一个追名逐利、物欲膨胀、炫权炫富、各行各业都以“官本位”的标准审时度势的社会，作家坚持平民立场，抒发草根情怀，不仅需要真诚、正义与勇气，而且需要定力与道行。对此，柳萌不仅做到了，而且以一贯之。尤其是他的随笔杂文，绝对而坚定的草根立场，彰显来自平民世界的价值与自信。

柳萌说：“比城市更老的是人，比‘特殊人’更多的是普通人，城市是普通人所建，名人大院官员豪宅，同样出自普通人之手。如果说一座皇皇城郭，古老故事和演变历史，构成她独特的文化，最生动最丰富最久远的，恐怕还是城市平民文化。平民文化即使构不成主体，起码不要轻率地被否掉，给普通人留下点生活记忆，这样的要求总不能算奢望吧！”（《还有多少念想留给百姓》），这不是为平民百姓代言，简直就是他们的宣言。此类为平民百姓争话语权、争生存空间的文字，在柳萌的作品中比比皆是——为郊区被忽视而鸣不平的《被城市地图怠慢的乡村》，呼吁保护地域文化、市民生活习惯的《给普通人保留点情趣》，希望什刹海不要被商场淹没的《让什刹海成为文化街》，此外还有《平民百姓的路》、《平民百姓的钱》、《平民百姓的时间》……

任何一个社会，有平民百姓就有富人、官员；富人有钱，官员有权，如果不受约束再来个钱权交易，很容易异化为鱼肉百姓的特殊的利益集团。解决之道当然在于执政当局的法律制裁，健全的社会监督、监察机制，及道德的自我约束。作家的利器是手中的笔，因此写文章从道德的层面予以劝诫，从厉害的关系予以警示，动之以情，晓之以理，苦口婆心，循循善诱……未必有显著成效，但终归还是在为构建和谐社会尽心尽力尽责。面对富人，柳萌进行了一系列触动灵魂的扣问：《富人们做了多少善事》、《富人经常想什么》、《善事也要讲“成本”》、《坦然面对财富》、《到底是谁的钱》……面对官员，柳萌也提出了一连串的劝告与追问：《更要提倡听真话》、《领导者要善待下属》、《为官岂能无情分》、《谁来惩治吹牛官》、《重举轻落官员笔》、《领导者的话语权》、《别拿“官话”说事儿》、《领导者更应该讲道德》……

柳萌在他的生命历程中，曾长期品尝过失去公平正义的辛酸悲苦与屈辱，深感公平正义比阳光更重要。因此，他的平民立场，草根情怀，悲天悯人，尊重生命，书写弱者的高贵，维护被损害者的尊严，已溶入了他的血脉，化入了他的灵魂，喷涌而出，便是这一篇接一篇的贴近社会，贴近现实，贴近生活，贴近百姓富有温度饱含情感的随笔杂文。

三　内容与形式：追求完美

散文是一种充满悖论的文体。它有点像小说，需要叙事、状物、写人；然而它又不是小说，它需要比小说有更多的熔铸、挥洒与灵动。它有点像诗，需要意境、意象与哲思；然而它又不是诗，它需要比诗有更多的言说、洞见与感悟。它需要谋篇布局、高度技巧；然而在散文大家那里，这一切又需要退避三舍，化为无痕。它是最容易进入的文体，然而进入容易修炼难，修成“正果”更难。当然这是针对纯散文或者说是严肃散文而言的。柳萌将其他两卷分别标注为“纪实文学卷”及“随笔杂文卷”，唯独把《年光岁影》标为“散文卷”，可见作者本人也是有此考量的。

内容与形式：追求完美，是柳萌这些纯散文或者称之为美文的最大最主要的特点与亮点。

有一篇《雪的往事》，堪称此类美文的代表。文章从眼前连下六天的创北京160年来最高记录的大雪写起，触景生情：“每次雪天闲暇看雪景，想起艾青的诗《雪落在北方的土地上》，我的心寂寞得就想哭，为那在不经意中消失的童年，为那在无奈中毁灭的青年，为那在不安中度过的中年，我这一生不就是一片雪花吗？没声息，没有重量。刚刚有点美丽模样，很快就又消融在地上，被污染被践踏成泥巴。”然后“雪，在默默地默默地飘着飘着，我的思绪也在默默地默默地飘着”，承前启后，像电影的慢镜头，反复出现，引出“童年时代快乐的雪”、“青年时代忧伤的雪”、“中年时代不安的雪”……并尽情抒发了不同的感叹：“关于童年雪的记忆，我还有好多好多，每一次都很温暖，每一次都很深情。它们永远是我的慰藉和依恋。”到了青年“这时雪在我心中，再不那么单纯了，踩上去听到嚓嚓的响声，我会觉得它跟我一样，在唱着一首忧怨的歌。我完全能够理解。因为雪的洁白与美丽，如同我年轻的生命，一旦被脚步无情地践踏，变成一摊脏乱烂泥巴，就意味着生命的毁灭，难怪雪要痛苦的诉说。我为能在雪天找到相怜者感到宽慰。”到了中年，已跳出了个人的忧欢，眼界扩展到了对于“类”的人的思考，具有了大悲悯的情怀：“人哪，跟这雪又有什么不同呢？开始还是这样洁白轻盈，无忧无虑地飘落在地上，借助太阳的光辉还会变得美丽，不禁赞美起太阳的恩惠。可后来呢？还不是在太阳的烘烤下，渐渐消融化成一滩脏水，回复到自己原来的模样吗？”

有人说散文是一种无技法的文体，最高的技法是无技法。对不对呢？有道理但不全对。大象无形。所谓“无技法”实际上是对像柳萌等一些散文大家的赞叹，说明他们早已超越了内容与形式的“分解动作”，进入了浑然天成的创作状态，犹如欣赏山水画大师的作品，你被深深地吸引到画作的意境中，忘记自己身置何处，哪里还会寻找构图、留白、运笔、泼墨、渲染等具体技法呢？再回到《雪的往事》。如果像化学的定量分析那样，你可以分析出许多技法元素：首尾照应，结构完整；层次分明，层层递进；触景生情，一咏三叹；修辞上的比喻、隐喻、暗喻，拟人、夸张、象征，联想、通感……甚至你可以用“凤头、猪肚、豹尾”及“形散神不散”这些传统散文理论予以框定诠释。技法太多了，所以无技法。“无技法”是一种境界，并非真的无技法。具体的技法，大家可以学习，可以借鉴，唯有境界是难以借鉴难以企及的。因为它常常蕴藏着作家个人的性格印迹与生命密码。

《雪的往事》是柳萌生命的叹息，命运的悲歌。

还有一篇《雨的记忆》也堪称扛鼎之作。文章以“人生有四季，哪能无风雨”为题记，依时序展开——“1955：忧伤的雨”、“1958：离别的雨”、“1960：失落的雨”、“1980：欣慰的雨”，作者数十年的人生际遇，人情冷暖，悲欢离合，酸甜苦辣，喜怒哀乐，历史的变迁，社会的进步，尽在其中……

如此堪称精品的优秀之作还有很多很多。

柳萌散文的成功，很大程度上取决于他的语言。他语言的突出特点在于他的创造创新与个性化。柳荫在《母亲的肩膀》中有段母亲为三个儿子分肥皂的情景：“这是个吃用都要票证的年月，把自己节省下来的肥皂，为在外地劳动的三个儿子分哪，切成三份儿她又仔细比量比量，生怕哪块切少了对哪个儿子不公。……这时的母亲，与其说是在为儿子们分肥皂，不如说在为儿子们分她的心，似乎更贴切更符合母亲的心意。”一除以三永远还有不尽的尾数，母亲对子女的爱心不是一样永远也尽不完也分不完吗？你可以说这是细节的真实感人，而细节是通过语言来描写表达的。母亲“为儿子们分她心”的形象，将同“慈母手中线，游子身上衣”等描写母亲大爱无疆的形象一起，永远铭记在读者心中。在《自报家门“我是右派”》中，写到好心人劝他不必如此，于是作者大发议论：“说句不中听的话，在那个整人的年代，‘右派’就如同妓女，站当街倒无人议论，藏藏掖掖反而有人说。挑明了倒不失为一种以攻为守的策略。事后的事实证明，我的想法是对的。”一句“‘右派’就如同妓女”，含有多少辛酸与泪水、悲愤与屈辱、呐喊与抗争啊！在《悠然自若一轻帆》中，作者通篇都用对比的手法，从道德情操层面褒扬正派人靠人品赢得尊重，宵小之徒则靠蝇营狗苟获取实利。这两种人通过不同途径都有可能获得职务上的提升。对此，柳萌称之为“正派人的荣升和下三滥的发迹”。“荣升”自然是褒义，“发迹”的贬义并不明显，但有“下三滥”的修饰、限定，再与“正派人”对比，顿时充满了作者思想的温度与情感的色彩。还有在《风的怀念》中，把北大荒跟雪一块奔跑的风——“大烟炮”比做“卖俏的‘泼妇’”，邂逅时的失魂落魄，猝不及防，稍安后的悲喜交集，爱憎交加，尽在其中。此类极富个性的语言风格，加上作者舒缓有致，娓娓道来聊天式的叙写，犹如汩汩流淌的溪水，润物无声地流入读者的心田……

“文学是语言的艺术”。我们的许多作家并没有真正读懂并理解这句话的深刻内涵。生动、形象、准确、鲜明只是文学语言的基本要求，而其内核则是创新与创造。现象与本质之间，便是语言提升的广阔空间。真正的创造性语言是对事物及思想本质的逼近，但永远不能抵达——犹如人类对真理的追求只能逼近不可抵达一样。我们常把语言看作工具、技巧、形式，没错，但这只是它的一般意义，就其特殊性而言，其实更应该是内容。愈是优秀作家的优秀作品，便愈是难以把语言与内容剥离开来。因此才有“诗到语言止”的论断。其实，散文，小说也是“到语言止”。正是在这种意义上，我们看到了柳萌的贡献。当然不局限于对已有语言的使用，更在于他对我们汉语言的创造、创新、丰富与发展。

也正是在这种意义上，我们说柳萌的散文创作仍有提升的空间。

2011 年 3 月

《飞天》与李瑛：半个世纪五任主编的诗歌情缘

——祝贺《李瑛诗文总集》出版

首先，我要向李瑛老送上我最热烈最衷心的祝贺：祝《李瑛诗文总集》出版。

这祝贺不仅代表我个人，更代表来自祖国大西北的文学期刊《飞天》及其全体编辑同仁。

八十多年的岁月，李瑛老创造了许多传奇——这等身的巨著《李瑛诗文总集》是他生命符码的累积，是他文学创作的传奇；耄耋之年笔耕不辍，成为诗坛常青树，岁月不老松，诗质诗艺臻于完美，进入“庾信文章老更成”的大化之境，是他生命力旺盛的传奇。李瑛老还创造了一个鲜为人知的传奇——与偏处西北一隅的文学月刊《飞天》的诗歌情缘，这一情缘历经半个世纪的风雨五任主编，及众多副主编、诗歌编辑，而且还是当下进行式——正向新世纪的第二个10年延伸……

《飞天》创刊于1950年8月，风雨兼程，至今已走过了一个甲子的岁月。1958年李季、闻捷到甘肃创建甘肃省作家协会，任主席、副主席并兼任《飞天》的主编、副主编。两位大诗人办刊，并且接下来的两任主编杨文林、李云鹏也是诗人，这就奠定了《飞天》重视诗歌的优良传统，编辑部陆续地集结了于辛田、段玫、何来、张书绅、师日新、李老乡等一批有才华有敬业精神的诗人编辑，同时也约来了全国一些著名诗人的诗作，其中包括李瑛、公刘等人的诗作。从此一发而不可收，这一诗歌情缘，历经李季、杨文林、李云鹏、陈德宏、马青山五任主编，至今仍在发展中……

《飞天》与李瑛因诗歌而结缘，其深层的原因是文学刊物与诗人的惺惺相惜。李瑛老在2009年6月18日给我的信中说：

> 过去因赞赏《飞天》对诗支持，重视培养新人，发表了一些不错的诗作，所以才愿联系。甘肃是我国的诗歌大省、强省，是和你们大力支持分不开的。应该向《飞天》、向主持工作的李

云鹏、你和编辑工作的同志们致深深地谢忱。

2008年北京大学牵头，国内十多家权威科研机构组织实施了四年一度的全国中文核心期刊评选，《飞天》与《人民文学》、《收获》、《当代》等25家刊物，从国内448家刊物中脱颖而出，被评为文学作品类核心期刊。这在《飞天》属首次，在西北五省区是唯一。评选的条件及过程我不清楚，但有一点可以肯定，那就是与《飞天》长期一贯地注重诗歌的优良传统有关。与同类期刊相比，《飞天》提供给诗歌的页码是最多的；举办全国性的诗歌散文大奖赛是最多的，举办省内及全国性的诗歌笔会、研讨会是最多的，长达十五六年，每年年终办一期诗歌散文专号，也是最多的，特别是"大学生诗苑"持续二十多年从未间断，被学界称做新时期校园文学的滥觞与渊薮。

为此，我写信向李瑛老报告了这一喜讯。我说：

《飞天》注重诗歌传统的源流，可追溯到李季、闻捷主政《飞天》编务时的思路与贡献，更得益于像您这样的有成就有影响的大诗人、老诗人的支持及后来中青年诗人的追随与跟进。

谢谢您在近一个"甲子"的岁月中对《飞天》的垂青、支持与厚爱。

李瑛老与人交往中的高贵之处是他的友善、谦和与平等。李瑛老在军中资历很老，职务很多——主编、社长、将军、部长……但他在与《飞天》的交往中始终只有一种身份：诗人；而《飞天》同仁也只有一种身份：编辑，或者是编辑兼诗人。因此，在长期的交往通信中，谈论的只有诗与文学。如果把李瑛老与《飞天》编辑同仁的通信集结起来，毫不夸张地说可以出一本关于诗的通信集。其执著文学，平等待人，由此可见一斑。

1993年8月，《飞天》举办了两项全国性的文学活动，一是以老主编杨文林为首组织了全国一百多名诗人，诗评家、编辑参加的"兰州诗会"，李瑛出席，会议沿古丝绸之路上的武威（凉州）、张掖（甘州）、酒泉（肃州）、嘉峪关至敦煌采风。沿途凡留下了李瑛的足迹处，便同时也留下了诗——《李瑛诗文总集》第六卷中的《祁连山寻梦》所收31首诗，就是他此行用汗水与心血浇灌的诗的奇葩。另一项活动是李云鹏与我负责与以高洪波为代表的《中国作家》在金川公司支持下联合举办的“敦煌笔会”，有唐达成、蒋子龙、陈丹晨、程树榛、杨匡满等参加。“兰州诗会”的诗人们早我们数日造访敦煌，所以当我们一行与段文杰院长会见之后，请唐达成在签名留言簿上题词时，首先赫然在目的是李瑛的题词。唐达成边笑边对段院长说：“叨陪大诗人之后，我深感荣幸”。说着，挥笔题写了：“国之瑰宝，美轮美奂”八个字。谈笑间流露出一个大评论家对一个大诗人的尊敬与友谊。

我与李瑛老还有一段小插曲，亦可称为轶事，或许也可称为佳话。2006 年 7 月 17 日李瑛老给我写了一封信，并随信寄来了诗五首。斯时我已退居二线，担任了《飞天》名誉主编，闲居北京，不再上班。当我 2009 年 5 月返兰见到来信及诗作时，已被尘封近三年了。我感到很愧疚。于是我写了一封长信向李瑛老谢罪，同时也报告了作为第一读者读他新作的心得体会、收获与喜悦。然后我将信寄给了李瑛老，复印件与诗作转交给了我的继任者马青山。马青山也不敢稍有懈怠，将诗五首及我的信随即签发，于这一年的《飞天》七期刊出。

仿佛是冥冥之中的一种安排，《飞天》与李瑛老的诗歌情缘，不经意间完成了一次老、新主编之间的交接、传承。

李瑛老，最后我要对您说的是：卸任的主编杨文林、李云鹏、陈德宏与你“友谊长存”，现任的主编马青山及年轻的编辑们，会一如既往地与您老携手并肩，续写新的诗歌情缘，再创新的文学传奇……

2010 年元月 10 日

北京

欲说敦煌好困惑

——雒青之与《百年敦煌》

如果我说我曾“数十”次造访过敦煌，可能有些夸张；如果调过来变成“十数”次，可就并非虚言了。自上世纪80年代起，因工作关系，经我陪同前往敦煌参访的中外作家、艺术家、学者不下百人；最多的一年竟去过4次。为此，我夫人戏称我为“敦煌出差专业户”。因此我结识了敦煌研究院院长、著名的敦煌学家段文杰，并采写了报告文学《段文杰的敦煌梦》；也因此，每当与朋友谈起敦煌，我都会眉飞色舞，滔滔不绝，大谈壁画如何精美，塑像如何传神，洞窟的型制如何独特，藏经洞出土的文物、典籍如何轰动世界……

我自以为了解了敦煌，理解了敦煌，并为敦煌及敦煌学的博大精深而感到骄傲与自豪。

可是，当仔细读了雒青之赠我的《百年敦煌》（上海三联书店2007年4月出版）之后，深深地陷入了困惑，我返复地追问自己：我真的了解敦煌吗？我真的理解敦煌吗？

困惑之一，是对王道士——王圆箓的认知与评价。

道士王圆箓是藏经洞的发现者。可就是这样一个王道士，在百余年的敦煌研究中，评价几乎都是负面的，几乎变成了敦煌与敦煌学的千古罪人，以其“愚蠢”、“勾结”、“盗卖”而被钉在了“历史的耻辱柱上”。理由就是他以区区1200（斯坦因700伯希和500）大洋，把大量的典籍文物拱手“送”给了洋人。

事实果真如此简单吗？

《百年敦煌》钩沉历史，抽丝剥茧，为我们刻画了一个别样的王道士。

统治阶段思想就是统治思想。普天之下莫非王土。作为大清王朝风雨飘摇之际的臣民，他虽然文化不高，但能凭着对宗教的信仰与虔诚（尽管他的宗教思想很混乱，他以道教之身管理佛教圣地即见一斑），自觉地承担起管理、保护、修善莫高窟的重任，也绝非愚不可及的等闲之辈。因此，基本的社会准则与行为准则还是懂的。所以当他发现藏经洞后，除了保密并严加看管之外，首先想到的就是官府。他选了一些经卷送给当时的敦煌知县严泽，希望官府加以保护；而严泽则毫无反应。1902 年王道士怀着同样的希冀，又选了一些经卷送给新上任县令汪宗翰；而“汪学识很好，对于历史文物有相当认识”，一看便知道这些东西的价值，但也只是“将此事上报甘肃省”或“从王道士手中拿走一些敦煌卷子、文物和拓片送人”而已。甘肃学台叶昌炽，“他学识渊博，尤长于金石、版本、校勘之学，是我国有名的金石家”。他于 1903 年得汪宗翰寄给他的莫高窟石碑拓片、佛像和写经后，虽然从学术上作了一些重要的考证和纪录，并建议将这批文物送兰州保管。“建议”很好。可谁来执行呢？六七千人洋的运费谁来出呢？最终也只能不了了之。

求告无门，于是取之于敦煌，用之于敦煌，便成为王圆箓出卖典籍文物的主要动因。王圆箓对宗教的信仰与虔诚是毋庸置疑的，因此，他对莫高窟的管理、保护、维修的热诚也是毋庸置疑的。除了造像之外，王圆箓还参与或直接完成了“九层楼”、“三层楼”、“古汉桥”等的修建，补葺大小佛洞，增添壁画，建造厅堂客舍等寺内建筑。诚如其弟子为其撰写的墓志铭所述：“积卅余年之功果，费廿多万元募资”。二十多万元大洋，放在今天也不是一个可以忽略的小数；相反，斯坦因、伯希和的 1200 大洋，倒变成了“小数”——只是王圆箓募集善款的二百分之一。

关键在效果。王圆箓卖给外国人的经书文物，至今没有一件损毁，全部静静地躺在国外的博物馆、科研单位里，供有志于敦煌学研究的学人使用。而流失于国内的，历经灾难，见者极少，十之八九，估计已不存在了。其中最突出的例子便是监守自盗的“李盛铎案”。李盛铎是清末的学部大臣、学者。据罗振玉记载，1910 年敦煌文书抵京后，为当时任甘肃藩司、代理巡抚何彦昇之子何震彝所滞留，由其岳丈李盛铎“截留于其寓斋，以三日夕之力，拔其优者二三百卷，而以其余归部”。在这三天三夜的劫难中，除了李盛铎岳婿二人外，参与者还有李盛铎的亲家刘廷琛及亲友若干人。当时李刚从国外归来，尚未外放，暂于学部任职，而刘也为学部大臣，因此二人得以联手行动。

“肥水不流外家田”已为当代经济学所摒弃；那么，“肉烂在锅里”就真的好吗？

毛泽东早就说过：我们是动机与效果的统一论者。在那山河破碎、社会动荡、官贪民贫、风雨飘摇、国将不国之际，作为一个小人物的王圆箓还能有什么更好的选择呢？王圆箓与不作为而又贪腐的官员相比，无论是道德操守还是思想认知，真的不可同日而语。

由于知识的欠缺，王圆箓也曾在保护文物的主观努力下，犯一了些客观上破坏文物的错误，长期为学术界诟病。其实，充其量这也只是好心办了坏事。此类事直至今日不是仍然屡屡发生吗？我们颇有创造性地称其为“交学费”。今人尚且难以完全做到的事，为什么要苛求百年前的一个小人物呢？鉴于此，雒青之建议王圆箓的原籍湖北及其成长地陕西为其建纪念馆，也就不足为怪了。

其实，对王道士于艰难处境的艰难选择表示了解与理解的，并非雒青之专有，只是其他学人的表述比较“委婉”、“艺术”而已，没有雒青之那样直截了当。余秋雨在其散文《道士塔》中，出于爱国义愤，设想他于大漠中单枪匹马拦下了斯坦因等人拉载敦煌典籍的大车。之后呢？怎么办？——“被我拦住的车队，究竟该驰向哪里？这里也难，那里也难，我只能让它停在沙漠里，然后大哭一场。”最后，余秋雨斩钉截铁地写下执地有声的三个字：“我好恨！”

余秋雨的爱国热忱很感人，也值得嘉许，其散文也完全符合中国散文“凤头”、“豹尾”的传统与规范，完全可以进入大学中文系的写作课教材。可历史呢？历史是容不得“假设”、“如果”的呀！敦煌典籍流失海外这宗公案，岂是一个“我好恨”了得！

有些好心的学者，出于良好的愿望提出了理想化的假设：如果藏经洞发现于1949年新中国成立以后就好了。对此，《百年敦煌》给出了远非理想但却实际的回答：“如果藏经洞在1949年以后发现，那将是多么壮观的景象，五万多经卷和其他所有文物一件不缺地展现在我们每个人的眼前！如果真是那样，当然好，但是敦煌学怎么办？那也最起码推迟半个世纪。更糟糕的可能是，藏经洞发现于1966年之后的那10年。特别是该死的藏经洞里90%以上是佛经！”

这里要特别指出的是，藏经洞之所以逃过“文革”劫难，实在是得益于敦煌学已成为世界的显学，知名度太高了，上了国家的重点保护名单。否则，后果真难想象。

想想巴米扬大佛的悲惨命运，令人不寒而栗。

《百年敦煌》还列举了1958—1959年，60、70年代，80年代及至90年代，全国文物屡遭破坏的事例，说明藏经洞斯时发现，前景也未必美妙。其实，在“国家文物法”颁布后的21世纪今天，打着发展经济的旗号破坏文化遗址、遗存的突出事件还少吗？盗掘古墓、盗窃文物的突出事件还少吗？

良好的愿望难敌严酷的现实。

困惑之二，是对于斯坦因、伯希和的认知与评价。

在长达近一个世纪的岁月中，斯坦因、伯希和是被我们贴上“强盗”标签的，同王圆箓一起被钉在了我们的历史耻辱柱上。原因就是因为他们以区区1200大洋买走了数千件藏经洞的典籍、文物。由于意识形态的先入为主及学术上的从众心态，国人对此大多是笃信不疑的。更有甚者，以此为区分“爱国”及“卖国”的界碑。

《百年敦煌》使我们较全面、较真实地认识了斯坦因、伯希和。

毋庸讳言，《百年敦煌》对斯坦因的认知、评价是迥异于我们传统观点的。对此仅从关于斯坦因的章节的题目——旷世大师斯坦因：一个受洗礼的孩子；中亚探险与考古；“强盗”日记；较量敦煌；垃圾堆里的博士；魂断阿富汗与世界的致敬——便一目了然。

但是如果认为雒青之为了出新、出奇、出怪，一味地为斯氏唱颂歌，那就大错特错了。《百年敦煌》对斯氏一生的成就进行了臧否。“较量敦煌”就为我们叙写了一场精彩的攻防战——西方的大学者急于得到经书、文物，老谋深算，深藏不露；东方的小道士，奇货可居，若即若离，不急不躁。几经攻防，来回较量，斯氏利用王道士敬仰的唐僧玄奘外加探知他维修莫高窟急需大洋，攻破了王圆箓的心理防线。结果是各有所得。这场“智斗”，既展现了斯氏的贪婪，也写出了王道士的狡黠。与石窟经卷在国内的悲惨遭遇相比，从客观效果出发，雒青之承认斯坦因为敦煌学做了好事、善事，同时也指出“他的考古实践毕竟损伤了中国的民族感情和民族自尊心。特别是他第四次中亚之行，反映出作为一名学者在政治经济学方面的迟钝，在东方民族觉醒过程中不合潮流。”

如果说《百年敦煌》把斯坦因由“强盗”还原为学者，冷静而理性地分析其成就与不足，客观评价其地位与影响的话，那么对伯希和则极尽赞美之词——把“鼻祖”、“功勋”、“天才”统统加在了他的头上。

伯希和集万千优点一身，完美得让人生疑。对此，笔者本不敢苟同，但其在大量的历史事证面前，似乎又无从辩驳。

比如伯希和在敦煌创造了五个第一：

一是他最早对莫高窟进行了编号；

二是他最早对莫高窟进行了系统的、大规模的摄影，并出版了六卷本的《敦煌石窟》画册；值得一提的是，常书鸿正是在巴黎看到这套画册之后，才矢志回国参加敦煌的保护研究工作的；

三是他为最早研究敦煌写本的人；

四是他最早为敦煌写本编目编号；

五是他最早也最为详尽地记录下了莫高窟壁画中大量的题识·题献·榜题。

以上五项便构成了其著名的“笔记A”和“笔记B”的主要内容。无论“笔记A”还是“笔记B”，都可称做是敦煌学的滥觞。

《百年敦煌》记载了伯希和在敦煌学发展的如下“功勋”——

> 1909年，伯希和在北京六国饭店举办敦煌写本精品展，惊动了罗振玉等大学者。罗振玉相会伯希和并索要敦煌遗书有关资料。伯希和慨然相付，同时进行了畅谈，据说当时“户外大雨如注，若弗闻也”。这就是《敦煌石室遗书》的来由。从此之后，伯罗二人关系日趋密切，学术交流日益频繁。
>
> 从1910年至1913年期间，伯希和从法国源源不断地给这位相识不久的中国学者寄来了包括典籍、地志、图经、星占书、阴阳书、古类书等敦煌写本的影照。这又形成了罗振玉的《鸣沙石室佚书》。伯希和不但同罗振玉，而且还同时对其他求教于斯的人都在学术上给予帮助。王国维等人就从他那儿得到了敦煌文书的抄件或照片。
>
> 伯希和还与日本著名敦煌学家羽田亨合作编著《敦煌遗书》二册，推动了日本敦煌学的发展。
>
> ——《百年敦煌》第82页

以上史实说明什么呢？第一，说明伯希和不是“强盗”。“强盗”抢了人家的东西，光天化日之下还敢在人家的首都堂而皇之地展览吗？斯时，无论是官方、民间、学界、媒体、都未表现出特别的义愤与反对。“强盗”云云，实际上是国家，民族处于危亡的特殊历史时期不断高潮的民族情绪的反映，是长期意识形态对立的产物，不是历史的真实，也与国际认知格格不入。第二，敦煌学一开始就是国际性的，是在开放、共享、交流、合作的基础上展开的。

伯希和在敦煌学方面的成就，得益于他的语言天赋。伯希和被公认为是人类历史上空前的——亦有可能是绝后的东方语言学天才，除了欧洲母语外，他还精通古汉语、梵语、藏语、突厥语、蒙古语、波斯语、回鹘语、粟特语、吐火罗语、龟兹语、安南等十数种语言。

以上仅是《百年敦煌》的部分内容。书中的相当篇幅则是用来对国内外敦煌学的发生、发展及其重点人物重点作品的梳理与点评。其突出之处还在于用大量的章节与篇幅以夹叙夹议边述边评的方式，讴歌了为敦煌保护、研究奉献了汗水、心血、青春、才智乃至生命的志士仁人。其中包括张大千、常书鸿、段文杰等等，等等。

《百年敦煌》是迄今为止我读到的最全面、最系统地介绍、论述、评价、宣传敦煌及敦煌学的既是学术的又是文学的著作。其意义远非某些屡获大奖而事实又屡遭质疑的报告文学作品可比。

老实讲，我是在抗拒博弈中完成《百年敦煌》的阅读的。它给我固有的观念与认知带来了冲击与震撼。由排斥、拒绝到认知、接受，经历了很长的痛苦过程。

那么《百年敦煌》给我们以什么样的启迪与思索呢？

其一是学术研究要不要与时俱进。百年来我们的国家、民族、社会经历了剧烈的动荡与变革——从备受屈辱的半封建半殖民地，到民族觉醒、奋起救亡图存；从盲目排外、闭关锁国，到改革开放实现中华民族的伟大复兴；而今已成为和平崛起的经济大国。这期间敦煌学因种种非学术因素造成的偏颇乃至失误，是否也应该进行一些矫正修复与反思呢？几乎是在藏经洞发现的同时，八国联军火烧了圆明园，抢走了大量的国宝文物——名副其实地明火执仗，入室抢劫；一百年后他们的子孙又从密室中取出这些“战利品”堂而皇之地拍卖获取天价，继续伤害中国人民的感情！而斯坦因、伯希和呢？他们获取的经书、文物，同他们的著作一起，成了敦煌学主要的也是重要的源流，成为中国的也是全人类的文化遗产。将这二者统统称为“强盗”合适吗？在历史的天秤上能平衡吗？

其二，敦煌学是文化，文化是一种软实力。作为软实力的敦煌学是把它留在国内好还是走向世界好？长期以来我们对日本学者所说的“敦煌在中国，敦煌学不在中国”的话耿耿于怀，认为是一种“耻辱”。知耻而后勇。于是国家重视，队伍壮大，学者争先，而今终于可以扬眉吐气地宣布：敦煌学回归故里，敦煌在中国敦煌学也在中国啦！这当然是好事。可接下来怎么办？伴随着中国的和平崛起，上上下下都认识到了软实力的重要，我们斥巨资在世界上的许多国家建立了文化中心，孔子学院。目的何在？推介中国文化，增强我们的软实力在国际上的影响。风云际会也好，事出偶然也好，歪打正着也好，反正敦煌学从一开始就走向了世界，这是不争的事实，也是它的优势；而今要更好更大更全面地走出国门，构建和协世界，沾沾自喜于敦煌学回归故里显然是不够的。要继续发展弘扬敦煌学，没有思维、学术、理论的创新行吗？没有对国内外敦煌学的梳理与整合行吗？

正是在这个节点上，《百年敦煌》恰逢其盛，应运而生；看似偶然，实为必然。

《百年敦煌》也许将成为敦煌学转折期的标帜性著作。

我说的是：也许。

2009年5月

自杀真的是天才的宿命吗

——从胡河清的三封来信说起

1982年至1987年我在全国第一家省级文艺理论刊物《当代文艺思潮》当编辑。该刊创刊伊始便辟有“大学生研究生论当代文艺”的栏目，注重刊发那些在校苦读的莘莘学子的理论文章。至于那些已经离校的青年才俊，刊物也很重视，对许多有新意有创见的文章，不仅不惜篇幅，而且往往以头条刊发。一时，《当代文艺思潮》“不薄名人爱新人，不看名气重文章”，的名声不胫而走，传遍全国。正是这一批文艺理论新人为刊物也为文坛带来了清新的空气。《当代文艺思潮》当时在全国颇受欢迎，这也是原因之一。同大多数编辑一样，在稿件的往返中，我也同许多作者建立了通信联系。可惜，二十多年的岁月，办公地点的屡屡搬迁，许多作者的来信已经丢失；所幸胡河清的三封来信尚存。今以时间为序抄录如下：

第一封信——

陈德宏老师：

刚收到您寄来的杂志，这是您寄给我的最好的圣诞礼物，我想“感谢”二字是远远不能表达我的心情的。听说技法拙劣的画赠给亲爱的师友是不必避嫌的，因为其间有心意的表露；于是我亲手写了几笔墨竹。元吴镇题竹曰：“董宣之烈，严颜之节，斫头不屈，强项风雪。”此语您和《当代文艺思潮》的同志们当之无愧。愿您继续为中国当代文学作出贡献。

胡河清　敬贺

信写在一张极普通的圣诞贺卡上，内中附了一张画于三十二开宣纸上的墨竹，题有“德宏师留念河清写”。信末没有日期，信封邮戳日期为

“1987. 12. 15. 16”，与信中“圣诞礼物”契合。信中所提“寄来的杂志”，应是《当代文艺思潮》1987 年 6 期。《当代文艺思潮》历经 6 年风雨，该期便是终刊号，刊末载有《再会了朋友——终刊致读者》的短文。短文回顾了办刊的过程，总结了刊物的一些缺失与不足，唯独对“终刊”的原因只字未提。此时无声胜有声。“终刊”的原因已无需提及。自 1983 年 1 期刊发了徐敬亚的《崛起的诗群》起，5 年来刊无宁日，一直是如临深渊，如履薄冰，随时都可能“奉命”终刊。刊物的此种困窘，广大读者及作者也是知情的——套用一句外交辞令：众所周知。这也是河清画竹并以“元吴镇题竹”相赠的良苦用心所在。

第二封信——

陈德宏老师：

您好！今天意外地收到您的来信，真是喜出望外。我一直想什么时候详细同您写封信，谈谈近况，不意先收到了您的来信！

我去年夏天毕业。毕业后留在华东师大中文系任教。博士论文已通过。寄上一张照片相赠。自右至左为：徐中玉先生、潘旭澜先生、贾植芳先生、蒋孔阳先生、钱谷融先生、我、陈子善先生（任答辩秘书）。且上述各位先生外，还有王元化先生也参加了答辩委员会。他那天因身体欠佳而未能亲临，但也托人投票并送来了评审书。论文题为《钱钟书论》，获一致通过并得到甚高评价。之后我赴云南华师大设在昆明的教学点上课半年。本该及时写信告诉您下落的，但因在云南行旅生涯，心神倥偬，就搁下了。十分抱谦！

我还是孤身一人生活（我夙有与艺术为伴之志）。上海“出国风”“股票风”之类越刮越紧，但都与我无缘。我也根本不具备那些条件。这样倒也有个好处，干脆死了一条心，与中国文学同存亡了。

我昨天收到香港赠阅的《二十一世纪》时还在想，如果政治开放，您办的《当代文艺思潮》也一定不会相见有丝毫逊色的。不久前我遇到老朋友朱大可，不约而同地怀念起《思潮》。朱大可也很佩服《思潮》为无名作者所做的工作。他现在也是贫困潦倒，和我一样，只是我们都还保持着对文学的一点痴心。

我一定会给您的刊物写文章的。

衷心地希望时代再给我们一次机会！希望您以后多多来信，保持密切联系！

祝好！

河清

6月29日

信的末尾有日月无年份，但邮戳可以看到是1992年。

我主动给河清写信，是因《当代文艺思潮》停刊后，我“闭门思过”，赋闲了4年，此时出任了文学月刊《飞天》的副主编，恢复了编辑生涯，一方面希望他能为我所负责的理论栏目撰稿，一方面也想了解他的近况，以解数年思念。

从来信看，河清的情绪虽算不上昂扬，但还是积极的，乐观的，向上的，对未来充满憧憬与希望。他的成绩他的情绪，令我深感欣慰。我马上写了回信。

第三封来信——

陈德宏老师：

您好！7月7日的来信收到了，感谢关怀：想到咱们笔墨之交那么多年，至今没有见过一面，真是憾事。希望以后您到上海来，我们能够畅叙！我虽一介书生，却有非天下英才不交之志；从来信的辞气看，先生的才气练达，志向高卓，深信一定会在未来的历史进程中发挥作用的。

我的博士论文《钱中书论》大概八、九万字，基本上是用文言写的，因此比较浓缩。现正搁上海文艺出版社审查，尚不知何日能够出版。若拙作他日可以付梓，定首先寄赠先生。我也很想让此书在港台同时出版。如果您方便的话，能否帮我试探一下这方面的可能？当然这只是随便问问，您不要专门为这些去费心力。若需要什么资料，望告。

我已多年未到兰州，想来变化不小吧？夏日炎炎，广场上还有卖白兰瓜的吗？又听上海搞艺术的朋友说，甘南藏地是美极了，您可曾去过？

祝好！

河清

7 月 15 日

按照惯例，我又复了信，并就他信中的讯问，尽我所能予以答复。而河清也是回了信的，可惜他的回信找不到了。但信的内容仍清楚记得。他告诉我，学校又派他到安徽支教一年，而且发了一通牢骚，情绪低落。河清来信的时间应在 8 月上旬。一般高校秋季开学都在 9 月初。我立即写了回信，怕晚了他动身赴合肥，收不到了。我在信中做了一些慰勉，说了一些年轻人的本钱就是吃苦……阅历即财富……读万卷书，行万里路之类的话。而这封信的重点则是我介绍他到合肥后去拜访老诗人公刘及其女儿刘粹。

老诗人公刘从上世纪五、六十年代就同《飞天》建立了深厚的友谊，常有厚重的诗文馈赠《飞天》。新时期以来甘肃文坛异常活跃，我们常请老诗人参加。这年的 5 月我们又请老诗人参加了《飞天》举办的“同谷（今成县）笔会”，会后游览了陇南及九寨沟等地。公刘人生坎坷，命运多舛，进入老年，体弱多病，每每参加活动，总带女儿刘粹侍候在侧。而刘粹则聪颖练达，在老诗人的言传身教，耳濡目染下，在文学的创作及评论上，也日益精进，造诣颇深。父女俩相依为命的结果，是刘粹芳心紧锁，不断地把追求者拒之门外。直到这次“同谷笔会”，刘粹依然待字闺中。为此，老诗人常常叹息不已，有时甚至当着女儿的面半开玩笑半认真地要我们为他物色一个“乘龙快婿”。这也正是我介绍河清前去拜访公刘及刘粹的不便言明的根本原因。两个痴迷文学的青年男女，在共同的志趣下自然地交谈接触，也许能碰撞出火花……

可惜，我的良苦用心没有得到回音，当然，更不可能有结果。

之后，不知过了多长时间，传来了河清自杀的噩耗。听说是为爱情殒命的；又听说对象是台湾的一名女生……

我同河清的神交是 1986 年下半年开始的。当时我从自然来稿中读到了他的文章《张洁爱情观念的变化——从 <爱，是不能忘记的>、<方舟>到 <祖母绿>》。此文让我眼睛一亮——我认为这是评论张洁关于婚姻爱情题材作品最为深入最有见地的文字，随即在这一年的《当代文艺思潮》6 期刊出。

文章从张洁在《爱，是不能忘记的》所引用的英国作家哈代的名言“呼唤人的和被呼唤的很少能互相应答”破题，指出“哈代的‘呼唤人的和被呼唤的很少能互相应答’主要指追求爱情的人们之间的关系，这位英国大作家用寒光闪闪的解剖刀剥去了以往的文学在男女恋爱上的那层纱幕，指出爱情本身就具有某种捉弄人的残酷的性质，爱者追逐被爱者，被爱者很少能爱爱者，即使双方互相爱慕，也不过是昙花一现，常以狂恋始，以看穿而至冷淡，相仇终；而在张洁的作品中，爱情在男女主人公之间则是得到了充分肯定的，之所以‘不能呼应’乃是道德观念和社会习俗不允许的缘故，从这个意义上看，张洁似乎只是把这个问题作为一个尖锐的社会问题提出来的，还没有涉及至对爱情本身的怀疑。”

正是从这一论述出发，河清认为《爱，是不能忘记的》有悖于哈代的本意，《方舟》接近了哈代的本意，而《祖母绿》则超越了哈代的本意——

> 这种转变改变了张洁的艺术风格。《祖母绿》既不同于《爱，是不能忘记的》那青春时代的狂热和偏激，也没有《方舟》那哈代式的肃杀的秋意，而显示出一种新的温煦明丽的基调。也就是在这里，张洁对呼唤人的和被呼唤的能否呼应的问题得出了肯定的结论，这在她的作品中，还是前所未有的第一次。

独特的视角，新颖的观点，深入地分析，严谨而周密地论述……二十二年后重读此文，仍令你击节称叹，拍案叫绝！

河清的第二篇文章是《论阿城、莫言对人格美的追求与东方文化传统》。此文在我的推荐与力主下，获得了编辑部同仁的一致好评，并以头题在《当代文艺思潮》1987 年 5 期刊出。

在文章中，河清对“东方文化传统”予以界定。他指出——

> 东方文化传统作为一种完整的审美体系，核心内容就是对人格美的追求。同时这种美的追求又极大地不同于西方的浪漫主义文学，浪漫主义文学中的理想人格往往非常具体地体现出某一特定时代的社会理想，而东方文化传统要求作品的品格美似乎一方面具有一种更飘逸，更高远的意境，一方面又在民族心理，血缘的深层攫取出来，因此就也具有更为久远的魅力。

接着，河清用：

> 骨——对人物道德的内涵的深刻评判；气——阴阳和动静的性格辩证法；慧——情感的净化与超越；幻——神异而美丽的心像四把东方文化的尺子，对阿城的《棋王》、《树王》与莫言的《透明的红萝卜》、《红高粱》等作品进行了深入而严格的分析与检验，既肯定了成就，也指出了不足——
>
> 东方文化传统经过中国，印度，日本等民族的共同创造，形成了一套以审美直觉领悟人生、自然的哲学体系和艺术体系，其中包含着深奥的智慧。但我们未来的文字又不能仅仅是对古老文化的认同，而应该不断以当代意识重新审视、评判传统。阿城、莫言的小说确实已经暴露了一些这方面的考虑……当代第一流的科学家、艺术家、比较文化学者都认为东西文化应该是“互补”的，因此阿城、莫言还必须更多地了解世界；同时，以东方智慧本身的博大精深，以当代人对自己日益深化的认识，要达到上述目标，必须有极大的探索热忱和不怕走弯路的勇气。

此文一出，立刻产生了强烈地社会反响，我本人及编辑部收到了许多来信来稿；这些信稿大多是支持的，肯定的，赞同的，当然也有一些是批评的，商榷的。这很正常。按编辑部的惯常做法，凡引起社会强烈反响的作品，是要展开讨论的，因为引起大家的关注，说明它有价值，有意义。

可惜，历史没有给我们留下展开讨论的时间与空间——此文发出的下一期，刊物就终刊了。

如果对胡河清的论题展开讨论，我想肯定会对新时期文学的发展与深化大有助益。这是我们的希冀。但也可能事与愿违，斯时任何严肃的学术讨论，都可能引来非学术的是非。对于没能展开讨论，至今我仍说不清是幸还是不幸。

当功利评论，人情评论，红包评论，炒作评论，恶搞评论，“捧杀”与“棒杀”评论充斥报刊版面之时，有识之士终于发现了真正的严肃的科学理性评论的缺失，乃至整个社会都在呼唤真正的严肃的科学理性评论的回归。其实早在二十多年前那个刚刚走出校门的青年评论家胡河清，就以其力透纸背的文字为我们树立了什么是真正的文学评论的榜样。而今重读胡河清的文章，令我们这些被称作“家”的“文学从业人员”（王蒙语），真的感到耳根发热！真的感到汗颜！

在最初的同河清的通信中，我一直弄不清他的身世，只从他意识流般跳跃的文字中，知道他的童年是在兰州的黄河边度过。仅此而已。那时我甚至不知道他的性别——从刚劲的字体看应是男性，但从他时常流露的孤独、忧郁与多愁善感，似乎又是女性。1988 年中国作家协会理事会（现称为全委会）在北京万寿路中组部招待所招开，我有幸拜访了他的导师钱谷融先生，才弄清了他的性别。

在传来河清自杀后的某一天，兰州大学中文系的刘俐俐（亦是《当代文艺思潮》及《飞天》的作者，现为南开大学教授、博士生导师）来编辑部送稿子，谈及她的老师徐清辉——胡河清的妈妈去世了。此时我才恍然大悟，将胡复旦，徐清辉，胡河清三点连成一线，揭开了河清的身世之谜。

胡复旦与徐清辉同为兰州大学中文系的教师，早在上世纪的六十年初的甘肃文坛，他们已声名鹊起，胡复旦的散文写得很好，很美，很精彩；而徐清辉的散文则写得更好，更美，更精彩。一些文友怀着艳羡的心情称这对年轻的伉俪为才子与才女的“绝配”。后来“文革”骤起，胡复旦因其文才受到造反起家的甘肃省文化局（时称革命文化小组）领导的青睐，调他到文化局专门写大批判文章，入了党并提拔为某部门的头头。“四人帮”倒台“造反派”局长被揭发批判，牵连到胡复旦，称他为“双突”（突击入党、突击提干）干部。其实这段时间很快就过去了，对他也未做任何组织处理；而他昔日的文友、同事也逐渐原谅了他，但从此他有了精神压力，萎靡不振，不愿与人交往，大有“无颜见江东父老”之感。后来他调往苏州铁道师范学院，重操旧业，教书去了。再后来又传来消息，胡复旦精神失常了……

徐清辉呢？她于上世纪八十年代初，作为访问学者前往美国哈佛大学进修、深造，专攻黑格尔美学。她精通英、德等多门外语，进修期间及回国之后，在国内外的权威杂志上发表了许多研究黑格尔美学的论文，其学术成果引起国内外学术界的瞩目，教学更是深受学生欢迎。

刘俐俐作为徐清辉的学生，之后又留校任教成为她的同事，出于师生情谊，常去看望她，而她则十分冷淡；除工作外与别人更无来往，性格变得越来越孤僻，平日除了打开水，买饭外极少出门。一日家属院的门房突然发现，已有好多天没见徐老师打开水买饭了，于是把情况报告了中文系，系领导打电话无人接听，敲门无人应答，破门而入，发现人的五官已经变形，说明人已去世多日了……从现场看，排除了他杀的可能。究竟是病死还是自杀？已成千古之谜，无人说得清楚。

呜呼！才华横溢的一家三口，连遭命运不测，悲夫何言！

黄河清，圣人出。

从名字推断，胡复旦、徐清辉这对伉俪当初对他们的儿子是寄寓了殷殷厚望的。岂止是对儿子！事实上是通过儿子的名字寄寓的是对清明和谐社会的向往与期盼；而且我们也有理由相信，河清及其年轻的父母一定也拥有过和谐、温馨、幸福的时光……

那么，他们的家庭变故（并未听说离婚）是否与胡复旦在“文革”中的那段经历有关？胡河清的自杀是否与家庭变故有关？徐清辉的死是否与儿子的自杀有关？……这也许又是一个千古之谜，无人说得清楚。

有一传闻：河清自杀前他的挚友朱大可曾向他发出警告，说他在上海的私宅阴气太重，不宜久居。而胡的私宅曾是晚清重臣李鸿章的住宅。此传闻若属实，便又令人产生一连串的遐想：胡家与李家有何历史渊源？胡家为什么会拥有李家的私宅（即使是一部分）？胡家全家的命运悲剧真的与他们的私宅有关吗？……

重重迷雾……

迷雾重重……

以前每每读到红颜薄命，英年早逝，天才自杀之类的文字，老实讲我是持怀疑态度的。宁信其无，不信其有。而河清的自杀令我倍感困惑——一个读懂了哈代，读懂张洁，读懂了阿城与莫言……应该说也读懂了社会，读懂了爱情，读懂了人生……百思不得其解，读懂了这一切的人怎么会以情殒命呢？

自杀，真的是天才的宿命吗?!

2008 年中秋—国庆

诗人一怒泄愤懑

——我所结识的台湾诗人杜十三

2000 年 1 月 5 日我飞抵台北的桃园机场，已是晚上 10 点多了，第二天（1 月 6 日）一早又赶到松山机场，准备同台湾文艺界的同行一起乘 EF051 航班飞金门，参加“两岸文艺会金门”的联谊活动。两天内（实际上是十几个小时）两度飞越台湾海峡，不禁令人产生一种荒谬感。但这毕竟又是现实。无奈，还得忍耐。

候机时，我的朋友台湾现代派画家李锡奇——也是这次活动的组织者，将台湾的青年诗人杜十三介绍给我。杜十三中等个，留着长长的头发，嘴唇略厚，戴一副金丝边眼镜；给我的第一印象是，性格内向，善于思考，充满智慧，但不善言词。我们交换了名片。按照人际交往的惯例，初次见面，或客套，或寒暄，总该说点什么。可这位老兄只是低头看我的名片，半晌一言不发。看着名片上的“杜十三”仨字，我倏然来了灵感，产生了调侃的冲动——

“我认识你你姐姐。”我一本正经地说。

“真的吗？你们认识多久了？”杜十三电击般地抬起头来，镜片后的眼睛瞪得大大的，吃惊地问。

“真的。”我一阵窃喜。我的第一个目的已经达到了，终于让这位惜言如金的诗人说话了，于是我又补了一句：“认识很久了。”

“你认识我哪个姐姐？”看来他的姐姐不止一个。

“认识那个叫杜十娘的。”

话音未落，我们同时大笑了起来，杜十三朝我胸前捣了一拳，同时说了一句“你这家伙”。

幽默拉近了我们的距离，在之后数天的金门行程中，我们有了更多地接触与交谈，自然也就有了更多地相互了解与理解。

杜十三，1950 年 12 月生于台湾浊水，原为杜家排行第十三之幺儿，后过继给竹山镇黄姓人家，取名黄人和；台湾师范大学化学系（辅修艺术）毕业；1982年以“杜十三邮递观念艺术探讨展”介入文坛艺坛，以诗歌、散文创作为主，旁及绘画、造型艺术、设计等创作。其作品发表形式包括出版、展览、演出、企划及设计。杜十三在台湾属多才多艺的“前卫文人”，有“八爪章鱼”之称，开创台湾不少艺术先河，拥有台湾文艺界许多“第一”，是前卫色彩颇浓的行动派艺术家。比如搞观念艺术展，出版有声诗集，将现代诗搬上舞台，结合诗与装置艺术创作写作千行诗……杜十三曾担任中华书局总编辑，《读者文摘》台湾区采编主任。其主要著作有《人间笔记》（诗画集）、《地球笔记》（有声多媒体集）、《行动笔记》（行动记录与论评）、《叹息笔记》（诗选集）、《爱情笔记》（散文集）、《火的语言》（千行诗集）、《四个寓言》（小说、剧本集）、《新世界的零件》（散文诗集）、《爱抚》（手工诗集）等。

结束了金门的行程，杜十三送我一本2000年出版的油墨未干的有声诗集《石头悲伤而成为玉》。诗集的版式、印刷、装帧、封面设计等每一个环节，都很考究，而且厚重大器。台湾文坛三位重量级人物洛夫、罗门、白灵分别写序及导读。洛夫的序题为《石头与舍利子》；罗门的序为《世纪末的音爆》；白灵的导读题为《文坛异形杜十三》。序言及导读，都对杜十三的诗歌创作的探索、实验及其取得的成绩，给予了肯定性的评价，尤其是洛夫，无论是分析还是点评，都非常到位。洛夫说：

> 在80年代末90年代初的台湾诗坛，杜十三和林耀德，或可视为最勤奋，也最活跃的两位诗人，事实上那些日子也是他们这一辈分领风骚的年代。他们虽然在诗本质与美学认知上仍与上一辈的诗人一脉相承，但在取材和表现形式，乃至语言风格上却各自树立起了新异而独特的标杆，而其中杜十三尤为突出。他可以说是一位甚具创造力，投注最多心力于多元探索和扩展的诗人，渗透的领域广及诗、散文、评论、音乐、绘画、设计、网络等。

透过解读杜十三的这本诗集，我们可以体察到台湾诗坛的“先锋”部队“前卫”到何种程度，他们对诗质与诗艺——我们传统的话语是内容与形式——的探索与试验，已进展到何种地步。

我们不妨看看杜十三用作诗集名字的同名诗《石头悲伤而成为玉》：

> 文字涅槃之后送去火葬场

留下的舍利子是诗
石头拒绝说话被斧钻逼迫吐出真言
剖开的满怀心事是玉

文字是因为喜欢而成为诗
石头是因为悲伤而成为玉

按照诗的一般意义的理解，比较简单：诗是什么？诗是文字语言的千锤百炼，烈火重生；玉是什么？玉是包裹在石头里面不为常人所识的珍品。文字凝炼升华为诗是荣跃、高兴的事，而石头则不然，需经过粉身碎骨的“悲伤”方成为玉。君不见和氏璧的故事吗？由石而玉，由玉而璧，再由璧而玺，演绎了多少血泪历史，悲剧故事？如此解读，作为理解之一种，当然不能算错。可再往深里研读呢？你会发现仍有深意存焉，所指与能指之间仍有广而深的意涵——有对禅意、佛性的领会与顿悟。这诗的内涵，显然乃指佛心与佛性的融汇，而诗的意象则由矛盾的语法来表达。文字犹如人的肉体，火化之后，剩下的舍利子——佛性，即是诗。对文学及诗人而言，诗犹如佛界的舍利子一样神圣。石头沉默不语，历经磨难（被斧钻逼迫），之后才吐出真理，可看到其中宝贵的玉。诗的最后两行更是张力十足，既有吊诡语法的运用，也有诗心佛性交融的内涵，感性和理性都丰富、充盈，令全诗熠熠生辉。

这首诗虽然只有短短6行，却极具张力，是一首内涵丰富外延扩张的有机组合。诗到语言止。语言是诗人的神秘力量。这首小诗足可证明。

杜十三在诗歌形式上的探索与创新，也令人耳目一新。他有一首题为《出口》的诗，第一行一个字，第二行两个字，……以此类推，第十二行十二个字；全诗共十二行；竖排，从右至左，再从左至右；像两个直角三角形，相对而立，中间空一行，象征“出口”。整首诗排下来造型很美，犹如一座金字塔，中间被垂直切了一条缝，而诗的题目及作者杜十三依次排在诗的正上方，仿佛是从金字塔的“出口”腾空而起。如此，诗题及作者都成了诗的一部分，仿佛要找出口的不仅仅是鹰，还包括作者杜十三。左右两边对称的诗句仿佛命运的轮回，诗中的一群鹰不仅飞翔在“天空”，也飞“在我的体内”，不仅在“此生”，也在“前世”。“那群鹰在你心中筑巢已久/我们丰饶的欲望是它的母亲”，这里所谓的“飞”，不啻是“鹰”和“我们”，而是万物永世相互演化的共同基因。而寻找的“出口”，又是什么呢？没有答案，也就是说有无穷的答案，留给读者去思索，探寻，与读者共同创作。

此诗语言浅近，而寓意深远，将个人与时空万物做了最广阔的结合，写的似乎是地球的一声巨大叹息。

另一首诗《坛中的母亲——泣亡母》，同样是追求形式美及形式创新，但与《出口》的情景又完全不同，却更动人。此诗与前诗相似之处是诗题本身也是诗的一部分，整诗竖列横排，左右文字数相等，对称，仿佛是母亲展开双臂冉冉升空的形象，诗题——《坛中的母亲——泣亡母》是她的头部，脚部故意细小（左右都是五字竖排），正如“从灰烬中转出”。右半的诗为白话，较实，左半的诗似佛教经文，较虚；一紧一松，一实一虚，将子女悼念母亲的至情，至性，至爱表现得淋漓尽致，亦可谓至善至美；“我把母亲/放在坛中/一齐旋转/从火转出/从血转出/从泪转出/我捧着母亲/从灰烬转出”，这样的诗句，岂止动人！没有对诗质的苦苦追索及诗艺的标新立异的孜孜不倦的追求，没有极具个性的彰显，实在难以得之。

杜十三对台湾诗歌的贡献在于，他的探索、实验、创新、开创了诗歌的形式与内容互相促进，共同发展的新格局。读他的诗你很难只分析他的内容不涉及形式。反之亦然。但是，如果据此认为杜十三只是一位在诗的象牙塔中的蜗居者，冥想者，不食人间烟火，那就大错特错了。他的诗根植脚下的热土，心系弱势群体，氤氲着浓郁的人文关怀，充盈着草根的气息。他有一首《在21世纪的第一道曙光中》的诗，对新的千禧年充满了希冀、憧憬、期盼与祈福——“人类从影子里捧出自己的心/在光芒中寻找新的梦境和希望/……人类从心窝里捧出自己的影子/在光芒中梳洗新世纪的手与足/……人类从肺腑中挖出仇恨的灰烬/在晨曦中让它忏悔成光……”。

1999年9月21日台湾发生的大地震，瞬间令无数人失去了家园，令数以万计的民众失去了亲人乃至生命……杜十三将这撕心裂肺的疼痛，和着血泪与思考，连写三首诗——《震后元年就是千禧年》、《汝有听着地球崩落去兮声无？——写给世纪末的台湾　祭9·21世纪末台湾大地震》（闽南语歌诗）、《在断层上与你想拥——祭9·21台湾世纪末大地震》，痛悼失去的生灵，珍惜人类的生命，歌颂乡情、友情、亲情的永恒……

杜十三的石破天惊之举，是2005年11月致电恐吓要杀光台湾行政院负责人谢长廷全家，遭警方逮捕。此事当时在台湾、东南亚乃至整个华人世界引起不小的轰动。

据海外媒体报道：谢长廷的秘书在 11 月 1 日按到一通恐吓电话，对方劈头就说：“我是‘台湾解放联盟’，已经宣判谢长廷死刑，并将在本星期执行，执行对象包括谢长廷及他的家人！”

警方从电话拨出地点着手，经过 6 天追查，赫然发现拨打电话的不是狂汉，也不是无业游民，而是赫赫有名，多才多艺的诗人杜十三。

诗人一怒泄愤懑。

这是愤怒出诗人的鲜明写照吗？

杜十三事件在台湾社会引发了激烈讨论。一个饱读诗书的文人，一个擅长用诗来表达思想、展现才艺、传递情感的“前卫”诗人，诉诸非理性行为，发泄对时局的愤懑，在很大程度上凸显了台湾文人和知识分了在政治乱象中的悲愤填膺和强烈的无力感。

陈水扁执政期间，搞“台独”，去中国化，开历史倒车，贪腐丛生，正义不畅，天怒人怨，由此可见一斑。

……

屈指算来，认识杜十三近十年了。

十年来放下又拾起的是他的诗集；拾起放不下的是我的忆念……

杜十三：你和你“姐姐”杜十娘一切都好吗?!

2009 年 8 月

李学辉的文学“三补”

——青年作家补丁印象

补丁是笔名，本名叫李学辉。

早在上世纪90年代初补丁就带着他农村题材的小说踏入文坛。不过我们并不相识。直到1999年《飞天》举办“精短小说大奖赛”，他的《乡村无梁祝》受到评委一致好评，他到兰州领奖，我们见了面才算真正认识了。

补丁属于那种见一面就忘不了的人物。他脸黑，个小，话不多，透过厚厚的镜片偶尔可以看到智慧的闪光。补丁思想的冷峻，情感的忧伤，语言的独到、尖刻、幽默，连同他的奇思妙想，统统埋藏在他的作品中。

我几次探问：为什么取“补丁”的笔名？他总是“嘿嘿”一笑，从不作答。随着岁月的渐进，他的作品更多地占据了《飞天》的头题，而且更多地引起了文学界的关注，或被选刊转载，或者获奖——数年间他几乎获遍了省内的各种文学奖项。这时我才蓦然发现，补丁的几乎所有成功的作品，都是写农村的。

读补丁的小说，比如《乡村无梁祝》、《1973年的三升谷子》、《故乡三题》、《一九七四年的“汉奸”》、《一九七八年的“叛徒”》……总令我想起阎连科的《黑猪毛白猪毛》。不是说他模仿了阎连科，而是说这些作品的穿透力。这些作品写出了西部农民及农村小人物的窘困、无助、无奈与悲叹，更主要的是写出了他们灵魂的畸变——对权力的恐惧。读这些作品，有时你会笑；掩卷之后，你的心会流泪、流血……

“补丁”补在了农村题材小说的缺失处。此谓文学一补。

补丁所在的武威市（又称凉州）是一座历史文化名城，因汉武帝“断匈奴右臂，扬汉朝武威”而得名；人杰地灵，是一片文学的热土，历史上曾引无数文人墨客竞折腰；到上世纪的八十年代，文学还火过一把，出了一些在全国未必有名在甘肃却颇有影响的作家作品。补丁生不逢时。当他踏入文坛时武威文学已跌入谷底——他们的《红柳》是甘肃少数几家公开发行的文学期刊之一，因追逐商业大潮而溺水，钱未赚到，被吊销了刊号。文学期刊对当地文学的发展意味着什么，地球人都知道。补丁逆势而上，团结、凝聚一帮文学爱好者，硬是办起了一个“三无”——无编制、无经费、无办公地点的《西凉文学》。当地的文学生态得到改善，创作随之节节攀升。需要特别提及，这是补丁“不务正业”的结果；斯时他的“正业”是《武威报》的记者。

2004年9月，《飞天》与金川公司联合举办“东部作家西部行”采风活动，张健书记奉调进京，椅子尚未坐热就被炳华书记派去当团长——本是西部人，率团访西部。沿丝绸之路去敦煌，第一站就是武威。补丁把武威所辖区、县数十位作者召集起来，举行了一个“盛大”的欢迎座谈会，着重介绍了武威文学发展的现状，并将他的“三无产品”——《西凉文学》分送各位。此举是否感动了东部作家我不知道，反正范小青、董宏猷、李兰妮这些文学悍将纷纷发言，大谈感动，大发感慨。之后又撰而成文，称赞“补丁西部文学的红柳精神”，作为西部采风的收获于各地刊出。

当时座谈会是在宾馆进行的。如今不同了，补丁把他那处于城乡结合部的二亩多地的老宅翻盖一新，除了家中老人起居日常用房之外，附设了一个能容纳四五十人的会议室，外加像宾馆标准间似的三间客房，有朋自远方来，吃住就都解决了。补丁的二位老人，平日植树种花，颐养天年，每有座谈、研讨、讲座之类的文学活动，二老就变成了“厨师”——大锅煮上一只羊，小锅炖上几只鸡，三十余人的吃喝就全有了……

编刊物，办讲座，抓研讨，搞笔会，促进武威文学的整体发展，此谓二补。

冯天民是武威文化馆馆长，兼文联副主席；他“琴棋书画皆通，吹拉弹唱俱精”，上达官场，下通百姓，左连文化，右接工商，是名副其实的武威名人。武威坊间，古风淳朴，对有成就有影响的人士，尊为“爷”，冯天民四十刚过就被称“冯爷”了。一次我们一起吃饭，“冯爷”多喝了几杯酒，突然“发难”：“李学辉这小子是个‘贼’！他人前人后喊我‘冯爷’，转脸就把我爱人叫嫂子。他自己不喝酒，发动他的小兄弟把我灌醉，哄着我把两间办公室免费供他办刊物；还哄上我给他跑编制、要经费、拉赞助，他提个包跟在我屁股后头像个跟班，实际上都是他编好‘剧本’，把我推上前台表演。别看他现在恭恭敬敬叫你陈主编，哪天他喊你‘陈爷’，你就要小心了！”

2009年春节，补丁来电话给我拜年，一开口就叫我“陈爷”。我有思想准备，自然不会介意，不过我还是告诫他：到北京别乱喊“爷”，北京的作家大多不想老，不愿老，不服老。他不听，结果是喊北京的某作家“爷”碰了钉子，惹得人家老大不高兴，连说“我不喜欢”。这是后话。补丁说了一堆恭贺春节的话后，突然提出他想上鲁迅文学院深造，并说如果给甘肃一个名额，他百分之百的没戏，给两个指标，他有百分之八十的把握……并希望我能找文学院院长张健书记“汇报”……

我很为难。为难也得办。在春节过后的全委会上，我找张健书记说了此事，正如我的预感，碰了钉子。张健书记说：“文学院条件有限，每期每省一个名额，加上行业作协，非常紧张，怎么可能给你们增加名额!”那口气没有商量的余地。

碰了钉子自然不舒服，但我考虑最多的是如何告知补丁——实话实说，对他打击太大，我不忍心。思谋很久，苦无良策。

会后数日，突然接到了补丁的电话，听口气我已看到了电话另一端的笑容——甘肃分配了两个名额，他已获得了省作协的推荐，填了表，不久就来北京报到。兴奋之情，溢于言表。他再三嘱托，一定要我当面谢谢张健书记。可张健书记并不“认账”，他说：“谢什么谢！文学院向西部倾斜是党组定的，又不是我个人的恩惠。”言语间依然严肃。不过与上次相比，脸上毕竟多了些许笑容。

文学院为这期学员举行了隆重的开学典礼。之后，领导纷纷离去，张健书记则留了下来，到补丁的房间坐了有半个小时，询问了他工作及生活的近况，对他学习、创作提出了殷切的希望与勉励。

补丁西部文学的“红柳精神”，感动的不仅仅是作家。

提高、充实、“充电”，补丁把文学三补留给了自己。

去年的10月中旬，补丁陪我到民勤县采访当地的治沙工程。抵达当晚，县委常委宣传部杨志金部长为我们接风。补丁不能喝酒，大家都知道，所以没有人劝他。当饭局即将结束时，补丁主动发起了“进攻”——跟杨部长连碰三杯，接着发表了语惊四座的文学“宣言”：“温总理批示‘决不能让民勤变成第二个罗布泊’。民勤会不会变成第二个罗布泊我不知道，你们再不重视文学创作，如果有一天刘新吾（当地颇有成绩的诗歌、散文作者）走了，民勤可真的就变成文学的罗布泊了!”民勤县县长卢小亨，在大学中文系读书时曾多次听过我的文学讲座，当晚处理完紧急公务急忙赶来与我见面并敬酒。补丁又趁机冲了上去，与卢县长连碰三杯，把刚才“大言不惭”的“宣言”重复了一遍。你别说，补丁的这一招还真有奇效，部长与县长“咬了咬耳朵”，当场宣布明年瓜果飘香的季节举办“老虎口笔会”。“老虎口”是民勤风沙肆虐的重灾区，如今治理初见成效，也是我将要采访的重点。

这么多年来，从未见补丁喝过这么多酒，脸涨得像猪肝，回到房间，一头倒到床上就不动了。我说，没本事就别逞能。他闭着眼嘿嘿一笑说：“有些话不喝酒说不出口。再说了，咱说的这些话人家未必爱听，理解的当然好，不理解的生气、怪罪，我就说酒喝多了，说的是醉话……”这小子，原来是酒醉心不糊。

喝醉的滋味一定不好受，他翻来覆去折腾了半个小时才安定下来。我以为他睡着了，起身准备洗漱，不料他翻了个身又断断续续说开了：“陈……主编……我告……诉你……现在……是……武威文学……最……好时机……刊物……给了……编制……有了经费……你……知……道……为……什么?”我想把他的嘴堵住，让他早点睡觉。于是我加重语气说：“我知道，你们文联作协换了届，补丁当选了文联副主席、作协主席。”不料他竟用两个“不对”来否定我的说法，并力图给出正确的答案：“我们……市委肖……书记……大学……中文……系的……郭……市长……是秘……书长……笔杆子……上来……的……宣传部曹……部长……兼……文联……主席……他们……都有……文学……情结……”然后在几声“嘿嘿”的笑声中睡着了。

古有醉里挑灯看剑，

今有梦中醉话文学……

李学辉——整个就是文学的补丁。

2010年元月·北京

第四辑　青春记忆

成功者的身影

——哭龙泉

2000年“五一”前的一天下午，突然接到龙泉的电话，说他住院了。电话里声音沙哑，情绪低落；以往的龙泉即使是生病住院，也难改他那诙谐幽默嘻嘻哈哈的乐天性格。这变化，使我有一种不祥的预感，放下电话，直奔医院。

病房是带卫生间的干部病房，宽敞明亮。龙泉的爱人柴德岸和儿子龚辉也在。一家四口除了女儿磊磊在北京读书，全在病房里，这更增加了我的不安与担忧。

龙泉见我进来，有点吃惊，可能没想到我来得这么快，忙从半躺着的病床起身，与我并肩坐在沙发上。如果不是他的左肩吊着绷带挂在脖子上，很难发现他与平常有什么不同。

龙泉说，前几天突然感到不舒服，以为应酬太多，酒喝多了，没太在意。刚好中学同学聚会，有位同学在这所医院当医疗办主任，劝他住院检查，并告诉他，五十岁以后，特别是男人，就进入了多事之秋，对自己的健康要格外关注。本打算先办好住院手续，等过完“五一”长假再认真检查，不承想洗脸拧毛巾用力太猛，左肩的锁骨拧断了……

像在电话中一样，言语间不仅情绪低落，而且可以明显感到他的焦虑不安。

为了安慰龙泉，我装作若无其事地样子用开玩笑的口吻说：“别愁眉苦脸，还未到世界末日。人吃五谷杂粮，哪能无病无灾？平日劝你少喝酒，少吸烟，多吃水果蔬菜，你就是不听，改不了你的坏习惯，现在尝到苦头了吧？人到中年，钙大量流失，又得不到补充，能不出事吗？”我根据生活常识临时编排的几句说词，加上柴德岸与龚辉的不断地敲边鼓，效果居然出奇的好，直说得龙泉连连点头称是，并表示从现在戒烟戒酒。

我见龙泉心情好了起来，脸上有了笑，于是进一步说：“这个医院的S教授是全国著名的骨科专家，也是我的朋友，我去找找他，请他重点过问你的病情，如需手术，请他主刀。”

我与S教授的关系，龙泉及柴老师都是知道的。此时此刻，我的话无疑为龙泉他们全家带来了希望、鼓舞与信心，病房里有了欢乐的气氛，言谈间有了笑声……

然而，我用良好的愿望营造的美好愿景，当我来到了S教授的办公室时，便被他一瓢冷水给浇灭了。

S说：“我知道你和龙泉是大学同学，关系很好，但我还得实话实说：他已是肺癌晚期，癌细胞已转移至全身。他的锁骨为什么会断？说明骨头已受到了癌细胞的侵蚀，变得腐朽……”

我有思想准备，我自认为神经也并不脆弱，可是当S的话以最坏的结果印证了我朦胧预感时，还是犹如晴天霹雳，令我猝不及防。顿时，两行泪水流了下来……始而哽咽，继而抽泣，最后竟至号啕……

S一边不断地将抽纸递给我，一边安慰我说：“你、我、龚龙泉，都应算作成功者，作家、主编、教授、专家、博导，有许多头衔，而且往往还要加上‘著名’二字。可是我们比谁都清楚，我们也是吃五谷杂粮的普通人。拿我们医生来说吧，‘救死扶伤，治病救人’是我们不变的宗旨，可我们不是神，我们治得了病，但救不了命。你老陈相信不相信命运？反正我相信。”

我说，你不了解龙泉。我相信命运，可是命运对龙泉也太不公道了……

……

泪，在默默地默默地流着，我的思绪也在默默地默默地流着……龙泉那不幸的童年，动荡不安的青年，忘我奋斗的中年……像电影的慢镜头，一幕幕地出现在我朦胧的泪眼前……

龙泉原籍河南灵宝，自幼失去了父亲，是母亲含辛茹苦抚养龙泉及两个哥哥成人。龚妈妈有一个坚定的信念：自己吃再多的苦，受再多的累，也要供三个儿子念书。正是在这个坚定信念的支撑下，龙泉的一个哥哥中师毕业，当了小学教员，另一个哥哥高中毕业，在基层供销社工作。上世纪五十年代中期，修建三门峡水电站，灵宝属于库区，需要搬迁，龚妈妈留下已经工作的大儿子，带上另外两个儿子，作为共和国最早的移民，千里迢迢来到河西走廊的敦煌。

昔日的敦煌，贫穷落后，干旱少雨，自然环境恶劣，夏天酷热，冬天奇寒，狂风怒嚎，沙尘肆虐……这些困难，龚妈妈都能忍受，可教育的落后，没有像样的学校、合格的教师，影响龙泉的学业，这是龚妈妈无法忍受的。龚妈妈安排好二儿子的工作及住处，转身带上龙泉回了兰州，投奔了在省委工作的龙泉的表姐，帮她带孩子，操持家务，暂时有了安身之处。后来这位表姐工作变动，调往外地，龚妈妈就租了房子单住，自力更生供龙泉上学。

龚妈妈那间位于中山路166号的住房，读书时及工作后，我都去过。那是怎样的房子啊，说是一间，只有半间的面积，一座土炕占了房子的多半，炕的里头有一个旧得发了黑的木箱，炕前有一张又窄又小的写字台，炕与写字台之间无法放下一张凳子，看书、写字、做作业，只能坐在炕沿上。房内如果有三个人，必须有一人脱鞋上炕，另两个人才可以侧身坐在炕沿上……去的次数多了，才弄明白，原来这不是正规住房，而是两进院通往后院的过道，把后门堵了，成现在的样子，怪道连半扇窗户都没有。生活主要靠龚妈妈帮比较富裕孩子又多的人家拆洗衣服被褥，干干家务，拿今天的话说就是钟点工。龚妈妈手巧，还制作一些竹门帘、竹窗帘，卖了赚一些手工费补贴家用，加上龙泉学习优异，自上初中起一直享受优等助学金，大学读的又是不收学费吃住全免的师范，生活清苦，也还算有滋有味。

龚妈妈上过小学，在她那一代老年妇女中算是有文化的人了，经常见她戴着老花镜读书看报。龚妈妈的写字台上摆有看旧了的《三国演义》、《水浒传》、《红楼梦》三大古典文学名著，说起书中的故事、人物、情节，她如数家珍。问她为什么独缺《西游记》，龚妈妈指着龙泉笑着说："上初一的时候，这个小猴头看《西游记》看疯了，不做作业，上课也看，被老师抓住了。气得我要命，当着他及老师的面把《西游记》一页一页地撕了……"大爱无疆，母爱无边。古有孟母三迁，今有龚妈撕书，不都是为了下一代的教育吗？人啊，人类的文明啊，不都是靠这样一代一代的建树，一代一代的薪火相传累积而成的吗？

龚妈妈为人热情善良，幽默开朗，说起话来快人快语，铿锵有力，掷地有声，对我们这些龙泉的同学，像对自己的孩子一样，有说有笑。我们读书的西北师范大学在黄河北岸的十里店，算是郊区了。星期天、节假日，同学们进城逛逛书店，游游公园，逛了半天，游了半天，连三分钱一根的冰棍都不舍得吃，不是小气，而是因为穷啊！于是龚妈妈那在市中心的半间房便成为大家歇脚喝水的好去处。赶上饭点，龚妈妈就留大家吃饭，有什么吃什么，也许是一个大饼一盘酿皮子（兰州特有的既当饭又当菜的面食小吃），外加一碟泡菜，也许是一碗热气腾腾的由萝卜丁、洋芋丁、豆腐丁为臊子的手工面。这对来自农村的穷学生而言，不啻是吃饭，简直是享受，甚至可以说是奢侈了。

我坚信，热情、友善、好客、诙谐、幽默……是可以遗传的，龙泉继承了龚妈妈的所有这些优点。粉碎“四人帮”后被称作新时期的10年里，龙泉的工作迅速地发生着变化——由普通的中学教员，到市教育局的秘书，再到兰州市委宣传部的干事、中国青年报记者、《新一代》主编。身份在变，地位在变，唯有对同学、对朋友的感情没变。我们大学中文系并行的甲乙两个班100多同学，留在兰州市的只有10多个人，其余分布在全省各地。但凡有同学进城，不管是甲班的还是乙班的，龙泉都要做东请大家聚一聚。一盘猪头肉、一盘花生米、一盘拌三丝、一盘酿皮子，四个小菜，喝几杯小酒，吃一碗拉条子，简简单单，但余味悠长。老同学见面不在意吃什么，喝什么，而在于叙叙旧，拉拉家常。这已经很不简单啦，要知道大学毕业时每月工资只有五十四元零八分，转正后也只有六十三元，上有老下有小，容易吗？随着经济条件的改善，龙泉招待同学的规格也在变化，由家庭走进了饭馆、餐馆、宾馆……

龙泉因工作关系，先是当记者，后是当主编，自由度比较大，自主性比较强，加上有车，跑遍了甘肃全省的地、州、市。每到一地或者将老同学约到宾馆见见面，吃顿饭，或者登门拜访，总之尽可能地见见老同学。尽管如此，每次外出归来见面，总是掰着指头数啊数，还有谁谁谁、谁谁谁大学毕业二十多年，至今未见过，言谈之间，颇感遗憾。

1998年7、8月间，奉我们大学的老师、甘肃当代文学研究会会长季成家教授之命，我同龙泉这两位“学生”副会长，先后两次赴平凉，先是筹备、后是组织参加甘肃当代文学研究会年会。这期间我们与平凉的四五位同学数次会面，相聚甚欢。其中张赪言同学家庭连遭不幸，又遇不公对待，53岁被迫退休，心酸坎坷，感同身受。

龙泉对我说，你是省政协委员，应该通过政协的渠道反映赪言的问题，也许对改变他的处境有帮助。我有些顾虑，怕别人说我为老同学办事，有假公济私之嫌，信心不足。龙泉说：“怕什么！建言献策，参政议政，反映社情民意，是你政协委员的职责。古人尚且‘内举不避亲，外举不避仇’，何况今天！”

龙泉的话打消了我的顾虑，会议结束的当晚，我就起草了一篇《高级教师张赪言流离失所生活堪忧》的短文。文章在简明地叙述了赪言的基本情况后，有如下一段议论：

人才的浪费是最大的浪费。智力是贫困地区最紧缺的资源。而在我省贫困县之一的静宁竟然（变相）迫使一位高级教师提前7年退休，不能不说是人才的极大浪费，不能不说是一件咄咄怪事！而退休后的张赪言，又被（变相）赶出公房，流离失所，连起码的人道都不讲，令斯文扫地，使尊重知识，尊重人才变成了一句空话，实为全省乃至全国罕见。此种所作所为，显然是与科教兴国的战略方针背道而驰的。

作为反映情况的短文，该说的说了，该议论的也议论了，至此本该结束了，可又觉得应该再对领导提醒两句：

张赪言老师多半生心血催桃李，到头来落了个提前退休，流离失所，生活窘迫，这难道不值得我们有关领导三思、三思、再三思吗？

龙泉看了，连连说好。别看龙泉平常嘻嘻哈哈挺随和，其实骨子里还是有些恃才自傲，对别人的文字极少赞扬，因此，对龙泉的称赞，我还是很高兴，颇有成就感。仔细一想又觉好笑，不到千字的说明文，外加两段小议论，有什么好赞扬的？实际上龙泉在为替老同学仗义执言、讨还公道的行为叫好。

这篇短文很快在《甘肃政协信息》发出。如此之快多少有点让我感到意外，更让我感到意外的是，竟引起省上领导的高度重视，代省长宋照肃、主管教育的副省长李重庵都作了批示，要求切实解决好张赪言的生活困难及住房问题。更令人欣慰的是，平凉行政公署也很重视，地、县主要领导亲自过问，并责成静宁县政府组成调查组，对反映的问题进行了全面详细调查，并帮助张赪言解决了生活上的困难。

事后赪言用毛笔小楷工工整整地写了一封长信，欣喜之情、感谢之意溢于言表。读赪言的信，我有一种发自内心的喜悦：一是赪言的问题得到了妥善解决；二是电脑时代，赪言老夫子还有用毛笔写信的雅兴，令人羡慕，实属难得。同时我还想告诉赪言，同学之间是毋须言谢的，要谢也该谢龙泉。咳，龙泉也不用谢。毋庸讳言，商业社会，市场经济，官本位体制，功名利禄，无时无刻不在侵蚀着我们的肌体与灵魂，但我仍然坚信，人间自有真情在，老同学之间的情感还应该是未被污染的，还应该是纯真而诚挚的。

龙泉，你说呢？……

……

男儿有泪不轻弹，只是未到伤心处。

泪，默默地默默地流着，我的思绪也默默地默默地流着……

鲁迅说，悲剧就是把有价值的东西撕破让人看。

那么人呢？有能力有水平、有才华，睿智幽默、乐于助人，常常把欢乐带给同学亲友的人，突然要被病魔夺去生命，这不是人间最大的悲剧吗？

平时我经常开玩笑说，龙泉是当主编的命，天生龙泉就是为了让他当主编。

1958 年他在兰州八中读初二，他是整个初中部的墙报主编。八中在甘肃日报社隔壁，有一天晚饭后甘肃日报副刊部编辑到八中散步，从墙报上看到龙泉的诗，认为颇有新意也颇有诗意，抄回去发表了，在学校引起不小的轰动。那年他只有 14 岁。从此，他的诗歌创作一发而不可收，少年诗人的名声也不胫而走。

1962 年考入西北师范大学中文系，一入学就担任了学生会的文学刊物《百花园》的主编。西北师范大学与北师大同根同源，是抗日时期北师大搬迁而来，不仅教授中名师荟萃，学生中也是人才济济——何来因在《诗刊》发表《烽火台抒情》而名声大噪，黄莺、吴辰旭等一批学兄学姐都常有诗文在省以上报刊发表……老实讲，在文风醇厚、高手云集的中文系，能够出任《百花园》主编，而且游刃有余，没有水平，没有组织协调能力，是绝对不能胜任的。

1966 年开始的“文革”，把少不更事的学生推到前台，龙泉出任师大“革联”总部机关报《东方红战报》的主编，手下有四位颇有才华的青年教师相助，被称作“四大记者”。学生领导老师，这“千年等一回”的稀罕事，也只有在“文革”这特殊的年代才会出现。报纸办得虎虎有生气，其影响不仅限于师大，也不仅仅限于兰州地区，而是遍及全省，甚至连中央的有关部门，也把它当作掌握甘肃“文革”动态的重要参考资料。

龙泉手下“四大记者”中的季成家、孙克恒二位先生，“文革”后延续了治学育人的道路，成就斐然，成为令人尊敬的名教授，龙泉与他们保持了良好的关系，亦师亦友，相处融洽。另两位从政发迹攀升为高官，龙泉则敬而远之。龙泉为人有些清高，但还不至于清高到不与高官交往，究其原因，是看不起这二位“人一阔脸就变”的人品。有一次我同龙泉一起在兰州饭店参加一个会议，那位发迹的高官Y坐在主席台上，对坐在台下的龙泉及我视而不见。在公众场合见谁不见谁，打不打招呼，在官场似乎是颇为深奥的学问，这也罢了。可是会议中间休息，我与龙泉从洗手间出来，恰遇Y迎面走来，但却昂首阔步，目中无人，擦肩而过……龙泉勃然大怒，大声骂道：“他妈的，装什么大狗！当年老子比他阔多啦！”我则配合以仰天大笑，引来周围不明缘由的人侧目而视……

我相信这位高官听到了也看到了这一幕，事后多次托人带话给龙泉，希望见面修好，而龙泉则置之不理，并把此事当作笑话，走到哪里，讲到哪里，骂到哪里，笑到哪里……

“文革”被彻底否定之后，全国高校中的学生造反派领袖，几乎无一例外地受到了严惩，而龙泉这位也应算做“学生领袖”的师大“革联”总部常委、宣传部部长、《东方红战报》主编，却毫发无损。原因就在于甘肃省的“革联”被定性为“保守派”组织。昔日是“造反有理”、“造反光荣”，为争“造反派”的“挂冠”，曾打得头破血流，到头来却是昔日的“光环”变成了今日的罪证，昔日的“伤疤”反倒成了今日的光荣。人世间的事，真是难说。“文革”反倒成了龙泉展现才华、累积人脉的平台。这也算善有善报吧。

如果说前三次主编只是龙泉人生中的三次砺炼，那么出任甘肃的青年刊物《新一代》的主编，便成为他安身立命的事业。近10年的中国青年报记者的经历，使他变得成熟而老练，具有了全国的视野，接手编务后对刊物进行了大刀阔斧的改革，使原本影响只限于省内只有几千份的《甘肃青年》，变身为发行量达20余万份的《新一代》，影响遍及全国，被业内同行称之为甘肃省青年刊物的黄金10年……

关于干部的使用，当时社会上流行着颇为生动形象的三句话：年龄是个宝，文凭不能少，关系最重要。文凭在档案里，年龄在户口本上，没有什么秘密，唯有这“最重要”的“关系”神秘兮兮的耐人寻味，耐人琢磨……在许多人看来，龙泉大学毕业后一帆风顺，步步登高，一定有什么“关系”，因此不断有人问我：龙泉到底有什么“背景”？我的回答是：胡耀邦。

这当然是开玩笑。但从大方向上说也没有错，如果没有胡耀邦全力支持并贯彻执行邓小平的改革开放路线，龙泉有天大的本事会有施展的天地吗？具体地说，无论是当《中国青年报》记者，还是任《新一代》主编，赏识重用龙泉的领导都是胡耀邦在团中央工作时的旧部。再往具体说，似乎还有证据：在龙泉的办公室中挂有一幅放大了的龙泉与胡耀邦在中南海的合影照片。当然不是龙泉一个人，而是有好多人，不过龙泉是紧挨左边的第一人；前边有二、三排散坐在草地上，后边也站了二、三排，犹如众星捧月，把胡耀邦围在中间，耀邦与大伙脸上都绽放着灿烂的笑容……

龙泉告诉我，这是团中央召开的一次全国青年报刊主编会，期间安排大家参观中南海，“恰巧遇见”胡耀邦出来散步休息，于是有了这张合影。这张看似自然随意的合影，实际上摄影师还是做了一些简单安排的。因为耀邦同志个头不高，因此左右紧挨他的人就不能太高……

青年报刊的主编们，什么年代都是思想最活跃、最容易碰撞出火花的群体，这次合影之后，他们为龙泉创作了许多“版本”的故事——“版本”之一，是胡耀邦在寻找接班人，组织部门选中了龙泉，考察已久，利用这次在中南海见面的机会，耀邦同志要亲自考察考察，作最后的决断……；“版本”之二，是中央保卫部门为了耀邦的安全，在寻找“替身”——并说斯大林正是因为有替身才躲过了几次暗杀云云——寻找的结果，认为龙泉无论身高、体态、面貌都与耀邦酷似，所以这次合影特意把龙泉安排在耀邦跟前，照片出来再看看效果……

还有“版本”之三、之四……

我问龙泉，事实到底是怎样的？

龙泉说，我们参观时与耀邦不期而遇，大家很兴奋，纷纷围上去与耀邦握手问好。当我与耀邦握手时自报家门，来自甘肃。耀邦对甘肃很有感情，多次到甘肃视察，每次都深入到贫穷落后的边远山区、田间地头；干旱少雨“苦甲天下”的定西，耀邦就去过三次。要甘肃“反弹琵琶，种草种树，改变生态环境”的指示，就是视察定西时做出的。对于耀邦的指示，锦涛同志非常重视，团中央号召全国的共青团员采集树种草籽，支援甘肃。每年的冬春之交，全国支援甘肃的树种草籽一车皮一车皮地运来甘肃。对此，我们《新一代》全程追踪、图文并茂地予以报道，受到团中央的表彰。谈到这一话题，耀邦很感兴趣，在摄影师安排照相的过程中，我们一直在交谈，临照相时，耀邦顺手就把我拉在了他身边……

“你为什么不给大家解释一下呢？让大家猜测，而且说三道四。”

“为什么要解释呢？我才不干这种傻事呢。这帮家伙都是我的好朋友，因为‘嫉妒’我，所以‘编排’我。‘编排’也是善意的。这几个‘版本’都不错，假戏真唱，哪一个能成真，我都乐观其成。”

龙泉边说边“嘻嘻嘻”地笑着，他那幽默、诙谐、自信的秉性再次显露无遗……

奋斗者未必是成功者，但成功者必定是奋斗者。这二者的区别就在于机遇，前者要么没有机遇，生不逢时，要么机遇来了没有抓住；后者则把机遇牢牢地抓在了自己的手里，没有让他失之交臂。所以我们常说，机遇永远都是为有准备的人准备的。

龙泉既是奋斗者，也是成功者。因为他有准备。

我很惊叹龙泉对于时代变化的洞察与敏感。粉碎“四人帮”后，我们常彻夜长谈。他对我说：“时代要变了。如何变还看不清楚，但有一条可以肯定，将来得凭本事吃饭了，我劝你及早动手复习功课，考研究生。我也想考，但家庭困难，不能考。”

1977 年春夏之交，刚刚复刊不久的《中国青年报》，决定成立甘肃记者站，从兰州市调配一名记者。当时竞争这一位置的不下五六人，可是当龙泉的个人材料——包括在省以上报刊发表的诗歌、散文、评论及大量的新闻报道、及长篇通讯，同其他几个人的材料一起放到市委组织部那位女部长的面前时，立见高下。那位女部长当即拍板：定了，就是龚龙泉。

龙泉调任《中国青年报》记者后，我又见证了他的敬业和才华。1977 年 8 月初的一天下午，快下班时，突然接到他的电话，说他从窑街矿务局采访刚刚回来，让我赶快到他的办公室，帮他完成一项紧急任务。到了我才知道，《中国青年报》为了迎接党的“十一大”召开，要集中宣传一批党代会的青年代表。二话没说，我们就开始了加班加点的工作。龙泉根据采访的材料写初稿，我则抄写誊清。当时不像现在有电脑有互联网，写完了誊清了，还要到邮电局用电报一个字一个字的发出去，折腾完了，已是晚上九点多钟了。这时才想起尚未吃晚饭。令人欣喜的是，凝聚龙泉智慧与心血的长篇通讯，第二天就在《中国青年报》头版头条刊出。赫然在目的通栏大标题是《一块熊熊燃烧的优质煤——记党的‘十一大’代表青年矿工李有奇》。事隔 10 多年后的 1989 年，我同龙泉一起应邀赴窑街矿务局参加一项文学活动，说起龙泉的这一长篇通讯，矿务局的领导、职工仍记忆犹新，津津乐道，交口称赞。

正如俗话所说，是金子在哪都会闪光。龙泉凭着自己的勤奋、敬业与睿智，很快打拼出了一块属于自己的新天地，成为骨干记者，经常被报社抽调去完成全国性的重点采访任务……

唉！如今这奋斗者、成功者的身影，正迅速离我而去……越走越远……越走越远……

……

泪，在默默地默默地流着，我的思绪也在默默地默默地流着……

我不仅在哭龙泉，也在哭我自己，甚至是在哭我们这一代人。“文革”令我们失去了10年岁月，噩梦醒来，韶华已逝，青春不在，为了事业，为了成功，必须把青年时的担子加到中年的肩上一起挑。加班加点，夜以继日，拼搏奋斗……人的时间与精力是一个常数，这边有所得，那边必有所失——亏欠妻子，亏欠孩子，亏欠家庭，内心满是歉疚，唯独最重要的一点忘了，也亏欠了自己。要知道自己取得的那点点成功，是以牺牲自己的健康、燃烧自己的生命为代价的呀！

龙泉不就是鲜明的例证吗？

龙泉的青少年是在动荡不安中度过的，因此他对家庭十分的眷恋、珍爱。而龙泉的成功则既得到了家庭的支持，也的确给家庭带来了荣耀感与成就感。我经常在朋友跟前以他的住房为例，抖喽他的“发家史”——中山路的半间房，井尔街结婚时的一间房，小沟头的二间房，广场西口的四间房……

龚妈妈去世后，龙泉的一个哥哥在山西教小学，一个哥哥在敦煌工作，都在千里之外，有恩于他感情深厚的表姐离休后安置异地休养。因此，柴德岸家就成为龙泉在兰州的唯一亲戚。柴家是兰州的名门望族，柴德岸本身就兄弟姐妹众多，平日里龙泉经常把老岳母接到家中，像对待自己的母亲一样，以尽孝道。节假日经常有聚会，特别是春节，兄弟姐妹之间轮流坐庄——兰州人叫串亲戚，按老理串亲戚得带上两包点心，所以龙泉戏称“点心包包”旅行。每当此时，龙泉特别高兴，其乐融融，令人羡慕不已。

整个八十年代，兰州的住房特别紧张，很多青年男女苦恋多年，最终因无房而劳燕分飞。柴德岸有个叫虎子的小弟弟，恋爱多年到了谈婚论嫁时，没有房子，龙泉二话没说，腾出自己的一间住房，帮虎子结了婚，完成了一件人生大事。

虎子应该感到幸福。因为有柴德岸这样一个关心他、理解他、爱他的“尕姐”和龙泉这样一个同样关心他，理解他，爱他的“尕姐夫”。

我们这一代人并没有赶上严格的计划生育的年代，城里的同学大多选择要一个孩子，主要考虑的是工资、住房、精力等条件，而龙泉选择的是“儿女双全”。龙泉对孩子的爱超过了一般的父亲，尤其对他的宝贝女儿磊磊，视若掌上明珠。多一个孩子，经济上自然受影响，同学们大多有了彩电，龙泉家中仍然是十三寸的黑白电视，每谈及此，龙泉就把磊磊高高地举过头顶……在举起放下的反复中，响起小姑娘“咯、咯、咯”的笑声……龙泉用并不地道的兰州话说：“沸（谁）说我没有彩电！沸（谁）说我没有彩电……”然后亲着女儿粉嘟嘟的小脸说：“这就是我的彩电！这就是我的彩电！这是世界上最好的彩电……”

此时此刻的龙泉是幸福的，他在尽情地享受天伦之乐——释放着父爱，收获着温馨，如沐春风，其乐融融。然而这样的时光，对龙泉来说，太少了，也太短了……

同样的父爱，对儿子则又是另一番情景。

儿子晶晶上初中时的某一时段，产生了“青春逆反”心理——不做作业、旷课、逃学，管得严、批评得厉害，就离家出走，令龙泉、柴德岸伤心不已，痛苦不堪。那时我经常陪龙泉深更半夜找离家出走的晶晶。一次，半夜 11 点多了，我同龙泉骑着自行车转了大半个兰州市——火车站候车室、长途汽车站候车室、电信局营业室……凡夜间能容身过夜的地方，几乎都找遍了，没有找到。龙泉气得浑身发抖，发狠说找到要把他腿给打断，省得成天逃学。

此时，我突然想到，应该到学校看看，孩子最熟悉的地方应该是学校啊！来到学校，已快 12 点了，敲了半天门，门房老头才一脸不高兴地把门打开。龙泉急忙递上烟，赔着笑脸，说明来意。果然，在一楼的一间教室里发现了晶晶，像条小狗一样，缩成一团，在两张拼起的课桌上熟睡着。我们把他摇醒，睡得迷迷糊糊的晶晶似乎不知道发生了什么事，清醒些后，不知道是害怕还是冷，瑟瑟发抖……龙泉像喊魂似的不断重复着“晶晶我们回家！晶晶我们回家！”说着，脱下自己的外衣，给儿子穿上，扶他坐上自行车后座，自己的上身只剩下了背心，刚才发狠要打断腿的劲头，早已不见了踪影……临出门，龙泉一边向门房老头连连道谢，一边顺手将一盒“红塔山”塞到了老头的手中。出了门，本该骑车回家——骑车带人比推上走要快得多，也省力得多——可龙泉说不行，认为孩子睡着了坐不稳，骑上走容易摔下来……于是龙泉双手紧握车把，我在后边一手推车，一手扶着蔫头奄脑的晶晶，歪歪斜斜地往前走。路灯下龙泉的眼窝亮亮的，不知是泪水还是汗水……

舔犊情深，心细如丝。

龙泉，真的令我刮目相看了。

1985 年前后，人生的又一次机遇摆在了龙泉的面前——《中国青年报》的社长兼总编辑钟佩璋，调任《人民日报》负责人，他很欣赏龙泉的能力与才干，动员他一起去《人民日报》，龙泉举棋不定，找我商量。我积极主张他去，道理很简单，同是记者，《人民日报》记者可以是一生的职业，一直干到退休，青年报吃的是青春饭，养小不养老。龙泉斟酌再三，还是决定不去《人民日报》，给出的理由让我无话可说。他说："人民日报只解决我一个人的进京户口，老婆孩子暂不解决，得等。等多长时间？没有时间表，一年两年好说，如果四五年都解决不了呢？怎么办？我已经是四十多岁的人了，再闹个两地分居，划得来吗？对家庭已经亏欠的太多太多了，对不起老婆，对不起孩子……"

唉！这就是龙泉啊！失去的10年青春要补，心中的梦想要追，努力了，奋斗了，也成功了……然而也付出了很多很多，失掉了很多很多，亏欠了很多很多……难道这就是人生吗？

龙泉，你让我对萨特的名言"世界是荒谬的，人生是痛苦的"有了更深刻的体验与理解……

……

电话铃第N次响起，是S教授的夫人催促他回家吃饭。时间已经很晚了。我感谢S教授倾听我的哭诉，分担、有时也化解我的悲伤与痛苦。

S教授起身送我出门，握别是问我："还需要我为你及龙泉做些什么？"

"我知道你已不具体地分管病人，我希望你能将龙泉当作你'分管'的病人，常去查查房，看看他。同样是'善良的谎言'，你说出来对龙泉的安慰效果可能会更好一些。我还会常来，但不会在龙泉醒着的时候进病房，我害怕面对他那忧郁、坦诚而又充满期盼的眼睛，我更怕在他面前控制不住情绪而痛哭失声……"

S教授点点头，用力握了握我的手，算是答应了我的请求。

……

数月间，一个奋斗者、成功者的身影——我的好同学、好朋友、情同手足、亲如骨肉的好兄弟龙泉的身影，一步一步地离我而去，越走越远……越走越远……直至从我的眼前消失……

然而，那个激情四射、才华横溢，奋发进取、乐观向上，诙谐幽默、重友轻财，乐善好施、善解人意，眷恋家庭、热爱生活……的龙泉，却深深地深深地珍藏在了我的心里！深深地深深地镌刻在我的记忆中！

2011年清明于北京

遥远的记忆

——孙树强其诗其文其人

面前摆着树强厚厚的诗文打印稿《紫荆花》，未及阅读便勾起了我遥远的记忆……

说“遥远”，主要是指时间的跨度。我与树强是大学同班同学，毕业于“文革”骤起的1966年，屈指算来已36年了。蓦然回首，不禁让人生出“岁月易逝，人生易老”的感慨。

说“遥远”，其实并不遥远。睹物生情，四年同窗，朝夕相处，树强的音容笑貌，举止言谈，至今仍历历在目，恍然如昨……

树强是来自陇东农村的学生，又是背着沉重的家庭出身十字架的学生。前者决定了他的清苦，后者决定了他忍辱负重的坚毅。艰难困苦，玉汝于成。树强为人厚道，待人热诚，勤奋好学。在我的印象中，无论春夏秋冬，他总是提着厚重的书包，行色匆匆地往返于教室、图书馆与宿舍之间。寒窗苦读，换来的是既让人羡慕又令人“妒忌”的优异成绩。树强的基础课及专业课学得好，学得扎实，而他的写作则更好更突出，当时便常有诗文在省级报刊发表。对于这些诗文树强常常自谦为“豆腐块”。中文系的学生，个个志存高远，哪个没有“作家梦”、“诗人梦”？但大多眼高手低，能够把“豆腐块”变成铅字的毕竟寥寥无几。当时我想，我们同年级的两个班100多人，如果能出一两个作家或诗人的话，树强就应该位列其中。

世界说大也大，说小也小。毕业36年我同树强虽然同在一省，但天各一方，却只见过一面，而且是不期而遇。时间是1987年暑期的一个黄昏，地点在我们的母校——西北师范大学家属区。其时树强已担任了陇东某县主管文教的副县长，去找省教委某负责人（家住西北师大）汇报工作。我知道，其实就是去要钱。在穷省的穷县管教育，是苦差使，真是难为树强了。于是我莫名其妙地产生了一个怪念头：不擅言词不擅交际的树强当官，真是误入歧途。

树强本应成为学者、教授、作家、诗人的。并不是我看不起“官”，更不敢特别看重学者、教授、作家、诗人。我们毕竟生活在“官本位”的社会里。之所以如此，是基于我对树强的了解与认识，愚以为搞专业可能更适合他的个性和专长。

这部诗文集《紫荆花》给我的观点作了很好的诠释。诗词咏怀，新歌吟唱，曲艺小调，散文情思，人物纪事……体裁多样多元，反映了树强扎实的文学功底及全面而良好的文学素养；而题材及内容的丰富多彩，则反映了树强视野的开阔及胸怀的壮阔。古今中外，天文地理，历史文化，科技教育，在树强的笔下，无不化为妙诗美文。歌毛泽东，颂周恩来，谒中山陵，表达了他对革命伟人的仰慕；游衡山，登华山，放歌紫荆山，抒发了他对祖国山河的热爱；咏周祖陵，赞潜夫读书台，拜诸葛亮庙，寄托着他对历史的追思；参观山城堡战斗纪念碑，访问南梁纪念馆，凭吊抗大七分校遗址，传递着他对革命历史的向往……甚至连北京申奥成功、中国足球进军世界杯这些都市人、年轻人关心的热门话题，他都要咏怀一番，感叹一番。“风声雨声读书声声声入耳，家事国事天下事事事关心。”用这副著名的对联来概括树强的诗文集，真是再贴切不过了。

树强的诗文有一股贯穿始终的精神——中国知识分子的传统精神——人文关怀。人文关怀的具体体现，就是“先天下之忧而忧，后天下之乐而乐”。他有一首《凭栏长空怀壮志》的诗，是鼓励侄儿努力学习、参加高考的，这本是私事、家事，可他也与“其他参加高考的学子”连在一起，一并鼓励之，其境界之高远可窥一斑。

据我所知，树强因家庭出身问题，在极“左”的年代曾受到许多不公的对待，而且工作中也多有坎坷，不如意不顺心的事时有发生，对此，他的诗文却鲜有反映。并非没有牢骚，并非没有不满，并非没有伤感，而是没有发泄，或者说是不屑发泄——套用一位著名作家的小说题目，叫《没有时间叹息》。展现在我们面前的，无论是诗词散文，也无论是曲艺纪事，字里行间充满了激情，充满了昂扬向上的旋律，这正是树强文学作品的难能可贵之处。

树强的有些诗词，在凝词练句、创造意境、塑造形象等方面，也颇见功力，达到了相当高的艺术境界。譬如《浪淘沙·讲台上》：“巍然好气派/驰骋讲台/纵横捭阖数十载/两鬓飞雪全不顾/痴心不改/评古话未来/眉心飞彩/知识种子任撒开/情注教坛挺身站/乐育英才。”抒情明志，尽在词中，一个孜孜不倦献身教育的教师形象跃然纸上。无疑，这首词有作者自身的影子在。

再譬如《鹤桥仙·西峰即景》："千年小镇/崛起新城/众口齐赞沧桑/楼房鳞次街道宽/车如流/绿槐飘香。"寥寥数语，把西峰新貌勾画得形象而传神。其实更精彩的还在下面三句："深粤名货/京沪客商/挤开对外门窗。"改革开放，深粤京沪得风气之先，我们西部较之人家慢了半拍甚至数拍——不得不开放，又不心甘情愿主动地开放，所以"挤开"二字便愈加显得贴切形象而又传神。"挤开"二字几乎达到了"推敲"的功效。

对待文学，不同的人有不同的态度。一种人将文学当作"敲门砖"，一旦仕途的大门被敲开，便把文学抛诸脑后，弃之如敝履；一种人，当他在官场春风得意时，视文学为雕虫小技，不屑一顾，而当他退出或即将退出"舞台"时，又附庸风雅，唱几句顺口溜，冒充诗人。树强与这两种人迥异，他把文学当作自身的素养与修养，陶冶性情，砺炼生命，当作人生的挚爱与追求。《紫荆花》文集所收作品，历时几近40年，就是有力的明证。

文章千古事。

文学及创造文学的人一起将传之千古。

2002年5月24日

第五辑　西部情韵

思念金川

——忆《飞天》与金川公司的文学情缘

小序，方毅穿针公刘引线，肇始《飞天》与金川公司的文学情缘……

金川而今是甘肃金昌市的一个区。金川的历史充满了神秘而又神奇的色彩；正是神秘而又神奇的色彩，赋予了金川无穷的魅力，勾起我们无尽的向往与思念……

金川原是一个小山村，位于丝绸之路北侧龙首山山麓；村的西面及北面是无边无际的戈壁滩；戈壁滩的尽头就是腾格里大沙漠；穿过大沙漠呢？就到内蒙古了。村民们逐水而居，种着几亩地，勉强可以糊口，养羊放牧，维持日常开销；像西部大多数干旱农村一样，过着日出而作，日落而息的日子，世世代代，繁衍生息……

金川戏剧性也是历史性的变化，发生在1958年。那时，全国都在为“大炼钢铁”而发狂，同时也掀起了群众性探矿、报矿的高潮。一天，一个老汉在龙首山上放羊，发现了一块孔雀羽般璀璨斑斓的石头，如获至宝，送到地质队，经化验，竟是含量很高的镍矿石。地质学把裸露在外的矿石称作“矿苗”。地质勘探大多从寻找矿苗开始。大规模勘探的结果，发现了龙首山大型镍矿，它是世界著名的多金属共生大型硫化矿之一，在同类矿床中，储量仅次于加拿大的萨德伯里矿。时任副总理的邓小平惊呼，我们“抱了个金娃娃”！于是在那全国人民吃不饱肚子的年月，在许多工程紧急下马成为半拉子工程的情况下，国家勒紧裤腰带，调集精兵强将，上马了采、选、冶配套的大型有色金属冶金化工联合企业——金川有色金属公司。金川公司除产镍外，并副产铜、钴、金、银、铂、钯、锇、铱、钌、铑及硫磺、盐酸、硫酸、烧碱等。其主打产品镍和铂族分别占全国的88%和90%以上，被称作中国的镍、钴工业基地和铂族金属提炼中心，理所当然，金川也戴上了“镍都”的桂冠。思念金川，实际上是思念镍都，思念金川公司，再具体地说，作为“文学从业人员”（王蒙语）的笔者，作为一个见证者及亲历者，思念的是《飞天》与金川公司的文学情缘，这种情缘犹如滚雪球，越滚越大，成为文坛佳话，发展成金川公司与全国的文学情缘……

《飞天》与金川公司的文学情缘，肇始于方毅同志。

方毅同志在上世纪的80年代初，任国务院副总理，分管有色金属工业；他八下金川，金川的山山水水，矿山车间，无不留有他的足迹身影；金川公司几次跨越式发展，无不熔铸着他的汗水与心血。金川公司之所以有今天，方毅同志居功至伟。方毅为金川留下了一座丰碑——这丰碑不是建在工厂里，也不是建在广场上，而是永远留在了金川人的心坎里……正应了那句俗话：金杯银杯，不如老百姓的口碑。

方毅同志对公司领导说，企业发展了，要扩大企业在社会上的影响，并要尽自己的社会责任，不能满足于报纸有名、电台有声、电视有形的阶段，要请一些作家诗人来，深入生活，与职工交流，提高职工的文化素质，加强企业文化的建设与发展。方毅同志还身体力行，约请著名诗人公刘于1982年夏随他同行，访问金川。公刘也没有辜负这位老首长的苦心，深入采访，写出了报告文学《水火并举》，于《飞天》刊出；意犹未尽，老诗人又给《飞天》寄来了长诗（组诗）《金川好汉歌》。随着《水火并举》与《金川好汉歌》的一冲“飞天”，在全国的文学界掀起了一股“金川”热。关于镍的提炼有“水”、“火”二法，时任金川公司经理的王德雍夫妇，各执一法，因此，这对因镍而结缘的“水火夫妻”，便也声名远播。

公刘与杨文林（时任甘肃作协副主席、文联副主席、中国作家协会理事、《飞天》主编）是诗友、挚友加净友。早在上世纪的五六十年代，他们就建立了深厚的友谊，公刘常有厚重的诗文馈赠《飞天》，深受广大读者欢迎。1957年，公刘被“错划”，打入“另册”，杨文林深表同情，深感痛苦，但又爱莫能助。60年代初，政策稍有宽松，杨文林就编发了公刘的政治抒情长诗《空气》，向文坛传递公刘的信息。为此杨文林付出了沉重地代价：屡屡检查，屡遭批判，始终不悔。公刘的金川行，很自然地把杨文林带往金川，结识了王文海，李林等老一代的创业者及当时正年富力强的“三化”——知识化、年轻化、专业化——干部王德雍、杨学思、杨金义等新一代的企业家。

由方毅同志穿针，经公刘引线，肇始了《飞天》与金川公司近三十年的文学情缘；而后这情缘又延伸扩大至全国的文学界……

A．第一次合作：1983年的“飞天笔会”，人才济济，硕果累累，创多项“全国纪录”；贾平凹、谭谈、方方、梁晓声、李锐……当年“小荷才露尖尖角”，而后成为文坛中坚、纵横驰骋的骁将……

1983年9月15日至10月底，《飞天》与金川公司联合举办了“飞天笔会”，来自北京、上海、江苏、湖南、湖北、安徽、山西、陕西等省的青年作家谭谈、贾平凹、李锐、梁晓声、方方、陆星儿、程乃珊、竹林、黄蓓佳、王振武、史晶晶、周矢、王大鹏、谭元亨、陈焕新，加上本省及金川本地作家40余人参加了笔会。

这次笔会是否创造了那个年代的笔会记录？留给文学史家去说吧。但与会者来源之广——九省区；人数之多——40余人；时间之长——45天；规格之高——省委书记李子奇、兰州军区政委肖华、省长陈光毅及省上领导杨植霖会见与会作家，期间杨植霖同志还亲自前往金川看望笔会作家并合影留念，以及金川公司的重视——老书记李林及时任书记的杨学思亲往兰州迎接，并陪同始终，足以彰显这次笔会的大手笔，大气魄，大气象！

出作品，出人才。以此判断，这次笔会是成功的，与会者都写出了厚重而有新意的作品，在《飞天》及全国性报刊陆续发出。贾平凹的成名作（起码是之一）《鸡窝洼的人家》，不仅获全国中篇小说奖，而且改编成电影《远山》，广获好评，也获了奖，正是这次笔会的成果。从出人才来说，这次笔会更是成功的，当年“小荷才露尖尖角”的青年作家，而后已成为驰骋文坛的骁将、中坚。谭谈早在2001年就被选为中国作家协会的副主席，贾平凹、方方分别担任了文学大省陕西、湖北的作协主席，至于带“副”字的就更多了；梁晓声是知青文学的翘楚，李锐以其作品的厚重与超拔广为世人瞩目，程乃珊成为“海派”的代表……

人生的道路是漫长的，但关键处只有那么几步。我们当然不敢断言，这次笔会成就了这些作家，但回首往事，他们谁又能忘记在金川度过的这45个日日夜夜呢？谁又能忘记金川公司的企业文化、开拓精神及创业者的高大身影呢？

B．1991年作家代表团参访金川，老诗人张光年（光未然）身后，既有著作等身的老作家海笑，也有散文家、编辑家、出版家柳萌；还有正在走红的中青年作家陈世旭、刘小放、徐小斌、毕淑敏……老诗人《镍都题字》意犹未尽，在中顾委的会议上大谈金川半小时……

1991年8月，中国作家协会组团从兰州出发，沿丝绸之路前往敦煌参观访问，应中国作家协会的要求，我们特意安排了金川的行程。作为东道主我全程陪同。参访团因张光年（光未然）而变得特别引人注目。他是蜚声海内外的大诗人，论资历，十三四岁参加革命；论地位曾任中国作家协会党组书记、副主席、中顾委委员；论成就，一曲《黄河大合唱》（歌词）成为中华民族不屈的精神象征及全世界华夏儿女凝聚的软实力。参访团所经各地市及国有大型企业，领导班子无一例外地都集体出席欢迎宴会，为的是一睹这位传奇诗人的丰采。

作家访问团于8月11日上午抵达金川公司，下榻在公司第二招待所——龙首山庄。这“龙首山庄”四字系方毅同志墨宝，古朴、典雅、庄重。龙首山庄环境幽雅，设计新颖别致，布局巧妙合理，四周绿树环绕，院内碧草如茵；果树枝头硕果累累，葡萄架下浓荫如盖；潺潺溪水川流而过，盛开的鲜花芬芬袭人；喷水池吞云过雾，网球场静候嘉宾；多功能学术楼、室内游泳馆、健身房、小卖部、酒吧……加之设备一流，管理一流，服务一流，令你宾至如归。客人至此，尚未登堂入室，已自有了几分好奇，几分愉悦，几分好感。老诗人在《镍都题字》题记中说：“这里是沙漠上的镍都，戈壁滩上的宫殿。”“镍都”，自然是指金昌市，而“宫殿”自然是指“龙首山庄”了。

经理王德雍全面介绍了公司的情况，书记杨学思不但陪同参观，而且亲自担任讲解。8月12日这天，作家们和着金川公司的高速度，快节奏，马不停蹄地参观了科技培训中心、一矿区、二矿区、科技馆、冶炼厂、镍都实业公司及正在紧张施工的二期扩建工程工地。在这一连串的令人眼花缭乱的参观之后，陈世旭、刘小放、毕淑敏、徐小斌等一些少壮派作家，觉得意犹未尽，又提出要参观采访主斜坡道。主斜坡道是金川公司二期扩建工程——矿山建设的关键工程。它气势宏伟而浩大，洞内可以双向行驰两辆载重数十吨的矿用大卡车。主人满足了大家的要求。于是这些中青年作家穿上工作服，登上长统胶靴，戴上安全帽，手持电筒，乘车沿主斜坡道，几经曲折盘旋，下到地下600米深的施工现场。地下像一座迷宫，道路四通八达，车辆穿梭往来，食堂饭菜飘香，施工现场紧张而有序。参观采访之后，又改乘罐笼吊车垂直上升600米——那过程既令人兴奋，又令人提心吊胆——返回地面，结束了这次加班加点的令人终生难忘的采访。

老诗人张光年（光未然）的《镍都题字》，正是这日上午参观科技馆时的即兴之作，拿诗人的话说是“将口占四句写成横披留下，略表心意”：

戈壁滩上献奇功，
百炼千锤镍钴铜。
科技繁花看不足，
欣随耳目壮心胸。

镍被称作现代工业的“维生素”及“钙”，没有镍，现代工业就患“软骨病”，上天入地就成了无法想象的的事。上世纪50年代及60年代初，我国的镍奇缺，国力所限，进口极少，堂堂共和国的冶金部长，只有审批几公斤镍的权力。当时，要用50吨大米或15吨大对虾才能换回一吨镍。当时，金川公司仅镍的年产量就突破了25000吨，二期工程投产达标后，产量、产值、利税指标，都将翻番。抚今追昔，强烈的反差，强烈的对比，熔铸成诗，便是“戈壁滩上献奇功”。

金川公司在发展的过程中，始终把科技进步，科技攻关摆在首要的突出位置来抓，十多年来纯属技术进步增加的经济效益在11亿元以上，占同期实现利润总额的45.54%，达到了发达国家的水平。1989年，“金川资源综合利用”项目获国家科技进步特等奖。这一切，雄辩地证明：科学技术是第一生产力；这也正是老诗人“科技繁花看不足”的深刻内涵。只不过前者是理性的思辨，后者是形象的艺术的诗意的表现。

作家访问团的此次访问，还有许多花絮，不记之，笔者似有失其责，亦愧对作家朋友与读者大众。

花絮之一：此行无团长。作家访问团原定山西作家协会主席焦祖尧担任团长，但太原至兰州航班每周只有一次，最近的一次是8月10日。按计划8月10日在武威访问。经反复研究，决定待焦祖尧飞兰州后，由甘肃作协派专车连夜送往武威。如此，除8月10日外，其余日程均不受影响。大家都以为此方案万无一失。俗话说，不怕一万，就怕万一。这“万一”就出现了——太原至兰州航班，先说晚点，接着没有点，最后取消了。结果是此行无团长。

花絮之二：“随团”与“为首”。

中国作协组团时并未考虑光年同志，怕他年事已高，体力不支。但作协创联部副主任吴桂凤同志兼任光年同志秘书，行前需向他请假。于是光年同志提出亦想去敦煌。吴桂凤颇为踌躇，劝其慎重考虑。于是光年同志打电话给冯牧征求意见。冯牧说："河西的公路很宽、很平、很直、完全可以去。"光年随即幽了冯牧一默："那你去年（1990 年 9 月）为何发生了车祸?"冯牧笑道："纯属偶然。"于是光年同志决定"随团"。中国作协考虑很周到，为了照顾光年同志，决定请他夫人黄叶绿（音乐家）也一同随团。光年同志很歉逊，每有题赠，必注有"随团"二字，但由于他德高望重，影响太大，每到一地，主人致欢迎词时必冠之"以张光年为首"的云云，非约定而俗成。好在，大家公推海笑、王纯厚二位老同志致答词、祝酒都能恪尽职守，胜任有余，一路愉快，融洽，顺利，畅达……

花絮之三：柳萌风采惊骆驼。8 月 10 日上午参观武威的沙漠公园，园中备有骆驼数峰，供作家体验乘坐沙漠之舟的感受。每峰骆驼每次乘一人或两人，由管理人员在前面牵引，绕场鱼贯而行。前面均相安无事，轮到柳萌，他刚刚骑上骆驼，不知何故，臀部便被后面的骆驼咬了一口，大叫一声跳了下来。大家一阵哄笑，说他大惊小怪。

柳萌指着臀部说，真的咬了一口，果然，西装短裤上骆驼的唇印及齿印清晰可辨。于是便有人创作了"柳萌风采惊骆驼"的"警句"。不知有何"科学"根据，陈世旭认定"此驼"系"雌驼"，于是"柳萌风采惊骆驼"又有了新的版本……有人表示要把这一戏剧性情节，写入作品。对此，柳萌表现了大度与宽容，表示欢迎大家写入作品，并说某次他同大诗人艾青到某地访问，被蜜蜂蜇了一下，大诗人写入诗中，在香港发表云云。最后，他还"郑重"宣布，留有骆驼唇印及齿印的西装短裤，返京后将珍藏起来，以备将来在"柳萌文学馆"中陈列展出……

花絮之四："名瓜醉沁祁连雪，诗人谦虚味品尝。"不知是天意还是缘分，作家参访团到嘉峪关，正赶上嘉峪关赛瓜节开幕，光年作为"首席嘉宾"被安排在主席台正中——市委书记李善平与市长孙一峰之间就坐。开幕式有一项仪式，由少先队员给主席台上的嘉宾每人献西瓜、白兰瓜、黄河蜜各一颗；所献之瓜都是瓜中珍品，意在让大家品尝，以扩大影响，扩大宣传。当光年同志因日程安排提前离开主席台时，所献之瓜在主席台竟丝毫未动。我问："瓜为什么未带?"光年同志反问："那瓜可以带吗?"我说："当然可以。献给你就是让你品尝的呀!"我要到主席台代取，光年同志说："算了吧，不好意思。"事后，我将光年同志《嘉峪关头赛瓜节》题诗的头一句"名瓜醉沁祁连雪"，加上自己的涂鸦"诗人谦虚未品尝"合成一联，念给光年同志听，并耿耿于怀地说："此瓜未尝，永久遗憾。"

光年同志不无诙谐地说："永久的遗憾不是可以化做永久地思念吗？"

花絮之五：坐着参观莫高窟的第四人。在莫高窟参观，段文杰院长怕光年同志体力不支，特嘱工作人员搬一折叠椅，让光年坐着参观。段院长说，光年同志是坐着参观莫高窟的第四人。此前的三人是小平同志，捐巨款保护莫高窟的日本某实业家、冯牧同志。光年同志《访敦煌莫高窟》的诗句"敦煌学者多厚爱"，除了"愿为远客开密藏"而外，是否还应包括此种体贴入微的特殊关照呢？

花絮之六：归途惊闻"8·19"。甘肃省顾委主任李子奇同志，副主任吴坚同志，定于20日下午6时在兰州宁卧庄宾馆会见光年同志一行，并与之话别。为此，访问团决定20日提前一小时——晨七时从张掖出发。八点钟，司机按时打开收音机旋钮。此时，作家们正三三两两地交谈着各自的话题。突然，光年同志大声喊"安静！安静"大家一时不知发生了什么事，随即听清了广播内容——苏联发生了震惊世界的"8·19"事件。

沉默良久，光年同志严肃而庄重地说："苏联要大乱了。"事态的发展，完全证实了光年同志的预言。但我至今尚不清楚：是有幸而言中，还是不幸而言中？

……

丝路行、特别是金川公司给张光年留下了非常深刻的印象。他诗兴大发，创作了《丝路短歌》（十首）。为了采写报告文学《张光年与黄河大合唱》（载《老人》1993年7期，《新华文摘》1993年10期全文转载），这年冬天我在北京拜访了老诗人。老诗人说，在一次中顾委的学习会上，他朗诵了诗作《镍都题字》，之后又谈参访的心得体会，足足谈了有半个小时……张光年笑着说："我的诗和我的发言，把参加会的老头子们鼓动起来了，他们纷纷表示，想到金川走一走，看一看……"

C. 1993年的"敦煌笔会"，在经济低迷中进行，但却高潮迭起：五彩城的歌声、蒋子龙受"追捧"、唐达成的书法掀起一次又一次高潮；台湾画家李锡奇女诗人古月伉俪的与会，在海峡两岸传为佳话……

1993年春节前，我在北京见到时任《中国作家》常务副主编而今已是中国作家协会党组成员、书记处书记、副主席的高洪波。他问我，可否由《中国作家》、《飞天》与金川公司三家联合搞一次"敦煌笔会"？还说，许多作家、诗人读了张光年、公刘的诗文，都产生了丝绸之路敦煌及金川公司情结，很想一睹它们的风采。

回到兰州，恰逢甘肃省“两会”（人大、政协）召开，金川公司经理杨金义是全国人大代表，自然出席省上“两会”。我在宁卧庄宾馆见到了他。我说明情况，杨金义经理立即表态：可以。并说时间就定在瓜果飘香的8月；与会作家由《飞天》与《中国作家》定；日程春节后你来与公司宣传部屈（丰泰）部长商定，其他你们就不用管了。”我将情况及时地通报了高洪波，洪波对事情进展的快速顺遂而高兴。

春节过后，风云突变，不断有坏消息传来——国际上有色金属价格暴跌，前苏联解体，经济濒临破产，以前作为战略物资储存于国库的镍在国际市场大量抛售，数月前还是“皇帝的女儿不愁嫁”的镍，而今已无人问津……国家经济发展过热，宏观调控……银行紧缩银根……以前离我们非常遥远的经济数据、金融术语，如今切切实实地来到我们面前：金川公司职工的工资已不能按照月发放，而是上半月，下半月……

如此严峻的形势，如此困难的局面，“敦煌笔会”还能如期举行吗？

1993年5月5日这个令全世界震惊的日子——一场千年一遇的特大沙尘暴席卷了甘肃的河西及宁夏、内蒙、山西、陕西等大半个中国。这一天我来到了金川公司。值得庆幸的是，沙尘暴袭来时我刚好住进了“龙首山庄”；否则真不知道会发生什么情况，行驰中的汽车，被掀翻也有可能……

晚上屈部长请我吃饭，开了几个罐头，开了两瓶啤酒，点燃两支蜡烛，来了一次“烛光晚宴”。屈部长一脸的歉意，说没有办法，高压线被沙尘暴吹断了，食堂没法做饭，车间都停了产，公司领导都到一线去了，组织力量抢修线路、设备……屈部长用“老鼻子了”这句典型的东北话来形容公司的损失，并说公司停产一天的损失不是几十万，也不是几百万，而是几千万……这场沙尘暴对金川公司而言，无异于雪上加霜。我试探性地提到“笔会”的事，屈部长半晌无语，然后说了句“只有明天你见了杨经理再说了”。

这顿饭吃得我心里“瓦凉瓦凉”的。

第二天我怀着一颗“悬”着的心见到了杨金义经理。他说：你的来意我知道。现在公司非常困难，公司内部的许多活动会议都取消了，但有二件事还是要办——一是“敦煌笔会”；二是镍钴国际大会。再困难，也不能让作家们失望，再困难也不能让国际上镍钴界的同行们看咱的笑话。接着便是爽朗的笑声……

这次笔会不仅如期举行，而且高潮迭起。

与会作家8月10日在兰州集中，11日中午即抵达金川，入住“龙首山庄”；下午杨金义经理介绍了公司艰苦创业的历史，目前的状况及未来的发展远景，并着重讲了眼下的困难及克服困难的思路、措施……对企业发展充满了信心。可能是受杨经理讲话的鼓励，也可能是“龙首山庄”优美环境给大家的惊喜，在晚上杨学思书记主持的欢迎宴会上，大家的情绪高涨，“表现欲”出奇地强，几杯酒下肚，纷纷登台“卡拉OK”，以壮行色。宴会持续了两个多小时，还意犹未尽。最后，杨学思书记说，今天大家坐了将近四百公里的汽车，太辛苦了，早点休息，明天晚上组织大家与公司职工联欢，届时欢迎大家尽情表现……

如果说头天晚上是“序曲”的话，第二天（12日）晚上在五彩城的联欢堪称“笔会”第一次高潮。公司职工艺术团演出的歌舞都很专业，很精彩。特别是语言类的小品、相声，全都取材于生产一线的生活，真实的故事，既风趣、幽默、生动、深刻，又栩栩如生、惟妙惟肖，富有艺术感染力，令全场充满了掌声与笑声……作家们也不甘示弱，蒋子龙的“山西民歌”，举座皆惊；特别是他把那“头一次到你家，你呀不在，你妈妈打了我三锅盖”的歌词，用山西方言，土得掉渣，演绎得绘声绘色堪称原生态；杨匡满这位集诗歌、散文、报告文学、评论、编辑于一身的“全能选手”，用“双语”——汉、俄两种语言演唱的《三套车》、《莫斯科郊外的晚上》，深沉，婉转、抒情；袁和平这位当年在内蒙草原插队的知青，以其宽厚的男中音演唱的内蒙民歌，似马头琴的演凑，低沉、悠扬、把人带进了“风吹草低见牛羊”的草原牧场；张倩这位川大中文系毕业的女高音，演唱的新疆民歌，声情并茂，楚楚动人；李锡奇的台湾民谣，李云鹏的“花儿”也都广受欢迎……

第二次高潮是子龙掀起来的。蒋子龙是新时期改革文学的开拓者，并且是引领工业题材创作的大手笔，其《乔厂长上升记》等一系列的描写工业题材改革的作品，为文学画廊增添了“开拓者家族”的系列典型人物形象，深受读者的喜爱与欢迎。在金川公司，蒋子龙同样受到了大批“粉丝”的“追捧”——无论是矿山，科技馆还是在实业总公司，总有闻讯而来的职工，不断地就文学的创作问题向蒋子龙发问；子龙也总是耐心地回答，有时也驻足探讨。等我们从闪速炉车间参观出来，在我们乘坐的大巴车周围，已聚集了闻讯赶来的二三十名职工，有几位拿着蒋子龙的书要求签名，更多的是请教创作中的各种问题。有位青年职工，向蒋子龙提出了一个很尖锐的问题：“你的《乔厂长上任记》已经过时了——现在的工业企业的改革，比你的作品反映的内容，揭示的矛盾，处理的人际关系要复杂得多，也深刻得多。你的那个乔厂长，放在今天的工厂里，恐怕一天也干不下去了！”作家们被这位青年职工的话逗笑了；蒋子龙笑着说：“我的那个乔厂长早就不干了，已经离休了。”蒋子龙的幽默引来一阵掌声与笑声。

这位职工的话，是把文学与生活混为一谈了，唐达成这位成就卓著的老评论家，显然认为有理清的必要。于是他解释说：“任何文学作品都是历史的时代的产物，优秀的文学作品更应该具有历史的积淀，体现着时代精神。社会发展了，时代进步了，会有新的作品产生，但并不能代替原有的成功的作品。真正优秀的作品是永远不会过时的。《乔厂长上任记》也一样，不会过时，因它已进入文学史，成为了新时期的文学经典。”

在返回宾馆的车上，高洪波给出了一句话的总结，他说：“子龙，金川公司职工对你作品的认知与赏识，比100篇评论家的文章更有价值，更有意义。”

公司职工浓厚的文学情结，深厚的文学素养，给笔会作家留下了深刻的的印象。

第三次是唐达成掀起的书法高潮。

唐达成是著名的文艺评论家，曾任《文艺报》主编，中国作家协会党组书记副主席等职。唐达成属于命运多舛、人生坎坷，大器晚成的人物，他人生中本该闪光的二十几年岁月变成了“错划”的蹉跎，不能写文章了，就读书练书法，加上幼年的功底及深厚的文化学养，他早就超越了“作家中的书法家”的层次，在京城乃至全国享有名副其实的书法家的盛名，甚至被称做书法大家。对唐达成的书法，我的评价是“行云流水中蕴涵着典雅大器，风流倜傥里饱含有人生沧桑。”达成对我的评价，含笑点头，深以为然，引为知己。

从到达金川的第一天起，公司及市上慕名求字的人就络绎不绝。日程安排得活动很满，写字只能放在中午及晚上；我怕影响达成的休息，提出公司及市上各写一张条子，列出名单，不能超过10人。结果是“你有政策，他有对策”，一是条子上的名单严重超标，二是前一张条子尚未写完，后一张条子又递上来了。我上前“挡驾”，达成这位好好先生则“来者不拒”，于是我也不再扮演得罪人的“白脸”。其结果，便是从公司写到市上，又从市上写到金川公园的蒙古包中——那时，其他作家正与市上及公司的同行们又唱又跳地联欢。事毕，我对达成开玩笑说：“物以稀为贵。你的字写得太多，仅在金川不下百幅，将来‘拍’卖，‘拍’不出高价。”达成则揉着酸胀的手腕，笑着说：“我本来就没有打算靠卖字发财，怕什么！下来一趟不容易，大家喜欢我的字，也是一种厚爱与确认嘛！……”

唐达成离开我们已十多年了，当你在客厅中或书房里驻足欣赏唐达成那龙飞凤舞而又高雅大器的墨宝时，亲爱的朋友，你还记得这位宽容敦厚、睿智仁爱的领导与长者吗？……

第四次——严格说来不是一次高潮，而是一段佳话——台湾的现代派画家李锡奇及女诗人古月伉俪参加了笔会，虽只二人，却丰富并扩大了这次笔会的内涵及外延：由“文学”而“文艺”，由“大陆”而“两岸”。台海两岸的作家、艺术家共同参加笔会，全国是否有此先例，我不敢说，在西北这肯定是第一次。

李锡奇、古月参加笔会，很有戏剧性。

在笔会的日期、日程确定之后，经我与高洪波电话往返，与会者的名单也基本出炉：唐达成、蒋子龙、陈丹晨、高洪波、程树榛、杨匡满、袁和平、李云鹏等十余人，在笔会即将举行的前几天，突然接到洪波从北京打来的电话，说台湾最大的民营报纸《联合报》副总编唐经澜先生和他的夫人陈长华女士热切希望参加这次笔会。洪波问我：可否把他俩加上？我立即表态：可以。就在笔会开始的前两天，又接到了洪波的电话，说唐经澜夫妇因故不能来，问换成台湾现代派画家李锡奇及夫人台湾著名诗人古月行不行。我同样作了肯定的答复。

我们刚到金川时对唐达成的称呼颇费踌躇。他在任时严格规定作协机关的同志一律不准叫他的官职“书记”，所以上上下下一律直呼他“达成”，在会议等正式场合，顶多在“达成”二字之后再加上“同志”，表示正规与尊重。称他“达成”，对作协机关的同志而言，不仅习以为常，而且感到很亲切；可我们这些“外人”就不同了，他既是领导，还是德高望重的长者，直呼其名，确实不习惯，叫不出口，再者也总感不恭。怎么办？还是蒋子龙有想象力及创造性，“发明”了一个字的称呼：党。这称呼亦庄亦谐亦形象亦亲切，获得大家一致通过；达成呢，在“谦虚”了一番之后，也就接受了。话又说回来，他不接受也不行了——这称呼未“约定”已“俗成”了，不仅与会作家这么称呼，连接机起就陪同我们的屈丰泰部长及顾今女士也这么称呼了。特别有意思的是，李锡奇、古月这二位台湾“同胞”，也亲切地称达成“党”。

古月原是国民党党员，后来因反对李登辉的“西国论”愤而退党。这是后话，此时尚是国民党党员的古月及无党派的大画家李锡奇和我们一起叫达成“党”，不能不说是一段文坛佳话。我开玩笑说，“国共第三次合作”尚待时日，我们笔会的“国共合作”的新局面已经形成了！

笔会从8月10日至24日，历时半个月，在金川公司的大力支持与精心安排下，取得了圆满成功。这次笔会直接的成果，是产生了一批写丝路、写敦煌、写金川的精美散文力作；在之后的《中国作家》、《飞天》发表；持续而长期的效应，则是通过与李锡奇、古月的朝夕相处，深入交流，使大陆作家产生了“台湾情结”，而李锡奇、古月则产生了“大陆情结”。

8月23日是笔会的最后一个夜晚，卜榻金川公司驻兰州办事处，依依惜别的情绪笼罩在每一个人的心头。夜深了，大家仍聚集在唐达成的房间里，久久不愿离去。李锡奇、古月取出事先准备好的留言签名册，请大家留言签名，以资纪念，并请达成为之作序。达成同志当众欣然命笔，一挥而就：

> 癸酉初秋，有敦煌笔会之举。台湾艺术家李锡奇、女诗人古月相偕同行。是时天高云淡，和风舒畅，同行十四人自兰州出发，沿古丝绸之路，驰车千里，遍览历史古迹、地方风情，尤以瞻仰敦煌莫高窟为此行高潮。窟中彩绘泥塑，庄严雄伟，典雅博大，鬼斧神工，精美绝伦，令人心神震撼，叹为观止。李先生、古女士尤为感奋，为纪念此次半月之欢聚，李先生出此册页，以求同行签名为念。岁月易逝，友谊长存。聊志数语，以记其胜。
>
> ——长沙唐达成志

达成同志的精美短文及与会者的留言签名，情真意远，充分体现了血浓于水的民族亲情；同时，也为这次笔会画上了圆满的句号。

唐达成返京后，随即来信，盛赞笔会的成功，表达对金川公司的深情及谢意。现全文抄录如下——

> 云鹏、德宏二兄如见：
>
> 此次有幸参加“敦煌笔会”，不仅饱览河西走廊山川风情、古城雄关，且结识了不少朋友，旧雨新知，把谈欢聚之情，至今

犹缭绕脑际，令人难忘。这次笔会之能以圆满，当然和你们的精心安排，金川公司领导及屈部长顾今女土无微不至的关怀分不开，内心深为感动，特向你们致深切的谢意，并见到杨（金义）经理、杨（学思）书记、屈（丰泰）部长、顾（今）女士时，代致谢忱！

此行感触甚多，理应有所抒写，但印象仍是既丰富又杂乱，当待梳理，但我知道，都在构思中，比如丹晨即如此。请勿念。便中欢迎来京一游。匆此即止。

秋祺

尊夫人亦请问候！

唐达成

一九九三·八·二八

D. 金川公司已超越了一般意义上的企业意涵，成为甘肃的一张靓丽名片，在《飞天》及全国文学同仁的心目中，组织活动，只走丝绸之路，只参观敦煌，不安排金川便是一种“缺憾”。1995 年的全国文学期刊主编研讨会，20 多家期刊的主编 40 多人造访金川，令他们眼界大开；1996 年《飞天》与金川公司联合举办的“镍都杯”诗歌散文大奖赛，“西部开花，东部结果”，展示大企业的气魄与胸怀；2000 年中国作家代表团的丝绸之路敦煌行，再次参访了金川公司……

1995 年 8 月 20 日至 22 日，由《飞天》主办的全国部分文学期刊主编研讨会在兰州召开。《新华文摘》、《十月》、《钟山》、《小说家》、《作家》、《芙蓉》、《上海文学》、《山花》、《边疆文学》、《广西文学》、《西藏文学》、《青年作家》、《朔方》、《美文》、《百花园》、《滇池》、《山丹》等国内 20 多家文学期刊负责人及部分作家、出版社编辑 40 余人与会，交流办刊经验，对商品经济大潮冲击下纯文学刊物的现状及出路进行了广泛深入的探讨。会后，组织与会编辑家、作家沿丝绸之路进行了为期九天的参观采访。其中金川就安排了三天。

关于文学期刊与文学的关系，文学界有种种说法——其一，称之为“文学园地”，是作家诗人耕耘收获的地方，这当然没错；其二，称之为“文学苗圃”，是培植文学“树苗”之地，这些“树苗”如遇合适的土壤及气候，再加上独特的“基因”，便可成长为文学的参天大树。当然，这也很形象；其三，称之为文学的“前沿阵地”，“阵地”是打仗的地方，无疑带有“以阶级斗争为纲”的时代特征，但“前沿”二字对文学而言，倒也贴切。因为无论是本土的还是引进的文学思潮，文学流派，带有创新性，实验性，探索性，先锋性的作家，作品，往往会在文学期刊最先亮相，正所谓“春江水暖鸭先知”；还有第四种说法，称之为“三级火箭”——“一级火箭”是地市级刊物，为初登文坛的作者提供施展身手的平台，经历炼提高，送上“二级火箭”——省级刊物，展现才华；再提高再历练，便送上了“三级火箭”——国刊，大刊；“三级火箭”像发射“卫星”、“飞船”一样，将其送上“太空”……这“三级火箭”说，不仅具有与时俱进的时代特征，更在于它生动、形象、贴切地概括了文学期刊共同而又有区别的责任与使命。

这四种说法集中到一点：文学期刊是整个文学事业不可或缺的重要组成部分，对促进文学的发展与繁荣，起着重要的作用。一时间，20 多家文学期刊的主编涌向金川，对公司及地方上的业余作者及文学爱好者而言，无疑是一次文学的大普及，更是一次向外界探求文学的良机。所以，在公司及市上安排的两场讲座、研讨，场场爆满，场场热烈……

什么叫请进来、走出去？把全国 20 多家的主编请来讲他们的文学观念，授他们的办刊经验，了解我们的生活，认识我们的作者，这就是请进来；然后我们的作者将稿件投向全国，用文学发出甘肃的声音，这就是走出去。文学需要交流，需要碰撞。夜郎自大，武大郎开店，闭门造车同样是文学创作及发展的大忌。

1996 年，得到金川公司赞助，《飞天》举办了“镍都杯”诗歌散文大奖赛。第广龙等人的 19 篇散文及李建华等人的 67 首诗歌获奖。

文学是仁者见仁，智者见智的事业，很难有严格的统一的评判标准，难以像竞技体育那样有着 0. 01 秒及 1 厘米的快慢高下之分。于是有人认为文学评奖是出力不讨好的事——包括世界瞩目的诺贝尔文学奖，难免遗珠之憾，甚至遭人诟病。但是文学评奖又是文学发展不可或缺的部分，它毕竟为文学确立了某种标准与尺度，是对作家、诗人辛勤劳作的肯定，是评奖者对文学的一种倡导与推动。除此而外，对文学刊物而言，还有另外的特殊意义：一是发现文学新人，二是扩大稿源，三是扩大影响。新时期以来，《飞天》从偏处西北一隅的一家默默无闻的地方刊物，发展成具有全国影响的大型文学月刊，应该说，从持续不断地举办诗歌、散文、精短小说大奖赛中获益匪浅。比如这次获散文一等奖的《三界地》，被《新华文摘》、《散文选刊》、《人民日报·海外版》等十多家报刊转载，一炮走红。作者第广龙，早在10年前就以“石油诗人”的身份登上文坛，《三界地》成为他新的创作的突破口，自此精美散文，厚积薄发，令他本人及文友始料未及，常有“有心栽花花不活，无心插柳柳成阴”的感慨。如今，散文家的美名，远远超过了第广龙的诗名。李建华是名副其实的名不见经传的诗歌作者，参赛前《飞天》的一些诗歌老编辑从未见到过他的诗作，获得一等奖的《小汽车》竟是抄写在汽车调度单的背面寄来的。但诗写得很好，很有意蕴，是反腐倡廉的，写坐小汽车的人应该贴近民众，体察民间疾苦，与赵本山著名的春晚小品《赶车》颇有些异曲同工之妙；不过赵本山的小品已是十年之后的事了。

这次大奖的评选结果令评委会主任之一的金川公司宣传部部长屈丰泰颇为难：散文、诗歌两个一等奖的获得者第广龙、李建华，都是地处陇东的长庆石油勘察局的职工，而“资方”——赞助者金川公司的参演者只有一人入围，一篇散文获三等奖。屈部长说这一结果“难以向公司领导交代”。于是评委会再议，议的结果难以改变，又不愿伤屈部长的面子，于是将“球”踢给了屈部长，由他来定，他认为一、二等奖的作品哪篇作品不合适，就换哪篇。评奖虽是仁者见仁，智者见智，但只要你是仁者智者，不搞武大郎开店，不打个人的小算盘，心中就会有一杆公平公正的“秤”。屈部长毕竟是仁者智者，所以比较了半天只说了一句话：“我看就这么的吧。”

西部（金川公司）开花，东部（长庆石油勘探局）结果，成为这次大奖赛的一段佳话。而这段佳话折射出的正是金川公司的企业精神及宽广的文化胸怀……

在世纪之交“千禧年”的2000年9月，中国作家参访团又安排了金川的行程。团长是以《雪国热闹镇》名世的原军旅作家刘兆林，那时已转业到辽宁省作协任党组书记、主席，副团长是河南作协主席田中禾——著作颇丰的毕业于兰州大学中文系的“科班”出身的作家；徐光耀是《小兵张嘎》的作者，因电影的普及而名声大噪；胡辛这位江西大学的女教授作家，因一部《蒋经国传》受到海峡两岸文学界及广大读者的喜爱与尊重；其中，关于蒋经国婚外恋人章亚若死因的追踪，至为详尽，为史学界揭开这一历史“谜团”提供了方法及路径……此外，创作势头正劲的山东作家毕四海等，亦在参访团中。

金川公司蓬勃发展的大好形势，给作家们留下了深刻的印象。

E. 2004年的“东部作家西部行”，是《飞天》与金川公司成功合作的又一范例；东部作家见证了这家西部的国有大型企业融入经济全球化潮流的步伐，及其跨越式发展的英姿勃发……；从“9·11”“惊魂一刻”，到范小青、李兰妮二位美女作家带病来西部，健康回故里；从航天城的欢声笑语，到董宏猷鸣沙山历险……留下了一段段文坛佳话……

2004年9月的“东部作家西部行”是我争取来的。

2004年初春，中国作家协会的全委会在昆明滇池畔的海埂举行。会议总结过去年一年的工作，其中一项是举办了第三届“西部作家东部行”，收获很大。中国作家协会连续三年组织“西部作家东部行”，组织西部欠发达地区的作家到东部参访，感受东部改革开放的氛围，见证祖国和平崛起的步伐与身影，收获自不待说，同时也体现了中国作家协会转变作风、关注西部的良苦用心。不知什么原因，我心里有些不舒服。实际上是心理不平衡：东部经济发展迅速是事实，西部欠发达也是事实，可经济领先并不等同于文学也一定领先，精神生产与物质生产的不平衡性，马克思、恩格斯早就论述过。再说了，尺有所短，寸有所长。我们西部也有值得骄傲的闪光点……于是我在大会发言时，提出下半年我们将组织一次“东部作家西部行”，走丝绸之路去敦煌，同时参访令国人骄傲的金川公司及东风航天城……

我的发言受到与会者的欢迎。会后，中国作家协会党组书记、副主席金炳华高兴地对我说：你的发言很好，已有好几位全委表示，很感兴趣，愿意参加，要我回去抓紧落实，可能的话，他也想去。炳华书记是一位颇受作家尊重的领导，对人友善，工作细致入微，很有亲和力，他能亲自率团，自然是再好不过了。不过，这也增加了我的压力，蓦然感到，我这一“炮”放得有些冒失——我们的经费一直很紧张，如果没有企业赞助，靠我们自己，很难办成这种大型活动。我首先想到了金川公司。而此时的金川公司早已人事更迭，新上任的掌门人李永军经理，尚未直接打过交道，只是在2000年作家代表团访问金川时，他来“三招”敬过一次酒；那时他刚走马上任，正在“龙首山庄”主持一个全国性的会议；而且他是外地交流来的。他能像以往的公司领导那样支持赞助文学活动吗?《飞天》与金川公司的文学情缘还能延续下去吗？……

带着一连串的“问号”，带着“东部作家西部行”的策划方案，也带着我的惴惴不安，来到了金川公司。结果是出乎意料的顺利，李永军经理给出了四个字的答复：同意联办。

“9·11”是令美国哀痛，世界震惊的日子，鬼使神差，我竟将这一天定为“东部作家西部行”的作家在兰州集结的日子，而且丝毫没有意识到有何不妥。接机时见到范小青、李兰妮二位美女作家，她们一边用手拍着心口窝，一副惊魂未定的样子，说：“这是你选的好日子！害得我们心里一直打鼓，直到飞机落地，这颗‘悬着’的心才落下来。”

中国作协创联部主任孙德全告诉我，参访团的名单早在八月初就定了，团员中有一半以上是东部省份的“主席”级人物，因为炳华书记想来，未再确定团长。炳华书记实在太忙，他是人大常委，八月要带队外出视察，只好推到九月；九月初参加中央全会的通知又来了，又不能来。人在江湖，身不由己，实际上，人在官场，也身不由己。不能再推了，再推河西就冷了。于是炳华书记发话“放行”。此时又遇到新的问题——千军易得，一将难求——团长没有合适的人选。原贵州省委常委宣传部长张健同志，奉调出任中国作协党组副书记，凳子尚未坐热，便被炳华书记派为团长。刚从西部来，率团访西部，令张健书记自己都始料未及。一波三折的“东部作家西部行”终于成行了，首日又遇“9·11”，虽是“虚惊”，毕竟令东部同行出了一身“冷汗”。责无旁贷，这是我的“罪过”。

好事多磨。多磨终成好事。

第二天上午，安排作家们浏览兰州市客——登白塔山，俯瞰黄河，心胸为之滔滔；走百里黄河风情线，看母亲河惟一穿城而过的城市兰州，风姿绰约，亮点尽出；作家们旅途的辛劳，虚拟的“惊恐”，荡涤一空……

作家们对兰州的半天参访，赞不绝口，说很紧凑，很突出，印象深刻。我说这要归功“导游”范文，他是作家、亦是兰州旅游局局长；作为作家，他要尽心，作为局长，他要尽职，能不出彩吗？

带着愉悦的心情，下午安排了分上下两个半场的活动——上半场由当地作家同仁出席欢迎座谈会，主要由东部作家“传经送宝”，也有省作协领导对本省文学发展的情况介绍，是一种双向的文学交流；下半场省委分管文艺的领导、省委宣传部领导及省文联领导出席，为采风团壮行。无论是上半场，还是下半场，都气氛热烈，发言勇跃，其乐融融；东部作家兴奋之情溢于言表，西部作家诚挚友好展露无遗……

下午的活动结束，我长长地出了口气，筹备了半年多的“东部作家西部行”的开场锣鼓总算敲响了。不过有条花絮值得一记。下午的座谈会进行到一半时，有人递条子，希望来自深圳的作家李兰妮发言，其实李兰妮、范小青都在我拟定的发言名单中，我知道美女作家到哪儿都会受到瞩目与欢迎；我原计划把她放在最后“压轴”，既然有人点名，我顺势念了条子，请兰妮发言。李兰妮先介绍了改革开放前沿深圳的文学发展状况，接着谈她自己的创作体会，还谈了她在创作中的问题与困惑……李兰妮的发言很深入，也很出彩，从掌声的热烈程度，不难判断，很受作家同行欢迎。不过她的“开场白”有点“油”，她说：“在我们深圳，一流智商的人都经商赚钱去了，二流智商的人都当官掌权去了，只有像我这样的三流智商的傻子还在坚守文学……”这“开场白”引起哄堂大笑，此时我见坐在我旁边的张健团长皱了皱眉。按照惯例与礼貌，会议结束前主持人应该请领导讲话，我打破了这一惯例，以时间紧张为由，简单地总结几句，座谈会就“转段”了。实际上我的真实想法，是怕团长“点评”李兰妮的开场白，弄得她下不来台。好在，团长事先与我有约，座谈会他只听不说，下半场壮行仪式时他再致答词。这很符合官场的对等原则。对等也是一种和谐。

果然如我预感，会后张健团长当面给予李兰妮的“开场白”八个字的“严厉”批评：“阴阳怪气，胡说八道”。对于批评，李兰妮又是作揖又是鞠躬，表示“认罪”，不过她也还以八个字的说明：“虚心接受，坚决不改。”李兰妮的率真，让这位刚刚“转岗”的团长没了脾气。

参访团13日在武威停留一天，14日中午抵达金川。一如既往，受到公司领导的热烈欢迎，下午，李永军经理全面介绍了公司的发展情况。参观由工会主席吴国贤陪同。在这儿，东部作家用得最多的词是“冲击”、“震撼”、“想不到”；大胡子诗人儿童文学作家董宏猷，用“丝绸之路上的双星闪耀”来描绘、形容金川公司与东风航天城。可见，金川公司所展现的现代工业文明，现代高科技装备水平，给参访作家的印象是多么的深刻。

作为金川公司的常客，老朋友，我的感受又有所不同，无论是公司的历时性的纵向发展，还是共时性的横向比较，此行我又增加了新的深刻记忆。其一，是金川公司已全面地融入了全球经济一体化进程，镍、钴等产品，已在伦敦有色金属市场挂牌上市；其二是与上海的宝钢强强联合，建立了战略合作伙伴关系；其三是30万吨产能精炼铜项目，第一期15万吨已建成投产，第二期15万吨正热火朝天地进行中；其四，与外国公司联合，成立了跨国公司，保证了矿石等原料的供应……这些大举措，大行动，已超越了传统的企业模式，具有了和平崛起的世界意义。从此，公司的领导，不仅要关心北京的“天气预报”伦敦、悉尼的“阴晴冷暖”也要时刻挂心头了。就镍、钴等有色金属产品的供求关系而言，由单行道变成了双行道，以前是世界影响我们，而今我们也影响世界了。与此相关联的也是更为重要的，标志着中国企业家的成熟——由只关心计划、生产任务的管理者，已蜕变成敢于在世界舞台上博弈的战略家了。这一变化无异于由蛹化蝶，无异于凤凰涅槃的烈火重生。

此行有几件堪称文坛佳话的轶事，值得一记。

其一是范小青的“腰”病好了。

作家以码字为生，先是爬格子，后是敲电脑，一天要坐数小时、甚至十数小时，久而久之，积劳成疾，腰椎病、颈椎病便成了作家的职业病。范小青到兰州的第二天，就感到腰部不适，凭经验判断，老病又要复发了。不过复发的实在不是时候。如在家中，遵医嘱卧床静养，或可渡过难关。可现在……考虑再三，范小青提出，河西不想去了。出师未捷，先病倒一员大将，显然不是好兆头。于是团长做工作，团友慰留，加上我的“特别”保障措施——将大巴车的第一排的两个座位，外加一个行李箱，组成一张“卧铺”供范小青专用，再派《飞天》的一位刚刚大学毕业的女编辑，形影不离，拎箱提包，侍候在侧……

出于责任，也出于感动，范小青上了车，与友同行，以观“后效”。而这“后效”竟出奇的好——到了武威就能同大伙一起参观了，到了金川，可以说完全好了。谈起这一“奇迹”，范小青归功于我“发明”的“卧铺”，一路颠簸，摇摇晃晃，犹如按摩，把即将“造反”的腰椎给“镇压”下去了。可能有些道理。久病胜名医嘛，更何况是名作家呢！不过，我不敢贪天之功据为己有。

范小青是一位高产的作家，短、中、长篇并举，以绵密又温婉的女性话语，展示现实生活中的复杂冲突，深得文学界好评及读者欢迎。大家都知道她在文场的盛名，其实她在“酒场”也是一员骁将，甚至堪称酒场上的“巾帼豪杰”。我们来到酒泉的东风航天城，基地副司令刘庆贵将军负责接待我们，并始终陪同参观访问，有时还亲自讲解。刘将军是总工程师出身的高科技型领导，还是航天城的“外交家”，几次“神舟”号飞船的发射，他都分工负责接待，是与党和国家领导人零距离接触的人物，也是与航天员零距离接触的人物。刘将军在我们到达当晚的欢迎宴会上，展现了他的“外交”才干与接待“艺术”——他率领指挥由四五名大校、上校组成的“军团”，向作家参访团发起了一波又一波地“进攻”，而且目标明确，直指张健团长。团长受到“围攻”，纪宇、董宏猷、卢德志、谢宜兴、葛安荣等男同胞奋勇解围，无奈实力不济，纷纷败下阵来。在这危急时刻，一直冷眼旁观，不显山不露水的范小青站了起来，把大校、上校“军团”敬团长的酒照单全收，而且礼尚往来，一一回敬。范小青“奇兵”天降，打乱了刘将军的指挥体系，“进攻”遭到抑制。但范小青并未“收兵”，而是以其人之道，还治其人之身，把进攻的“火力”直指刘将军。刘将军以“胃部不适”防守，范小青则以“我是躺着来的航天城”破解，加上范小青敬酒另有绝招——先干为敬，然后举着空杯在空中定格，众目睽睽，你不喝酒，决不放下。刘将军在连喝三杯范小青的敬酒之后，急忙宣布：“友谊第一，共创和谐”。

最好的防守是进攻，范小青深谙“军事”韬略，深得个中滋味。

是晚，欢声笑语，其乐融融。以前是“秀才遇上兵有理说不清”，而今是“作家遇兵团航天城里尽欢颜。”

范小青更大的收获还是在“文场”，她的散文，记述了她在兰州、武威、金川、航天城的感受，抒发了她对西部的深情。她的获鲁迅文学奖的短篇小说《城乡简史》，以甘肃进城务工的农民为主人公（之一），展现他们的勤劳、善良与真诚；城乡交叉，底层叙事，反映的却是社会的发展，时代的进步。小人物，大时代，已成为范小青小说创作的显著的艺术特色。

作家啊，生活犹如你的银行存款，说不定什么时候灵感一来，提取出来就能派上用场。

最近有消息传来，在江苏省的作代会上，范小青当选了作协主席，成为名副其实“党、政一把手”，统领的是文学大省也是文学强省的江苏的文学大军。

其二，李兰妮带着“抑郁”来西部，带着欢乐回深圳。

李兰妮是少年得志的女作家。他八十年代初开始发表作品，三十多岁就拿到了“文学一级”的正高级职称，出版了中短篇小说集和一部长篇小说，还有四五部散文集，她写的电视剧曾在央视黄金强档热播，获过“飞天奖”及中宣部的“五个一工程奖”及广东省的“鲁迅文艺奖”……

可人生多难，也多磨，李兰妮患了癌症，动了大手术，进行化疗，又得了“抑郁症”……李兰妮带着“抑郁”也带着家人及亲友的“争议”毅然决然地来到了西部。

我对李兰妮说，你的病已经好了，起码也好了一多半。李兰妮问何以见得。我说你想啊，凡是“癌”“抑郁”的患者，甚至包括其家人、亲友，都是讳谈病情的；因为这话题太敏感，太沉重，也太残酷。而你逢人必大谈自己的“癌”、“化疗”及“抑郁”，说明你已超越了对这两种病的恐惧。超越本身是战胜的前提。倾诉呢？是一种宣泄。思想上戒除了恐惧，情感情绪得了宣泄，这已经达到健康的正常人的标准了。评点评说需要距离更需要勇气与自信——这三者你都有了。

“东部作家西部行”一路走下来，更是印证了我对李兰妮的分析与判断——眉飞色舞是她的招牌表情，手舞足蹈是她的招牌动作；卡啦 OK 有他的歌声，舞池里有她的身影，甚至酒场上也不怯阵，她端着酒杯，跟在范小青身后起哄，“内战”内行“外战”也内行。

李兰妮身心康复的确证，是她西部之行后推出的《旷野无人——一个抑郁症患者的精神档案》。这三十四万字的皇皇巨著，是一部跨文体的写作，既有对童年回忆的随笔，又有专业，冷静的学术分析和个人经验，感受，还有权威著作，资料的链接和补白。一百一十六篇日记后面的随笔告诉我们，一个人要找到抑郁的根源，必须从童年，从家族，从精神文化，从基因传承里去找。随着知识的爆炸，科技的飞速发展，人类对自然，社会、物质、世界、宇宙的认识越来越多，越来越深入；形成强烈反差的是，人类对自身的认识却少得可怜，也贫乏得可怜。读《旷野无人——一个抑郁症患者的精神档案》，你会感同身受，体会到“抑郁”给患者身心造成的巨大的痛苦，你也会感受到生命力的顽韧及创造力的勃发。现实与梦境同在，意识与潜意识交错流动，原我、自我与本我相互博弈，病案、日记与医著，分析杂陈……毫无疑问，此作属文学的“另类”；正因“另类”的不断涌入，文学才变得丰富而绚烂。

其三，董宏猷鸣沙山历险。

初识董宏猷，你很难把他与文学联系到一起，尤其是很难把他与儿童文学联系在一起。他体格魁梧，壮硕，长发披肩；乐观风趣，一脸卡斯特罗式的大胡子，加上他的现代派装束及胸前悬挂的“长枪”“短炮”简直就是一个国际旅行者，探险家；其实他心地善良，纯真而绵密，深谙儿童心理，充满爱心，是主打“儿童文学”的作家。当然，由于他的多才多艺，由于他的兴趣广泛，也由于他的才华横溢，精力过人，他的文学成就是多元的，甚至旁及文学之外的艺术门类。他能在九省通衢的水旱码头武汉立足，能在人才济济获有“天上九头鸟，地上湖北佬”美誉的湖北发展，且年纪轻轻就当选武汉市的文联主席，足见其功夫不俗，成就了得。董宏猷的与会成为“东部作家西部行”的一道独特风景，他的幽默诙谐，他的妙语连珠，常常引爆团内的欢声笑语……

董宏猷是团内最勤奋、最忙碌的人。除了文学采风而外，他还有摄影的创作任务。为了拍日出他常常误早饭，为了拍摄晚霞他经常饭吃到一半提上相机就往外跑。车过乌鞘岭，为了拍马牙雪山，停车半小时；在航天城为了拍“晨曦中的发射塔”他受到卫兵的盘问……而最惊险的一幕是发生在敦煌鸣沙山……

“鸣沙山·月牙泉”是敦煌的八景之一，是来访者必游之处。通常情况下游鸣沙山的最佳时机是在晚饭之后。此时，强烈的阳光留给沙山的灼热逐渐散去，光线柔和，气候宜人；骆驼呈现剪影，月牙泉在周围高大沙山的映衬下，泛着幽幽的波光，楚楚动人；无论登山鸟瞰，还是驻足观赏，都能给人以美感及灵感……可是作家团由于沿途的耽搁，到达鸣沙山时天色已晚，时近黄昏。此种状况对作家、诗人而言，并无大碍，他们除了眼睛的观察还可以调动他们的想象与感觉。况且朦胧本身就是美。摄影家就苦了——没有光线，美从何来！最郁闷的是董宏猷。为了弥补缺憾，第二天日出前他只身赶往鸣沙山，公园未开门，他只有翻越铁栅栏而入。此时的鸣沙山，月牙泉，旷野无人；旭日喷薄欲出，红霞满天；驼铃叮咚，鱼贯而行，准备迎接游人……

董宏猷满怀喜悦，“长枪、短炮”各司其职，进入了忘我的创作状态……正当他得意忘形之时，公园警卫赶来，把他捉个正着。面对警卫，董宏猷态度十分谦恭，急忙掏出昨晚的门票，证明并非“擅自闯入”，又从鼓鼓囊囊的摄影包中掏出摄影家协会的会员证，证明自己摄影家的身份……在警卫“验明正身”的过程中，他解释说，他是摄影家，误入“歧途”参加了作家参访团，影响了他的摄影创作……同时，他从相机中调出他刚刚拍摄的“鸣沙山日出”“月牙泉晨曦”及“大漠驼队”等作品，让警卫欣赏他的“专业”水平，并说他的作品在全国报刊发表后，会如何如何提高他们公园的知名度，游客会如何如何的增加，效益会如何如何的翻番……两位年轻的警卫，由警惕而感动，态度发生了迅速的变化，不仅绝口不再提“罚款”的事，而且还请董宏猷到警卫室喝茶。董宏猷看了看表，说来不及了，再晚就赶不上当日的参访活动了。临别他还不忘给两位年轻警卫立功表现的机会，他说“给你们领导汇报，由于你们热情友好的接待，5 位数以上的宣传广告费，我也就免了……”

活动结束后，董宏猷很快就寄来了他激情澎湃的讴歌西部的长诗，同时寄来的还有数十张他的摄影作品。我在编发他长诗的同时，也用《飞天》的黄金广告版面——封二、封三及底封，刊发了近二十幅他的摄影作品。

董宏猷免了鸣沙山5位数以上的广告宣传费，《飞天》付出了不少于5位数的黄金广告版面。董宏猷，我们扯平了！

F. 思念金川，实际上是思念金川人，思念那些筚路蓝缕以启山林的老一代企业家——李林，王文海……他们把毕生的汗水、心血及情感，统统留给了金川；思念那些在改革的大潮中领导企业超常规发展的弄潮儿——王德雍、杨学思、杨金义、李永军……他们是共和国和平崛起的亲历者，见证者，参与者，奉献者；思念那些金川公司的文友——《飞天》的作者，他们的诗歌、散文、小说等，丰富着并繁荣着公司的企业文化，也支持着并推动着《飞天》的发展；思念金川，还因为经常见到、遇到、碰到文学界的师长，文友，令我的思念由单声道变成了多声道，由平面的变成了多维的、立体的，由黑白的变成了多彩的，由个人的记忆变成了群体记忆……

1984年夏，我在兰州机场大厅排着长长的队等候安检，准备搭机前往北京，参加一个学术会议。那时的中川机场，条件简陋，进出港都在一个大厅，不像现在是楼上楼下分开的。恰在此时，新华社记者曹永安（长期采访报导工业建设）从北京归来，见我排队，过来交谈。这时，在我前面的队列中，隔着三四个人，有一位长者，中等身材，体型微胖，两眼炯炯有神，突然转过身来，跟曹永安打招呼。曹永安急忙把我拉到这位长者面前，用略带夸张地口吻向我介绍："这位就是大名鼎鼎的金川公司的大老板王文海！"接着曹永安又把我做了一番介绍，特别强调我是他的"铁哥们"，并加重语气对我说："到北京你把王老板跟紧，吃、住行大老板全给你包了。"

我很了解曹永安幽默、诙谐、风趣的性格，对他的话只当玩笑；王文海似乎也不当真，边笑边说"没问题"。

安检完了，接着便是登机。恰在此时，电闪雷鸣，暴雨如注，刚开始黄豆般的雨滴打在水泥地面上，除了乒乒啪啪的响声外，还腾起一片烟雾，几分钟后随着地面积水的增厚，雨滴变成了水泡……许多乘客开始有些犹豫，希望等暴雨停歇或变小时再登机，可暴雨没有丝毫停歇或变小的意思，加上广播不断地催促，只好冒雨而行。候机室里人越来越少。我看了看王文海，说咱们走吧。王文海说再等等。我突然发现，他没带雨具。于是我撑开伞，背上包，提上鞋，同王文海抱作一团，蹚水登机……

老天爷真会捉弄人，我们刚刚找到各自的座位，天就晴了，而且没有影响飞机按时起飞……

……

……这是我第一次见王文海。正是这次中川机场的邂逅，促成了我们的忘年交。王文海正如曹永安所说，在冶金界是位鼎鼎大名的传奇人物。抗日战争时期，他怀揣理想，中学毕业奔赴延安，投入革命，无师自通，自学成材，成为冶金专家。解放后他在东北工业局工作，为迅速恢复日据时期建成而战后已破败不堪的葫芦岛锌厂，立下了汗马功劳。日本人为之瞠目。50 年代初，后来成为党和国家领导人之一的 × ×从苏联留学归来，分配在王文海手下工作。星期天，王文海开着一辆解放战争缴获的美式吉普车，到 30 公里外的某地为 × ×介绍对象，过河没有桥，结果车在河中熄了火，他同 × ×一同蹚水推车，传为佳话……1958 年，“大炼钢铁”以劳民伤财而告终，毛泽东深感需要学习，请人讲课，王文海就是到中南海为毛泽东讲冶金课的老师之一……

后来？是什么时候？“文革”之后了，王文海率冶金代表团访问日本，日本冶金界的一位“大佬”，请王文海喝酒。王文海如约而至，桌上只有两瓶日本清酒，等了半天也不上菜。王文海问：“没菜吗”？

“我说请你喝酒，没说请你吃菜呀！”大佬答。

第二天王文海请这位“大佬”吃饭。

客人入座后，服务员上了两碗白米饭。大佬不吃，问：“酒和菜呢？”

王文海说：“我说的是请你吃饭，没有说请你喝酒吃菜呀！”

两人相视大笑……

经过这次“智斗”，这位日本“大佬”同王文海成了朋友。

关于王文海的传奇经历，是曹永安告诉我的，关于同日本大佬不打不相识的“智斗”，是王文海亲口对我讲的。当然，这是后话……

……

在首都机场，我被涌动的人流推着往前走，左顾右盼，想找到王文海，向他打个招呼，算是告别，但始终未见。大约二十分钟，我提上托运的旅行箱走出接机大厅，蓦然发现，王文海正站在一辆黑色的轿车傍等我，裤腿绾得老高，仿佛兰州的暴雨下到了北京，刚刚停歇。刹那间，我深受感动。坐上车王文海问我联系好住处没有，没有就直接送我到公司驻京办事处。我说朋友帮我联系好了，在社科院招待所。

又问我什么地方。我说在崇文门西大街，新侨饭店隔壁。于是他吩咐司机先送我。临下车，他把办事处及家里的电话留给我，并再三交代，不要客气，在京期间，有事，用车，就打电话……

这是我与王文海的初次相识，他的诚挚友好，和蔼可亲，给我留下了深刻的印象，二十六年后的今天，忆及这段往事，包括一些细节，仍历历在目，栩栩如生，恍然如昨。而这一切竟缘自一次邂逅，缘自曹永安的一句玩笑。

1988年夏，我同老主编杨文林陪同湖北作协的老领导骆文及其夫人王淑文赴敦煌访问；事毕，在嘉峪关送走客人，老主编提出，想到金川看看。我问有事吗？老主编说，李林、王文海离休后，虽然北京有家，但每年夏天都到金川来避暑，去看看他们，好久不见了，挺想念的。

那时，《飞天》与金川公司的交往，就像走亲戚一样，早已超越了“无事不登三宝殿”的阶段。

我们依旧被安排在“龙首山庄”。果然如老主编所说，王文海、李林都在。长期的交往，彼此成为朋友，言谈便多了许多随便与自在。以前我们跟着曹永安戏称李林“203”首长，以为只是缘自小说《林海雪原》对少剑波的称呼，此次才弄明白还另有原委——李林离休后，长期住在“龙首山庄”的“203”套房。据说公司第一招待所的稀饭熬得好，适合老书记的口味，于是每日早晨服务员陪同乘车到“一招”喝稀饭；“二招”的饭菜做得好，然后返回在“二招”用午餐及晚餐。平时，服务员陪老书记聊天、读报、打扑克、都算工作……公司对这位老革命、老领导、有功之臣的关怀体贴，真的是无微不至啊！

在金川，有时我们会到李林、王文海的房间聊天，更多的时候是在晚上的纳凉时间见面。仿佛是一种约定，新闻联播一结束，在“二招”前楼的廊檐下，服务员已摆好了许多藤椅及茶几，此时，纳凉的人端着各自的水杯，陆续到达。参加者包括常来常往的客人，李林、王文海几乎是不变的参与者，而且李林总是率先到达。是晚，我同老主编杨文林见李林已坐在廊檐下，急忙趋前问候。问候自然称他“203”首长，每当此时，他总要骂一通曹永安——

“都是曹永安这小子给我起的这绰号！扯淡，挨得着嘛！咱能跟人家少剑波比么？人家又年轻又漂亮又能干！”

“‘203’今年高寿?”我问。

“不行啦！老啦！81岁啦。”

“不老。与咱们国家主席杨尚昆同龄，正是干大事业的时候。”

“唉！咱与人家不能比呀！人家年龄越大越干大事，咱连小事也干不了啦!”

接着是一阵爽朗的笑声……

老主编杨文林深情地回忆公刘来金川的情况，以及公司与《飞天》合办的许多文学活动，感谢之情溢于言表。谈及此，老书记伸出两个手指，边笑边转描淡写地说：“两片镍嘛！无非是两片镍嘛……”

一般人很难理解“两片镍”的含义。我同老主编杨文林自然清楚，当时公司创造的中国名牌——“金驼牌”镍，在国际市场每“片”的价格近万元。老书记的言下之意是，赞助你们搞一次活动，无非是“两片镍”的事情。我同老主编很清楚，正是金川公司“两片镍”又“两片镍”的赞助支持，令《飞天》这本偏处西北一隅，原本默默无闻的省级文学期刊，在全国名声大噪，迅速发展为具有全国影响的大型文学月刊。我们很清楚，还是金川公司“两片镍”又“两片镍”的赞助与支持，使我们能够举办一期又一期的诗歌，散文大奖赛，举办一期又一期的笔会，为那些“小荷才露尖尖角”的青年作家，提供施展才华走向全国的机会与平台。我们更清楚，也是这“两片镍”又“两片镍”的赞助与支持，将全国的优秀作家一批又一批地请来，像蜜蜂恋花一样，将陇原的花粉采集起来，酿成营养丰富、芬芳四溢的文学之“蜜”，营养着企业，营养着陇原，也营养着全国……镍被称做现代工业的“维生素”与“钙”，而金川公司又把这工业强国的“秘方”，奉献给文学，将“两片”又“两片”的镍，注入文学，变成文学的“维生素”与“钙”增添着文学的色彩，也增添着文学的硬度与厚重!

纳凉的人多起来了。王文海踱了过来；圆口布鞋、圆领的白色的老头T恤衫是他的标准装束；背着手踱来踱去是他的标准动作，说话时脸上的表情很坚定，给人钉是钉铆是铆的信任感。我、老主编同王文海互致问候，并各自叙说着自己也询问着对方的近来境况……同样的，老主编杨文林也向王文海表达了谢意。王文海说：“支持是相互的，我们支持了你们的文学活动，你们也支持了我们的企业文化，毛主席说‘没有文化的军队是愚蠢的军队’实际上，没有文化的企业也是愚蠢的企业。”

不一会，王德雍、杨学思、杨金义等现任的公司领导班子成员相继到来，向大家打过招呼，进入宾馆。可想而知，他们要加班开会。

“大企业的领导真是辛苦，大热天的大家都休息了，他们还要加班加点。”我对王文海说出了我的感慨。

“今晚是我召集他们开会，跟他们谈谈矿山的建设问题。公司的二期扩建工程、闪速炉建设已经上马，矿山的建设如果跟不上，将来很可能出现等米下锅的困境。那时候后悔就晚了。”王文海说罢笑了笑，算是对我感慨的回答，亦是与我们告别，转身进入宾馆开会去了。

什么叫未雨绸缪？什么叫高瞻远瞩？什么叫人无远虑必有近忧？……王文海用行动给出了答案。

人啊，真是奇怪，在哪儿吃过苦，把汗水，心血及青春挥洒在哪儿，就对哪儿有感情！像李林，王文海这些既是老革命又是共和国企业的开拓者，老了，离休了，本该与亲人团聚，含饴弄孙，享受天伦之乐……可企业发展，职工的生活仍让他们朝思暮想，牵肠挂肚。这一切只能说明，金川——镍都，这儿的大漠戈壁，山川河流、花草树木、人文地理，已溶入了他们的血液，化做了他们的生命与灵魂……

有位世界著名的经济学家，指出发展中国家在工业化的起步阶段，困难重重：缺资源、缺资金、缺设备、缺技术……但这些并不是最重要的，最重要的也是最稀缺的“资源”是企业家。金川公司持续地，超常规发展就是最好的明证：王德雍、杨学思、杨金义、李永军……这一代接一代的金川公司的掌门人，他们踏着前辈的脚印前进，踩着前贤的肩膀攀登，开拓进取，成就斐然；他们具有企业家气魄胆略，亦有人文主义的情怀，主抓企业生产，承担历史责任，共创社会和谐，“两片镍”精神代代相传……

思念是人类独有的一种情感，很美好，很温馨，可以留住岁月，将印象转为记忆，化瞬间为永恒；思念是全方位的超越时空界限；思念包括对“缺憾”的思念，也能产生美感……

2004年春，金川公司工会主席吴国贤来编辑部找我，说公司要建一座科技文化广场，其功能除了供公司职工及镍都市民集会、锻炼、休闲之外，主要任务是承载公司的发展历史。岁月易逝，精神长存。这是一项功在当代，利在千秋的工程。吴国贤主席要我推荐一位辞赋高手，写一篇《镍都赋》，立于广场，以志永远。我立刻想到了素有“巴山鬼才”之称的魏明伦兄。他是一位辞赋大家，近几年常有绝佳辞赋问世，世人瞩目，颇受好评。我当着吴主席的面拨通了魏明伦的手机，当即传来对方低沉的沙哑的声音；寒暄数语，便给了我当头一瓢冷水：魏明伦患糖尿病正住院接受治疗，对于敦煌、丝绸之路、金川公司他向往已久，心仪已久，只是在医生及夫人的双重“严管”下，他寸步难行……后来我又推荐了兰州军区的“将军”级的散文大家杨闻宇，并陪同前往金川，面见吴国贤主席，共同研究采访事宜。杨闻宇是《长征组歌》的词作者原兰州军区政委将军诗人肖华的三大秘书之一；肖华的另外两个大秘书，一是堪称小说大家的李镜；一是官至中国人民解放军副总参谋长的上将张×。强将手下无弱兵，信然，诚然。不久，杨闻宇写出了一篇精美的《镍都赋》，呕心沥血，字字珠玑，回顾金川公司的光辉历史，讴歌镍都开拓者的博大胸怀，盛赞金川的不朽精神……可惜，此作未被选中。这说明主持者要求之高，之严，一般作品难以企及，也说明另有高手胜出。

杨闻宇的《镍都赋》也派上了用场，在《人民军队》报刊出广受军内好评。没有帮上忙——确切说没有帮成忙，有一种“欠债”的感觉，在我的内心留下了深深地缺憾，而今这“缺憾”变成了长久的思念——金川的科技文化广场建成了吗？矗立于广场之上的《镍都赋》出于何人之手？……

思念金川，脑海中经常闪现一些文友的形象，他们是一群文学的“发烧友”，在公司内部他们是发展繁荣企业文化的骨干；对《飞天》而言，他们以诗歌、散文、小说等样式的文学作品，支持着、支撑着《飞天》的发展。蒋克忠、杨华团的散文、小说贴近现实生活，跃动着时代精神，很受读者欢迎。杏果（李盛国）是中短篇小说的写作高手，他的《幸福沟轶事》写了一群类似于农民工的冶金建筑工，他们挣扎着也拼搏着、辛苦着也幸福着，他们把汗水、心血、辛酸、痛苦与喜悦掺和在一起，推动着国家重点工程的建设。《幸福沟轶事》在《飞天》1981 年 12 期甫一刊出，就广受好评，被《小说月报》转载，且入围全国优秀短篇小说奖提名；获全国的文学奖，殊为不易，提名入围也相当困难。

还有高和。早在上世纪的八十年代，我就结识了高和，当时他在公司办公室工作，任副主任；每次《飞天》与金川公司联合搞活动，他都和公司宣传部一起负责联络接待。他工作的踏实，认真、高效、细致、热情给我留下了深刻的印象。但是把高和与文学的对接却是在 1993 年的那次笔会上，他给我一包厚厚的小说打印稿——题为《贵金属》的中篇小说。我们本来很熟，可当他把稿子递给我的刹那，竟像所有初次投稿的作者见编辑一样，顿时显得很腼腆，脸上显出赧色。他有点不好意思地说，这是他写着玩的，请我多批评。我本想与他交谈几句，他急急忙忙地走了。长期编辑生涯，养成了一种习惯，无论多晚，睡前躺在床上读点文字，仿佛有“催眠”的功效，准能安然入睡。当晚，我打开高和的《贵金属》准备翻几页睡觉，大大出乎我的意料，5 万多字的中篇，我竟一口气读完了，激动、欣喜几乎令我彻夜未眠。

上世纪的 90 年初，工业题材的文学创作正经历一次“危机”陷入低谷，工业改革，“摸着石头过河”八仙过海，各显其能。面对纷纭多变的现实，作家似乎无从下手，陷入迷惘……而《贵金属》恰恰反映了、描写了、表现了工业企业的改革现状；鲜活的人物，错综复杂的矛盾，改革与保守的博弈，困难与希望同在，机遇与挑战并存……这一切，扑面而来。

第二天，我把《贵金属》转给了同在笔会上的我的顶头上司时任《飞天》主编的李云鹏。云鹏问我看了吗？我说看了。他又问怎么样？我给予了三个字的答复：有特色。我想说的是“很有特色”，为了留有余地，我把“很”字留在了心里。云鹏何时看的我不清楚，评价如何我也不知道，结果却是清清楚楚、明明白白的——作为新的一年的开篇之作，《贵金属》赫然在目地刊载于《飞天》1994 年 1 期头题。

谁能想到，这竟是高和的小说处女作，真的是出手不凡。之后高和与我们虽仍有交往，但再未读到他的新作。接着传来消息，高和调往厦门，地处东南，仍然“有色”。再后来，也就是十年之后的 2003 年，高和给我和云鹏程寄来了洋洋洒洒的近 40 万字的长篇小说稿《接待处处长》。他知道《飞天》不发长篇，寄给我们一是希望听取意见，二是希望我们能推荐给出版社，看能否出版。彼时的高和，仅凭一个中篇《贵金属》，很难引起文学界及出版界的关注，尚是一支“潜力股”。《接待处处长》是写“反腐倡廉”的，其题材的独特，角度的新颖，人物之鲜活，像十年前读他的《贵金属》一样，令我激动不已，兴奋不已。而且我与云鹏又一次取得了共识，并分别写了推荐意见，转给了某出版社，希望他们能够出版。结果数月没有回音，追问，答复是正在审阅。又数月，再追问，答复是“暂留待定”。原因有二：一是题材过于“敏感”，怕“犯禁”需等等看，二是市场前景不明朗……

我深感歉疚，愧对高和。

正当《接待处处长》躺在某出版社“暂留待定”之时，作家出版社于 2005 年将其隆重推出，而且一炮走红，广受读者欢迎，开创了以职务名称为书名的官场反腐小说的先河。此书还引起了当年国家一些“两会”

代表的重视与热议，由些诞生了“亚腐败”一词的流传。屡屡加印，又屡屡脱销，新浪网点击量已经达到了1亿3千多万次。作家出版社的编者说：“遗憾的是，因为当年看不准此书的市场前景，为了降低成本，删去了近10万字。如今高和又写了《接待处处长》后传《中国式饭局》。为了弥补《接待处处长》这本书的10万字之憾，并让读者能够配合着阅读这两本书，我们决定出版经过作者修订后的《接待处处长》全本，修订版，并与《中国式饭局》一起上世，以飨读者”（《接待处处长》全本，修订版，出版说明，作家出版社2009年5月版）。

那么，增加了10万字的修订版的《接待处处长》与《中国式饭局》出版后的反应如何呢？2009年5月出第一版，至2010年元月，半年多的时间就加印了4次。畅销与热销，可见一斑。出版社赚了多少银子？属商业机密，不好打探，可以肯定的是赚了个盆满钵满。想起此书曾在某出版社“暂留待定”，不禁令人生出感慨：一家出版社需要高水平的编辑，更需要有气魄有眼光的出版家；出版犹如投资，前怕狼后怕虎，面临商机，犹豫不决，不可能赚到钱，更不可能赚到大钱。

除了以上提及的《接待处处长》和《中国式饭局》，作家出版社推出高和的长篇还有《局长》、《妻祸》、《我和我的土匪奶奶》、《官方车祸》、《流行性婚变》、《花姑娘》，加上另外一家出版社出版的《越级诉讼》共9本之多，平均半年一部长篇。高和，这位从金川公司走出的作家，四五年间，能刮起一股又一股的“高和旋风”，创造一次又一次的“高和现象”，在中国文坛实属罕见。这令文坛及出版界刮目相看，也令我这位知根知底者顿生感慨——金川人杰地灵，金川公司人才济济，藏龙卧虎。更令我惊叹的是，高和的文学之路，竟与金川公司有着惊人的相似——都是非常规地跨越式发展！

还有艺术的其他门类呢？比如摄影，比如绘画，比如书法……我曾在吴国贤主席的陪同下，参观过他们工人文化宫的展室，真可谓丰富多彩，琳琅满目，美不胜收，具有相当高的专业水准。

思念金川，缘自金川、金川公司的独特魅力；有时候还缘自对文坛一些离我们而去的先辈前贤的思念。如张光年（光未然），这位中华民族的歌者，华夏儿女的骄傲；如唐达成，这位学养深厚，多才多艺，如兄长般宽厚的领导；如公刘，这位人生坎坷、命运多舛，却耿介执著的文坛斗士……他们因文学与金川公司结缘，而我则因金川公司与他们结缘，成为忘年交，亦师亦友亦领导，耳提面命，受益匪浅。如今他们走了，但走得并不遗憾，因为他们都留下了关于金川公司的文字。对作家、诗人而言，文学即是他们生命的燃烧，亦是他们生命的延续，留下了文字，便留下了他们永恒的思念……

思念金川，思念金川公司，还因为走到祖国各地——包括宝岛台湾，都能遇到思念金川的文友。

——高洪波是常见的，他人届中年便肩负起了中国作家协会的党组成员、书记处书记、副主席的重任。不管何时何地何种缘由见面，总要聊上几句金川。高洪波说："1993 年金川之行后不久，我就调到作协机关，先任后兼创作联络部的主任，之后又分管创作联络部的工作，十多年来经我与各级政府、企业联合，挂牌的中国作家协会创作基地，已有二三十家了，其实，最应该成为'创作基地'的应该是金川公司呀！全国各地，还有哪个省、市的作家诗人没有去过金川呢?"言谈之间，留有些许遗憾……

——蒋子龙、杨匡满，我们每年至少见面一次，在中国作家协会的全委会上。每当此时，我们总会聚在"蒋副主席"的大套间，神聊一通，话题广泛，犹如物理学上的查朗无状运动，但不管从哪儿聊起，也不管在哪儿结束，期间总有金川——聊五彩城的歌声，聊对唐达成亦庄亦谐随意亲切的称呼，聊台湾"同胞"，聊蒋子龙的被"围追堵截"……神采飞扬，兴味盎然。

——徐光耀这位因《小兵张嘎》而蜚声海内外的老作家，在文坛被同行敬重，在于他"落难"之时，尚能倾力辅导、鼓励、支持铁凝的创作，称他文坛伯乐，并非言过其实；还在于他那叙写苦难又超越苦难的大散文《昨夜西风凋碧树》所展现的思想境界及博大胸怀……2001 年年底，六次作代会在北京举行，甘肃与河北分在同一大组学习、讨论，无形中增加了我与徐光耀接触的机会与时间。提起 2000 年的金川行，仿佛是昨天刚刚发生的事情，老作家兴奋之情，溢于言表。他说："关于文学的认识功能，教育功能，美感功能……以前只在教科书上读过，领导报告中听过，去年到金川才有了深刻地认识，切身地体会。走到哪里，公司的职工都同我探讨《小兵张嘎》的创作问题，很专业，很有水平。让我题词，不要求写唐诗、宋词，不要求写名人名言，只要求写'小兵张嘎'四字，他们就心满意足了。当时，我就想，走文学这条路，吃再多的苦，受再多的难，值!"

——程树榛是担任"神州第一刊"《人民文学》主编近 20 年的老作

家。这一经历本身就创造了历史。去年程树榛送我一套百花文艺出版社出版的 10 卷本的《程树榛文集》。我急忙翻阅他的八九两卷——这两卷收入的是散文。我在《飞天》任主编期间发过他的不少散文；

岁月流逝，大多篇名早已忘却，但写金川的一篇却铭记在心，题目《有那么一个神奇的地方》。奇怪！从头至尾翻遍，未见此篇。我顿生不悦。你程树榛口口声声说金川给你留下了如何如何深刻，如何如何美好的印象，编文集却把写金川的文章舍掉了，什么意思？这不是口是心非吗？

不悦归不悦，不快归不快，我还是希望“奇迹”能够发生。我更仔细地查阅，终于查到了一篇《丝路之游》的长文，细读，其中一章题为“镍都颂”，与我十六年前编发的《有那么一个神奇的地方》一字不差……

思念犹如陈年老窖，时间愈久，便愈醇愈香愈绵软悠长……当年的篇名，已难直抒老作家的胸臆……

唉！“都云作者痴，谁解其中味？”……

千禧年年初——2000 年的 1 月 5 号至 14 号，我及诗人李云鹏等 8 位大陆作家应李锡奇任董事的台湾贤志基金会的邀请，赴台湾、金门参加为期 10 天的“两岸文艺会金门”活动。

2000 年 1 月 14 日，是我们访台的最后一个夜晚，夜已经深了，一向以夜生活丰富活跃著称的台北市已是一片静谧。李锡奇、古月、我和云鹏围坐在客厅里，无丝毫睡意。仿佛是六年前那一幕的重演。不同之处在于主客易位，时空置换——1993 年 8 月 23 日深夜，李锡奇、古月做客兰州；2000 年 1 月 14 日深夜我与云鹏做客台北……

李锡奇将“敦煌笔会”题词签名册拿出来，重温那段友谊，重续那段旧情……翻看唐达成那篇一气呵成才情横溢书法如行云流水般的精短序文，感慨万端。他指着序文中“岁月易逝，友谊长存”八个字，情绪有些激动地说道：至理名言，这绝对是至理名言！……

人生易老。

睹物生情，物是人非。1993 年后，唐达成曾访问台湾，李锡奇为他举行了盛大的欢迎酒会，尽邀台湾名流，相聚甚欢。1999 年国庆期间，李锡奇正在北京，他给唐达成家中打电话，没人接，他以为国庆长假，全家外出旅游了。他做梦也想不到，那时，他所敬爱的唐达成在医院即将走完他最后的人生旅程……

“我本来可以见他最后一面的……我本来可以见他最后一面的”李锡

奇喃喃自语，一副追悔莫及的痛苦神情。

李锡奇还忆及蒋子龙。他说蒋子龙访台时，他正在意大利办个人画展，未尽地主之谊，未能在台湾好好招待蒋子龙，至今他仍抱有深深地遗憾……

李锡奇、古月夫妇、念念不忘金川公司的热情友好，殷勤周到，并让我同云鹏一定代问杨金义、杨学思、屈丰泰、顾今等朋友安好。

李锡奇是台湾艺坛开现代派绘画风气之先的人物，享有“变调鸟”的美誉，是台湾“大师级”人物，他还是最早开展两岸文艺界交流的推动者及先行者。早在上世纪的 80 年代初，他就冲破重重阻力，往返两岸，把台湾的作家、画家带来大陆参观访问，座谈交流；又把大陆作家、画家迎往台湾，为两岸架起双向交流的桥梁……如今年逾古稀的李锡奇，不仅热情不减，而且更加忙碌，更来精神了。国民党重新执政，马英九聘他为艺术“顾问”，使他的两岸穿梭变得名正言顺，当然也变得更加忙碌，仅去年 8 月我就在北京见他两次，一次是他来北京参加“两岸百名油画家世界巡回联展”启动仪式，当天中午 1 点飞抵北京，下午参加会议，第二天上午 11 时即要飞回台北。半夜我接到他的电话，我说：“你不要命啊！把自己搞得这么紧张。”电话传来“哈哈哈”的笑声，他说：“累是累一点，但心里高兴啊！这一天我盼了几十年了，盼两岸‘三通’，盼和平发展，累和忙都是一种享受啊，……”听得出，李锡奇还带着晚宴后的微醺及喜悦……

第二天一大早，我约上高洪波前往锡奇下榻的亚洲大酒店，与他共进早餐，既是接风，亦算送别。10 余天后，李锡奇又率 10 余名台湾画家，赴银川参加两岸画家的交流活动，因当天飞银川的航班延误，暂住空港花园酒店。我急忙前往，与锡奇、古月伉俪共进晚餐；饭后，又在大厅品茗聊天，夜深方归……

这两次会面虽仓促短暂，话题广泛凌乱，仔细一想，还是有两个焦点——其一是为两岸和平发展越走越近而欣喜。毕竟血浓于水啊！其二是共同回忆我们在金川度过的日日夜夜。李锡奇表示，如有可能，他同古月想重访金川，办一次个人画展，找一找十六年前的美好感觉，借以答谢金川公司的热情友好……

李锡奇是台湾最早走向世界的画家，三十余年来，他的画展几乎展遍世界各地——法国的巴黎、英国的伦敦、西班牙的马德里、意大利的罗马、美国的纽约、日本的东京……如今他想在金川搞一次画展，老实讲大大出乎我的意料，这足以彰显金川的魅力，也足以彰显李锡奇的金川“情结”……

尾声：尽社会责任，创社会和谐，谋科学发展，倡公平正义……；套改几句几乎是尽人皆知的毛泽东的话，为此文作结。

关于企业的持续发展，关于企业的文化建设，这是一个永恒的话题。实际上也是一个哲学问题。以往我们把企业划分为国有的、私营的、合资的、股份的……没错，但这只是一种形式。从本质上讲，企业都是社会的，最终都要回馈社会，回归社会。因此，尽社会责任，创社会和谐，谋科学发展，倡公平正义，不是外界的要求，也不是上级的指令，而是企业自身应有的责任应尽的义务。

欧洲的与美国的学者在一起开会，经常就谁更重视文化建设发生争执。欧洲的学者说，他们的政府用于文化发展的资金是美国人均的三倍。言下之意美国这个“暴发户”、也是世界上惟一的超级大国不重视社会的人文关怀。而美国的学者则争辩，美国企业的捐款，是欧洲人均的10倍。言下之意是美国比欧洲更关注文化等社会公益事业。孰对孰错？孰优孰劣？我们难以判断。也许都有道理。不过美国的几位大富豪的言论与行动，还是给我们留下了深刻印象，也令我们深思。

——比尔·盖茨数年前宣布，他的数百亿美元的资产，除留出1000万给子女受教育外，其余捐献给社会。之后又宣布，1000万也不留了，全部捐献。这便是被全世界媒体广为传播的“裸捐”。人本是赤裸裸地来到这个世界的，也应该赤裸裸地离开这个世界。赚钱被认为是上帝赋予人类的最高才智，是一种自我确认、自我实现的过程，并非目的。财富来自社会，理应回馈社会。“股神”巴菲特，首先表态支持比尔盖茨，并以“亿”为单位，注资比尔盖茨基金会。比尔盖茨呢？正当壮年，事业如日中天，毅然决然地辞掉他亲手创办的“微软公司”首席执行官的职务，实现华丽转身，投入人生的又一次挑战，专门经营他的基金会。如今的他更忙碌了，足迹遍布非洲、亚洲、拉丁美洲的贫困地区，支持、帮助发展那儿的文化教育，也救助那儿的孤儿及艾滋病、癌症患者……

——卡内基这位美国的钢铁大王，一生说过多少话？无人能记得，也无人能说得清。但他有两句话却传遍世界：针对有的人创造财富并想永远占有财富的观念，他说：“一个人带着财富死去，是可悲的，也是卑鄙的。”针对有人打算把财富传给子女，他说：“子女若争气，留钱有何用？

子女若不争气，留钱又有何用!”

卡内基的话，令我想起了肯尼迪。这位美国历史上最年轻又最风流倜傥的总统，出身名门旺族，被暗杀后给子女留下了数不清的钱财。

结果呢？一个儿子吸毒吸死了，一个儿子驾私人飞机摔死了。这是否金钱惹的祸?!

在我国的传统文化中，并不缺乏正确的金钱观——比如“君子之家，五世而竭”，比如“金钱是身外之物，生不带来，死不带走”，“儿女自有儿女福，不必父母多操心”……这些饱含人生哲理的警世名言、难以彰显，难成气候，原因很多，但很重要的一条：缺乏像比尔盖茨、巴菲特、卡内基这样巨富人物的振臂一呼，身体力行。

如今好了，随着我们国力的增强，更主要的是随着我们核心价值观——尽社会责任、创社会和谐、谋科学发展、倡公平正义的深入人心，企业应者如云，富豪慷慨解囊，6 位数，7 位数，甚至 8 位数的捐款，常常见诸媒体，赞助文学、文化、教育等公益事业。

这当然是值得称赞的善举，这当然是历史的社会的进步。

不知为什么，每当此时，我总想起金川，想起金川公司——想起老书记李林说“两片镍”时的神情；想起老经理王文海说“没有文化的企业是愚蠢的企业”时的铿锵有力，掷地有声；想起公司从领导到职工所特有的文学情缘，文学情怀，文学情结……

桃李无言，下自成蹊。

最后，学习、套改毛泽东的几句几乎是尽人皆知的话，为此文作结——

> 一个企业支持赞助一两次文学等公益活动并不难，难的是数十年如一日，历届领导班子与职工都具有文学情缘、文学情怀与文学情结，都支持、赞助文学等社会公益活动，这才是最难最难的啊！……

2010 年 3 月

北京

魅力永存莫高窟

未去莫高窟，想去莫高窟；去过莫高窟，萦回梦绕还想再去莫高窟……哦，敦煌莫高窟，有多少善男信女对你顶礼膜拜？有多少达官贵人对你趋之若鹜？有多少世界级的文化巨星、艺术名流对你流连忘返？又有多少作家、诗人为你留下了多少名篇佳句？……这一切谁能道清，谁能说明？……面对潮涌而至的人群，面对来自五大洲有着不同肤色、操着不同语言的旅游者、观光者、朝拜者，我常常陷入深思：莫高窟你为什么魅力无穷且魅力永存？

1991 年夏季，正是河西走廊瓜果飘香的黄金季节，我陪同以张光年（光未然）为首的作家访问团前往敦煌参观。8 月 16 日一大早，张光年等同段文杰在敦煌研究院会客室里见面了，顷刻之间，欢声笑语便从会客室里溢出，一位是具有国际影响的大诗人，其代表作《黄河大合唱》（歌词）曾鼓舞了整个中华民族的抗日救亡；一位是在国际上声名远播的敦煌学者，其著作及其领导下的敦煌研究院的许多学者的著作，向世人雄辩地宣告：敦煌在中国，敦煌学也在中国！这二位世界知名人士，本是相知已久，神交已久，此次见面，相互之间自然有说不完的情谊，道不完的思念与仰慕！关于这次参观、访问、会见，张光年在其《丝路短歌》十首（载《飞天》1991 年第 12 期）之九——《访敦煌莫高窟》一诗中给予了生动、形象、概括，然而又是诗的记载：

汉唐丝路交流忙，/孕成宝库何煌煌！/东西文化相碰撞，/千年才智流辉光，/我今拜谒莫高窟，/群仙飞舞散天香。/敦煌学者多厚爱，/愿为远客开秘藏，/从朝到暮看未了，/耳贪目馋兴味长，/郭老临终说憾事，/我今何由代补偿？/经窟遗书流海外，/丝路花雨播远洋，/一代新人多努力，/承前启后更高翔！

张光年的诗，除了追溯莫高窟形成的历史之外，通篇抒写的都是莫高窟的魅力。“我今拜谒莫高窟，群仙飞舞散天香”——实写莫高窟的魅力；“从朝到暮看未了，耳贪目馋兴味长”——虚写莫高窟的魅力。莫高窟中的有些洞，由于具有极高的艺术价值，被定为特级洞，一般情况下秘不示人，如要开放，需经段文杰院长特批，此次张光年等作家来访，开了许多特级洞，“敦煌学者多厚爱，愿为远客开秘藏”，就既是对这种特殊关照的纪实，也是对莫高窟魅力的间接叙写。据说，郭沫若即将走完他人生的旅途——生命之光在将息未息之际，有人问他有何心事，郭老答曰：未到敦煌终生遗憾——“郭老临终说憾事，我今何由代补偿”的典故由此而来，大诗人、大文豪、大学者郭沫若对敦煌莫高窟尚且神往至此，情深至此，其无穷魅力由此可见一斑。

1987年6月，在日本前首相竹下登访问敦煌前夕，日中文化交流协会代表团来到了敦煌，团长是日本久负盛名的作曲家团伊玖磨先生。团伊玖磨先生的交响乐《丝绸之路》、《飞天》、交响诗《万里长城》、歌剧《杨贵妃》等许多作品都取材于中国的历史与现实。他多次来华访问，把学习、吸收中国优秀传统文化作为获取创作素材及灵感的重要源泉。参观莫高窟后，团伊玖磨先生向我谈了他的印象和观感。他说：“这次是我第一次访问敦煌，参观莫高窟，看到品尝到了好几百个飞天的幸福。现在我已下定决心，一定要把现在的《飞天》（交响乐）改编成大型交响乐作品。敦煌的飞天使我心中充满了各种各样的声音——根据她的指法我就能感受到乐器发出的音响；看到‘飞天’身体活动的情况及她的表情，就能感到音乐的强弱……我在参观敦煌之前写的《飞天》，现在看来是纤弱的——因为在此之前我想象之中的飞天是在很遥远的地方飞翔。现在我看到敦煌的‘飞天’受到了强烈的刺激。现在我看到的‘飞天’，实际上是极其生动的，他们从我头顶及身边飞过，她的音响给我的感受是丰富多彩、多种多样的。6月30日我就要回国了，回国的第二天，趁我的感受与印象还很鲜明的时候，我就开始创作，把现在交响乐《飞天》改编成更大型、更真实地能够反映‘飞天’的印象及声音的作品。”

音乐家看到的是“飞天”，是“响音神”，听到的是美妙的音乐。那么画家呢？画家从中得到是什么教益与启迪呢？日本著名画家司修说：“敦煌莫高窟中的壁画是非常美的，这种美是我过去一直追求的。我真希望能把莫高窟中美的东西统统吸收过来，装进我的大脑中。……敦煌壁画给我的影响太大了，太多了——多得我的身体都装不下了，敦煌壁画中有一种绘画给人以质的立体感，我将把这种方法变成一种新的技法在我的绘画中使用。日本有个诗人叫宫泽贤治，根据中国古代故事创作了《雁的童子》，出版社约我给这个故事集画插图，这次偶然发现了两个长翅膀的小‘飞天’，很有参考价值。”

代表团中被称做“桥竹的新潮”的著名电影导演筱田正浩、著名作家三浦哲郎，著名表演艺术家渡边美佐子……也都为莫高窟所吸引，所陶醉，所激动……

由于工作关系，我多次到过莫高窟，而且每次参观过后都苦苦地思索着同一个问题：莫高窟你为何魅力无穷且魅力永存？……

莫高窟，俗称千佛洞，位于敦煌市区东南 25 公里处，洞窟开凿在鸣沙山东麓的崖壁上，南北长约 600 米，上下排列 5 层，高低错落有致，鳞次栉比，形如蜂房鸽舍，壮观异常。它是我国现存规模最大、内容最丰富的古典文化宝库，是举世闻名的佛教艺术中心。据记载，莫高窟始建于前秦建元 2 年（公元 366 年），距今已有 1600 多年的历史。第一个在此造窟的是乐僔和尚，此后不仅僧人一代接着一代建窟造像，而且许多地方官吏、商贾市民也到这儿建造洞窟，到了唐代已是一个有 1000 多个洞窟的佛教圣地了。莫高窟虽然在漫长的岁月中受到大自然的侵袭和人为的破坏，但目前仍保存有从十六国后期到北魏、北周、隋、唐、五代、宋、西夏、元等各代洞窟 492 个，彩塑 2415 尊，壁画 45000 多平方米，唐宋木构建筑 5 座。

莫高窟是古建筑、雕塑、壁画三者组合的艺术宫殿，尤其以丰富多彩的壁画著称于世，被誉为“世界艺术画廊”。敦煌壁画容量与内容之丰富，是当今世界上任何宗教石窟、寺院或宫殿都不能与之媲美的。环顾洞窟的四周及顶部，到处都画着佛像、飞天、伎乐、仙女等。有佛经故事画，经文画和佛教史迹画，也有神怪画和供养人画像，还有各式各样精美的装饰图案等。工匠们在表现佛教经典内容的同时，还将不同时代的社会现实生活溶入了壁画——有狩猎、耕作、打鱼、推磨、舂米、盖房等劳动图景，有婚丧、嫁娶、旅行、作战、行医、剃度、洒扫等社会生活画面，有学校、酒肆、屠房、旅店等场所的活动场面，有车船、犁杖、连枷、纺车、织机等交通和生产工具的形象描绘，有亭台、楼阁、奇塔、宫殿、院落、桥梁等古代建筑图样，还有音乐、舞蹈、杂技等艺术活动写照。有的画面还真实地记录了古代中外经济、文化交流的历史。莫高窟是一座伟大的艺术宫殿，是一部形象的百科全书，它那数量浩繁、技术卓越的壁画艺术向人们展示了公元4世纪到14世纪千余年间的社会历史图景。

莫高窟之所以那样引人注目，不只是因为它内容丰富，题材广泛，更重要的是在那数万米画廊中，到处都有艺术珍品，精美之作比比皆是，它们是无价瑰宝。第220窟绘的《维摩诘图》和《帝王听法图》，堪称其中代表。前者维摩诘停摇手中羽扇，目光炯炯，身体微微前倾，希图在对方语言出现漏洞时伺机反击，迫使对方被动的神情，跃然纸上。后者大腹便便，雍容大度，帝王威严一目了然，随行臣僚，情态各异，十分有趣。第61窟五代时期所绘大型壁画《五台山》，第172窟南北两壁的经变图，第156窟《张义潮统军出行图》，或以构图奇巧，或以艺术独到，或以气势恢弘而堪称世界壁画精品。

莫高窟的雕塑也久负盛名。这里有高达33米的坐像，也有十几厘米的小菩萨，绝大部分洞窟都保存有塑像，数量之多，可以说是一座大型雕塑馆，其中有不少佳作，而以魏塑和唐塑最具有代表性。早期的魏塑大都是站像，体格清瘦，额宽鼻高，眉眼细长；佛身一般穿拖地长袍，菩萨一般上身袒露，衣着褶皱，紧贴身体，好像穿着薄薄的绸纱，刚从水里出来似的，后人称为“唐衣出水”。莫高窟的唐塑最多，共有670身，而且丰满，线条流畅，服饰华丽，表现了高超的技巧。45窟的彩塑是盛唐时期的代表作，是一个完整的塑像群体，其中迦叶像最为突出，那轩昂的气度，深沉的神色，把一个高僧的精神外貌表现得极为逼真。285窟右侧有一尊菩萨像，肌体细腻，眉清目秀，具有丝绸质感的衣裙好像要被清风漾起，尤其是那安详而恬静的微笑极为动人，充分体现了女性的美丽、善良和尊严。这尊菩萨比起达·芬奇的名画“蒙娜丽莎”毫不逊色，而且比这幅名画早1000年。

1900年5月26日，一个名叫王圆箓的道士发现了藏经洞，震惊了中外。洞中藏有从公元4世纪到公元11世纪各个朝代的各种历史文书、文物近6万件，其中主要是一些写本。这些写本文物中，有宗教经典，有铜佛、绢画、刺绣等佛教美术品，有天文、地理、历史、文学、历法、医学等资料。其中除了大量汉文外，还有不少古代藏文、梵文、回鹘文、龟兹文、于阗文等文字写本。这些重大发现不仅对我国文献的补遗、校勘有很大价值，而且为研究古代的政治、经济、军事、文化、民族，以及对外交流等提供了极其宝贵的历史资料。最近几十年国内外学者潜心研究这些文物、资料，已经形成了一门国际性的专门学科——敦煌学。

……

集壁画、雕塑、古建筑于一身，溶石窟、文献、管理、研究于一体；莫高窟依敦煌而创建，敦煌因莫高窟而扬名；莫高窟在敦煌，敦煌在中国，敦煌学也在中国——然而又不仅仅在中国！……

哦，莫高窟——称你为世界艺术宝库，称你为人类的文化艺术瑰宝，你当之无愧！你名副其实，名不虚传！

会师楼与会师纪念塔前的遐思

一个风清星稀的夜晚，我徜徉于会师楼与三军会师纪念塔之间。璀璨的灯光，勾勒出了两座建筑物的身姿与容颜——一古一新，一矮一高；古的矮的浑身都是厚重的沧桑与悲怆；新的高的则昂首天外，流溢着庄严与神圣……

古老而低矮的会师楼与高峻挺拔的邓小平题写塔名的“中国工农红军三军会师纪念塔”，哪一个代表会宁的形象?

会宁，这个偏处西北一隅的“苦甲天下”的贫困县，因1936年10月10日中国工农红军三军在此会师而扬名天下。会师时，离中央红军撤离江西瑞金进行战略转移已整整两年了。此前，毛泽东已于1935年10月率一、三军团先期抵达陕北。

在长达两年的时间里，红军经过了多少血雨腥风？战胜了多少次国民党军队的围追堵截？夺取并又放弃了多少战略要地？为什么偏偏选择在会宁会师?

据说，毛泽东与周恩来、彭德怀在陕北低矮而昏暗的窑洞中研究三军会师的地点时，一手端着油灯，一手指向了地图上的小红点——会宁。他操着浓浓的湖南乡音说：就在会宁吧。三军会师，人民安宁。

毛泽东不仅是伟大的政治家、思想家、军事家，而且还是伟大的预言家——

三军会师仅过了两个月零二天，就发生了震惊世界且改变了中国历史的西安事变。

之后经过八年的浴血奋战，中国人民取得了抗日战争的胜利。

之后，又经过四年的鏖战，取得了解放战争的胜利。

之后，新中国诞生了。此时距三军会师仅13年……

会宁真是一块福地。是中国共产党的福地。是中国革命的福地。试想，三军会师之后的一连串的闪光的胜利，哪一个没有会宁的贡献?!

毛泽东在选择三军会师的地点上，再次体现了他的博才多识，再次显示了他的高瞻远瞩，再次展现了他的雄才大略。

“文革”当中，周恩来抱病陪同越南总理范文同访问延安。他老人家看到陕北的山川依旧，人民的生活贫困依旧，动了感情，禁不住流下了愧疚的泪水。他说：陕北人民为中国革命做出了那么多牺牲与贡献，我们对不起他们啊……

以周恩来的博大胸怀，我敢断定，他心中挂念的不仅仅是陕北人民。还应该包括井冈山的人民，沂蒙山区的人民，还应包括会宁人民……而今，陕北、井冈山、沂蒙山区已纷纷脱贫了，而会宁却依然贫困……

说会宁依然贫困，并非否定会宁的建设成就，并非否定会宁改革开放的前进步伐，而是要承认一个事实：会宁的自然环境太恶劣了，生态环境太严酷了——恶劣、严酷到外人难以想象的程度。这儿干旱少雨，降水量仅是蒸发量的三分之一、五分之一，甚至是十分之一。人畜饮水大多靠雨水集流的窖水。“雨水集流”，顾名思义，有“雨水”才能“集流”，天不下雨，何以“集流”？每遇干旱年份，全县便陷入困境。

到会宁的当日下午，县委书记贾承世便急不可待地告诉我们一个特大喜讯：“前两天水利部门在南部山区打出了一口高产水井，日产淡水2000 吨。”

2000 吨水也算“特大喜讯吗”？2000 吨水在大城市也许不够浇花浇草浇树的一日用水，也许不够一天跑冒滴漏的消耗……可在会宁却是全县人畜日用水的一半。另一半用水他们可以通过引黄河水予以解决。人畜饮水都没有，谈何改革？谈何建设？谈何发展？对贾承世这位新上任的会宁父母官的溢于言表的兴奋，别人理解不理解我不知道，反正我是理解的。

说会宁依然贫困，并不是否认会宁干部群众的才干、创新与智慧；而是说他们要改变会宁的面貌，要付出比别人多千百倍的努力、汗水与辛劳。

会宁有一个铁木山自然保护区；同全国数不清的自然保护区相比，这儿可能是最小的——仅有 1000 多亩。如果你认为是最小的，也因此是最不起眼的，那你就错了。这儿树木葱郁，鲜花盛开，鸟鸣莺啭，流水潺潺，佛寺道观，汇集其中，已成为方圆数百里的休闲胜地。铁木山真是大自然的神奇造化。怎么在周围光秃秃的黄褐黄褐的塬上就染上了这一坨坨绿呢？而会宁人则在铁木山做足了文章。旅游开发是一大块：把含有 20 多种微量元素的矿泉水打造成了“铁木山”的品牌；然后又引进了加拿大的资金与技术，开发出“万里缘”杏仁露；最近又请来高级工艺师，酿造出了“会师楼”优质酒……这一连串的成功开发，使有限的资源产生了尽可能大的效益，这一切，无不闪耀着会宁人的才情与智慧。

游过铁木山的文友，在兴高采烈、回味无穷的同时，也产生了一个小小的遗憾——在6400多平方公里的会宁大地上，为什么只有1000多亩的铁木山？我的解释是，铁木山是大自然给会宁树立的一个样板。榜样的力量是无穷的。数十年后，或者到下个世纪，说不定会宁满山遍野都变成铁木山了。我们企盼着那一天的早日到来。

说会宁依然贫困，并非否定全国、全省改革开放的大好形势，而是说中国很大，发展不平衡是难免的。

进入21世纪，国人中流传着两句话：

毛泽东使我们站起来。
邓小平使我们富起来。
……

这是对我们党的领导人历史功绩的高度概括。饱含感情，也蕴涵哲理。对于第一句话，会宁人民已经实现了，而且在65年前三军会师时就短暂实现过。对于后面的话，套用民主革命先行者孙中山的话说，叫“革命尚未成功，同志仍需努力”。我的理解，“同志仍需努力”，既包括会宁的干部群众要努力，也包括全国的上上下下都要努力。遥想当年，会宁为中国革命做出了贡献，做出了牺牲，而今全国“富起来”、“强起来”了，难道会忘记仍处于贫困中的会宁吗？

我徜徉于会师楼与三军会师纪念塔之间。仰望被灯火映衬得通体辉煌的三军会师纪念塔，某种象征，某种寓意，甚至是某种暗示便油然而生。三塔合抱，象征着红军三个方面军的团结；各为九层，象征着天长地久；第十层三塔合一，象征着三军会师；第十一层寓意为三军会师后中国革命更上一层楼……那么，塔高33.3米又象征着什么呢？众说纷纭，无人说清。我以为，在中国的数字中，三、六、九，既表示吉祥，又表示极言其多。33.3除了上述寓意而外，还有更深一层的意思：无限循环。也就是说，中国革命，将由无穷无尽的一个接一个的胜利构成……

说到象征，说到寓意，其实会宁将会师纪念塔建在古老的文庙中就是最大的象征，最大的寓意。纪念塔的背后就是大成殿，当年是供奉儒家先师孔子的地方。65 年前的 10 月 10 日，三军会师纪念大会就在此召开，而今已成为红军长征革命文物陈列厅；当年朱德同志发表讲话时使用的长条木质桌案，已成为一级革命文物，端端正正地安放在大殿的中央……

如果说会师纪念塔象征着红军长征的革命精神，感天地而泣鬼神；那么文庙、大成殿则象征着历史、文化与教育，象征着不绝如缕的民族精魂……

古人是讲地脉讲风水的，而今我们讲科学讲环境。实际上科学、环境中包含着地脉、风水，而地脉风水中，也包含着科学与环境。但不论从地脉、风水的角度，还是从科学环境的角度看，这儿都是一块风水宝地。矗立中间高指蓝天的纪念塔与色彩斑驳稳如磐石的大成殿，构成了独具一格而又韵味无穷的人文景观。

我们说的是象征，是寓意，然而又不仅仅是象征与寓意。

铁打的衙门流水的官。县上的领导一茬一茬地换，但他们有一个共同的特点，或者说是共同的优点：都非常重视文化建设，都特别重视抓教育。

我见到县委书记贾承世和代县长董建平时，他俩刚刚到任 100 天。贾承世是从白银市农委下来的。会宁县是一个贫困的农业大县，58 万人的温饱自然是头等大事，派贾承世任一把手，显然是知人善任。董建平是从省纪检委下来的，无疑对改进党的作风大有助益。从书记与县长二人的搭配足可看出省市领导的良苦用心。于是我送他们二位新官 10 个字的祝福：新人新班子，开创新局面。

贾承世、董建平二位向我介绍情况时，谈农业，谈水利，谈经济开发，谈整体规划……但谈得最多的还是文化教育……

邓小平有两句脍炙人口的名言：

再穷不能穷教育，
再苦不能苦娃娃。

会宁的教育依然穷，但穷得有志气，创出了“高考状元县”的佳绩。

会宁的娃娃依然苦，但苦出了正果，恢复高考 20 余年，已有 23000 多会宁“娃娃”跨进了全国各类大中专院校的大门，获得硕士以上学位的有 500 多人；仅在北京中关村高科技园工作的就有 240 多名会宁学子……

去年我到台湾访问，之后又去了金门。金门县的县长陈水在（与陈水扁没有家族关系）不无骄傲、颇为神气地告诉我：自元明清以来，金门共出了44位进士；自民国以来，金门共出了168位博士。他还告诉我，准备修进士墙、建博士碑，以抬升金门的文化地位，并以此昭示后人。我想，有一天我再见到陈水在，将会宁教育的骄人成绩告诉他，也许他不会像当初那么骄傲那么神气了。

科学技术是第一生产力。国力的竞争、经济的竞争，归根结底是人才的竞争、智力的竞争。当今世界，真可谓得人才者得天下，失人才者失天下。这一点已成为国人的共识。

如此，便引来了一个新的话题：会宁这块贫瘠的土地培养出来的23000余名莘莘学子，有几人返回了会宁？他们怀着“跳出农门”的心情，有的出了国，大多数留在国内的，也是耕耘在外省、外市、外县的土地上，用智慧与汗水创造着、繁荣着异地的文明，对会宁的文化经济建设有何助益？于是有人指责他们忘了根忘了本忘了他们生于斯长于斯的会宁热土；有的甚至说出了会宁是“皮”，学子是“毛”，皮之不存，毛将焉附的愤激之词。

这使我想起两件事。

第一件是改革开放初期，广东、福建、北京、山东发展较快，走在了全国的前头。于是人们总结了四句话：

> 广东靠澳港，福建靠侨乡；
> 北京靠中央，山东靠老乡。

后两句话我们姑且不论。前两句话告诉我们，广东、福建的经济，靠的是港澳同胞及海外侨胞回到家乡的投资与发展。可数十年前，甚至是一个世纪以前，这些侨胞或这些侨胞的先辈，背井离乡，漂洋过海，到海外谋生时，他们想到过要返回来报效家乡吗？家乡曾寄希望于他们回来发展吗？始料不及。可以说都没有。可时机一旦成熟，他们纷纷回来了，于故乡做出了贡献，于个人求得了发展，何乐而不为。

第二件，是80年代初，我们将紧闭的国门开了一条缝，恢复了向国外派遣留学生的制度。当时的国家恰似今日的会宁，送出去的多，回来的少。于是有人主张废止派遣留学生的制度，不为“资本主义培养人才”。而我们的总设计师邓小平，再次显示了他的高瞻远瞩、雄才大略，大手一挥，十分坚定十分自信地说：让他们来去自由，总有一天他们会回来的。时间过了还不到20年，实践便验证了邓小平无比英明无比正确。而今在许多科研院所，在许多高等院校，在工业、农业、商业，甚至在军队及党和政府的各级机关，哪里没有从国外学成归来的学子？哪里不闪耀着他们的聪明才智？

爱国爱乡已成了我们民族的集体无意识。

由此，我又想到了会宁。

会宁的发展，会宁的建设，当然需要人才。可你让23000余名学子都回来行吗？回来让他们干什么呢？当书记当县长？书记、县长一共只有两人。说实话，一些高学历的专门人才，在他们所学的专业里可能是优秀的，让他当书记、县长则未必称职。那么再干什么呢？种地吗？他们不如农民。做工吗？他们不如工人。搞科研吗？你有他们施展身手的设备条件吗？说到底，只能少数人回来建设家乡，多数人留在外面发展。实际上回来的与出去的，应该说都对会宁做出了贡献。大道理不讲了，即便他们忘记了会宁、忘记了家乡，总不至于忘了父母、兄弟、姊妹吧！假如他们每人每年寄回家1000元钱，是多少？2300万。仅此一项，贡献还算小吗？

对待会宁的学子，套用毛老人家的一句诗，应该是“风物长宜放眼量”，不能急功近利，也不应急功近利。

我徜徉于会师楼与纪念塔之间……

古老而低矮的会师楼，负载着会宁的历史与文化，以及历史文化生发出来的人才与智慧；高大挺拔的纪念塔，代表的是红军长征的革命精神——是英勇奋斗、不怕牺牲、百折不挠、一往无前、不达目的誓不罢休的精神。

前者是精神，后者还是精神。这两种精神的凝聚，便铸就了会宁精神。

物质变精神。

精神变物质。

有了这两种精神的支撑，会宁腾飞的时日还会远吗？

2001年金秋于会宁笔会

风沙疏勒河

还是读初中的时候，疏勒河便同闻捷的抒情短诗一起深深地镶嵌在了我的记忆中——

你呵，蓝色的疏勒河，
静静地、静静地流着；
你两岸的荒滩和草地，
多么肥沃又多么辽阔！

你呵，蓝色的疏勒河，
多少年来是多么寂寞；
每天只有成群的黄羊，
从你身边轻轻地走过……

——闻捷《疏勒河》

从此，我的心里便有了一个期待，一个梦想，总有一天，我要来到你——疏勒河的身边，一睹你的英姿与芳容。

后来的经历却有些令我失望。

上世纪80年代初的一个夏天，我陪日本作家代表团前往敦煌，快进安西县城时，经过一座小桥，桥下缓缓地流淌着一股不大的浑浊的水，有人告诉我，这就是疏勒河。

我的心顿时掠过一丝凄凉。

之后又到了玉门关。

玉门关的北面有一片洼地——我不叫它沼泽，因为沼泽是有水的，这儿没有。远远望去，到处是衰败的芦苇和枯萎的荒草……有人告诉我，这就是疏勒河消失的地方。还说，上个世纪五六十年代，疏勒河尚有足够的力量与勇气，冲决戈壁沙漠的重重阻隔，流入新疆的罗卜泊。如今，它变成了名副其实的甘肃内陆河。

背靠曾经创造了历史辉煌的玉门关，面对已经消失了的疏勒河，我无话可说，只有沉默。

我内心的凄凉，变成了沉甸甸的悲哀——

这就是我日思梦想的疏勒河吗？

这就是给历代文人墨客带来灵感、令他们流连忘返，并且诵之歌之的疏勒河吗？

这就是那条我国内陆河排名第三、干流全长670多公里、年径流量10多亿立方米、流域面积达4万多平方公里的疏勒河吗？

现实中的疏勒河与我心目中的疏勒河差距太大了。巨大的反差，甚至让我对闻捷的诗产生了怀疑。为什么要称它为“蓝色的疏勒河”呢？难道是从“蓝色的多瑙河”移植而来吗？闻捷是我的文学前辈，是我十分尊敬的大诗人；我知道，这种怀疑，自然是对他的大不敬，甚至可以说是一种罪过。

我内心的疑惑仍然挥之不去。

为了数十年的期待与梦想，也为了我内心的疑惑，我一定要走近你，疏勒河。

3月27日傍晚，我和我的同事风尘仆仆地赶到了疏勒河管理局所在地玉门镇。

这儿已变成了玉门市的新市区。宽阔的街道，空旷的广场，人迹稀少，但却十分整洁；马路两旁新栽的矮树上，挂满了五彩缤纷的塑料袋，像万国旗一样，随风摇摆，猎猎作响。这让人想起当地人的幽默：玉门镇有两个清洁工，一个东风，一个西风。

我的老朋友、疏勒河管理局副局长柴绍豪热情地欢迎我们。

绍豪原在省水利厅工作，疏勒河农业综合开发项目，从规划筹备到开发建设，他都是亲历者。在省上开会，每次相见，他都发出热情的邀请，希望我能到疏勒河走一走，看一看。可能我们来得太突然，在他热情欢迎的同时，我感到了他的一丝歉然——甚至可以说有点忧心忡忡。他说没有想到我会在这个季节来。还说，今夜有一股寒流要来，最低温度要降到零下4℃，伴有大风。

绍豪的歉然，更凸显了他的热诚，似乎天公不作美也是他的错。

热情，真诚，甚至还有点憨厚，这几乎是我们西北人的共同特征。记得数年前，沙尘暴突袭北京，引起北京人上上下下的议论与不安，甚至有人惊呼“狼来了”。媒体报导，专家访谈，追本溯源，直指内蒙古及我们甘肃的河西。我们呢？似乎真的应为北京的沙尘暴负责，反思我们的沙漠没有治理好，我们的绿化没有搞好，我们的开发破坏了生态平衡……其实，沙尘暴的成因极其复杂。当然与土地的荒漠化有关，与大地的植被遭到破坏有关，但更主要的原因是气候的变异。荒漠可以治理，但不可能根除。因为荒漠本身就是大自然生态平衡的一个组成部分。如果有一天，世界上的所有荒漠都变成森林，变成绿洲，那当然好，可世界也许又会陷入另一种失衡……我们必须为治理沙尘暴尽心尽力，为恢复生态平衡尽心尽力，但大可不必内疚，也不必产生负罪感。因为在此之前，我们西北人世世代代就是在沙尘暴的肆虐中繁衍生息、薪火相传的。抵御恶劣的环境，已成为我们西北人生命的组成部分，正是同恶劣环境的斗争中，锻铸了我们西北人吃苦耐劳的顽韧性格。

我笑着对绍豪说，你不是告诉我，这儿是世界风库，一年只刮一场风——从大年初一刮到大年三十吗？我什么时候来才合适呢？

我的话引来大家的笑声。

绍豪解释说，话是这么说，这儿的夏天和秋天还是蛮好的。虽然也有风，但没有沙尘；虽然干燥，但没有污染；空气新鲜，蓝天、白云、绿树、红花，风景很美。我们的几座水库——昌马水库、双塔水库、赤金水库，气候宜人，更是休闲避暑的好地方。这儿阳光充足，日照时间长，瓜果特别好——西瓜、白兰瓜、黄河蜜，苹果、梨、葡萄，含糖高，香甜可口……

这时我才发现，绍豪内心怀有深深的疏勒河情结。平时内热外冷不擅言辞的他，谈起疏勒河及疏勒河流域的开发治理，竟是口若悬河，滔滔不绝，妙语连珠，如数家珍。言谈之间，流溢着情感，充盈着对这片土地的热爱。

这也难怪，绍豪从“而立”至“不惑”，人生最具创造力的年华，几乎都是在这儿度过的。人们常说，人生把汗水、心血与才智，抛洒在哪儿，就对哪儿有感情。诚哉，斯言！

于是我想到，疏勒河流域的开发、建设者们，顶着沙尘暴，治理沙尘暴，面对恶劣的环境，向往美好的未来并建设美好的未来的精神，不也是治疗“沙尘暴恐惧病”的一剂良药吗？

第二天是星期天，绍豪陪我们参观疏勒河治理开发的龙头工程——昌马水库。果如其言，一大早，寒流如期而至，大风骤起，电线发出呜呜的声音，开车门和关车门都非常吃力。还好，没有沙尘。太阳少气无力地悬在东方。

绍豪说，中午就会起沙尘。

我问，会不会是沙尘暴？

绍豪说，放在北京和兰州，肯定会称作沙尘暴，在我们这儿很平常。说罢笑了笑，一副见怪不怪、习以为常的样子。

出了玉门镇，车子便驰上了一条柏油马路。马路又平又直，与昌马总干渠如影随形，像两条平行线直直地插入西南方向的祁连山中……马路与总干渠的两侧有宽阔的林带；只是树木尚小，又未发芽吐叶，显得势单力薄，在寒风中瑟瑟发抖……

绍豪告诉我，疏勒河农业灌溉暨移民安置综合开发项目，是甘肃“九五”期间及2010年远景规划的重点农业开发工程，也是国务院批准的利用世行贷款进行水利排灌、移民安置、农林牧综合开发的国家重点建设项目。计划总投资26.97亿元人民币，不要说我省，在全国也是挂得上号的大项目……

车行大约二十分钟，路的坡度增大了，总干渠上时不时的有小型电站一闪而过，成为一道独特的风景。绍豪说，最初的规划，是利用落差，建13座小型电站，总装机容量6万多千瓦，相当于一座中型电站；后来省上审查方案，只留下了三座，其余全砍掉了。我问为什么？绍豪说因为没有钱。我们说话时，已有四五座小电站被我们甩在了身后，迎面而来的总干渠上，目力所及，仍有一个个小黑点，近了，再看，仍然是小电站……我说，可不止三座啊！绍豪说，都是私人投资建的，钱都让他们赚走了，效益好得很。渠我们给修好了，路也给修好了，他们盖个厂房，安上机组就能发电。投资只有平常小水电的三分之一。言谈之间，流露出，砍掉这些投资少见效快的小水电，实在有些可惜。

进入祁连山，坡度陡然增加，路也变得不规则起来，沿着疏勒河的河道，时而左岸，时而右岸地绕行。这时，奇迹出现了——疏勒河的河道里，有许多大大小小的水坑，星罗棋布，湛蓝湛蓝，蓝得那样的纯粹，那样的耀眼，在阳光下熠熠生辉……

我由衷地赞叹：我终于见到了蓝色的疏勒河了！这儿的水太美了，与九寨沟相比，也毫不逊色！可惜，两岸光秃秃的山上，少了些树木花草……

绍豪说，水库及总干渠修好后，水就从隧道中走了，河道只有在夏秋两季排洪时才用。那些大大小小的水坑，是淘金人的杰作。

十点多，我们来到了昌马水库。

两山对峙的峡口间，矗立着大坝，巍峨壮观。坝顶，风更大了，也更冷了，每前进一步，都很吃力，需侧身而行。水库呈折扇形在面前展开，一眼望不到边。因为寒冷，且昼夜温差大，大部分湖面依然覆盖着厚厚的冰，阳光下折射出白色的光。靠近大坝及向阳的岸边，太阳显示了一点春天的威力，冰融化了，清冽的水，微微泛着涟漪，似乎是给水库镶上的蓝边……回头俯瞰，有些目眩；深深的峡谷中，有一座灰墙红瓦的建筑，那便是昌马水库梯级电站中的第一座。清澈的水，做完工从厂房流出，翻腾着浪花，在风的伴奏下，唱着欢快的歌……这一切，为水库，为大坝，为周围的群山，增加了许多美感。

我相信绍豪的话，夏秋两季，这儿会更美。

大风，寒流，并没有影响我们的好心情。绍豪说，冬天最冷时，这儿可达零下30℃，湖水结冰厚达二三米，平如镜面，是天然是大冰场，滑冰最美了。

我说，像这样冰清玉洁般的冰面，谁敢在上面滑冰？污染了湖水，岂不是罪过！同行的刚刚大学毕业的小陈，突发奇想。她说，这儿应该建一座纯净水厂，名字我都想好了，叫“昌马”牌，或者叫“疏勒河”牌，保险畅销。知名品牌“农夫山泉”，就是取千岛湖湖水加工而成，我们为什么不能呢？

绍豪说，我们的当务之急，是解决20万移民的生活问题、生产问题；还要加大恢复植被的力度；植树造林，还草还牧，搞好生态建设。你的建议很好，列入下一个五年规划吧。

说到这儿，绍豪先自笑了起来，大家也笑了起来……

我说，谁说我们西部贫穷、落后？我们用矿泉水发电，用纯净水灌溉，简直是太富有了，也太奢侈了！

……

返回时，已近中午。风更大了，夹带着沙尘漫天狂舞。司机打开了防雾灯，又开了夜灯，小心翼翼地减速慢行。距离二三十米，就看不清前面的车，也看不清车灯，只见白色的沙尘，向前滚动……

车外的视线越来越模糊了，而我的大脑却越来越清晰了。疏勒河农业综合开发这一利在当代惠及子孙的国家重点项目，变得鲜活了起来，生动了起来，也可爱了起来；连一些枯燥的数字也变得有滋有味了——

昌马水库，双塔水库、赤金水库相加，近4亿立方米的库容，联合运营，优化调度，对蒸发量几乎是降雨量60倍的河西，意味着什么？

蓝色的疏勒河河水，通过总干渠、干渠、支渠、斗渠、毛渠，流进150万亩荒漠改造成的良田，也渗进了滋润了20万移民干涸的心田。那时，又是怎样的情景？

240公里长的灌区周围要植树，700公里长的主干渠、路的两侧要造防风林，统一规划的条田周围要造防护林，为移民生活计，要造薪炭林……还有以经济林为主的自然生态良性循环体系……俗话说，寸草遮丈风。当这一切建成之后，风还会这么大，沙尘还会这么狂吗？

……

面对大风，面对寒流，面对漫天狂舞的沙尘，我又一次想起了闻捷的抒情短诗《疏勒河》——

你呵，蓝色的疏勒河，
最终盼来了最好的年月；
看，那是农人的足迹，
听，这是牧人的山歌。

你呵，蓝色的疏勒河，
今天也欢欣地唱着歌；
托起你那乳白的花朵，
呈现给东来的开拓者！

2004年5月

第六辑　异域情丝

哦，戴珊卡·马克西莫维奇

——前南纪事之一

天空淅淅沥沥下着小雨，因为有风，雨丝斜斜地飘下来，打在人的脸上，身上，虽算不上寒冷，时间久了，还是有些凉意。

毕竟是秋天了。

这儿是有“南斯拉夫文学老祖母”之称的著名女诗人戴珊卡·马克西莫维奇的墓地。参加凭吊的人，每人手里都拿着一支点燃的小小的红蜡烛；烛焰有些飘摇，似乎是蜡烛的光照在风雨中的舞蹈……这让人想到，冥冥中一定有人在向我们点头、招手、微笑……哦，戴珊卡·马克西莫维奇，是你吗？是你站在门口，欢迎你的晚辈，你的追随者，你的崇拜者对你的朝觐吗？是你在欢迎这些来自不同国家、不同民族、有着不同肤色、操着不同语言的国际同行的造访吗？……

墓的前面竖立着一个一米多高的金属十字架，十字架的正反两面横向镌刻着诗人的名字。十字架的前面，有一个不大的金属焚烧炉，后面是一组东方正教教堂的金属模型，很精致，很漂亮，几个葫芦状的圆顶涂着各种鲜艳的色彩；而它们的顶部的小小的十字架，则全是金黄色的……

再往前就是墓了。

长方形的墓体上，覆盖着一块不大的墓碑——一块不大的长方形的黑色大理石；它的上面镌刻着女诗人和她的俄罗斯丈夫的姓名及生卒年月日。碑上没有碑文。

是的，像戴珊卡·马克西莫维奇这样的诗人，墓碑上是不需要碑文的。她的碑文在她用毕生心血与生命抒写的诗中，在她的几十本诗集中，更主要的是在爱戴她的南斯拉夫读者及爱戴她的全世界的读者的心中……

凭吊的人群，脸上挂满虔诚与凝重，迈着缓缓的步子，绕墓一周，依次将手中燃烧着的小小红蜡烛放入焚烧炉中……焚烧炉中顿时腾起了熊熊烈焰，因为有雨水溅入，火焰便伴有了噼噼啪啪的响声……鲜花太多，墓前的小小的空地摆不下，只好沿墓的四周环绕摆放……在熊熊烛焰的照耀下，墓静静地躺在鲜花丛中……

昨天——2002年9月29日，第39届贝尔格莱德国际作家笔会刚刚闭幕，今天我们就来到了这里——戴珊卡·马克西莫维奇的故乡、塞尔维亚瓦列沃附近的拉布洛夫尼卡，向这位女诗人致敬，祝福，祈求她在另一个世界里，生活幸福，安详，像她生前一样，创作出更多、更好、更美的诗……

凭吊仪式由著名作家、小说家、戏剧家、南斯拉夫作家协会国际部副主席茂玛·迪米奇主持。主持词本来不长，无非是介绍戴珊卡·马克西莫维奇的生平、成就及文学界对他的评价，可他需用塞语、英语及法语各说一遍，因而显得有些冗长。茂玛·迪米奇，这位毕业于贝尔格莱德大学哲学系的高材生，究竟懂多少种语言？无人说得清楚。笔会期间，同二十几个国家作家代表团的沟通、联络，都是由他进行的。他赠送给我的书中，除了他本人的近作而外，还有一本由他翻译的刚刚出版的《瑞典诗歌选集》。他的语言天赋，由此可见一斑。

茂玛·迪米奇之后，第一个致词的是一位宗教人士，他叫扎尔斯·加乌里洛维奇。加乌里洛维奇，不仅是东方正教的大司祭，而且是一位诗人；他所主持的教堂，距戴珊卡·马克西莫维奇墓只有百来之遥。对于这位大司祭，我们并不陌生，因为笔会期间，我们一直在一起。他穿一身黑色的长袍，头发花白，胡须则全白，但却面色红润，毫无皱纹，因而你很难判断他的实际年龄。扎尔科·加乌里洛维奇是作为诗人还是作为戴珊卡·马克西莫维奇家乡的代表参加国际笔会的？我们无从知晓。作为宗教人士，扎尔斯·加乌里洛维奇，自然时时关注着人们的灵魂及人的生与死等哲学问题。但他同时也关注社会，关注现实。他在大会发言中说："现如今，人们的同情心，怜悯心越来越少，而利己主义和狂妄傲慢却越来越多，越严重。在利益与暴力方面，原则和理想被废弃了，人的言谈话语越来越充满仇恨，仇恨生活的一切，连呼吸都带有仇恨。"

这是多么有穿透力的见解。

这是多么入木三分的批判。

但是札尔科·加乌里罗维奇今天的致词，完全是一种宗教仪式，他朗读了圣经，念了颂词，祝愿女诗人的灵魂在天国安宁、安息。

致词一个接一下地进行。有的是即兴发言，更多的是朗诵自己的诗作，表达对这位南斯拉夫伟大的女诗人的悼念。轮到中国代表团了，郑恩波这位写过《南斯拉夫当代文学史》及诺贝尔文学奖得主《安得里奇传》的中国学者，给了所有人一个惊喜——他用汉语和塞语朗诵了戴珊卡·马克西莫维奇的名诗《我相信》——

我的国家不会倒下，
自由永远在为她出生入死中萌发；
如同从鸟巢里永远都要飞出雏鸟，
花籽儿一定要开放出鲜花。

我的国家学会了忍耐，
一向是个苦难者，总是遭人宰杀。
她知道，总有一天会重新巍然而起，
如今她已抖擞精神，把双翼拍打。

我们的国家不会死亡，
她从来都把友好的世道憧憬、描画。
然而，为此她都惨遭非难，
受到不应有的惩罚。
我的国家一向奉献他人，
在友好的名义下把别人宽大、宽大。

我的国家不会倒下，
她一贯都是预言家。
度过整个黑暗时代，
面对敌人的牢房、铁窗毫不惧怕。
那时候，人民在雾中徘徊，
我们的茅屋寒舍是牧人的天下；
犹然麦仙翁与粮食迥然有别，
疯狂的思想与真理分成两家。

戴珊卡·马克西莫维奇的这首诗充满了爱国主义激情，加之郑恩波声情并茂的“双语”朗诵，竟“破例”地获得了掌声欢迎。

我之所以说“破倒”，因为这不是一个表达热烈情绪的场合。人们在悼念，在追思，在颂扬……此时需要庄严，需要肃穆。因此，此时鼓掌定有另外的深层次原因。

南斯拉夫，本由塞尔维亚、克罗地亚、波斯尼亚——黑塞哥维那、黑山、斯洛文尼亚和马其顿六个社会主义共和国组成；可是连年的内战，加之1999年以美国为首的北约集团的78天的狂轰滥炸，四个共和国独立出去了，南斯拉夫仅剩下塞尔维亚和黑山了，而且据说，不久的将来，连南斯拉夫这个名称也不复存在了。此时此刻，作为南斯拉夫人及南斯拉夫的朋友，重温戴珊卡·马克西莫维奇的充满爱国主义情愫的名诗《我相信》，自然是别有一番滋味在心头。

郑恩波是在恰当的时间，恰当的地点，用恰当的方式，朗诵了一首恰当的诗。

雨继续下个不停。早上我们从贝尔格莱德出发时就下雨，80公里路程，大巴车足足跑了二个多小时。凭吊的人群中有的有伞，相当多的人没有伞。一把伞下挤二三个人，头脸是遮住了，身上则被雨水打湿了。而此时致过词及朗诵过诗的人，还不到三分之一。按照主人的意思，似乎每个人都得有所表示，否则有失主人的职责。事实上，每个人，也都需要有所表示。你想啊，不远千里，有的甚至是不远万里来到这儿，面对你所崇敬的女诗人，不说点什么，不表示点什么，不也是一种遗憾吗？

茂玛·迪米奇与札尔科·加乌里洛维奇商量之后，决定移师到教堂的会议室，继续举行悼念仪式。

教堂的会议室能容纳近百人，里面摆放了两面窄窄长长的条桌，而条桌的四周则摆满了长条凳。桌凳都是原木本色，古拙中透着庄重。可能是扎尔科·加乌里洛维奇早有准备，条桌上摆满了咖啡、茶点、饮料等。也许是因为场地的转换，也许是因为咖啡、茶点、饮料增加了热量的缘故，同是追悼，气氛却热烈了许多，欢声笑语不断，更像是一次文友聚会，更确切地说，更像是一次联欢会了。茂玛·迪来奇，依然是主持人，而更多的时候，是各国的作家、诗人，主动站起来致词，或是朗诵，一个接一个，大有争先恐后之势。此时，我们中国作家代表团的董生龙——来自青海高原的诗人，也不甘落后，朗诵了他刚刚创作的一首诗。诗的名字叫《一个伟大的小山村》——

这是一个美丽迷人的小山村，
这是一个伟大骄傲的小山村；
我愿变成一棵树，
风里雨里就在这儿，

或者是变成一片黄叶，
溶入这块土地，
和我们的女诗人永远在一起！

这首诗展露了一位中国的西部诗人的敏捷才思与浓郁诗情。特别是它称赞了戴珊卡·马克西莫维奇的故乡，表达了对女诗人的崇敬。此时，此地，此情，此景，无疑更增加了诗的艺术感染力，经过郑恩波的塞语同声翻译，获得了热烈的掌声。

仪式在继续……

雨也在继续……

我突然产生了一种冲动，想出去，到野外走一走，看一看，看看究竟是什么样的良田沃土，什么样的神山圣水培育了戴珊卡·马克西莫维奇这样一位伟大的诗人。

这儿是群山环抱中的平地，附近并没有村庄；那个“伟大的小山村”——拉布洛夫尼卡——戴珊卡·马克西莫维奇的出生地，实际上在我们进山的入口处。

这地方似乎是造物主专门为女诗人准备的。四周的山不高，但却秀色可餐，长满了树林鲜花；淙淙流淌的山溪，将这块平地与山间公路隔开。山脚下有一块小小的突出的平台，那儿便是安葬女诗人的墓地。墓地靠山的一侧，有一棵两人合围的高大的橡树，像一把撑开的巨伞，为女诗人遮阳挡雨；又像一名魁梧的卫士，守卫着女诗人的安全。墓的右侧100多米的地方便是教堂。教堂很古老，给人一种沧桑感；墙壁已有些斑驳，潮湿的地方甚至长出了暗绿色的苔藓。墓地左侧100多米的地方，便是以女诗人名字命名的学校；白墙黑瓦的校舍，在红花绿树的映衬下，十分漂亮。墓的前方，是一片比足球场还要大的开阔地，实际上是一片非人工种植的草坪。教堂与学校都没有院墙，也没有界墙，是连为一体的。目力所及，再无其他建筑，也没有其他人的墓。显然，这是一块专属女诗人的圣地，别人是没有资格进入的。墓前的这块空地，本可辟为操场，可他们没有那么做，因为孩子们的嘈杂与吵闹，会打搅了女诗人的安宁，影响了她对诗的构思；也可辟为牧场，放牧牛羊，他们也没有那么做，因为牛羊会弄脏了女诗人的住地，亵渎了女诗人的灵魂……这样很好，女诗人很安静，晨钟暮鼓，既可听到唱诗班优雅低回的音乐，又可听到学童稚嫩的朗朗书声，还可看见乡亲们祷告的身影及孩子们朝霞般的面容……

把戴珊卡·马克西莫维奇安葬在青山绿水之间，教堂与学校之间，是女诗人自己的选择呢，还是故乡的安排？我们无从知晓。但可以肯定的是，这是故乡对女诗人的厚爱，是对她毕生热爱故乡的馈赠。

戴珊卡·马克西莫维奇有一首诗，叫《思故乡》：

那里的每一寸土地我都了如指掌。
树林和田野升腾起多么浓郁的芳香。
我熟悉每个季节云霞的姿容，
也晓得那里的欢乐和忧伤；

秋天群鸟从哪棵橡树上向南飞走，
沙鸡躺卧在哪一条淡水旁，
在冬天的第一个夜晚，
在哪个壕沟边堆起暄颤颤的雪岗。

我知道那里的冰雹从何处而来，
是从哪个天边亮出明媚的春光；
该有多少的树叶从枝条上飞舞而下，
随着啥样的山毛榉叶子落到地面上。

我知道小路、草和石头子儿怎样生活，
农民何时把啥样的农具磨尖磨光，
还知道樱桃或矢菊花的颜色，
能否把新宅的大门装饰漂亮。

我知道财主的仆人从城里到乡下收租，
佃农把什么样的话儿讲；
还知道姑娘们干活回来边走边唱什么歌儿，
田里无收成老妇如何喊天怒地愁断肠。

……

在瓦列沃城市的中心广场上，竖立着女诗人高大的汉白玉雕像。雕像剪短发，怀抱诗集，裙裾飘动，眼镜后是一双睿智而深邃的眼睛……雕像落成的时间是 1992 年，女诗人尚健在，故乡人请她去参观。

女诗人惊讶地说："这是我吗？我有这么年轻这么漂亮吗？"

主人回答说："这是您年轻时候啊！当然漂亮啦！"

女诗人说："我是有血有肉有思想有感情的，怎么变成石头了呢？"

主人明知这是女诗人的幽默，还是笑着回答："你的血肉，你的思想感情，都在你怀抱的诗集里呀！"

听着主人的解释，戴珊卡·马克西莫维奇开心地笑了……

诗人思念故乡，依恋故乡，给故乡争得了荣誉；故乡厚爱诗人，厚待诗人，也给诗人以殊荣。

……

戴珊卡·马克西莫维奇是二十世纪南斯拉夫最著名的浪漫主义诗人，是当代南斯拉夫诗歌的骄傲，在世界上也享有很高的声誉。1898 年 5 月 16 日，马克西莫维奇出生于我们前面提到的塞尔维亚瓦列沃附近的拉布洛夫尼卡村。她自幼受到父亲的良好教育，在布拉科维那和瓦列沃读完小学。1919 年于瓦列沃中学毕业之后，当年即考入贝尔格莱德大学哲学系，学习比较文学、通史和艺术史。1923 年大学毕业。教育与文学是她终生从事的事业。

戴珊卡·马克西莫维奇之所以被称做"南斯拉夫文学的老祖母"，除了她的高寿（享年 95 岁），令人尊敬而外，更主要的是她的文学成就。她的创作，以诗歌为主，出版诗集数十部。此外，还发表了许多散文及短、中、长篇小说作品。其中有短、中篇小说集《心黑发疯》（1931）、《他们如何生活》（1935），《可怕的游戏》（1954）。长篇小说有《敞开的窗》（1954），《起义的阶级》（1960）。是名副其实地著作等身。

戴珊卡·马克西莫维奇，之所以被称做"南斯拉夫的冰心"，除了她与冰心都长寿，都是世纪老人，以及在文坛的影响而外，更主要的是她们都对儿童及儿童文学付出了汗水与心血。

戴珊卡·马克西莫奇，是南斯拉夫首屈一指的儿童文学家。她的许多诗歌，数十年来一直作为最好的教材选入各种儿童读物和教科书中。其中最有影响的诗集是《田野上的奇迹》（1961）。她的诗歌具有强烈的浪漫主义精神，充满高昂的爱国爱人民的激情。其中根据 1941 年德国法西斯在克拉古耶瓦茨一次屠杀 7000 人——其中 300 个学生和老师的惨案写成的《血的童话》，是家喻户晓的名篇。

诗中热情地赞美了英雄的儿童，讴歌了英勇不屈为国捐躯的俊美群像：

所有的孩子上完最后一课，
手挽手，肩并肩离开课堂，
面临枪杀视死如归，
泰然自若奔赴刑场。
同志们的队伍雄壮威武，
一起走向永恒的天堂。

之后，这首长诗又被改编成同名电影。戴珊卡的名字，由此变得更加圣洁，更加令人尊敬。

戴珊卡一生获奖无数，以她的人品与文品赢得南斯拉夫乃至全世界的广大读者的尊敬、爱戴与欢迎。她的晚年，曾数次被南斯拉夫文学界同行提名为诺贝尔文学奖候选人。戴珊卡·马克西莫维奇曾任塞尔维亚科学艺术院院士。这是南斯拉夫塞尔维亚知识分子的最高荣誉。

南斯拉夫朋友说，当年在公众场合，铁托每次见到戴珊卡，都要趋前问候，通常情况下都挽着她的臂膀，边散步，边交谈……

南斯拉夫朋友讲这个小插曲，当然是要说明铁托这位无论从政治上、军事上、历史上都堪称伟大的人物的绅士风度及他对作家、诗人、知识分子礼贤下士的精神。恐怕更大程度上还是反衬戴珊卡·马克西莫维奇生前所享有的殊荣。

铁托、戴珊卡这两位创造了历史又融入历史的人物，而今在人们的心目中的位置又是如何呢？……

到达贝尔格莱德，我一直有一个心愿：凭吊铁托墓。可代表团无此项日程安排，只能抽空前往。为了问路方便，我事先请人写了一张“铁托墓地”的塞文纸条。我连挡了三辆出租车，都被贝尔格莱德的“的哥”拒绝了。他们看完纸条，笑一笑，摇摇头，把车开走了。他们是不知道铁托墓地在何处呢？还是不愿前往？抑或怕我付不起车费？我无从知道。对我来说，结果是一样的——铁托墓地没有去成。

据南斯拉夫的朋友讲，而今的铁托墓地，已是荒草萋萋，狐鬼出没，罕有人迹了……

铁托已是生活在另一世界的人了，墓地荒芜就荒芜吧！冷清就冷清吧！一切都无所谓了。而有所谓的是未亡人。据说，铁托的遗孀，因拖欠电费、水费、煤气费、取暖费、房租费……这年的冬天有可能被逐出公寓楼……

你能相信吗？一位国家元首的遗孀，面临的竟是饥寒交迫，流离失所……

犹有甚者。

一次我同老郑逛书店，想了解一些南斯拉夫文化出版方面的情况。当时的南斯拉夫，因战争的创伤及制裁，经济刚刚缓慢复苏。而出版似乎已经繁荣，各种书籍，各种出版物，异彩纷呈，琳琅满目；尤其是文学作品，品种很多，很丰富，南斯拉夫许多诗人、作家的作品，都开专柜陈列。在戴珊卡·马克西莫维奇的专柜里，各种诗集与小说集摆得满满的。营业员说，戴珊卡的作品，属于长销且畅销作品，很受欢迎，每年都要再版。

与此同时，我发现了另一本书——一本关于铁托的书。书的整个封面，是铁托身着无帅装，胸前佩满勋章的画像。我想这一定是一本铁托的自传或传记。

历史应该公正。

铁托不应被遗忘。

我准备购买这本书。尽管我不懂塞文。仅仅作为访问南斯拉夫的纪念，也值！

在我准备付款时，老郑走了过来，看了看书，小声地将书名告诉了我，令我大吃一惊！书名竟是《铁托伤害了谁！残害了谁！杀害了谁!》。至今我仍百思不得其解，一部揭露批判铁托“罪行”的书，何以要用铁托的英雄肖像做封面呢!？……

……

从瓦列沃的拉布洛夫尼卡村返回贝尔格莱德的当晚，我辗转反侧，难以成眠……我们为文学的边缘化而感叹！我们为文学遭遇冷落而唏嘘！我们甚至为文学在社会生活中影响力的日衰而悲观……

瓦列沃与拉布洛夫尼卡给了我启迪与感悟——

文学永远在人间!

文学永远在民间!

文学永远在大众的心间!

……

哦，戴珊卡·马克西莫维奇!

2002 年 12 月

“菩萨”与“天堂之女”

——前南纪事之二

从贝尔格莱德回到北京，与高洪波通电话，电话里传来洪波兴奋、洪亮、诗朗诵般的声音：

——德宏兄，在巴尔干的阳光下，必定有充盈的收获吧！

——是的，感想很多，收获颇丰。

——见到我的朋友“菩萨”了吗？还有他的妻子——“天堂之女”金晓蕾？我还去他们家喝过酒呢！他们中南合璧的两个胖儿子太可爱了……

接下来是一串舒心爽朗的笑声……

1995年10月，洪波率中国作家代表团出席第32届贝尔格莱德国际作家笔会，并访问南斯拉夫。南斯拉夫独特而优美的自然风光，丰富而又极具个性的民俗风情，给洪波留下了深刻的印象，触动了他的诗情，连写12首诗，发表后引起很大反响；之后，又以“贝尔格莱德的鸽子”为总题，收入他新近出版的诗集《心帆》。七年多时间过去了，谈起那次访问，洪波的感觉好像是昨天刚刚发生的事情，兴奋之情溢于言表。

高洪波所说的“菩萨”，即菩萨奇，是南斯拉夫的汉学家，贝尔格莱德大学汉语系教授，上个世纪80年代初曾在我国南京大学留学，学习中国古典哲学。其间结识了南京大学生物系的女学生金晓蕾，演绎出了当时颇为轰动的“国际恋”，最终，又演绎成一桩“国际婚姻”，比翼飞回南斯拉夫，方尘埃落定。

金晓蕾祖籍江苏，因生于杭州，长于杭州，形象甜美，待人和善，故大伙亲切地称她为“天堂之女”。菩萨奇、金晓蕾夫妇，一方面在贝尔格莱德大学教授中文，一方面不断地把中国及南斯拉夫的文学、文化做双向的翻译与交流。比如，被许多中国人视为“天书”的老子的《道德经》，经他们翻译出版后，在南斯拉夫掀起了一股研究中国老庄哲学的热潮。有一本南斯拉夫当代诗选（1950——1995）——《我没有时间了》，选录了南斯拉夫驰名世界文坛的诗人波帕·玛西摩维奇、波德罗夫等最具代表性诗人的诗作百余首，便是由台湾女诗人张香华、南斯拉夫学者靓山弛引博士编选，由金晓蕾翻译成中文的。此诗选由台湾的九歌出版社和大陆的友谊出版社同时出版，在整个华人世界发行。

张香华在这本诗集的后记中说："靓山、晓蕾和我三人，已经不是第一次合作，晓蕾不但精通塞文，对南斯拉夫的文学、文化，都有非常深入的了解。加上女性天生的细致和敏感，使她对这部诗选的翻译，比起她前一部在台出版的童话《蓝色的狐狸》，更能展现她文字的功力。而她的夫婿普舍奇则是一位优秀的汉学家，从一开始，他就陪伴我们在贝尔格莱德度过许多埋头苦思、斟酌推敲的夜晚。"而张香华文字优美如抒情诗的访南随笔《南斯拉夫的观音》，则由金晓蕾译成塞文，由普萨奇为塞文版写序，由台湾的圆神出版社出汉文、塞文对照版，而大陆的友谊出版公司则在大陆出版汉文版，在全世界的汉文地区及塞文地区发行。

与此同时，中国作家代表团访问南斯拉夫，以及一些文化代表团访问南斯拉夫，使馆也请他们帮忙，当翻译，无形中，他们成了中南文学及文化交流的使者与桥梁。

第一次见到菩萨奇是在我们参加第39届贝尔格莱德国际作家笔会，中国作家代表团抵达贝尔格莱德的第二天——2002年9月28日中午，在我们下榻的古老、传统而又韵味十足的卡西娜宾馆，菩萨奇给我送笔会开幕式上的发言及朗诵诗的塞文翻译稿。

贝尔格莱德国际作家笔会，是南斯拉夫一项传统的文学盛会，至2002年已举办了39届，从未间断，包括遭到美国及北约轰炸的1999年。当时，南斯拉夫遭到封锁与制裁，买面包要排队，汽车加不上油，生活困难，交通不便，许多工厂停产，学校停课，商店关门，但作家笔会却照办不误，而且把国际笔会的诗歌朗诵会的舞台搭在了广场上，台下的听众群情激昂，人山人海……想起当时的情景，至今仍让人壮怀激烈……天天都有轰炸，天天都有流血，天天都有家破人亡、流离失所，而诗人们竟然以诗为号角，以诗为利剑，朗诵着，朗诵着，不断地朗诵着……

贝尔格莱德国际作家笔会，每届都有中心议题，组织者拟出一些题目，供与会者参考，每个国家的代表团团长，选择这些题中的一个，写出书面发言，以本国语言、英语和塞尔维亚三种语言文本提交大会，并在大会发言、交流。本届会议的中心议题是：文学的贬值；政治中的作家，作家身上的政治；战争与和平——文明受到的侵害和它的命运。中国作家协会外联部人少事繁，负责我们这个团的同志几度易人，直至我们在北京集中的前一天——2002年9月24日中午，才将要我担任团长并发言的事电话告我。经过认真思考，当晚我就起草了一份发言稿，题目叫《地球毁灭无强弱》，主要内容是结合实际，阐述和平与发展这当今世界的两大主题。为了这两大主题，人类共同的目标是反对战争，反对霸权主义，反对恐怖主义，反对民族分裂主义和宗教极端势力……全世界的作家应有所作为……

菩萨奇中等身材，微胖，像大多数南斯拉夫知识男性一样，年轻轻的便蓄着黑白杂陈的连鬓胡须，在南斯拉夫这仿佛是知识分子与地位的象征。他脸上荡漾着含蓄的微笑。他那双眼睛看你时，总有一种嘲讽的意味，特别是当他操着略带口音的中国话表现幽默时，更是如此。

"你好像不常写诗吧？"菩萨奇把我的讲话及我准备朗诵的诗《这儿是西部》交给我时说。俗话说，拳不打会家，树不遮鹰眼。我这位"冒牌"诗人，菩萨奇一眼就看穿了。

出席贝尔格莱德国际作家笔会，除了准备发言而外，每人还得准备诗朗诵。我们代表团的董生龙本身就是诗人，准备了《城市里的日子》、《心之外》、《万里谣》三首短诗。代表团的另一成员郑恩波，曾在南斯拉夫留学，是南斯拉夫文学研究专家，写过《南斯拉夫文学史》及诺贝尔文学奖得主《安得里奇传》，用汉语及塞语朗诵南斯拉夫著名女诗人戴珊卡·马克西莫维奇的名诗《我相信》，自然是得心应手，备受欢迎。只有我不会写诗，也不曾写过诗。不可为而为之。我只好将西部的名山大川、人文景观堆积起来，凑了一首《这儿是西部》的"诗"，以应付差事。没想到，尚未登场，便遇到了行家里手。

"赶鸭子上架。"我连忙说。这既是我的自嘲，也算我对菩萨奇的回答。

当晚六时，菩萨奇陪我们出席中国文学晚会。地点在与土耳其公园只有一路之隔的贝尔格莱德博物馆。由于双方都做了精心的准备，晚会开得简短、精彩而热烈。我的即兴发言与诗朗诵，董生龙的诗朗诵，都由菩萨奇担任翻译。郑恩波用塞语朗诵诗，并介绍南斯拉夫文学在中国的出版、传播及影响。菩萨奇除了当翻译而外，还介绍了中国文学在南斯拉夫的出版、传播、研究及其影响。一个小小的文学晚会，确实起到了双向的交流与沟通。

通过这次接触及工作上的配合，我同菩萨奇成了朋友。他不是一般意义上的翻译。他对中国文学的深刻了解与理解，令人感佩；而他翻译过程中所表现出来的睿智与机敏，更令人赞叹。会后，我接受《南斯拉夫快报》记者采访，约半小时，记者不断提问，我不断地回答，菩萨奇不断地翻译，中间从未间断，甚至连一次“咳吧”也没有。在翻译我的即兴发言时，我虽不懂塞语，但从台下经常轰然而起的笑声与掌声，我知道，他已把我的幽默及良好的祝愿及时地传递给了听众……

当晚我们回到“卡西娜”宾馆已是9点多钟，宾馆大厅里挤满了熙熙攘攘的人群，他们是北京军区京剧团的演职人员，应邀参加贝尔格莱德戏剧节演出。其中有一位女士，穿一身休闲装，个头高挑，身材匀称，长发披肩，脸上略施粉黛，一双眸子，顾盼生辉，一边忙碌着给大伙分配房间，一边交代着相关事宜。她就是菩萨奇的夫人——“天堂之女”金晓蕾——一个干练麻利的知识女性。

北京军区京剧团在南斯拉夫几个城市的演出活动，全程由她负责安排联络。

当晚她很忙，我们紧锣密鼓地活动了一天，直到此时尚未吃晚饭，也很累了，只是寒暄了几句，便算认识了。

时间只隔了一天，30日早晨刚刚用过早餐，天空淅淅沥沥下着小雨，我在房间等待乘车通知，前往南斯拉夫文学的“老祖母”——有“南斯拉夫的冰心”之称的戴珊卡·马克西莫维奇的故乡瓦列沃参观访问。倏然，电话响了，是金晓蕾打来的。她说，《快报》对你的专访已登出来了。她是来给我送报纸的。我请她到房间坐一会，她说她要陪京剧团去踩台，必须在大厅候着，不能上来。我急忙前往一楼大厅。她将报纸递给我。大概出于礼貌，她称赞了我在专访中的观点。

她说：“文学离不开政治，文学又不能服务于服从于政治。你的观点很好，很有说服力。”

我说：“我的观点在国内几乎已成为文学界的共识。这一共识是中国当代文学走了几十年的弯路，付出了高昂的学费及惨痛的教训才获得的。”

她说：“南斯拉夫文坛目前的状况，跟我们国内粉碎‘四人帮’以后颇为相似，整个文艺界讨论文艺与政治的关系问题。你的观点，肯定对这场讨论有某种启迪作用。起码可供参考……”

通过交谈，我发现金晓蕾对国内文坛很熟悉，某某出版了新作，某某作品又引起争议，她都了然于胸。对于发轫于上世纪七十年代末并于八十年代初形成澎湃之势的“朦胧诗潮”及其代表人物，比如北岛、江河、舒婷、杨炼、顾城，也是了如指掌，谈起他们的代表作，更是知数家珍。尤其令我感动的是，我所供职的文学月刊《飞天》，一份偏处西北一隅的省级刊物，竟也在她的涉猎范围之内。《飞天》于上世纪八十年代初在全国率先开辟的刊发大学生诗歌的“大学生诗苑”专栏，以及那篇引起轩然大波的关于朦胧诗歌理论的文章，至今仍是她深刻美好的记忆。

上世纪的八十年代，真是新时期文学的黄金时代，对文学“发烧”的不仅仅是中文系的大学生，也包括学生物的金晓蕾。这多少让我感到有些意外，同时也让我找到了他乡遇故友、异国逢知音的感觉。

第二次见到菩萨奇，是在中国文化部举办的“中国农民画展”开幕式上。时间是10月3日晚；地点是南斯拉夫历史博物馆。南斯拉夫外交部的一位副部长，中国驻南斯拉夫大使温西贵夫妇，大使馆的许多外交官，以及中国留学生、中国驻南的一些商务人员，应邀出席。当然，出席开幕式最多的还是南斯拉夫文化艺术界的朋友。

开幕式隆重、热烈而又简短。先由贝尔格莱德电视台童声合唱团合唱中国民歌《好一朵茉莉花》，然后由南斯拉夫副外长及温西贵大使先后致辞，共同剪彩。仪式结束后，大家开始参观。这期间，有一群漂亮的南斯拉夫姑娘，身穿中国旗袍，亭亭玉立，穿梭于人群之间，为展览会服务，而且都能讲流利的汉语。通过交谈，才知道，她们都是菩萨奇、金晓蕾的弟子——贝尔格莱德大学汉语系的学生。我称赞她们的汉语讲得好。其中一个女学生瞅了一眼菩萨奇，怯生生地说：“我们老师经常批评我们，说我们还差得远呢!”而此时的菩萨奇，默默地注视着我同他弟子的对话，不苟言笑，一脸的严肃，颇有些“师道尊严”的味道。

我们参加了贝尔格莱德国际作家笔会，又访问了瓦列沃、诺瓦萨德、斯麦得列沃等地，并于10月6日下午乘飞机前往黑山共和国（又称门的内歌罗）的首府一保得格里察，对黑山进行了为期两天的访问，参观了四季如春的亚得里亚海海滨的采蒂涅、科托儿、布特瓦，于10月9日返回贝尔格莱德。南斯拉夫本是联邦制的社会主义国家，它由塞尔维亚、克罗地亚、波斯尼亚——黑塞哥维那、黑山（门的内哥罗）、斯罗文尼亚和马其顿六个共和国组成。如今，六个共和国中的四个已经独立出去了，南斯拉夫仅剩下塞尔维亚和黑山。因此，我们参观访问了黑山，等于整个南斯拉夫就都参观访问了。

我们返回贝尔格莱德的当日晚上，中国驻南使馆的资深外交官、文化参赞刘永红，在颇负盛名的中餐馆——香港酒楼设宴为我们送行。出席宴会的除了我们代表团的三人之外，作陪的是菩萨奇、金晓蕾夫妇，加上主人一共只有六人。菩萨奇对我们的访问给予了许多帮助，而金晓蕾更是辛苦，北京军区京剧团在南访问演出的十多天里，她全程陪同，可以说是鞍马劳顿。因此，刘参赞请他们不仅仅是作陪，亦有答谢的意思。

在南访问半月，天天是奶油面包，真是有些腻歪，倒胃口；突然来一顿中餐，色香味俱佳，看着便令人胃口大开，真是如沐春风，其乐融融。几杯酒下肚，每个人的脸上都有了光彩，话多了起来，也亲热了起来。我称菩萨为“中国女婿”，获得了大家的认同。对此，菩萨不仅欣然领受，而且简直有些洋洋自得，深以为荣。

我称金晓蕾为“20 世纪的文成公主”，也获得了大家的认同；看得出，金晓蕾亦很高兴。接着我又补充了一句：“可惜啊！菩萨不是塞尔维亚国王。”

“我才不愿当国王呢！我比国王幸福多了，也幸运多了。”菩萨说话时眼睛一直盯着金晓蕾，似乎在争取她的赞同。菩萨的话引起一阵哄笑与掌声。

“你是怎样把我们的‘天堂之女’‘拐’到南斯拉夫来的?”我与菩萨碰了一杯酒问道。

菩萨手握酒杯，眼睛盯着金晓蕾，笑而不答。金晓蕾连忙说：“骗来的。我是被骗来的。”

“骗也是本事。骗也需要本事。”菩萨说这话时，一脸坏笑。大伙又是一阵哄笑与掌声。

此刻，郑恩波给我们讲了一个他亲历的故事。上个世纪的 80 年代初，他到南斯拉夫留学，在诺瓦萨德塞尔维亚语言文学研究所研修，导师就是这个研究所的所长——一位颇负盛名的女教授。他向这位导师请教，如何才能学好塞语。这位女教授一本正经地说，学习塞语最好的办法，是找一位塞族姑娘。老郑当时年届“不惑”，家有爱妻娇女，加上他又是留学生支部的书记，天天给大家讲“三大纪律八项注意”，自然是不敢越雷池半步，这段往事，只能化作美好的记忆。

“老郑在南斯拉夫没敢做的事，菩萨在中国轻而易举地做成了。”我接着老郑的故事，继续跟菩萨调侃。

“老郑是有贼心没有贼胆，我是既有贼心又有贼胆。”菩萨说这话时，脸上充满了得意的神情。

饭桌上的话题，犹如物理学上的查朗无状运动，谁也把握不准方向，说不准就拐到哪儿去了。刘永红参赞说，国内的某歌星，拿中国人的眼光看，并不漂亮，甚至可以说有点“丑”，可南斯拉夫人却认为很漂亮，是大美人，演出引起轰动，场场爆满。

包括菩萨大伙都点头称是，承认这一审美差异。我想给这一话题作一个小结。于是我说：

“中国人认为漂亮的南斯拉夫人认为不漂亮，不算漂亮；南斯拉夫人认为漂亮的，中国人认为不漂亮，也不算漂亮；只有中国人与南斯拉夫人都认为漂亮的，才是真漂亮。”

“就是。就是……”菩萨连忙表态附和。可是，当他发现我和其他人都瞅着金晓蕾笑时，知道上了我的语言圈套，急忙改口，“也不一定，也不一定……”

第二天我们就要回国了，宴会上虽然欢声笑语不断，但总有一种依依惜别的情绪笼革在每一个人的心头。宴会结束时，已是晚上9点多钟了。刘永红参赞开车送我们回宾馆，菩萨、金晓蕾夫妇的寓所就在附近，可以散步回家。就在我们挥手告别的一刹那，我发现金晓蕾依依不舍的目光——送别的毕竟是祖国来的亲人啊！

倏然，我记起了高洪波的诗：

你曾固执地追求真纯
以一种东方女性的坚定
但从玛克西莫维奇的诗句中
我听到一种心灵的悸动
道一声祝福
道一声珍重
巴尔干之旅从此嵌入记忆
奶酪与葡萄酒的芳冽
以及那一夜人生之语
像银饰与小刀一样
将装饰我们
寂寞而又喧嚣的一生

——高洪波《赠友人》

……

郑恩波告诉我，菩萨的名字有好几种译法：普什奇、普舍奇、菩萨奇……都可以。既然有好几种译法，为什么访问南斯拉夫的作家独选“菩萨”而省掉“奇”呢！无疑这是一种爱称、昵称。当然与他的人缘有关。进一步往深里想，同行的这种称呼，是否与佛学有关呢？佛教指修行到了一定程度、地位仅次于佛的人为“菩萨”。“天堂之女”金晓蕾呢？我们不妨把她看作“飞天”——佛国里的香音神——播撒祥和音乐的仙女。

将中国文学、文化播撒到南斯拉夫，同时又将南斯拉夫文学、文化播撒到中国、乃至整个华人世界的“佛国”伉俪，你们还好吗？

2002 年 12 月

第七辑　对话与交流

为历史存真

——与王蒙对话《王蒙自传》并补充部分史料

一、自传的写作与文学的意义

陈：在我国当代文学史上，有成就的作家很多，我们经常可以读到他们自己的回忆文章，或者别人回忆他们的文章，却很少读到作家真正意义上的自传。你的自传——尽管还未出完——仅就前两部《半生多事》、《大块文章》而言，就给人以惊喜，给人以冲击，给人以震撼！你是何时动了写自传的念头的？

王：许多年来，包括国外的出版商，约我写自传，因为我有经历吧，我定下七十以后写。

陈：你记日记吗？七十多年的人生历程，半个多世纪的文学活动，无数的人物，数不清的事件，国内外的交往，纷繁浩帙的作品……你是如何把这一切编织在一起的？

王：以前没有日记，已记了十多年，所以写作中有时间上的错讹。

陈：对你而言，你不觉得现在写自传有点早吗？

王：不早，再晚就啃不动了。

陈：“这是一部研究中国当代文学史和思想史不可或缺的重要文本”（《半生多事》封底介绍用语），真的就是你的初衷吗？

王：那是书商用语。我的初衷是做好新中国历史的见证。

陈：恩格斯称巴尔扎克是法兰西最伟大的“书记员”，列宁则称列·托尔斯泰是“俄罗斯的一面镜子”。你希望自己做“书记员”还是“镜子”？

王：我是参与者，见证者，记录者，反刍者，也是忏悔者。

二、命运——“偶然”组成的“必然”

陈：命运实际上是由许多“偶然”组成的“必然”。在人生道路的某处不经意间“拐了个小弯”（拐点），说不定就把你拐到了另一条道路，另一番天地，另一番境界。你在自传中很重视你的“少共情结”。我认为你的“少共情结”太普通，太一般了。你想啊，在上世纪的四十年代，不满国民党“贪腐”（今日台湾用语）而向往革命、参加革命的热血青年，何止千万？

王：是的，从事文学是大事。但一个小孩那么早政治化，革命化了，也很大。

陈：柳青在《创业史》的开头说过：人生的道路是漫长的，关键处只有那么几步。那么，你的“关键”的“几步”在哪儿？

王：好几步都关键。

陈：你的“蹿升”（某些人的用语）得到过许多人的帮助——比如文艺界的张光年、周扬，政界的胡乔木、胡启立、王任重、习仲勋……然而你始终没有提到胡耀邦。胡耀邦是重视团系统干部的，胡耀邦又是爱才的，你二者兼备。因此，社会上普遍认为，你进“中委”，当“部长”，没有胡耀邦的关照及首肯是不可想象的。为什么未提胡耀邦？是避嫌吗？

王：中央有规定，写到胡耀邦这一级要送审。

三、文学批判与灵魂的扣问

陈：萨特有句名言：世界是荒谬的，人生是痛苦的。萨特的话在我国曾被误读、曲解甚至被批判。我想知道的是，你对“世界”产生过“荒谬”感吗？你有过成为不了“上帝”的痛苦吗？

王：《九命七羊》中有说。

陈：上个世纪80年代中期，继“反思文学”之后，不断有作家、评论家以俄罗斯批判现实主义作家陀斯妥耶夫斯基为例，呼唤文学的思想批判，特别是对灵魂的审视与扣问。你的长篇《活动变人形》受到读者的拥戴及评论界的好评，也是因为作品中对社会的深刻的文化批判及对人的灵魂的审视与扣问。不仅倪吾诚有你父亲王锦第先生的影子，而且几乎把你所有的亲人都化作文学人物写入书中了，而且无一例外地受到了你的审视与批判。为此你曾“大哭一场”。

你为何痛哭？是因为他们的“丑恶”、“罪孽”、“不幸”？还是因为对他们的审判？抑或因为审判之后的“赦免”？

王：因为我爱他们，爱家乡也爱中国

四、举重若轻与化“敏感”为平常

陈：以前我们称赞某人作品写得精彩，写得好，常用“化腐朽为神奇”等等，你的自传给我突出的感觉是：举重若轻，化“敏感”为平常——比如“反自由化”，比如“清污”，比如批《苦恋》，比如“四次作代会”，比如周扬的“异化论”……此前，大家讳莫如深，似乎都是“敏感”问题。记得某一时期，你曾自称“敏感”人物。“敏感”人物写“敏感”问题，你有过思想压力吗？你是如何考虑的？

王：压力很小，我有善意，又有自省精神，没有诉苦记仇呼冤的愿望，再抓住了历史主义，站到了高一点的地方，写起来自有办法。

陈：在社会的其他方面，“清污”、“反自由化”作为历史的一页早被轻轻翻过。经济界有句颇为生动的话：昨天批判的，正是今天要干的。而“反自由化”、“清污”在文艺界、思想界仍被视作“敏感”问题，这是为什么？

王：政治与意识形态问题还得推敲几十年。

陈：《当代文艺思潮》是新时期以来创办的第一家省级文艺理论刊物，它在1983年1期刊载了徐敬亚的文章《崛起的诗群》，撞到了枪口上，成为“清污”的重点。当时，我只是《当代文艺思潮》的一名小编辑，也感受到了巨大的压力，更甭说你的老朋友谢昌余了。恰在此时，你挺身而出，仗义执言，在胡乔木面前替《当代文艺思潮》及谢昌余同志做了许多解释，说了许多好话。对此，我只能用感动、感谢、感慨来表达我们的心声。我想知道的是，你为什么要这样做？

王：由于有当桥梁和减压垫的愿望。

陈：你的老朋友谢昌余，作为文人、作家，有其自由、散漫、敏感的一面，但作为共产党员，他的组织纪律性还是很强的。1982年11月中旬，时任中宣部副部长的贺敬之在西安主持召开西北五省（区）文艺座谈会，谢昌余在发言中汇报了准备发表《崛起的诗群》一文及就此展开讨论的意见。会上，贺敬之等对这件事很重视，认为搞好这个讨论很有意义，强调必须做好充分的准备工作，并提出要看文章清样。于是编辑部派专人送去了清样，跟随贺敬之与会的陈涌等一批专家、官员审读了文章，并由时任文艺局代局长的杨子敏正式传达了“同意发表，组织好讨论”的五点意见。作为偏处西北一隅的省级文艺理论刊物，为发表一篇文章所做的汇报，应该已到“高层”了吧！再高的“高层”，说实话，我们踮起脚尖也够不上了。可当胡乔木点名严厉批评《当代文艺思潮》及《崛起的诗群》时，当初审过稿拍过板的人，没有一人出来说话。不说话就不说话吧，别火上浇油也行啊！可是……相形之下，你的仗义执言是多么的弥足珍贵！

王：你要不说，我不知这一段。

陈：你在自传中有这样一段话——

> 胡乔木更看重的则是于甘肃出版的一本《当代文艺思潮》，主编是我在一九六三年西山读书会上见过面的谢昌余同志，谢在“文革”中还给省领导同志（后为中央领导同志之一）做过文字工作。尤其是该杂志上发表了东北诗人徐敬亚的一篇文章《崛起的诗群》，被认为是颠覆性的。徐发表过《圭臬之死》一文，更被胡认为是革命文艺的掘墓人。胡把一个文件中说到徐敬亚同志中的“同志”二字都勾掉了。（《大块文章·现代派风波》）

这里我要指出两点：

第一，胡乔木把《崛起的诗群》与《圭臬之死》视为“颠覆性的”、“革命文艺的掘墓人”是没有疑问的，但他把徐敬亚同志中的“同志”二字勾掉，却与《圭臬之死》无关。1983 年 6 月，胡乔木在关于徐敬亚情况的材料中的“辽宁师范学院学生会刊物《新叶》和甘肃《当代文艺思潮》先后发表了徐敬亚同志系统鼓吹现代主义的文章”做了两处修改：在“徐敬亚”后面去掉了“同志”二字；在“鼓吹现代主义”后面加上了“而背离社会主义”。而《圭臬之死》的发表则在时隔三年多的 1986 年之后。

第二，关于《圭臬之死》的背景及内容。1986 年夏天，《当代文艺思潮》与《诗刊》、《飞天》在兰州组织了一个诗歌研讨会，请了许多诗人、评论家及一些文学期刊的编辑人员与会，其中有比较突出比较扎眼的朦胧诗派的一些代表人物——江河、杨练及被视为朦胧诗的鼓吹者及理论代言人的徐敬亚。当时的诗坛，已是“乱世英雄起四方”，随便几个人扯起旗号、拉个山头便是一派，“各领风骚三五年”，已被“各领风骚三五月”超越。对此诗坛乱象，徐敬亚很是失望。在发言中，徐对他的《崛起的诗群》也进行了反思，甚至做了一些自我批判、自我否定。谢昌余及编辑部同仁认为徐敬亚的发言不错，鼓励他写成文章，这就是后来的《圭臬之死》。《圭臬之死》表达的正是徐敬亚对当时诗歌现状的失望——诗已经失去了评判的标准——诗的标准已经死亡。这就是它的“颠覆性”。文章经反复讨论几经修改，由近三万字压缩到一万多字，定于《当代文艺思潮》1987 年 1 期刊出。这次会议由于有一些“敏感”人物与会，所以一开始就受到了“有关方面”的高度重视，稿子刚送到印刷厂，立即有人给上面打了小报告，说徐敬亚及《当代文艺思潮》对批判《崛起的诗群》心怀不满，又组织了《圭臬之死》反攻倒算，并望文生义，演绎出了《圭臬之死》是指党的文艺政策已死，党的文艺标准已死！岂止南辕北辙！岂止天壤之别！后来，“上面”派人越过甘肃文联，越过《当代文艺思潮》直接从印刷厂调走了《圭臬之死》的清样及原稿。心有余悸又非常气愤的谢昌余，表现了少有的干脆与麻利，当机立断，撤下了稿子。后来此文在辽宁的《鸭绿江》刊出。

我不是较真，因为《王蒙自传》必将成为“一部研究中国当代文学史和思想史不可或缺的重要文本”。“重要文本”更应对历史负责啊！

再说了，先入为主，望文生义，杯弓蛇影，风声鹤唳，疑影重重，似是而非……也是“现代派风波”之一景啊！

王：明白了。

陈：你在自传中写到你的一篇理论文章《〈雪〉的联想》在温暖地冷冻了近 20 年又得以刊出的事。此事当时与我无关，但却与我后来供职的刊物《飞天》有关，所以关于《雪》文的轶闻趣事，我还是知情的。1963 年你将《雪》寄给了谢昌余，谢当时为《甘肃文艺》（《飞天》的前身）的理论组负责人，经过三级审稿，大家认为《雪》是一篇文采及艺术性俱佳的作品，可以刊用。恰在此时，《甘肃文艺》因接连发表陈涌的长篇论文《鲁迅小说的思想力量和艺术力量》（1962 年 1 期）、《文艺与政治关系的几个问题》（1962 年 5 期）及公刘的政治抒情长诗《空气》（1963 年 1 期），而被人告状：《甘肃文艺》的立场、态度、感情及办刊方向有严重问题，他们专发“右派”的作品。尽管此时陈涌、公刘已“摘帽”，但“摘帽右派”终归还是“右派”。此时，再发“摘帽”王蒙的作品，显然不合时适，自己朝“枪口”上撞不说，更是“顶风作案”了。

刊物又不愿放弃好作品，于是采取了权宜之计：避避风头，择机刊出。之后，阶级斗争的弦越绷越紧，直至“文革”发生……“择机”，“择机”，一直择了近20年。同在《甘肃文艺》的余斌先生，是一位心细而又敬业的理论编辑，是他保存了你的文稿。

王：谢谢余斌。

陈：陈涌被打成“右派”后，于上世纪60年代初下放西北师范大学（在兰州）中文系教书，当时的《甘肃文艺》编辑部的负责人杨文林带领谢昌余、余斌二位当时的文坛新兵（大学毕业不久）怀着对大理论家的仰慕，多次登门拜访，约他写稿。前面提到的陈的两篇重头文章，就是这么来的。彼时陈涌，也曾被杨、谢、余三位的诚挚与友好感动，也曾因刊物及杨、谢、余受到“株连”（挨批，做检查）表示过“愧疚”。到了上世纪80年代初，陈涌又是首屈一指的马列主义权威理论家了，而且参与了《崛起的诗群》的审读与拍板。当《当代文艺思潮》因《崛起的诗群》而风波骤起，我们想起了陈涌先生。我们并不奢望他帮我们扭转局面——积中国文坛数十年之经验，一旦形成“运动”，个别人，即使是“权威”，一时也无能为力，我们只希望陈涌先生能实事求是地说明真相，帮我们减轻一点压力。而此时的陈涌先生，已是“门难进，人难见，脸难看，话难听，事难办”了。有时候开会偶尔走个对面，人家也是目光高远，旁若无人，擦肩而过……人情冷暖，世态炎凉，此情此景，似乎只有戴厚英的长篇小说堪以表达——《人啊人》……

王：就是这样。

五、“入世”“出世”与高官心路

陈：中国知识分子有“入世”“出世”之说。回顾你七十余年的人生历程，某些时候命运并不掌握在你自己的手中，那么就心态而言，你是“入世”的还是“出世”的？

王：书上有，后面还会写。

陈：文章憎命达。你进了“中委”，当了共和国的部长，从哪个角度看都是“高官”了，然而你的文学创作并未中断，不断有小说、散文、随笔见诸报刊。我们见过许多人，甚至是一些“大人物”，以文字（不仅仅是文学）为敲门砖，一旦官场的大门被敲开，走上仕途，立马视文字、文学为雕虫小技，甚至弃之如敝屣，为什么会有这么大的反差？

王：本质是文人。

陈：你在自传中强调——实际上，在此前的许多年，许多场合，许多文章中都提到——你最大的愿望是当好党与文艺界、与作家、艺术家沟通的“桥梁”、“充当减震减压的橡皮垫”。你认为你做到了吗？

王：我已经做到了最佳。

陈：从你的自传看你的为文、为事、为人为官，大多情况下是谦和的，低调的，甚至是自嘲的、调侃的，然而有时候又让人看到了你的另一面——从骨子里流淌出来的傲气与自负。你的《大块文章·相差一厘米》，单从题目上看，猜不着，更猜不透你要讲什么，读后才恍然大悟——原来王蒙自比“界碑”，比前后左右的人都高明一厘米，聪明一厘米，厚重一厘米，包容一厘米，全面一厘米（笔者概括，并非原文）……那么，谦和、低调、自嘲、调侃的王蒙，与从骨子里流出傲气的、自负的王蒙，哪一个才是真实的王蒙？

你以“界碑”自喻，不怕授人以柄吗？

王：都是真实的，谦和才会令人自信，牛皮大王都是懦夫。柄多了，不过如此尔尔。

陈：在你七十多年的人生历程中，得到过许多人的帮助，特别是关键时刻（拐点），有许多人施以援手，使你逢凶化吉，遇难呈祥，急流险滩，涉险成趣，艰难困苦，育汝于成……对此，你心存感激，在自传中不惜篇幅、浓墨重彩，书写他们感人的事迹，讴歌他们高尚的情操。同样的，你在领导（《人民文学》、作协、文化部）岗位上，运用你的影响、智慧、地位、甚至权力，也帮助过许多人——比如张贤亮、张洁、高行健、曲有源、迪丽拜尔、才旦卓玛，比如胡辛、余华、何立伟、石定、刘西鸿、残雪、魏明伦……对此，你多是轻描淡写，点到为止，而且大多情况下被帮助的人并不知情。为什么？

王：当然，我不想给别人以受恩者的难受感。

陈：助人为乐，助成了固然可喜，未助成，尽力了，也应是快乐的。当然，助成未助成都有可能遭遇误解、曲解，甚至是以怨报德，反目成仇。这正是人性多样性及复杂性的明证。不过，知识分子的道德标准还是应该坚守的——施恩图报非君子，知恩不报是小人。曲有源的一盆“迟到”的君子兰不也是一种明证吗？“不开花”的君子兰毕竟还是君子兰啊！

王：然也。

陈：嫉妒——嫌人穷，恨人富，这是人类的弱点。2006年诺贝尔文学奖的得主土耳其的帕慕克，称嫉妒是他所有故事的主题。在自传中你写的人际关系中的许多人与事，本应归于“嫉妒”，但你没有，或者说极少用“嫉妒”二字，为什么？

王：减少对个人的批评，我从来不搞个人的针尖麦芒。

六、语言天赋思想境界及其他

陈：你到美国住了四个月，英语就基本过关了——听、说、写、译都能来，而且后来还翻译了小说、诗歌。翻译界把翻译文学作品，特别是诗歌，称做翻译的“最高境界”，因为它不仅仅是语言问题。还有维语。1984年6月你率电影代表团访苏归来的第二天，我到你在《人民文学》的办公室见你，谈到访苏见闻时，你说了一件趣事：塔什干电影节期间，当地的作家、电影家同行，一口咬定你是中国的维族作家，你不承认都不行，弄得大家哭笑不得。原因在于，你用维语同他们交流，他们不相信，不是维族人能讲出如此纯正地道的维语。李欧梵曾亲口对我说，王蒙是语言“奇才”。你是如何做到这一切的？你承认自己有语言天赋吗？

王：英语还差得远。是李欧梵。我喜欢语言如音乐。

陈：你在自传中讲到翻译家黄友义，称赞了他专业的精湛与人品的高尚。无独有偶，黄友义最近也讲到你。前不久中国翻译协会在西山办了个高级翻译研讨班，黄友义是主讲人之一。黄说，陪同高官出国，他最怕会见记者，大多情况下记者们都纠缠一些自由、民主、人权问题。对此，有的高官嗫嗫嚅嚅不知所云，有的高官虽敢于硬碰硬地回答，但往往不得要领……一方是穷追不舍，一方是大汗淋漓、口干舌燥，弄得他这个翻译如芒刺在背，非常难受。同样的问题，王蒙一句话就把发难者摆平了。王蒙说，我们出版了《一九八四》。

《一九八四》是英国作家、记者、社会评论家乔治·奥威尔的代表作，与前苏联扎来亚京的《我们》，英国小赫黎胥的《美丽世界》被合称为反乌托邦三部曲。它是一部政治讽喻小说，书中描写的是对极权主义恶性发展的预言——人性遭扼杀，自由遭剥夺，思想受钳制，生活极度贫乏、单调，更可怕的是——人性已堕落到不分是非善恶的地步。这样的作品我们都出版了，你还有什么脾气？你还能说我们没有言论自由、出版自由吗？

鲁迅早就说过，人类吃了牛羊肉并未变成牛羊（大意如此）。关键是我们自己要有一个健康的体魄和一个能够消化、善于吸收的胃。当然，回答此类问题，需要勇气、知识、机敏与睿智。黄友义颇为感慨地说，再没有比跟王蒙出国更轻松惬意的了。

可是，这么精彩的“戏”，怎么被你遗漏了呢！难道真的是智者千虑，必有一失?!

王：我早忘了。这一类事太多了。

陈：2005 年夏，我们一起在北戴河海滨浴场游泳，你只游蛙泳与仰泳两种姿势，节奏缓慢而动作标准，无数次的动作重复，时间一久，使你有一种入睡的感觉。这引起了你的警惕与警觉——真的睡着了怎么办？你说，七十岁以前没有这种现象，这是七十岁后才达到的“新境界”。我想，你的“新境界”不仅仅是指游泳吧！你的自传是否也达到了文学的、思想的、认识的“新境界”?

王：言之过早。

陈：你的自传的第三部——《九命七羊》写作情况如何？是否仍有许多“干货”?

王：绝对不负君意。

注：此文在“文学报”2008 年 3 月 13 日刊载时有删节。

2007 年 10 月

全球化语境下的忧患与选择

——在“感知中国”土耳其行中土文学论坛上的演讲

今天演讲的题目是《全球化语境下的忧患与选择》。我的身份有点特殊，本职是一家文学期刊的主编，又从事文学评论及报告文学的写作，所以将规定的内容稍微扩大了一点，讲讲自己，也讲讲别人。下面我分三个方面来讲。

一、全球化与中国文化

全球化是柄双刃剑。它的好处是全球资源得到了较合理的配置，原料、设备、产品、资金、技术可以自由流动，互通有无，大大提高生产效率与效益，解放了生产力，促进社会、经济较快较大发展。中国改革开放30多年，GDP平均每年两位数以上的增长，创造了令世界惊叹的发展速度，特别是经受住了这次波及全球的金融危机的考验，被经济学界称作与“华盛顿共识”并列的“北京共识”。究其原因，首先得益于我们改革开放的好政策；其次也得益于赶上并融入了全球化的经济发展浪潮。

全球化的坏处，或者说它的负面影响是文化冲击（姑且不称之为文化入侵）。文化冲击有一个显著的特点：强势冲击了弱势。毋庸讳言，以欧洲发达国家及美国为代表的西方文化是当今世界的强势文化。随着他们的设备、产品、资金、技术、强大的文化产业及其产品的扩张，他们的思想、观念、价值、生活方式及行为方式，如影随形地、横冲直撞地来到世界各地。

此种冲击对中国而言，我并不担心，因为中国是一个发展中的大国，人口众多，13亿，占世界人口的20%，而且历史文化悠久，有五千年有文字记载的文明；历史证明，任何外来文化都会被同化。打个不恰当的比喻，中国文化犹如一个健康人的“胃”，肉类、蛋类、奶类及各种蔬菜、食品都可以吃，而且都能消化、分解，吸收营养，排除糟粕。所以鲁迅说

“我们吃了牛羊肉并不会变成牛羊”。这话充满了自信。世界上有许多国家曾沦为殖民地，其结果是失掉了自己的母语——母语是民族文化传承的符码，失掉了民族语言便失掉了民族文化。中国也曾沦为殖民地（台湾、香港、澳门）半殖民地，但未伤及中国的根——民族文化，原因就在于此。佛教是从印度传入中国的，经过“我注六经”及“六经注我”的反复，不断融入中国的元素，最终成为中国佛教，为广大信众接受，并且成为世界佛教文化的主流。我国唐代高僧玄奘就曾到西天（印度）取经。根据这次经历他写出了闻名世界的《大唐西域记》，我国四大古典名著之一的神话小说《西游记》就是据此创作的。不仅如此，印度圣城瓦尔纳西的阿育王朝宫殿遗址的发掘，也是根据《大唐西域记》的记载进行的。我国佛教发展鼎盛时期的唐朝，塑造的大佛（释迦牟尼）大多像当时的女皇帝武则天，便是最好的明证。但对一些弱小的民族弱小的国家就不同了，历史及现实都证明，他们已经或正在受到强势文化的冲击与戕害。

民族文化是民族智慧结晶的累积，是一个民族传承的基因、密码，是一个民族保持独特个性赖以生存的根本。当一个民族的语言消失，文化受到冲击与戕害，这个民族还能自立于世界民族之林吗？据有关资料统计，世界上每年有数十种少数民族的语言在消亡，其速度甚至超过了自然界物种的消亡。

这是全世界发展中国家及民族面临的真正的危机。

这是全世界发展中国家及民族必须正视的严酷现实。

二、旧金山、巴库及我的报告文学写作

我生活在中国的西部，由于自然环境的恶劣、严酷，相对东部而言，西部贫穷落后，历史上有“苦甲天下”之称。我的报告文学写作，内容及灵感几乎都来源于西部及西部大开发。

造物主是公平的。我们西部虽然贫穷落后，但戈壁、沙漠、荒山下面有着丰富的矿产资源，兴起了一些以矿产资源开发为中心的城市。随着我国低碳环保绿色经济的兴起，又将成为风能及太阳能的基地。世界上资源城市的发展有两种模式——美国的旧金山模式及前苏联的巴库模式。前者未雨绸缪，协调发展，黄金资源枯竭之后，留下了一座工业、商贸、金融繁荣发达的现代化大都市；后者目光短浅，竭泽而渔，结果变成了人类难以生存的废墟。我们那儿也有两座资源性城市，一座是白银市，以开采铜

矿及冶炼著称，被称作铜城；一座是金昌市，以开采镍矿及冶炼著称，被称作镍都。这两座城市在开发、建设的过程中，都注重节约能源，治理污染，科学攻关，综合利用，注重配套工程，协调发展，转型都很成功。我深受感动。因为他们吸取了前人的成功经验及智慧，避开了“先发展后治理”的老路，走上了持续发展的坦途——旧金山模式。于是我采写了《铜城交响乐》及《思念金川》，总结他们的成功经验，推介他们的先进事迹及先进理念。

我们那儿还有一个长庆油（气）田，面积很大，37 万平方公里，横跨陕（西）、甘（肃）、宁（夏）、晋（山西）、内蒙五省（区）。此油（气）田地处黄土高原及沙漠地区，地理环境极其严酷，而且是低渗透，地质构造属于鄂尔多斯盆地。最初，长庆年产量只有几十万吨，名列全国十几个油田的最后；经过三十多年的艰苦奋斗，科研攻关，去年的油气当量年产已达 3000 万吨，跃居全国第二，成为仅次于大庆的油（气）田。受到长庆创业者“奉献能源，创造和谐”精神的感动，十几年间我数次深入长庆，与创业者同吃同住，深入采访，写出了《长庆大写意》、《史兴全与企业家的 T 型结构》、《跨世纪的辉煌》及《超越梦想》四部记录长庆不同时期、不同阶段，跨越式发展的报告文学。

有记者问我：你为什么那么热衷于工业题材的报告文学的写作呢？

我的回答很简单：基于我对历史，特别是对近现代史的了解与理解。我国自 1840 年“鸦片战争”以来，沦为殖民地半殖民地，外敌入侵，军阀混战，积贫积弱，民不聊生，国家及民族遭受了太多的辛酸、苦难与屈辱。许多有识之士，都有富国梦，强国梦，而这一梦想，经过一个多世纪的岁月，几代人前仆后继，流血牺牲，终于在我们这一代要实现了，能不令人激动、兴奋并衷心地拥戴欢呼吗？因此，用文学反映、描写、表现我们国家的现代化进程，关注国家的和平崛起及民族的复兴，便成为我自觉的选择。

写什么和怎样写是作家的自由。选择写什么和怎样写体现的是作家的良知、责任与使命。

三、王蒙创作的“加速度”

前不久有学者对王蒙的创作进行了梳理与统计：1993 年出版《王蒙文集》（10 卷），510 万字；过了 10 年，2003 年出版《王蒙文存》（25

卷），已逾700万字，增加了190万字，平均每年19万字；至今又过了7年，已达到了1100万字，增加了400万字，平均每年近60万字。需要特别指出的是，这年均近60万字的创作，是王蒙进入“古稀”之年——人生七十古来稀——中国把七十岁称作“古稀”——之后的“当下进行时”。所以我戏称之为王蒙创作的“加速度”。王蒙老而弥坚，老而弥勇，勤奋笔耕，厚积薄发的创作态势及创作成果，令人感动、佩服。

存在的就是合理的。起码也是有缘由的。那么王蒙创作“加速度”的缘由何在？当然与他的人生历练有关，他命运多舛，人生坎坷，“九命七羊”（王蒙自传第三部篇名），多灾多难也多福；当然与他的人生经验有关，他阅人无限，阅事无限，阅尽人间春色，也阅尽人间沧桑；当然与他的学养有关，他眼观世界，贯通古今，才思泉涌，信手拈来，便成“大块文章”（王蒙自传第二卷篇名）……

这些都是缘由，但不是主要缘由。主要缘由是他的忧思、忧虑与忧患——改革开放的可能受阻，全球化的负面影响，发展中种种失衡……总之，王蒙始终保持着比别人多的那份警觉、警惕与清醒。

早在改革开放初期的1984年，王蒙就在《社会的进步与道德审美评价》一文中指出：“工业文明简直就像个怪物，大大破坏了田园美、自然美，但我们至多想办法去保护环境，却不能从根本上摒弃工业文明。”

在我国工业化的起步阶段，“现代派”还在挨批，国人，甚至包括许多作家尚不知“后现代”为何物，王蒙的短篇小说《铃的闪》就肩负起了“后现代”任务与使命，展开了对工业化负面影响的批判——作品用第一人称，写家中无电话多么的不方便，无法与外界沟通，无法与文友亲友交流，于是有了强烈地对于电话的渴望与需求。然后写家里安了电话后全家人的兴奋与激动……兴奋与激动过后是无穷的困扰与烦恼——不断的电话铃声搅得人心绪不宁，思路不断被打断，写作无法继续……于是不得不把电话包起来，避免电话干扰；可仍然不行，时时担心有重要的通知漏接，影响重要的事情，于是加以改造，把铃声改为“闪”光；如此一来，耳朵清闲了，眼睛变得忙碌了，仍不能安心，须时时注意有无“铃的闪”……直到有一天到美国访问，才发现美国科技果然先进，已用上电脑录音电话，困扰自己的问题人家已经解决了。可是人与人的接触、交流、沟通、联系、情感没有了，剩下的只是电话与电话的来往，电脑与电脑的沟通……

永恒的二律悖反——历史的进步与道德审美评价的二律背反。

王蒙“加速度”成果中的大约三分之一，甚至超过三分之一的文字来自他的回归中国古代经典——老子与庄子。仅去年年初至今年年初，就有《老子的帮助》、《老子十八讲》及《庄子的享受》《庄子的快乐》四本书问世。老子与庄子，是我国古代的圣人、哲人、思想家及文学家，并称老庄，是集思想与智慧于一身的人物。可惜，由于今人大都缺乏古代史及古汉语的知识，不得其门而入，对其研究也是集中在少数学者中间，以老解老，以庄解庄，循环往复，鲜有新意。是王蒙以他的渊博知识，超人智慧，以古论今，以古证今，让读者能以贴近自己的实际，贴近现代人的经历、经验、感悟与老庄对话交流，从中得到有益的启示，得到很好的精神享受。

那么王蒙的回归经典解读老庄与全球化有何关系呢？

我们知道，全球化带来的最大最根本的问题是四种关系的失衡——人与自然的失衡，人与社会的失衡，人与人的失衡，人与自我（心理与精神）的失衡。对此种“现代社会综合症”，老庄不仅可以给予精确的精神分析，而且可以给予对症下药的疗治。比如老子的民本思想，上善若水，返璞归真，道法自然……

庄子学说的核心内容是逍遥与齐物。逍遥就是内在精神的自由与独立；齐物是看是非，看物，看彼此，看生死，看寿夭，看美丑，总之看世界上万事万物，不能一成不变，必须有发展的观点，变化的眼光，此亦一是非，彼亦一是非……能如是，还有什么矛盾不能化解，什么失衡不能解决呢？所以这个“逍遥”与“齐物”很重要，“现代社会综合症”归根结底都与不会“逍遥”不会“齐物”有关。

举个例子。世界上有这么一个大而富、富而强的国家，拥有世界上最先进的武器装备起来的陆海空军，军事基地遍布世界，但总是缺乏安全感，经常声称受到了威胁。这究竟是现实的客观存在，还是精神的失衡？我以为是冷战思维在作祟。他们不仅没有学会“逍遥”，而且也没有学会“齐物”。尼采说上帝死了，没有上帝人们需要创造一个上帝。他们的做法是，冷战结束了，没有敌人也要制造出敌人；制造不出敌人，也要制造出“潜在的敌人”，于是风声鹤唳，到处树敌。对此，王蒙解读庄子悟出的警世名言，也是警世恒言，给出了明白无误的诊断：巨大有巨大的骄傲，巨大也有巨大的危险。

还有看待别的国家（“齐物”之一种）。你贫穷落后，他鄙视你，你发展强大了，他嫉妒你，到处使“绊”封堵你。（有报导称：奥尔罕·帕慕克先生说：嫉妒是我所有作品的主题。是否指此种人类的弱点?）更危险的是，他们软（实力）硬（实力）兼施，双管齐下，强力推行他们的意识形态、价值观念及体制模式。试想，如果全世界都“克隆”成这个国家的“微缩版”，将是怎样的情景？世界的多样性丰富性，民族的独立性独特性还会存在吗？对此，两千多年前的老子就提出过警告：“世人皆知美之为美，斯恶矣，世人皆知善之为善，斯不善矣。”况且你的“美”与“善”本身就令人生疑。

以老庄为代表的中国传统文化中的大智慧，是治疗、起码是减轻减缓“现代社会综合症”的一剂良药。

有一种说法：越是古老的，越是现代的。诚然。信然。

其实王蒙的“加速度”也得益于全球化的科技进步。以前写作要“爬格子”，列提纲，打草稿，写初稿，反复修改，誊清、定稿，才能完成一部作品。这一复杂的劳神费力的过程，如今在电脑前敲击键盘，点击鼠标，就完成了。以前查资料要买书，跑书店，跑图书馆，如今互联网就帮你完成了。电视台开设的各种“讲座”、“讲坛”，电台开设的各种访谈、座谈，社会上举办的各种讲座、讲演……去时，老王拿上一、二页纸的提纲，然后开讲，侃大山，神聊……事后整理出来就是一部部书稿，一篇篇文章……

全球化这柄双刃剑，在王蒙手里，趋利避害，被舞得风生水起。

从容应对全球化，需要智慧，也需要艺术。

谢谢主持人。谢谢大家。

日中文学纵横谈

——访日本著名评论家加藤周一

《当代文艺思潮》编者按 以日本著名评论家加藤周一为团长、以台湾著名旅日华侨作家陈舜臣为顾问的日本作家、评论家访问团一行27人，应中国作家协会的邀请，于1984年8月23日—30日，参观访问了兰州、酒泉、嘉峪关、敦煌。其间，本刊记者陈德宏同志于1984年8月25日晚在酒泉宾馆对加藤周一团长及陈舜臣顾问分别进行了采访，就日本文学的现状及未来、日本的文艺思潮、对中国当代文学的看法及印象、日中文化交流等广泛的问题，请他们发表了看法及意见。本文及《我与中国文学》即是他们对所提问题的回答。

记者：首先，我代表《当代文艺思潮》编辑部，代表《当代文艺思潮》的广大读者，热烈欢迎以先生为团长、以陈舜臣先生为顾问的日本作家、评论家访问团来我国、来甘肃访问，并祝大家身体健康，旅途愉快。

下面，我想就日本当代文学、日本当代文艺思潮的发展，以及日中文化交流等提几个问题，请您谈谈自己的看法及感受。

加藤周一：好的。

记者：中国文学史粗略地可以分为古代、近代、现代、当代。划分中国当代文学史的标志是1949年10月1日中华人民共和国的成立。日本文学史是如何划分的？日本当代文学是以什么时间、以何为标志划分的呢？

加藤周一：对这个问题有两个回答：一个就是一般的比较普遍的划分法，就是从明治维新以后，大多数日本的历史学家、文学家、文学评论家的一般看法；再一个是我个人写过一本《日本文学史序说》，也即是我个人的划分法。当然，这也不一定是我个人的发明。

先谈第一个比较普遍的区分方法。认为古代、中世、近世、现代（当代）——日本不太用现代（当代）这个词，一般叫战后文学。所以日本文学史可分为古代文学、中世文学、近世文学、近代文学、战后文学。

古代一般说是从8世纪开始的，在这之前的口传文学不算，有文字记载的文学大约从8世纪开始至12世纪末期统称为古代文学。这一时期的文学可以说是宫廷文学，当时是贵族中央集权。中世文学是13世纪初一直到16世纪末叶。这在日本叫做“镰仓时代”，当时出现了“武士阶级”，出现了武士文学，或者叫封建文学。近世文学是从17世纪开始，到19世纪末叶。当时叫德川幕府时代，也是一种封建时代，也是中央集权的。这一时期一直到1860年为止。从1860年明治维新始至1945年，日本叫做近代文学时代。1945年以后，就叫作战后文学，也就是当代文学吧，但日本不那么称，都叫它战后文学。日本绝大多数搞日本文学史的都是这样区分的。为什么这样分呢？标志实际上还是一个政治史。正像中国的某某朝代一样，是根据政权的交替而划分的。应该说社会史、经济史、文化史（包括文学），政治史跟这些都是有关系的。但是政治史并不就等于社会史、经济史、文化史，它们之间并不能划等号。比方说，日本的美术史，日本的近世文学是从17世纪德川时代算的，而美术史相当于它那个时代（近世）实际上它是从16世纪到17世纪之间，叫做“桃山文化”的那个时期。从美术的角度来说，是早于近世文学史，按理是同一个时期。因为文学史是根据政治史划分的，所以对不上。在文学史上，16世纪末到17世纪末为近世文学，是德川时代，可是它的美术史从16世纪中到17世纪初叶二三十年代，那时已经是“桃山”时代，它的前面接近中世，有一个交叉，所以对不上。

刚才讲的日本文学史的划分，实际上是根据政治史划分的，它并不能真正反映出文学史的发展过程。我觉得这不是一个好的划分的办法，所以就有第二种划分的方法。这是我倡导的。根据政治史，还有经济史、社会史、文化史，综合地来看，考虑到这几种因素划分，比较合适。要考虑社会经济的比较大的变革，文化方面的变化；再就是语言——日语本身在什么时候发生了一些什么变化；第三，还要从社会结构来看。

仅从社会结构看，在日本历史上，100年间，一个世纪往往有一个大的变化，可以叫做转变时期。第一个大的转变时期是9世纪；9世纪以前算一个大的变动时期。第二个大的变动是13世纪，13世纪也是一个世纪，整整100年。第三个大的转变时期，是16世纪中—17世纪中。第四个转变时期是19世纪后期至20世纪的明治维新。这样划的标志是：社会结构发生了很大的变化，例如9世纪，天皇政权比较完整地统一了国家。9世纪以前，日本派“遣唐使”，照搬中国的文化，连佛教也是照搬中国的方式，使用的文字是中国的文字。9 世纪以后，虽然还受中国文化的影响，但对中国的东西不再照搬了。原来日本文学中的母音也从 8 个减到 5 个，语言中除了减少母音之外，还创造了假名，9 世纪后，语言中的母音与假名混在一起使用，直到现在还是这样。再如，第四个大的转变时期是 19 世纪后半叶，也就是明治维新吧。在那之前，日本的主要对外关系是跟中国、朝鲜，主要是从中国吸收文化。19 世纪后半叶它就同欧洲一些国家交往。我根据这四个转变期来划分文学的四个时代，看起来现在还没有反对的意见，还是比较合理地反映了文学史的。

要谈文学史的划分，可能没完没了，我可以说一个晚上，因为我写了一本《文学史序说》，是专门搞这个的。

记者：日本当代文坛最著名的作家是谁？最有影响的作品是什么？其他著名作家，作品还有哪些？

加藤周一：首先是井上靖、司马辽太郎，松本清张，这三位是最有名气的吧。

我认为有名的作家与有影响的作家并不是相等的。有的在知识界有影响，有的在读者中有影响。而且影响有不同的方面。从年龄来排顺序的话是：大冈森子、大江健三郎；对一些年轻人，对社会活动家影响大的是小田实；去年去世的小林秀雄，他是搞评论的；从思想角度影响大的是凡山真男；雨山川纯的文章文字很好，这方面的影响比较大。

记者：日本文学界历来把日本文学分成纯文学和大众文学两类。这两类文学当前发展的趋向及前景如何？

加藤周一：从目前来说，纯文学的题材越来越窄了，当然，也有例外的情况。而大众文学的题材越来越宽广。刚才提到的一些著名作家就介乎纯文学与大众文学之间。前面讲的井上靖也好，司马辽太郎、松本清张，他们写作的题材都是很广泛的。刚才讲到纯文学题材窄了，读者少了，现在介于纯文学与大众文学之间的“中间文学”好像读者越来越多。很多周刊杂志登一些大众小说，我并不认为这是大众文学。因为看过就扔掉了，这不能叫文学。这是资本主义社会大众消费社会的产物，叫做“大众消费小说”，内容上看来黄色、色情的东西多一些。粗制滥造写了很多，但谁也记不住，看过就扔了。是一种印上文字的手纸。

刚才谈到这两种文学发展的前景，我认为最近几年，不会有太大的变化。

记者：对日本战后文学的发展影响较大的社会思潮及文艺思潮有

哪些？

加藤周一：从大的方面来说有两个方面：一个是战争——日本称做15年战争——1931年一直到二次世界大战结束，经过这些战争，对之持批评态度的人，反过来再看这段历史，这给文学以积极的影响。第二个方面，就是给日本文学以消极影响的东西：60年代以后日本经济的高速度增长，大众消费时代产生了“大众消费小说”。这种消费文化给人们带来一种思想，这种思想认为日本现在就不错，只要商店里商品很丰富，什么都能买到，就行了，就会很丰富，很富裕了，但思想上空虚了，缺少精神文明。从根本上说大的方面就这两个。

记者：请先生谈谈贵国文学评论界近况。

加藤周一：我觉得日本文学评论界当前情况不妙。也许是60年代的高速度增长，慢慢地缺少了批评精神——文艺评论处于一种衰退的阶段。看来日本文艺批评远远不如社会科学家、政治学家们的思想性，他们的社会影响大，目前文艺评论处于衰弱的阶段。

记者：日中两国是一衣带水的邻邦，文化交流源远流长。先生认为我国现、当代作家中哪些人在日本影响较大？在日本引起较大反响的中国作品有哪些？

加藤周一：在文化交流方面，虽然中日两国是一衣带水的邻邦，实际上过去的文化交流，都是从中国“流”到日本去的。真正能够称得上文化交流的，是从20世纪以后吧。如果从中国“五·四”以后算起，不用说，鲁迅在日本影响是最大的。战后，在日本翻译介绍了许多鲁迅的作品，影响很大。战后日本文学主要受欧洲影响大一些。中国就只举鲁迅了，但其影响不一定在群众中，在广大的读者中；其影响主要在知识分子、知识界。再一个，从广义来说，包括文学、思想，有最大影响的是毛泽东。另外，如果再举名字的话，还有像老舍、巴金，还是拥有一定数量读者的，提起名字来，对他们还是比较熟悉的，比较了解的。但是，真正影响大的，还是毛泽东。

记者：请谈谈您对我国当代文学，尤其是近几年文学发展的看法及印象。

加藤周一：很抱歉！我的知识很有限，我又不懂中文，我没有发言的资格。如果让我说的话，我要说我读了少量的翻译作品——文革之后的作品，看来还是很有趣的。再一个，就是感到中国的作家，他怎么想，就怎么写，想要说什么，还是根据他的想法写。我认为中国作家写的，都是他自己认为重要的重大题材，他认为问题很重要他才写。当然，只要是他写出来的东西，就能给我以印象，这还是很重要的问题。但是，是不是所有重大的问题，重大的题材都写了？不知道，不清楚。第三个印象，也许我说的不一定对，从技术角度来说，我读了这些作品，不太受感动，我觉得水平并不是很高很理想。在技巧方面，还不是那么成熟。刚才我已经说，我这方面的知识很贫乏，也许不全面，讲的不一定对。

记者：为了加强日中友好，面向21世纪，面向未来，您认为日中两国文学界应该做些什么事情？

加藤周一：首先要翻译介绍作品。首先不要考虑能够卖得出去，还是卖不出去；也不要局限于小说，包括文艺评论，这些东西要互相翻译介绍。第二是要研究。研究包括对古代的研究，中国对日本文学的研究，日本学者对中国文学的研究。第三，要进行交流，交换意见。交流要明确这样一点，双方的立场不同，看法认识不一样，经过互相辩论、争论、探讨，然后再求得友好。这个很重要，不是说掩盖我们之间的意见不一致，或意见不相同啊，光口头上说友好，友好……这种交流就不能深入下去。首先要明确，肯定会有意见分歧，看法不同，立场不一样，要先承认这么一个事实，通过讨论之后，咱们再得到友好。这是真正的友好交流。中国也好，日本也好，都围绕一部作品有些争论。中国朋友内部围绕一部作品，会有人说这部作品好，会有人批评这部作品。日本也会有这种情况的，这是很自然的现象。但是，过去没有过，在中国朋友围绕一部作品争论的时候，日本的作家，或者日本的学者也参加进来，也来争论说是好还是坏，表明自己的看法；或者围绕着日本的作品，日本人之间有争论的时候，中国朋友也可以参加进来，表示一下自己的态度看法，认为这个作品很无聊，是不好的。你可以表示这种意见，我作为一个日本人，是非常欢迎中国朋友来参加这样的争论的。希望今后双方能够这样的对对方国家的作品进行一些争论，共同探讨。

记者：请先生谈谈这次访问的感受。

加藤周一：第一个感受——我这次访问时间不长，这是我第四次访问，但是这次，由于中国作家协会的关照，在短短的时间里，见到了许多中国朋友，给我们介绍了许多情况，对这些，我是非常感谢的。中国是个大国，国土很辽阔，这次来到甘肃访问，虽然我是第一次，这个团里绝大多数人也是第一次，但都感受很深。过去，我个人来过几次，这是第四次，过去没有看到的，不知道的这部分中国，这次看到了。甘肃地处黄河上游，也是中国文明的发祥地之一，我对这里的自然风光留下了很深的印象，对当地人民跟自然的斗争——修筑水库——刘家峡水库是很宏伟的，都给我留下了深刻的印象。

记者：最后，请对《当代文艺思潮》及《当代文艺思潮》的广大读者讲几句话。

加藤周一：是不是可以说，十个指头不一样长，十个人十个样，每个人都有他自己的想法，他自己的看法。我也是根据我的想法，我的意见来进行评论。恐怕大家都是这样做的。可是我想有一条值得提醒：最好不要认为自己的意见，自己的想法是绝对正确的，不要这样看。中国现在讲，连毛主席这样伟大的人物也都有错误。所以每一个人在发表意见时，写东西时，都要好好想一想，但是一定要意识到，自己的意见当中，自己的想法当中，也许会有错误，不一定都那么对。希望你们编辑部也好，读者也好，要有这样的认识，没有一个绝对正确的人，要意识到自己也有错误。

记者：占用了先生很多时间。谢谢。

1984 年 8 月 25 日晚于酒泉宾馆

我与中国文学

——访台湾籍著名旅日华侨作家陈舜臣

记者：首先，我代表《当代文艺思潮》编辑部，代表《当代文艺思潮》的广大读者，热烈欢迎以先生为顾问，以加藤周一为团长的日本作家、评论家访问团来我国、来甘肃访问，并祝先生及夫人，以及访问团全体成员身体健康，旅途愉快。

下面我想就您的简历、创作道路，以及日中文化交流等提几个问题，请您谈谈自己的看法及感受。

陈舜臣：好的。

记者：陈先生，您是台湾籍旅日著名华侨作家，您久居日本，著作甚丰，在日本文坛颇负盛名，是获日本各种文学奖最多的作家之一。请您谈谈您的简历好吧？

陈舜臣：我1924年生于日本的神户，将近60年几乎一直住在神户。我的父母都是台湾籍人，从我祖父那一辈开始，就从台湾到了日本。开始是来往于日本与台湾之间，等到快生我的那个时间，就基本上定居日本了。当时台湾是日本的殖民地。当时在日本虽然有华侨学校，但不让我在华侨学校念书，只好进入日本人的小学念书。当时华侨学校大概有两、三所，有讲广东话的，有讲江浙话的，还有讲闽南话的。我进入了日本学校念书，三年级我10岁的时候，祖父还在，当时祖父认为我在日本人的学校接受日本人的教育，在家里应该接受中国人的教育，于是让我学习《三字经》、四书五经等著作。当时用闽南话背诵，所以到现在我还能用闽南话背得出《三字经》。我小时候虽然上的是日本学校，学日文的同时，也学习汉语，所以现在我还懂一些汉语。中学毕业以后，我于1941年进入大阪外国语大学。日本的学校是4月份开学，我是1944年4月份进入那个学校的。这一年12月份就发生了日本偷袭珍珠港事件。我刚上小学时就爆发了“九·一八”事变，中学二年级时发生了“卢沟桥事件”。上大学期间爆发了世界大战。我的学生时代是在战争中度过的。我有许多同学在战争期间被拉去当了兵，参加战争打仗去了。我在大阪外国语大学学的是印地语，第二外语是波斯语。著名作家司马辽太郎当时和我是同学，他学的是蒙古语。在大学学习不久，他就到坦克部队当兵去了。当战争快要结束时，我在大学当助教。当时许多人都是提前毕业的。我当助教时只有20岁。战后我在大学呆不下去了。为什么呢？因为那所学校是国立大学，日本的国立大学不能让外国人在那里当教授。现在也是如此。我是台湾人，当时台湾是日本的殖民地，所以我的国籍实际上就跟了日本国籍了。战后，（台湾归还了中国）我的国籍又很自然地变成中国国籍了。这样，对日本来说，我又变成了外国人，不能在日本国立大学当教授了。那时，我就帮助家里干点事，搞一些贸易活动。但是，我这个人不适合做生意。在我念大学的时候，就很喜欢文学，很自然地就走上了文学这条道路，成为一名作家。幸亏有些人抬举我，使我在日本文坛占有一定的地位。

我的简历大概就是这些。

记者：请问，到目前为止，您在日本共获得过多少种文学奖？所获文学奖的名称及作品是什么？

陈舜臣：到目前为止，我共获得过7种文学奖。

这7种文学奖的名称及作品是：

1961年获“江户川奖”，作品是《枯草根》；
1969年获“直木奖”，作品是《青玉狮子香炉》；
1968年获“日本推理作家协会奖”，作品是《孔雀的道路》；
1970年获“每日出版文化奖”，作品是《鸦片战争纪实》；
1970年获“兵库县文化奖”；
1974年获“神户市文化奖”；

这两次是荣誉奖，奖励在文学创作上的贡献与成就，没有特指某一部作品。

1976年获“大佛次郎奖”，作品是《敦煌之行》。

记者：陈先生，在您的文学生涯中，对您影响最大的中国作家作品有哪些？对您影响最大的其他国家的作家作品有哪些？

陈舜臣：我18岁还在上大学的那一年，日本有个改造社，出版了《大鲁迅全集》，这是在中国出版《鲁迅全集》之前，我读了这些著作。其中《狂人日记》给我留下了很深刻的印象。战后为了练习汉语的普通话，我就反复地朗读鲁迅的著作。刚才在简历部分忘了说一下，1947——1949 年之间我在台湾。当时我虽然在家里帮忙，可是我不适合做生意，我就在我的故乡——新庄中学里当英文教师。当时刚好有一个从南京去教书的语文教员，我就把《狂人日记》当作教科书，向他学习普通话。当了作家之后，我又重新读了《鲁迅全集》，读中文的，读日文的，前后读了三遍。我有时候碰到疑难问题，一般地说，我就去读鲁迅的著作。其实读了并不止三遍，有的文章就读了多次。所以，对我影响最大的是鲁迅先生，作品影响最大的是《狂人日记》。

我走上文学道路是从搞戏剧开始，早年对契诃夫的戏剧作品很感兴趣。在日本经常上演契诃夫的戏剧作品。《樱桃园》我就看了不下 10 次。二次世界大战后期，我在大学念书的时候，海明威的作品对我影响深一些。海明威对我的影响也是很重要的。

记者：请先生谈谈您对中国当代文学，尤其是近几年文学发展的看法及印象。

陈舜臣：近几年来中国的作品我读了些——叫“伤痕文学”吧——读了之后心里挺难受。前些日子在北京的时候，也见到了《人到中年》的作者谌容。《人到中年》这部作品，从结局来说还是比较乐观的。中国文学正处在一个转变期，正处在一个关口，越过这个关口，就可能有一个进一步的发展。我个人的看法，还是希望百花齐放，各种各样的作品都能够发表，都能够吸收，包括一些有异议的作品，也要采纳一点。要不然，就容易造成作家精神很紧张。外国的一些文学作品，一般发表后一年左右，就会有评论。一些比较好的，应尽快地翻译介绍到中国来。日本在明治维新的时候，介绍过很多的外国文学作品，然后创造日本自己的现代小说，大概经过了 30 年时间，日本才有了站得住脚的真正的近代小说，过去大量的作品都淘汰了。当时就也有好作品，也有坏作品，也有香花，也有野草。应该把这些都变作肥料，来浇灌文学的花朵。我个人认为，在选择作品的时候，还是不要过于苛求，还是要放宽一点，各种风格都可以介绍。

记者：陈先生，您是台湾籍旅日著名华侨作家，请谈谈您对台湾回归祖国统一的看法及感想。

陈舜臣：台湾回归祖国的问题，这是目前中国最大的问题。目前看，台湾人对大陆的情况了解甚少，主要是台湾当局对宣传严加控制。但是台湾有许多人在国外，可以通过别的渠道，比如在日本吧，就可以看到听到一些有关大陆的宣传报导……大陆上的一些宣传报导，也许不能直接传到台湾，但是可以通过在日本、在美国的一些华侨去起作用，通过他们间接地传到台湾去。从甲午战争到现在，将近 90 年，台湾开始沦为日本的殖民地，后来是国民党当政。他们害怕成为殖民地的思想根深蒂固。所以我认为，首先要消除台湾人心目中的顾虑。方法有很多，可以放开思路想一想。

记者：为了台湾回归，祖国统一，您认为台湾海峡两岸的作家、艺术家应该做些什么？

陈舜臣：刚才我讲的这些，也适合于回答这个问题，作家艺术家也应做上面讲的那些工作。

记者：请陈先生谈谈此次访问的感受。

陈舜臣：9 年前的 1974 年来过一次，和这次来的季节差不多，都是 8 月份左右，当时兰州机场到兰州市沿途基本上看不到绿色。这次来看到沿途这么多树，使我很吃惊，变化很大，同时人们生气勃勃。1974 年，是“四人帮”行将倒台之前。我感到变化还是很大的，特别是农村，都开始富起来了。与此同时，我感到中国的文学期刊杂志搞得很活跃，上次到福建去，就看到许多文学期刊杂志，多到看不过来。看到了这些变化，我心里很高兴。

记者：最后，请对《当代文艺思潮》及《当代文艺思潮》的广大读者讲几句话。

陈舜臣：我想《当代文艺思潮》的读者，水平都是比较高的。这个刊物发行量有多大？

记者：12000 多份。

陈舜臣：在日本、专门的文艺评论刊物发行没这么大，发行量只有几千份。当然，人口也不一样。中国在搞“四化”建设，我觉得工商业是它的肌肉，思想精神是它的骨骼。所以我想，编辑《当代文艺思潮》的朋友及广大读者应该认识到，你们所从事的工作，是在建设“四化”的骨骼。骨架要是不硬，那就支撑不了“四化”的大厦。你们应该自尊自豪，应该认识到自己从事的工作是搭架子的工作，是“四化”建设的支柱。搞文艺理论不是那种饱食终日、无所事事的有闲阶级所干的事。它是在“四化”建设中能够发挥作用的。

记者：占用了先生很多休息时间。谢谢。

1984 年 8 月 25 日晚于酒泉宾馆

新时期文学：中国与世界的对话

——访美国芝加哥大学教授李欧梵

李欧梵先生生在大陆，长在台湾，工作在美国，他于美国哈佛大学获得博士学位后，曾在香港中文大学、美国普林斯顿大学、印第安纳大学执教；现为美国芝加哥大学东方语言系教授，是著名的中国现代文学的研究专家。多年来，李先生一直从事中、美之间的文化交流及海峡两岸文学的沟通工作，被誉为“在海峡两岸及中、美之间建造文学桥梁的人”。此次李先生回国进行学术考察，并到敦煌“寻根”，记者乘陪同李先生参观访问之便，在敦煌宾馆与李先生就文艺思潮等广泛的问题进行了较长时间的畅谈。

记者：首先，我代表《当代文艺思潮》编辑部全体工作人员，欢迎李先生来甘肃访问，并祝李先生旅途愉快，访问成功。

李先生学贯中西，是著名的中国现代文学研究专家，对中国当代文学的创作又非常关注。现在，趁李先生来甘肃访问之际，我想就现代主义文学思潮，中、美及台湾的文学创作的现状等提几个问题，请李先生谈谈您的见解。

李欧梵：谢谢贵刊为我提供这样一次与广大读者进行学术交流的机会，我很乐意回答您的问题。

记者：据介绍，您在台湾大学外文系毕业之后即到美国芝加哥大学攻读国际关系研究生，之后，您又到哈佛大学读中国史并获得了博士学位。可您却成为一位著名的中国现代文学研究专家。请问，是什么思想、或者说是什么因素促使您献身文学事业的？请您谈谈您走上文学道路的经历好吗？

李欧梵：我在台湾大学读外文系的时候就爱好比较广泛。大学毕业后对自己的前途比较迷惘，只知道顺着潮流到美国去，到芝加哥大学攻读国际关系也是因为得到芝加哥大学的奖学金，生活有保障，所以才去读国际关系。可在读国际关系的过程中我就深深感觉到，我这个人的个性不适合研究外交或从事政治工作。我对人文科学的兴趣比较大。在一个偶然的机会里就到哈佛读书，得到哈佛的全部奖学金。到了哈佛之后，在求学的过程中，逐渐对中国思想史——特别是中国近代思想史与文学的关系发生了非常浓厚的兴趣。在这一过程中，有两位老师给予了我非常大的启发。一位老师叫史华慈，他训练出了好几位华裔的思想史专家，包括杜维明。这位史华慈教授，使我对整个思想史的眼界大开。因为他教思想史的方法和中国的教法不太一样，他除了讲中国思想史以外，他的整个视野遍及西方各个传统，他自己是犹太人，他对犹太传统非常熟悉，他自己以前又是学法国语言与法国思想的，我从他的教学中得到很大的启发。他的教学不是一种史实性的研究，而是探讨问题。另一位老师就是捷克的普实克，他是一位非常有名的汉学家，他和中国几位前辈作家是很好的朋友，像茅盾、郑振铎等。他是在捷克最早翻译鲁迅著作的学者。普实克教授有一年到哈佛大学讲学，讲的就是中国现代文学，从晚清开始讲，我就上他的课。他正式地激发了我对中国现代文学研究的兴趣，他的许多观点对我有相当大的影响。几年之后我编了一本关于中国现代文学的论文集。此外，夏志清先生的书，对我启发也很大。于是我就决定，我的博士论文研究几位五四时期的作家——特别是徐志摩和郁达夫。这篇论文是 1970 年完成的。这一成果当时虽然粗糙，可是至少比国内早了 10 年。既然是研究作家，当然对文学的兴趣就更浓了。于是我在大学教书的时候，就一部分教历史，一部分教文学。后来我在印第安纳大学教书时就以文学为主了。那时还教点历史，可是到了芝加哥就专教文学了，历史就不教了，不过有时还和研究生探讨一点历史，以前我曾写过一篇文章，叫做《多年追求的恋人》，我的这个“恋人”就是文学，后来这位“情人”就变成了我的“太太”。

记者：新时期以来，中国文学不断受到西方现代主义文学的冲击与困扰，那么现代主义文学思潮近几年的发展趋向如何？它是否仍是西方当代文学的主潮。

李欧梵：在中国很关心文艺的主潮，我想关于主潮的提法很可能是受 19 世纪末期丹麦的勃兰兑斯的影响。关于这个问题我要讲的第一点是，对于什么是主潮、什么不是主潮的问题，西方不像中国这样关心；第二点，现代主义作为一个广义的文学现象，作为一个思潮笼罩了欧洲文学从 19 世纪末直至 20 世纪 30 年代。所谓现代主义思潮，这里边包括了各种各样的东西，从法国象征派的诗，到未来主义、达达主义、心理派小说、意识流小说，到法国印象派的绘画、德国的表现主义，音乐上从法国印象派的作曲家德彪西到维也纳研究十二音律的几位作曲家，面非常非常广，这一历史时期，西方称为现代主义时代。什么是现代主义？我认为中国在提到一个主义时，往往蕴含着一种大一统的思想；而西方在现代主义最兴旺时，也不能说只有一个主义，它总伴随着各式各样的主义，这些主义广义地说都是现代主义，但它们之间又相互斗争。像达达主义是反对超现实主义的，超现实主义又是反对现实主义的，情况非常的复杂。就拿哲学来说，你说存在主义算不算现代主义潮流？从时间上讲存在主义出现在本世纪30年代以后，而事实上30年代以后许多现代主义文学和艺术现象已经告一段落了。因此我主张，西方自30年代以后，所谓广义的现代主义的文学和艺术都变成了经典，就好像莎士比亚、巴尔扎克一样；从希腊悲剧可以一直到艾略特的诗《荒原》，从最古老的绘画到毕加索，从教堂音乐到勋贝尔、撒拉文斯基、巴尔扎克……这些东西都是经典。当然，30年代以后——现代主义成为经典之后又出现了一些现象，有些学者就提出了后期现代主义的问题。60年代有一位埃及的学者哈桑（Ahab Hasan）已经提出了后现代主义的问题。我支持现代主义的研究，是支持研究从19世纪末到20世纪30年代的文学潮流，因为它为整个20世纪的艺术精神打下了一个深厚的基础。要了解20世纪一定要研究这些东西。不然的话，无法对80年代东欧、西欧及拉美文学进行溯源。我是支持国内对现代主义进行深入的研究的。其原因是，一方面中国闭塞太久，对西方文学的了解“文革”以后还停留在19世纪，对现实主义近乎看成真理。当现代主义产生的时候，一些马克思主义的理论家——像卢卡契——由于受西方古典的影响，他们无法马上了解西方现代主义的重要性。卢卡契曾和布莱希特、阿丹诺进行了一系列的论战，在这一系列的论战中，卢卡契是战败了，因为他抓住的仅仅是他心目中的现实主义的理想，他没有认识到现代主义新兴潮流的重要性。20世纪的精神与卢卡契心目中的精神有很大的区别。这一事实告诉我们，任何一种社会文明，在它急剧变化的时候，一些现象的产生，总会引起传统派的不满。

记者：您认识很多中国作家，并且对中国当代文学有浓厚的兴趣，那么请您谈谈对中国新时期的文学，特别是近几年文学的现状及发展趋势的看法及印象好吗？

李欧梵：第一，我比较赞成新时期文学这一提法，我觉得“文革”以后中国当代文学真正的是进入了一个新的时代。也就是说，新时期以来文学才真正地进入了创作的时期。在此之前我不认为中国的文学是真正的创作，那时的文学只是在政治及社会的影响之下做的一些工作。现在中国才真正有了独创性的文学，文学才真正走上了文学的道路。对此我非常兴奋，并且希望这一非常好的势头能够保持下去。三四十年来西方对中国文学有一个偏见，认为中国的文学总是政治的宣传。我认为现在的中国文学这种多彩多姿的表现足以表明中国的文学已经超越了政治因素的影响，这是一种非常好的现象，也是非常了不起的现象。唯有走上真正的文学的道路才能谈中国文学走向世界的问题。这样说并不是把文学完全与政治分开，不是这个意思。文学有它自己的主体、本质，文学与政治的关系不是服从的关系。第二，目前中国还没有我心目中非常伟大的作品。可是中国当前已经具备了足够的产生伟大作品的条件。我们从最近的一系列的作品可以看出，中国文学上的题材几乎是取之不竭的，有非常丰富的宝藏。我相信，至少在20世纪结束之前有伟大作品问世。产生这些作品的条件是，首先在真正的中国的土壤中找到灵感，找寻题材；其次，要在作家的非常广阔的视野中取得艺术性的呈现。这里我提出了两个名词，一个就是视野，一个就是技巧。就中国目前的作家而论，视野虽然较以前是开阔了，但从总体来讲还是不够开阔。就技巧而言——随着文学主体性的提倡，作家已经知道技巧的重要性了，并且在不断地进行技巧方面的尝试。但我个人认为还是做得很不够的。就技巧来说，我认为主要还是语言的问题。中国作家对语言有一种比较狭义的理解，只是把作品中的文字弄得很漂亮，或者说弄得很通顺。其实从西方文艺理论来讲，语言就是形式。因为任何文学作品都由语言的组合而产生的。没有语言就没有文学作品。我个人认为，现在中国的许多作家仍然把语言当作工具，而不是把语言当作内容。我的挑战性的看法是，在整个小说世界中，人物的地位并不那么重要。我们所看重的是你怎么样创造一个小说的艺术世界。或者说是诗的艺术世界。这个诗的世界里面，有故事，有人物，有感觉，有表现有动作……这些都是语言弄出来的。所以语言的功能，事实上超过了表面的工具的功能。如果一个作家对语言有非常强烈的自觉性的话，就不会用陈腔俗语来写作。如果再进一步探讨技巧的话，看一部小说你是如何开头的。美国写《二十二条军规》的那位作家，这部小说的开头写了20几次。我很吃惊也很欣慰，一方面中国的作家写东西非常多，写得竟然这么快。但是我要问，他们在语言上做过多少琢磨？开头有没有写过30次？恐怕很少。所以我提出极度的语言自觉性的问题。诗的语言更为重要。从这种意义讲，一篇小说是不会很快写出来的。技巧再进一步的要求，便是文体的问题。我所佩服的几位西方作家，已经不受文体的限制了。他的一部书出来，也叫长篇小说，可里边的几部分互不相干，有的是个故事，有的则是论说的东西。中国的作家一下子改变写作的方式不太容易。就广义而言中国的当代作家的成果还是在一个比较传统的写作方式下写出来的。用传统的写作方式——特别是现实主义的传统写作出来的作品有的是非常优秀的。现在如果再向前突破一步的话，必须有一种极度的技巧上的自觉——这并不是说要卖弄技巧。如果要再进一步谈视野的话，我认为只提体验生活是不够的。一个作家只知体验生活，他也可能写出很多的作品，但不见得能写出伟大的作品。为什么呢？必须深思。一个作家的视野是在对自己的经验进行不停的反思中产生的，而这个反思的过程一方面是心理的过程，一方面是智力的过程。在反思的过程中，我认为作家还是要读书的。目前中国作家在读书方面，恐怕还赶不上30年代的作家，茅盾读了多少书？施蛰存——这位30年代的现代派诗人，读的书就非常多，而且他的国学底子也很厚实。而我所接触到的海峡两岸的当代作家读书读得非常多的作家并不多。我很同意王蒙关于作家学者化的主张。作家阅读其他文学作品还是很重要的，对于其他艺术应该有一种鉴赏力，比如音乐、美术、电影、雕刻……我曾陪同一个中国作家代表团参观芝加哥的建筑，令我吃惊的是这个代表团的大部分成员对建筑不感兴趣。芝加哥是美国后现代主义建筑的大本营，从德国来的一大批现代主义的建筑师都集聚在芝加哥，摩天大楼的方方块块的形式是在芝加哥创出来的。当时许多作家对建筑不感兴趣，我非常惊讶。当然也有例外，比如徐迟，参观时他的步伐都加快了，他感觉到了这种城市的脉搏，然后我一给他看毕加索的作品，他就振奋，他马上认定画的是希腊的人面马身的神。因为徐迟以前是研究现代派的东西的。从这些方面来看，我认为中国作家的视野还是不够的。作家一定要把内心的世界、内在的视野放在第一位，只有这样，中国文学才会有突破。

记者：李先生，您在介绍1984年诺贝尔文学奖获得者——捷克现代民族诗人塞浮特（Jar oslav Seifert）时曾指出："现代主义和社会主义、艺术创新和思想回归、国际视野和民族感情——交融于一炉，形成一种充满矛盾的心态。我一向主张：只有在种种复杂矛盾的冲击之下，才会产生伟大的文学和艺术，一厢情愿式的'洋化'或狭义的盲目的民族意识，都不能助长一个现代国家文学艺术的复兴。"（载《文学自由谈》1986. 4）您不认为您的这段话与当前国内创作界及理论界出现的"寻根"热有某种相同之处吗？您对“寻根文学”如何评价？

李欧梵：塞浮特年轻时受法国现代主义的影响非常大，他早年诗歌的异国情调很浓，他后来的回归是回归到捷克的本土。他的“寻根”是一种非常现代式的“寻根”——比如他诗中某些人物的意象——对女人的意象，他可以寻到捷克的中古文学。他的“寻根”一方面是对现实的“寻根”，就像中国的作家到边远的山区或现实中的基层“寻根”一样。他在被下放时，也是同捷克的农民在一起，或者在布拉格的街头，在酒店中听人民唱歌，可他在思想上，对捷克中古的宗教文学又很感兴趣。他诗中女人的意象转化是很妙的，一方面有点异国情调的味道，好像是异国女人的形象；另一方面，有几首诗女人的意象已经回归到捷克中古宗教中的圣母像。有时他作品还体现一种他同 18 世纪捷克女作家的一种神交，他在诗中同这位女作家对话。他的诗并不是很复杂的，表面上看很简单，他从他个人的日常的经验中引申出各式各样的哲理。第二个例子我要从俄国思想史来看看对中国的“寻根”文学如何定位。俄国 19 世纪中叶以后，知识分子基本上分两派，一个是“民粹派”，一个是“西化派”。这两派在理论上斗争得非常厉害。“西化派”承认启蒙主义，认为西方的思想——特别是法国的思想能使俄国人民思想得到解放，能促使俄国的现代化。彼得大帝对“西化派”基本上是肯定的。而“民粹派”认为彼得大帝一系列的主张是把西方的东西带进来了，并没有真正接触到俄国人民的灵魂。俄国人民的灵魂，俄国人民的精神，是由俄国农民本身的一个乡村的社会组织——米拉（Mil）一种原始公社式的组织表现出来的。“民粹派”的一些知识分子也主张下乡。两派都主张解放农奴，但两派的主张方式又有不同：“民粹派”的“寻根”是寻找俄国人民本身的这种社会主义，他们反对西方现代式的社会主义。“民粹派”的一部分人则寻到了俄国的希腊正教当中。拿这个例子与中国比较，表面上看似乎中国也出现了“西化派”与“民粹派”，实际上中国与俄国的情况是不同的。因为中国的农奴时代早就过去了。中国的这种俄国“民粹派”式的“寻根”，是在五四传统影响之下产生的一种对民俗的兴趣。五四时期的顾颉刚、周作人，他们到农村中去做调查，搜集了许多乡下的民歌、谚语……这些同俄国的“民粹派”就不相同，因为这些人都是启蒙主义者。他们是想从中国的启蒙主义者立场来重新认识中国的民俗。所以，我对目前中国“寻根热”的理解是从这个立场出发的。像韩少功的一些作品，好像是文化人类学一样，是一批现代知识分子，对偏远地区农村的民俗民情给以现代人的理解。话又说回来，当一个知识分子，一个作家发现了新的现实时，会有不同的反映：一种是像周作人、顾颉刚调查民俗式的反映，一种可能是高更、毕加索式的反映，从原始文化中提取灵感，发现了原始的文化像发现了一个新的国家一样。还有另外一种情况，便是地区性，比如我是湖南人，当我来到湖南我才发现，“啊！原来我的根是这样子的”。所以知识分子的寻根，从俄国到中国，从思想到文学，是有各种各样的。这正说明一个作家与另外一个作家的“寻根”在文学上的表现不会是一样的。要反对的是那种希腊正教式的“寻根”——到了农民那里，说农民是最伟大最高贵的，推崇农民的信仰，实际上那就是与现代文明背道而驰了。不应把“寻根”与现代化对立起来。“寻根”往往都是从现代人的立场来“寻根”的，“寻根”文学完全可以用非常现代化的手法来表现。读韩少功的《爸爸爸》，使我想起了福克纳。为什么？作者可能已经不自觉地用了一些现代的手法了。即使用最传统的文学方式来表现的话，我们还是80年代在看，不可能与18世纪读者的看法相同。传统与现代是一个事物的两面，在一定情况下是可以结合的、互通的。中国的作家最终也许会寻到内心深层的根——中国国民性的深层结构到底是什么东西？陀思妥也夫斯基伟大就伟大在这里——对民族灵魂的拷问。中国经历了文化大革命这么多年，正是真正做这种心理“寻根”尝试的时候了。中国作家应该有这种胆识，有这种勇气，采用这种无保留的“寻根”方式，这是鲁迅对我的启示。如果有作家写出这种“寻根”的作品，而这位作家的视野广，技巧好，绝对是伟大的作品，绝对是大手笔。这种作品是绝对会超过模仿西方现代派的作品的。就我接触到的“寻根”作品而言，多数还是乡土的“寻根”。我希望不久的将来能读到“乡土”加“内心”的“寻根”作品。此外，还有一种“寻根”，便是文化历史的追溯式的“寻根”。可从一个独特的地区的历史着手，向上追溯多少代。我担心中国的作品这样写时，往往他的历史感太强烈——广义的历史，家族的变迁，四世同堂，改朝换代……这种写法还是传统的写法，还不是一个现代的写法。这种文化历史追溯式的写法，必须是加西亚·马尔克斯那种神话式的写法。有时我就感到，从弗罗伊德的学说来看，中国作家，把上意识与下意识分得太开了，把“超我”与“自我”、“本我”分得太开了。你把它们混在一起的话，文学反而可以写出好的东西来。

记者：美国文坛现状如何？影响美国文坛的主要社会思潮及文艺思潮是什么？

李欧梵：第一，美国文坛无所谓现代主义，它是五花八门什么都有，每一个作家都有他独特的派别，独特的写法。今日美国严肃的作家，只有一个共同点，都在他的语言上精心琢磨，无所不用其极，没有一个作家是随便写作的，随便写的就是通俗作家。另外一点就是，在美国有一种两极化的倾向，严肃的作家在美国越来越少，而通俗作家则大量出现。严肃的作家大多跑到学院当教授去了。当然，此种情况也不能代表美国文坛现状的全部，有的严肃作家的作品也很畅销。像芬尼格、诺曼·罗勒；此外，有几位犹太作家影响也很大，像索尔·贝娄、艾萨克·辛格、罗丝（Yoth）、菲力普·劳思、伯纳·马拉默德。现在你说美国有什么潮流很难讲，它什么都有。相反的它没有什么，大家都知道——像德莱塞式的社会写实很少了，像斯坦倍克的抗议式的文学很少了……关于严肃的文学与俗文学在美国没有一个统一的界定标准：一般讲通俗文学的发行量很大，一印就是几十万本，几百万本，内容往往写某有钱人的私生活。至于什么是严肃文学，一直有争议，有人认为只有在学院讲课中讲到的作家及文学才是严肃的。我个人的界定方法是：如果一个作家对他的作品倾注了很大的功力，他希望作品表现出一种意识，而这个作家在视野和语言上都是花了很大的功夫的，那么他便是严肃的作家，其作品便属于严肃文学。而商业的通俗作家，他第一位的追求是金钱，他所思考的是用什么模式创作才能卖钱，他第一本卖出之后，如果畅销，他第二本只写几句话的故事梗概，出版商马上就可以支付上百万美元给他。有一个通俗作家他写各式各样的飞机场、旅馆；还有一位女作家叫苏珊，专门写有钱人的性生活，写模特儿的世界、纽约服装界各式各样的丑事。还有一位作家专门写暴发户。读这种作品，中产阶级的妇女可以得到两种心理补偿，开始是羡慕，最后是自我满足，因为暴发户最后是不得好死，于是他们认为中产阶级的生活最完美，最幸福。美国严肃的作家，目前存在着一个共同的危机，他们在广义的现代主义思潮影响下工作了这么多年，而美国社会所能提供的题材还是有限的，美国作家在题材上已没有什么创新，只能在语言上创新。而中国提供给作家的题材非常多，像韩少功的《爸爸爸》就是一个新的题材。因此，我认为美国文学的生命力已经有限了。它怎么写呢？写换妻啦，写教书啦，写典型的中产阶级啦，写同性恋啦……大的题材已经没有了。而且这些人都知道托尔斯泰多么伟大，你怎么写都很难超越，那么只好写别的，写纳粹，写犹太人的浩劫。现在最吃香的作家不是美国人。现在最受知识分子赞赏的“高调”作家，不是拉美人就是东欧人。30 年代一个作家起来，到处有人评论，像海明威，不得了，像是一大发现。现在一部分小说出来在美国引起争论的，认为不得了的，好像非常少。

记者：近几年台湾文学的现状如何？其主要文学思潮的流向怎样？其代表作家、代表作品有哪些？

李欧梵：台湾文学有一个突出的现象便是严肃文学与商业文学的两极化。现在台湾非常注重商业文学，甚至有卖座排行榜，哪本书卖多少本，每年都有调查。我个人关心的是严肃文学。70 年代以后作家对急速的现代化提出一种反思，他们希望对现代化所引起的一些问题，提出他们自己的看法，从这种意义讲台湾“乡土”与“现代”的论战已经过去了。台湾的一些重要的作家，有的是倾向“现代”的，有的是倾向“乡土”的；其实许多是已经混在一起的。我认为台湾的作家可以分作三代：老一代的像杨逵等人，他们的作品在文学史上已占有一定地位，但在艺术上比不上中年一代作家，我认为台湾最重要的作家基本上是这一批中年作家，现在他们都是 40 多岁，他们在 30 多岁就出了名，写的作品一直保持在一定的水平之上。这些人中我最推崇陈映真、黄春明、王祯和，加上以前属于现代派的白先勇、王文兴。这些就是属于中年一代作家。这批人都受到西方影响，他们读过许多西方作品，另一方面他们又有非常强烈的乡土感！特别是前边几位作家。白先勇、王文兴不同，他俩是另外一回事。这些作家的作品，目前还是受到非常的重视。年轻一代的作家有李昂、黄凡、李乔、王拓……台湾的作家基本上就这三代。台湾文学的危机在于年轻一代起来的人很少。而台湾的两大报纸——《中国时报》、《联合报》是促进台湾近 20 年来文学发展的两大主力。这两家报纸都设有文学奖，每次奖很多钱，你一得奖就是多少万台币。这两家报纸的副刊非常大，每天都登文学作品。一般的读者只看它们的副刊。在台湾，严肃的文学杂志几乎寥寥可数——《现代文学》奄奄一息，停了很长时间，复刊后也很不景气，陈映真他们办的与《现代文学》鼎足而立的《文学季刊》也奄奄一息；《台湾文艺》也是奄奄一息；都不赚钱，而且卖得极少，都不到 1000 份。台湾的诗坛有相当悠久的历史，不容忽视。诗坛从 50 年代初期到现在不停地在发展，比较突出的现象也是青年诗人比不上中年一代。大家比较公认的诗坛泰斗就是余光中。余光中已接近老年了。白先勇与王文兴作品的意义是不同的。白先勇作品写的多是大陆人来到台北的这一代，他的作品《孽子》是写同性恋的，在台湾引起很大争论。台湾的文学从真正的文学层次上研究它是蛮有意思的，如果从广义的社会或文学潮流层次上讲，严肃作家太少了，就那么几个人。而且青年作家跟不上来。由于《中国时报》及《联合报》的影响，许多海外作家也可算作台湾作家，因为他们（包括我在内）都向这两家报纸投稿，所以大家的信息是互通的。如果把海外的作家放进去，像陈若曦、聂华玲、于梨华等，台湾作家的阵容就更大了。当然这里边有些作家像聂华玲、于梨华常常回国，到大陆来，这并不表示他们与台湾文学界没有来往。再进一步进行分析，我们这代人很奇怪，在台湾念中学、大学，不管自己以后怎么样，多多少少总觉得台湾是一个小根，当然从广义的文化感情上就不同了，大陆就超过台湾了。而台湾籍的作家对大陆比较冷淡。台湾作家的心态非常值得研究。

记者：李先生，您生在大陆，长在台湾，工作在美国，台湾有许多作家是您的同学，大陆有许多作家、评论家是您的朋友，美国文坛您又很熟，因此，在海峡两岸、中美之间架设文学的桥梁，您具有得天独厚的条件；请问：您在此项工作中已经做了哪些工作？今后有何打算？

李欧梵：有人说我是“二道贩子”，有人说我是“脚踏两边船”，我认为这是给予我的很大的荣誉。特别是“二道贩子”——我感到很荣幸——我在中国“贩卖”西方文学，在美国“贩卖”中国文学；在海峡的这边“贩卖”台湾文学，在台湾我则讲鲁迅——我是在台湾公开讲鲁迅的第一人。我对我自己扮演的角色有一个解释——我这个人比较超脱，我认同的是一个广义的中国文化和广义的中国文明。我身在海外，站的是一个海外知识分子的立场——对海峡两岸文学上的重要的东西我予以肯定、鼓励，对于政治上、文化上不好的东西我则直率地提出批评。关于我是否在中、台、美之间建造文学的桥梁，我并不是谦虚，我没有想到我是在做建造桥梁的工作，可是几乎所有的人都认为我在从事这项工作，这也许正是中国古诗所说的“桃李无言，下自成蹊”吧！我是一个永远生活在文化边缘的人物，我在美国是边缘，在中国是边缘，在台湾从某个角度讲也是边缘。20世纪的现代人就是一个边缘人，他处在几个不同的社会文化圈内。我在做文化沟通的工作中是没有什么功利主义的。我在美国印第安纳大学曾帮助翻译出版了一系列的中国现、当代的著作，还有几本研究的书籍。我这样做的目的很简单，我的兴趣及研究是中国的现代文学，可当时没有人承认我，于是我下决心用事实向美国学术界及知识界证明，不仅有中国现代文学这一学科，而且要证明这一学科确确实实地来自中国现代的作家、作品。这就要做大量的翻译工作。现在美国许多大学开设了中国现代文学这一专业，这正是我及其他有志于研究中国现代文学的人闯出来的。反过来讲，我们海外的知识分子当然受海峡两岸的政治的影响，比如1970年天安门的诗歌运动就给了我很大的震撼，我马上就把这些诗翻译并介绍给美国人民。今后我将做些什么呢？这可从两方面来讲：第一，从个人来讲，今后将进入“冬眠”期了。你工作一段以后已无话可讲了，硬讲也是不断地重复自己说过的话。因为你讲的无非是上一个“冬眠”期看书之后的思索及研究成果，加上与朋友交谈所得到的启发。在此情况下就需要新的“冬眠”来看书、研究、思考，来重新武装自己。这次我回国是做学术研究的，研究的课题是中国30年代的现代派问题，秋天还要回来参加两个讨论会，一个是鲁迅学术讨论会，一个是中国当代文学如何走向世界问题讨论会。之后，我希望有3年的“冬眠”期，看能否悟出一些新的东西，悟出了新的东西，写出了新的著作，对中国文学在世界上的传播才能有新的贡献。另外一方面，就是要开始说反话，对中国的作家要不断地提出批评，来刺激作家写出好的作品。

我的著作并不多，用英文写作的只有两三本书：《中国现代作家浪漫的一代》，1973年哈佛大学出版社出版；《铁屋里的呐喊》，写鲁迅的，即将出版；鲁迅讨论集《鲁迅和他的遗产》，加州大学出版社出版。另外还有10几篇论文，现代的当代的都有。这些论文中就谈到中国现代的小说问题，有对当代几个作家的评论，如对王蒙、高晓声作品的看法等。用中文写的书只出了三本书，都是杂文集，每5年出一本。每本书出完之后都有一种危机，然后第二本写的内容与第一本完全不一样。第一本叫《西潮的彼岸》，是年轻时在海外留学的经验，基本上是对西方的向往，最后回头是岸，回到中国文化中来，于是便有第二本杂文集《浪漫之余》，1980年出的，这本书基本上是讨论中国文学——中国现代文学及台湾当代文学的。第三本书现在刚刚出版，叫做《中西文学的徊想》这个杂文集的内容一半是中国文学，一半是当代西方文学，特别是东欧和南美。我的下一部学术专著，计划写30年代中国城市现代派文学。范围很广，至少牵扯到10几位作家，基本的是戴望舒、施蛰存、穆世英、邵洵美等。他们属于当时中国的唯美派、新感觉派。甚至还要包括一些左翼作家。像孙克恒先生提到的殷夫啦，茅盾的一些作品等。

记者：您这次回国，既是一次学术访问、考察，也是一次“寻根”，请问您这次回国的主要收获是什么？印象及感想如何？

李欧梵：我这次回国是申请到了美、中学术交流计划研究基金，来做中国30年代文学的研究，时间是两个月。我首先到上海呆了一个多月，我的接待单位是上海复旦大学，可是到上海不到一个礼拜就被中国作家协会上海分会请去与上海的青年评论家见面、座谈，于是一发而不可收。我感到非常兴奋的是，我所接触到的各大学的同行和学生思想都非常开放。我在上海的几所重要的大学都讲过——华东师大、上海师大、复旦大学、上海社会科学院文学所——等单位讲了七、八次。后来我到常州去看高晓声，又被他拉去在常州讲了一次；到武汉访问徐迟，武汉大学中文系又请我去讲了一次；特别是陆耀东先生，帮我找到了好多资料。在我的家乡——河南的开封和郑州各讲了一次；北大早就要请我讲学。5 月中我到北大，呆了两个礼拜，发表了 7 次演讲。冯骥才请我到天津，与几位作家举行了座谈；到宁夏访问张贤亮，宁夏大学又请我去演讲，这次到敦煌经过兰州，非但在西北师院发表了演说，和文艺界的同行进行了座谈，而且由于甘肃省文联及作协分会的热情接待、精心安排，使我有幸观看了甘肃省艺术学校的敦煌舞的教学。我在兰州的收获非常大。敦煌的无与伦比的壁画激发了我的思古幽情。我本来是回国做研究的，但几乎变成讲学了，无意间变成了真正的中美学术交流，而且变成了真正的“二道贩子”。回美国后，今年 9 月份将要到哈佛大学讲中国当代文学现状。这次回来我很兴奋，我总希望进行交流，文化的交流，个人的交流。使我最感兴趣的就是接触到了贵刊提到的第五代评论家。此次到兰州又有幸拜读了贵刊负责人谢昌余先生论述他们成长及特点的文章《第五代评论家》，使我对他们有了一个总体的了解。我在上海、武汉、北京都有人给我推荐《当代文艺思潮》，没想到此刊物是兰州创办的。此次能与贵刊诸先生接触、交流，这是我的意外收获。上海的几位青年评论家给我的印象非常深，给我很大的震撼。当然我还见到了好多作家，会见了老朋友，结识了新朋友，除了前面谈到的之外，我见到的作家还有：王蒙、徐迟、谢冕、谌容、茹志鹃、王安忆、李陀、高行健、阿成、白桦……总的讲我对文艺界、理论界、学术界有创新的看法，开放式的思想、开放式的气氛有很强烈的印象。我觉得中国和世界的距离缩短了，有共同的语言了，可以对话了，可以真正的交流了。

记者：占用了李先生许多宝贵的休息时间。谢谢。

1986 年 5 月 11 日夜——12 日凌晨 2 时于敦煌宾馆

音乐·电影·文学·表演·绘画

日本文艺家五人谈

——访团伊玖磨、筱田正浩、三浦哲郎、渡边美佐子、司修

《当代文艺思潮》编者按：以现任日中文化交流协会代表理事、日本艺术院会员、著名作曲家团伊玖磨先生为团长的“日中文化交流协会代表团”一行7人，在中国文联副秘书长杨澧同志的陪同下，于6月20——28日参观访问了兰州、酒泉、嘉峪关、敦煌。这期间，我刊陈德宏同志趁接待工作之便，在现任日中文化交流协会常任理事、事务局长佐藤纯子女士、局员高桥律子女士，以及文化部外事局翻译周东亮同志的支持与帮助下，与代表团中的5位文艺家就音乐、电影、文学、表演、绘画等广泛的问题，进行了交谈。他山之石，可以攻玉。通过这5位文艺家的谈话，当然可以使我们对日本文艺界的现状有一个较为深入的了解，但更为重要的，是通过他们的成材之道，通过他们的文艺观念，通过他们从事艺术创造过程中的思维方式，以及他们审视问题的角度等诸多方面，使我们的文学家、艺术家、评论家，以及广大读者能够从中受到某种启迪与教益。这才是我们所期待的。

团伊玖磨，日本久负盛名的作曲家，他的交响乐《丝绸之璐》、《飞天》、交响诗《万里长城》、歌剧《杨贵妃》等许多作品都取材于中国的历史与现实。他多次来华访问，把学习、吸收中国优秀的传统文化作为获取创作灵感的重要源泉。他学习的是欧洲音乐、作品表现的却是东方的情感，究其根底，他说“原因很简单，我是一个东方人。”谈到对《丝路花雨》的总体印象，他说：“演出轰动了日本，取得了巨大的成功……具有一种抒情的美感”——

笔者：首先，我代表《当代文艺思潮》编辑部，代表《当代文艺思潮》的广大读者，热烈欢迎以久负盛名的作曲家、中国文艺界的老朋友团伊玖磨先生为团长的“日本中国文化交流协会代表团”来甘肃访问，并

祝大家身体健康，旅途愉快。

团伊玖磨：谢谢。

笔者：团伊玖磨先生，您是日本久负盛名的作曲家，中国音乐界的老朋友，请您向我们的读者介绍一下您的主要音乐创作活动好吗？也就是说，您是怎样开始音乐生涯的？您的代表作品是什么？产生了怎样的影响？

团伊玖磨：我最初搞音乐创作，是从接触欧洲音乐开始的，是受了欧洲音乐的影响——我学习欧洲音乐的技法，从最基础的东西学起。这方面的基础打得比较牢，比较扎实。我8岁开始钢琴演奏，13岁开始作曲。1942年我18岁考入了东京艺术大学。之后，我一方面发表我的作品，一方面赴欧洲学习音乐。当时主要是在英国的伦敦从事学习与创作活动。我在学习欧洲音乐的过程中出现了一种奇怪的现象——我觉得我越学离欧洲的音乐的距离越远了。我的这种感觉和念头越来越强烈——原因很简单，我是一个东方人。我的老家在九州，在日本的最西面。日本人首先是东方人、东亚人。我在从事音乐创作活动时，我的这种东方人的意识越来越强烈——每当我作曲时我总是想到中国、朝鲜、日本……我最早创作的交响乐是《丝绸之路》，那是在1948年，后来经过修改成为定型的作品——也就是现在这种样子，那是在1955年。我的交响乐作品一共有6部——第一至第六交响曲。同样的，这6部交响音乐都充满了东方人的意识。我的比较重要的音乐作品还有5部歌剧。我的第一部歌剧是1979年在中国的北京、上海、天津上演过的《夕鹤》；第三部歌剧是《杨贵妃》；另外。还有管弦乐作品。除了前面提到的《丝绸之路》，还有《夜》，在北京、上海公演过的交响诗《万里长城》。去年在北京又第一次演出了交响音乐《飞天》，然后在上海及日本东京也相继进行了公演。这个月在东京还将再次公演。此外还有大量歌曲，数量很多，在此不一一列举了。我的体会是，很重要的一点——我从事音乐创作时，我的思想、感情、意识、感觉都是东方人的。思想和感情不能融为一体，不可能写出好的有感染力的音乐作品。我之所以在学习日本传统文化的同时，也努力学习中国的历史及中国的文化，而且在思想感情上也尽量地融为一体，就既是我的东方意识的反映，也是我的音乐事业的需要。

1945年日本战败了，结束了这场给中、日两国人民都带来了灾难的不幸战争；于是形成了一条历史分界线——无论是政治上，还是文化上都是如此。当时我已21岁。我，还有介川野寸志、黛敏郎，正是在这历史的分界线之后被推上日本的音乐舞台的。40年来，我们这三个人在日本影响是比较大的。这三个人中，我的创作题材是最广泛的，从交响乐、歌剧、歌曲到儿歌，因此，我的作品流传最广，演奏得最多。我认为，音乐并不是为了音乐家而产生的，它是为群众的，用中国的话来说，它是为大众服务的，因此，我的作品的题材及服务对象是很广泛的——有为儿童写的歌曲，有为青年写的歌曲，有为成年人写的歌曲。这就使我同其他两位作曲家走上了不同的道路。在日本，认为我是一个很独特的音乐家。因为其他音乐家眼睛还是盯着欧美，因此认为我是很独特的。像我这样以强烈的东亚人的意识与感觉从事音乐创作的，在日本只有武满澈、间宫芳生与我有些类似。这两位音乐家同我一样，也是“日本中国文化交流协会”的会员，对中国怀有深厚的感情。在日本音乐界我被认为是特殊的音乐家，但就我来说，我认为那些一味崇尚欧洲的音乐家，他们才是特殊的，而且是奇怪的。我要对这些音乐家说：在你们的镜子面前好好地看看你们的形象吧！我坚信我的创作道路是正确的。

笔者：您认为日本音乐界当前的主要创作思潮是什么？今后的发展趋势如何？

团伊玖磨：刚才实际上已经涉及到这个问题了。日本音乐界当前的创作思潮有两个：一个是欧化思潮；一个就是我及武满澈、间宫芳生等为代表的，坚持走自己的路。

笔者：您的这种创作道路，在我国被称作民族化。

团伊玖磨：这同中国的民族化还有点不一样。日本的坚持走自己的路的音乐家，他们是在完全掌握了欧洲音乐技法的基础上，充分研究并消化了欧洲音乐的前提下，吸收自己民族的营养进行创作的。这一点说开容易，做开相当困难。因为欧洲音乐是相当复杂的，只是研究和掌握欧洲音乐本身，也许就要花去你一辈子的时间。日本的许多音乐家在学习欧洲音乐方面是花了大量时间、做了很大努力的。日本也有民族化的音乐，日本的民族化是完全否定欧洲音乐的。因此，日本的民族化的音乐，缺乏国际性，要想取得突破是比较困难的。除了第一的民族主义而外，还存在着一个第二民族主义。据我所知，中国的音乐家中也有几个人走的是同我相类似的道路。我认为在相当长的时期内，日本音乐界主要是这两种音乐思潮互相刺激，互相影响，共同发展。至于对这两种音乐思潮的历史评价，我想在不久的将来会逐渐明朗起来的。比如前面提到的几位日本的音乐家——武满澈、间宫芳生以及我的大量作品，世界上许多国家都在演奏。

这说明这些音乐听众比较容易懂，是为全世界的听众服务的，听众是很广泛的。

笔者：今天，在全世界范围内，古典的、严肃的音乐普遍地受到现代的、流行音乐的冲击，许多国家的交响乐团，只有靠国家及私人财团的赞助才能维持。对此，您有何评论？您认为此种状况会改变吗？全世界的音乐思潮将向何处发展？

团伊玖磨：关于古典音乐、严肃音乐、交响音乐需得到赞助才能维持这种状况，由来已久，非自今日始。古典音乐从它诞生那天起，就得到教会的支持与赞助，因为它最初是为教会服务的。这里有一点必须强调指出，不能产生错觉——国家及私人财团支持、赞助交响音乐，绝不是仅仅为了保存这种音乐，而是因为交响乐本身有很高的价值，国家及人民需要它，是为了能继续听到这优美的音乐，才支持它，保护它的。另外，是关于流行音乐的问题。不能把流行音乐简单地看成是与古典音乐、严肃音乐冲突的、对立的音乐。流行音乐是20世纪以来逐渐发展起来的音乐，又称媒介音乐，它是随唱机、唱片、收音机、电视、录音机的发展而发展的，它是商品社会的产物。它的发展是与商品化紧密相连、不可分割的。全世界的年轻人都很喜欢流行音乐，可是这些人到了40岁、50岁、60岁，就转向古典音乐、严肃音乐、交响音乐。青年人对流行音乐的爱好，就像他们对时装的追求一样，是一种赶时髦的风尚。我对这种现象丝毫也不感到奇怪。我从不否定流行音乐。可以这样说，流行音乐对广大青年来说，起到了入门的教育作用。就像文学一样，谁也不会在儿童、少年时期就读大部头的文学巨著，总须从连环画及通俗读物开始。流行音乐与严肃音乐、古典音乐同时发展是并行不悖的，是无可非议的。此种情况在中国也可以找到很好的例证：前几年刚刚开放的时候，掀起了一股流行音乐热，可现在就不同了，喜欢交响音乐的听众越来越多了，流行音乐热的热度开始降下来了。

西方最早的古典音乐是教会音乐，教会音乐实际上就是所有的音乐。它有一个框框：它是独调音乐。随着音乐的发展，它的听众越来越广泛，这同它当初的附属于教会的、贵族的地位大不相同了，它已面向大众、面向全民了。就世界范围的音乐思潮而言，严肃的古典的音乐及流行音乐将并存发展下去。

笔者：您对近几年我国音乐创作的发展有何印象？您对哪几位作曲家的哪些作品印象较为深刻？

团伊玖磨：首先，我要说中国有很多很多的优秀的作曲家。从这一点可以说明，当前中国的音乐是很繁荣的。但是在思想上——对什么是音乐这个问题上有很强的信念，而同时又具备高超的音乐技巧，这就不容易了。一部好的音乐作品，一般说来只有作曲家具备了高度的音乐修养，而又能结合本国的、本民族的优秀传统才能创作出来。如果仅此一点，还是比较容易的。创作，对作家也好，对音乐家、艺术家也好，传统是一条纵的继承线，还需一条现代的横的借鉴线——具备了这两种素质才能搞好音乐创作。在音乐史上非常有名的贝多芬也好、莫扎特也好，都一样，那时他们有他们的传统，他们有他们的“现代”。从这种意义上，我认为中国有两位非常出色的音乐家：一个是上海的丁善德，他在30年代、40年代，乃至50年代，都很活跃，他创作了《长征交响曲》等许多成功的音乐作品。另一个也是上海的，是朱践耳，他的表现广西纳西族生活习俗的交响乐作品《纳西一奇》，非常出色。当然，我列举的仅是他的代表作，此外他还有其他一些优秀作品。除以上我们谈到的两位作曲家而外，在北京音乐学院及上海音乐学院任教的青年教师及青年学生中，还有很多优秀的音乐人才。粉碎“四人帮”以前，由于整个中国都处于封闭状态，与外界没有交往，对现代的东西缺乏了解，只是在自己的传统中循环，自然限制、影响了音乐创作的提高与发展。开阔视野，互相交流、借鉴，对音乐创作是必不可少的。从音乐创作来讲，必须随时随地注意全世界同行的新进展、新成果。

笔者：先生，您是日中文化交流协会代表理事，您曾多次访华，为日中友好——特别是为日中两国的文化交流，做了大量的工作，付出了辛勤的劳动。请问，为了进一步加强日中文化交流，您认为日中双方今后应做些什么工作？您个人有何打算？

团伊玖磨：在日中两国邦交正常化以前，“日中文化交流协会”就和贵国展开了文化交流活动。这一时期我们可以把它称作日中文化交流的第一个时期。从1972年两国邦交正常化以后，两国的文化交流更加频繁、广泛地开展起来，这期间包括两国政府间的文化交流活动。这是第二个时期。以日中邦交正常化10周年为标志，日中文化交流已进入第三个时期。在中国已结束了“四人帮”的混乱时期，两国都在考虑新的具体方案及具体做法。第三个时期，我们要从您好、干杯、再见这种形式化的表面的交流，转变到更为实际的具有实质内容的，而且是高质量的文化交流。中国文化界的许多朋友，他们同样有这种想法。这也是我们的会长井上靖先生所提倡的做法。实际上现在我们已经沿着这个方向，活泼地展开了文化交流活动。这种交流活动，从量上来讲，在直线上升，开展得非常广泛，非常频繁。尤其是甘肃省，是丝绸之路的真正的起点，日本的文化界人士，以及一般的国民，对甘肃很向往，怀有很高的热情。之所以如此，是与“日中文化交流协会”长期的工作与宣传分不开的，是与日本 NHK 拍摄的《丝绸之路》电视片的介绍与宣传分不开的。

笔者：甘肃省歌舞团创作并演出的大型民族舞剧《丝路花雨》曾到日本访问演出。请问您看过这个舞剧吗？如果看过，您对《丝路花雨》的总体印象如何？它的音乐给您留下了怎样的印象？

团伊玖磨：甘肃省歌舞团到达东京后，作为“日中文化交流协会”的代表，我们曾拜访了甘肃省歌舞团，并会见了该团团长。记得那天，东京下了一场罕见的大雪——像满天飞舞的“花雨”一样的大雪。《丝路花雨》的演出，我看了两次。演出轰动了日本，取得了巨大的成功。我感到很高兴。对《丝路花雨》的音乐，日本音乐界的许多人士——当然也包括我——认为《丝路花雨》首先具有一种抒情的美感，它很美，很抒情，给人以美感。如果说它还有不足的话，即是粗犷的东西有些欠缺。当然，《丝路花雨》主要是表现美丽的方面，这也是一种方法。以上是我对《丝路花雨》的一点印象，如果甘肃省歌舞团计划创作第二部《丝路花雨》的话，它的音乐在粗犷方面能有所加强，我想它定会取得更好的美感效果，并取得更大的成功。无论怎么说，把民族音乐与西洋音乐融合起来是一件非常困难的工作，而且《丝路花雨》需要再现一千几百年前的唐代民族音乐，因此，它确实是一项学术性很强而又很困难的工作。我期待着第二部第三部《丝路花雨》的出现。

笔者：您的交响乐作品《飞天》在我国演出取得了很大的成功。请问，这部交响乐您是从哪里获得灵感而创作的？您要反映、或者说表现的思想意蕴是什么？您希望听众从中得到什么样的启迪与教益？

团伊玖磨：把我同《飞天》连接在一起的是一本书——是长广敏雄的名著《飞天》。这本书研究了全世界的“飞天”。当然是以敦煌的“飞天”为中心内容的。1976 年，承蒙中国对外友协的好意，邀请我访问了大同云冈石窟。1983 年承蒙中国音乐家协会的邀请，我又访问了洛阳和龙门。1986 年承蒙中国文化部及中国音协的邀请与关照，我访问了新疆，在各地也参观了一些洞窟。这里需要补充一点，早在 1977 年，我就应中国对外友协的邀请，访问过新疆。当时新疆除了乌鲁木齐、吐鲁番之外，其他地方都没有对外开放，对我特别关照，我去了和田、伊犁等地。我在访问这些地方的过程中，《飞天》的旋律逐渐在我的心中响起来了。去年春天开始创作，到夏天完成了《飞天》这部交响乐作品。去年东京交响乐团访华，《飞天》在北京进行了首演——这也是世界上第一次演出《飞天》，之后又到上海进行了演出，后来东京也演出了。东京将于明天（6月26日）举行第二次公演。这次是我第一次访问敦煌，参观莫高窟，品尝到了能够看到好几百个飞天的幸福。现在我已下定决心，一定要把现在的《飞天》改编成更大型的交响乐作品。敦煌的“飞天”，使我的心中充满了各种各样的声音：有在空中飞着的“飞天”手里拿着的乐器发出的声音——根据她的指法我就能感受到乐器发出的音响；看到“飞天”身体活动的情况及她的表情，就能感到音乐的强弱……我在参观敦煌之前写的《飞天》，现在看来是纤弱的——因为在此之前我想象之中的飞天是在很遥远的地方飞翔。现在我看到敦煌的“飞天”，受到了强烈的刺激。现在我看到的“飞天”，实际上是极其生动的，她们从我的头顶及身边飞过，她的音响给我的感受是丰富多彩、多种多样的。6月30日我就要回国了，回国的第二天，趁我的感受与印象还很鲜明的时候，我就开始创作，把现在的交响乐《飞天》改编成更大型的、更真实的能够反映“飞天”的印象及声音的作品。我将以此作为对中国文联的杨澧先生，甘肃省文联的程士荣先生、于辛田先生、陈德宏先生以及为我们这次访问给予了大力支持与帮助的其他各位先生的报答。也许不要多久——至迟明年吧，唱片将会出来，届时我将寄给你们。希望你们听到这个唱片，能回忆起我们的交往与友谊。

笔者：祝先生创作成功，并希望早日听到您的唱片。

1987年6月23日中午
及25日深夜于敦煌宾馆

筱田正浩，日本电影界最活跃的中坚导演之一，他与吉田喜重、大岛渚一起，被称做“松竹的新潮”。他拍摄的《镫的椎三》荣获1986年柏林国际电影节“银熊奖”，而他执导的另一部影片《濑户内少年棒球队》，既荣获了日本的“蓝色授带奖”，又荣获了美国“休斯敦国际电影节奖”。以他为代表的日本新潮电影，已蜚声国际影坛，但在中国却鲜为人知，他认为“真正的艺术家都是孤独者”。问到他的美学追求，他说：“对现代化不感兴趣，对已经消亡或即将消亡的东西感兴趣。”——

笔者：筱田正浩先生，您是当今日本最活跃的中坚导演之一；请您向我们的读者介绍一下您的主要电影创作活动好吗？也就是说您是如何爱上电影艺术的？您执导了哪些主要影片？在日本以及在国际上产生了一些什么影响？

筱田正浩：我是1931年出生的。这一年正是日本侵占中国东北的那一年。我最早看电影是在上小学以后，那时日本的侵华战争已向中国的内地扩展——1937年7月7日以后了。我看的第一部电影是日本军侵占东北的新闻片。在战时所能看到的电影，是学校指定的。因为看到的都是描写战争赞颂侵略的电影，因而使我对电影失去了兴趣。于是我把兴趣转到读小说。后来太平洋战争开始了，日本和英美开战了。接着我就上中学了，成为一名中学生。当时上中学是禁止看电影的；我的母亲认为我看不上电影太可怜，于是在中学开学之前带我去看了一场电影——那是1943年的事。看的是黑泽明导演的《姿三四郎》。看过之后使我喜出望外——世界上还有这么有意思的电影！当时由于禁止我看电影，结果造成了很强烈的逆反心理，我反而更想看电影了。于是我就逃学，脱掉中学生的制服，经过“改装”偷偷地去看电影。当时日本已失去菲律宾战场，美军的飞机每天都从菲律宾起飞轰炸日本。那时随时都有死的可能，因此在那种情况下的看电影给我留下了深刻的印象。那时电影的内容都是为了天皇、为了战争、英勇牺牲之类的——宣传一种依赖、忠于天皇的精神与灵魂去战胜美国，而不是像美国那样，靠先进的武器。当时，我们同军人有相同的想法，为了祖国不惜牺牲与献身。然后日本战败了，于是我明白了，我们的天皇并不是神仙。这时，我对所有的带有宗教色彩的东西都产生了一种厌恶感。当然对电影宣传无谓的牺牲与献身精神也就非常反感了。然后我进入了早稻田大学，从事学习、研究日本的传统表演。日本的传统戏剧表演，都是以死者为内容的。当时，日本军队在侵略中国大陆以及在整个战争中死了很多人，在如何对待他们的问题上，我产生了深深的疑问。我对这些死去的人很感兴趣，于是我选择了日本的传统戏剧。我进入大学后，被选为学校的田径运动员，主要练习中长跑。每天清晨当我在校外跑步的时候，目光所及，看到的是战争留下的一片废墟，而迎面开来的则是美国的军车。当时我一边想，也许我一辈子也买不起一辆汽车，而来来往往的美国占领军的汽车里，都有日本女郎（妓女）陪伴，于是我又想，这些美国占领军可能很快要同他们的太太离婚了。当时我在跑，迎面开来的汽车以飞快的速度在开，我们相遇的一刹那只不过有几分之一秒，而在这几分之一秒的时间内我却能产生许多奇妙的想法——在一瞬间便产生了这样的心情：美国占领军在占领日本，在被占领的国土上，有一个青年大学生的灵魂正在这片国土上彷徨！这种感受既深且强。如果把这一瞬间的感受用文字表现出来，也许要用几十页的文字，但如用电影表现出来，一定是很有意思的。心理学的学说告诉我们，人在八分之一妙的时间内便可确认一个物体，那么如果用一个小时、两个小时呢？就可以表现一个完整的世界了。人实际上是一种模糊的存在。电影这种艺术就可以把模糊的东西提取出来予以表现，这就是“蒙太奇”。蒙太奇实际上是电影的语法。那时我一边跑步，我就下了决心，我一定要当一名导演。1953 年我大学毕业后，进入了松竹电影公司，当了一名助理导演。

大学里学了许多传统的戏剧概论及表演通史，我打算把学到的传统的理论与我的电影创作实践联系起来。当时拍摄电影缺乏理性，大学学的许多理论根本排不上用场，我很绝望。商业主义的弊病在于它只拍摄让观众看懂的影片。我认为电影完全可以表现更深一层的东西。我认为，说“大众电影”可以真实地反映人的本质，这是谎言。这时我与松竹电影公司在电影观念方面的分歧越来越大，我深深感到，在这个公司继续工作下去是不可能实现我的目标了。我很荣幸的是，干了 6 年助理导演之后，在我 28 岁那年当上了导演。当时我产生了一种危机感，因为美军与日本自卫队加强了联系，我认为日本要失去自己的自主性了。我考虑的一个核心问题是：日本没有自己的军事力量，她如何才能维持自己的独立？但是，日本靠自己的军事力量维持自己的独立，又是不能允许的。此种两难的状况，正是当时日本的特点。当时我们反对政府的做法，于是导演一些攻击政府的影片。同时，我也开始憎恨这种经济主义的、物质主义的社会。于是我开始在影片中表现在商业社会中无法生活的学生以及其他一些普通人。我开始在我导演的影片中创造性地运用一些新形式、新特点。这些形式与特点在以前的电影中是没有出现过的。在艺术上与我有相同追求的导演还有吉田喜重、大岛渚。我们三个人导演的电影，由于具有新的美学追求，被称作松竹的新潮。不久，公司就拒绝我们再拍新潮电影。我们当年的遭遇与中国的陈凯歌导演《黄土地》之后的遭遇颇为类似。中国的一些很有才华的青年导演拍摄的非常出色的影片，得不到观众的支持，而且受到各种批评与指责，我就想：他们与我的遭遇是多么的相似啊！为了实现我的目标及追求，我离开了松竹电影公司，创办了自己的制片公司——表现社。表现社是 1966 年创办的，直至今日。表现社成立之后，我拍摄的第一部片子是在欧美上映并获得了好评的《情死天网岛》。天网岛是大阪的一个地方，一对情人因不能实现婚姻的自由而在天网岛双双自杀，而后升天。表现的是 18 世纪的一个商人及他们家的事情。当时是日本的元禄时代，此时经济中心主义盛行，很重视商业，与现在日本的经济高速增长颇为类似。金钱破坏了人类美好的心灵。影片正是在这一背景下，描写了一个批发商与一个妓女的爱情悲剧。当时，整个日本社会对经济的高速增长，充满了乐观的气氛；而我的片子的主题则恰恰与此相反，因而给日本社会以很大的冲击与震动。同样的，爱情迎来的是死亡这一主题，给欧美许多国家也造成了震动与冲击。这部影片的文学剧本作者是近松门左卫门。我认为，这部影片是我光辉业绩的起点。然后，1986 年我导演了《镳的椎三》，椎三是一个生产梭镖（武士使用的武器）的武士。在元禄时代，由于经济的发展，武士的地位越来越低，椎三靠生产梭镖已无法维持生活，于是他拜另一个地位较高的武士为师，学习茶道。在学习的过程中，他与老师的妻子发生了暧昧关系，于是双双出逃。在当时的社会里，武士的妻子如果与人私奔，而武士不能杀死他们，是非常耻辱的事情。结果，这位武士把自己的妻子及椎三双双杀死了。这是发生在元禄时代的真人真事。这部影片获 1986 年柏林电影节“银熊奖”。这两部电影，是在运用大学中学习的传统戏剧理论与电影结合起来拍摄而成的。在此之前，1984 年我拍摄了《濑户内少年棒球队》，在日本获“蓝色授带奖”，在美国休斯敦电影节也获了奖。这部电影反映的是 1945 年日本战败之后，美国占领军占领之下的事情。濑户地区有一个小岛，小岛上有一座小学，小学中有一位女教师和她的一些学生，这就是影片中的一些主要人物。由于日本战败，学生们失去了生活的目标与信心，不再听老师的教育与教导，于是产生了许多矛盾与冲突。当时日本很贫困，对此，影片给予了如实的表现。现在日本人已富裕起来了，有了自己的小汽车、电冰箱，彩色电视机……但在看这部电影时，许多人都哭了。许多美国人看影片时也哭了。影片中有个女学生的父亲是“战犯”，实际上他是没有罪的，但却作为战犯被处死了。这部影片揭示了这样一个令人深思的问题：在那样的困难时期，人与人之间是那样的互相帮助，互相友爱；而现在富裕了，人与人之间的关系反而变得隔膜了、冷淡了，甚至相互仇视了。我对日本正在消亡的许多美好的东西非常留恋，很感兴趣。我在拍片时，很注重这方面的题材。还有在经济增长中失去的许多东西，以及在战争中死去的人……我对经济的增长及繁荣不感兴趣。每当建起一座高楼大厦或一座纪念碑，那么在它的背后一定有黑暗的阴影及非常悲惨的事情。新的高楼大厦让人眼花缭乱，我看不见，在它阴暗的一面我反而能发掘出一些有意义的东西。我还拍了一部以 1918 年为时代背景的片子，叫《流浪盲女艺人》。1978 年我第一次访华时，带来了这部片子，中国的部分电影工作者看过，同时带来的还有《情死天网岛》。我希望这两部片子能在中国放映。可能是因为特别悲惨，也可能是因为有色情的东西，没有通过中国方面的审查，前几天在北京我拜访夏衍先生时，他还回忆了当时看这两部影片的情景。影片的主人公是流浪盲女艺人与逃兵。他们之间产生了爱情。这个逃兵是顶替一个地主的儿子去当兵的，是从侵占西伯利亚的日本军队中逃回来的。日本走上军国主义的过程，也正是它走上现代化的过程。因为战争需要现代化的武器，而现代化的武器又需要现代化的工业。正是在这一过程中，许多美好的东西消亡了，像女艺人弹的日本的传统乐器——琴就被否定了。表现的还是我的这一思想：对现代化不感兴趣，对已经消亡或即将消亡的东西感兴趣；如其说对胜利者感兴趣，不如说对失败者感兴趣。我的这种思想之所以根深蒂固，可能与日本战败作为一个青年人感受特别深刻有关。

笔者：您认为当今世界电影创作的新潮流是什么？这种新的创作思潮对日本电影界有何影响？

筱田正浩：我认为当今最有吸引力的是第三世界的电影，而站在第三世界最前列的是中国。这并不是我的奉承话。这几年我看了十几部中国影片，我感到这些中国的电影工作者，他们都非常诚实地表现生活。现在世界上许多国家的电影都追求消遣性及娱乐性，没有什么严肃的思想内容，而中国电影的道德性则很强；而其他第三世界国家的电影则表现贫富悬殊的矛盾与冲突。第三世界国家贫富之间差别很大，是戏剧性的，而日本与欧美整个社会比较富裕了，因此缺乏这种戏剧性。现在的世界电影可以说有两股潮流：一股是表现人与社会的矛盾，一股是表现人自身——内心的矛盾。中国及第三世界的电影表现人与社会的矛盾较多，而且也较深刻；而日本及欧美的电影表现人自身的——即内心的矛盾较多。生活很富裕了，而内心很空虚，得不到满足。日本及欧美表现人的内心的电影难于为观众所理解。有些描写爱情的电影，表面看认为是表现色情的，实际上是表现人的内心世界的，因为人的内心世界是极为复杂的。如果中国将来富裕了，肯定也会出现这种现象。最近我在美国就发现了这种奇怪的现象，许多人物质上很富裕了，但精神上总得不到满足——首先是黑人，其次，许多白人也是这样。美国拍了一部反映越南战争的影片叫《野战排》（又叫《小分队》），反响很强烈，获好几项奥斯卡金像奖。我认为这是我看到的最好的美国电影。这部影片制作人员的心是与第三世界人民的心相通的。战争打完了，但没有胜利者——无论多么出色的人，在战争中都使他变成了残酷无情的人。电影应该描写普通人的生活与内心。在现实生活中，大量的普通人不断地涌现出来，电影如何对待他们，则是一个重要的课题。如果仅从一个国家、一个地区来观察、表现普通人，起点则太低，视角也太窄——电影应该具有国际眼光。如果没有越南战争，美国拍不出《野战排》；如果没有日本同中国的战争、同美国的战争，我也成不了导演。许多新的电影形式，只有在第三世界的影片中才能找到。因为在第三世界发生的许多事情。在许多经济大国已不容易看到。人们对现实生活不满足才需要电影，如果人们认为一切都很好了，就不需要拍电影了。像巴西、阿根廷、印度、埃及、土耳其……都推出了很好的电影。也正因为有一些对现实生活不满足的美国人，他们才拍出了一些美国的优秀影片。

笔者：有人认为，随着电视的迅速发展，电影将产生危机：观众人数减少，经济效益下降；对此，您有何评论？

筱田正浩：我想以最近我拍摄的《一濑户内少年棒球队》为例来谈谈这个问题。这部片子总共收入了19亿日元：其中票房收入10亿日元，电视台的录像专利收入9亿日元。现在电影的收入不仅仅是电影院一个方面了，还有一部分收入主要靠录像。这种情况，今年以来更加明显了，比如电影院收入百分之三十，那么百分之七十就靠录像来取得。还有一种情况，现在的日本并不是全家人一起看，而是各人看各人的，一个家庭有三、四部电视机的已不是少数。全家老少看一部电视的时代已经结束了；电视节目已越来越不能满足每一个人的需要了。这说明人们还是需要电影。但外出到电影院看电影又比较困难，费用也高，要花交通费，要吃饭，起码每人得花2000日元左右。而租一部录像带只需要200日元左右，并且很方便，也不受时间限制。正是从这种意义讲，现在的电影观众（包括录像）比任何时代都多。这种趋势将会越来越发展。许多人看录像有个先决条件，首先必须是电影在电影院上座率很高的情况下，人们才愿看录像。电影是社会的产物，而现代人的内心是很空虚的，他要想与别人交流，了解别人内心在想什么，就得看电影或者看录像。这种情况在欧美及日本特别明显。

笔者：您与我国电影界接触多吗？您对我国近几年电影的发展作何评价？

筱田正浩：我在美国的夏威夷结识了中国的电影导演陈凯歌，观看了他执导的获奖作品《黄土地》。他很年轻，而且有一个强健的体格，作为电影导演这是一个很有利的条件。许多电影同行都认为他是一个很有希望很有前途的导演。他拍电影的着眼点很好，他描写中国的传统生活，对中国传统文化的追寻，方法是很正确的。他没有受政治口号的左右，而是按自己的艺术信念拍电影。中国电影未来的发展及变化，取决于是否根据导演自己的信念及想法来拍。按照上级的行政命令来拍电影是很愚蠢的，也是不可能有前途的。此外，我还看过上海电影制片厂拍摄的《逆光》。通过这个电影我了解到中国城市的人民是如何生活的。这部电影在观察人与事时，用的是一种很自由的眼光。还看过《天云山传奇》。当时我就想，中国应该创作更多的反映“文革”的电影。“文革”题材并未过时。现在我仍然这样想。“文革”的问题与其说是破坏了经济，不如说更大的问题在于对人的摧残，剥夺了人的自由。过去的日本之所以走上了军国主义道路，犯了这么大的错误，也是因为当时的日本政府强力地剥夺了人民的言论自由。我认为言论自由绝不是资本主义独有的特点。中国具有丰富的文化艺术传统，现在还没有自由地发挥出来。现在的中国电影，还可以看到一些无形的框框的束缚。我相信在不远的将来，一定会有中国的导演超过日本在世界上占据重要的位置。这是因为中国很辽阔，题材很丰富，这是一个非常有利的条件。

笔者：在我国存在着这种状况：有美学追求有哲理深度的电影，往往能得到电影界及理论界的好评，而观众却不热情；相反的，观众欢迎的，电影界及理论界却又评价不高。对此种情况，我们称作“叫好不叫座，叫座不叫好。”请问，此种现象在日本是否也存在？您如何看待这一问题？

筱田正浩：艺术与大众的关系，自有人类以来就存在着矛盾，这是一个永远也解决不了的问题。比如人类发明电视需要高度的科学技术，但看电视的人不一定需要高度的科学技术。电影艺术有很高深的理论，但它又是与现实联系在一起的，是不可分的。观众中有许多人是知识很高的，水平很高的，欣赏能力很强的。理论高深的电影、富有哲理意蕴的电影能够拍摄出来，则说明具有鉴赏力很强的优秀观众。观众知识水平及欣赏能力的贫困往往造成电影艺术的贫困。高水平的电影就像一个预言家一样，虽然暂时不被大多数人理解，但过一段时间肯定会被观众接受，而且会促进电影观众欣赏水平的提高，推动电影艺术的发展。如果一个国家对有探索有追求的高调电影持否定的态度，因暂时不被大多数观众欢迎而不让拍摄，那么这个国家的电影也就岌岌可危了。走在电影艺术潮流最前面的先锋，他们的创造欲望往往是最强烈的。如果因为探索及创造不被大多数人理解而带来孤独，那么他们应该忍受这种孤独并接受这种考验。这些创作欲望极强的先锋派人物，在社会（无论是资本主义还是社会主义）上往往受到不公正的对待。因此真正的艺术家在现代社会里很难生存。真正的艺术家都是孤独者。马克思有句名言：全世界无产者联合一起来！我想倡议：全世界的孤独者联合起来！

1987 年 6 月 26 日上午于 244 次列车上

三浦哲郎，痛苦、不幸与坎坷，使他走上了文学之路。他曾多次荣获文艺奖，现在已是日本纯文学领域最活跃的作家之一。他的长篇小说《北方的城堡》、《忍川》已在中国翻译出版，与广大中国读者见面。谈到日本文学的现状及未来，他表现出深深的忧虑，他说：“物质上的富裕、饱和，往往带来的是精神上的空虚与危机，作家普遍有一种生存的苦闷……”，“我认为纯文学之所以衰落，被否定，接受新事物过快、过急、过滥是其重要原因。”——

笔者：三浦哲郎先生，您是日本纯文学领域最活跃的作家之一，曾多次获日本的文艺奖，请您向我们的读者介绍一下您的主要创作活动好吗？您的主要代表作品有哪些？有哪些作品获奖？

三浦哲郎：我的处女作名为《十五岁的周围》，是 1955 年发表的，当时我 24 岁，获日本《新潮》文学期刊的“新人奖”。5 年后的 1960 年我又发表了长篇小说《忍川》，获“芥川奖”及“登龙门奖”。在日本，获得了“登龙门奖”之后，意味着这位作家在日本文学界已产生了一定的影响，可以出人头地了。1970 年，我的《手枪与十五个短篇》获“野间文艺奖”；这是日本最大的文学奖。1985 年，我的《白夜旅人》获“大佛次郎奖”。

我的人生旅程充满了苦难与不幸。我家中的许多兄弟姐妹在战争中死去了；弟弟为此受了很大的刺激，为了逃避现实的苦难，寻找超脱，他出家当了和尚。我没有当和尚，却成为一名作家。哥哥姐姐的死给我带来了巨大的痛苦与不幸，我感到人生很短暂，我应该把他们的痛苦与不幸写出来，应该把他们想说而没有说的话统统说出来。同时，我还感到，人生是宝贵的，不应轻易地死去，人有权追求幸福的生活，应该过幸福的生活……这一切，我都要在我的作品中述说。这就是我走上文学道路的内在动力。我的作品自传性多一些，我试图从这些自传体作品扩展开来，反映社会，描写人生。我并不从其他事物吸取素材，而是从我的家庭、父母、兄弟、姐妹开始创作活动的。我的《十五岁的周围》，描写的是在第二次世界大战中战败的日本，一个少年的生活一瞬间被颠倒了——写他的惊讶、痛苦、不幸与绝望。实际上这是我个人的生活经历与体验。《忍川》写自己的结婚、家庭生活，以及自己周围的人与事。我仔细地观察我周围的人与事，发现他们中的许多人与我一样不幸——甚至比我更不幸。于是我把对家庭的看法，以及自己的感情联系起来，扩展开去，写成了《手枪与十五个短篇》等作品。我的痛苦与不幸，具体地说是由我的哥哥、姐姐们的生命力的脆弱造成的——他们有的自杀了，有的离家出走去向不明。他们抛下我、弟弟及双亲死去了。我对他们的这种行为，实际上怀有憎恨的感情。可是随着年龄的增长，我开始由憎恨变为理解了——他们的离家出走与自杀死去，自有他们的苦恼与不幸，自有他们的理由与原因。他们像许多普通的人一样，内心有很多想说的话没有表达出来。作为生者，我有义务将他们的痛苦与不幸、希望与挣扎描述出来，把他们心底的话表达出来，于是我写成了长篇作品《白夜旅人》。

笔者：您的《北方的城堡》已译成中文，与广大的中国读者见面。请问，这部作品反映的或者说表现的内容是什么？它在思想、艺术及美学上有些什么追求？您期望中国读者通过您的作品得到怎样的启迪与教益？

三浦哲郎：日本的江户时代，俄国的军舰经常出没于北海道的大羊洋海峡，引起江户幕府的恐慌。江户幕府派出预备队驻扎在那儿以示防备与对抗。但是，由于那儿气候寒冷，加上部队供应极差，吃的只有粮食与酱，严重缺乏维生素 C，部队得了坏血病，100 个士兵，过了一个冬天，只剩下了 16 人。实际上，俄国的军舰只是在海峡出没，并没有侵略。江户幕府无益的行为，白白地使许多士兵丧生。这部作品的主旨是反对无谓的牺牲。这部作品的主人公是预备队的小队长。贵国的《人民日报》曾发表文章，对这部作品给予了评介。这次在北京，听说《忍川》也翻译过来了。老实讲，《北方的城堡》并不是我的代表作，它被翻译成中文，我感到很吃惊。是否与中苏关系有关？认为极左路线时期中国与苏联的对抗与江户幕府的行为有些类似？我说不清楚。中国的读者对这部作品是否感到有意思，作为作者我是没有把握的。我倒希望《忍川》与《自夜旅人》能受到中国读者的喜爱。

笔者：在日本把文学分为纯文学与大众文学两种。请问，这二者的主要区别在哪里？纯文学与大众文学目前的创作状况如何？它们的发展趋势怎样？

三浦哲郎：首先，大众文学为大众，娱乐性很强。纯文学主要是研究人，在美感上下功夫，不一定为大多数人所接受。如果介予这二者之间，可能是最好的、最理想的文学。这两种文学的发展趋势是相互渗透、相互影响、相互靠拢，发展到目前，他们的区别已不太明显了。现在，纯文学因读者很少，在逐渐走向衰落。已故的日本大众文学作家山本周五郎曾说过："没有什么大众文学与纯文学之分，只有好小说与坏小说之分。"我完全赞同他的话，说到目前日本文学创作的现状，总的来说是大众文学日趋繁荣。因为大众文学讲究娱乐性，追求刺激与快感，在日本色情的东西又没有限制，很能赢得大众的心理。日本文学界已经采取对策，鼓励纯文学的创作，"芥川奖"就是纯文学的新人奖。我是"芥川奖"的评委之一。在日本，纯文学的创作受欧美文艺思潮的影响比较大，各种各样的流派都介绍过来了，各式各样的作品也都创作出来了，日本传统的文学受到否定，创作观念上也变得多样化了。我认为纯文学之所以衰落，被否定，接受新事物过快、过急、过滥是其重要原因。现在年轻作家创作的新小说，作品艺术质量不高，缺乏说服力。因此，"芥川奖"有两次空缺，没有入选作品。"芥川奖"每半年选一次。这在日本文学界也是很引人注目的话题，甚至有人提出一年评一次奖就行了。这些文学新人表现出来的倾向，可以看作是整个日本纯文学的象征。优秀的文学新人及优秀的纯文学作品很难诞生出来。这种被动状况，短期内很难改变。纯文学的出路还是有的，就是把纯文学与大众文学结合起来，发展下去，这是最理想的。既揭示严肃的问题，追求人性，又具有娱乐性，语言又很美，这才是文学作品的理想境界。我认为，文学作品，小说也好，生命力的根本在文章，是扎扎实实的东西。可现在有些纯文学的青年作者，是否能把文章写通都是个问题。我的长篇新作《白夜旅人》，就在坚持纯文学创作原则的基础上，使它具有更多的娱乐性，是纯文学与大众文学融合起来的一次尝试。我想，这应该是日本文学发展的一种趋势。

笔者：您认为影响日本文学发展的主要社会思潮及文艺思潮是什么？

三浦哲郎：由于60年代、70年代经济的高速发展，日本已成为物质富裕的大国，文艺界的许多人——包括小说家可以自由出国访问、旅游，有条件获得国际视野，因此，日本的文学在不断变化，但我不能肯定是否在发展。日本是富裕的，但于文学是无益的。高度商业化的结果，文学已不能从政治、社会中把握住人性了。从当前的文学状况及种种现象看，日本的政治、社会状况能否推动文学创作的发展与前进是值得怀疑的。可能相反，促使整个文学的衰退。在这种反常的社会里，物质上的富裕、饱和，往往带来的是精神上的空虚与危机，作家普遍有一种生存的苦闷，许多年轻的作家，借鉴各种各样的方法与技巧，写出各种各样的作品，但缺乏艺术性及说服力。从这种意义上也许可以这样说：目前的日本文学已处于纷繁驳杂、多种多样的文学思潮的过渡时期。

笔者：您接触中国的文学作品多吗？您最喜欢的中国作家、作品有哪些？您对我国新时期文学的印象如何？

三浦哲郎：我与中国的作家接触得很少，可以说几乎没有什么接触，几乎毫不了解中国现当代的作品。这是十分令人遗憾的。我希望“日本中国文化交流协会”能起到桥梁作用，得到中国文联及中国作家协会的帮助与支持，同时也希望得到日本文艺界及日本出版界的帮助与支持，将中国的一些优秀作家的优秀作品翻译成日文出版，使更多的日本读者能读到中国的作品。

这次在北京，有幸见到了作家邓友梅先生。在来中国之前，从报纸上读到了关于邓友梅先生及其作品的报道与评论，说他的作品非常出色，可惜没有机会读到他的作品，因为我不懂中文。听说邓先生也是命运坎坷、历经波折，受过很多苦，与我颇为相似。我很希望读到邓先生的作品。您能将邓先生的代表作品编成集子译成日文吗？我可以负责在日本联系出版。我想，像邓友梅先生这样优秀的作家在中国也许是很多的，可惜由于渠道不畅通，在日本很少为读者所了解；如有可能，我也希望读到他们的作品。我认为对作家来说，作品就是他的一切。作家如果不能相互读作品的话，就无法进行真正的交流。

我真诚地期待着能够早日实现日中两国作家间的真正交流。

1987年6月26日晚于244次列车上

渡边美佐子，著名的表演艺术家，戏剧、电影、电视三栖演员；其演技获很高评价，曾获多种演剧奖。她在电视剧《血疑》中扮演的幸子的第二个妈妈，她在电视剧《阿信》中扮演的梳头师傅，已成为中国家喻户晓的艺术形象。电视使她在中国成为知名度很高的人物，但她在日本受到高度评价的却是由她一个人演一个半小时的独角戏《化妆》。《化妆》在日本已演出了6年250场，去年在法国巴黎访问演出获得了成功，今年11月将赴美国、加拿大巡回演出。她说："今后如有机会，我很想到中国演出，把《化妆》奉献给中国的广大观众，请中国朋友们欣赏。"

笔者：渡边美佐子女士，您是日本著名的剧、影、视三栖演员，请问您是如何走上表演艺术道路的？

渡边美佐子：小时候我特别喜欢读书。当时我的两个哥哥一个姐姐拥有许多各式各样的书，历史的、文学的、娱乐的……我都看。这些书中包括《居里夫人传》等。像我们这个年代（1932年）的日本妇女，能把职业与家庭处理得很好的是不多的。妇女跟男子一样处于平等的地位在日本是很困难的。那时的日本妇女同现在的中国妇女不能比，即使同现在的日本妇女也不能比。母亲从小教育我要干好家务，要把我培养成典型的日本妇女，从来没有想到要出去工作。可是，当我读了《居里夫人传》后便有了一些感想——居里夫人结婚生子仍能从事科学研究，而且取得了巨大的成就，生活很好。这是非常美好的事情，对我产生了很大的吸引力。当时我只有10岁左右，产生了一种想工作的愿望，希望自己能有一种工作，干一辈子。这种意识还比较模糊，还不具体，还没有想到要当一名女演员。进入中学之后，我对数学不感兴趣，因此在我高中毕业时，我想报考一所不考数学的大学。正好，表演不用考数学，于是我报考了东京戏剧艺术学校。很幸运，我被录取了，实现了自己的愿望。这所学校的校长是千田矢野先生。千田矢野先生非常热衷于日中友好，也是一位出色的导演及制片人，有名的艺术家及领导人。经过学校的学习、培养及训练，我逐渐发现表演是一种可以充分地利用形体及精神的很有魅力的事业。舞台、电影、电视，具有广阔的表演空间，可以大显身手。毕业后我从事戏剧表演，开始了演员生涯。现在，无论是在舞台上，还是在电影里、电视里，只要我喜欢，都去扮演角色，都去参加表演。话虽这么说，我还是喜欢面对活生生的观众——戏剧是直接与观众交流的。因此，我以戏剧表演为主，兼及电影、电视。

笔者：据说，您曾在日本的许多戏剧、电影及电视中扮演过角色，演技获得很高的评价，并获得过多种演剧奖。请问，您一共获得过多少次多少种演剧奖？这些奖的名称是什么？

渡边美佐子：获得过“青色的发带奖”，此奖是由许多报纸杂志的电影记者投票选出的；获得过一年一度的“艺术选手文部大臣奖”，此奖是从音乐、文学、戏剧、电影优秀工作者中选出的佼佼者；还获得过“新剧演剧奖”……此外，还得过其他许多奖，但我已记不太清了。我是把表演当作毕生的事业来追求的，从来没有想到为了得奖而表演、而演出。其实，在许多情况下表演的结果是难以预料的；有时你花了很大力气，做了很大努力，结果并不理想，甚至还会遇到挫折；有时你自己并不十分满意，而却获得了成功，得了奖。我始终认为，表演结果是另外的事，关键是你是否去尽力表演了。得了奖不能认为表演就很成功了，十全十美了；没有得奖也不能认为表演不行了，走下坡路了。我认为我之所以获得了很多奖，是因为我的运气比较好。我把获奖当作一种鞭策与鼓励，每获一次奖我都要告诫自己：今后要更加努力啊！工业上生产产品，生产出来就算定型了，完成了；艺术不一样，它是精神上的创造性劳动，不可能十全十美。演员年龄大了，经验丰富了，获得了一些成功，容易松懈，容易放松对自己的要求，这样很可能就会走向衰落。因此，我对自己的要求是不断提高表演技巧及水平，每次演出之后我都对自己说：下次要更努力一些才行。

笔者：您曾在日本电视连续剧《阿信》中扮演梳头师傅，在日本电视连续剧《血疑》中扮演幸子的第二个妈妈，而这两部电视连续剧及您本人的表演，都获得了极大的成功，在中国播出后已是家喻户晓。请问，这两部电视连续剧成功的根本原因是什么？您在这两部电视连续剧中的表演有些什么追求与探索？

渡边美佐子：去年秋天访华时，每到一地参观访问，总有很多人在后边指指点点，议论说：“这是阿信的梳头师傅，这是幸子的妈妈……”这次到兰州、酒泉、嘉峪关、敦煌访问也一样。这使我感到很吃惊，这也说明电视的传播面很广很大。这两部电视连续剧在日本也比较受欢迎。至于说到《阿信》为什么成功，老实讲我也说不清楚。《阿信》反映的时代，生活很艰苦，人们拼命地挣扎，求生存，现在整个社会富裕了，各个方面都好多了，也方便多了，但人与人之间的关系已不像过去那样淳朴融洽了。人们之所以欢迎《阿信》，是不是对已经消失了的人与人之间淳朴融洽的关系的怀恋？是否是对已经消失了的人情美、人性美的怀恋？随着商业社会的高度发展，许多美好的东西消失了，被人们遗忘了，而《阿信》则引起人们的回忆与联想，使人们重新思考许多问题。

阿信的梳头师傅是一位职业妇女，这在当时是很不容易的；因为那时的妇女多数无工作，只是在家带孩子，干家务，真正有工作的职业妇女是不多的。阿信从农村到城市，想当梳头师傅，教她梳头的那位师傅就告诉她：在这个社会，女人不依靠男人，困难很多。有一种说法：梳头师傅的丈夫游手好闲。因为梳头是妇女的典型的职业，可以挣很多钱，于是丈夫便产生了依赖心理，不再干活，你便得承担起整个家庭的生活重担。你想成为梳头师傅，将来你会跟你喜爱的男人结婚，那么你的丈夫也会成为游手好闲的人。于是阿信决定不干这工作了。这说明，在那个时代，那个社会，妇女没有工作，得依附于男人，有了工作，生活也很困难。我扮演的梳头师傅，善良、亲切、助人为乐，对阿信关怀、照顾，正是从这一特定环境及特定人物出发的。

笔者：《化妆》是您个人的保留剧目，这种一个人演一个半小时的独角戏，在中国尚属罕见。请您谈谈《化妆》表现的内容及您在表演技巧及风格方面的追求好吗？

渡边美佐子：《化妆》在日本已演了6年了，观众很多。这出戏为什么会长演不衰？原因是多方面的。第一，是独角戏，由一个人从戏开始演到结束，形式很特别，能引起观众的极大兴趣。表现的内容是母与子这一永恒主题，不论过去、现在，还是未来，这一主题永远不会消失。不同时代不同年龄的母亲与孩子有不同的看法。这可能是第二个原因。一般的表演是演员化了妆，拉开幕后，开始表演，观众一看就知道了。而《化妆》则完全不化妆，由一个女演员在观众注目下登上舞台开始表演。戏中的主角是某大众剧团的团长兼女主角——以前在日本这种大众剧团是很多的，他们深入工厂农村，为工人农民大众演出——在化妆，一个半小时后戏将开演，她背对观众，面对镜子（实际上并没有镜子）。她在戏中扮演一个男流氓，因此要化妆成阿飞一样的男子。在化妆的过程中，她要画脸，描眉，外面要穿和服，手上戴手套，脚上穿类似木屐一样的鞋……她一边化妆，一边同剧团中的演员，戏中的其他角色对话；在这过程中，电视台的记者带着她失踪多年的儿子来找她——因为她曾在电视台发过寻人广告——于是她又同电视台记者、同“儿子”谈话，经过一番悲欢离合，又发现弄错了，电视台记者带来的并不是她的儿子……剧团中的其他演员，戏中的其他角色，电视台的记者，“儿子”等等，其实都不出场，也无人扮演，都由她一个人在舞台上表演。正是这种独特的表演形式及独特的表演内容，所以引起观众的极大兴趣，在日本的许多地方演出过。去年在法国的巴黎演出受到欢迎，今年11月将到美国及加拿大巡回演出。这个戏之所以演出成功，还有第三个原因，即人少精悍，演出方便。一般的剧团演出要40~50人，而这个剧组只有10个人，行动及演出很方便，所以才能在6年中上演了250场。《化妆》在演出的过程中，日本广播协会NHK转播过三次实况。去年我访华时，在北京、武汉、上海请一些同行看过录像片断，他们也很感兴趣。今后如有机会，我很想到中国来演出，把《化妆》奉献给中国的广大观众，请中国朋友们欣赏。

笔者：6月23日上午，咱们到莫高窟参观，团伊玖磨先生收到了他夫人从日本发来的电报，报告了一个好消息：您的随笔集获奖了。您很高兴，其他朋友们也很高兴，纷纷向您祝贺。请您谈谈您写随笔的情况好吗？

渡边美佐子：关于随笔没有什么好说的。这是我平生第一次写作。这次获奖完全出乎意料，不能说明我的写作水平高，只能说明我的运气好。从前我非常喜欢看书，但很少写东西。我的这本随笔集主要写了我30年艺术生涯的感想、心得、体会及成长道路，还有就是旅游中的见闻及生活中的小插曲。因为是第一次写作，缺乏信心，对写出的东西总是不满意，因此反复修改了很多遍。真的，对我的随笔集能得奖，我感到很惊讶。这本集子300页左右，每篇约4000字。这次获奖对我是一种鼓励。此次访华，所见所闻，给我印象很深，回国之后也许能写出一些高质量的随笔来。果真如此，也便不虚此行了。

1987年6月26日开下午于244次列车上

司修，自学成材的画家兼作家；战争年代他还是一位少年，尽管他对战争不负任何责任，他还是要用绘画及文学两种形式对战争进行深深的反省与批判。谈到日本绘画的现状及未来，他说；“艺术的发展是非常具有讽刺意味的——在困难的条件下产生了许多优秀艺术家及许多优秀的作品，而现在社会富裕了，艺术反而没有出路了。”谈到参观敦煌壁画的感受，他说：“敦煌壁画给我的影响太大了，大多了——多得我的身体都装不下了。”

笔者：司修先生，听说您是中学毕业后，通过自学成为西洋画家的。也就是说，在投身绘画艺术事业的过程中，您比常人洒下了更多的汗水，付出了更多的劳动。请问，您是如何做到这一切的？您有何创作计划？

司修：人是有欲望的。小时候，由于家庭经济原因，没有能够在学校继续学习。那时由于想学习的愿望得不到满足，生活失去目标，开始散漫起来，喝酒，品行也变得不检点。就在那时，认识了一些画家，开始学习绘画。学习绘画以后，由于生活有了目标，心中的欲望得到了满足，从心情压抑中解脱了出来。我并不是夸大绘画的作用及价值，而是说我通过绘画有一个愉快的满足的感受。通过这种喜悦的心情，我联想到诗人、音乐家、小说家也同我一样，通过创作获得那种喜悦与感受。

我在学习绘画的过程中，没有通常意义上的老师，而是通过看画册、看美展，通过自己的眼睛观察、学习。在日本，对受到文学影响的绘画评价不高，我认为我从事的还是文学的绘画（有一定故事情节的）。那时印象派绘画已传进日本，社会上比较推崇立体派，对文学绘画评价不高。我为什么要采取这种方式呢？因为我没有进过美术学院，没有受过正规的、正统的教育与谢练，所以我反其道而行之，从相反的方向入手，别人认为不行的，我偏要做。这样便产生了我的绘画的特点：观察人、社会，着眼点是由下而上，而不是由上而下。我认为一个画家，不论什么派的画家，思想、技巧同等重要，各占一半；重技巧，轻思想，不会产生好的绘画作品。单纯追求自己的美感，离社会越来越远，是不行的。我认为绘画可以分为两种：一种是表现主义的绘画，一种是装饰性的绘画。装饰性的绘画，是为贵族家庭进行装饰，或为权力阶层进行装饰；这类绘画中的有些作品很能赚钱，但只有少数人可以看到，从事这类绘画的画家，忘了画家的本质。表现主义的绘画，包括社会、自己……是前进的，是向未来探索的。我属于表现主义。表现主义绘画表现亲眼看到的真实的情况。在过去的战争中，有一批画家，为日本的侵略战争唱赞歌，这种画表现的是谎言，是非常有害的。这些画家在战争年代多数是青少年，分辨是非的能力还不强，等他们认识了侵略战争的可恶性他们就不再画这种画了。我追求真实，始终朝这个方向前进！因为我不属于任何画派，所以我没有那么多条条框框，我可以追求自己想追求的任何东西。我对战争年代画战争画的人——事后又无悔过的表示——现在仍是日本画坛核心人物的人，是持否定态度的。绘画一旦发现了生活中的真实才去表达它，如果你没有发现真实的东西，或放过了真实的东西，没有抓住真实的东西，是艺术家的失职。关于真实问题，说开容易，做开难——艺术与现实往往发生冲突。我认为这是很困难的工作，但必须一点一点地、一步一个脚印地做下去。为了达此目的，必须了解历史，不仅要绘画，而且也要写文章来表现。在日本，通常认为画家只能画画，不能用嘴巴说什么，这种观念是大错特错的。因为我就干好多事——收集、改编民谣、民歌，看小说，听音乐，写文章……我兴趣广泛，什么都干。

谈到具体的创作计划，倒是有一点，不多。日本有一位作家叫大江健三郎，读了他的小说，有些感想，我要用绘画把它表现出来。大江健三郎是我的朋友，我们志同道合，我追求的许多东西，他比我更执著地追求。但是，我的绘画并不是说明他的小说，而是用我自己的意象表达新的思想。

笔者：您曾到过哪些国家访问？对那些国家的绘画艺术印象如何？今后打算赴那些国家考察艺术？您在学习西洋绘画的过程中，哪几位绘画大师对您产生过影响？您追求的是什么艺术流派及风格？

司修：最初到欧洲参观、访问、观摩学习多。现在我对日本中世纪的绘画感兴趣。为什么呢？日本中世纪的绘画大多表现了普通老百姓的生活。去过的国家很多，每到一个国家访问，我都尽可能地了解这个国家的文化历史，收集与绘画有关的书刊资料，以便学习参考。对我产生过影响的画家，都是欧洲的画家。他们也都是表现普通老百姓生活的画家，不是那种装饰画家。我不属于任何艺术流派，因为我从不追求艺术流派。

笔者：请问，当前日本绘画界的现状及发展趋势如何？推动日本绘画发展的主要社会思潮及艺术思潮是什么？

司修：现在日本画家追求的主题已经消失了；装饰绘画逐渐占有主导地位；有些绘画表现力很柔弱；少数画家追求友爱、和平，反对战争。比如日本国会提出“国家机密法”，人们自然会想起二次世界大战前日本政府对言论的压制，想起战争给人类带来的危害，于是产生了一种危机感、忧虑感，似乎有一种黑雾笼罩着我们。绘画表现的、追求的与文学不同。荷兰有个画家追求真实甚至到了精神分裂的程度。发展到后来，什么都没有了，只有一块画板，就是一幅作品……画家脱光了衣服裸露着，就是一幅作品……现在日本的绘画发展面临很大的障碍。艺术的发展是非常具有讽刺意味的——在困难的条件下产生了许多艺术家及许多优秀的作品，而现在社会富裕了，艺术反而没有出路了。困难似乎是产生艺术的条件。从这种意义讲，艺术的确是具有讽刺意味的。我没有受过正统的教育，因此我的想法与做法与一般人不同，观察社会与人的视角是从反面或侧面入手，而不是正面。二次世界大战时，我还是少年，受到的历史观、道德观的教育，无疑认为日本的侵略战争是正确的，结果日本战败了，一夜之间一切都颠倒了，昨天还是正确的东西，今天就全错了。不能从别人那儿接受正确与错误的观念，必须学会逆向思维，反面观察。

笔者：您认为现在世界绘画的主要发展趋势是什么？有哪些风格与流派？他们的代表画家与代表作品有哪些？

司修：现在在西方艺术普遍受阻。将来能否超越、如何超越不得而知。以前的历史证明，每当社会上、科学理论上有了新的突破，新的进展，艺术也会有相应的发展与提高。达尔文的进化论、弗洛伊德的精神分析，都曾给艺术的发展注入过活力。现在靠什么推动艺术前进呢？人类彻底销毁核武器，给人类以很大的影响，可能会产生新的艺术。有一位美国作家，写了一本科幻小说，说地球上爆发了核战争，地球上的人向外星球发出了求救信号，外星人驾着飞碟，把地球上的一些人接到外星球居住，然后在被核战争破坏的地球上撒下一粒种子……这说明核战争威胁着整个人类，人类在为自己的生存感到忧虑与不安。人没有了，艺术也就不复存在了。我认为今后不会再有绘画流派出现了，除非出现大的事件——大地震、战争——否则不会再有新的流派出现了。我希望能产生很多的赞颂和平、歌唱人类友谊、反对战争的绘画作品。

笔者：您如何评价敦煌壁画？这些古老的绘画对您的创作有无启迪与教益？

司修：敦煌莫高窟中的壁画是非常美的，这种美是我过去所一直追求的。我真希望能把莫高窟中美的东西统统吸收过来，装在我的大脑中。这是一种画家的眼光在看。我看到工作人员在洞窟中临摹，就想：为什么不做一个与原洞窟一样的洞窟，在新洞窟的墙壁上临摹呢？如果那样，就可以看到古代人是如何画壁画的了，就有一种切身的、真实的感受。临摹本身有可能产生新的作品，有些新的东西就是在临摹的过程中产生的。

敦煌壁画给我的影响太大了，太多了——多得我的身体都装不下了。敦煌壁画中有一种绘画给人以质的立体感，我将把这种方法变成一种新的技法在我的绘画中使用。日本有个诗人叫宫泽贤治，根据中国古代的故事创作了《雁的童子》，出版社约我给这个故事集画插图，这次偶然发现了两个长翅膀的小飞天，很有参考价值。

笔者：司修先生，您是画家，同时还从事文学创作，请问，您是如何处理好这二者关系的？

司修：我现在正在构思写一点东西——具体点说，准备写长篇随笔；内容是对过去的历史感想，以及读报的感想。比如对战争、特别是日本的侵略战争，就应该进行深深的反思。不充分认识战争的错误，有可能今后重犯这方面的错误。对过去的战争给中国造成的灾难，要表示谢罪及反省，不论是我还是其他日本画家，都应如此。对战争的反省，不仅我们这辈人要进行，而且要对下一辈人进行教育与宣传，使他们牢记战争的罪恶，永远不要忘记。我把对战争的审视与反省当作我自己的创作问题来追求，只要能产生更大的影响——无论是绘画的还是文学的方式我都采用。

1986年6月27日上午于244次列车上

跋

我的文学 A、B、C……

——就“改革开放30年甘肃文学的成就与局限研究”答程金城教授问

一、改革开放以来，您的文学创作（含研究）基本状况（特别是代表作）简述及重点作品的自我评价；评论界对您作品的研究、评价（特别是获奖及其评语）情况简述。

谈到“文学创作”，说实话我有些惭愧。这倒不是谦虚。与堂而煌之的作家头衔相比，我更愿自称“文学从业人员”（王蒙语）。道理很简单，文学编辑是我的主业——从参与创办我国第一家省级文艺理论刊物《当代文艺思潮》，到接手主编大型文学月刊《飞天》，看稿、改稿、定稿、发稿、评稿、为他人做“嫁衣”，几乎自始至终贯穿了我文学的三十年。编辑工作及组织省内外的文学活动，几乎占去了我80%，甚至90%的有效工作时间及大部分精力。

男怕干错行，女怕嫁错郎。引用此语意在说明我的创作纯属“业余”，并非说明我后悔当初选择了文学编辑这一行。恰恰相反，对于当编辑我是甘苦自知，受益良多，乐在其中。回首这段人生历程，我充满了自豪感与成就感。

在以上背景的映衬下，再来谈我的创作，也许可以缓解我的心理压力及创作方面的“自惭”情结。

我的创作体现在三个方面——文艺理论、评论；报告文学及散文、随笔。

A、文艺理论研究、评论

我的文艺理论、评论，有四个方面的内容——面向全国的思考；地域文学的考察与研究；文化·理论·文艺思潮；对话与交流。

1、面向全国的思考

这一部分的研究、评论，主要是面向全国发声，在全国为甘肃争取文学的话语权。这些研究与评论包括：评李存葆的《高山下的花环》，评王戈的《树上的鸟儿》，评刘心武的《公共汽车咏叹调》，评吴小美的《虚室集》、评刘登翰、袁和平的《台湾半月行》评杨牧的《天狼星下》、评张光年的《惜春文谈》及关于女性文学的思考等。

所谓代表作，愚以为起码应具备如下两条——一是纵向看，其作品代表了作家个人研究、写作的高质量，高水准；二是横向比较，在某一时期，在文坛，甚至扩大一点范围在社会上产生了较大反响及影响的作品。至于脍炙人口，轰动全国，流传久远，那已不是代表作的问题，而是名著的标准了。

基于以上标准，我以为如下四篇文章姑且可以算作我的文艺理论研究、评论向全国发声的代表作：

《论 < 丝路花雨 >》；

《试论近年来短篇小说的主题指向及开掘》；

《历史文化的沉思　社会现实的歌吟——读光未然 < 丝路短歌 > 兼记作家访向团的敦煌行》；

《拒绝文学主潮的苦恼及徘徊于传统与现代之间的困惑——张冀雪小说创作透视兼评一种文学现象》。

这四篇作品，具有如下特点——

其一，都是经过认真观察、研究、思考、具有深刻内涵的长篇论文，不是急就章，也不是短、平、快的应景之作。

其二、针对性强，力求在理论与实践的结合上取得突破。比如民族舞剧《丝路花雨》，在国内外演出引起轰动，大获成功，成为我国二十世纪舞剧经典。但也引起外界的质疑：甘肃偏处西北一隅，经济比较落后，为什么能产生《丝路花雨》这样的舞剧精品呢?《论 < 丝路花雨 >》则运用马克思，恩格斯关于物质生产及精神生产的不平衡原理，加以论述，并论证了甘肃在敦煌题材上的优势及优秀的戏剧创作传统，从理论及实践的结合上，回答社会上的关心及质疑。理论上的突破转过来又促进了创作的自信与自觉。

再比如长期围绕文学界的一个问题，是作家与评论家的互不理解，各说各话。作家的创作自白，特别是关于自己作品的创作谈，与评论家的评论不尽相同，好办，可以用“仁智互见”加以解释。那南辕北辙呢？大相径庭呢？我的《历史文化的沉思　社会现实的歌吟——读光未然<丝路短歌>兼记作家访问团的敦煌行》，利用我陪同老诗人参观访问的可遇不可求的机遇，见证了老诗人《丝路短歌》（十首）创作的全过程，以及其后发表时的改动。我不敢妄言我的文章解决了作家与评论家相互理解的问题，也不敢妄言我就真的读懂了老诗人的诗作；但可以肯定的是，我见证了老诗人横溢的才华及喷涌而出的诗情——在《丝路短歌》十首中，有一半以上是老诗人当场题赠一挥而就的。

其三，以敏锐的观察，宽广的视角，深刻的分析，研究文学现状，追踪文学发展的趋势。对此，《试论近年来短篇小说的主题指向及开掘》就有充分地印证与展示。此文，研究，评论作品的跨度从1979年7月至1983年9月，长达4年多，42篇作品来自《人民文学》，《上海文学》、《飞天》等22家文学期刊，作家包括铁凝、蒋子龙、陆文夫、李国文、张贤亮、高晓声等40余人。需要特别指出的是，此文在写作及刊出时，1982年全国优秀短篇小说评奖结果尚未出炉，获奖名单公布后，引起业内同行一阵惊叹——获奖作品几乎被一网打尽。这些作品是铁凝的《哦，香雪》，蒋子龙的《拜年》、吕雷的《火红的云霞》、石言的《漆黑的羽毛》、海波的《母亲与遗像》，李叔德的《赔你一辆金凤凰》、李国文的《穷表姐》、何士光的《种包谷的老人》、金河的《不仅仅是留恋》、矫健的《老霜的苦闷》、梁晓声的《这是一片神奇的土地》，航鹰的《明姑娘》，姜天民的《第九个售货亭》，张炜的《声音》、蔡测海的《远处的伐木声》，喻杉的《女大学生宿舍》，宋学武，海燕的《敬礼，妈妈》、王中才的《三角梅》，乌热尔图的《七岔犄角的公鹿》，鲍昌的《芨芨草》。

此外，1983年9月以前发表的一些优秀作品，也在我的点评之中，而且这些作品也在之后的1993年全国优秀短篇小说评奖中获奖。这些作品是陆文夫的《围墙》、邓刚的《阵痛》，楚良、星火的《抢劫即将发生》、张洁的《条件尚未成熟》、唐栋的《冰车行》、孙少山的《八百米深处》、张贤亮的《肖尔布拉克》、刘林的《瞎老胡》、王戈的《树上的鸟儿》。

上世纪的八十年代被文学史家称作“文学的黄金时代”，而我所论述评价的这些作家及其作品，无疑是支撑这一黄金时代的支柱与中坚。

其四，将我省有特色，有代表性的作家、作品，放在全国的文学创作、文学思潮中，进行深入地研究与剖析，肯定成绩，指出不足，寻找差距，以利发展。《拒绝文学主潮的苦恼及徘徊于传统与现代之间的困惑——张冀雪小说创作透视兼评一种文学现象》一文，即是如此。此文刊出后，立即引起全国评论界的关注，随即被《新华文摘》等多家选刊选本转载并被出版社作为张冀雪作品导读，收入她的《黑荞麦》中篇小说集。

2、地域文学的考察与研究

这一部分文章，主要是对“陇军”文学创作现状的关注。这部分作品包括对何生祖的短篇小说《夜行车》的评论，浩岭小说创作漫评，以及对张弛的《最后一个猎人》、邵振国的《祁连人》、张锐的《盗马贼的故事》、雪漠的《长河落日处》、季成家主编的《西部风情与多民族色彩》等的评论。

这一部分只有一篇文章值得一提:《趋于开放性的甘肃小说创作》。

《趋于开放性的甘肃小说创作》，是一篇综合性的研究文章，文章开篇有这样一段“小引”:“本文仅就近两年甘肃的部分小说创作进行一些纵的考察与横的比较，以期窥视其特点与趋势，分析其成就与不足，进而估量它在全国小说创作格局中的地位及影响”。

文章研究、评论的对象是邵振国的《麦客》、张锐的中篇《盗马贼的故事》、王家达的中篇《清凌凌的黄河水》、景风的中篇《在冰大坂那边》、徐绍武的中篇《孀居》、何生祖的短篇《夜行车》、浩岭的中篇《非常时期》、冉丹的短篇《草原上的雾》、吴季康的短篇《有那样一排白杨》……那一时期在全国产生了一定影响、具备了一定实力及潜质的甘肃中青年作家及其作品，大部分已在其中了。

此文写于25年前的1984年年底，于《当代文艺思潮》刊出后，受到省内文学界乃至全国文学界的肯定与认同，被认为是研究甘肃小说创作最全面最深入的文字之一。

《甘肃的小说评论（1949——1985）》及《甘肃的戏剧评论（1949——1985）》，是我为《甘肃社会科学概观》（甘肃人民出版社1992年出版）撰写的两篇文章。这两篇文章也许算不上代表作，但费时之久，查阅资料之多，却超了我的其他任何作品。它们的价值与贡献在于，对甘肃建国35年来的小说评论及戏剧评论进行了梳理、研究及评价，为后来的文学史家提供了阶段性的成果与基础。

3、文化·理论·文艺思潮

这方面的文章不多，只有四五篇，其中有在新的历史条件下重新学习《在延安文艺座谈会上的讲话》的断想，有讨论文艺批评的双向选择的，有论述西部文学的……其中有分量有影响的是《大文化观念与我们的文化发展战略》。此文系作者在中共甘肃省委于1986年10月召开的文化战略研讨会上的发言。此文在深入论述当今世界文化发展的潮流与趋势之后，得出如下结论及建议："在马列主义指导下，既避免泥古不化的'国粹主义'，又避免'民族虚无主义'，改变过去的文化封闭状态，引进吸收、消化于我国社会主义现代化建设有用的一切文化，建设开放的能与现代世界文化沟通、交流、对话的民族新文化，这应该是我们的文化发展战略。"

4、对话与交流

1984年4月至1986年6月，在两年多一点的时间内，我先后陪同日本作家、评论家代表团、美国芝加哥大学教授李欧梵、日中文化交流代表团到敦煌访问。利用此机会，我先后与海外作家、学者、艺术家共8人对话。这些访问的成果为——

《日中文学纵横谈——访日本著名评论家加藤周一》；

《我与中国文学——访台湾籍著名旅日华侨作家陈舜臣》；

《新时期文学：中国与世界的对话——访美国芝加哥大学教授李欧梵》；

《日本文艺家五人谈——访团伊玖磨、筱田正浩、三浦哲朗、渡边美佐子、司修》。

这些对话与交流，很难称为"代表作"，但它们的作用与意义却不能低估——

首先，上世纪80年代，国门初开，国人都以新奇、好奇、惊奇的目光看世界，在此情况下，能同国外的同行面对面的交流，心平气和的探讨、切磋，获取第一手的认知，其本身无论对读者还是对整个文艺界都具有特别的意义。

其次，与之对话的这些作家、艺术家、都著作甚丰，成就与影响巨大，具有很高的国际知名度，他们的创作实践、理论、观念及认知，都融入了或者说代表了国际上的文艺潮流。比如，加藤周一是日本首屈一指的评论家；陈舜臣是日本获奖最多的作家；团伊玖磨是日本学贯日西的音乐家；曾任日本天皇的钢琴教师……

其三，面对面地探讨，切切实实地沟通与交流。李欧梵生在大陆，长在台湾，与白先勇、陈若曦同在台大外语系读书；他于哈佛大学获博士学位后，曾在美国多所大学及香港中文大学任教，是著名的中国现代文学研究专家。多年来他一直从事中美之间的文化交流及海峡两岸的文学沟通工作。他有些自嘲也不无骄傲地宣称："有人说我是'二道贩子'，有人说我'脚踏两边船'，我以为这是很大的荣誉。特别是'二道贩子'——我感到很荣幸——我在中国'贩卖'西方文学，在美国'贩卖'中国文学；在海峡这边'贩卖'台湾文学，在台湾我则讲鲁迅——我是在台湾公开讲鲁迅的第一人。"

B、报告文学

我的报告文学作品，从数量上讲，远远超过散文、随笔的写作，也远远超过文艺理论研究、评论的写作。仅就有代表性的主要作品可以分为两类，一类是写人的，一类是写工业题材的。

先说写人的——

《段文杰的敦煌梦》（载《老人》1993 年 2 期），是较早地写段文杰献身敦煌艺术的保护及研究的学者生涯的作品。段文杰历经磨难，终成正果，率领敦煌研究院的科研团队，以丰硕的成果向世界证明：敦煌在中国，敦煌学也在中国。

《张光年与黄河大合唱》（载《老人》1993 年 7 期，《新华文摘》1993 年 10 期全文转载），记述了张光年（光未然）与天才音乐家冼星海相识、相交、合作的全过程，以及他们之间深厚的革命友谊。张光年与冼星海合作创作《黄河大合唱》的过程本身，就是一部偶然与必然的二重奏，友谊与命运的交响乐。我的报告文学所能做的，就是还原历史，将许多鲜为人知的情节与细节，拂去尘埃，奉献给读者。

世界经济学界的精英人物有一种说法：发展中国家最稀缺的不是资金，不是资源，而是企业家。《史兴全与企业家的 T 型结构》（载《中国作家》1996年4期，《新华文摘》1996年9期转载）中的主人公史兴全，就是这种“稀缺”的企业家。中国改革开放30年，由一个经济上濒于崩溃的穷国，发展成长为经济大国，原因当然很多，其中的一个重要原因，就是有一大批像史兴全这样的企业家的崛起。

“T型结构”指一种由多种知识能力构成的人才类型。这种类型要求：在知识结构上有较宽的知识面与精深的专业相统一；在能力上，理论研究能力与实践应用能力相统一；在意志品质上，创新精神与求实精神相统一。史兴全就是这样一位出色的“T型结构”人才。正是有了这样的知识能力结构，他才能在长庆石油勘探局局长的位置上，干得得心应手。

《史兴全与企业家的T型结构》之所以能在全国产生较大的反响及影响，就在于它是第一个以企业家的智力结构为研究对象、抒写对象的报告文学作品。

《天使尽天职》记述了甘肃省中医院急诊科主任、副主任医师沈为众从医26年，兢兢业业，尽职尽责，任劳任怨，全心全意为患者服务的医德医风和高超精湛的医术。此作除了内容及主人公的独特而外，更在于作品有意识地艺术追求：一改工业题材那种气势恢弘，意境雄阔，而是文笔细腻，感情丰富，以情动人，力求写出人性的光辉。

再说工业题材。

工业题材的作品，在我的报告文学创作中占的分量最重，数量最多。仅就代表性而言，有如下三篇——

长篇报告文学《铜城交响乐——甘肃白银现象大纪实》（载《中国作家》1995年1期），以宏观的视角，反映、书写西部大开发中城市带动农村经济发展的一次尝试。作品围绕改善经济发展环境的“三不三互”——地企之间不比大小，互相尊重；不搞分割，互相协作；不分彼此，互相支持及“双带整推”——以城带乡，以大带小，整体推进甘肃的经济发展展开。作品既写了大型国有企业白银公司、银光公司的二次创业，辉煌再铸，也写了许多中小型企业在“以大带小”政策推动下的勃勃生机；既写了搏击风云的乡镇企业家，也写了“指挥”们的胸怀识见与奉献。作品写的是“白银现象”，折射的是全省经济建设发展的思路，而全省的思路又是在邓小平南巡讲话激发起的新一轮改革开放高潮的大背景下展开的，因而具有了全国的意义。

长篇报告文学《跨世纪的辉煌——长庆天然气田勘探开发大纪实》，（载《十月》1997年6期）。作品生动形象地记录了我国最大的整装连片大气田——长庆天然气田勘探、开发的过程。作品把长庆人的痛苦与欢乐、希望与迷惘、无畏与困惑交叠融会于笔端，真实地再现了长庆人在计划经济向市场经济过渡时期，充分利用现代高科技进行勘探、钻井、采气和生产管理的新风貌。在激烈的市场竞争中，他们求生存，求发展，艰苦创业，锐意进取，发现我国最大的整装连片大气田，油气并举，改善我国能源结构，为祖国现代化建设做出了突出贡献。

长篇报告文学《跨越梦想——中国石油长庆西峰油田勘探开发大纪实》（作家出版社 2006 年 12 月出版；前七章与王新军合作，出书前刊于《飞天》2006 年 1 期，其中第六章被《新华文摘》转载），其内容及意义，从印在书的封底的五句话便略见端倪——

> 世界石油危机中绽放的一朵奇葩，
> 中国近十年石油勘探的最大成果，
> 甘肃省工业强省战略的重要支柱，
> 陇东革命老区经济腾飞的助推器，
> 中国石油现代化管理的一面旗帜。

宏观视角，立体观照，历史纵深，全景描绘，是作者的自觉追求，也是全书的艺术特色。

C、散文随笔

我的散文随笔作品的数量不多，至今只有三、四十篇。说到代表作，更是汗颜。如果硬要找一篇的话，愚以为《难忘台湾　难忘金门——台湾金门十日行》（载《飞天》2001 年 8 期，《书摘》转载部分章节，《石狮日报》全文连载），尚可滥竽充数。此作无论从文字的数量（九万字），还是反映台湾、金门的社会广度与历史文化的深度，堪称为大散文及文化散文。

海峡两岸半个多世纪的对峙与分裂，造成了台湾文化的隔断与孤绝，同时也造成了民族的疏离与情感的创伤。同根同源同文同种的两岸人民的民族感情，恰似陈年老窖，经过岁月的尘封，经过隔断与孤绝的酿造，愈浓、愈烈、愈醇、愈香……《难忘台湾　难忘金门》，从头至尾字里行间弥漫着的正是这血浓于水的民族感情及情同手足的民族亲情。这就是凝聚力。这就是中华民族数千年来屡遭战乱屡被分裂而最终又战胜困难走向统一的内在凝聚力。

《难忘台湾　难忘金门》，不是一般的游记，亦不是一般的访问记，而是作者在特殊的时间特殊的地点进行了一次特殊的参访之后形成的酣畅淋漓的文字。香港、澳门的相继顺利回归，雪国耻，扬国威，令全世界的华夏儿女扬眉吐气，心胸舒畅。由此，台湾问题突显了出来，成为世人关注的焦点。从具体时间上讲，又巧遇千禧年，恰逢台湾首次政党轮替的“大选”；台湾许多人有了新的希冀与憧憬，也怀着某种惴惴不安；而一些政治势力及政治人物，则乘机登台亮相，进行淋漓尽致的表演……这种近距离的观察，置身其中的感受，无疑为作者的涉笔增加了许多社会的及人文的丰富而生动的内涵。

距离产生美。神秘也产生美。此前，金门虽有大陆作家涉足，却鲜有人深入涉笔。叙写金门岛的历史与文化，述说她的往世与今生，撩开这座闻名世界的战争岛的神秘面纱，便构成了此文的又一特色。

此前，我们对台湾文学艺术的了解，犹如隔岸观花；而今作者与台湾同行朝夕相处，倾心交谈，识文识人识面识心，自然有了更多的了解、理解、沟通与交流。

D、评论界的研究、评论

我的理论、评论及报告文学作品，连获1—4届甘肃优秀文学奖及一届甘肃省敦煌文艺奖。“甘肃优秀文学奖”是甘肃省设立“敦煌文艺奖”之前的省级最高文学奖，不分等级，似乎也没有什么获奖评语。

对我理论研究与评论作品的研究与评论并不算多，主要集中在两部甘肃当代文学（艺）史中——《西部风情与多民族色彩——甘肃文学四十年》（季成家主编，红旗出版社1991年8月出版）、《甘肃当代文艺五十年》（甘肃文化出版社1999年出版）。这些评论大多概括又比较笼统。具体的评论有两篇，来自著名诗人张光年（光未然）及著名评论家唐达成为拙著《文艺观潮》（甘肃人民出版社，1995年12月出版）写的序言——

你对我国新时期的文学主潮怀有很高的热情；它当时的潮头及流向，后来低潮时期的各种表现，时在你的观察与思考中

（故曰观潮）。你和你的同事们一起为欢呼甘肃的文艺新成果，支持文艺新苗的成长，更是付出了辛勤劳动。作为文学期刊的编辑者，我知道，劳动的成果是最大的安慰。

——张光年

德宏对当代文学的关注是开阔的；有对于大西北文学发展历程的概括评估，有对于具体创作的细致分析，并从中上升为理论上成败得失的评骘掂量，有对文学新芽破土而出的欢呼雀跃，有对一部新的力作的出现的兴奋欢悦，对别处作家到大西北观光参观他也不失时机地了解对于文学的种种见解与观感——特别是海外文化人，他也细加追踪访录，从不同文化背景中，不同文化视角中来开拓眼界，扩展经验。因此字里行间给人以辨而不烦，博而不芜，艺文互通，并有所得的印象。而这都是他在繁重的编辑工作之余写下的。可以设想，独处灯下，匍匐青案，干这爬格子的墨农生涯，倘无那点对文艺园林难割难舍的钟爱之情，又怎能有此果实。为此，我为德宏的毅力感叹，也为他的成果欣然。

——唐达成

张光年、唐达成两位文学大家对拙著的评论，当然更多的是前辈对晚生的奖掖与勉励，但也不难看出，他们都准确地把握住了我这部分作品的共同特质：关注甘肃、西部及全国的文学现状，以宏观的视角分析、论证、把握文艺思潮的发生、发展及其流变。这种把作家、作品、文学现象置于社会思潮文艺思潮中进行全方位、多视角、多层次研究、评论、分析的方法，正是我所任职的《当代文艺思潮》首先倡导的。

对我的报告文学作品的研究、评论数量较多，但综合性的研究评论只有两篇。其一是《甘肃文艺五十年》，有如下总体评价——

总体来看，陈德宏的报告文学富有时代感，能够把握时代脉搏，反映时代精神。无论是写人还是纪事都有鲜明的特色，文章写得气势恢弘，具有较强的艺术感染力（《甘肃文艺五十年》，183 页）。

在分析评论《铜城交响乐》时，有如下评价：

作者在整体上把握文章的变化，在社会生活的广阔图景中透视出社会的方方面面，文章以白银的经济发展为中心，以人物作为连贯整个事件的纽带，整体推进文章向前发展，使作品有一种恢弘的气度，并不时穿插抒情、议论，让人清楚感到时代脉搏的跳动，让时代冲击着人们的心灵。文章一气呵成，粗犷中不乏细腻，炽热中透着真诚（《甘肃文艺五十年》，183 页）。

其二是汪孝宗的《时代的礼赞　生活的颂歌——评陈德宏的报告文学》（载《飞天》1999 年 8 期）——

陈德宏的报告文学关注现实、追求时代主旋律、积极反映重大社会问题，以饱满的生活热情、敏锐的洞察力，及时生动地报告社会主义现代化建设进程中的新形式、新动态、新成就；以宏大的气魄、深广的概括、厚重的内容，全方位地记录我国经济体制改革中，在由社会主义计划经济向市场经济转轨时期的城乡经济发展和石油工业战线取得的突破性进展，展示了在这样一个特定的历史时期的改革者、创业者锐意进取、积极开拓的精神风貌。就作品涉及的广阔生活面来说，这组全景式的报告文学可以说是我国经济转轨时期的一个巡礼。

这是对一组工业题材作品分析之后的评估。

陈德宏的报告文学善于细致入微地开掘人物的美好心灵和崇高精神品质，集中展现了社会主义道德的精神美、文明美、情操美，展示了中国知识分子虽历经磨难，却矢志不移，为祖国为人民肝脑涂地奉献一切的牺牲精神。

这是文章对知识分子题材作品的评价。

陈德宏塑造改革者、创业者形象的报告文学，一般不采用以某一人物为中心的框架，不追求情节的完整性和连续性，而采用某一思想为统帅，把众多的人物与不连贯的事件进行组合，大起大落，跌宕起伏，却又层次分明。

这是评论者对改革者形象的塑造及作品结构特色的点评。

> 在艺术风格上，陈德宏追求一种刚健、清新、豪放的风格。他往往从生活激流中摄取重大、紧迫的题材，居高临下，俯瞰全局，然后快刀切入，大开大阖，气势恢弘，却又层次分明。在作品中不时穿插鞭辟入里、富有哲理的议论，由于深厚的文化素养和艺术功底，常常使陈德宏的笔下流淌出高出不一般的思想见解，作品笼罩着较为浓郁的思辨色彩和哲学意蕴，且能抓住问题的本质方面，由此构成他高层次、全方位、充满理论力量的报告文学所具有的笔挟改革大潮的雄健色彩。

这是评论者对我报告文学艺术特色的总体概括。

其他一些评论都是针对《铜城交响乐》及《跨越梦想》的专门评论，数量较多，此处不一一引述了，仅把评论家的名字列出，以示我的谢意与敬意。他们是：谢昌余、许文郁、刘俐俐、马永强、张晓、张瑞民、张明廉、程金城、郑世隆、辛言。他们的评论文章散见于《文艺报》，《甘肃日报》、《兰州日报》、《飞天》等报刊。

二、你对改革开放30年甘肃文学发展的成就与局限的总体看法和估价；你对甘肃各类文学创作的优势与不足的看法。

30年来甘肃文学有了长足的发展与进步，这一发展与进步甚至可以用“巨大”来形容。以下几个方面可以印证我的论断——

其一，30年前甘肃文艺界就发出了走出甘肃的倡导。走出甘肃的标准是什么呢？是甘肃作家、诗人的作品能在《人民文学》、《诗刊》、《文艺报》、《收获》等国刊、名刊、大刊发表——甚至能在《延河》发展作品都算走出了甘肃。所以当1957年张贤亮（当时工作在甘肃政治干校，宁夏回族自治区1958年才成立）在《延河》发表长诗《大风歌》，60年代初何来在诗刊头条发表《烽火台抒情》以及赵燕翼的小说，都成了全省文学界的热门话题。而今，甘肃的中青年作家、诗人、在这些国刊、名刊、大刊发表作品已是家常便饭，随时可见；至于在全国大出版社出书，更是屡见不鲜了。

其二是获奖。30 年来全国的各种文学奖项很多，有地区奖，行业奖、刊物奖等。仅就全国最高文学奖项而言，就有邵振国、柏原的全国优秀短篇小说奖（后统一为鲁迅文学奖），王家达的鲁迅文学奖——报告文学奖，李老乡、娜夜的鲁迅文学奖——诗歌奖。

其三，是作品被权威或有重要影响的选刊选载的数量。30 年前，几乎记不起甘肃有什么人的作品被选刊转载或者选载（当时选刊少也是事实）。30 年来我省的作家、作品被转载、选载的作品太多了，不做专门的研究、统计，谁都难以说出准确的数字。仅就我供职的《飞天》而言，每年被《新华文摘》、《中篇小说选刊》、《小说选刊》、《小说月报》、《散文选刊》、《诗选刊》、《读者》等转载、选载的作品，多时每年 30 多篇（首），少时每年也在 20 篇（首）以上。就我个人而言，报告文学、理论批评、散文作品就被转载了 10 多篇（次），仅新华文摘就转载了 4 篇。

其四，面向全国发声，争得了全国的话语权。十七年，甘肃的文艺评论，基本上是小农经济式的自给自足的方式——自己评，评自己，文章不出甘肃，影响只在省内。

1982 年全国第一家省级文艺理论刊物《当代文艺思潮》创刊，以其为平台，向全国发声，迅即凝聚起了一批以中青年为主的理论研究与评论队伍。这支队伍主要由两部分人组成———是以《当代文艺思潮》、《飞天》编辑部为代表的文艺及文化部门的专职人员，其中包括谢昌余、余斌、陈德宏、李文衡、魏呵、管卫中、屈选、辛晓玲、李栋林、常金生、王勉、陈剑虹等；二是以高校的教师组成——其中包括西北师大的季成家、孙克恒、支克坚、张明廉、彭金山、王建疆、邵宁宁、彭岚嘉等；兰州大学的高尔泰、吴小美、胡凯、徐清辉、程金城、常文昌、刘俐俐、梁若梅、王喜梅等；兰州师专的许文郁，河西学院的朱卫国，西北民族大学的徐亮、天水师院的马超……加上新生代的马步升、杨光祖、马永强、还可以开出一长串的名单。

新时期甘肃文艺理论研究、评论队伍的崛起，成为新时期全国文艺界的一个文学现象，一道靓丽风景。

但是，如果进行共时性的比较，把甘肃的文学放到全国文学的大格局中进行研判，便看到了整体的局限与不足，与先进的兄弟省市的文学相比，差距依然明显：一是有创新、有实力、有成就、有影响的作家的群体及高质量有震撼力审美效应作品的数量仍嫌不足，而这恰恰是衡量一个地区、一个省、乃至一个国家文学水平的标志；二是多年来在国家级文学评奖中，代表长篇小说水平的茅盾文学奖，鲁迅文学奖中的中篇小说奖、文艺理论评论奖、散文杂文奖、及文学翻译奖，均告阙如。对此，不能怨天尤人，只能怪我们自己实力不济；其三，进入全国文学界视野的作品不多，能够引起评论家关注并予以研究评论的作品更少。

下面就文学的不同门类谈一谈我的看法。

1、诗歌。诗歌最有希望突破，或者说已经取得了某种突破。诗人之多，每年发表作品之多，出版诗集之多，登录国刊、大刊、名刊人数之多，已进入了历史的最佳时期，已被公认的诗歌大省，李老乡、娜夜同时获鲁迅文学奖——诗歌奖，既是对过去成就的肯定，也是对未来发展的预兆。在诗歌界及评论界已经有人称我们是诗歌强省了。

2、少数民族文学。甘肃是少数民族聚居的重要省份之一，多民族共处，既有不同民族文化的碰撞，又保留了各少数民族鲜明的文化特色。这恰恰为文学创作提供了天然的优质资源。不仅仅是少数民族作家，同时也为汉族作家提供了取之不尽用之不竭的创作素材及营养。戏剧家武玉笑、小说家赵燕翼具有全国影响的成名作，均受益于此。季成家教授主编的“甘肃文学四十年”取其名曰《西部风情与多民族色彩》，正是实至名归。

甘肃的少数民族文学，在全国处于先进行列。这是因为：一是甘肃几乎所有的少数民族——回、藏、满、蒙、东乡、保安、裕固等都有自己的代表性的作家、诗人及其作品。二是有文学的代表人物，比如被称作“少数民族诗人四大名旦”的汪玉良（东乡）、丹正贡布（藏）、伊丹才让（藏）赵之询（回）的成就及其在全国的影响，至今尚无人超越。三是文学品种齐全。就文学品种而言，诗歌、小说（短、中、长篇）、散文、评论、报告文学、儿童文学、应有尽有。四是获奖多。就获奖作家而言，全国少数民族文学奖——后来统一为骏马奖——自设立以来，甘肃获奖的积率高、密度大；仅凭记忆就有汪玉良、丹正贡布、伊丹才让、赵之询、马少青、吴季康、娜夜、匡文立、匡文留、尕藏才旦、马自祥、铁木尔等。汪玉良不仅多次获奖而且获少数民族文学终身成就奖。

3、小说。纵向的自己与自己比，甘肃的小说创作的确取得了很大的进步。但放在全国的小说创作格局中一看，差距依然明显——具有全国知名度的有实力有影响的小说家太少，同全国同行交流，说得最多的还是《麦客》、《喊会》、至多再加上一部《大漠祭》。这是我们的骄傲，也是我们尴尬。

4、报告文学、散文随笔。新时期以来甘肃的报告文学创作取得了突飞猛进地发展，发表作品之多，尤其是出书之多，前所未有。但就质量及影响而言，大多平平。真正产生了全国影响的首推王家达的《敦煌之恋》及董汉河的《西路军女战士蒙难记》。前者获鲁迅文学奖——报告文学奖；后者与前者一起获首届徐迟报告文学奖。获鲁迅文学奖很难，获徐迟报告文学奖则更难——首届徐迟报告文学奖，20 多年评出了 20 部作品，平均一年一部，能在众多优秀作品中杀出重围，脱颖而出，实属不易。我对自己的报告文学的评价是：既不突出，亦不平庸。我的作品之所以能产生一定的全国影响，首先得益于作品主人公（段文杰、张光年、史兴全）的知名度；其次是得益于发表的刊物——《中国作家》、《十月》这些大刊、名刊的号召力及转载刊物——《新华文摘》的权威性；最后起作用的，才是我的一些并不成熟的艺术追求。此外，还值得一提的是张庆豫的《共和国不应忘记》。此文反映的是我国经济转型期资源性城市建设者所经历的阵痛，记录了那段历史，反映了一个时代。

甘肃散文、随笔的创作，也有进步，也有发展，但总体而言，没有形成气候，不过像第广龙（如《三界地》）、雒青之（如《菊花下的刀光》）、铁木尔（如《苍狼大地》、《北方女王》）、周应合（如《周家的羊群》）的散文，马步升的陇东乡土散文，宗满德的西部新乡土散文，在全国还是产生了一定影响的，为改革开放 30 年的甘肃文学，还是争了光添了彩的。

现在集中谈一谈甘肃文学的局限与不足。

第一是边缘化。我这里所说的“边缘化”不是指文学被社会的“边缘化”而是指甘肃的文学创作没有真正地融入全国的文学潮流。十几年前我写过一篇论文——《拒绝文学主潮的苦恼及徘徊于传统与现代之间的困惑——张冀雪小说创作透视兼评一种文学现象》，剖析的是张冀雪小说创作，指出的是甘肃小说创作的症结。可惜，我省作家很少有人重视它，或者说很少有人读懂它。其中当然也包括文学观念的边缘化。

第二是语言。“文学是语言的艺术”，我们的许多作家并没有真正读懂并理解这句话的深刻内涵。生动、形象、准确、鲜明、只是文学语言的基本要求，而其内核则是创新与创造。现象与本质之间，便是语言提升的广阔空间。真正的创造性语言是对事物及思想本质的逼近，但永远不能抵达——犹如人类对真理的追求只能逼近不可抵达一样。我们常常把语言看作工具、技巧、形式，没错；但这只是它的一般意义；就其特殊性而言，其实更应该是内容。愈是优秀作家的优秀作品，便愈是难以把语言与内容剥离开来。因此，才有“诗到语言止”的论断。其实，小说、散文也是“到语言止”。伟大的作家都是语言大师，他们对历史的贡献，当然不局限于对已有语言的使用，更在于他们对语言的创造、创新、丰富与发展。

第三是理论学养。甘肃的作家大多重创作实践，轻理论学养。一个作家如果按文学教程去写作，肯定写不出好看作品，也肯定成不了大作家。文学是作家自由精神的对象化，任何条条框框都将限制作家自由精神的升发与张扬。但理论学养对作家而言又是必需的，因为它是提高作家素质、品位及审美层次不可或缺的环节与内容。由生活而文学不是一个简单的对应关系，必须经过作家的审美中介，而正是这个审美中介决定了作品的优劣、高下、文野。打个简单的比方，犹如酿酒，用的都是高粱，而成品各异，有茅台、五粮酒、老白干……区别不在原料，而在中间的酿造工艺及其过程。理论学养对一个作家来讲不是万能的，学者不一定能成为作家；但要成为一个大作家没有深厚的理论学养支撑却是万万不能的。所有的大作家都是大理论家，大学问家。这已为古今中外的文学史所证实。王蒙提倡“作家学者化”显然是针对“作家非学者化”的现实有感而发。对此，我深表赞同。

第四是想象力。想象力的缺失是我国作家的“通病”，甘肃作家尤甚。究其原因，主要是长期对现实主义创作方法的误解、曲解、独尊，以及对现代主义的拒绝。到生活中找素材找原型，只能在某一点上激发作家的灵感，而由“点”扩展到“面”——人物的塑造，情节的设置，矛盾的发展，细节的描绘……总之，创作的提高与完善，主要靠想象，想象力是作家必备的基础条件。作家要注重写什么，更要注重怎样写。

三、您对甘肃文学发展的思考和建议；您认为促进甘肃文学发展的其他重要问题。

甘肃文学30年的发展令世人瞩目且高兴，为未来更大的发展与繁荣提供了坚实的基础与广阔的平台。但要想达到我们期盼的目标与结果，实现新的愿景，仍需全省文学界付出共同的努力与辛劳。为此，我提如下建议：

——全面提高作家的素质、品位及修养。作家本质上说是“个体劳动者”，因此“作家的学者化”应是作家进步的必由之路。古人尚且有“行万里路，读万卷书”的清醒认识，何况今人。生活要扎实，阅历要丰富，眼光要高远，胸情要宽广，悲天悯人，尊重生命，应是对作家的基本要求。至于路径，鲁迅早有明示：唯有多读，多写，多改，别无他途。

——要整合文学资源。文学团体虽然有别于党委及政府部门，但“文”出多门，相互掣肘，各吹各的号，各唱各的调，以人划线，拉帮结派，排斥异己，制造内耗，显然不利于文学的发展与繁荣。要树立甘肃文学的大局观，整体观，及“一盘棋”的精神。

——要加强文艺理论、评论工作及其队伍建设。对内，对甘肃的作家、作品、文学现象进行追宗研究，力戒“捧杀”、“棒杀“及人情评论，力戒“花拳绣腿”式表演及作秀。在知识爆炸的信息时代，好酒也怕巷子深，响鼓也需重捶敲。因此，立足甘肃面向全国发声，争取全国的话语权。推介甘肃作品，也介入全国的讨论。

——加大投入，办好文学期刊。文学期刊被形象地称做作家的“摇篮”，文学的“苗圃”，把文学的“卫星”、“飞船”送上太空的火箭。除了个别的文学“天才”，绝大多数作家都是从文学期刊发表作品开始其文学生涯的。要把省、市两级文学期刊纳入发展文化软实力的规划，加大投入，作为公益事业予以大力支持，把“一级火箭”（市级刊物），与“二级火箭”（省级刊物）“三级火箭”（国刊、大刊、名刊）有效对接，才能把更多的文学“卫星”、“飞船”送上“太空”。

长期担任文学期刊主编的我，深知文学期刊的困境，一方面是飞涨的纸张、印刷、邮发费、不断提高的稿费，另一方面却是数十年不变的办刊投入，此种状况令我头疼不已，倍感压力，穷于应付。

没有文学期刊强有力地支持、支撑与推动，发展繁荣文学创作，只能是一句空话。

——需要加大经费投入。文学事业像其他事业一样，也有一个投入产出的问题。就我所知，制约甘肃文学发展繁荣的瓶颈是经费。经费的不足，使许多该开的会不能开，该研讨的作家、作品不能研讨，甚至连作家深入生活、外出学习都受到了影响。开阔眼界，创作交流，请进来，走出去，都需要经费。既要马儿好又要马儿不吃草，显然已不符合当前的实情。

——最后也是最重要的一条，加强并改善党对文学事业的领导。这是我们的体制优势，也是文学事业繁荣、发展的重要保障。

以上，是我对个人创作的梳理、检视与回顾，以及对“改革开放 30 年甘肃文学的成就与局限”的一些印象和看法。一孔之见，一己之得，水平所限，疏漏偏颇乃至谬误，在所难免，仅供参考，并望批评、斧正。

陈德宏

2009 年 3 月于北京东燕郊

附注：

1、程金城，兰州大学文学院教授、博士生导师，甘肃省社科规划项目“改革开放 30 年甘肃文学的成就与局限”课题组主持人；

2、文中所引作品，未注明出处者，均见拙著《文艺观潮》，甘肃人民出版社 1995 年 12 月出版。

图书在版编目（CIP）数据

也有风雨也有晴/陈德宏著.-北京：作家出版社，2011.9

ISBN 978-7-5063-5995-5

Ⅰ. ①也… Ⅱ.① 陈… Ⅲ. ①散文集-中国-当代

Ⅳ. ①I267

中国版本图书馆CIP数据核字（2011）第163395号

也有风雨也有晴

作　　者： 陈德宏

责任编辑： 李亚梓

装帧设计： 张晓光

出版发行： 作家出版社

社　　址： 北京农展馆南里10号　　**邮编：** 100125

电话传真： 86—10—65930756（出版发行部）

86—10—65004079（总编室）

86—10—65015116（邮购部）

E- mail：zuojia@zuojia.net.cn

http：//www.haozuojia.com（作家在线）

印刷： 河北省欣航测绘院印刷厂

成品尺寸： 152×230

字数： 428千

印张： 24.25

版次： 2011年9月第1版

印次： 2011年9月第1次印刷

ISBN 978-7-5063-5995-5

定价： 32.00元